중국 현대
실크로드 문학

지은이

리지카이 李繼凱, Li Jikai
중국 산시사범대학교 문학대학 교수. 인문사회과학고등연구원 초대 원장, 박사연구생 지도교수, 전국우수박사학위논문 지도교수이자 중국사회과학기금 핵심 프로젝트 수석 전문가이다. 중국 현대 문학연구회 부회장, 국제인문학회 집행회장 등을 겸임하고 있다.

쉰위쿤 荀羽琨, Xun Yukun
중국 시안외국어대학교 중국어문대학 교수. 『소설평론』, 『문예쟁명』, 『중국고교사회과학』 등 학술 간행물에 논문을 다수 발표하였고, 성급 지원을 받아 다양한 연구 분야에서 성급 프로젝트를 책임 수행하고 있다.

왕아이훙 王愛紅, Wang Aihong
중국 산둥 웨이팡대학에서 강의하고 있다. 현재 웨이팡대학 모옌연구센터 주임이고, '해상 실크로드 문학연구' 청년창업팀을 이끌고 있다. 『중국고교사회과학』, 『창장학술』, 『동아한학연구』 등 간행물에 논문을 다수 발표하였고, 저서로는 『생명 서사의 삼중주』 등이 있다.

옮긴이

박재우 朴宰雨, Park Jae-woo
중국교육부 창장학자 석좌교수, 산시사범대학교 인문사회과학고등연구원 특임연구원 및 한국외국어대학교 중국언어문화학부 명예교수이다. 저서 및 편역서로 『사기한서비교연구』, 『한국학 자루쉰연구정선집』, 『중국 현대소설유파사』, 『고향은 어떻게 소설이 되는가』 등 60여 종이 있다. 소명출판의 '중국루쉰연구명가정선집' 한국어판 전10권의 간행을 총괄 담당하였다.

배도임 裵桃任, Bae Do-im
한국외국어대학교에서 중국 현대 문학을 강의하고 있다. 역서로는 『한밤의 가수』, 『바람 없는 나무』, 『고향은 어떻게 소설이 되는가』와 『다른 세계와 나』 등 다수가 있다.

중국 현대 실크로드 문학

초판발행   2024년 10월 14일

지은이   리지카이 · 쉰위쿤 · 왕아이훙
옮긴이   박재우 · 배도임

펴낸이   박성모
펴낸곳   소명출판
출판등록   제1998-000017호
주소   서울시 서초구 사임당로14길 15 서광빌딩 2층
전화   02-585-7840
팩스   02-585-7848
이메일   somyungbooks@daum.net
홈페이지   www.somyong.co.kr

ISBN   979-11-5905-975-9 93820
정가   50,000원

ⓒ 소명출판, 2024

중국 현대 실크로드 문학

지은이

리지카이(李繼凱)
쉰위쿤(荀羽琨)
왕아이훙(王愛紅)

옮긴이

박재우
배도임

일러두기

1. 이 책은 베이징과학출판사(科學出版社)에서 2020년에 출판한 『文化視域中的現代絲路文學』을 한글 번역하였다.

2. 인명은 1911년 신해혁명을 기준으로 이전은 한글 독음, 이후는 중국어 발음으로, 지명은 모두 중국어 발음으로, 고대 나라 이름은 한글 독음으로 표기하였다.

3. 이 책의 서명에서 '현대'는 현대와 당대를 모두 아울러 지칭하며, 본문에서 '현대'는 1911년부터 1949년까지 중화민국 시기이고, '당대'는 1949년 중화인민공화국 성립부터 현재까지 시기를 가리킨다.

'일대일로'라는 전대미문의 사업을 열어나가 인류 운명 공동체를 건립하려는 오늘날에 있어 우리가 재구성하려는 실크로드의 문화적 상황에서 '실크로드학', '실크로드 문학'과 '창업 문학' 등의 화제가 물을 만난 듯되었으니 실크로드와 창업의 관계와 의미도 새겨볼 가치가 있다. 우리는 '뉴 노멀' 경제 시대나, '창업정신으로 충만한 시대'에 들어섰다고 하지만, 중화민족이 길고긴 탐색의 험난한 길을 걸어온 경험을 자나 깨나 잊을 수 없다. 저자가 보기에, 역사상 '실크로드'주로 육상 실크로드와 해상 실크로드를 포함는 본질적으로 넓은 의미에서 '교통'길을 찾고 길을 닦음, 교류와 마음의 소통, 통상과 통행 등을 전제로 삼은 '창업의 길'이었다. 실크로드 문학주로 육상 실크로드 문학과 해상 실크로드 문학을 포함은 이러한 교류와 탐색의 과정에서 개척하며 창업하는 실크로드 정신도 상응하여 구체화하였다. 오늘날의 창업 문학과 바야흐로 발전하고 있는 오늘날의 실크로드 문학 사이에는 밀접한 관련성이 존재하고, 그것의 차이점과 공통점에도 분명히 값진 계시를 담고 있다.

여기서 저자가 특별히 강조하려는 점은 다음에 있다. 학문적 원리로 말하면 '실크로드학'은 '둔황학敦煌學'과 같이 상당히 확정적인 연구 대상과 범주를 지니고 있다. 게다가 '둔황학'은 '실크로드학'의 한 갈래일 뿐이기도 하다. '둔황학'은 어느새 국제적인 영향력을 지닌 학문이 되었다. 그렇다면 그것보다 훨씬 풍부한 내용을 지닌 '실크로드학'도 반드시 국제적인 영향력을 지닌 진정한 '빅 학문'이 될 수 있을 것이다. 사실상 이전부터 중국 내외의 학자들은 실크로드 연구에 심혈을 기울이면서, 이를 바탕으로 '실크로드학'의 학문적 원리 탐색과 개별 주제 연구, 그리고 자료 수집과 계통적 정리 업무를 강조하였다. 최근에 많은 고등교육기관과 연구

기구마다 이 방면의 사업을 구체화하고 있고, 게다가 지금 저자를 포함한 많은 학자가 적극적으로 체계화된 '실크로드학' 세우기를 제창하고 있다. 그들은 '실크로드학'이 새로 일어난 학제 간 모종의 특수한 학술연구 분야가 되었고, 전문적인 학문 영역으로서 그것에 필요성과 중요성이 확실히 존재하며, 그 가능성은 물론 실행 가능성도 존재한다고 여긴다. 학자들은 심지어 더 나아가서 문과와 이과의 결합이나 여러 방법의 병용을 주장하며, 그로부터 계통성, 학문적 원리성과 국제성을 지닌 융합 학과나 신흥 학과를 세우는 데 관심을 기울이게 되었다. 다만 이에 대하여 현재 학술계에서는 여러 가지 다른 견해도 있고 확실히 그에 대한 논쟁도 수반되고 있다. 사실 어느 분야 학과나 학문이 탄생하는 데는 모두 힘든 산고의 시간을 거치기 마련이고, 그 과정에서 갖가지 다른 관점과 논쟁이 뒤따르는 것도 매우 정상적인 일이다.

저자는 역사상 '실크로드'가 본질적으로 넓은 의미에서 '교통의 길'이자 '창업의 길'이라고 생각한다. (루쉰魯迅, 1881~1936이 말한 "첫째, 생존해야 하고, 둘째, 배부르고 등 따시도록 해야 하며, 셋째, 발전해야 하는" 길과도 같다)[1] 사람의 행위로서 교류, 교통과 마음의 소통은 실제로도 사람의 값진 정신이자 추구인 것이다. 경제에서 문화까지, 정치에서 교육까지 모두 교류와 교통은 필요하고, 영혼 층위에서 통하는 것은 더욱 중요할지 모른다. 이것이야말로 실크로드 문학예술의 창작을 장려하고 발전시키는 데 필요한 것이다. 실크로드 문학도 이러한 교류, 교통과 마음의 소통에 딱 맞추어서, 개척하고 탐색하는 도전 과정에서 험난한 창업의 실크로드 정신을 드러냈다.

저자는 '뉴 노멀' 경제 시대로 들어가거나, '창업 시대'로 들어섰고, 오

---

1   [옮긴이] 루쉰이 1925년 4월 18일에 지은 「문득 떠오른 생각(忽然想到) 6」에서 한 말이다.

늘날 중국 사람이 품은 창업의 사명이 이전 사람과 비교하면 사실 더욱 무겁고 그 길이 더욱더 험난하다고 생각한다. 개인에게는 결혼하고 자립하는 것이 더욱 절실하고, 가장 기본적인 삶의 중대한 과제이기도 하다. 국가로서는 나라가 부유하고 국민이 강해지는 것이 가장 중요하고, 이는 가장 기본적인 건국 전략이자 목표이다. 그 가운데서 모두 진정한 '창업'을 절대적으로 빼놓을 수 없다. 그 길에서 실사구시적으로 창조와 핵심을 포착하고 실용적으로 실행하며, 시대와 밀착하고 생활 체험을 심화하는 과정에서 창업에 관심을 기울이고, 창업을 써내는 것이야말로 적극적으로 사회에 뛰어든 작가들에게는 높은 수준의 자각적인 문학적 선택이 되었다. 이를 거울삼아 저자는 주도적인 방면에서 예로부터 지금까지 실크로드 문학도 창업과 밀접한 관련을 맺었고, 역사상 '실크로드'란 본질이 바로 비단을 걸치고 낙타 방울을 흔들어 울리면서, 아니면 바다 건너 왕래하며, 세계로 나아가는 '창업의 길'이었다고 생각한다. 또한 그와 더불어 탄생한 실크로드 문학은 그것과 관련한 문화 정보, 생활 정보와 역사적 정보 등을 풍부하게 담게 되었다. 작가들은 개척하고 탐색하는 과정에서 고군분투하였으며, 대담하게 창업하는 실크로드 정신도 상응하여 구체화하였고, 아울러 물질적 욕망과 사랑의 욕망 사이에서 더욱 낭만적인 색채를 지닌 시적 정취와 그림 같은 정감으로 출렁이는 실크로드 이야기를 엮어냈다.

1. '창업 문학'

저자는 예전에 중국 현당대 문학사에서 서사시적인 필치로 창업 이야기를 쓴 '류칭柳靑 현상'을 다시금 조명하여『문예보』에「류칭의 '창업 문학'柳靑的"創業文學"」리지카이(李繼凱), 2014：6이라는 짧은 글을 발표하였다. 이 글에서 저자는 어떤 시대이건 '창업'이란 모두 개인과 나라의 중요한 사명이어야 하고, '창업 문학'마다 '가정-나라의 문학'에서 가장 중요한 문학 장르여야 하며, 아울러 폭넓은 관심과 이해를 받아야 한다고 여겼다. 아쉽게도 사람들은 사람과 사람 사이에서 잇달아 일어나는 격전과 분쟁에 피동적으로 휩쓸리거나 자주 말려 들어가지만, 창업과 창업 문학을 소홀히 하거나 아예 잊어버렸다. 게다가 사람들은 때로는 '혁명'과 '전쟁'의 이름으로 심지어 중국 사람의 정상적인 창업과 작가가 창업 문학 글쓰기에 몸담는 풍토와 노력을 방해하거나 파괴하고는 했다. 그러한 과정에서, 우리는 지금까지도 뼈아픈 상처를 확실히 기억해야 하는 역사적 교훈을 새기게 되었다.

창업이란 의심할 바 없이 현대와 당대 중국의 상황에서 가장 널리 보급된 '키워드'의 하나이다. 일반 민중이건 부자 재벌이든 풍운아 정치가이든 아니면 사실 그대로를 기록하는 문학가이든 간에 저마다 이에 대한 기대로 가득 차 있다. 그렇지만 사회가 끊임없이 동요하고 사람들이 살 곳을 찾아 헤매며 전쟁이 잦은 시대라면, 창업에 뛰어든 사람들의 뜨거운 기대는 도리어 물거품이 되기 쉽다. 20세기 상반기에 대중을 위해 몸 바치려는 사람들은 과학기술로 나라를 구하고 실업으로 나라를 구하겠다는 이상을 많이 품었지만, 모두 큰 성공을 거두기 어려웠다. 20세기 1930년대의 상하이와 옌안延安으로 가본다고 하여도,『칠흑같이 어두운 밤도

『子夜』에서 표현한 민족공업이든, 옌안 문학延安文學이 드러낸 생산운동이든 간에, 사람들은 역경 속에서 제한적인 창업을 시험해 보았을 뿐이다. 뒷날 중화인민공화국이 성립하면서 범국민적 창업의 열정과 희망을 다시금 불러일으켰다. 이러한 사회적 실험은 자연과학 영역에서 실험실에서 하는 실험과는 분명히 다르며, 사회화 정도가 높을수록 위험도 커진다. 이상 사회를 건설하는 과정이 절대로 순풍에 돛 단 듯이 나아가지는 않을 것이기 때문이다. 하지만 뜻을 품은 이가 구더기 무서워 장 못 담글 리도 없다. 중국이 옌안 시기[2]에 시험한 생산 품앗이, 20세기 1950년대에 시험해 본 합작화의 길과 1980년대에 시행해 본 가정도급책임제 등은 어쩌면 시대적 조건의 한계로 말미암아 모두 어느 정도 '응급조치 실험'이란 특징을 지녔을 것이다. 1990년대에 이르러 중국은 비로소 비교적 안정적인 건설단계로 들어섰다. 이제 중국 땅에서 '새로운 농촌' 건설 열풍이 보편적으로 일어나는 동시에 새로운 시대나 현대화 배경의 영향을 받아서 합작형 집약생산은 다시금 매우 중요한 개혁 내지는 새로운 실험이 되었다. '새로운 농촌'과 소도시 건설에 전에 없는 박차를 가함에 따라서 수천 년 동안 나라에 '식량을 바치고 싶지' 않았던 농민의 꿈은 진정으로 실현되었다. 역사가 이미 증명하였듯이 공동 창업에 치중하든 개인 창업에 중점을 두든, 아니면 양자를 다 같이 중시하든 간에, 모두 험난한 창업 과정을 거쳐야 한다. 이는 중국 사람이 반드시 맞닥뜨리지 않을 수 없는 준엄한 도전이다. 바로 이러한 의미에서 현대성을 지닌 '창업 문학'이 때맞추어 꽃을 피우고 크게 이채를 띠었다.

'창업 문학'을 말하면, 사람들은 자연스럽게 류칭柳靑, 1916~1978의 『창업

---

2 [옮긴이] '옌안 시기'란 일반적으로 중국공산당 중앙이 산베이(陝西)에 소재하였던 시기를 말하며, 1935년 10월 19일부터 1948년 3월 23일까지 13년 동안이다.

사『創業史』와 저우리보周立波, 1908~1979의 『산골의 격변山鄕巨變』을 떠올릴 것이다. 이 두 장편소설은 얼마나 많은 논쟁을 거쳤든 간에, 지금까지도 모두 비교적 많은 호평을 누리고 있고, 중국의 당대 문학사에서 중요한 위상도 차지하고 있다. 또한 중화인민공화국 성립에서 문화대혁명文化大革命 발생 이전까지 '17년' 동안의 본보기 작품이나 '붉은 경전紅色經典'의 대표작으로 여겨지기도 한다. 류칭과 저우리보가 대표하는 향토 문학 글쓰기는 합작화 사업과 문학적 사명에 대하여 깊숙이 파고든 사고에 바탕을 두었기 때문에, 이에 대하여 20세기 1980년대 이래로 많은 학자가 저마다 다른 각도에서 토론을 상당히 폭넓게 전개하였다.

『창업사』 관련 연구로 말하면, 관점이 분명하고 다소 논쟁적인 논문들이 발표되었다. 류쓰첸劉思謙, 1933~2022의 「건국 이래 농촌소설에 대한 재인식建國以來農村小說的再認識」, 쑹빙후이宋炳輝의 「류칭 현상의 계시－장편소설 『창업사』 재평가柳靑現象的啓示－重評長篇小說『創業史』」, 뤄서우랑羅守讓, 1940~의 「류칭과 『창업사』를 위한 변호爲柳靑和『創業史』一辯」, 저우옌펀周燕芬의 「『창업사』－복잡하면서 깊이 있는 텍스트『創業史』－復雜, 深厚的文本」, 류나劉納의 「어떻게 쓰는가－작품의 문학적 평가에 관하여 : 『창업사』 재독과 그것을 예로 삼아서寫得怎麽樣－關於作品的文學評價 : 重讀『創業史』幷以其爲例」, 싸즈산薩支山의 「당대 문학 속의 류칭當代文學中的柳靑」과 친량제秦良傑, 1973~, 우진吳進, 돤젠쥔段建軍 등 학자의 논문 등이 그러하다. 그 가운데서 견해는 저마다 다르고, 심지어 날카롭게 대립하기도 하지만, 학술적인 탐색의 가치 면에서 『창업사』가 단순한 문학 텍스트가 절대로 아니라는 점을 증명해 주었다. 그럼으로써 창업과 문학에 대한 이중적인 조명과 탐색에 충분히 드넓은 사유의 공간을 남겨놓았다. 류칭의 『창업사』에 대하여 지금도 그리고 앞으로도 학자들은 문학, 미학, 인간성, 역사, 문화 내지는 정치, 심리, 성별 등 다른 각도에서 더욱 치밀하고 심오한 연구를 계속할 것이다. 『산골의 격변』에 대한 연구도 매우 비슷한 상황에 있다. 지금까지 여전히 논쟁 중이라고 하여도, 저자는 『창업사』와 『산골의 격변』 등으로 대표되는 창업 문학에 주로 다음과 같은 세 가지 측면에서 특별히 관심을 기울일 가치가 있고 아울러 깊이 생각해 보아야 한다고 여긴다.

첫째, 창업 문학 패러다임의 적극적인 구축이다. 사실상 '창업'은 확실히 인류가 창조한 가장 위대하면서 사용 빈도가 가장 높은 어휘의 하나이자 중국 사람이 근대 이래로 가장 열중한 '키워드' 가운데 하나이다. 하지만 그것을 자발적으로 대서특필하여 쓰고 또 직접 소설의 제목으로 삼은 작품은 류칭의 『창업사』뿐이다. 그로부터 높은 수준의 문학적 자각을 드러냈고, 그리하여 작가는 창업에서 경험한 성공, 실패, 얻음, 잃음과 기쁨, 노여움, 슬픔, 즐거움을 충분히 써낼 수 있었다.

앞에서 말한 바와 같이 공동 창업에 치중하든 개인 창업에 중점을 두든지, 아니면 양자를 다 같이 중시한 '한 덩어리'로 힘써 창업하든지 간에, 모두 '험난한 창업'의 길을 가려면, 중국 사람은 반드시 '숙명' 같은 혹독한 도전과 맞닥뜨려야 한다. 바로 이러한 의미에서, '험난한 창업'과 함께 가는 '창업 문학'이 시대에 발 맞추어 탄생하였다. 그로부터 당대 중국의 '창업 문학'의 대표작으로서 『창업사』와 『산골의 격변』 등 뛰어난 소설은 저마다 적극적으로 '창업 문학' 패러다임을 구축하는 방면에서 주로 이바지하였다. 이러한 문학의 기본 패러다임은 공동 창업, 사회 건설, 현실주의, 서사시 등 시대적 담론과 밀접하게 관련을 맺었다. '농업 합작화'라는 커다란 사회적 실험을 쓴 '창업소설'로서 그 글쓰기 행위 자체도 실험이고, 실천이자 창업이었다. 류칭과 저우리보는 역사상 전례가 없는 토지혁명과 합작화라는 미증유의 역사적 격변과 맞닥뜨리면서 저마다 생활 자체로 깊숙이 들어가서 농촌 서사를 반영한 '창업' 패러다임 창설에 노력할 수 있었다. 그리하여 가정-나라 서사, 사랑 묘사와 풍속, 사투리의 문학 서사 가운데서도 모두 커다란 사명감, 책임감과 예술적 기량 등을 쏟아냈다.

역사는 아마도 초대형의 공동 창업이 기초가 약하고, 조건이 매우 나빠 서사상적 기초와 물질적 조건 등이 충분히 마련되지 못하여 실험이 실패하였고, 그 창업의 길도 심각하게 좌절하였음을 증명할 것이다. 하지만 '창업'이란 피할 수 없는 위험성을 안고 있기 마련이다. 실패는 성공의 어머니이다. 창업 실험의 한 차례의 실패나 도전의 좌절은 분명히 탐색하는 숙제 자체를 모조리 부정하는 게 아닐 수 있다. 사실 창업 문학에 있어 뒤를 이을 사람이 줄지어 서 있다는 점에서 우리는 위안을 삼을 수 있다. 산시陝西에서는 류칭의 뒤를 이어서 '산시 문학 군단陝軍'[3]이나 마오둔茅盾, 1896~1981의 「백양예찬白楊禮讚」을 이은 '백양나무파白楊樹派'가 창업 문학의 계보를 이어주었다. 새로운 탐색과 새로운 변화가 있기는 하지만, 창업 과정의 정신적 추구, 고난의 검증, 개혁의 노정 내지는 창업 실패의 경험 등 글쓰기는 『평범한 세계平凡的世界』루야오(路遙), 『조바심浮躁』자핑와(賈平凹), 『바이루위안白鹿原』천중스(陳忠實), 『마을村子』펑지치(馮積岐), 『실크로드 로큰롤絲路搖滾』원란(文蘭)과 『칭무촨青木川』예광친(葉廣芩) 등 명작에서 이어가고 있다. 후난에서 이름난 문학 '샹장 문학 군단湘軍'선원(沈文), 2008도 창업 문학 주력군의 한 갈래이다. 저우리보, 캉줘康濯, 1920~1991 등 작가 이후에 또 장양張揚, 1944~, 모잉펑莫應豊, 1938~1989, 구화古華, 1942~, 예웨이린葉蔚林, 1935~2006, 한사오궁韓少功, 1953~, 탕하오밍唐浩明,

---

3   [옮긴이] 당시 『광명일보(光明日報)』의 기자 한샤오후이(韓小蕙)가 1993년 5월에 「산시 문학 군단의 동부 정벌', 베이징을 들썩이다("陝軍東征"火爆京城)」라는 제목의 글을 발표한 뒤로 폭넓게 사용하게 된 용어이다.

1946~ 등이 잇달아 등장하였다. 집중과 분산 사이에서 그들은 쉬지 않고 탐색하며 우수한 문학 작품을 한 무더기 한 무더기씩 내놓았다. 그 가운데서 역사소설을 포함하여 많은 작품이 대부분 개혁과 창업이라는 시대적 주제와 관련을 맺고 있다.

둘째, 창업 문학 주제의 시대적 글쓰기이다. 문학의 주제학 각도에서 저자는 예전에 졸저 『진나라 지역 소설과 '삼진 문화'秦地小說與"三秦文化"』[4]에서 진나라 땅[5] 소설의 창업 주제를 중점적으로 분석하였으며, 아울러 류칭을 '창업' 주제의 문학적 표현에 필생의 심혈을 집중적으로 쏟아 부은 가장 대표성을 지닌 작가로 확정하였다.

사실 창업은 사랑과 마찬가지로 모두 '문학의 영원한 주제'이다. 사랑은 끝이 없고, 창업은 멈추지 않는다. 지금까지도 '창업'은 중국 문학의 변함없는 중심 주제이다. 류칭의 창업 문학에 대하여 예전에 이름난 시인 허징즈賀敬之, 1924~가 우러러, "두보의 시는 백성의 고달픔을 어루만지고, 류칭의 서사시는 창업의 어려움을 빚었네라"[6] 하고 찬미하였다. 중국 사람이 자나 깨나 골몰하며 창업하여 집안을 일으켜 세우려는 청사진에 '인민 작가'로서 류칭이 남다른 관심을 기울인 것은 너무도 당연하다. 이러한 창작 경향은 저우리보의 『산골의 격변』에서 심지어 '낭만'에 훨씬 가까운 글쓰기로 드러났다. 여기서 고향의 자연 풍광에 대한 찬사, 고향의 가난한 모습을 바꾸려는 뜻을 품은 시골 간부에 대한 더욱더 정성 어린 찬미, 사람 본위의 깊은 관심과 중국 사람의 생계 문제에 관심을 기울

---

4   리지카이, 『진나라 지역 소설과 '삼진 문화'(秦地小說與"三秦文化")』, 후난교육출판사(湖南教育出版社), 1997.

5   [옮긴이] 진나라 지역(秦地)은 '산시(陝西)'로 읽어도 무방하다.

6   [옮긴이] "杜甫詩懷黎元難, 柳靑史鑄創業艱"는 허징즈의 7언시 「서사시로 창업의 어려움을 빚으니(史鑄創業艱) 2」의 함련(頷聯)이다.

이는 창작 경향을 굳게 지키는 것 등은 지금까지도 독자에게 잊기 어려운 감동을 남겼다.

21세기로 들어선 뒤에도 산골과 고향의 새로운 변화에 대하여 중국 사람들은 여전히 무한한 희망을 걸고 있다. 문학 창작 방면에서 말하면, 이러한 희망에 응답하는 것은 더욱 찬란히 빛나는 '새 창업사'와 더욱더 약동하는 '산골의 격변'을 부르는 외침이다. 인류의 길고긴 진화 과정에서, '변하면 통한다' 하는 사유 논리는 창업을 추구하는 사회적 실행과 작가의 '문학적 창업' 과정에서 모두 비교적 충분히 구체화되었다.

셋째, 창업 문학의 형상을 정성껏 빚기이다. 문학 형상학의 각도에서 『창업사』와 『산골의 격변』을 조명하면, 우리도 소설 속의 인물은 그 '붉은' 창업의 시대에 살았고, 문학 세계와 고난에 굴복하지 않는 사람들의 마음속에서도 살아 있는 점을 발견할 수 있다.

『창업사』와 『산골의 격변』은 저마다 인물의 과거와 예전에 겪은 고난을 성실하게 써냈다. 『창업사』의 첫머리에서 묘사한 것은 피난 중인 량싼노인梁三老漢과 죽음의 문턱에 이른 팔자 사나운 사람과의 만남이고, 그에게 아내와 양아들이 생긴 일이다. 또 그로부터 그들은 험난한 '창업'의 길을 걷기 시작하였다. 『산골의 격변』에서도 가난한 농부 천셴진陳先晉 노인과 가족이 예전에 맞닥뜨린 온갖 어려움을 공들여 묘사하였다. 과거의 고난, 특히 황무지를 개간해서 마련한 땅 몇 마지기를 거론하기만 하면, 천노인은 마음속에 코끝이 찡한 괴로움으로 가득 차고, 소유한 땅을 더욱더 끔찍이 여겼다. 합작사 참여 여부 문제에서 오히려 그는 더욱 의심하고 주저하였다. 이러한 의심과 갈등이 이처럼 진실하고 생생하게 서사 되고 아울러 시공을 뛰어넘었기 때문에, 독자는 농촌의 '공유제公有制'와 '합작화'의 난산과 요절에 대하여 한없이 한숨을 내쉬게 되었다. 소유제와 생산방식이 어떠하든지 간에, 량 노인, 천 노인과 그들의 후손 량성바오(梁生寶), 천다춘(陳大春) 등에게서 독자는 창업하여 집안을 일으켜 세우려는 데 대한 가장 소박한 중국 농민의 끈질긴 추구와 그로부터 일어난 온갖 분쟁을 낱낱이 볼 수 있었다. 값진 소득은 류칭과 저우리보가 저마다 생활의 숨결을 가득 지닌 농촌 서사와 인물 형상 창조를 통하여 창업에 마음을 두고, 시골 간부 형상을 포함하여 용감하게 창업하는 농촌 인물들을 독자 앞에 생생하게 펼쳐 보여준 점에 있다. 량성바오, 쉬가이샤(徐改霞), 덩슈메이(鄧秀梅), 리웨후이(李月輝) 등이 그러한 농촌 간부이다. 그리고 전통식으로 자발적으로 창업하지만, 마음이 복잡한 량싼 노인, 왕얼즈강(王二直杠), 성유팅(盛佑亭) 등을 생동감 넘치게 창조하였다.

모두 아는 바와 같이 류칭과 저우리보는 저마다 농민 대중 속으로 자발적으로 녹아 들어간 작가이다. 신성한 문학 사업을 위하여 그들은 농촌에서 생활 체험을 심화하고, 아울러 '창업'이란 시대의 '키워드'를 포착하여 문학을 창작하며, 창조적으로 중국 농민을 써낼 수 있었다. 그래서 여러 부류의 농민 형상을 빚어내는 면에서 그들은 특히 두드러진 성과를 낼 수 있었고, 뒤를 잇는 후배 작가들에게도 벗겨내기 어려운 시대의 빛과 그림자와 '심오한 영향'을 남겨주었다. 그 원인은 그들이 모두 옌안 문예 정신의 세례를 받고, 지식인이 드러내는 몸에 밴 습관을 자각적으로 억제하여 몸과 마음으로 기꺼이 생활 체험을 심화하면서 노력하여 농민의 목소리와 말투를 익히고, 그렇게 함으로써 농민의 집단적 형상을 더욱더 잘 묘사할 수 있었던 데 있다. 사실 이러한 '생활 체험 심화하기'라는 다각도 전환은 작가에게 절대적으로 지극히 혹독한 시련이다. 그래서 '심화'한 뒤에도 '생활'과 생동감 넘치는 인물을 성공적으로 써낼 수 있는 작가란 쉽게 찾아보기 어렵다. 글쓰기 작업의 각도에서 보면, 이것도 문학예술의 생산 메커니즘이나 법칙을 탐색하는 문화적 '실험'으로 간주해도 무방하다. 그 경험과 교훈에는 모두 진지하게 간추려 볼 가치가 매우 많다.

2. '실크로드 문학'의 의미

시대적 격변이 일어날 때마다 일반 사람의 예상을 종종 빗나가게 된다. 이를테면 일반 사람은 역사상 이미 형성된 고정 개념들이 이처럼 쉽게 바뀌거나 교체될 것이라고 예상하기란 매우 어렵다. 사람들에게 원래 낯익은 특정한 개념인 '실크로드'는 지금의 빅 시대에 '실크로드 경제벨트'와 '21세기 해상 실크로드'로 다시금 구축, 확장되거나 조정되었다. 이것은 그 유명한 '일대일로'이고, 새로운 국가 전략 내지는 국제적인 경제 전략을 구체화한 것이다. '벨트─帶'는 최초에 한나라와 당나라 때 창안長安, 시안(西安)의 육로 '실크로드'에서 시작되었는데, 오늘날에 이르러 '하나의 벨트'라는 한정어가 되었다. '하나의 길─路'에서는 고대의 제한적인 해상 장삿길이 사방으로 뻗어나가는 '21세기 해상 실크로드'로 재건되거나 개척되었다. 이 '실크로드'는 어느새 중심어가 되었으며, 아울러 주어나 목적어로 사용될 수 있고, 중화민족이 부흥하는 길이 방방곡곡 구석구석 통할 수 있음을 알려주었다. 그렇지만 전통적인 '실크로드' 개념도 이로부터 철저하게 일반화되었다. 하지만 이러한 일반화 과정에서, 그것은 끊임없이 개척하고 발전하는 '실크로드 정신'과 뿌리 깊은 '창업 정신'을 알려주었다! 이러한 정신 문화와 딱 들어맞는 부분들이 그다지 남들이 관심을 기울이지 않은 '실크로드 문학'을 포함한 실크로드예술에 양분을 공급하였다. 물론 세계문화유산 목록에 등재된 것은 고대의 실크로드이다. 중국의 '실크로드 문학'으로 여겨지는 작품도 대체로 중국 서부 문학西部文學의 범주에 넣어졌고, 지금까지 '합법'적인 독자적 신분을 미처 갖지 못하였다.

지금 실크로드 문학의 개념과 범주에 관한 넓은 의미에서의 이해와 좁은 의미에서의 이해에 있어 벌써부터 다른 목소리가 나온 바 있다. 저자는 문학예술 영역의 개념이 대부분 '인문의 애매성'이란 특징을 지녔고, 사람이 살아가는 데 '어수룩한 척하기 어려운' 경계와 비슷하며, 절대적으로 정확하거나 뚜렷한 정론을 내리기 어렵다고 생각한다. 그래서 여기서 관례에 따라 비교적 엄격한 의미에서 저자가 생각하는 '실크로드 문학'에 대하여 다음과 같이 세 가지 방면에서 토론하고자 한다.

첫째, 실크로드 문학은 실크로드 개척 정신의 확대이자 승화의 결과물이다. 길과 빈부 사이에는 밀접한 관련성이 있다. 이는 지리 환경 조건이 열악한 서부에서 생활하는 사람도 깊이 이해하는 '상식'이다. 길이란 종종 사람에게 생존의 길이자 창업의 길이 된다. '부자가 되고 싶으면 먼저 길을 닦으시라'라는 말은 요즘 사람의 전매특허가 아닌 것 같다. 바로 이러한 기본적인 인식에서 나왔고, 마찬가지로 '시안'혹은 창안이 '서부 안정定西'지명은 '서부 안정'의 바람을 담음을 위한 데서 나와 굳세게 서역으로 향하고, 더 나아가서 서역에 가서 부딪쳐 보려는 충동이 싹텄다.

실크로드는 중국 역사상 눈부신 경제의 생명줄이자 문화의 큰길이었다. 실크로드의 개척과 연장은 상품의 교환과 경제의 발전을 촉진하고, 이역 문화 예술과의 교류와 거울삼기도 심화시켰다. 그 가운데서 대대로 사람들이 비교적 관심을 많이 기울인 것은 명성 자자한 둔황敦煌 예술이지만, 알게 모르게 실크로드 문학을 소홀히 여기는 결과를 낳게 되었다.

사실 예로부터 실크로드 문학은 '거기에 있었다'. 그것은 객관적으로 존재하면서 끊임없이 성장하고 또 상당히 풍부해졌다. 사람들은 용감하게 탐색하고, 교류하고, 개방하는 과정에서 창업하였고, 창업 과정에서 줄기차게 드넓은 국제적인 교역 시장을 열었으며, 정신 문화의 형식과 내용도 마찬가지로 풍부해졌다. '실크로드'를 사회적 내용을 풍부하게 담은 역사적 사실이라고 한다면, '실크로드 문학'은 함께 가는 길에 생긴 중요한 정신 문화 현상이다. 그것은 실크로드를 따라서 꽃을 피우고 풍성한 열매도 맺었다. 그것은 변새시邊塞詩의 번성을 포함하여 한나라와 당나라의 '실크로드'로 번창하여 실크로드 기행 문학을 등장시킨 것처럼, 더 나아가서 실크로드 민간 문학과 종교 문학도 활발하게 발전시켰다. 아울러 실크로드에서 전파한 둔황 변문變文, 민간 서사시와 종교적 화본話本[7] 등은 모두 민족의 귀중한 문화유산이 되었다. 뒤이어서 실크로드 문학도 실크로드가 늘어나고 또 길어지면서 오늘날 실크로드를 따라서 더 나아가서 개척하여 새로운 비약과 발전을 이룩하게 되었다.

　사람들은 실크로드 정신을 말할 적에 그것을 '개벽', '개척', '개명'과 '개방' 등 어휘나 개념과 연결하기 쉽다. 이러한 것들은 모두 실크로드 문화의 모종의 이상적 상태를 알려주면서 끊임없이 성장하고 번성하는 긍정 에너지를 드러냈다. 저자는 여기에 '마음을 열다'라는 뜻의 '개심開心'이란 어휘를 한 개 더 추가할 수 있다고 여긴다. 서부 사람은 성격이 대범하고 시원시원하며, 가난하게 살아도 '소박한 즐거움'을 찾으려고 노력한다. 소수민족은 대부분 저마다 노래를 잘하고 춤을 잘 추는 것이 바로 그 증거이다. 이러한 '열린 개開'자를 접두사로 가진 어휘 개념은 바로 둔황 정신, 실크로드 정신이나 서부 정신에서 얻은 정수이고, 아울러 실크로드

7　[옮긴이] 이야기를 구연하는 설서(說書) 예인(藝人)의 공연 대본을 이른다.

문학 속에서도 충분히 구체화하였다.

둘째, 당대 실크로드 문학 창작의 기본 상황과 그 존재의 문제이다. 대체로 말하면 실크로드 문학도 한-당나라 '이전'의 실크로드와 한-당나라 '이후'의 실크로드로 나누거나, 고대와 현대라는 두 커다란 역사단계로 나눈다. 문학 장르에서도 풍부하고 복잡한 양상이 나타났고, 통상적으로 말하는 문학과 문체상의 명확한 차이가 전혀 없다.

중화인민공화국 성립 뒤로, 옛 실크로드는 오랜 세월 동안의 침묵에서 깨어났고, 특히 새로운 시대를 건설하는 발걸음에 맞추어서 전면적인 부흥과 발전을 맞이하였다. 특별히 서부대개발西部大開發[8] 정책을 실행한 뒤로 진정으로 국제화된 실크로드가 다시금 주목받게 되었다. 이로부터 실크로드 문학도 새로운 발전의 계기를 맞이하였다. 역사가 오랜 실크로드에는 실크로드와 그 주변에서 오랫동안 살아온 많은 문인 작가도 있고, 외지에서 관광을 오거나 잠시 머문 문인 작가들도 있다. 그들은 저마다 실크로드와 서부의 역사와 현실을 쓰는데 자신의 심혈을 기울였다. 당대 실크로드 문학도 고대 실크로드 문학의 전통을 잇고, 상당히 뚜렷한 지역 문화 특색을 갖추고 있으며, 이른바 '실크로드 운치'라는 다민족과 관련한 문화적인 표현은 실크로드 문학의 주요 특색이 되었다. 이와 상응하여 활달하고 거리낌 없는 서사와 서정도 당대 실크로드 문학의 주요 격조가 되었다. 그 문학적 경계에는 전과 다름없이 커다란 사막과 저무는 해, 드넓은 사막과 낙타 방울 소리, 하늘을 나는 그림의 벽화, 백양나무와 붉은

---

8 [옮긴이] 동부 연해지역의 경제발전 과정에서 얻은 잉여 에너지를 활용하여 서부 지역의 경제와 사회 발전 수준을 높이고 국방을 공고히 한다는 목적에서 나온 전략이다. 2000년 1월에 중국 국무원(國務院)이 서부지역개발전문팀(西部地區開發領導小組)을 구성하면서 정식 가동되었다.

버들, 초원과 내달리는 말, 빙하와 격류, 천막과 밥 짓는 연기 등이 있고, 눈 덮인 산과 붉은 깃발, 고비사막과 차량 행렬, 고원의 발전소와 사막의 오아시스 등도 있다.

예를 들면, 「둔황 현장시敦煌紀事詩」위유런(于佑任), 「시베이로 가며 읊다西北行吟」뤄자룬(羅家倫), 「변새의 노래塞上行」판창장(范長江), 「백양 예찬白楊禮讚」마오둔(茅盾), 「치만구리奇曼古麗」리 무타리푸(黎·穆塔里甫), 「위면의 노래玉門頌」리지(李季), 「톈산의 목가天山牧歌」원제(聞捷), 「햇빛이 반짝반짝 톈산을 비추다陽光燦爛照天山」비예(碧野), 『평범한 세계平凡的世界』루야오(路遙), 『검은 준마黑駿馬』장청즈(張承志), 『실크로드 로큰롤絲路搖滾』원란(文蘭), 『잔두이瞻對』아라이(阿來), 『무함마드穆罕默德』아이커바이얼 미지티(艾克拜爾·米吉提), 『투쓰와 그의 자손들土司和他的子孫們』왕궈후(王國虎) 등 이루 다 셀수 없는 실크로드 작품은 모두 서부 실크로드의 자연 풍광과 문화적 풍경을 재현하였고, 저마다 창업의 고달픔과 즐거움, 창업하여 집안을 일으켜세우는 일, 인간성과 감성의 갖가지 갈등과 충돌을 써내는 데 치중하였다.

관중關中, 허타오河套, 룽유隴右, 서하西夏, 허황河湟, 허시河西, 둔황敦煌, 티베트吐蕃, 돌궐突厥 등 실크로드 연도 지역의 여러 민족위구르족, 후이족, 티베트족, 몽골족, 카자흐족, 키르기즈족 등의 문학 작품은 더욱더 다채롭고 기발하여서 꼼꼼히 연구해볼 가치가 있다. 실크로드에서 나온 뼛속 깊은 생활 체험은 실크로드 문학 창작의 영원히 마르지 않는 원천이며, 민족의 생활, 역사 지리와 인문 전통이 실크로드 문학에 깊은 영향을 끼쳤다. 이것이 실크로드 작가, 특히 드넓은 시베이 작가의 문학에는 대부분 활발하고 거리낌이 없지만, 부드러움과 섬세함이 부족하게 된 주요 원인이다. 사랑이 다가올 때를 묘사한다고 할지라도 달빛 아래 꽃이 핀 아름다운 곳에서 깨끗하고 부드러운 강물이 흘러가는 작은 다리 위의 운치와 강남 악기를 타는 선율이라곤 없다. 하지만 당대 실크로드 문학은 회피할 수 없는 분명한 문제도 안고 있다. 정치적인 통치 방면에서 좌경사조와 종교적·종파적인 근본주의 등과 같은 극단적인 사조들은 모두 실크로드의 막힘없는 소통과 실크로드 문학의 창작 환경에 직접적인 억제 작용을 하거나 부정적인 영향을 끼치게 된다.

마지막으로, 실크로드 문학의 동서고금의 시야와 관련 연구의 점진적인 확장이다. 전체적으로 보면, 예나 지금이나 실크로드 문학 창작은 그야말로 빛나는 성과를 이루었고, 문학적 시야도 확 트였다. 예를 들면, 실크로드 문학 총서의 하나인 '둔황 문학 총서敦煌文學叢書'[9]는 특정한 역사 시기의 '둔황 문학'을 진일보하게 드러내는 동시에 오늘날 사람들이 다시금 편집하고 연구한 드넓은 문화적 시야도 나타냈다. 사실 역사상 '둔황 문학'이란 실크로드 문학이 한데 모인 것이거나 이목을 끈 것일 뿐이다. 거기에는 분명한 시공의 제한이 있으며, 특히 1900년에 둔황 모가오굴莫高窟 장경동藏經洞, 제17굴에서 발견된 시가詩歌, 곡자사曲子詞, 변문變文, 속곡俗曲 등은 형식이 다양하고 내용이 풍부하지만 체계적이지 못하였다. 하지만 지금 보면, 우리는 '새 실크로드 문학'의 의미에서 둔황을 쓰거나 둔황 작가가 창작한 실크로드 문학을 모두 '둔황 문학'이라고 볼 수 있다. 예를 들면 펑위레이馮玉雷, 1968~의 『둔황 백년제敦煌百年祭』,『둔황, 육천 대지 아니면 더욱 먼 곳敦煌·六千大地或者更遠』,『둔황 유서敦煌遺書』등 일련의 작품들이다. 이러한 새 둔황 문학은 틀림없이 동서고금을 관통하는 드넓은 문학적 시야를 구체화하고, 상응하는 학술연구가 응당 갖추어야 할 거시적으로 관통하는 학술적 안목을 제시하여야 할 것이다.런징징(任晶晶), 2007.9.1[10]

---

9   둔황문학총서편집위원회(敦煌文學叢書編委會),『둔황문학총서(敦煌文學叢書)』전11권, 간쑤인민출판사(甘肅人民出版社), 1988.

류웨이쥔劉維鈞은 「실크로드를 빛낸 예술에 대하여振興絲綢之路藝術論綱」에 서 다음과 같이 말하였다.

중국에는 고대부터 온 세상에서 다 알고 있는 상징성을 지닌 두 가지 대단한 존재물이 있었다. 하나는 만리장성이고, 하나는 실크로드이다. 전자는 보수주 의의 상징이라면, 후자는 개방주의의 상징이다. 양자는 상반되면서도 통일성 을 지니며 눈부신 중화 문화를 구성하였다.류웨이쥔, 1987

이로부터 보건대, 실크로드 연구는 확실히 더욱더 확장할 필요가 있다. 지금 실크로드 문학 연구는 전체적으로 보면 아직도 상당히 빈약하고, 전 통적인 둔황학 가운데서 예술적 연구가 비교적 충분한 것 말고는 다른 방면의 연구는 모두 매우 불충분하다. 특히 당대 실크로드 문학 연구는 아직 초기 구성단계에 있고, 연구 대상과 범주, 개념 등이 모두 비교적 두 루뭉술한 단계에 여전히 머물러 있다. 이러한 단계에서 실크로드 문학의 확실한 존재를 드러내는 데 노력하는 것은 매우 절실한 연구 작업이다.

---

10   런징징은 글에서 다음과 같이 지적하였다. 펑위레이의 대부분 작품은 모두 실크로드의 둔황과 그와 관련한 실크로드에서의 생활 풍경을 집중적으로 묘사하였다. 허구와 사실 을 융합하고 역사에 충실하였으며 자신의 상상에도 충실하였다. 이 글은 실크로드 문 학의 대표 작가의 한 사람인 펑위레이가 지키는 적극적이고 문명적인 문예관을 충분히 긍정하였다. 펑위레이는 문학 작품이 사람의 영혼을 따뜻하게 해야 하고, 소설이 인류 의 빈곤이나 질병 등과 같은 현실적인 문제를 당장 해결할 수 없다고 하여도 세속의 먼 지와 때에 찌들어 감추어진 독자의 영혼에 관심을 기울이고 독자의 영혼을 불러 깨우 기 때문에, 문학이란 본질적으로 신성하고 고상하고 순결하며 조화로운 것이라고 줄곧 여겼다. 그는 자신의 '소설이 한 가지 이야기를 하면서도 그림이나 음악과 같은 짙은 예 술성을 담아야만 감상할 수 있고, 아름다울 수 있고, 생활의 진흙을 뚫고 나올 수 있으 며, 그래서 빛나는 하늘을 향해 올라가며 아름다운 꽃을 피울 수 있기'를 바랐다. 런징 징, 「둔황 문화 찾기와 실크로드 문명 환원(追尋敦煌文化, 還原絲路文明)」, 『문예보(文 藝報)』 1, 2007.

옛날과 오늘의 가장 기본적인 관련 문헌 자료의 수집, 정리와 연구로부터 손을 대야하고, 필요한 연구 방향을 잃어서는 안 된다.

3. 거시적 방면의 창업 문학과 실크로드 문학

앞에서 말한 창업 문학과 실크로드 문학에 대한 초보적인 토론을 통하여 우리는 창업 문학과 실크로드 문학 사이에 확실히 내적인 밀접한 관련성이 존재하고 있음을 알 수 있었다. 양자에는 분명히 다름이 존재하고, 여러 가지 의미를 담은 유익한 시사점도 갖고 있어서, 거시적으로 다음과 같은 몇 가지 방면에서 주로 표현되고 있다.

1) 전략과 문학

창업 과정에서 창안을 추구하는 가치지향이다. 이는 두 가지 문학 장르에서 모두 충분히 구체화되었다. 중국에서 옛날이든 오늘이든 막론하고, '시안'이나 '창안'은 모두 대수롭지 않은 지명이 아니다. 그것은 중국에서 특히 서부에서 오랫동안 나라가 태평하고 사회 질서와 생활이 안정되기를 추구하는 의미를 담고 있는데, 이는 예나 지금이나 한결같은 정치 문화적 바람이다. 대담하게 새로운 사업을 여는 실크로드 정신은 이미 중화를 부흥하는 '일대일로' 발전 전략과 중국의 꿈中國夢을 실현하는 정신적 기둥으로 발돋움하였다. 정복전쟁을 쓰건, 아니면 건설을 쓰건 간에, 옛 실크로드에서 탄생한 "변방의 소리 사방에서 울리니 큰바람 일어라"[11] 하

---

11   [옮긴이] "邊聲四起唱大風"는 2003년 드라마 〈사조영웅전(射彫英雄傳)〉의 주제가 〈천지가 모두 내 마음속에 있네(天地都在我心中)〉의 일부이다.

는 변새시나 "봄바람도 위먼관玉門關을 넘지 못하노니"[12]의 영향을 받아서 리지李季, 1922~1980가 소리 높이 읊은 '석유시石油詩' 등은 모두 평화와 행복을 바라는 강한 희망을 표현하였고, 가정-나라의 안전을 기하고 공훈과 업적을 세우는 데 대한 깊은 관심을 드러냈다.

『창업사』가 묘사한 것도 바로 중국 농업을 다시금 창업하는 일이었고, 오랫동안 농업으로 나라를 세우고, 농업을 '나라의 근본'으로 삼은 데 대한 높은 관심을 나타냈다. 더불어 예로부터 혁명성과 적극성을 띤 합작화 탐색이나 실험에 대해서도 작품은 전에 없는 예술적 글쓰기를 시도하였고, 시대의 발걸음을 따라서 '전략과 문학'기본 국가 정책과 문학 구축을 파악하기에 노력하는 작가의 창작 경향을 드러냈다. '전략과 문학'을 포착하는 면에서 마침 당대 실크로드 문학도 시대의 앞쪽에서 걸어가고 있었다. 육지 실크로드에 대한 글쓰기이건, 해상 실크로드에 대한 글쓰기이건 간에 모두 국가적 전략과 중국의 꿈을 적절하게 결합하여 충분히 구체화하였다.

우리는 국가적 전략과 안정 각도에서 창업 문학과 실크로드 문학을 다루어야 하고, 그 가운데 담고 있는 군센 창업 정신과 안정 추구 의식, 그리고 영웅주의와 낙관주의에 대해 크게 드높였음을 반드시 중시해야 할 것이다. 극도로 열악한 환경에서 생명을 유지하는 것 자체가 아무리 어려운 문제가 될지라도 경제를 발전시키고 환경을 개선하여 나라를 부유하게 하고 국민의 생활 안정을 실현하여야 한다. 그러자면 크게 개발하고 두려움을 모르는 기개가 더욱 필요하고, 모종의 과감한 모험과 헌신하는 정신을 요구하게 된다. 그로부터 창업 문학과 실크로드 문학은 신성함 내지는 비장한 색채도 띠며, 탁한 물을 물리치고 맑은 물을 끌어들여 기개

---

12   [옮긴이] "春風不度玉門關"는 왕지환(王之渙)의 「량저우사(涼州詞)」의 한 구절이다.

넘치는 비장한 선율로 출렁거리게 되었다.

2) 실크로드의 낭만적 색채

창업 문학과 실크로드 문학은 상호 융합과 보완성을 지니며, 당대 중국 문학의 판도를 풍성하게 하는 면에서 중요한 공헌을 하였다. 당대 중국 문학의 판도에서 인간적인 글쓰기, 매직적인 표현, 부조리의 초점화focalization 등이 얼마나 주목을 받았든지 간에, 모두 창업 문학과 실크로드 문학의 눈부신 빛을 가리기 어렵다. 류칭의 『창업사』와 저우리보의 『산골의 격변』으로 대표되는 창업 문학은 현실주의 소설 예술 탐색 면에서 낡은 것을 없애고 새것을 창조하였다. 그래서 창조적인 글쓰기는 이미 '붉은 경전'의 반짝이는 빛을 만들었다. 실크로드 문학은 이러한 사명감과 예술정신을 품고 지역 특색을 더욱 지닌 문학 세계로서 창업에 대한 무한한 추구도 드러냈다. 이것도 창업 주제에 대한 실크로드 문학의 적극적인 호응이다. 당대에 류칭과 같은 작가들은 적극적으로 '생활 체험을 심화'하고 자신을 개조하면서 문학도 창조해냈다. 그들의 창업 문학은 '만들어代'낸 것이다. 그렇다면 실크로드 문학은 옛날과 오늘을 탐색해서 '나아간走' 것이다.

저 멀리 겹겹이 가로막힌 '자연'적 단절을 뚫는 데서부터 갖가지 이익으로 얽힌 울타리의 한계를 부수는 데 이르기까지, 예로부터 지금까지, 실크로드로 대표되는 창업의 길은 모두 험난한 가시밭길이었고, 위험한 상황이 꼬리를 물고 일어났다. 하지만 이 길은 또 사람을 끌어들이는 매력으로 가득 찼고, 짙은 낭만적인 색채를 띠고 있었다. 대대로 중국 사람은 그 길을 밟았고 용감하게 앞으로 나아가며 탐색하고, 교류하고, 개방하는 과정에서 창업하고, 나라를 부강하게 하고 집안을 이롭게 하였다. 중국 사람은 드넓은 국제적인 교역 시장을 적극적으로 열고 시장경제의

발전도 대대적으로 촉진하였다. 마찬가지로 온갖 창업 문학성공한 인물의 전기
적인 르포와 대학생 창업 이야기 등을 포함의 등장은 비교적 큰 폭으로 긍정되었고, 아울
러 비교적 넓은 범위에서 창업 경험을 전하면서 문학예술의 양식과 내용
을 포함한 정신 문화도 풍부하게 채워주었다.

3) 실크로드 문학의 잠재력

실크로드 문학은 시대와 더불어 발전한 창업 문학으로서 더욱더 발전
잠재력을 지닌 문학 장르이다. 전통적 실크로드의 개벽에서 '일대일로'
발전 기획까지, 이 기간에 이루어진 상업적 창업의 난제와 국가 부흥 전
략의 실시에는 모두 용감한 추구와 탐험이 필요하였다. 그 과정에서 동반
하는 것은 행려의 고달픔과 위험이고, 종종 외국 사람과의 교류와 교역도
있으며, 아울러 그로부터 ('나아가서' '세계화'의 의미를 지니는) '외교'와 문학
의 관련성도 드러내게 되었다. 실크로드 문학에서는 필연적으로 더욱 많
은 상인 형상, 성지순례 심리, 신성한 체험과 낭만주의적인 영웅 색채 등
을 드러낼 수 있다. 이는 당대의 신식 창업 문학에서나 신식 실크로드 문
학원란의『실크로드 로큰롤』, 리춘핑(李春平, 1962~)의『소금 길(鹽道)』, 왕메이잉(王妹英, 1967~)의『산천 이
야기(山川記)』등 장편소설 가운데서도 볼 수 있고, 오늘날의 중국 사람이 아직도
한나라와 당나라 때의 늠름한 풍모와 기백과 중화민족의 고달픈 창업의
정신을 매우 많이 간직하고 있음도 물론 볼 수 있다. 이것도 바로 우리가
지금 시대에 대대적으로 드러내야 하는 얼이자 '문학 정신'이다. 이러한
'문학 정신'은 물론 '문학은 사람의 학문'이라는 원리에 들어맞고, 사람의
욕망을 묘사하는 데도 알맞아야 한다. 사람의 욕망 가운데서 가장 중요한
것은 인간적인 물질적 욕망과 사랑의 욕망인 점을 말이다.

전체적으로 보면 중국의 창업 문학과 실크로드 문학은 모두 주로 '물

질적 욕망'을 묘사하거나 드러낸 문학이다. 사실 인류의 '물질적 욕망'을 성공적으로 쓰는 난도는 '사랑의 욕망'을 쓰는 것보다 훨씬 쉽다고 말할 수 없다. 마찬가지로 양자를 적당히 조율하여 예술적으로 양자의 결합 형태를 드러낼 수 있는 작가는 더더욱 매우 드물다. 류칭, 저우리보와 실크로드 작가는 창업 문학과 실크로드 문학 창작에 매달릴 때에 이미 그들의 가장 큰 노력을 기울였고, 민중의 공동 창업과 실크로드 창업 인생을 조율하는 과정에서, 인물의 물질적 욕망과 사랑의 욕망을 진실하면서도 복잡하게 표현하는데 (이는 그런 저질적인 흥미에 영합한 실크로드 통속 문학이나 실크로드 인터넷 문학과는 다르게) 힘쓸 수 있었다는 점이 소중하다. 지금 우리가 중화민족의 커다란 부흥과 '새로운 농촌' 건설을 실현하고자 노력할 때, 창업 욕망의 충동과 열정은 이처럼 활활 불타오르며 솟구치고 있다. 이에 당대 작가들은 힘껏 추구하고 경영에 몰두하여, 빅 시대를 위하여 더욱더 웅장하고 힘차게 빛나는 '새 창업사'도 남겼다.

4) 실크로드 문학의 미래

창업 문학과 실크로드 문학에서 우리는 창업과 직분에 힘을 다하기를 똑같이 중요하게 여기는 중국 사람들의 정신을 볼 수 있다. 전체적으로 보면 인류의 물질 숭배에서 신적 숭배로 나아가기까지, 다시 사람 중심에서 '생명'넓은 의미와 좁은 의미에서의 생명 보존 중심으로 더 나아가는 사상 변화의 발전사는 옛날과 오늘에 대한 탐색의 고뇌와 확 트인 기쁨으로도 가득 채워졌다.리지카이, 2015 하지만 그 과정에는 온갖 '창업'에 대한 사람들의 갈망과 노력이 언제나 동반되었다. 때로는 어떤 특정한 '운동' 때문에 '창업'은 가려지고 억제될 수 있을 뿐이다. 이상하게도 그럴듯한 멋진 구호를 내세우는 정치적 운동이 일어날 때마다 창업의 둔화와 경제의 후퇴를 가져오게 되었다.

류칭과 저우리보 등 작가들은 '창업'을 가로막는 '운동'이 일어나거나 아니면 '창업'이 언제나 민중의 강렬한 소망과 자발적인 행동으로 구체화되는 역사 시기를 겪었다. 류칭과 저우리보 등 작가들은 언제나 현장감 스며든 글쓰기와 의미심장한 '창업 서사'와 상응하는 '노동 서사'를 통하여 역사의 비전과 중국 사람의 소망도 깊이 결합시켜 드러냈다. 게다가 그들은 언제나 열정과 이상을 더욱더 품은 젊은이에게서 미래의 희망 보기를 통하여 그 '창업소설'이 기대 이상으로 스스로 분발하는 의미를 띠게 할 수 있었다. 류칭과 저우리보 같은 작가들의 창업 문학은 한 세대 독자를 고무시켰을 뿐 아니라, 지금까지도 여전히 독자를 감동시키고 있다. 비할 수 없는 진실함과 창업의 정신은 언제나 시대를 뛰어넘는 신기한 힘을 지니기 때문이다.

실크로드 문학은 당대의 발전 과정에서 실크로드 작가에게 더욱더 강렬한 창업 정신과 포용 의식을 지닐 것과 창업과 직분을 지키는 정신을 국제화하고 다민족의 다원적 문화교류 과정에 필연적으로 녹아들게 할 것 등도 요구된다. 그렇게 함으로써 문학은 창업을 개척하는 긍정에너지를 더욱 많이 내뿜고, 문학에 대한 개혁개방과 착실하고 대담하게 앞으로 나아가는 실크로드 정신의 영향을 강조하게 될 것이다. 동시에 문학은 생명을 더욱 아끼고 보호하며, 마음을 기르고 즐겁게 하며, 반성하고 초극하는 인류학적 의미도 더욱더 많이 담게 될 수 있다. 이처럼 실크로드 문학은 다채롭고 무한한 생기로 가득 찬 아름다운 미래를 더욱더 많이 드러낼 것이다.

4. '해상 실크로드 문학·문화'

인류는 문명과 문화를 창조한 길고긴 역사 과정에서 개념에 대한 발명, 명명과 관련 사물에 대한 사람의 인식에서 모두 사람의 지혜를 드러낼 수 있었다. 그리하여 사람의 출행과 도구를 빌려 도움을 받는 행보, 돌파, 유람 내지는 비상이 모두 이러한 인식 과정과 이름 짓는命名 지혜를 동반하게 된다. 여기서 말하는 '해상 실크로드 문화'와 '해상 실크로드 문학'도 이러한 인식 과정과 이름 짓는 지혜의 산물이다. 실제적인 의미의 육상 '실크로드'에 대하여 사람들이 흥미진진하게 이야기할 때에 해상 실크로드의 존재는 어느 정도 틀림없이 소홀해질 것이다. 사실 지구상의 해양은 대륙과 비교하여 훨씬 드넓고, 사람들은 바다를 넘고 건너서 세계 각지로, 각 섬으로 갈 수 있다. 본질적인 의미가 서로 통하는 실크로드 문화와 실크로드 문학에 대해 말하자면, 해상 실크로드 문화와 해상 실크로드 문학도 마찬가지로 창업을 갈망하고 소통을 바라며 위험을 두려워하지 않는 실크로드 정신을 구체화하였다. 사람들이 습관적으로 말하는 옛 실크로드는 만리에 뻗어 있고, 천년을 이어왔다. 이러한 길을 찾는 행위는 마찬가지로 더욱 일찍부터 드넓은 바다에서도 발생했다. 정치가와 재계 지도자와 문화교육 관계자가 공감하는 실크로드 문화의 정신도 분명히 평화 합작과 호혜 공존을 추구하는 비전을 포함하고 있다. 아울러 개방적 포용과 서로 배우고 거울삼기를 주장하는 포부를 드러내고 있다. 이전의 '실크로드'와 지금의 '일대일로'는 전체적으로 보면 모두 문화적 교통과 문화적 적응에 대하여 '문명인'이 적극적으로 탐색한 과정의 산물이다.

부자가 되고 싶으면 먼저 길을 닦으시라. 이런 가장 소박하면서도 오래된 창업 경험은 확실히 매우 소중하다. 복을 받고 싶으면 만나시라한데 어울리시라. 실크로드도 마음으로 통하는 행복의 길이다. 사실상 실크로드 역사, 실크로드 문화, 실크로드 문학 등이 드러낸 실크로드 정신을 통하여 중국 사람과 다른 나라 친구들은 이미 인류 문명에 참으로 중대한 공헌을 하였다. 이러한 역사와 현실이 다시금 지구상의 인류 운명은 서로 통하는 것이고, 산과 물로 가로막혀 떨어져 있지만, 산과 물은 서로 연결되어 있음도 증명하였다. 예전에 장벽, 오해와 투쟁이 얼마나 많았든지 간에, 인류가 끊임없이 현실과 마음속의 '실크로드'를 탐색하기만 한다면, 서로 만나고 서로를 알면서 차츰 문화적 적응이 생기고 점차 운명공동체의 체험과 공감대가 생길 수 있을 것이다. 그로부터 인류는 손에 손을 잡고 나란히 걸어가고 마주 보며 함께 나아가며, 함께 행복하고 평안하며 조화롭고 아름다운 경계로 나아갈 수 있다. 이것도 '중국의 꿈'이나 '미국의 꿈'이 이룩할 수 있는 건 절대로 아니라 명실상부한 '인류의 꿈'이자 '세계의 꿈'이 될 것이다. 육상 실크로드이든 해상 실크로드이든 간에, 모두 이러한 인류의 아름다운 꿈나라와 서로 관련된 것이다.

이 책에서 일컫는 해상 실크로드 문학은 서부 육상 실크로드 문학에 대응하여 언급하는 것이고 서로 보완하는 관계를 지니는 문학 현상이다. 이는 해상 실크로드 정신을 갖고 해상 실크로드 문화를 드러낸 중국 동부의 문학 창작과 문학 현상이며, 주로 해상 실크로드와 관련을 맺은 해양 시와 글, 유학생 출신 문학과 항구도시 문학을 포함한다. 해상 실크로드 문화와 문학을 구체적으로 조사하는 과정에서, 우리는 해상 실크로드와 그곳의 길고긴 역사를 조사해야 하고, 해상 실크로드 문학의 개념과 범주를 여러 방면에서 토론해야 하며, 상응하는 연구를 위하여 기초를 놓아야 한다. 아울러 해상 실크로드의 문화적 지평에서 해상 실크로드 문학의 무궁한 매력을 드러내도록 노력하고, 해상 실크로드 문학과 사람들이 습관적으로 말하는 해양 문학과의 밀접한 관계와 그 차이에도 관심을 기울여야 한다. 우리가 다원적인 시각에서 '해상 실크로드 문학'을 조명할 때, 우리는 작가들에게서 해양과 바다의 일을 에워싸고 일어난 '블루 판타지'와 서로 관련된 해양 제재의 글쓰기를 발견하고, 아울러 해양과 항구, 다른 나라와 관련하여 생겨난 연대적인 '해상 실크로드 문학'도 돌아보게 될 것이다. 그리하여 해상 실크로드 문학이 언급하는 글쓰기 범위는 더욱 더 넓어질 것이다. 이 책은 해양 정신과 바다의 찬가, '바다 맛' 서사와 생명 시학, 해양 제재와 해상전투 서사, 해상 실크로드 문학의 새로운 패러다임, 유학 체험과 이역 글쓰기, '해상 실크로드'가 성취한 '중국학문의 서양 전파', 현대 유학 체험 작가들로부터 당대의 해외 화문 문학海外華文文學 등에 이르는 일련의 주제에 관심을 기울이고 토론할 것이다. 아울러 해상 실크로드 문학의 기본적인 모습을 초보적으로 전시하게 될 것이다.

제2부 '해상 실크로드 문화'와 '해상 실크로드 문학'

제1부

'육상 실크로드 문화'와
'육상 실크로드 문학'

제1장

개념과 범주
실크로드 문화와 실크로드 문학

1. 발생학적 의미에서 보는 실크로드

　고치에서 실을 자아 짜낸 비단은 고대 중국 사람들의 지혜와 노동의 결정체이자 실크로드에서 중요한 문화 사절로서 중화민족의 문화를 서양으로 전파하였고, 세계 문명의 발전에 커다란 이바지를 하였다. 당나라 때 시인 장적張籍, 766?~830?이 「량저우사 세 편涼州詞三首」하나에서 비단이 서역으로 운송되는 성대한 장면을 "다 셀 수 없는 방울 소리 멀리 자갈밭 지나니 / 하얀 비단 싣고 안시安西에 도착하였네라"장적, 1989 : 266 하고 형상적으로 묘사하였다. 기원전 3세기 전후에 중국의 비단이 서양으로 전해지기 시작하였다. 중국 비단은 정교함, 아름다움과 화려함 등으로 서양 사람들에게 천당에나 있을 물건으로 칭송받았고, 고대의 그리스 사람과 로마 사람들은 그래서 중국을 "Serica비단의 나라"라고 불렀다. 서한西漢, 기원전 202~8 시기에 실크로드를 개통한 뒤로 2,000여 년 역사의 흐름 속에서, 비단을 주요 무역품으로 삼은 장삿길은 고대 중국과 서역의 각 나라, 지역, 민족 사이에서 정치, 군사, 경제 방면의 교류를 이끌어내는 다리가 되었다. 마찬가지로 그것은 세계 3대 고대문명인 중국문명, 인도문명과 서유럽문명을 잇는 교통의 대동맥이 되었다.
　중국과 서양을 잇는 이러한 육상 교통의 중요한 길은 근대 이래로 보편적으로 "실크로드絲綢之路"로 명명되었다. 하지만 사실상 장건張騫, 기원전 164?~114이 서역으로 가기 이전부터 이러한 길은 이미 존재하였다. 고고학의 발견으로 실크로드가 열리기 전에 서역의 옥돌이 내륙 땅으로 운송되고, 통치자의 제기 용품과 장식품을 제작하는 데 주요 원료로 사용되었다는 것도 알게 되었다. 중국의 고고학 관계자는 허난河南 은허殷墟에서 발굴한 옛 무덤에서 옥기 7백여 점을 발견하였다. 이러한 옥기들은 대부분 신장新疆 허텐에서 난 연옥和闐玉으로 만든 것이었다. 이는 중원과 신장 사이에 일찍이 기원전 13세기 정도부터 교통 왕래가 있었음을 설명한다.

중원과 서역 사이의 왕래에 관하여 선진 시기의 문헌에도 여러 곳에 기록이 남아 있다. 『장자莊子』 「천지天地」에 "황제가 츠수이赤水 북쪽에서 노닐며, 쿤룬 구릉崑崙之丘에 올랐다."왕셴첸(王先謙) 집해(集解), 2009 : 116 하고 기록하였다. 가의賈誼, 기원전 200~168가 『신서新書』 「수정어상修政語上」에도 요堯임금이 "직접 류사流沙 땅을 건너서"가의, 1937 : 96 서왕모西王母와 만난 이야기를 기록하였다. 『순자荀子』 「대략大略」에도 "우禹임금이 서쪽 왕국에서 배웠다."량치슝(梁啓雄), 1983 : 366와 관련한 기록이 있다. 전국 시기에 책으로 엮어진 『목천자전穆天子傳』다른 제목은 『주 목왕 여행기(周穆王遊行記)』에서도 서주 제5대 군주 목왕희만(姬滿)은 재위 13년기원전 989에 '서역 순행'을 하였고, 그때 서역의 여러 지역을 돌아다녔으며, 멀리 쿤룬산과 '서왕모' 나라에 이르러 야오츠瑤池에서 그 나라 군주인 서왕모를 접견하였다고 상세하게 기록하였다. 중국 고대의 최초 지리서인 『산해경山海經』에는 서왕모와 서역 지리에 관한 기록도 많이 담겨 있고, 쿤룬, 류사, 둔훙의 물敦薨之水, 유쩌泑澤 등 지명을 여러 차례 언급하였다. 예를 들면 "서쪽 바다의 남쪽, 류사 물가에 (…중략…) 쿤룬이라는 이름의 커다란 산이 있다."곽박(郭璞) 주, 2015 : 432 하였는데, 여기서 쿤룬은 일반적으로 신장 남쪽에 있는 쿤룬산맥이고, 류사는 타클라마칸 사막Taklamakan Desert을 가리킨다고 여겨진다. 서역에 대한 이러한 옛날 서적의 기록들은 지리적 고증의 인증을 미처 얻지 못하였고, 게다가 터무니없고 이상야릇한 신화적 요소가 뒤섞였다고 하여도, 중원과 서역 사이에 일찍부터 왕래하였다는 기본적인 사실을 반영하고 있다.

실크로드는 선진 시기에 이미 존재하였다고 하지만, 초기 단계부터 정치적 지리적인 이유에서 번영을 얻고 막힘없이 잘 통하였던 것이 아니었다. 한나라 때 장건이 "서역 착공鑿空西域"[1]을 한 뒤에, 한나라의 힘이 커지고 조정에서 강력한 조치를 시행하면서 이러한 아시아와 유럽을 가로지르는 길은 대규모로 발전하고 뻗어나갔으며, 중국 경제와 문화의 눈부신 빛을 창조하였다. 하지만 아시아와 유럽 지역을 잇는 교통의 대동맥은 통용되는 전문적인 명칭이 내내 없었고, 학자마다 그것을 "옥돌의 길玉石之路", "향료의 길香料之路", "채도의 길彩陶之路", "차와 말의 길茶馬之路" 등 여러 가지로 불렸다. 19세기 1880년대에 이르러 독일의 지리학자 페르디난트 폰 리히트호펜Ferdinand von Richthofen, 1833~1905은 그의 『중국—자신이 직접 여행하고 그 기초를 바탕으로 연구한 결과에 근거하여China : Ergebnisse Eigener Reisen und Darauf Gegründeter Studien』 제1권에서 "기원전 114년에서 127년까지, 중국과 허젠河間 지역[2] 그리고 중국과 인도 사이에 비단 무역을 매개체로 삼은 서역 교통 노선"을 "실크로드"라고 불렀다. 그리하여 이 개념은 점차 폭넓은 공감과 인정을 얻었다. 1910년에 독일의 역사학자 알베르트 헤르

---

1   [옮긴이] 사마천(司馬遷, 기원전 145?~?)이 『사기(史記)』 「대원열전(大宛列傳)」에서 장건이 서역 길을 개척한 것에 대하여 평가한 용어이다.
2   [옮긴이] 시르다리야강(Syr Darya)과 아무다리야강(Amudaryo)은 아시아 중부 내륙의 가장 큰 강이다. 이 두 강줄기 사이는 '허중(河中)' 혹은 '허젠(河間)' 지역으로 불렸다. 중앙아시아 문명의 요람인 시르다리야강과 아무다리야강은 파미르고원(Pamir Plat)에서 발원한다.

만A. Herrmann, 1886~1945은 새로 발견한 문물 고고학 자료를 근거로 그의『중국과 시리아 사이의 고대 실크로드The Ancient Silk Road of China and Syria』라는 책에서 '실크로드'의 내용을 더 나아가서 지중해 서안과 소아시아 지역까지로 연장해야 한다고 주장하였다. 이 주장은 서구 학술계의 일부 중국학자들의 지지를 받았다. 20세기 전후에, 스벤 헤딘Sven Hedin, 1865~1952, 오렐 스타인Marc Aurel Stein, 1862~1943, 폴 펠리오Paul Pelliot, 1878~1945 등 서양에서 온 지질학자와 고고학 관계자들은 실크로드 연도를 따라서 탐험하고 답사하였으며, 그들은 현지에서 고대 중국과 서양 사이에서 무역과 왕래를 한 문물과 유적을 많이 발견하였다. 그들은 자신의 저작에서 이러한 역사를 소개할 때, 폭넓게 '실크로드'라는 명칭을 사용하였고, 고대에 비단 무역이 도달한 지역을 모두 실크로드의 범위 안에 포함하였다. 이러한 서양 학자들이 현지답사에서 얻은 제1차 자료와 더불어 그들과 그들 저작의 영향력에 힘입은 서양 학술계에서는, 중국에서 출발하여 아시아를 가로지르고 나아가 아프리카와 유럽을 잇는 이 육상 통로에 대한 총칭으로서의 '실크로드'라는 개념이 폭넓은 인정을 얻었다. 게다가 중국과 서양 교류사 연구의 심화에 따라서 역사상 인류 문명과 사회 발전에 대한 '실크로드'의 역할과 의미는 더욱더 드러나고 확대되었다. 그에 관한 사람들의 연구는 중국과 서양의 장삿길에 대한 인식의 틀을 훨씬 뛰어넘었다. 그것은 나아가서 동양과 서양 사이에 정치, 경제, 문화교류 방면에서의 중요한 '다리'라고 여겨졌다.

실크로드는 고대 중국과 서양 사이에 육상 교통의 주요 통로였다. 수천 년에 이르는 역사 발전 과정에서 고대 중국과 다른 나라와의 왕래는 중앙아시아, 북아시아, 서아시아, 소아시아와 유럽 등 서부 지역에 주로 집중되었다. 지리적 위치로 말하면, 중국은 아시아와 유럽 대륙의 동남부와 태평양 서안에 자리하고, 바다와 육지를 모두 갖춘 나라로서, 동쪽은 바다와 가까이 있어서 해상으로 서양의 여러 나라와 왕래하기에 편리하고, 시베이 지역은 아시아 대륙의 중심 내지로 깊숙이 들어가서 육로로 아시아와 유럽의 여러 나라와 왕래하기에 편리했다. 하지만 중국 고대의 정치와 경제 중심은 황허黃河 유역과 관중 지역에 집중되었고, 게다가 선박 제조와 항해 기술의 한계 때문에 중국 고대의 바닷길 교통은 내내 충분히 발달하지 못하였다. 그래서 명나라 이전에 중국과 서역의 여러 나라 사이에 교통 왕래는 여전히 육상 실크로드 위주로 이루어졌다.

실크로드는 전체 길이가 7,000여 킬로미터에 이르며 세 구간으로 나뉜다. 동쪽 끝은 창안에서 출발하여 룽시고원隴西高原과 허시쩌우랑河西走廊을 거쳐서 위먼관玉門關과 양관陽關에 이른다. 중간 구간은 위먼관과 양관에서 서쪽으로 향하여 파미르고원과 발하슈호Lake Balkhash의 동쪽과 남쪽 지역이다. 그로부터 서쪽으로 더 가면, 남쪽으로 인도에 이르고 북쪽으로 유럽에 이르는 곳이 서쪽 구간이며, 실크로드의 동쪽 구간과 중간 구간 대부분 지역은 중국 경내에 있다. 이 길에는 아시아와 유럽 대륙을 가로지르는 육상 교통의 대동맥인 고원, 분지, 사막 등이 교차하여 분포하고, 그 사이에는 높은 산과 가파른 고개가 가득 널려 있다. 그래서 "세계의 지붕"이라 불리는 파미르고원과 히말라야산, 쿤룬산, 텐산, 알타이산 등 산맥이 있고, 산과 산 사이에 천연적인 평원과 분지가 생겼다. 평원은 자갈로 이루어진 고비, 오아시스와 흘러내리는 모래가 만든 것이다. 이러한 지형은 풍식과 사막화 등 자연 재해를 쉽게 일으킨다. 실크로드 연도에 사막이 가득 널려 있고, 환경이 매우 열악하기는 하지만, 전체적으로 보면 연도에 통행할 수 있는 길이 있고, 이것이 실크로드가 열리게 된 자연지리적 토대가 되었다.

실크로드가 지나가는 지역은 아시아와 유럽 대륙의 내지에 자리하고, 대부분 고원과 산지이다. 대륙성 기후의 특징이 매우 두드러지며, 기본적으로 온대나 아열대 초원과 사막 기후에 속한다. 겨울 추위와 여름 더위의 변화가 심하고, 밤낮의 온도 차가 매우 크다. 강수량은 매우 적고 증발성이 강하다. 그래서 고비, 사구와 황량한 사막이 널리 분포한다. 하천은 대부분 내륙성 하천이고, 수원은 주로 산지의 강수와 높은 산의 눈 녹은 물로 보충한다. 지세가 높아 아주 추운 산지, 설산과 눈 덮인 고개에는 일 년 내내 눈이 쌓여 있으며, 빙하가 생겨서 천연 저수지를 형성한다. 산기슭 지역은 수원이 충분하고 지하수와 자원이 풍부하다. 사막의 가장자리와 강과 호수 연안은 건조한 지역 속 기름진 평야와 오아시스를 형성하였다. 이곳은 물풀이 우거지고, 관개 농업의 역사가 길다. 실크로드를 가는 고된 여행자는 이곳에서 충분한 음식물과 먹을 물의 보급을 얻을 수 있다.쉬친(徐勤), 1987 : 90~91

눈 녹은 물이 만들어낸 오아시스와 유목할 수 있는 건조한 초원은 서로 잇닿아 관통하며 실크로드에서 갖가지 목적을 갖고 산 넘고 물 건너 천릿길을 가는 여행자에게 물질적 보급품을 보장한다.

발생학의 각도에서 보면, 실크로드를 연 동력은 무엇보다 먼저 군사와 외교 방면에서의 필요성에서 비롯되었다. 하지만 지리적 통로마다, 특히 지역과 문화를 뛰어넘는 통로의 개통에는 내부에서 솟구친 힘이 어느 정도 작동하기 마련이다. 실크로드는 아시아와 유럽 대륙을 관통하는 교통의 길목으로서 연도에는 많은 민족과 나라가 분포해 있고, 얽히고설킨 복잡한 국제관계를 유지해왔다. 그것은 중국 역대 왕조의 "원정에 힘을 기울이고, 덕치를 널리 알려, 먼 곳 백성을 절로 따르게 한다"라는 일관된 정치 외교적 체계 안에서 대두하고 발전하였다. 역대 중원 왕조가 실크로드를 개척하고 경영한 동력은 무엇보다 먼저 유목민족의 농경 지역 약탈행위에 대한 군사적 방어에서 비롯되었다. 중국의 시베이 지역에는 많은 유목민족이 살았고, 단순하고 뒤떨어진 생산방식이 생활 자원의 심각한 결핍을 가져왔다. 그들은 종종 국경을 넘어 내지 깊숙이 들어와 농민을 습격하고 재산을 강탈하고, "그곳의 많은 백성과 가축 등을 전리품으로 빼앗았다". 이에 중원 왕조는 전쟁과 '조공' 등 방식으로 방어할 수밖에 없었다.

선진 시기에 지리적 교통과 경제적 제한을 받아서 중국은 외부 세계와의 왕래에 있어 종종 많은 중간 단계를 통해야만 하는데다가 이러한 왕래 자체도 반드시 의도적이고 지속적인 것이 아니었기 때문에, 왕래의 내용은 기본적으로 민간의 왕래에 한정되었다.

주周나라 목왕穆王, 기원전 1026~922, 재위 기원전 977~922 시기에 나라는 줄기차게 시베이 지역으로 강역을 확장하였지만, 시베이로 나아가는 발전 정책은 오히려 줄곧 그 지역 이민족 부락의 견제를 받았다. 시베이 변새와 중앙아시아 여러 민족의 왕래를 확대하기 위하여, 기원전 10세기에 목왕은 서쪽 견융犬戎 정벌에 나서서 시베이로 통하는 길을 열어놓았다. 서역 길이 개통된 뒤로 목왕은 기원전 964년에 서역 순행을 시작하였다. 그는 이르는 지역마다 그곳 부락 우두머리에게 비단이나 황금 등을 선물하였고, 각 부락의 우두머리도 말, 소, 양 등을 목왕에게 답례하면서 초보적으로 서역의 여러 나라와 우호적인 교류 관계를 건립하였다. 문헌에 기록된 목왕의 서역 순행 경력에서 보면, 목왕의 서역 순행의 동기는 절대 "천하를 돌아다니기 좋아하는" 개인적인 흥취에서 나온 것만이 아니라, 뚜렷한 정치적 의도도 지니고 있었다.

목왕의 서역 순행과 수신제水神祭는 '제帝'의 비호와 '하종씨河宗氏'의 지지를 찾고, 황제黃帝와 하夏나라의 우임금 이래로부터 이어져 온 수신水神 신앙을 문화적 특징으로 삼으며, 권력 계승 서열의 담론 체계를 다시금 말하면서, 현실 정치의 필요성을 확실하게 구체화하였다.팡옌(方艷), 2016 : 40~41

『목천자전』에서 기록한 주나라 목왕의 '서역 순행'은 서쪽 견융 정벌에서 승리한 뒤에, 서쪽 여행과 순행, 하늘 제사封와 땅 제사禪 등 일련의 행사를 통하여 자신의 정치적 판도를 확인한 활동이다.

한나라와 당나라 때에 나라의 힘이 커지고 서역에 대해 효과적으로 경영하면서 실크로드는 번영하고 눈부시게 빛나는 역사 시기를 맞이하게 되었다.

온 세상이 한 가족이고, 덕치가 온 세상에 미치기를 기대하는 것은 중국 사람이 일찍이 선진 시기부터 품어온 소망이다. 진나라와 한나라의 대통일 제국의 건립이 '이민족 지배'와 '강토 개척'이란 전략을 형성하였고, 한나라 무제武帝, 기원전 156~87, 재위 기원전 141~87에 이르러서 대규모로 '원정에 힘을 기울이게 되었다'. 그럼으로써 한漢민족의 활동 공간은 황허-창장 유역에서 중앙아시아의 드넓은 초원, 사막과 눈 덮인 산악지대로 확장되었다.펑텐위(馮天瑜), 2013 : 253

한나라의 무제 집권 초기에 흉노는 허시 등지를 점거하고 칭하이青海의 서강西羌과 연합하여 줄기차게 한나라 변방을 침입하였다. 이는 한나라에게 시베이 경계에서 가장 큰 위협이 되었다. 한나라 무제는 시베이 변방의 골칫거리를 없애기 위하여 "서역과 소통할 것을 결정하였다. 이렇게 하면 서역과 흉노의 연합을 깨뜨리고 흉노에게 서역의 지원을 얻을 수 없게 하고, 흉노의 뒷걱정도 만들 수 있었다."양젠신(楊建新), 마만리(馬曼麗) 편, 1990:73 자신의 강토 개척이란 웅대한 야심과 원정 전략을 실현하기 위하여 한나라 무제는 한편으로 군사력을 동원하여 흉노에게 정면에서 반격하였다. 그는 기원전 127년에서 기원전 119년까지 흉노에 대한 결정적인 전투를 세 차례 연이어서 지휘하였다. 또 다른 한편으로 서역의 다른 민족과 연합하여 공동으로 흉노에게 저항하고 반격하였으며, 장건을 서역으로 두 차례 연이어서 파견하였다. 기원전 139년에 장건은 룽시군에서 출발하여 허시쩌우랑을 거쳐서 대월지大月氏로 갔다. 그는 대월지와 연합하여 흉노를 쳐서 세력을 약하게 해서, '흉노의 오른팔을 꺾는' 목적을 실현하여, 중국-서역-중앙아시아 사이의 육상 통로를 열기를 희망하였다. 장건은 대월지와 연합하여 흉노에게 저항, 반격할 수는 없었다. 하지만 그는 중원에서 서역으로 통하는 교통 상황, 그곳 연도의 여러 나라의 지역 특색과 풍습 등을 직접 조사하고, 제1차 자료를 손에 넣었으며, 서역 각 나라의 희망과 한나라와의 우호적인 왕래에 대한 소망을 이해하였다. 아울러 그는 한나라와 서역 사이의 관계를 강화하고 확장하였다.

기원전 119년에, 흉노에 대하여 한나라 무제는 제3차로 반격하였을 때에 장건을 파견하여 대량의 물자를 갖고 재차 서역으로 가서, 오손烏孫과 공동으로 작전할 수 있기를 희망하였다. 이때는 한나라가 이미 허시쩌우랑을 통제하고 있었으므로 장건 일행은 순조롭게 오손이 관할하는 츠구청赤谷城에 이르렀다. 장건은 오손 왕의 뜨거운 대접을 받았다고는 하지만 기대한 목적인 연합 작전을 실현하지 못하였다. 장건은 두 차례 서역으로 출사한 마지막까지도 결맹 작전의 정치적 목적을 이루지 못하였다. 하지만 그는 실크로드의 노선과 서역 각 나라의 자연, 지리, 정치, 경제 상황을 직접 조사하고, 서역에 대하여 중국이 더는 신화나 전설 속의 상상과 여기저기 흩어진 기록에 근거하지 않고 실증할 인식의 기초를 마련해 놓았다. 사마천의 『사기史記』「대원열전大宛列傳」과 반고班固, 32~92의 『한서漢 書』「서역전西域傳」이 바로 장건의 보고에 근거하여 짓고, 실크로드의 구체 적인 노선과 경과 지점을 상세하게 기록한 것이다. 뒤에 실크로드에 많은 변화가 있었다고 하여도 기본적으로는 장건이 개척한 주요 교통 간선을 바탕으로 하여 변화 발전하였다.

장건의 "서역 착공" 거사는 오랫동안 중단된 교통 노선을 연결하고, 서역에 대한 중국의 인식과 관계를 심화하였으며, 중국과 서역 사이에 경제 문화적 교류와 소통을 개척하고 확장하였다. 마찬가지로 한나라의 힘이 커진 것이 시베이 변방에서 흉노의 침입을 해결하는데 효과적인 보장을 제공하였고, 한나라는 실크로드의 개통과 발전을 바탕으로 흉노공격전에서 철저하게 승리하였다. 장건이 서역으로 출사하는 동시에 서한 왕조는 흉노를 정면에서 공격하였고, 위청衛靑, ?~기원전 106과 곽거병霍去病, 기원전 140~117 등을 연이어서 파견하여 군사적으로 세 차례 대규모로 반격하였다. 흉노 선우單于는 마지막에 대패하여 멀리 고비사막 이북 지역으로 쫓겨났다. 이 세 차례 전투를 거쳐서 서한 왕조는 흉노와의 싸움에서 이미 우세한 지위를 차지하고, 서역으로 나아가는 길도 기본적으로 막힘이 없게 되었으며, 실크로드의 개통에 필요한 조건을 굳게 다졌다.

동한東漢, 25~220[3] 시기에 거기장군車騎將軍 두헌竇憲, ?~92은 군대를 이끌고 출정하여 북흉노를 대대적으로 물리쳐서 옌란산燕然山까지 추격하였다.

---

3   [옮긴이] 한나라는 왕망(王莽, 기원전 45~23, 재위 9~23)이 세운 신(新)나라를 전후 하여, 이전은 서한(西漢), 이후는 동한(東漢)으로 불린다. 한국에서는 전한(前漢)과 후 한(後漢)으로 부른다. 중국은 창안에서 난양(南陽)으로 천도한 '지리' 변화에서 왕조를 명명하였다면, 한국에서는 '시간' 기준으로 명명하였다.

흉노의 이번 서쪽 이동으로 300여 년에 이르는 한-흉노 전쟁이 막을 내렸다. 한나라 중앙정부는 서역 통일로 서역을 직접 접수하여 도호^{都護}의 관내에 둘 수 있게 되었고, 그로부터 정치와 군사 방면에서 실크로드의 소통과 번영을 보증하게 되었다. 그 뒤로 중국과 서역 사이를 오가는 사신과 상인은 "많으면 수백, 적은 대열이 백여 인이고", "먼 곳으로 가면 8, 9년이 걸리고 가까운 곳으로 갔다고 하여도 몇 해가 지나야만 돌아왔다."^{반고, 1997 : 2697}

서한 왕조는 흉노에 대한 군사적 승리를 통하여 실크로드의 순조로운 소통을 보증하였고, 아울러 정치 제도 방면에서 서역에 대하여 꾸준히 관리하면서 관계를 개선하여 나갔다.

첫째, 서역의 여러 민족과 우호 관계를 맺었다. 기원전 121년, 흉노 곤사왕^{昆邪王4}이 10만여 병사를 이끌고 한나라로 귀순한 뒤에, 한나라 무제는 후계자를 격려하는 차원에서 대신들의 반대에도 불구하고 곤사왕과 다른 귀순자들을 제후로 봉하고 식읍을 내렸다. 아울러 룽시^{隴西, 지금의 간쑤} 린타오(臨洮) 남쪽, 상쥔^{上郡, 지금의 산시(陝西)} 위린시(榆林市) 동남쪽, 베이디^{北地, 지금의 간쑤 환현} (環縣) 동남쪽, 쉬팡^{朔方, 지금의 내몽골 항진치(杭錦旗)} 서북쪽, 윈중^{雲中, 지금의 내몽골 퉈커퉈현(托克托} 縣) 동북쪽 등 '속지' 다섯 군데를 설치하고, 민족 정복전쟁을 화해 융합의 방향으로 전환하였다.

둘째, 허시쩌우랑에 허시 4군^{河西四郡}을 설치하고 흉노와 창족^{羌族} 사이의 연계를 끊어서 실크로드 길목지대의 순조로운 소통을 보증하였다. 장건이 서역에서 돌아온 뒤인 기원전 104년에 서한은 주취안군^{酒泉郡}과 장

---

4   [옮긴이] 혼사왕(渾邪王, ?~기원전 116)이라고도 한다. 이름이 혼사(渾邪)이고, 한나라 원수(元狩) 2년(기원전 121)에 한 왕조에 투항하였고, 뒤에 탑음후(漯陰侯)에 봉해졌다.

예군張掖郡을, 기원전 101년에 우웨이군武威郡을, 기원전 88년에는 둔황군 敦煌郡 등을 설치하였다. 이 허시 4군은 마지막에 모두 실크로드의 상업 중심도시이자 중국과 서역 무역을 연결하는 대도회지가 되었다. 마찬가지로 서한 정부는 서역에 대한 관리를 강화하기 위하여 선제宣帝, 기원전 91~48, 재위 기원전 74~48가 기원전 60년에 정길鄭吉, ?~기원전 49을 서역도호로 임명하였다. 이는 서역이 정식으로 한나라의 판도에 들어왔음을 상징한다. 서역도호부西域都護府는 서역을 관리하는 최고 행정 군사 기구로서 그 주요 직책은 서역의 여러 나라를 통솔하여 공동으로 흉노에 저항하고 반격하며 서역의 남북 두 길의 안전과 소통을 보장하는 데 있었다. 이는 실크로드의 번영과 순조로운 소통에 대하여 중요한 의미를 지닌다.

정치적인 일련의 조치 말고도, 한나라는 서역 지역에 둔전屯田을 두고 군대를 주둔시켜서 생산을 대대적으로 늘리고, 허시 지역에서 백성을 이주시켜 변방을 지키게 하는 변방수비정책도 실행하였다. 그래서 관둥關東[5] 지역의 빈민과 죄인을 허시 일대로 이주시키고 둔전을 확대하였다. 따라서 중원의 대전법代田法[6]과 쟁기질에 소를 이용하는 기술도 허시쩌우랑으로 전해졌다. 생산을 증가시키는 이러한 시책들은 현지 농업 경제를 발전시켰고, 게다가 허시 지역을 뒤떨어진 유목지역에서 농업지역으로 전환시켰다. 따라서 생산력 수준은 대대적으로 높아졌고, 물질적으로 주둔 군대의 공급과 중국과 서역의 사절 왕래에 필요한 물품을 보증하였다. 마찬가지로 한나라는 진秦나라의 만리장성도 링쥐令居, 지금의 간쑤 융덩현(永登縣)에서

---

5   [옮긴이] 관둥은 선진 시기에 일반적으로 한구관(函谷關) 동쪽 지역을 가리켰지만, 시대의 추이에 따라서 명나라 때는 산하이관(山海關) 동쪽 지역을 가리키게 되었다.

6   [옮긴이] 한나라 무제 말년에 고안한 농법(農法)으로, 일정한 간격을 두고 일정한 폭의 이랑과 골을 만들어 해마다 이를 교체시키는 재배법으로 수확량의 증대와 노동력의 경감을 가져왔다고 한다.

양관과 위먼관까지 연장하여, "주취안군에서 위먼까지 초소와 요새가 즐비하게 늘어서게 되었다."[사마천, 2006 : 515] 링쥐에서 주취안까지, 양관에 이르는 초소와 요새가 만리장성까지 이어졌고, 이러한 초소와 요새는 한나라와 서역 사이의 방어선을 구성하면서 교통선도 되었다. 한나라의 군사력은 점차 서쪽으로 옮겨갔고, 만리장성의 남쪽은 바로 한나라에서 백성을 이주시켜 주둔하면서 개간한 지역이 되었다. 이러한 일련의 정책에서 한나라는 흉노와 칭하이靑海 일대 창족과의 연계를 효과적으로 끊고, 서역 통일에 박차를 가하면서, 객관적으로 실크로드의 순조로운 소통과 번영을 보장하게 되었다.

실크로드가 열린 또 다른 기초적인 동력은 상업적인 요구에서 나왔다. 정치 군사적 힘이 실크로드의 개통 과정에서 중요한 작용을 발휘하였다고 하지만, 실크로드의 형성을 촉진하고 영향을 끼친 것은 생존의 목적에서 비롯된 경제 문화적 교류와 활동에 있다. 요컨대 장삿길은 그것의 가장 기본적인 속성이다. 물질의 교환을 통하여 경제 발전에 박차를 가한 것은 실크로드의 초기 형성과 발전 과정에서 기초적인 동력원이다. 그래서 물질 교환과 상업 무역은 아시아와 유럽 대륙을 가로지르는 육로 통로의 가장 중요한 역사적 내용을 구성하였다. 실크로드는 농경사회와 유목사회를 연결하고, 두 가지 사회의 다른 생산방식이 물질과 문화생활의 차이를 만들어냈고, 실크로드가 두 가지 사회의 경제 상품을 상호 보완하는 주요 지역과 방식이 되었다.

장건이 서역으로 가기 전에 허시쩌우랑과 톈산 남북 길을 따라가는 무역의 길은 이미 존재하였다. 주나라 목왕은 서역으로 갔을 때, 예전에 "금조 백 폭과 □조 삼백 폭[7][곽박, 1990 : 10]을 서왕모에게 선물하였다. "금조"란 화려한 무늬를 넣어 짠 견직물이다. 목왕은 서역 순행 시기에 가는 곳마다 비단, 청동기, 조개 화폐 등을 각 부락의 우두머리에게 선물하고, 부락의 우두머리도 말, 소, 양 등을 목왕에게 답례로 주었다. 이는 중국이 서주 시기에 중앙아시아와 교통 방면에서 연계를 세웠고, 아울러 최초의 이러한 물질 교환이 실크로드 무역의 초기 형식이었음을 설명한다.

『사기』「대원열전」에서 장건의 서역 출사를 기록할 때, 서역의 대하大夏에서 "공도邛都에서 나온 대나무 지팡이와 수군蜀郡에서 나는 베"를 보고, 알아본 결과 이것이 대하 상인이 신독국身毒國, 지금의 인도와 파키스탄 일대에서 사온 것임을 알았다고 묘사하였다. 이는 예전에 중원에서 생산된 대나무 지팡이와 포목이 상품 무역의 방식을 통하여 서역으로 들어간 것임을 설명한다. 중국과 서역 사회의 경제 방면에서의 실크로드의 중요성으로 말미암아 초원의 유목민족과 중원은 실크로드의 통제권을 갖고 오랫동안 쟁탈전을 벌였다. 사실상 실크로드 무역 과정에서 이러한 아름답고 섬세하면서도 가벼운 비단은 유목민족이 가축을 놓아기르며 말을 타고 활을 쏘는 생활 습관에는 전혀 적당하지 않았다. "그들이 한나라에서 얻은 비단과 솜으로 만든 옷을 입고 풀과 가시밭길 사이를 내달리면 옷과 바지가 모두 찢기고 헤졌다."사마천, 2006 : 458 그들이 비단을 얻으려는 주요 목적은 그것을 다른 서역 나라로 가져가서 판매하여 높은 금액의 이윤을 얻는 데 있었다. 그래서 실크로드에 대한 유목민족의 쟁탈과 통제는 정치 군사적 요소 이외에 이런 장삿길이 지닌 커다란 상업적 이익도 중요한 이유가 되었다.

초원의 유목민족은 중국과 서양의 문명 교류의 중개 지위에 있었고, 필연적으

---

7   [옮긴이] "錦組百純, □組三百純"의 "□"는 원서에서 글자를 알 수 없음을 표시한 것이다.

로 이런 무역의 통로를 통제함으로써 농업 문명이 높은 수준으로 발달한 중국과 상업 중심의 동로마, 중앙아시아와 서아시아 등지의 부와 자원을 흡수하고 뒤떨어진 생산방식이 형성한 사회적 후진 상태를 개선하기를 희망하였다. 실크로드는 그들과 문명사회를 서로 연결하는 유일한 끈이었고, 그 사회의 부를 늘리고 돈을 버는 길이자 생명줄이기도 하였다.리밍웨이(李明偉) 편, 1997 : 239

오랜 세월 동안 끌어온 한나라와 흉노 사이의 서역 쟁탈 문제는 무제 시대에 이르러서 깨끗이 해결되었다. 한나라는 유력한 군사적 반격을 통하여 흉노를 최종적으로 서역에서 몰아냈으며, 그로부터 실크로드의 통제권과 경영권을 얻었다. 장건의 서역 출사는 정치적 사명을 짊어진 것 이외에도 서역과의 사이에서 무역과 왕래를 적극적으로 전개하는 데 목적이 있었다. 그는 서역에 두 번째로 출사하였을 때에 소와 양 1만 마리, 말 6백 필과 수천만 값어치에 이르는 예물을 갖고 출발하였고, 서역의 여러 나라에 이르러서는 부사副使를 따로따로 파견하여 외교 활동도 전개하게 하였다. 그는 연이어 부사를 파견하여 대원大宛, 강거康居, 대월지大月氏, 대하大夏, 안서安西, 신독身毒, 우전于闐 등 나라로 보냈다. 그는 이러한 나라와 무역하기를 바라고, 서역의 오손에도 준마 수십 필을 답례로 주었다. 중국과 서역의 무역에서 장건의 이러한 활동은 중요한 의미를 지니며, 실크로드에 대한 한나라의 개척과 경영을 촉진하였다.

그 뒤 1년여 지나서 장건이 파견한 부사들은 대하大夏 관리를 통하여 그곳 사람들과 함께 대부분 돌아왔고 그리하여 시베이 지역의 나라들이 한나라와 소통하기 시작하였다.사마천. 2006 : 515

그로부터 한나라 정부와 서역의 여러 나라 사이에서 무역과 왕래가 빈번히 이루어졌고, 동시에 한나라도 허시 4군 설치 등 방식으로 군사적으로 실크로드의 순조로운 소통을 효과적으로 보장하게 되었으며, 서역의 여러 나라와 우호적인 외교 관계를 세웠다. 이로부터 서역으로 간 사절이 이 길에서 서로 만났고, 상인과 여행객이 끊이지 않았으며, 많은 서역 사절과 상인이 중원으로 와서 통상을 요구하였다. 그 과정에서 외국 사신들은 실제로 무역을 목적으로 삼은 상인이었지만, 명분상 조공朝貢이라고 말하였다.

> 헌납하는 자는 모두 장사하는 천민들로 상품을 교환하고 시장에서 장사하려 할 뿐이고, 명분상 바친다고 말하였다.『한서』「서역전」

상인들은 교환을 통하여 비단을 서역으로 가져갔고, 동시에 서역의 채소, 과실, 모직물 등 물품을 잇달아 중국으로 전하였다. 실크로드에서의 무역은 최초에 자발적인 우연한 민간 활동에서 지속적이고 대규모적인 정부 차원의 공적 행위로 발전하였으며, 많은 서역 상인이 실크로드 연도에서 왕래하였다. "서신을 전하는 사람이나 사신의 발길이 달마다 끊이지 않았고, 여러 경로를 거쳐서 오는 이동 상인과 이민족 상인들이 날마다 변방으로 모여들었다."범엽(范曄), 1982 : 2931 중원에서 서역으로 오는 상인들도 많아져서, 『후한서後漢書』「반량열전班梁列傳」에서 반초班超, 32~102가 이끌고 옌치焉耆를 공격한 군사에는 중원의 "관리, 선비와 상인 1,400여 인"이 있었다고 기록하였다.

당나라는 시베이 지역을 적극적으로 경영하였다. 그럼으로써 서역의 여러 나라와 민족은 실크로드 무역의 순조로운 소통이 그 사회의 경제

발전을 촉진하는 중요성을 알게 되었다. 그들은 실크로드 장삿길의 운행을 공동으로 보호하고 확장하였으므로 역사상 실크로드의 발전과 번영이 절정기에 이르게 되었다.

중국과 서역 사이에서 오가는 길의 총칭으로서 실크로드는 세 갈래 길로 나누어 볼 수 있다. '시베이 실크로드중국 시베이 지역에서 국경을 나가는 육로의 총칭', '해상 실크로드중국 남부 연해에서 동남아시아 내지는 서아시아, 북아프리카 등지로 통하는 '남쪽' 물길과 동부 연해에서 일본으로 가는 '동쪽' 물길', '시난 실크로드지금의 중국 시난 지역에서 출발하는 육상 교통로로 쓰촨(四川)과 윈난(雲南) 등지를 가로질러 미얀마를 거쳐서 다시 인도, 중앙아시아 등지로 연결'이다. 이 책에서는 '실크로드 문학'이라는 명칭을 채용하였지만, 언어와 자료 등의 객관적 조건의 제한으로 말미암아 그것이 언급하는 지역은 주로 '시베이 실크로드'의 중국 쪽 구간을 가리킨다. 그래서 다음의 내용을 공간과 시간 방면에서 이 책의 '실크로드 문학'에 대한 경계로 삼았다.

첫째, 공간 면에서, 이 책에서 말하는 '실크로드 문학'은 주로 '시베이 실크로드'의 중국 구간에 집중한다. 이는 산시를 출발점으로 삼고, 간쑤, 닝샤, 칭하이, 신장 등을 거쳐서, 국경을 나간 뒤에 아시아를 지나 아프리카와 유럽으로 통하는 장삿길의 중국 쪽 구간이다. 이 지역은 통상적으로 '시베이 5성西北五省'이라 말하였고, 산시는 '실크로드'의 출발점에 자리하고, 간쑤는 실크로드의 길목 요충지이며, 닝샤와 칭하이는 더욱더 민족 융합에 중요한 영향력을 지닌 지역이었다. 신장은 중원과 서역을 잇는 핵심지대이다. 이 길이 구성하는 판도는 중국 국토 면적의 30%를 차지하고, 아울러 이 길도 '실크로드 세 갈래 길' 가운데서 가장 활성화된 간선도로이다. 그것은 경제적 의미와 문화적 영향력이 가장 크고, 중화문명의 발전과 전파에 중요한 역할을 하였다. 경유한 지역은 관중평원, 웨이허渭河 골짜기, 치롄산祁連山 산자락, 허시쩌우랑, 투루판분지吐魯番盆地, 톈산 남쪽 자락, 타림분지 북쪽 가장자리이다. 또 경유한 도시에 시안, 셴양咸陽, 바오지寶鷄, 톈수이天水, 란저우蘭州, 우웨이武威, 장예張掖, 주취안酒泉, 하미哈密, 우루무치烏魯木齊, 쿠얼러庫爾勒, 카스喀什, 이리伊犁, 아라산커우阿拉山口 등이 있다. 이 길은 역사상 민족의 이동과 융합의 교차로이고, 동서양 문화와 문학 교류의 집결지이기도 하다.

둘째, 시간 면에서, 이 책에서 말하는 '실크로드 문학'은 선진 시기 이래의 문학 창작과 문학 활동을 가리킨다. 논술의 중점은 현대와 당대 실크로드 문학에 있다. 고대 실크로드는 중국과 서역의 교통과 문화교류 방면에서 매우 중요한 지위를 지니며, 실크로드 풍경과 문화를 대량으로 묘사한 변새시와 역대 서역 여행기 같은 문학 작품도 남겼다. 동시에 이 특정한 지역에서 활약하는 많은 토박이 작가와 폭넓게 널리 퍼진 민간 강창문학講唱文學[8]과 민족 서사시들도 쏟아냈다. 현대로 들어서면서 중국과 서양의 교통과 문화교류의 경로와 방식은 더욱 다원화되었다. 실크로드의 역사와 문화는 중국과 외국의 많은 학자와 탐험가를 끌어들여서 실크로드에서 성지순례 여행길에 오르게 하였다. 페르디난트 폰 리히트호펜, 스벤 헤딘, 오렐 스타인 등은 저마다 실크로드와 관련한 대량의 기록을 남겼다. 루쉰, 마오둔, 장헌수이張恨水, 1895~1967, 원제聞捷, 1923~1971, 왕멍王蒙, 1934~ 등은 실크로드로 가서 현대 문학과 현대 문화를 전파하였다. 아울러 그들은 실크로드 풍경과 인문 역사에 대한 글쓰기를 통하여, 실크로드 정신과 실크로드 문화도 재건하였다. 이러한 창작은 실크로드 문학에서 빠질 수 없는 부분을 구성하고, 실크로드 제재를 계승하고 확장하며, 실크로드 관련 글쓰기 과정에서 짙은 현대의식과 문화관文化觀을 구체화하였다.

---

8   [옮긴이] 고대에 산문으로 이루어진 이야기[講]하는 부분과 운문으로 구성된 노래[唱]를 섞어서 연출한 민속 문학의 한 양식이다.

2. 물질에서 정신으로 실크로드 문학예술

실크로드는 물질적 교류의 통로이면서 중국과 서양 사이의 문화가 교류하는 대동맥이기도 하다. 실크로드 연도에 사는 여러 민족의 문화는 대상隊商을 따라서 세계 각지로 전파되었고, 그들이 공동으로 실크로드 문학예술의 번영을 만들었다. 중국을 중심으로 유가와 도가 문화를 전통으로 삼은 동아시아 문화권, 인도를 중심으로 힌두교와 불교를 전통으로 삼은 남아시아 문화권, 아랍을 중심으로 이슬람교를 전통으로 삼은 서아시아와 북아프리카 문화권, 유럽을 중심으로 기독교를 전통으로 삼은 구미 문화권 등 인류가 발전 과정에서 형성한 원천 성질을 지니는 4대 문명 지역 가운데서 3대 문명권이 모두 중국의 서부에 자리하고 있다. 그래서 실크로드는 중국과 서양의 4대 문명을 잇는 육상 교통의 통로를 이루게 되었고, 중국 문화가 실크로드를 따라서 서양의 여러 나라와 민족에게로 전파되었다. 마찬가지로 서양 문화도 이 교통의 대동맥을 따라서 끊이지 않고 연이어 중국 사회로 전파되어 중국 문화 자체를 새롭게 변화시키는 데에 이바지하였고, 중국과 서양 문화는 상호 작용하는 과정에서 발전하게 되었다. "물질문명은 정신문명의 운반체이고, 정신문명은 물질문명의 영혼이다. 그래서 물질문명의 교류 과정에는 정신문명 교류의 내용을 담기 마련이다."리밍웨이, 1997 : 2

중국의 비단 등 상품은 실크로드를 따라서 서양으로 운반되었다. 동시에 오래된 무쇠, 제련, 우물 파기 등 중원의 발달한 생산 기술도 따라서 서양으로 전해졌다. 마찬가지로 서양의 좋은 말, 낙타, 모직 양탄자, 포도, 거여목, 석류, 호두, 깨와 갖가지 음악과 무용도 꼬리에 꼬리를 물고 들어왔으며, 중국과 서양의 여러 민족은 물질 문화와 정신 문화를 공동으로 창조하고 풍부하게 하였다.

실크로드를 따라서 물질 무역의 번영과 빈번한 인력의 이동은 중국과 서양 사이에서 이루어진 최초의 물질 문화 교류를 점차 정신 문화 교류로 나아가게 하였다. 중국 고대의 우수한 문화는 줄줄이 꼬리를 물고 서양으로 전해졌고, 세계 문명의 역사 발전을 매우 큰 정도로 촉진하였다. 『목천자전』에는 주나라 목왕이 서역을 순행할 적에 "금조 백 폭", 황금, 조개로 장식한 허리띠 등 물품을 갖고 떠났으며, 이르는 지역마다 선물을 주고받았다고 기록되어 있다. 이외에 목왕이 인솔한 사절단에는 악대도 포함되어 있어서 가는 곳마다 현지의 부락 우두머리와 서로 선물을 주고받으며 한데 모여서 오락을 즐겼다.

> 천자가 닷새 동안 □산 아래에 쉬며, 웅장한 노래를 연주하였다. (…중략…) 천자가 쉬안츠弆池에서 쉬며, 웅장한 노래를 연주하게 하였는데, 사흘이 지나 끝나니 웨츠樂池라 말하였다.곽박 주, 1990 : 7

고증에 의하면 '□산'은 지금의 아프가니스탄 근처의 수산蜀山이고, '쉬안츠'는 카스피해Caspian Sea와 이웃한 검은 호수黑湖[9]이다. 목왕이 서역 순행에 가져간 것에는 현악기, 생황, 관악기, 북, 종 등 중원의 여덟 가지 악기도 있었다. 그 가운데서 거문고와 같은 현악기와 박으로 만든 생황 같은 악기는 서역에도 점차 보급되었다.

당나라 초기에 현장玄奘, 602~664이 인도로 갔을 적에, 인도의 계일왕戒日王,

---

9   [옮긴이] 흑해(黑海)의 다른 명칭이다. 관련 자료에 의하면, 지각운동과 빙하기의 영향으로 인하여 흑해와 지중해 사이에 여러 차례 분리와 연결이 생겨서 때로는 "흑해(Black Sea)"라고 부르고 때로는 "검은 호수"라고 불렀다고 한다.

589~647, 재위 606~647은 현장에게 〈진왕파진악秦王破陣樂〉과의 관련한 내용을 알아보았다. '진나라 왕 이세민李世民, 599~649이 적을 격파한 노래'라는 이 음악은 당나라 태종의 역사적 공적을 찬미한 주제의 음악이고, 웅장한 격조를 지닌 당나라의 대형 궁정음악이다. 그 가운데서 구지龜玆 음률을 융합한 것은 중국과 외국 문화가 교류한 산물이다. 현장이 『대당서역기大唐西域記』권10卷十에서도 인도 구마라왕拘摩羅王의 질문을 기록하였다.

지금 인도 여러 나라에서 마하지나국摩訶至那國[10]의 〈진왕파진악〉을 즐긴다는 말을 들은 지 오래되었소. 대덕大德[11]의 나라에서는 어떠하오?현장, 1977 : 233

이는 〈진왕파진악〉이 당나라에서 유행하였고, 게다가 인도에까지 일찍이 전해졌음을 설명한다.

중국의 4대 발명도 실크로드를 통하여 세계 각지로 전해졌다. 특히 제지술과 인쇄술의 서양 전파는 서양 문화와 사상의 발전에 중요한 의미를 지닌다. 제지술과 인쇄술의 전래는 승려만이 공부하고 고등교육을 받을 수 있는 상황을 바꾸어 서양의 학술과 교육을 기독교 수도원에서 해방시켜 나오게 하고, 유럽의 학술 중심을 수도원에서 각지의 대학으로 옮겨가게 하였다. 아울러 유럽의 종교 개혁과 반봉건 운동에 유력한 무기를 제공하여 서양 사회는 현대 문명 세계로 들어서고, 세계 역사 발전에 혁명적인 역할을 맡게 되었다.

중국과 서양 사이에 문화 전파의 중요한 경로의 하나는 민족의 이동이다. 민족 이동이 형성한 인력의 이동은 문화교류의 중요한 형식이다. 공

10 [옮긴이] 고대에 당나라에 대한 인도 사람의 호칭이다.
11 [옮긴이] 대사(大師), 즉 현장을 이른다.

간 방면에서의 이동은 다른 생활 방식과 문화와 이념을 지닌 사람들에게 지속적이고 대규모적인 접촉과 교류를 만들어내며 그로부터 상호 문화의 전파와 변천에 영향을 끼치고, 문화의 접변acculturation 현상도 촉진한다. 이러한 양방향 교류는 종종 각 민족 문화의 발전과 번영에 새로운 생기와 동력을 가져다준다.

예로부터 드넓은 사막의 남북에서 활약한 유목민족, 간쑤 허시쩌우랑 일대에서 생활한 유목민족, 색종塞種, 월지月氏, 오손 등 민족은 자연조건의 변화와 영향으로 말미암아, 혹은 민족과 민족 사이의 영지 확장을 위한 군사적 전쟁으로 인하여 강제로 이동할 적에, 북상하면 시베리아의 드넓은 삼림 지역에서, 동쪽으로 가면 크고 작은 싱안링興安嶺과 창바이산長白山에 가로막히고, 남하하면 커다란 중원 왕조와 서로 맞설 수밖에 없었다. 그래서 대부분은 서쪽으로 가는 방향을 선택하여 중앙아시아 북부 지역을 지나고 카스피해, 캅카스, 흑해 북쪽 기슭을 따라서 유럽평원으로 들어갔다. 이는 또 어느 정도에서 유럽의 역사를 바꾸었다. 바로 동쪽에서 서쪽으로 이동한 유목민족은 유럽과 아시아 대륙 양쪽 끝에 있는 중국과 서양의 문명을 연결하고, 중국 문화도 세계 각지로 전파하였다.지풍안(紀宗安), 1994 : 68

한나라는 백성을 이주시켜 변방을 지키게 하는 변방수비정책을 실시하였다. 이때부터 중원 인구는 서역으로 대규모 이동하였다. 그들 가운데는 역대 한나라 관리와 수행원, 둔전의 관리와 병사, 전란을 피한 이민 등이 포함되었다. 한나라의 문화는 그들을 통하여 폭넓게 서역으로 전해졌다. 한나라 무제는 원삭元朔 2년기원전 127에 쉬팡청朔方城을 세우고, 중원의 주민 10만을 허타오河套 지역으로 이주시켰다. 허타오는 허난河南 일대이며, 이 지역은 예전에 유목민족의 거주지였다가, 그 뒤로 최초로 농경민족과 유목민족이 혼거하는 지역의 한 곳이 되었다.

기원전 121년에 흉노 곤사왕은 한나라로 귀순하였다. 한나라는 흉노 수만 인을 한족이 거주하는 다섯 속지에 배속하여 거주하게 하였으며, 동시에 일부 중원 사람을 허시 일대로 이주시켰다. 장건의 "서역 착공" 뒤로 중국은 시베이 방향의 장벽을 허물고, 한나라가 정부 주도로 서역의 여러 나라와의 경제 문화적 왕래에 박차를 가하면서 전에 없이 발전할 수 있었다. 한나라 무제는 원정元鼎, 기원전 116~111 연간 전후에 우웨이군, 장예군, 주취안군, 둔황군 등 4군을 설치하고 룽시와 허시로 수십만 백성을 이주시키면서, 중원에서 이룬 농경 문화의 발달한 생산 기술을 대량으로 허시쩌우랑 일대로 전하였다. 간쑤 징닝靜寧에서 출토한 서한 시기의 옥쟁반玉磐 15점, 화팅현華亭縣에서 출토한 동한 시기의 편종編鐘 9점, 그리고 신장에서 발견한 대량의 한나라의 비단, 중원에서 제작한 구리거울, 한나라 시기의 글자가 적힌 목간木簡 등 고대 유물의 발견은 중원 문화가 실크로드를 따라서 서쪽으로 옮겨간 역사적 상황을 증명하고 그 사실을 되살아나게 하였다.

당나라는 서역을 통일한 뒤로, 서역의 여러 지역에서 한문화의 교육과 보급에 대대적으로 박차를 가하였고, 주학州學, 현학縣學, 향학鄕學 등 교육기관을 세워두고 『예기禮記』, 『상서尙書』, 『논어論語』 등 유가 경전을 교육하면서, 서역에서의 유가 문화의 전파에 이바지하였다. 투루판에서 고고학 연구자가 당 현종玄宗, 685~762, 재위 712~756이 지은 시詩의 교본을 발견하였는데, 여기에는 서역에 중원 시가가 전파된 역사가 기록되어 있었다. 당나라의 이름난 변새시인 잠삼岑參, 718?~769?, 일설 715?~770은 「독호점과 헤어지며 짓고, 겸하여 시어 엄팔에게도 주다與獨孤漸道別長句兼呈嚴八侍御」에서 "화면

花門의 장수 오랑캐 노래를 잘 부르고 / 예허葉河의 번왕 중국말을 잘 하노니"펑딩추 외, 2008 : 951 하고 읊었다. "화면의 장수"는 절도사 막부節度使幕府 안의 소수민족 장수를 가리키며, "예허의 번왕"은 서역 소수민족의 우두머리를 가리킨다. 시에서 그들이 군영에서 연 술자리에 참가하였을 때에 이민족 노래를 부르고 또 중국말로 주고받는 장면을 묘사한 것은 당시 많은 소수민족 장수와 우두머리들이 중국말을 할 줄 알고 중국 글을 이해하고 있었음을 설명한다.

고고학에서 발굴한 투루판 문서와 누란樓蘭에서 출토한 간독簡牘[12] 문서에도 소수민족의 서예 작품은 적지 않다. 많은 이민족 장수는 당나라에 들어온 뒤에, 중국말을 배워서 중국어 서적에도 정통하고 시도 지을 수 있게 되었다. 돌기시突騎施 시인 가서한哥舒翰, ?~757은 『좌씨춘추전左氏春秋傳』과 『한서』 등을 즐겨 읽었고, 철륵鐵勒 사람 계필하력契苾何力, ?~677은 "하얀 버들에 슬픈 바람 휘몰아치니 / 쏴쏴 소리에 애간장 끓나니"구양수(歐陽修), 송기(宋祁), 1975 : 4120하고 읊었다. 아울러 당나라의 개방적이고 활달한 문화의 숨결은 많은 서역 사람을 매료시켜 창안으로 불러들였고, 여러 나라의 사신, 상인, 승려 등이 창안으로 모여들었다. 이들은 빈번하게 왕래하면서 창안 백성의 생활과 문화에 색다른 이역의 멋을 부어넣었다. 창안에서는 위로는 귀족에서 아래로는 백성까지 이민족의 옷을 입고 이민족 음식을 먹고 이민족 음악을 들으며 이민족 춤을 추었다. 서역의 음악과 춤 자체가 밝고 빠른 박자인데다가 춤사위가 아름다웠으므로 당나라의 개방적이고 적극적인 시대정신과 서로 잘 맞았다. 그래서 그것들은 당나라에 들어오자마자 여러 계층 사람들의 환영을 받았다. 당나라의 이름난 십부악

---

12 [옮긴이] 옛날 종이가 보급되기 전에 글을 쓰기 위하여 사용되었던 대쪽과 얇은 나무쪽에서 유래한 말인데, 뒤에는 편지나 책을 뜻하게 되었다.

十部樂 가운데서 서역 음악이 〈구자악龜玆樂〉, 〈소륵악疏勒樂〉, 〈고창악高昌樂〉, 〈안국악安國樂〉, 〈강국악康國樂〉 등 다섯 곡을 차지하였다. 당 현종은 이민족의 빙빙 도는 춤을 좋아하였고, 그래서 일세를 풍미하게 하였다. 이 춤은 위로는 궁정의 귀족에서 아래로는 백성까지 모두 연습하였고, 양귀비楊貴妃, 719~756와 총애하는 신하 안록산安祿山, 703~757까지도 이 춤을 잘 추었다. 원진元稹, 779~831은 「법곡法曲」에서 창안이 이민족화 되어가는 현상을 묘사하였는데, 이로부터 창안의 물질과 문화생활에 대한 이민족 풍속의 영향을 엿볼 수 있다.

민족의 이동에서 또 다른 상황은 전쟁이 끌어낸 인구 이동이다. 이러한 이동은 강요된 것이라고 하여도 객관적으로는 문화와 문화의 교류와 전파를 촉진하였다. 751년에 안시 4진安西四鎭 절도사 고선지高仙芝, ?~755는 중앙아시아 지역 실권자들의 요청에 응하여 탈라스Talas로 출병하였다. 뒤에 전투에서 패배하였기 때문에, 20,000여에 이르는 병사는 포로가 되어 아랍으로 보내졌다. 그 가운데 많은 사람은 솜씨 좋은 수공업자였다. 화가인 도읍京兆[13] 사람 번숙樊淑과 유비劉泚, 직공인 허둥 사람 악외樂隈, 여례呂禮 등은 아랍에서 타향살이하게 되었고, 심지어 결혼하고 자녀를 낳아 키우며, 특수한 형식의 강제 이민자가 되었다. 그들을 통하여 우수한 중원 문화는 현지로 전파되었고, 현지의 경제 문화 발전에 중요한 촉진 작용을 하였다.

두환杜環은 그들 포로 가운데 한 사람인데, 그는 당나라의 이름난 학자 두우杜佑, 735~812의 친족이다. 포로가 된 뒤에 두환은 해외 타향에서 여러 해 동안 떠돌아다니고, 서아시아, 북아프리카 등지를 두루 돌아다녔다.

---

13   [옮긴이] 시안의 옛 이름이다.

그리고 고향으로 돌아온 뒤에 그는 『경행기經行記』를 저술하였다. 그 가운데 일부 내용은 두우가 엮은 『통전通典』에 수록되었다. 이는 고대 중국 사람이 중앙아시아와 북아프리카를 직접 경험한 주요 자료가 되었다.

몽골 원 제국 시기의 칭기즈칸成吉思汗, 1162~1227, 재위 1206~1227과 그의 자손은 세 차례 서양 정벌에 나섰다. 그들은 유럽과 아시아 대부분 지역을 정복하며 실크로드에 있던 교통 장애를 허물고, 더불어 역참제도를 실시하며 촘촘하고 커다란 유럽-아시아 교통망 체계를 세웠다. 그럼으로써 이 시기에 실크로드의 발전에 유리한 사회적 환경이 마련된 것이다. 몽골의 서양 정벌 과정에서 고대 역사상 처음으로 중국과 서양 인구의 양방향 이동과 이주가 비교적 큰 규모로 나타났다. 몽골 대군의 서양 정벌에 따라서 많은 중국 사람, 몽골 사람과 시베이 지역에 거주하던 사람들은 동쪽에서 서쪽으로 옮겨가서 중앙아시아, 서아시아와 유럽 각지로 들어갔다. 이러한 사람들은 대부분 현지에 정착하였고, 중국과 아시아 문명을 그 지역으로 전파하였다. 몽골 원정군이 동쪽 고향으로 돌아옴에 따라서 유럽-아시아 지역에서 중원지역으로 향하는 민족 이동이 대규모로 나타났다. 이러한 이민자의 대부분은 기능과 솜씨가 뛰어난 공예가와 기술자였고, 그들은 뛰어난 기능과 솜씨를 중원지역으로 전하였다. 그들은 몽골 군대와 생산의 발전에 중요한 공헌을 하였다. 마찬가지로 서역 이민자들은 중원에 오랫동안 거주하면서 중국 문화의 교육과 영향을 받고, 많은 이름난 학자, 문학가, 예술가 등을 배출하며, 중국화한 서역 사람이 되었다.

중국과 서양 문화의 교류 방면에서 또 다른 방식은 문화 사절의 자발적인 도입과 소개이다.

첫 번째 문화 사절은 장건같이 정부가 외교적인 목적으로 파견한 사신이다. 이들은 정치적 사명을 완수하는 동시에 문화를 전파하며 도입하고 소개하는 역할을 하였다. 장건은 두 번째 서역 출사에서 오손에 이르렀는데, 사실상 오손과 연합하여 흉노를 치려는 정치적 목적을 달성하지 못하였다. 하지만 오손 왕 곤막昆莫은 많은 안내자를 파견하여, 한나라의 부사副使를 수행하고 대원, 강거, 대하 등지로 가서 소통과 교류의 물꼬를 텄고, 한나라의 국위와 중원 문화를 널리 알리고 그들과 우호적으로 왕래하려는 의향을 표시하였다. 장건이 돌아올 때에 오손 왕 곤막은 답례로 사신 수십 인을 파견하였고 말 수십 필을 딸려 보냈다. 이 뒤로 한나라 무제는 많은 사절단을 서역의 여러 나라로 보냈다. 벼슬을 높이고 부자가 되려는 가난한 백성들도 글을 올려서 "외국의 기이하고 이상한 물건과 이로운 점과 해로운 점을 말하며, 사신이 되기를 청하였다". 무제는 이들에게 재물과 피륙을 상으로 내리고 사신으로 나서게도 하였다. 이러한 대규모 외교 사절은 객관적으로 중국과 서양 문화를 홍보하고 전파하는 역할을 하였다.

『진서晉書』「악지樂志」에, "장 박망博望[14]이 서역에 들어가서 서경장안의 법곡法曲을 그곳에 전하면서 유일하게 마하두륵摩訶兜勒 한 곡을 얻었다. 이연년李延年, ?~기원전 101은 이민족 곡을 새 노래인 이십팔해二十八解로 개작하였고, 수레를 타면서 군악으로 삼았다"방현령(房玄齡), 1997 : 720 하는 기록이 있다. 이 단락에서 장건이 서역으로 출사하여 정치적 사명을 완수한 것 외에도 서역에서 〈마하두륵〉이라는 노래를 갖고 돌아왔다고 기록하였다. 이는 원래 유행하고 있는 보살을 찬미한 불교 노래인데, 궁중 악사인 이연년이 이민족 노래를 바탕으로 거울삼아 각색하여 새로운 음악 장르로 창조해 냈고, 게다가 궁정 군악으로 사용되었다. 이 일은 서역 음악이 중원에 전

14   [옮긴이] 한 무제 때에 장건은 '박망후(博望侯)'에 봉해졌다.

해지기 시작하였고, 아울러 중국의 문화와 서로 결합하였음을 상징한다.

서역의 여러 나라가 중원으로 파견하여 주둔하게 한 사람들 가운데는 각 나라의 '볼모'도 있었다. 그들은 중국과 서역의 문화 전파에 중요한 역할을 하였다. 한나라가 실크로드를 개척한 뒤로부터 공용어로서 중국어의 중요성이 가시화되었다. 이에 서역의 각 나라는 볼모와 관리를 파견하여 중원 문화를 익혔다. 동한 때는 뤄양洛陽의 남북 두 곳에 '질관質館'이라는 볼모관저를 지어두고, 여러 나라에서 들어온 볼모를 전적으로 접대하였다. 사거莎車 왕 연延은 한나라 원제元帝, 기원전 75~33, 재위 기원전 48~33 시기에 볼모로 왔고, "도읍지에 오랫동안 있으면서, 중국을 받들고 좋아하여 그 규범도 참조하였다. 그는 여러 아들에게 지금 세상에서 한나라 황실을 받들고, 저버리면 안 된다고 자주 타일렀다."『한서』「서역전」 역사학자 상다向達, 1900~1966는 서역의 여러 나라의 볼모가 당나라에서 중국과 서역 문화의 전파 과정에서의 역할을 이야기할 적에, "정관貞觀, 626~649 이래 변방의 여러 나라가 볼모로 삼을 자손들을 이끌고 당나라에 들어왔고, 여러 나라 사람 가운데 창안에서 임시로 머문 사람도 많았다. 서역 문명이 창안에 이르는 데, 이 세대가 대개 유력하게 참여하였다"상다, 1957:4 하고 말하였다.

이 시기에 어려서부터 '볼모'의 신분으로 당나라에 들어온 돌기시 봉덕가한奉德可汗 왕자 광서光緖는 "어려서 아득히 먼 서역에서 볼모로 도읍에 왔고, 중국풍을 한없이 흠모하여 중국 관리 복장을 하였다."시안시문물보호고 고연구원(西安市文物保護考古研究院), 2013:18 이러한 '볼모' 가운데서는 자기 나라로 되돌아가 국정을 주관하는 우두머리가 된 이도 있다. 그들은 자신들이 익혀온 중원 문화를 그들 나라에 보급하였다. 예를 들면 우미扜彌의 태자 뢰단賴丹은 소제昭帝, 기원전 94~74, 재위 기원전 87~74 시기에 창안에 왔고, 뒤에 병사를 이끌고 룬타이輪臺 일대로 가서 그 땅에서 계획적으로 둔전을 시행하였다. 당나라 시대에 우전의 볼모 위지승^{尉遲勝, ?~794}은 "도읍에서 불법을 배울 적에, 숲속 정자가 화려한 곳의 빈객으로 초대받았다."『책부원구(冊府元龜)』권 962 「현행(賢行)」

서역으로 이주한 사람들 가운데 문인과 학자들도 섞여있었고, 그들은 중원의 유학과 많은 경전과 저작을 서역으로 가져갔다. 중화민국 시기에 '시베이과학조사단^{西北科學考察團}'은 로프노르^{Lob Nor}의 서한시기 봉수유적지^{烽燧遺址}에서 『논어論語』「공야장公冶長」의 잔간殘簡을 발견하였다. 스벤 헤딘은 로프노르의 하이터우유적지^{海頭遺址}에서 동한 말년경의 『전국책國策』 낙질과 수학책 『구구술九九術』 잔간을 훔쳐갔다. 이러한 고고학 발견은 한문 서적이 서역에 보급된 상황을 설명한다.

한나라 말기에 중원은 전란에 휩싸였지만, 허시 일대는 상대적으로 안정적이었으므로 많은 중원의 인사가 피난하는 땅이 되었다. 그래서 한나라 시기의 음악과 춤 문화가 허시 일대로 흘러 들어가서 보존될 수 있었다. 이러한 음악과 춤은 현지 민족의 예술과 융합하였고, 궁정음악과 춤인 서량악^{西涼樂}이 되었다. 동진 16국 시기에 실크로드의 허시 일대에 약간 작은 나라들이 세워졌는데, 허시 여섯 나라 가운데서 전량^{前涼}의 힘이 커졌다. 중앙아시아의 여러 나라는 그 나라에 조공을 보냈고, 공물 가운데 갖가지 악기와 예인들이 있었다. 이러한 민족의 융합과 문화의 전파는 문화의 다원화 발전과 자체 성장에 중요한 역할을 하였다.

두 번째 문화 사절의 교류 방식은 화친이다. 이는 중원 왕조와 변방 민족이 관계를 맺는 외교 방식의 하나이다. 화친은 성격상 중국과 서역의 소수민족 사이에서 정치적 거래에 속한다고 할지라도 객관적으로 실크로드의 막힘없는 소통을 보장하고 문화를 전파하는데 적극적인 작용을 하였다. 대대로 파견되어 나온 화친 행렬은 종종 많은 비단과 기물을 갖고 오며, 수행 인원 가운데 어사御使 말고도 많은 공예가와 노래하고 춤추는 예인이 있었다. 이러한 사람들은 시집가는 공주를 모시며 장기간 서역에서 생활하면서 중원의 발달한 생산 기술과 문화도 현지로 가져갔다.

『한서』「서역전」에, 한나라 무제는 세군공주細君公主, ?~기원전 101[15]를 파견하여 오손과 혼인시키면서, 기물과 수행 종자 수백 인을 후하게 하사하였다. 세군공주는 고향 생각이 간절하여 종종 동행한 악사와 거문고를 타면서 노래를 불렀고, 〈누런 고니의 노래黃鵠歌〉도 지어 고향을 그리는 마음을 표현하였다.

> 내 집에서 나를 하늘 끝 땅으로 시집보내어
> 이 머나먼 다른 나라 오손 왕에게 맡기었네
> 여기는 둥근 천막을 집 삼고 모포로 울타리를 치고
> 고기로 밥을 삼고 짐승 젖을 국이라 하네
> 자나 깨나 고향 그리워 마음속 애달파
> 누런 고니 되어 고향으로 날아가고 싶네.

이 고향 그리는 노래는 한나라 문학이 서역으로 전해진 시작이라고 말할 수 있다. 한나라 무제는 그를 가엾게 여겼고, "한 해 걸러 사절을 보내 휘장과 수놓은 비단을 내려주었다". 게다가 기술자를 오손으로 파견하여, 세군공주에게 한나라의 건축양식을 따른 '치궁실置宮室'을 지어주었고, 한족의 건축기술을 서역으로 전하였다.

세군공주가 사망한 뒤에, 한나라는 해우공주解憂公主, 기원전 120~49를 오손

---

15 [옮긴이] 무제의 이복동생인 강도왕(江都王) 유건(劉建, ?~기원전 121)의 딸이다.

왕에게 다시 시집보냈다. 해우공주는 성격이 밝았고, 늘 갖옷을 입고 가죽신을 신었다. 해우공주는 머리에 공작 깃털 모자를 썼으며, 몸에는 담비와 여우 갖옷을 입고 어깨에 늑대 꼬리를 걸치고, 오손 왕 곤막을 따라 부락을 순행하였다. 해우공주는 오손과 한나라의 관계에서 중요한 역할을 맡았다. 게다가 해우공주는 자신의 자녀를 자주 창안으로 보내 한문화를 배우게 하였다. 기원전 69년에, 큰딸 제사弟史는 창안으로 파견되어 북과 거문고를 배웠다. 제사는 3년을 배운 뒤, 오손으로 돌아가는 길에 구자 땅을 지나갔다. 이때 구자 왕 강빈絳賓이 제사에게 사랑이 싹텄으므로, 해우공주의 동의를 얻어 두 사람은 결혼하여 부부가 되었다. 뒤에 해우공주는 한나라로 편지를 써서 큰딸 제사가 종실의 신분으로 한나라로 돌아갈 수 있도록 윤허해주기를 청하였다. 한나라 선제가 윤허한 뒤에, 구자 왕 강빈과 제사는 창안으로 와서 조정에 나아가 하례하였다.

> 왕과 부인은 모두 인수印綬를 하사받았다. 부인은 공주라 불리고, 수레와 말, 깃발과 북, 가수와 악사 수십 인을 하사받았다. 한 해를 머무르게 한 뒤에 후사하여 보냈다.『한서』「서역전」

뒤이어서 구자 왕은 여러 차례 수행 종자를 데리고 한나라 조정에 나아가 하례하였고, 그들은 한나라의 복식, 제도와 예의를 즐기고 또 배웠다. "뒤에 여러 차례 조정에 나아가 하례하였다. 한나라 의복과 제도를 좋아하여 그 나라로 돌아간 뒤에 궁전을 짓고 주위를 에워싸는 길을 내고 출입할 적에 서로에게 전달하고 부르면서 종과 북을 치게 되어 한나라 황실의 의례와 같았다."『한서』「서역전」 강빈은 한나라를 모방하여 궁전을 지었고, 구자의 도읍 옌청延城은 "세 겹이고 외성外城은 창안과 같았다."요사렴(姚

思廉), 1973：813 해우공주는 오손과 한나라 사이의 정치 문화적 교류를 강화하기 위하여 또 둘째아들 만년萬年을 창안으로 보내 한동안 살게 하였다. 아울러 자신의 시녀 풍료馮嫽를 파견하여 서역에서 외교적 활동을 하게 하였다. 풍료는 한문과 사서에 통달하였으므로, 적극적으로 한나라 문화를 홍보하였으며, 오손과 한나라의 문화교류를 추진하는데 중요한 작용을 하였다.

동시에, 서역과의 화친에 따라서 여러 차례 알현하고 하례하는 행사 과정에서 소수민족 우두머리들도 한족의 예의를 높이 받들어 따르며 배우기도 하였다. 한나라 선제는 잔치를 베풀어 손님을 초대할 때면 화친하러 온 서역의 사신을 불렀고, "흉노의 사절과 다른 나라의 우두머리君長를 접견하고 대규모 씨름대회와 음악을 베푼 뒤에 그들을 보냈다."『한서』「서역전」

선제 감로甘露 3년기원전 51에 내치와 외교 등 안팎으로 곤경에 처한 흉노 우두머리 호한야선우呼韓邪單于, ?~기원전 31, 재위 기원전 58~31는 창안으로 가서 "알현할 때에 신하라 칭하였고", 한나라는 "특별한 예로 우대하고 제후 왕위에 봉하였다". 더불어 머리에 쓰는 갓, 허리띠, 저고리와 치마, 금으로 만든 도장과 실로 짠 도장끈, 활과 화살, 수레와 말 그리고 많은 "수놓은 비단과 아름다운 피륙"을 하사하였다. 또 왕소군王昭君, 기원전 54?~19을 그에게 시집보내 아내로 삼게 하였다. 호한야선우는 그로부터 오랫동안 한나라와 우호적인 관계를 유지하였고, 중원 문화의 영향도 받아들였다. 그가 사망한 뒤에, 조도막고雕陶莫皐가 선우에 올라 복주루약제선우復株累若鞮單于라 불렸다.

흉노에서 효孝란 약제若鞮이다. 호한야선우가 항복한 뒤로 한나라와 친밀해지면서, 한나라 황제가 시호를 내려 효라 부르는 것을 보며 이를 본받았다. 그의 아들인 복주루선우復珠累單于 이래로 모두 약제라 칭하였다.『후한서(後漢書)』「남흉노전(南匈奴傳)」

정관 8년634에 티베트吐蕃에서 왕위를 계승한 뒤로 열여덟 살이 된 송차
간포松贊幹布, 617?~650, 재위 629~650는 당나라 조정으로 사절을 파견하여 청혼하
였다. 641년에 당 태종太宗, 599~649, 재위 626~649은 문성공주文成公主, ?~680를 보
내 티베트와 화친하였고, 공주는 실크로드를 따라 칭하이로 갔다. 송찬
간포는 부하를 인솔하여 허위안河源에 이르러 신부를 맞이하였다. 아울러
"족장의 자제들을 파견하여 국학에 입학시켜 『시경』과 『상서』를 익히게
하였고, 중국 글을 아는 사람을 청하여 공문서를 작성하게 하였다." 유후(劉
昫), 1975 : 3553 문성공주는 티베트에 들어갈 때에 많은 곡물의 씨앗, 보석, 서
적과 솜씨 좋은 기술자들을 데리고 갔다. 뒤에 일곱 살인 기예축찬棄隸蹜贊,
697~755, 재위 704~755이 왕위를 계승하여 찬보贊普에 올랐다. 당나라 신룡神龍 3
년707에 기예축찬의 할머니는 그를 위하여 대신을 창안으로 파견하여 청
혼하였다. 중종中宗, 656~710, 재위 683~684, 705~710은 그에게 금성공주金城公主, ?~739
를 시집보냈다. "황제는 공주가 어린 점을 가엾이 여겨 특별히 비단 수십
만 필을 하사하고 여러 예인과 공예 기술자를 따르게 하였으며 구자의
악기도 주었다." 구양수, 송기, 1999 : 4628

서역은 중원과의 왕래 과정에서 중원 문화의 영향을 받았고, 자기네 민
족 문화를 자발적으로 개혁하였다. 『수서隋書』「고창전高昌傳」에는 중원과
화친한 고창 왕이 일찍이 명을 내려 자기 민족의 복식을 개혁한 일이 기
록되어 있다.

온화한 풍속의 감화를 이미 입어 백성도 크게 변화하길 희망하니 서민 이상은
모두 변발을 풀고 옷섶을 떼도록 하라. 위징(魏徵), 1973 : 1848

수隋나라 양제煬帝, 569~618, 재위 604~618는 그 일을 안 뒤에 갓과 옷가지를 더 하사하여 지지해주었다.

화친이 가져온 중원과 서역 사이의 빈번한 외교적 왕래에 따라서 서역의 언어, 음악과 춤 등 예술도 중원으로 전파되어 들어오기 시작하였다. 원강元康 2년기원전 64에 오손은 중원으로 와서 화친을 청하였으며, "곤미昆彌와 태자, 좌우 대장과 도위都尉 등이 모두 사신을 파견하였고, 모두 300여 인이 어린 공주를 아내로 맞이하러 한나라로 들어왔다. 한나라 황제는 오손 해우공주의 남동생의 딸인 상부相夫를 공주로 삼고, 시어侍御 100여 인에게 상림원 가운데 거처를 마련해 주고 오손 말을 배우게 하였다."『한서』「서역전」 이 문헌에는 한나라가 오손과 혼인 관계를 맺기 위하여, 수행하여 떠날 시어들을 상림원에 모아놓고 오손 말을 배우게 한 역사를 기록하였다.

동한 영제靈帝, 157?~189, 재위 168~189 때에는 이민족풍의 춤이 궁정 안팎에서 널리 유행하게 되었다.『구당서舊唐書』에, 주周 무제武帝, 543~578, 재위 560~578는 돌궐突厥과 화친하여 돌궐 공주를 황후로 맞이하였다는 기록이 있고, 뒤에 "서역의 여러 나라에서 청혼하러 왔고, 그리하여 구자, 소륵疏勒, 안국安國, 강국康國 등지 음악이 창안에 대대적으로 집결하였다."유후, 1975 : 1069 중국 역사상 화친 과정에서 많은 여성이 행복과 자유를 잃었다고 하여도 객관적으로 보면, 이러한 활동은 중원과 서역 각 나라의 정치 경제적 왕래를 강화하였고, 중국과 서역 문화의 전파에 더욱더 적극적인 작용도 하였다.

세 번째 문화 사절은 실크로드에서 활약한 불도를 포교하는 신도와 고고학 지식을 주로 연구하는 학자와 탐험가들이다. 종교는 실크로드 문화 전파의 주요 방면이며, 그래서 실크로드는 '종교의 길'로도 불렸다. 중국에서 커다란 영향을 끼친 불교와 이슬람교 등은 모두 실크로드를 거쳐서 중국에 들어왔고, 실크로드를 빌려서 이러한 종교가 최종적으로 세계적인 종교로 발전하게 된 것이기도 하다. 실크로드에서 오가는 사람 가운데는 대상도 있고, 불법을 널리 퍼뜨리느라 바삐 뛰어다닌 승려도 많이 있었다. 그들은 종교 서적을 번역하고 불법을 널리 해석하여 알리며, 종교 문화를 세계 각지로 전파하였다.

구자 나라에서 태어난 불교 고승 구마라십鳩摩羅什, 343~413은 일찍이 후량後涼 태조太祖 여광呂光, 337~399, 재위 386~399에게 잡혀서 량저우涼州, 지금의 간쑤 우웨이시로 끌려갔고, 그곳에서 중국어와 중원 문화를 배웠다. 후량이 망한 뒤에 그는 실크로드를 따라 창안까지 먼 길을 걸어가며 포교하면서 불교 서적을 번역하였다. 그는 진제眞諦, 499~569, 현장玄奘, 602~664과 더불어 중국 불교 3대 번역가로 불리며, 중국에서의 불교 전파에 중요한 공헌을 하였다.

선종禪宗의 창시자인 보리달마Bodhidharma, ?~528도 실크로드에서 천릿길을 온갖 고난을 무릅쓰고 중국으로 왔고, 뒤에 쑹산嵩山 사오린사少林寺로 가서 9년 동안 면벽 수행을 하면서 선종을 세웠다. 종교는 '궁극적 관심'에 대한 인류의 동경과 추구로써 종종 신도의 굳센 의지와 흔들리지 않는 불법을 찾는 구도 정신을 끓어오르게 할 수 있다. 중국에서의 불교 전파에 따라서 불교도들은 '불문의 계율을 바로잡기' 위하여 엄청난 의지를 갖고 직접 서역으로 불법을 구하러 갔다. 그들은 도중에 부닥친 숱한 곤란과 위험을 자신의 종교적인 구도의 길에서 필연적인 시련으로 여겼다. 산 넘고 물 건너 불법을 구하러 가는 고행승은 실크로드에서 중요한 집단이 되었다.

동진東晉, 317~420의 고승 법현法顯, 334?~420?은 중국에서 최초로 해외로 가서 불경을 얻고 불법을 구한 대사이다. 그는 어려서부터 부처에게 예배하고 품행이 바르며 의지가 곧았다. 그는 예순다섯 살 때에 '불도를 널리 퍼뜨리고, 불문의 계율을 바로잡기' 위하여, 경률經律[16]을 구하고자 지금의 인도인 천축天竺으로 갔다. 그는 13년 동안 "하늘에는 날아다니는 새가 없고, 땅에는 달려가는 짐승이 없다. 눈 닿는 데까지 두루 둘러보며 건너갈 곳 찾으려 하지만 도무지 어림잡을 수가 없다. 죽은 사람의 말라붙은 뼈다귀를 길잡이 삼을 뿐"법현, 궈펑(郭鵬) 역, 1995 : 5인 커다란 사막을 가로질렀다. 그는 온갖 곤란과 위험을 겪으며 부처의 유적에 예배할 마음을 품은 채 인도로 갔고 불경을 갖고 돌아오면서 대량의 불교 서적을 번역하여 중국 불학佛學의 발전에 크게 이바지하였다. 동시에 그는 자신이 직접 겪은 경험에 근거하여 『불국기佛國記』를 지었다. 여기에 고대 중앙아시아와 인도 등지에서 불교가 성행한 상황과 지역 특색과 풍습을 상세히 기록하였고, '들여보낸 것'으로부터 '갖고 들어온 것'에로의 중국 불교 문화의 단계적 전환을 구체화하였다.

당나라 승려 현장은 창안에서 출발하여 실크로드 옛길을 따라서 둔황 위먼관을 지나갔다.

위험을 무릅쓰고 국법을 어기고 몰래 천축으로 갔다. 거대한 모래땅을 밟고 높고 높은 눈 덮인 산을 넘어서 톄먼관鐵門關의 험준한 길과 러하이熱海의 파도를 헤치고 창안 선이神邑에서 출발하여 마침내 왕서王舍라는 새로운 고장에 이르렀다. 중간에 지나온 길은 50,000여 리에 이르렀다.주이쉬안(朱一玄)·류위천(劉毓忱), 2002 : 10

그는 천신만고 끝에 인도에 도착하여 고승을 따라서 불교 서적과 범문을 배우며, 17년을 지냈고, 대승불교와 소승불교 관련 경장, 율장, 논장 등 삼장[17] 520쪽[18]을 갖고 돌아왔다. 그는 창안으로 돌아온 뒤에 불경 번

---

16 [옮긴이] 교리가 되는 부처의 설법을 모아놓은 경장(經藏)과 교단(敎壇)에서 지켜야
    할 계율(戒律)을 모아놓은 율장(律藏)을 합쳐 이르는 말이다.

역에 몰두하였고, 아울러 『노자老子』와 『대승기신론大乘起信論』을 범문으로 번역하여 인도에 전하였으며, 중국과 인도 종교 문화의 교류에 중요한 역할을 하였다. 불경을 번역하는 동시에 현장은 자신이 오가는 길에서 본 견문에 근거하여 『대당서역기』를 지었고, 138개 나라의 역사, 지리, 종교, 풍속 등을 자세히 기록하였다. 이 책은 인도 문화를 연구하는 이들에게 가장 중요하고 믿을 만한 문헌 자료가 되었다.

불교가 중국에 전해지면서 중국 전통 문화의 중요한 내용을 구성하게 되었다. 불교가 담은 생명의 지혜는 중국 문학예술의 발전에 주요한 영향을 끼쳤다. 우선 실크로드의 연도에 사원, 불탑과 석굴 등 예술적인 불교 건축물들이 생겼다. 옛 인도에서 사원의 최초 형식은 사람의 힘으로 뚫은 석굴이었다. 사원은 한나라 때에 중국으로 들어왔다. 동한 명제明帝, 28~75, 재위 57~75는 불교를 신봉하였다. 그는 "꿈에 금빛 나는 신을 보았는데 신장이 여섯 장이며, 등에서 해와 달 같이 밝은 빛이 났다. 금빛 나는 신을 부처라 불렀다. 그것을 구하고자 서역으로 사신을 보냈다."양현지(楊衒之), 1991 : 153 명제는 채음蔡愔을 사신으로 파견하여 천축으로 가서 섭마등攝摩騰, ?~73, 축법란竺法蘭 등 두 승려를 초빙하여 중국으로 와서 불법을 강론하고

---

17 [옮긴이] 삼장(三藏)이란 부처의 설법을 모은 경장(經藏), 계율을 모은 율장(律藏), 연구 정리를 모은 논장(論藏)을 통틀어 이르는 말이다. 현장은 삼장을 통달한 법사라는 의미에서 "삼장법사"라 불렸다.

18 [옮긴이] 쪽[夾]은 옛날 도서용 죽간의 낱개를 이른다. "광둥 시차오산(西樵山) 바오펑사(寶峰寺)에 일부 패엽경(Palm leaf manuscript, 貝葉經)이 있고, 한 권의 길이는 40cm, 폭은 10cm, 두께 10cm이다. 이로부터 현장이 가져온 경서 520쪽은 무게가 대략 2.08m³, 길이 80cm, 폭과 높이가 모두 50cm에 이르는 나무상자에 담았고, 대략 상자 11개가 필요하였으며, 한 상자에 50쪽이 들어갔을 것이라고 추측하고 있다"라고 소개한 자료(「唐僧通天河曬經損失了多少經書?最關鍵的內容被誰拿走了?」, 2017.11.29(https://baike.baidu.com/tashuo/browse/content?id=936cd57106451d06 1412a83, 검색일자 : 2023.3.21) 참고.

포교하게 하였다. 이것은 명제가 영평永平, 58~75 연간에 서역에서 불법을 구하였다는 '영평구법永平求法'이다. 불상과 불경을 소중히 모셔두기 위하여 섭마등과 축법란은 천축 사원의 규제規制와 설계를 본떠서 중국 최초의 불교사원인 바이마사白馬寺를 지었다. 이는 나라에서 정식으로 불교의 합법적인 지위를 인정하였음을 상징한 일이다. 그로부터 중국에 온 서역 승려가 차츰차츰 많아졌고, 이곳은 포교와 불경 번역의 중요한 장소가 되었다.

위진남북조魏晉南北朝 시기에 사회는 어수선하였고, 전란이 자주 일어났다. 불교가 널리 퍼뜨리는, 세상을 구원하고 자비를 베푸는 사상이 동란에 처한 민중의 사회적 심리적 요구와 잘 맞았으므로 불교는 폭넓게 전파되기 시작하였다. 그리하여 많은 사원이 각지에 지어졌다. 그 시절에 동경東京과 서경西京19 등 두 도읍지에 사원 180여 곳이 지어졌다. 수나라와 당나라에 이르러 불교의 폭넓은 전파에 따라서 사원의 수는 더욱 많아졌고, 이름난 사원에 다츠언사大慈恩寺, 젠푸시薦福寺 등이 있었다. 불교사원은 중국에 들어온 뒤로 중국의 건축 양식과 서로 결합하여 궁탑식宮塔式, 누탑식樓塔式, 낭원식廊院式 등 여러 구조를 만들어냈다. 불교가 들어옴에 따라서 실크로드 연도에 산을 깎아 굴을 파고, 불상을 조각하는 일이 유행하였고, 독특한 격조를 지닌 석굴 예술이 탄생하였다. 비교적 이름난 석굴에는 신장 경내의 키질석굴克孜爾石窟과 간쑤의 둔황석굴敦煌石窟, 뤄양의 룽먼석굴龍門石窟, 다퉁大同의 윈강석굴雲岡石窟 등이 있다. 이러한 석굴들은 인도, 고대 그리스와 로마의 조각 예술의 영향을 비교적 많이 받았다. 허시쩌우랑의 서쪽 끄트머리에 자리한 둔황 모가오굴莫高窟은 1,600여 미

19　[옮긴이] 동경은 동쪽 수도를 말하며, 뤄양(洛陽)이나 카이펑(開封)을 가리키고, 서경은 서쪽의 수도를 말하며, 창안, 즉 시안을 가리킨다.

터 길이에 이르는 절벽 위에 지어졌다. 세계 불교 예술의 보물창고로서 그 조형은 생동감이 넘치고, 풍부한 내용과 정교한 솜씨를 보여준다. 불상의 외모와 복식의 조형은 간다라Gandhara 예술의 격조를 체현하였다. 모가오굴은 건축, 조각, 벽화 등 종교 예술이 한데 어우러진 유적이며, 인도 불교 문화와 중국의 문화가 교류한 예술의 결정체이다.

불교는 포교와 강론 과정에서 종종 음악이나 무용 등 형식을 빌려야 하였다. '범패梵唄'는 중국에 들어온 초기의 불교 음악이다. 그것은 최초에 석가모니를 찬미하고 불법을 홍보하고 강론하는 데 사용하기 위하여 승려가 민간 악곡과 궁정 악곡을 활용하여 각색한 것이다. 많은 승려 자신도 우수한 예술가였기 때문에, 불교 음악은 중국 예술의 발전에 영향을 끼쳤다. 당나라 시대에 창안 쫭옌시莊嚴寺의 이름난 예술가이자 승려인 단선본段善本은 비파 연주가 뛰어났다. 그가 사용한 비파는 짐승 가죽을 줄로 만든 방법을 활용하여 제작한 서역의 굽은 목뻔項 비파였다. 그는 서역 강국지금의 우즈베키스탄공화국 사마르칸드 일대에서 온 강곤륜康昆侖과 한 지역에서 경쟁하였는데, 이는 두고두고 미담으로 전해졌다. 단선본은 연주만 잘한 것이 아니라 작곡에도 능하였다. 서량부西涼府 도독都督 곽지운郭知運, 667~721은 당 현종에게 〈량저우의 노래涼州曲〉를 바쳤고, 단선본은 이 노래를 각색하여 〈서량의 노래西涼曲〉로 만들었다.[20]

불교의 전래는 중국 문학 사상과 문학 창작에도 깊은 영향을 끼쳤다. 종교마다 포교하는 문제에 부딪쳐야 하며, 불교 경전의 언어가 지닌 문학성은 신도를 끌어들이는 작용을 하고, 또 불법의 강론과 포교에도 도움을 줄 수 있다. 중국 문인은 대부분이 불교 경전을 연구하고 배움을 통하여

---

20   [옮긴이] 서량(西涼, 400~421)은 동진십육국(東晉十六國)의 한 나라이다.

불교의 영향을 받았다. 많은 불교 경전은 교의敎義에 대한 논설 이외에도 사회, 철학, 미학, 문학 등 방면에서 풍부한 내용을 담고 있었다. 범문에서 번역한 『법구경法句經』, 『유마힐경維摩詰經』, 『법화경法華經』, 『화엄경華嚴經』 등 불교 경전은 언어가 세련되고, 상상이 기발하다. 경전들 자체가 바로 저마다 아름다운 문학 작품이기 때문에, 대대로 문인은 이를 아끼고 사랑하였으며, 심지어 순수한 문학 작품으로 간주하여 읽고 연구하였다.

불교를 연구한 중원의 문인은 범문도 연구하기 시작하였다. 당나라 시인 원함苑咸, 710~758은 범자梵字를 쓸 줄 알았고, 범음梵音에도 정통하였다. 그래서 왕유는 「원 사인은 브라흐미 글자를 쓸 줄 알고 말도 통달하시어 모두 그 기발함을 다하고 그걸로 장난삼아 지어주다苑舍人能書梵字兼達梵音, 皆曲盡其妙, 戱為之贈」에서 "초사에서는 모두 하발승賀拔勝, ?~544, 양웅揚雄, 기원전 53~18과 사마상여司馬相如, 기원전 179~118를 꼽고 / 어떤 이는 범자에서 노魯자와 어魚자를 구별하지"펑딩추, 1960:1296라고 하였다. 이백李白, 701~762도 월지 글자를 약간 알았으며, 「멀리 부치며寄遠·열其十」에서 "노나라 새하얀 비단은 옥빛 서리 같아 / 붓 들어 월지 글자로 쓰노니"펑딩추, 1960:1879라고 읊었다. 당나라 왕유의 시 「사슴 울짱鹿柴」에도 선종의 불교적 진리와 경계로 가득 찼다. 당나라 변문變文도 불경의 영향을 받아 생겨난 것이다.

중국의 토착 도교道敎도 실크로드를 거쳐서 서역으로 간 한나라 사람이 밖으로 점차 전파하였다. 신장 투루판 지역 아쓰타나阿斯塔那에서 출토한 투루판 문서 가운데 도교와 관련된 내용이 많이 있고, 가오창고분高昌墓葬에서 발굴한 「한거 부인 부장 의물 목록韓渠妻隨葬衣物疏」의 문서 뒷면에 "주작朱雀"이나 "현무玄武" 같은 글자가 있고, 의물 목록 가운데서 드러난 도교 용어는 죽은 이의 영혼이 신령의 보호를 받을 수 있기를 희망한 내용이다. 이는 도교가 이미 가오창 지역에서 널리 전파되어 있었음을 나타냈다. 모가오굴에서 출토된 『노자화호경老子化胡經』의 낙질에서는 노자가 서쪽으로 양관을 나가 서역에 이르러 이민족을 교화하였다고 말하였다. 이 책의 내용에 대하여 다소 논쟁이 있기는 하지만 춘추 시기에 탄생한 도가 사상은 일찍부터 서역에서 전파되기 시작하였음을 설명한다. 『구당서』 권198 「천축국전天竺國傳」에는 당 태종 시기에 천축의 속국인 가몰로국伽沒路國 왕이 "사신을 파견하여 진기하고 색다른 물건과 지도를 보내고, 노자의 초상화와 『도덕경』을 청하였다"유후, 1975 : 3612 하고 기록하였다.

고대에 문화의 전파는 궁극적으로 사람의 왕래에 의해서 이루어졌다. 실크로드의 순조로운 소통과 번영이 중원과 서역 사이에서 사람의 왕래를 촉진하였다. 요컨대 실크로드를 밟은 많은 서역 상인, 사절과 승려 등의 이동과 교류 활동은 직접적으로 중국과 서양 문화의 전파와 발전에 박차를 가하였다. 그래서 실크로드는 중국과 서양 사이의 장삿길이었고, 더욱더 중화민족이 자기중심의 지리적 공간 밖으로 걸어 나가서 모두 받아들이는 열린 태도로 정치, 경제, 문화면에서 서양과의 대화와 교류를 통하여 자아 성장으로 나아가는 정신을 실천한 길이었다.

3. 서역을 여행하고 중국으로 돌아온 고대 실크로드 문학

넓은 의미에서의 '교통' 혹은 '실크로드'의 문화적 지평에서 우리는, 문학이 문화교류의 중요 운반체로서 실크로드 문화의 교류와 전파 과정에서 발휘한 중요한 작용을 확실히 볼 수 있다. 실크로드는 비단 무역의 통로였고, 풍부하고 다채로운 언어 문화의 길이었음도 증명되었다.

문화의 발전은 다양성과 불균형성을 지니며, 서로 다른 민족과 서로 다른 시기의 문화 발전이 어느 정도 차이성을 드러내기 마련이다.

　　아득한 옛날부터 정화鄭和, 1371?~1433?가 서양으로 간 15세기 전기까지, 중국은 경제, 정치, 문학예술 방면에서 오랫동안 서양보다 앞서 있었으므로 대외 문화 왕래 과정에서 열린 가슴과 자신감 지닌 기백을 드러냈다. 그래서 비교적 주동적으로 밖으로 실어 보내는 역사적 지위에 있었고, 특히 한나라와 당나라의 실크로드 개척에 따라서 중국과 서양의 문화교류가 번영하는 국면을 이룩하였다. 이러한 영향을 받아 탄생한 고대 실크로드 문학도 웅장하고 힘있게 열린 격조를 드러냈다. 실크로드 문학과 실크로드 문화 사이에서는 서로 이루어지도록 해주고 서로 돋보이게 하는 관계를 형성하였다. 한편으로 실크로드 문학은 실크로드 문화의 운반체로서 실크로드 문화의 내적 정신을 반영하였고, 열린 문학관과 미래지향적인 문학 정신, 그리고 이역의 낭만적인 색채를 지닌 미적 형태를 구체적으로 펼쳐보였다. 또 다른 한편으로 실크로드 문학 창작의 중요한 버팀목으로서 실크로드 문화의 특성은 실크로드 문학의 표현방식에 영향을 끼쳤고, 문학 창작의 독특한 문화적 배경을 형성하였다. 실크로드 연도의 열악한 자연환경은 실크로드 문학이 내용 면에서 사람과 자연의 관계에 대한 사색과 지역적 모습과 민속 풍습에 대한 묘사에 더욱더 집중하고, 자연을 뛰어넘는 인류의 고난 의식과 영웅 정신을 드러내며, 이를 빌려서 독특한 미학 격조를 형성하게 하였다.

　　실크로드 문학은, 첫째, 선진 시기의 신화와 전설로 거슬러 올라가서 볼 수 있다. 『목천자전』과 『산해경』은 문자가 생긴 이래 중원과 서역의 왕래를 최초로 기록한 문헌 서적이고, 신화와 역사를 서사하는 방식으로 실크로드의 '선사시대 역사'를 구축하였다. 『목천자전』은 서진西晉, 265~317 초기에 지군汲郡 사람이 전국 시기 위왕魏王의 고분을 도굴하는 과정에서 발견한 죽간으로 된 책이다. 이는 위나라 양왕襄王 20년기원전 229 이전에 집필한 것으로 여겨진다. 책은 모두 6권인데, 내용 면에서 두 부분으로 나뉘었다. 앞 5권은 주나라 목왕이 준마 여덟 필이 끄는 수레를 타고 여섯 개 사단을 거느리고[21] 만리 멀리 날듯이 진군하여 북쪽으로 류사流沙를 건넜으며, 서쪽으로 쿤룬에 올라가 거친 산, 거친 골짝, 거친 언덕, 거친 사막 등지를 두루 돌아다니고, 이름난 산과 경치 빼어난 곳마다 유람하였으며, 서왕모를 만나서 드넓은 평원에서 사냥한 일을 상세히 기록하였다. 제6권은 목왕이 총애하는 미인 성희盛姬가 도중에 감기에 걸려서 사망하여 그를 장사 지낸 장례 의식을 서술하였다. 이때 목왕 일행이 왕복한 노정은 35,000리에 이른다.

시안 부근에서 출발하여, 허난河南을 거쳐서 산시山西로 들어갔고, 옌먼관雁門關을 나가서 내몽골에 도착하였다. 다시 황허를 따라 위로 거슬러 올라가며 닝샤와 간쑤를 거쳐서 칭하이를 가로질러 신장에 들어갔다가 타림 남쪽 변두리를 따라서 쿤룬산에 올라갔다. 그리고 파미르고원을 건너서 중앙아시아에 이르렀다. 그런 다음에 타림분지 북쪽 변두리에서 간쑤로 들어갔고 원래 갔던 길을 따라서 되돌아왔다.바이전성(白振聲), 1984 : 41

주나라 도읍지에서 출발한 이 노선은 기본적으로 오늘날 시베이 실크로드의 궤적을 따라서 나아갔고, 도착한 지역 대부분은 주로 유목민족 거

---

21 [옮긴이] 주 목왕의 준마는 적기(赤驥), 도려(盜驪), 백의(白義), 유륜(逾輪), 산자(山子), 거황(渠黃), 화료(驊騮), 녹이(綠耳) 등 여덟 필이고, 육사(六師)란 천자가 거느린 군사를 이르며, 여섯 개 사단이다. 1개 사단, 즉 1군(軍)이 12,500인, 6군은 75,000인이다.

주지인 서역 일대이다. 문헌의 기록에 근거하면 목왕이 경유한 지역은 쥐써우巨蒐, 지금의 산산(鄯善) 일대, 창사산長沙之山, 지금의 카라샤르(焉耆) 경계, 양수이洋水, 헤이수이黑水, 췬위산群玉之山, 모두 지금의 야르칸드(葉爾羌) 경계, 츠수이赤水, 지금의 허텐(和田) 경내, 쿤룬 구릉崑崙之丘, 지금의 허텐 남쪽 산, 주쩌珠澤, 지금의 하라하스(哈拉哈什), 충산春山, 지금의 파미르고원, 츠우赤烏, 지금 파미르의 싸이러쿠얼(塞勒庫爾), 광위안曠原, 키르기즈 초원(吉爾吉斯大草原) 등지이다. 역사상 목왕의 서역 순행에서 언급한 지리에 대한 고증 방면에서 지금까지 논쟁을 벌이고 있기는 하여도, 그 대체적인 방위와 노선은 역사적 지리적 문헌 가운데서 역시 확정적인 인식을 가질 수 있다. 이러한 점들은 선진 시기에 중원과 서역 사이에 왕래가 존재한 기본적인 역사적 사실을 반영하였다.

둘째, 『목천자전』에는 주나라 목왕과 각 부락 사이에 물질과 문화 방면에서의 왕래도 상세히 기록되어 있다. 목왕은 주로 비단, 황금과 조개로 장식한 허리띠 등 대량의 물품을 갖고 서역 순행에 나섰다. 그는 도착하는 곳마다 이러한 물품을 현지 부락에 선물하였고, 이것 말고도 쉬안츠玄池에서 웅장한 노래를 연주하였다. 또 대나무를 심고 씀바귀를 맛보고, '조관雕官' 등 악기를 부락의 우두머리에게 선물하였다. 중원의 물질과 문화가 목왕의 서역 순행을 통하여 서역 각지로 전해졌다. 목왕은 의도적으로 중원 문화를 전파하였고, 게다가 충산에 올라간 뒤에, 감탄하여 "자목화가 추운 눈 속에서 잘 자라므로, 천자는 자목화의 열매를 따서 갖고 돌아가 그것을 심었다". 그는 츠우에 도착한 뒤에, "벼 이삭을 갖고 돌아가 중국에 심었고", 서역의 조와 쌀의 좋은 씨앗을 갖고 중원으로 돌아가 심었다.

목왕의 이러한 '보냄'과 '가져옴'의 외교 형상은 바로 고대 문화 사절의 원형이라고 말할 수 있다. 이와 동시에 부락 우두머리도 대부분 서역 특산품인 옥기와 준마 등 공물을 목왕에게 답례로 주었다. 이러한 물물 교환의 방식은 실크로드의 중원 정권과 서역 민족 사이에서 조공 무역이 초기에 싹튼 사례이다. 한나라에 이르러 이러한 조공 무역은 실크로드에서 중요한 위상을 차지하고, 오랫동안 이어지는 무역의 본보기로 발전하였다. 고대 중국은 주변 나라에 대하여 외교 정책면에서 문화적인 공감을 얻고 신하로서 복종하기를 추구하였다. 서역 각 민족의 관점에서 말하면 중국 문화의 통치적 지위를 받아들이고 승인해야만 조공의 행렬에 들어갈 수 있었고, 그렇지 않으면 배척과 전쟁이 발생할 수 있었다. 문화와 가치관의 다름과 같음은 한 나라의 외교 관계를 결정하는 중요한 요소이고, 경제 무역도 나라의 정치적 요구에 따라야 한다. 이러한 정치이념의 영향을 받아 생겨난 실크로드 무역은 상품 교환이란 경제적 성질을 지닐 뿐 아니라 중원 정권이 민족 문제를 처리할 때에 정치 외교적 전략도 되었다. 동등하지 않은 기초 위에서 이루어진 경제적 왕래는 큰 나라의 위엄과 덕망을 드러내고 '너그럽게 회유하는' 방식의 하나였다. 『목천자전』은 주나라 목왕이 '공납-하사' 방식으로 서역 각 민족과 평화롭게 왕래한 사실을 반영하였고, 그가 이른 곳마다 모두 우호적으로 뜨거운 환대를 받은 부분에서 중국과 서역의 평화적 왕래에 대한 고대 사람의 동경과 추구를 구체화하였다.

『산해경』은 대우大禹와 백익伯益이 지은 환상 색채로 가득 찬 신화적 저작으로 여겨진다. 고대 실크로드 문학 가운데서 그것의 중요성은 『목천자전』에 뒤지지 않는다. 그것은 선진 시기에 교통이 미처 발달하지 못한 상황에서 고대의 경계 밖의 천문 지리, 동식물, 종교, 역사 등 지식을 상세하게 기록하였으므로 '신화 지리서'로 여겨진다. 그것은 「산경山經」과 「해경海經」 등 두 부분으로 나뉘어 구성되었다. 「산경」에 기록된 것은 산천 지리, 광산물, 기이한 날짐승과 들짐승, 이상한 꽃과 풀 등 내용이고, 「해경」
에 묘사된 것은 나라 안팎의 별난 민족, 신화와 역사이다.

예수셴葉舒憲, 1954~ 등 학자는 인류학의 다문화적 시각에서, 『산해경』의
지리와 산물 등 방면에 대한 깊은 분석과 해석을 통하여 그 가운데서 묘
사한 중앙아시아, 서아시아, 남아시아 등지 문화의 공통점을 밝혀내고,
아득한 옛날 중원과 서역 사이의 문화교류의 역사적 사실과 가능성을 설
명하였다. 『산해경』에 서역의 지리에 관한 묘사가 많이 있고, 「북산경北山
經」에 "둔훙의 산敦薨之山에 종려나무와 향나무가 많고, 그 기슭에 자초茈草
가 많이 자랐다. 둔훙의 물敦薨之水이 여기서 나와 서쪽으로 흘러 유택泑澤
으로 들어갔다" 하고 기록되어 있다. 이 연구는 '둔훙'이 바로 둔황이고,
초기의 투훠뤄吐火羅, Tochari를 번역하여 기술한 것으로, 둔황 일대에서 활동
한 투훠뤄 사람을 가리키며, 뒤에 이 명칭이 최초의 민족 이름에서 지명
으로 발전하였음을 밝혔다. '둔훙의 산'은 둔황의 남쪽 산인 치롄산祁連山
을 가리킨다. 이는 아득한 옛날 허시쩌우랑 일대에 대한 『산해경』의 기록
이다. 「대황서경大荒西經」에서 서왕모가 생활한 부락의 상황에 대하여, "서
쪽 바다의 남쪽, 류사의 물가, 츠수이의 뒤쪽, 헤이수이의 앞쪽에 커다란
산이 있는데 이름 하여 쿤룬 구릉崑崙之丘이라 하였다. (…중략…) 그 아래
쪽에 뤄수이弱水의 못이 에워싸고 있고, 그밖에 물건을 던지면 금방 타버
리는 옌훠의 산炎火之山이 있다" 하고 기록하였다. 여기서 말하는 쿤룬은
일반적으로 서역의 남쪽 산, 즉 지금의 쿤룬산이고, 류사는 바로 타클라
마칸 사막이라고 여겨진다. 어떤 이는 옌훠산이 바로 투루판의 훠옌산火焰
山이라고 여긴다. 어떤 학자도 「서차삼경西次三經」 속 산 23곳의 위치를 고
증하였고, "「서차삼경」 속의 통로는 확실히 중국 고대의 실크로드의 하나
였다"웡징팡(翁經方), 1981 : 69라고 여겼다. 이밖에 『산해경』에는 시베이 쿤룬에

서 사는 서왕모 형상도 여러 차례 묘사되어 있다.

위산峸山은 서왕모가 사는 곳인데, 서왕모의 모습은 사람 같지만, 표범의 꼬리와 호랑이의 이빨을 지녔고 휘파람을 잘 불며 더부룩한 머리에 머리꾸미개를 꽂았다. 하늘의 재앙天厲과 다섯 가지 형벌五殘을 주관한다.「서차삼경」

어떤 사람은 머리꾸미개를 꽂고 호랑이 이빨에 표범의 꼬리를 지녔고 굴에 살며 서왕모라 불렀다. 이 산에는 없는 것 없이 온갖 것이 다 있다.「대황서경」

서왕모는 벽에 세워놓은 방석에 기대어 있는데 머리꾸미개를 꽂고 있고, 그 남쪽에 파랑새 세 마리가 있어서 서왕모에게 바칠 음식을 마련하고 있으며, 쿤룬산 북쪽에 있다.「해내북경(海內北經)」

위에 인용한 글은 선진 시기의 서적에서 가장 먼저 서왕모를 묘사한 대목들이다. 글 가운데 기록한 서왕모는 '여귀厲鬼' 제사와 '다섯 가지 형벌'을 관장하는 반인반수의 성직자로 여겨졌다. 이 형상이『목천자전』에 이르러 의젓하고 존귀하며, 옛 중국의 조상이라 일컫는 화하華夏의 예의를 통달하고 부賦, 시詩, 시詞를 지을 줄 아는 서부의 여왕으로 변모하였다. 한나라에 이르러 실크로드의 개척에 따라서 서역의 '샤먼' 문화의 전래와 영향을 받아서 서왕모 신화는 당시 대규모적인 문화 숭배 현상으로 발전하게 되었다.『서유기西遊記』에 이르러서 서왕모는 옥황상제와 맞먹을 수 있는 왕모낭랑王母娘娘이 되었다. 서왕모 신화의 변천은 서역에 대한 인류의 인식과 관념의 변화를 구체화하였고, 마찬가지로 서왕모 형상은 뒷날의 문학 창작에 중요한 영향을 끼쳤으며, 실크로드 문학에서 여성 서사의 중요한 원형이 되었다.

선진 시기의 실크로드 신화는 신화적 지리만이 아니라 신화적 역사이 기도 하다. 그것은 옛날 원시 시대 사람들이 교통의 장벽을 돌파하고 서 역과 왕래한 경력을 기록하였고, 경계 밖의 세계와 소통하고 교류하려는 인류의 소박하면서도 강렬한 바람을 반영하였다. 세계 4대 문명 체계는 다른 역사적 조건과 지리적 환경의 영향을 받아서 생겨난 것이며, 나름대 로 정신적 특질을 갖춘 문화 체계를 형성하였다. 문화란 일단 형성되기만 하면 외부와 교류하고픈 의도가 생기기 마련이다. 문화 진보의 동력도 이 질 문화와 교류하고 융합하는 데서 나오게 된다. 요컨대 "문화교류가 없 다면 인류문화사도 없다. 문화교류는 인류 문화의 발전에 동력이다."^{지셴린} (季羨林), 2010 : 397

중국 밖의 고대인도 문명, 고대 이집트 문명과 고대 바빌론 문명 등 3 대 문명은 공간과 거리가 비교적 가깝고 지리와 교통의 편리로 말미암아, 매우 일찍부터 서로서로 평화적 교류 내지는 전쟁이란 극단적인 방식으 로 접촉하고 왕래해왔다. 하지만 중국 문명은 지리 환경적인 장애를 받았 기 때문에, 국경 밖 문명과의 왕래에 남다른 어려움을 겪었다. 그렇지만 생명 자체에 외부 세계를 탐색하려는 내적 욕구를 지닌 인류는 끊임없이 장애를 타파하고, 교류와 소통의 길을 찾아나섰다. 선진 시기에 교통의 제약과 정보 소통의 한계로 말미암아, 이러한 국경 밖 세계와 교류하고픈 바람은 일반적으로 매직^{magic} 색채로 가득 찬 신화적 상상의 방식으로 드 러났다. 신화는 전통 문화와 현대 문명에 비교적 적게 물들고, 그래서 인 류는 우주의 비밀에 대한 어린 시절의 이해와 인간성에 담긴 더욱더 본 질적인 것들을 훨씬 더 진실하게 드러냈고, 갖가지 문화적 표상들^{cultural} ^{representations}의 '원소'를 구성하였다.

『목천자전』에서 주나라 목왕의 영웅적인 자태의 멋과 멀리 보는 안목을 묘사한 것은 주나라 천자의 위엄과 덕망을 널리 알리고 시베이 각 민족과 교류를 증진하기 위해서였다. 그가 6개 사단을 거느리고 서역을 순행할 때에 하종씨河宗氏 백요柏夭[22]는 자원하여 목왕의 길잡이가 되어, "준마 거황渠黃이 끄는 수레를 타고 천자를 위하여 길을 안내하였으며 서쪽 끝까지 이르렀다". 서쪽 끝 땅까지 내달리는 늠름한 광경에서 아득한 옛날 인류가 국경 밖 세계를 탐색하는 심리적 동기와 문화적 자신감을 반영하였다. 이에 대하여 일본 학자 이케다 다이사쿠池田大作, 1928~는 다음과 같이 지적하였다.

인도, 중국과 로마 사이에 무역에서 나온 경제적 욕구가 잇닿은 길을 뚫었다고 하여도 심층적인 원인은 역시 이국 타향에 대하여 사람마다 이해하고 싶은 본성과 바람을 지녔다는 데 있다. 사람의 바람이라도 좋고 생각이라도 좋다. 그 요소는 무형의 것이므로, 역사적 문헌에 기록될 수 없었지만, 바로 그것이 동서양 교류의 원동력이다.이케다 다이사쿠, 1996 : 34

문학이 구축한 형상과 감성 세계 속에서 무형의 심리적 동기는 박진감 넘치게 드러날 수 있었다. 『목천자전』에 서역 순행의 노정과 자연 지리를 객관적으로 기록한 것 말고도, 목왕이 느끼고 생각한 것, 세상에서 가장 높은 충산에 올라갔을 때의 긍지와 아름다운 풍경에 대한 그의 찬탄, 그리고 드넓은 벌판에서 사냥할 때의 마음껏 누리는 통쾌함, 특히 야오츠

---

22 [옮긴이] 중국 측 자료에서 보면, 백요는 "하종씨 부락의 우두머리"라고 풀이하고 있는데, 한국에 "젊은 하백"이라 풀이한 자료가 있다. (https://cafe.daum.net/wjswnansghkd-njs/DX0Z/6?q=%E6%9F%8F%E5%A4%AD&re=1, 검색일자 : 2023.12.1) 참고.

에서 서왕모와의 만남에 대한 묘사 등은 정상회담의 외교적 성질을 훨씬 뛰어넘었고, 두 사람 사이에 사모함, 아쉬움과 헤어지지 못하는 심정까지도 함축적으로 꼼꼼하게 나타냈다. 서왕모가 목왕에게, "하얀 구름 하늘에 떠 있으니 / 뫼와 구릉 절로 나왔어요 / 갈 길은 아득히 먼데 / 뫼와 내가 가로막았어요 / 그대 죽지 아니하면 / 다시 올 수 있을까요?" 하고 노래를 불렀다. 목왕은 "내가 동쪽 땅으로 돌아가 / 나라를 평화롭게 다스릴 거요 / 온 백성 고르게 평안하면 / 내 그대를 다시 볼 것이오 / 세 해가 더 지나면 / 드넓은 들판 가로질러 돌아올 것이오" 하고 대답하였다. 서왕모는 처량함과 슬픔을 띠고 "저 서쪽 땅으로 가서 / 그 들녘으로 거처를 옮겨서 / 호랑이와 표범 무리 이루고 / 까치와 더불어 살지요 / 아름다운 명령을 바꾸지 아니해 / 나는 상제의 딸 / 그대는 어느 세상의 백성이기에 / 또 장차 떠나려는지요 / 생황 부니 / 마음이 날아갈 듯 / 세상 백성을 자식으로 여기는 건 / 하늘의 바람이지요" 하고 대답하였다.

서왕모와 헤어지고 나서 도읍지로 돌아간 뒤에, 목왕은 말을 몰아 옌산弇山에 올라가 바위 위에 그의 행적을 기록하고 홰나무를 심고 '서왕모의 산西王母之山'이라 새겼다. 이역의 낭만적인 색채로 가득 찬 이야기는『목천자전』가운데서 가장 운치 넘치게 묘사한 부분이다. 이는 후세 사람들이 반복하여 과장하며 이야기로 썼고, 문학사에서 오래도록 생명력을 지닌 감동적인 제재가 되었다. 주나라 목왕과 서왕모에 관한 이 책 속의 묘사는 후세의 소설과 시에 주요한 영향을 끼쳤다. 위진 시기의 지괴소설志怪小說『한나라 무제 이야기漢武故事』와『신선전神仙傳』과 원나라와 명나라 시기의 희곡에 이르기까지 저마다 이것을 원형으로 삼고 있다.

『목천자전』과『산해경』은, 첫째, 실크로드 신화의 원천이면서 서역 기행이란 문학 서사의 패러다임을 열었다. 서역 기행은 옛사람이 서역 여행에서 보고 들은 것을 기록한 작품이고, 옛날과 오늘의 기행 문학의 주요한 구성 부분이다. 대대로 문인은 실크로드를 따라서 서역 땅을 여행하고, 진리를 구하고, 공훈을 세우고 업적을 쌓으며, 많은 신화, 시, 산문, 여행기 등 문학 작품을 남겨서 실크로드 연도의 독특한 자연 지리와 사람들의 삶과 풍습을 드러내보였다. 『목천자전』은 『주 목왕 여행기』라고도 하는데, 간지干支호로 여정을 표기하고 날짜를 골라서 기록하였으며, 역사상 최초로 옛사람이 서역 여행을 기술한 문학 작품이다. 『산해경』은 지리적 방위에 따라서 아득한 옛날의 중국과 서역의 교통과 산천 지리를 기록하였다. 이러한 기행 방식 두 종류가 역대 서역 기행의 두 가지 기본 구조의 패러다임을 열었다.

둘째, 이러한 신화 두 편은 아득한 옛날 사람의 초기 여행의 경험과 기억을 구체화하였다. 이 시기의 서역 기행은 몸과 마음이 하나란 '하늘나라 여행'에 속하였다. 아득한 옛날에 인류가 세계를 깨닫는 과정에서 하늘과 땅, 신과 사람은 서로 소통하였다. 『산해경』 속의 신과 무당은 모두 하늘과 땅, 신과 사람의 소통 관계에서 특수한 능력을 지닌 무리였다.

> 『목천자전』에서 주나라 목왕이 뛰어난 준마를 타고 서쪽으로 쿤룬산을 여행하고 서왕모를 알현하며 서로 시를 주고받는데 거리낌 없이 함축적이며 운치가 넘친다. 이러한 뛰어난 신과 사람의 만남 같은 이야기는 바로 초기 하늘나라 여행을 변형한 것이며, 아울러 뒷날 종교 여행기와 변새 여행기에 깊은 영향을 끼쳤다. 메이신린(梅新林), 위장화(兪樟華) 편, 2004 : 3

셋째, 『목천자전』과 『산해경』도 인류의 원시적인 중원/서역과 중심/주변이란 사유의 틀을 반영하였고, 중원과의 대조 과정에서 서역을 문화 중심에서 멀리 떨어진 거친 들판으로 만들어 상상하였다. 『산해경』에서, '풀과 나무 없음無草木'은 자연과 땅 거죽의 생김새 묘사 가운데서 등장한 빈도수가 가장 많은 표현이다. 「대황경大荒經」은 모조리 낭만적인 색채로 가득 찬 거친 들판 이미지로 채워졌다. 이러한 서사 전통은 서역에 대한 역대 서역 기행 문학의 상상과 형성에 깊은 영향을 끼쳤다. 『목천자전』에서 목왕의 서역 순행은 준마 8필의 신비한 힘과 재능을 빌려야만 아득히 먼 쿤룬산에 이를 수 있다. 서왕모는 자신이 사는 곳을 "저 서쪽 땅으로 가서 / 그 들녘으로 거처를 옮겨서 / 호랑이와 표범 무리 이루고 / 까치와 더불어 살지요" 하고 말하였다. 거칠고 드넓은 들판에서 사는 서왕모는 얼마나 외롭고 쓸쓸하였을까. 의젓한 풍채의 목왕이 서왕모의 영혼에 깊은 이해와 위안을 갖다 주었지만, 이 짧은 기쁨도 공간의 아득함으로 인하여 중단되고 만다. 거리가 미적인 매력을 끌어왔으며, 동시에 문화관에서의 차이를 만들었다. 이는 공간과 문화의 거리가 끌어낸 사랑의 비극이며, 대대로 실크로드 문학에서 사랑의 비극이란 중요한 형태를 구성하였다.

한나라와 당나라 때에 실크로드의 순조로운 소통과 번영에 따라서 중국 문화 자체의 발전과 중국과 서양의 문화교류는 모두 새로운 역사단계로 들어섰다. 한나라와 당나라는 발달한 문명과 강한 국력을 바탕으로 '담을수록 커진다' 하는 한나라와 당나라 기백을 내적 정신적 기질로 삼으며 서역의 여러 민족 문화를 전부 받아들여 축적하였다. 동시에 한나라와 당나라는 바깥으로 자신의 문화와 이념을 아낌없이 수출하며 세계 문화 구축에 적극적으로 참여하는 과정에서 인류 문명의 발전에 박차를 가하였다. 이 시기에 실크로드의 번영이 이루어낸 열린 가슴과 세계적인 안목이 문학 발전에 끼친 영향은 깊고도 넓은 것이며, 특히 서역 기행, 변새시, 둔황사敦煌詞, 변문 등이 활짝 꽃피우는데 결정적인 작용을 하였다. 문학은 외래 문화를 적극적으로 흡수하는 바탕 위에서 토박이 문학을 눈부시게 창조하고, 제재를 더 나아가 확장하며, 더욱더 우렁차고 높은 격조로 적극적인 진취성과 힘차게 발전하는 시대정신을 구체화하였다.

위진남북조 시기에는 민족과 민족 사이의 정복전쟁과 융합이 비교적 빈번하였고, 널리 유행하여 불리는 소수민족 시가나 단조로운 초원의 생활이나 삶의 터전을 잃은 애끓는 감정을 드러낸 노래들이 지어졌다. 이 시기에 가장 큰 영향을 끼친 것은 칙륵족敕勒族이 창작한 북쪽 지역의 민요 「칙륵의 노래敕勒歌」이다.

칙륵의 냇가, 인산 자락에
하늘은 둥근 천막처럼 사방의 들판을 덮고 있고
하늘은 끝없이 푸르고 들판은 한없이 아득한데
바람이 불어 풀이 누우니 소와 양들 보이는구나.

칙륵족은 북쪽 지역 소수민족의 한 갈래이며, 진나라와 한나라 때에 정령丁零이라 불렸고, 남북조시기에 칙륵이라 칭하게 되었다. 그들이 만든 수레는 "바퀴가 크고 폭이 매우 넓어서"위수(魏收), 1995:1410 고거高車라고도 불렸다. 그들은 사막 남북 지역에서 주로 살았으며, 물과 풀을 따라 옮겨 다녔다. 이 시는 칙륵족이 인산陰山에서 살아가는 모습을 묘사하였다. 시에서 "인산", "둥근 천막", "사방 들판"과 "소와 양" 같은 본보기적인 변새 이미지를 선택하여 높은 하늘과 드넓은 땅, 풍부한 물과 우거진 풀, 살지고 튼튼한 소와 양들 같은 변새의 풍광을 싱그럽게 묘사해냈다. 이 시에 묘사한 변새의 모습은 중원 시인과 승려가 빚어낸 춥고 쓸쓸한 변새 이미지와는 전혀 다르고, 생활에 대한 유목민족의 뜨거운 사랑과 거리낌 없고 굳센 정신과 격조를 돌출시켰다. 금金나라 시인 원호문元好問, 1190~1257이 그것을 평가하여, "기백 넘치는 노래 끊어져 전하지 아니하나 / 둥근 천막 한 가락 아주 자연스러우니 / 중원 땅에 오랜 세월 영웅의 기개 / 인산 칙륵 냇가에도 이르렀어라"원호문, 1984 : 57 하고 읊었다. 문학사에서도 이 시의 예술적 가치에 대하여, "전체 시는 짧고 27개 글자에 불과하지만, 언어가 자연스럽고 소박하며, 기상이 크고 넓다. 화가가 큰 붓대를 휘둘러 순간적으로 그려낸 듯이 굵은 선에서 금방 변새 풍경화 한 폭이 나타났다"차오다오헝(曹道衡), 선위청(沈玉成), 1991 : 466 하고 오롯이 호평하였다.

수천 년에 이르는 중국 역사에서 민족과 민족 사이에는 교류와 융합 말고 정복전쟁도 있었다. 『한서漢書』 「무제기武帝紀」에는 "원수元狩 2년 봄에 곽거병이 기병 1만을 이끌고 룽시隴西로 출정하였다. 흉노를 토벌하고, 옌즈산焉支山을 지나서 1천여 리를 나아갔다. 그해 여름에 다시 치롄산을 공격하고 적의 머리와 사로잡은 포로가 매우 많았다" 하고 기록하였다. 이번 정복전쟁은 흉노가 창작한 북조 민요 〈연지의 노래臙脂歌〉에서도 슬픈 가락에 실어졌다.

내가 옌즈산을 잃어서
우리 아녀자들이 화장할 수 없게 했네
내가 치롄산祁連山을 빼앗겨
우리 가축들이 번식할 곳 없게 했네.곽무천(郭茂倩), 1998 : 899

시에서 삶의 터전을 잃은 아쉬움, 분함과 안타까움을 표현하였다. 탁발拓跋 민족의 여성 영웅을 노래한 「목란시木蘭詩」도 있다. 이러한 민요들은 질박한 언어와 군세고 힘찬 격조를 통해서 북쪽 지역 소수민족의 생활상과 풍부한 감성 세계를 반영하였다.

한나라와 당나라 시기의 많은 문인과 승려는 실크로드를 따라서 산 넘고 물 건너 먼 거리 여행을 하였고, 서역을 직접 경험하고, 보고 들은 것들을 글자로 기록하였으며, 승려가 창작 주체가 된 서역 기행을 형성하였다. 한나라와 당나라 때에 실크로드가 오랜 세월 순조롭게 소통하고 번영하였다고 하여도, 이 길은 여전히 지리적 환경이 험준하고 까마득히 먼 길이었기 때문에 실크로드를 따라 산 넘고 물 건너는 사람들은 여러 나라의 사신과 경제적 이익을 추구하는 상인 이외에는 다른 사람이 많이 보이지 않았다.

불교가 중원에 계속 전해지고 영향이 커짐에 따라서 실크로드에는 불법을 널리 퍼뜨리고 서쪽으로 가서 불경을 구하려는 승려가 점차 많아졌다. 이러한 승려들은 서역에서 대량의 불교 서적을 갖고 돌아왔고, 또 먼 거리 여행을 한 뒤에 그 길을 따라서 보고 들은 것들과 경험을 글로 기록하여 실크로드의 중요한 문학 장르인 종교 여행기를 구성하였다. 예를 들면 『불국기』^{다른 제목 『법현전(法顯傳)』}, 『불유천축기(佛遊天竺記)』, 『송운 여행 이야기^{宋雲行記}』, 『대당서역기』, 『오공이 천축에 간 이야기^{悟空入竺記}』, 『불법을 구하러 서역에 간 당나라 고승 이야기^{大唐西域求法高僧傳}』 등은 승려가 지은 서역 여행기이다. 이러한 작품들은 필기와 정사 서술보다 훨씬 상세하며, 재료가 더욱 믿을 만한 것들이다. 실크로드로 가는 길은 험난하기 때문에, 서역 길에 직접 나서는 사람이 특히 드물었다. 서역에 대한 많은 역사 서적과 문헌의 기록은 모두 인용해온 것이며, 언급한 수량도 대부분 대략적인 수이고, 현지에서 고증한 과학성이 부족하였다. 그러므로 상상한 성분이 스며드는 점을 면하기 어려웠다. 하지만 불법에 대하여 승려는 경건함을 품었으므로 엄청난 고난을 극복하려는 의식을 북돋으며 서역 여행 도중의 목숨을 건 시련을 이겨낼 수 있었다. 그래서 승려 집단이 창작한 여행기는 모두 직접 경험을 바탕으로 지은 것이다. 서역의 지리와 풍속에 대한 그것들의 묘사는 대부분 비교적 구체적이고 진실하며, 기록한 숫자도 비교적 정확하기 때문에, 서사의 진실성과 정확성 방면에서 모두 진전을 보였다.

　동시에 승려마다 서역 여행의 경험자이기 때문에, 그들은 종종 개인이 보고 들은 것과 결합하여 그로부터 더욱더 사실적이고 형상적으로 서술하였다. 그래서 중요한 역사와 지리 문헌적 가치는 물론이고 매우 높은 문학적 가치도 지녔으므로, 중국 문학사에서 기행 문학의 비조가 될 수 있었다. 이 시기에 실크로드의 순조로운 소통과 중국과 서역 교류의 심화에 따라서 서역에 대한 사람들의 인식과 묘사도 아득한 옛날의 신화 같은 상상을 뛰어넘었다. 서역은 더는 제왕이라야만 도달할 수 있는 신비한 색채로 가득 찬 하늘나라의 땅이 아니며, 일반 사람이 직접 밟고 경험할 수 있는 실제적인 땅이었다. 이 시기에 서역 기행이 형성한 중요한 문체의 특징은 바로 '사실에 근거하여 말하기'이며, 사실대로 기록하기를 강조하고, 상상과 과장을 배척하였다. 일반적으로 노정을 기록하거나 보고 들은 것들을 적는 서사적인 문장으로 구성하였으며, 이러쿵저러쿵 비난하거나 감정을 토로하는 것은 매우 적었다.『목천자전』에도 현장 기록이 있기는 하지만, 서역에 대한 지식의 한계와 신화적인 상상 색채로 인하여 거리와 방위를 기록하는데 대부분 비교적 두루뭉술하고 좀 과장한 면도 있다. 현장은『대당서역기』권말에서 이렇게 말하였다.

　산천을 밝히고 경계를 답사하며, 나라마다 풍속의 성함과 유연함을 상세히 밝히고 기후와 풍토와 관련됨을 설명하였다. 상황이 수시로 바뀌고 취함과 버림이 달라 일을 파악하기 어려워도 억측하여 말하지 않았다. 이르는 곳마다 대략 줄거리를 간단히 적고, 듣고 본 것들을 거론하며 우러러 받들 것들을 기록하였다.

그는 이 책에 지어 넣은 「표문表文」에서 스스로, "모두 실제를 기록하였고, 감히 꾸며내지 않았다" 하고 말하였다. 그의 제자 변기辯機, 619~649도 그것을 "삼가 성지를 따르고 글을 꾸미지 않았다"라고 말하였다. 이는 어느 정도에서 창작자가 '실록'을 추구하는 초심과 이 책의 서사 특징을 반영한 말이다.

『불국기』는 현존하는 가장 이른 시기의 해외 여행기이다.

첫째, 『불국기』는 돌아다닌 지역에 따라서 순서로 삼았다. 법현은 창안을 출발하여 천축을 돌아다닌 노정을 상세하게 기록하였다. 내용 면에서는 중국 시베이, 중앙아시아, 동남아시아 등지 30여 개 나라의 지리 역사, 민간의 삶과 풍습, 정치 경제 등 상황을 언급하였다. 필치는 소박하고 현장성을 중시하여, "지혜로운 이들과 함께 그것을 듣고 본 듯이" 서술하였다. 책에 기록한 내용은 대부분 엄격하고 믿을 수 있는 것들이고, 방위와 거리를 정확하게 분석하였으며, 서역에서의 노정을 기록하고, 중앙아시아에서 일정을 적었으며, 남아시아에 이르러 유연由延, 인도에서 옛날에 하루에 행군할 수 있는 거리를 유연이라 일컬음을 기록하였다. 정확한 수치가 없는 지역은 눈짐작, 걸음 수 등 방법으로 측량하였으므로 일정한 과학성과 정확성을 확보하였다. 『불국기』에 가장 많이 기록된 것은 각 지역의 불사佛事이다. 그것은 불교 건축, 불교 유적, 불교 갈래와 분포, 그리고 승려의 생활 등을 포함하였고, 내용이 상세하고 온전하여 불교사 연구에서 중요한 문헌이다.

둘째, 『불국기』는 법현이 서역을 여행하는 도중의 사색과 느낌도 진실하게 기록하였다. 그는 여행의 고달픔을 깊이 느끼고 "여행의 어려움이나 겪은 고생은 세상에 비교할 게 없다"라고 표현하였다. 눈 덮인 작은 산을 넘을 때에 동행하던 혜경惠景이 사망하였고, 법현은 그를 어루만지며 슬피 울었다. 지금의 스리랑카인 사자국師子國에 도착한 뒤에 어떤 옥으로 된 조각상 앞에서 진晉[23] 땅에서 만든 하얀 비단부채를 보았고, 저도 모르게 절로 "한나라 땅을 떠난 지 여러 해 되어, 내내 타지 사람과 사귀고 접촉하였구나. 산천초목 보건대 옛것은 하나 없고 길동무와도 헤어지니 누구는 죽었고 누구는 살아남았지만 돌아보니 홀로 내 그림자뿐이라 가슴 깊이 처량함뿐이로구나" 하고 슬퍼하였다. 법현은 여러 해 동안 서역을 여행하며 외로움과 고달픔, 그리고 고향에 대한 그리움에 젖었고, 그래서 "저도 모르게 서글퍼서 눈물을 하염없이 흘렸다."법현, 궈펑역, 1995:128 이러한 감정 묘사는 서역 여행 도중에 남이 알 수 없는 법현의 내심 세계를 드러낸 것이다. 더불어 착실하게 불법을 구한 불교의 이름난 승려의 문화적 기호 말고도, 피와 살을 지니고 정과 사랑을 품은 보통 사람으로서의 법현의 일면을 사람들이 볼 수 있게 함으로써 이 인물의 문화적 내용을 최대한도로 풍부하게 하였다.

『대당서역기』는 당나라의 이름난 승려 현장이 불법을 구하러 서역으로 간 기록이다. 『불국기』와 다른 점은 이 저술에 비교적 명확한 정치적 추구가 담겼다는 데 있다. 현장은 당나라 태종의 명을 받들어 '위엄을 세상에 떨친' 당나라를 홍보하기 위하여 이 책을 저술하였다. 그래서 그것이 기록한 범위는 『불국기』보다 훨씬 넓고, 기록한 내용도 더욱더 전면적이고 꼼꼼하고 확실하다. 지리와 종교 신앙 이외에도 그것은 각지의 산물과 기후, 정치와 경제, 민속과 전설 등 국가 경제와 백성의 생활과 관련한

---

23 [옮긴이] 지금의 산시(山西) 동남부 지역이다.

내용을 상세하게 기록하였다. 예를 들면 지금의 신장 옌치현焉耆縣인 카라샤르Karashahr를 묘사할 때에 그 나라의 면적, 지형, 산물, 복식, 화폐, 국정, 종교 등 방면의 상황을 분류하여 소개하였다. 이렇게 꼼꼼하고 확실한 기록은 같은 부류의 제재를 전면적으로 뛰어넘었으며, 서역 기행의 내용을 최대한도로 확장하고 풍부하게 하였다.

『대당서역기』는 현장이 서역에서 19년 동안 돌아다니면서 보고 들은 것을 망라하였고, 내용이 번잡하기는 하지만, 창작자의 꼼꼼한 편집과 구성을 거쳤기 때문에, 독자가 이 책을 읽을 때에 층위가 분명하고 재미도 쏠쏠하다. 현장은 어떤 나라를 소개할 때마다 기본적으로 사물에서 사람으로 그리고 종교로 나아가는 순서에 따르고 조리가 분명하게 설명하였다. 그 가운데는 또 다양한 신화와 전설을 꿰뚫었고, 역사와 지리 기록과 스토리텔링을 결합하였으므로 서로 양념을 치면서 서로 돋보이게 해주었다. 책 전체의 언어는 간결하고 소박하며, 박진감과 기발함도 부족하지 않다. 예를 들면 책 속에 묘사한 북인도의 옛 나라인 싱가푸라Simhapura의 도시 남쪽에 있는 못 한 곳을 "세찬 물줄기 맑게 흘러 거침없이 내달리네 / 용어龍魚 수족水族 동굴 속에서 잠수하여 헤엄치네 / 네 빛깔 연꽃 맑고 깊은 못에 가득 하구나" 하고 묘사하였다. 아프가니스탄 힌두쿠시산Hindu Kush mountains 속의 고대 왕국인 바미안Bamiyan의 작은 내와 못에 대하여, "샘과 못은 거울처럼 맑고, 숲속 나무는 파처럼 푸르다" 하고 표현하였다. 글 속에서 풍경 묘사는 주로 네 글자의 대구 위주이며, 신선하고 아름답다. 그래서 지셴린季羨林, 1911~2009은 『대당서역기』를 평가하여 이렇게 말하였다.

그는 매우 간결한 언어로 많은 사실을 정확하면서도 박진감 넘치게 묘사할 수 있었다. 그래서 우리는 현장이 언어를 다루는 거장이며, 역사와 지리를 묘사하는 전문가라고 말할 수 있다.지셴린, 2005 : 300

이 시기의 서역 기행 가운데서 서역에 대한 묘사는 지방지의 범주를 미처 벗어나지 못하였고, 외적인 자연과 지리는 독립한 미적 대상을 미처 구성하지 못하였다고 하더라도, 이처럼 종교 성질을 띠는 서역 기행들은 언어 서사 방면에서 매우 짙은 문학성을 지녔고, 더불어 뒷날 문학 창작에 풍부한 소재를 제공해주었다. 예를 들면『대당서역기』에 기록된 은혜 갚은 코끼리 이야기, 선악을 구분하는 돌기둥 이야기 등은 당나라 소설에서 되풀이하여 지어내는 소재가 되었다.

한나라와 당나라 문학에 대한 실크로드의 가장 주요한 영향은 변새시의 대두에 있다. 변새시는 내용 면에서 변방의 풍광과 출정 생활을 묘사한 시를 가리킨다. 중화민족은 한족과 다른 소수민족이 오랜 세월 동안 융합하고 발전하며 오늘에 이르렀다. 이 과정에서 민족과 민족 사이에 특히 한족과 변방 소수민족은 복잡하게 얽히고설킨 관계를 맺어왔고, 변방을 지키고 출정하는 것은 변방 생활과 문학 표현의 중요한 내용이 되었다. 예를 들면『시경』속의「옷이 없다하여無衣」와「고사리를 캐네採薇」같이 중국과 북쪽 소수민족과의 전쟁을 반영한 시는 선진 시기에 이미 등장하였다. 하지만 한나라와 당나라에서 실크로드를 개척할 적에 이르러서야 이러한 제재가 질적 양적으로 비약적인 발전에 이르도록 박차를 가하였다.

위진남북조의 악부시樂府詩 가운데서도 변새를 읊은 작품이 많이 있다. 한漢 악부『요가鐃歌』속의「성 남쪽에서 싸우다戰城南」,『횡취곡橫吹曲』속의「룽터우隴頭」,「변새로 나가다出塞」,「변새를 들어오다入塞」등과 같은 악부의 옛 제재는 늘 변방을 지키거나 출정하는 일을 읊었고, 당나라의 변새시에서 흔히 답습되었다. 당나라 시대는 정치적 통일과 아울러 강토를 줄 기차게 확장한 때였다. 이 시기에 실크로드로 대표되는 중원과 서역 민족은 우호적으로 왕래하였지만, 동시에 민족과 민족 사이의 배척과 전쟁도 존재하였으므로 자주 출정하였다. 많은 문인은 애국심을 북돋우어 일으키는 시대적 영향을 받아서 붓대를 내던지고 종군하였고, 변방으로 달려가 공훈을 세우고 업적을 쌓았다. 그들은 시를 지어 공훈을 세우고 업적을 쌓는 웅대한 포부를 드러내고, 변방을 지키는 장수와 병사의 군영 생활을 묘사하였다. 그들은 시로 변새의 자연 풍광과 인문 풍경을 표현하며, 변새 생활의 외로움과 고달픔도 토로하였다. 그래서 이 시기의 변새시에는 성당盛唐, 713~765 정신이 집중적으로 담겨 있으며, 그 내용도 매우 풍부하다. 대표 시인에 고적高適, 705~765, 잠삼岑參, 718?~769?, 왕창령王昌齡, 698~757 등이 있다.

당나라 때에 혼란에 빠진 변방은 주로 시베이, 쉬팡朔方, 둥베이 등 세 지역이었고, 특히 시베이 지역이 가장 골칫거리였다. 시베이와 관중이 인접한 지역은 당나라의 정치 군사 중심지였다. 현대 역사학자 천인커陳寅恪, 1890~1969가 예전에, "이李씨 당 왕조는 우문태宇文泰, 507~556의 '관중 본위 정책'을 답습하여 전국의 중심을 원래 시베이 한 쪽에 두었다"천인커, 1996 : 200라고 말하였다. 당나라의 흥망성쇠에 시베이 지역은 중대한 영향을 끼치는 작용을 하였고, 특히 이 지역에서 실크로드의 순조로운 소통 여부는 종종 국력이 센지 아닌지를 가늠하는 잣대가 되었다. 통계에 의하면, 당나라 때 실크로드에서 발생한 전쟁은 거의 백 차례에 이른다. 이는 변새시가 대두하게 된 현실적인 배경이다. 게다가 국가 차원에서의 의욕적인 실크로드 경영이 웅대한 포부를 품은 수많은 문인과 뜻을 품은 이들을 끌어들여서 저 멀리 시베이로 달려가 공훈을 세우고 업적을 쌓게 하면서 변새시의 창작과 번영에 박차를 가하게 하였다. 수많은 변새시 가운데서 특히 시베이 실크로드를 따라 변방 생활을 반영한 제재가 차지한 비율이 가장 많아서, "『전당시全唐詩』에서 변새시는 약 2,000편이며, 그 가운데 1,500편이 드넓은 시베이와 관련이 있다."양샤오아이(楊曉靄), 후다쥔(胡大浚), 1997 : 13

변새시는 '서사시'의 성질을 지니며, 실크로드의 성황과 서역의 지역 특색과 풍습을 생생하게 형상적으로 재현해냈다. 당나라의 변새시인은 대부분 직접 변새로 가서 생활한 경험을 갖고 있다. 고적과 잠삼 등이 모두 변새로 갔었기 때문에, 변새에서 출정하는 생활의 고달픔을 이해하였으며, 풍부한 변새 생활 체험과 느낌을 발휘할 수 있었다. 그래서 그들의 창작은 감정의 토로와 변새 생활에 대한 묘사를 결합하고, 내적 경험과 외적 실재의 융합이란 예술적 효과를 지닐 수 있었다. 상상과 열정에 기대서 단숨에 읊어서 완성한 작품 같은 이전의 변새시와 비교하면, 그들의 변새시는 더욱더 현실적 토대와 감성적 바탕을 지녔다.

변새시는 첫째, 실크로드의 경제, 민족, 문화 풍경 등을 묘사하였다. 중당中唐, 766~835 시인 장적은 「량저우사 세 편」하나에서 실크로드의 성황을 예술적으로 재현하며, "다 셀 수 없는 방울 소리 멀리 자갈밭 지나니 / 하얀 비단 싣고 안시에 도착하였네라" 하고 읊었다. 시인은 사막을 오가는 비단을 실은 낙타 대열이 실크로드의 요충지 안시에 도달한 정경을 회상하였고, 역사를 뒤돌아보는 가운데 실크로드가 번영한 역사적 화면을 재구성하였다. 시에서 "기술한 것은 그 시절에 중국 실크로드가 지나간 허시와 신장을 거쳐서 인도, 이란, 내지는 그리스, 로마로 운송한 성황이다"쓰루(絲路), 1985 : 83 잠삼은 「처음 룽산을 넘는 도중에 우문 판관에게 드리다初過隴山途中呈宇文判官」에서 사실적인 수법으로 실크로드 연도의 교통의 편리함과 발달한 상황을 묘사하며, "역참 한 곳 지나 또 역참 한 곳 / 역참 말들이 별 흐르듯 달리노니 / 해 돋아 밝을 무렵 셴양을 나서 / 해 저물 적에 룽산 꼭대기에 이르렀노니"잠삼, 1981 : 73 하고 읊었다. 그는 역참이 많고 역참 말이 빨라서 아침에 출발하여 저녁에 도착하였다고 표현하였다.

이밖에 실크로드의 옛길에 한족과 소수민족이 서로 어우러져 화목한 정경도 변새시의 중요한 내용이 되었다. 「량저우 객사에 판관들과 밤에 모여涼州館中與諸判官夜集」에서 잠삼은, "량저우 사방 칠 리 십만 호에 / 오랑캐 반은 비파를 탈 줄 아노니"잠삼, 1981 : 144라고 읊었다. 량저우는 지금의 간쑤 우웨이이고, 당나라는 이곳에 허시절도부河西節度府를 설치하였다. 여기는 실크로드 요충지가 소재한 곳이고, 당나라 초기에 이미 "도회지로서 요충 지인 서번西蕃과 충링蔥嶺의 오른쪽 여러 나라에 상인과 승려의 왕래가 끊어진 적이 없었다"혜립(惠立), 언종(彦悰), 『당나라 자은사 삼장법사 이야기(大唐慈恩寺三藏法師傳)』 시인은 과장 수법으로 흥성흥성한 량저우와 많은 이민족을 묘사하였다. "화면의 장수 오랑캐 노래를 잘 부르고 / 예허의 번왕 중국말을 잘 하노니"잠삼, 1981 : 176 하고 한족 장수와 소수민족 "예허의 번왕"이 한 자리에서 즐거운 모임을 연 장면을 묘사하였다.

둘째, 변새시는 실크로드 연도의 이역 풍광에 대해서도 묘사하였다. 시베이 실크로드를 따라가면 대부분 고비사막이고 높은 산과 험한 고개이며, 이곳의 기후는 매우 추워서 중원의 농경사회의 자연 지리와 뚜렷한 대비를 형성하였다. 변새에 처음 발을 내디딘 문인마다 이러한 커다란 사막과 누런 모래의 이역 광경에 깜짝 놀랐을 것이다. 량저우의 "누런 모래 멀리 하얀 구름 사이로 오르고 / 외로운 성 하나 만 길 산 위에 있어라"왕지환(王之煥), 2008 : 1298 하는 광경이 시인에게 준 느낌은 변새의 드넓음과 웅장함이자 끝없이 펼쳐지는 우뚝 솟음과 쓸쓸함이었다. 아니면 그들은 "커다란 사막에 한 줄기 외로운 연기 곧게 솟고 / 길고긴 강물에 저무는 해 둥

글어라."왕유(王維), 2008 : 590 하고 웅장하고 힘참과 탁 트인 드넓음에 감탄하
였다. 중원에서 변새로 간 문인에게, 커다란 사막의 아득히 넓디넓음은
웅장하고도 아름다운 미적 감각을 주면서, 밥 짓는 연기 드물고 하찮은
존재와 강한 대비를 이루게 하였다. 시인은 이러한 분위기 속에서 종종
쓸쓸하고 외로운 느낌에 잠길 수 있고, 그래서 변새시에 "외로운 성", "외
로운 연기" 같은 이미지들이 자주 등장할 수 있었다.

   실크로드의 옛길을 지나서 두 차례 서역으로 가본 잠삼은 그가 보고
들은 것에 근거하여 실크로드 연도의 풍물을 반영한 많은 시를 창작하였
다. 그의 "현존하는 시 제목은 388개이고 합계 409편이며, 그 가운데 두
차례 서역 여행의 '실크로드' 관련 작품은 약 78편그 가운데 첫 번째 서역 여행에서 지
은 작품 34편, 두 번째 서역 여행에서 지은 작품 44편"이고, 양샤오아이, 가오전(高震), 2014 : 11 그의 시
전체 창작의 거의 1/5을 차지한다. 잠삼은 멀리 서역으로 두 차례 갔고,
변새에서 풍부한 생활 체험을 하였기 때문에, 그의 변새시 창작은 실제
느낌을 바탕으로 다각도에서 시베이 변방의 자연 경치를 묘사하였다. 그
는 서역의 넓디넓은 커다란 사막을 묘사할 때, "누런 모래사막에서 나그
네는 길을 잃고 / 사방 둘러보니 구름 덮인 하늘이 곧장 낮게 드리웠어라"
「사막을 지나며(過磧)」, "오늘 밤 어디서 자야 할지 모르거늘 / 너른 사막 만리에
밥 짓는 연기 끊겼어라"「사막을 지나는 중에 짓다(磧中作)」 하고 읊었다. 서역의 큰바
람을 묘사할 적에, "그대여 아니 보았소, 쩌우마촨으로 가며 눈 덮인 사막
지나니 / 너른 모래 넓디넓고 누런 먼지 하늘로 솟네 / 룬타이輪臺 땅 9월
에 바람은 밤마다 울부짖고 / 온 개울 부서진 돌멩이 한 말 크기 / 바람결
에 온 땅에서 어지러이 구르네"「쩌우마촨으로 가며 봉 대부의 서역 출정을 배웅하다(走馬川行
奉送封大夫出師西征)」 하였고, "9월 톈산天山에 부는 바람은 칼 같고 / 성벽 남쪽
사냥하는 말 추위에 갈기 움츠리누나"「조 장군의 노래(趙將軍歌)」라고 표현하였

다. 서역의 눈 덮인 풍경도 잠삼이 시에서 흔히 읊은 대상이다. "푸하이[24]의 새벽 서리는 말꼬리에 맺히고 / 푸른 산속 밤에 눈발은 깃대를 때리노라."봉 대부에게 파선을 쳐부순 개선가를 바치다(獻封大夫破播仙凱歌)·둘(其二)」하고 지었다. 「하얀 눈발이 노래하며 도읍으로 돌아가는 무 판관을 전송하다白雪歌送武判官歸京」에서는 다음과 같이 읊었다.

된바람 휘몰아쳐 하얀 풀도 꺾이니

이역에 하늘 8월이면 눈발 날리네

뜻밖에 하룻밤 새 봄바람 불어와

천 그루 만 그루 배꽃 활짝 피었네

휘날려 주렴으로 들어와 비단 장막 적시니

갖옷도 아니 따뜻해 비단 이불도 얇네

장수는 쇠뿔 활을 못 당기고

도호는 갑옷이 차서 입기 어렵네

커다란 사막에 백 길 얼음 주렁주렁

구름은 시름 젖어 쓸쓸히 만리에 뭉쳐 있네

군영에 술자리 벌여 돌아갈 이와 마시며

호금과 비파에 창족의 피리 어우러지네

저물녘 눈발 펄펄 군영 문에 내리니

바람이 몰아치나 붉은 깃발 얼어붙어 펄럭이지 않네

룬타이 동쪽 문에서 그대 떠나보내니

가시는 때 눈이 톈산 길에 가득하리

---

24   [옮긴이] 푸하이(蒲海)는 푸레이하이(蒲類海)라고도 하며, 지금의 신장위구르자치구 동쪽 바리쿤호(巴里坤湖)이다.

산굽이 돌아가는 곳 그대 보이지 않고

뒤덮은 눈 위에 횅하니 말 발자국만 남아 있네.

떠나는 이를 보내는 이 이별시는 상상이 독특하고 경계가 탁 트였으며, 슬픔에 사로잡힌 이별의 근심과 한을 토로하는 대신에 시베이 변방의 겨울날 풍경과 옛날 전투 생활에 대한 추억을 호탕한 기백으로 묘사하였고, 영웅주의적인 감흥을 흠씬 풍겼다.

실크로드는 창업으로 나라에 보답하는 길이다. 잠삼은 "말 타고 오나라 굽은 칼[25] 차고 / 늠름하게 변새에서 지내노니 / 어려서부터 나라에 보답하려 다짐하였고 / 제후에 봉해짐을 좋아함이 아닐세"안시로 부임하는 이를 전송하며(送人赴安西)」하고 읊었다. 나라에 보답하기 위하여 실크로드를 밟았으며, 개인적으로 공을 세우고 이름을 떨치며 힘을 다해 나라를 통일하려는 것은 변새시에서 가장 감동적인 핵심 정신이다. 변새시는 당나라의 장수와 병사가 변방으로 가서 그곳을 지키고 정복전쟁에 뛰어든 종군 생활과 그들의 가치지향을 집중적으로 표현하였다. 그들은 나라를 안정시키고 굳건히 세우는 웅대한 포부를 토로하며, 나라의 번영과 발전을 노래하였다.

당나라의 선비는 문인과 무인 두 길에서 입신출세하였다. 문인은 과거 시험을 통하였고, 무인은 전공을 세워서 벼슬길에 오르고 이름을 날렸다. 나라가 강토를 개척하는 시대정신의 북돋음을 받아서 많은 문인과 뜻을 품은 이들은 저마다 공을 세우고 이름을 날리려는 정치적 포부와 의지를 품었다. '붓대를 내던지고 종군하는' 가치관에 많은 문인은 매료되었고,

---

25 [옮긴이] 호구(胡鉤)는 오구(吳鉤)라고도 한다. '오나라 굽은 칼'은 춘추시대에 유행한 굽은 칼이다. 청동을 녹여 제작한 것으로, 전통 문인이 지은 시에서 전쟁터를 누비며 용감히 싸워 나라에 보답하는 정신의 상징으로 활용되었다.

그들은 변방으로 달려가서 나라를 구하는 데 온 힘을 다하였다. 초당初唐, 618~712 시인 양형楊炯, 650~693은 「종군의 노래從軍行」에서 "병사 백의 우두머리면 어떠리 / 글 읽는 선비보다야 낫겠지"양형, 2008 : 283 하고 자기 인생의 지향을 직접적으로 드러냈다. 무공을 최고의 가치지향으로 삼은 선비의 심리는 당나라에서 일정한 대표성과 보편성을 지녔다.

벼슬 높은 귀족 집안 출신인 시인 진자앙陳子昂, 661?~702?은 26살 때에 격한 어조로 "시국에 느낀 바 있어 나라에 보답할 마음으로 / 칼을 뽑아 들고 초야에서 일어났어라"진자앙, 2008 : 412 하고 지었다. 오늘날 읽어도 여전히 칼을 뽑아 들고 나서서 나라에 보답하려는 시인의 웅대한 포부와 우렁찬 외침에 감동할 수 있다. 잠삼은 가슴 가득한 웅대한 포부를 "공명은 말 등에서 얻어야 / 진짜 영웅 대장부라네"치시26 관군으로 부임하는 이 부사를 전송하며 (送李副使赴磧西官軍)」 하고 토로하며, 한창 번영하는 시기에 활기찬 발전을 추구하는 지식인의 시대정신을 드러냈다. 초당 시인 위징魏徵, 580~643이 「감회를 적다述懷」에서 "중원 땅에 처음 제위 다툼이 일어나 / 붓대를 내던지고 전쟁에 나갔어라"27위징, 2008 : 200 하고 솔직하게 말하였다. 시의 첫머리에서 한나라 반초班超, 32~102가 붓대를 내던지고 종군한 이야기를 활용하여 자신을 빗대었고, 정복전쟁을 통하여 공을 세우고 제후로 봉해지고 싶은 자기 인생의 지향을 표현하였다. 이러한 변새시에서 토로한 웅대한 포부는 성당 시대의 상무정신을 진실하게 반영하였다.

---

26 [옮긴이] 치시(磧西)는 고비사막 서쪽으로 칭하이 안시 일대를 가리킨다. 당나라에서는 치시절도사(磧西節度使)를 두고 안시도호부(安西都護府)와 베이팅도호부(北庭都護府) 등 두 곳을 관할하였다.
27 [옮긴이] "中原初逐鹿, 投筆事戎軒"의 축록(逐鹿), 혹은 중원축록(中原逐鹿)이란, 옛날에 황제의 자리(帝位)나 정권을 사슴에 비유하였고, 그래서 제위나 정권 따위를 얻으려고 다투는 일을 가리키게 되었다. 술헌(戎軒)은 병거(兵車)의 뜻으로 전쟁한다는 말이다.

성당 시기의 중원과 서역의 각 나라는 정치, 경제, 문화 등 교류 면에서 새로운 단계로 들어갔고, 실크로드도 역사상 가장 반짝반짝 빛나는 시기에 이르렀다. 대다수 시인은 저마다 변방으로 가서 변새 풍광에 대한 글쓰기와 시대에 대한 찬미를 결합하여 이상주의 정신을 높이 펼쳤다.

"누런 모래사막 수많은 전투에 갑옷 입고 / 누란樓蘭을 이기지 아니하면 돌아가지 않으리"왕창령, 「종군의 노래(從軍行)·넷(其四)」, "선봉군은 한밤중 타오허洮河 북쪽 전투에서 / 이미 토욕혼吐谷渾을 사로잡았다 보고하누나"왕창령, 「종군의 노래(從軍行)·다섯(其五)」 하고 장수와 병사의 드높은 기개와 빛나는 군대의 위엄을 노래하였다. "맛 좋은 포도주 야광 술잔에 담아 / 말 등에서 비파 뜯으며 마시고 싶어라 / 취해 사막에 쓰러져도 그대여, 웃지 마시라 / 예로부터 전쟁터에서 돌아온 이 몇이런가"왕한(王翰), 「량저우사(涼州詞)」 하고 읊었다. 시에서는 눈부신 야광 술잔과 달콤한 포도주를 통하여 즐거움과 이역 정취를 물씬 담은 시베이 변새의 생활과 나라를 위하여 적을 죽이고 죽음을 두려워하지 않는 용감함과 달관함을 묘사하였다. 시는 성당 문인의 낭만주의적인 영웅의 이상과 애국정신을 최대한도로 전형적으로 구체화하였다. 잠삼은 "도호都護가 진을 친 곳은 샛별의 서쪽 / 뿔나팔 소리 울리자 오랑캐 땅에 날이 밝누나"우웨이에서 치시로 출병하는 유 판관을 전송하며(武威送劉判官赴磧西行軍)」 하고 당나라 군대의 위력과 나라의 통일을 뜨겁게 노래하였다.

이와 동시에, 초당 이래 지속적인 변새 정복전쟁이 백성의 생활에 가져온 부작용도 드러나기 시작하였고, 많은 변새시인은 복잡한 심경으로 백성의 생활과 변새 장수와 병사에 대한 걱정과 동정심을 표현하였다. 왕창령은 「종군의 노래」하나에서 그러한 심정을 읊었다.

봉화 오른 성벽 서쪽 백 자 높은 누대에

저물녘 홀로 앉으니 바닷바람 부는 가을이로구나

창족 피리 관산의 달[28]을 다시 부니

아내여, 만리 밖 시름을 어찌할까나.

이 시는 변방을 지키는 병졸이 고향과 가족을 그리워하는 마음을 묘사한 서정시이고, 멀리 출정한 사람으로서 고향을 그리는 외로움과 애달픔을 에돌려서 함축적으로 표현하였다.

실크로드의 오르막과 내리막은 변새시의 격조와 변천의 궤적을 결정하였다. 실크로드의 흥성함이 변새시를 격한 어조의 가락이 되게 하였다면, 실크로드의 내리막은 변새시에 처량하고 무거운 분위기를 담게 하였다. 안사의 난安史之亂, 755~763 뒤로 당나라는 점차 내리막길을 걸었고, 티베트, 위구르回紇, 탕구트黨項 등 소수민족의 세력이 차츰 일어났다. 실크로드는 차단된 뒤에, 예전의 성황이 더는 없었고, 사람들에게 무한한 감상과 아쉬움을 남겼다. 이 시기에 변새시의 격조는 성당 시기의 늠름함과 굳셈에서 역사에 대한 추억과 현실에 대한 비판으로 바뀌었다. 실크로드의 지금과 예전 상황의 대비는 시인에게 탄식을 자아내게 하였다.

하루아침에 연나라 도적이 나라를 어지럽히니

황허와 황수이 난데없이 텅 비고 거친 언덕만 남았어라

개원문 앞 만리 길에 흙더미 이정표

오늘에야 서둘러 위안저우에 이르렀어라

도읍에서 오백 리 뭘 그리 서둘렀던가!

---

28 [옮긴이] 〈관산의 달(關山月)〉은 악부의 곡명(曲名)이며 이별의 아픔을 노래한 내용이 많다.

경기 지역 안에 반은 버려진 땅 되었고

서량의 길은 멀고 험하여라

성벽 변두리에서 성대한 잔치를 벌일 것이라지만

이 노래를 말할 때마다 어찌 부끄럽지 않으리오!"[29]원진(元稹), 「서량의 예인(西涼伎)」

시인은 처음에 대구를 활용하여, 량저우 땅의 예전 흥청거리는 분위기를 한껏 늘어놓았고, 안사의 난 이후의 쓸쓸한 풍경과 대비하였으며, 침통하게 변방의 장수에게 '나라를 경영하고 다스리며 옛 강토를 회복할 뜻이 없음'을 나무랐다. 또 백거이白居易, 772~846는 「서량의 예인西涼伎」에서, "량저우 함락된 지 사십 년 / 허룽河隴이 침략당한 곳 칠천 리 / 평소에 안시 만리는 우리 강토 / 오늘날 변방은 펑샹鳳翔에 있노니 / 변방에 헛되이 주둔한 10만 병사 / 배불리 먹고 따뜻이 입어 한가로이 세월 보내노니 / 망한 나라 애끓는 백성 량저우에 있어 / 장수와 병사는 맞바라보나 수복할 뜻이 없노니" 하고 량저우가 함락당한 뒤의 슬픔과 더불어 변방의 장수와 병사가 잃어버린 땅을 되찾을 뜻을 갖지 못하고 풀이 죽은 채 타락하였음을 표현하였다. 이러한 현실은 시인의 불만과 나무람을 불러 일으켰다. 성당 시기에 토로한 세상을 구하련다는 포부와 태평한 시대에 대한 찬미는 이때 나라의 위기에 대한 호소와 변방 장수들에 대한 꾸짖음으로 바뀌었다.

29　[옮긴이] 연나라 도적(燕賊)은 안록산을 가리킨다. 그는 창안을 공격한 뒤에 스스로 웅무황제(雄武皇帝)라 칭하고 국호를 연(燕)으로 바꾸었다. 허황(河湟)은 황허(黃河)와 황수이(湟水)를 칭한다. "난데없이 텅 비고[忽盡]"는 "모조리 잃고[沒盡]"라는 자료도 있다. 안사의 난 이후에 티베트(吐蕃)가 기회를 틈타 허시(河西), 룽유(隴右) 일대를 점령하였다. 개원문(開遠門)은 창안 가장 북쪽에 있는 서성문(西城門)이고, 위안저우(原州)는 지금의 닝샤 구위안(固原) 일대이다. "말할 때마다[每說]"는 일설에는 "들을 때마다[每聽]"이다.

이밖에, 한나라와 당나라 시기의 실크로드 문학은 둔황 유서敦煌遺書[30] 속에 보존되어 온 둔황 곡자사曲子詞와 둔황 변문도 포함한다. 둔황 곡자사는 당나라에서 만들어진 연악燕樂 가락을 배합한 노래와 춤의 가사를 가리키고, 변새 생활과 사물을 노래하며 감정을 토로하는 내용들을 담고 있다. 둔황 변문은 당나라에서 만들어진 통속 문학 장르이고, 제재 면에서 역사 이야기, 민간전설, 종교 제재 등이 있고, 특히 불교 이야기가 들어 있다. 이러한 두 가지 문학 유형이 저마다 서역 문화의 영향을 받았고, 실크로드에서 중국과 서역의 문화가 교류하는 가운데 탄생한 문학의 산물로서 실크로드 문화의 운반체이자 상징이 되었다.

송宋나라 이래로 해상 교통의 신속한 발전과 번영에 따라서 육상 실크로드는 날로 시들해졌고, 몽골 원元 제국 시기에 반짝 빛을 발한 것을 제외하고, 대부분은 내리막 상태에 처하였다.

이 시기에 서역 여행기는 계속 발전하는 과정에 있었고, 이전의 객관적인 실록을 쓰는 특징을 계속 이어갔다. 송나라 때에 비교적 대규모로 서역에 가서 불법을 구하는 활동이 있었지만, 대부분 승려는 모두 여행기를 남기지 않았다. 범성대范成大, 1126~1193만이 그의 여행기『오선록吳船錄』의 "어메이산 뉴신사 기행峨眉山牛心寺記"이란 단락에서 북송北宋, 960~1127 승려 왕계업王繼業이 서역으로 불법을 구하러 간 노정을 비교적 상세하게 기록하였고, 송 태조 조광윤趙匡胤, 927~976, 재위 960~976이 "건덕乾德 2년에 조서를 내려 승려 300인에게 천축으로 들어가 사리와 불경을 구해오게 하였고, 그 가운데 계업이 파견되었다"구훙이(顧宏義), 리원(李文) 정리 주해, 2013 : 850 하는 기록을 남겼다. 그들은 기본적으로 시베이 실크로드 옛길을 따라서 제저우階州, 지

---

30   [옮긴이] 둔황 모가오굴 안에서 발견된 서적을 아우르는 말이다.

금의 간쑤 우두(武都)를 따라서 변방을 나가서, 링우靈武, 시랑西涼, 간저우甘州, 쑤저우肅州, 과저우瓜州, 사저우沙州 등지를 거쳐서 마지막에 인도 나란타시那爛陀寺에 도착하였다. 여행기는 실크로드 연도에서 본 사원의 상황을 기록하였다. 범성대가 책에서 해석한 내용에 따르면, 그는 뉴신사에서 소장하고 있는 『열반경涅槃經』 뒷부분에 있는 서역 노정에 관한 계업의 기록에서 발췌하였다. 그래서 당나라 승려의 서역 여행기 내용의 풍부함과 서로 비교하면, 『오선록』에 기록한 내용은 비교적 단조롭고 간략하며, 주로 경유한 노선과 연도의 사원, 탑, 굴 등 불교 성지 등을 소개하였다. 송나라 이후에 실크로드에서 서역으로 가서 불법을 구하려는 활동은 이제 매우 드물어졌다. 12세기에 인도에서 불교가 사라짐에 따라서 승려가 서역으로 가서 불법을 구하려는 활동도 그에 따라서 막을 내렸다.

원나라 시대에 칭기즈칸과 그의 후예가 서역 출정 세 차례를 거쳐서 서역은 당나라 이후 거의 400년 동안에 분열하고 할거하던 상태를 끝냈다. 원나라는 대도大都, 베이징(北京)를 중심으로 각지로 통하는 역참을 세워서 드넓은 사막 남북과 중원 내지의 교통 연계성을 높이고, 중국과 서역 사이의 육로 교통을 회복하여 순조롭게 소통하도록 하고, 실크로드를 따라서 여러 민족과 지역 사이의 문화 교류와 전파에 박차를 가하였다.

대몽골의 통치 지역은 서쪽으로 흑해 남북과 페르시아만 지역에 이르렀고, 중앙아시아, 서아시아와 유럽을 연결하며, 아울러 고비사막 이북 허린和林, 지금의 몽골 울란바토르(烏蘭巴托) 부근에서 곧장 유럽으로 이어지는 통로를 열었다. 그로부터 북쪽으로 남러시아를 가로질렀고, 남쪽으로 이란을 관통하고, 동쪽으로 중앙아시아와 서아시아를 거쳐서 서쪽으로 유럽에 이르는 경제 유통의 대동맥을 형성하였다.루웨이(蘆葦), 1996 : 247

몽골 원 제국 시기에 동서 교통은 전대미문으로 편리해져서, "수레바퀴 말발굽 이르는 곳마다 천리를 가는 이는 자기 집 뜨락에 있는 듯하고 만리를 가는 자는 이웃집에 있는 듯하다"라는 말이 생겼다. 실크로드에서의 상업 활동은 매우 활발하였고, 게다가 실크로드 위에서 바쁘게 뛰어다니는 수많은 상인, 사절, 선교사 등의 활동도 중국과 서양 사이의 문화교류에 박차를 가하였다. 그들은 많은 여행기를 남겼다. 예를 들면 야율초재耶律楚材, 1190~1244가 지은 『서유록西遊錄』, 구처기丘處機, 1148~1227를 수행한 제자 이지상李志常, 1193~1256이 지은 『장춘진인서유기長春眞人西遊記』, 상덕常德이 구술하고 유욱劉郁이 기록하여 완성한 『서역 사신기西使記』 등이다.

이 시기의 서역 여행기는 대부분 몽골의 서양 출정이라는 역사적 배경에서 비롯되었다. 예전에 승려가 주체가 되어 서역으로 가서 불법을 구한 일과 비교하면, 이 단계의 서역 여행의 동기는 몽골 군대의 서양 출정과 함께 연결되어 있다. 야율초재와 구처기는 모두 칭기즈칸의 조서를 받고 서역으로 출정하였으며, 상덕은 헌종憲宗 보르지긴 몽케李兒只斤 蒙哥, 1209~1259, 재위 1251~1259의 명을 받들어 서역으로 갔다. 상덕은 대한흠차大汗欽差의 신분으로 이란으로 가서 서역에 출정한 황제의 아우 훌라구旭烈兀, 1218~1265를 알현하고, 귀국한 뒤에 견문을 구술하였고, 유욱이 그것을 기록하였다. 그래서 원나라 시대의 서역 여행기는 서역의 "뫼와 내가 서로 휘감고 우거져 짙푸르다" 하는 자연 풍광을 묘사하였고, 무쇠 같은 군대의 정복전쟁 장면도 드러냈다. 야율초재는 "장막 두른 수레가 구름처럼 달리고 장수와 병사가 비 오듯이 몰려든다. 소와 말이 들판을 뒤덮고 무장한 병사의 사기가 하늘을 찌른다. 봉화가 서로 마주 보며 군영이 줄줄이 만리에 이르렀다. 아주 오랜 세월 거룩한 번영이 이제껏 없었도다" 하고 표현하였다. 이러한 호탕한 기백을 물씬 풍기는 자연 풍경과 군영의 모습을 서로 돋보이게 하는 표현은 승려가 불법을 구하는 수난의식과 감성 체험을 대체하였고, 시베이로 확장하는 원나라의 강역과 정치 문화적 중심이 기행 문학에 직접 반영되었다.

야율초재는 거란契丹 황족의 후예로서, 어려서부터 유가 경전을 배웠고, 젊은 시절에는 불가 사상의 영향을 받았다. 그는 학식이 깊고 넓으며 천문지리와 중원 왕조의 제도와 문물에 통달하였다. 몽골의 칭기즈칸과 오고타이 칸窩闊臺汗, 1186~1241, 재위 1229~1241 등 두 칸 시기에 걸쳐서 거의 30년 동안에 그는 벼슬이 중서령中書令에 이르렀고, 원나라 건국 시기의 제도는 대부분 그가 제정하였다. 야율초재는 일생의 대부분을 실크로드를 따라가며 인근 지역에서 보냈고, 실크로드 연도 지역의 사회생활을 직접 체험하였으며, 실크로드 제재의 문학 작품을 많이 창작하였다. 1218년에 야율초재는 조서를 받들어 북상하였고, 융안永安, 지금의 베이징 샹산(香山)에서 출발하여 서쪽으로 쥐융관居庸關을 나가서 톈산 이북에 도착하였다. 이어서 고비사막을 가로질러 고비사막 이북 지역의 행궁에 이르러 칭기즈칸을 알현하였다. 이듬해 칭기즈칸을 따라서 서양 정벌에 나섰다가 1224년에 돌아왔고, 서역에서 6년 동안 살았다.

옌징燕京으로 돌아온 뒤에, 그에게는 서역의 상황을 묻는 사람이 너무 많았다.

내지 사람들이 이역의 일을 물었고, 일일이 응대하기에 번거로움을 느껴서 『서유록』을 지어 보여주려는 게 나의 뜻이다.야율초재, 상다 주해, 1981 : 1

이는 야율초재가 『서유록』을 지은 주요 창작 동기이다. 이 책은 「머리말序」 외에, 상, 하 두 권으로 나뉘었는데, 야율초재가 두 차례 옌징으로 와서 물음에 답한 대화를 바탕으로 완성하였다. 상권은 1227년에 야율초재가 옌징으로 돌아온 뒤로, 집으로 줄줄이 찾아오는 손님마다 "거사께서 서역을 여행하셨는데, 그곳이 몇 천 리가 되는지 모릅니다. 서역 여행의 일을 들어볼 수 있을까요?"^{야율초재, 상다 주해, 1981:1} 하는 질문으로 시작하였고, "내가 서역 여행을 하고 본 것은 대략 이러합니다"^{야율초재, 상다 주해, 1981:4} 하는 말로 대화를 마쳤다. 전체가 회상하는 글로 야율초재는 옌징에서 조서를 받들어 북상하여 칭기즈칸 행궁에 이르고, 고비사막 이북 지역에서 서양 정벌에 나선 대군을 따라 신장을 거쳐서 중앙아시아에 이르러 연도의 "아득히 멀고 외진 곳, 사람이 이른 적이 없는 곳"에서 보고 들은 것을 기록하였다. 특히 서역 각지의 산천과 지리, 물산과 기후, 지역 특색과 풍습 등을 기록하였다. 하권은 1228년에 야율초재가 명을 받들어 옌징에 와서 중대한 약탈 사건을 조사하여 처벌하는 책임을 맡았지만, 사람들이 줄줄이 찾아와서 서역의 일을 물었고, 그는 문답식으로 대답을 해주었다. 그 가운데 대량의 내용에서 "바름과 삿됨을 가려내는 유학, 불교와 도교의 세 성인의 가르침을 많이 언급하였다". 책 전체에 모두 문답 14가지를 기록하였고, 그 가운데서 13가지가 종교 문제를 다룬 것이다.

『장춘진인서유기』는 구처기의 제자 이지상이 일흔세 살 고령의 구처기가 제자 18인을 데리고 조서를 받들어 칭기즈칸 행궁에 도착하였으며, 그 4년 동안에 이른 먼 거리 여행 과정을 기술한 책이다. 전체 책은 상, 하 두 권으로 나뉘었다. 상권에서 장춘진인이 지금의 우즈베키스탄 사마르칸트^{Samarkand}에 도착하고 다시 쿠시산庫什山 북쪽 언덕의 야영지 막사로 가서 칭기즈칸을 알현하고, 그런 다음에 되돌아가서 정식으로 이야기하게 된 것으로 끝났다. 하권은 주로 현지 백성의 생활과 풍습 그리고 귀로에 관한 기록이다. 손석孫錫이 그 책에 「머리말序言」을 지어주며 그 내용을 개괄하여, "제자 이지상이 모시고 따라간 사람이었고, 그가 겪은 것들을 간추려서 기록하였다. 모든 산과 내, 길과 마을의 험준함과 평탄함, 풍토와 기풍의 다름, 의복, 음식, 온갖 과실, 초목, 새와 벌레의 다름을 분명히 빠짐없이 모두 기록하였다"구처기, 자오웨이둥(趙衛東) 편집 교정, 2005 : 201 하고 말하였다.

이 두 권의 기행 작품은 모두 직접 발길이 닿은 곳에 대하여 '타지에 가면 그 지역의 습관을 물어보라' 하는 말을 따라서 현지답사를 바탕으로 지어 완성하였다. 그래서 내용은 진실하고 믿을 수 있으며, 중요한 역사 지리적 가치를 담고 있다. 이 두 작품의 역사적 가치에 대해서 샹다向達가 전면적인 평가를 하였다.

『서유록』과 『장춘진인서유기』 등 두 권의 완성은 서로 1년 차이만 나고, 모두 13세기에 톈산 이북과 중앙아시아의 추강楚河, 시르다리야강錫爾河, 아무다리야강阿姆河 사이 지역의 역사 지리를 기술한 가장 이르고 가장 중요한 책이다. 8세기 중엽 이후에 톈산 이북에서 충링 서쪽인 파미르고원 서쪽의 추강, 시르다리야강, 아무다리야강 일대에 이르기까지, 그 지역을 두루 돌아다닌 뒤에, 돌아가서 여행의 발자취를 한문으로 기록한 것에 그들의 그 책 말고는 절대 없다. 『송사宋史』 「고창전高昌傳」은 왕연덕王延德, 939~1006이 기록한 것에 의존하였기 때문에 북정北廷31을 간략하게 언급하였다. 대식, 동로마 제국 등지는 소문으로 전해졌을 뿐이다. 13세기에 이르러 『서유록』과 『장춘진인서유기』 두 권이 처음으로

---

31 [옮긴이] 요(遼) 왕조는 2중 체제를 운용하였고, 초기부터 남정(南廷)과 북정(北廷)을 함께 두었다. 남정은 5대10국의 혼란기를 틈타 중국에서 탈취하는 농경 지역을 운영하고 북정은 주변 유목민족을 상대하고 부족사회를 관리하는 역할을 맡았고, 경제력과 군사력을 분담하였다. 김기협, 「김기협이 발굴한 '오랑캐의 역사'(7), 무력국가에서 재정국가로, 중원의 문민화」, 『월간중앙』, 2022.4.17, http://jmagazine.joins.com/month-ly/view/329829, 검색일자 : 2023.3.21.

상술한 지역을 직접 돌아보고 얻은 것들을 글로 적어 온 세상에 알렸다. 13세기 이후에 서역의 문헌 손실이 매우 많았다.『서유록』과『장춘진인서유기』두 권도 13세기에 추강, 시르다리야강과 아무다리야강 지역의 역사를 연구한 주요 자료이다. 특히 야율초재의 저작이 의미가 큰데, 그는 추강과 아무다리야강 일대에서 5, 6년을 살았고, 그의『문집』속에도 서역 지역의 견문을 기록한 작품이 많이 수록되어 있어서, 모두 연구자마다 참고할 수 있다.야율초재, 상다 주해, 1981 : 6

『서유록』과『장춘진인서유기』는 중요한 역사 지리 저작으로서 더불어 매우 높은 문학적 가치를 지녔다. 왕궈웨이王國維, 1877~1927 는『서유록』을 평가하여, "글이 우아하고 아름답다.『기記』의 문체이기는 하지만 글이 간결하고 일들은 모조리 기록하였다. 불가 이외의 서적인 외전外典적인 것을 추구하였지만 불가의『당나라 자은사 삼장법사 이야기』다른 제목『자은전(慈恩傳)』와 맞먹을 만하다. 도교 경전인 동진洞眞, 동현洞玄, 동신洞神 등 삼동三洞 가운데서도 지금까지 이러한 저작이 없었다"왕궈웨이, 1983 : 19 하고 일컬었다. 다른 학자도 그것의 "서사가 상세하고 뚜렷하며 조리 있어 뒤섞이지 아니하고 문장이 우아하다"장싱랑(張星烺) 외 저, 1978 : 72 하고 지적하였다. 이 두 여행기는 언어가 간결하고 우아하다. 중앙아시아의 사마르칸트란 이름의 도시에 대하여『서유록』에서 이렇게 소개하여 말하였다.

오트라르Otrar의 서쪽 천여 리 되는 곳에 사마르칸트라는 큰 도시가 있다. 사마르칸트에 대해 서역 사람들은 기름진 곳이라고 하며, 땅이 기름져서 그러한 이름을 얻었다고 말하였다. 서요西遼 시기에 도시 이름은 허중부河中府였으며, 강가에 자리하였으므로 그렇게 불렀다. 사마르칸트는 매우 풍요로운 고장이다. 금으로 동전을 만들었는데 가운데 구멍이 없다. 온갖 물건은 모두 저울로 무게를 쟀다. 성곽을 에워싸고 수십 리 길에 원림이 즐비하다. 집에는 반드시 정원을 만들어야 하고, 정원은 반드시 운치를 담아야 한다. 도랑을 내 샘물을 끌어와 네모난 못이나 둥근 연못으로 흘러 들어가게 하였다. 측백과 버들이 줄줄이 이어져 있고, 복숭아나무와 배나무가 길게 늘어서 있는 것도 한 시절 아름다운 경치이다. 오이는 크기가 큰 것은 말 대가리처럼 크고, 길이가 긴 것은 여우를 담을 수 있을 정도이다. 여덟 가지 곡식 가운데 기장, 찹쌀, 콩이 없고, 나머지는 다 있다. 한여름에 비가 내리지 않으면 강물을 끌어와 물을 댄다. 두 마지기 땅에서 한 종鍾[32] 정도를 수확하였다. 포도로 술을 빚는데, 맛은 중산주中山酒나 주원주九醞酒와 비슷하다. 뽕나무가 많지만, 누에를 잘 치는 사람이 드물어서 실 고치가 매우 귀하다. 그래서 모두 베옷을 입는다. 원주민은 하얀 옷을 상서로운 색으로 삼고 푸른 옷을 상복으로 여기므로 모두 하얀 옷을 입었다.

사마르칸트Samarkand는 중앙아시아의 이름난 도시로서, 장건이 서역을 지날 때 통과한 곳이기에 나라 사람들이 모두 실크로드의 중요한 경제 문화의 중심지라는 것을 알고 있다. 야율초재는 예전에 이 고장에서 여러 해 머물렀고, 그 지역의 특색과 풍습을 훤히 알게 되었다. 그는 이 도시의 역사와 지리의 대략적 상황을 소개하였고, 덧붙여 그곳 주민의 생활과 복식 방면의 풍습, 그리고 '복숭아와 배', '오이와 콩', '뽕나무와 누에' 등 생활의 내음이 풍부한 내용을 상세하게 설명하였다. 아울러 한나라와 당나라 시가에서 보이는 변새의 이색적인 풍경에 관한 관심을 생활에 대한 진실로 바꾸어서 묘사하였다. 『장춘진인서유기』는 시와 사詞를 산문과도

---

32 [옮긴이] 종(鍾)은 여섯 섬 너 말(六斛四斗), 여덟 섬(八斛), 열 섬(十斛) 등 여러 설이 있다.

결합하여 시와 글을 배합한 여행기 문체를 창조하였다. 글에서 한가위의 진산崇山을 시 세 편으로 묘사하였다.^{이지상, 당바오하이(黨寶海) 역, 2001 : 40}

하나

8월 시원한 바람 상쾌하고 맑아

그건 해 질 무렵 파란 하늘 맑게 갠 때문이네

멋진 경치 읊고 싶으나 기발한 발상 없어

괜히 진산 바라보니 밝은 달 빛나네

둘

진산 남쪽 큰 강 흐르고 흘러

강물 굽이굽이 휘돌아 가을 즐기네

가을 맑은 물 속 해 지는 산에 달 떠올라

맑게 읊고 홀로 휘파람 부니 밤빛 둥그네

셋

진산 크다 하지만 홀로 높지 아니하니

사방 길게 늘어져 끌면서 발목을 잡네

큰산 가로질러 숲속 복판에 나무

구름 찌르고 해를 가린 채 다투어 부르짖네.

이 시 세 편은 여러 각도에서 진산의 풍경을 묘사하였다. "파란 하늘", "밝은 달", "가을 맑은 물", "산에 뜬 달" 등이 맑고 그윽하며 아득히 먼 가을 빛 물든 진산 그림 한 폭을 구성하였다. 시의 활용은 여행기의 서술에 더

욱 생동감 넘치고 풍부한 시적 정취를 담게 하였다. 이러한 여행기 작품
은 간결하고 막힘없는 언어로 서역의 자연과 지리, 특색과 풍습 등을 기
술하였고, 웅장하고 기발하고 탁 트인 경계를 보여주었다. 그것의 격조는
굳세면서도 구슬프며, 감정의 기조는 낙관의 고조에 있다. 이는 서쪽 여
행기 가운데 가작으로서, 근대 변새 여행기에 어느 정도 영향을 끼쳤다.

이밖에 이탈리아의 이름난 여행가 마르코 폴로^{Marco Polo, 1254~1324}가 지
은 『동방견문록_{The Travels of Marco Polo}』은 원나라 시대의 서역 여행기 문학의
중요한 작품이다. 이는 세계에서 최초로 서양 사람이 지은 실크로드 여행
기이다. 마르코 폴로의 노정은 이탈리아에서 출발하여, 실크로드를 따라
서 동쪽으로 여행하였고, 튀르키예, 이라크와 중앙아시아의 여러 도시를
거쳐서 서역으로 들어왔다. 그런 뒤에 중국 경내로 들어와 간쑤를 거쳐서
내몽골 상두^{上都}에 이르렀다. 이 책은 내용면에서 네 부분으로 나뉜다. 제
1부분은 마르코 폴로의 동양 여행 도중에 지나온 여러 나라와 지역의 특
색과 풍습이다. 제2부분은 원나라 초기의 정치, 각 도시와 실크로드 연도
에서 보고 들은 것을 기록하였다. 제3부분은 중국 인근의 나라와 지역의
상황을 소개하였다. 제4부분은 칭기즈칸의 후예인 몽골의 여러 칸국^{汗國}
사이의 전쟁을 기록하였다. 중국과 서양의 교류 과정에서 이 저작이 지닌
역사 지리적 가치와 문학적 가치에 대하여 양즈주^{楊志玖, 1915~2002}는 이렇게
평가하였다.

그는 아시아 대륙을 최초로 가로질렀고, 또 상세하게 기록한 사람이다. 중국
의 내지와 변방에 대하여, 아시아의 다른 나라와 민족의 정치 사회적 상황, 풍
속과 습관, 종교와 신앙, 토산품, 일화와 기이한 일에 대하여 붓 가는 대로 적었
고, 화려함이 없지만 소박하고 생생하며 재미있다. 그를 기준으로 하여 이전과

이후에 중국에 온 서양 사람이 남긴 여행기도 적지 않고, 글 솜씨와 사건들을 기술하는 방면에서 그를 훨씬 능가한 사람도 있지만, 그처럼 이렇게 많은 일을 기록하고 전면적으로 개괄한 저작은 극히 드물다.양즈주, 1999 : 38~39

이는 서양의 시각에서 중국 형상과 실크로드 문화를 상상하고 구성한 대표 작품이다. 책에서 열정 넘치는 언어로 중국의 화려한 궁전과 도시의 흥성한 풍경을 묘사하여, 동양에 대한 유럽 사람의 동경을 불러일으키고, 동서양 교통과 문화의 교류에 박차를 가하게 하였다.

서역 여행기 이외에, 원나라 시대에 실크로드 제재와 관련한 많은 시詩와 시詞도 등장하였다. 그 가운데 한족 작가가 창작한 실크로드 제재와 관련된 작품을 포함하여, 구처기, 이지상, 윤지평尹志平, 1169~1251, 유기劉祁, 1203~1250, 유욱 등이 시와 사를 창작하였다. 이 시기의 실크로드 문학의 중요한 특징은 바로 서역 현지의 소수민족 작가가 대량으로 등장한 점에 있다. 거란 작가 야율초재, 아르카운ɛʀχwʊ[33] 시인 마조상馬祖常, 1279~1338, 다스민答失蠻[34] 시인 살도랄薩都剌, 1272?~1355 등이 그러하며, 원나라 대도와 시베이 실크로드 연도의 생활을 묘사한 작품을 남겼다. 야율초재의 「인산을 지나며 어떤 이와 화답하여 짓다過陰山和人韻」와 「서역 허중을 읊다 열편西域河中十詠」 등은 모두 오랜 서역 생활을 바탕으로 지은 것이다. 시에 변방의 높고 험한 지리를 "인산 천리 동서로 가로놓인 곳 / 가을 소리 넓디넓어 개울을 울리누나 / 원숭이나 기러기 넘지 못하거늘 / 날쌘 병사 백만이 준마 타고 내달리누나"야율초재, 1937 : 14 하고 담아냈다. 또한 변방 생활에 대하여 시인은 진심에서 우러난 뜨거운 사랑을 "포도는 굵은 송이송이

---

33 [옮긴이] 원나라 때 기독교인과 선교사를 이른 말이다.
34 [옮긴이] 원나라 때 이슬람 선교사를 이른 말이다.

늘어뜨리고 / 비파와 감람나무 빛나고 소젖을 짜네" 하고 표현하였다.

쓸쓸한 허중부
무너진 담장 옛 성벽을 에워쌌구나
원림이 끝없는 곳
꽃이며 나무며 이름을 모르누나

남쪽 기슭에서 홀로 낚싯대 드리우고
서쪽 밭두둑에서 직접 백성 농사 형편 살펴보누나
사람 됨됨이 분수를 지키면
어딘들 편히 살지 못하리오.

위의 시 「서역 허중을 읊다」^{다섯}과 동시에 또 시인은 군대를 따라 서쪽으로 출정하는 과정에서 백성의 생활에 대하여 "쓸쓸한 허중부 / 백성은 자주 재난을 겪었구나 / 전쟁 피해 깊숙이 토굴 파고 / 큰물 막으랴 높은 누대 지었구나"^{서역 허중을 읊다」 넷} 하고 동정하였다. 원나라의 서양 정벌이란 영향을 받아 지어진 시들은 역대 변새시의 제재와 표현 범위를 확대하였고, 실크로드 문학의 굳세고 거침없는 미학 격조를 계승하고 발전시켰다.

명나라는 항해사업의 발달로 말미암아 중국이 유럽, 서아시아 등 많은 지역과 왕래하는데 모두 바닷길을 통하였다. 하지만 시베이 실크로드 옛 길은 여전히 이러한 지역에서 중원에 이르는데 가장 편리한 지름길이었다. 게다가 중국과 서양 무역에 대하여 명나라 정부가 북돋는 정책을 채용하였으므로 "성조成祖, 1360~1424, 재위 1402~1424 이래 온 세상을 무력으로 평정하였고, 위엄으로 만방을 제압하고 싶어서 사신을 파견하여 사방에서 불러들였다. 그리하여 서역의 크고 작은 나라는 땅에 닿도록 몸을 굽혀 절하면서 신하라 칭하며, 뒷날을 걱정하여 진귀한 것을 바치지 않는 나라가 없었다.".『명사(明史)』권332「서역 4(西域四)」 그래서 실크로드는 한동안 비교적 번영하였다.

명나라에서 정화가 해상 실크로드로 서양에 간 큰일과 함께 이름난 사람은 시베이 육상 실크로드 옛길을 따라서 서역으로 연이어서 다섯 차례 간 진성陳誠, 1365~1458이다. 그는 "몸을 돌보지 않고 거칠고 메마른 땅 깊숙이 들어갔고", "독특한 산천을 두루 돌아다녀 보며 풍속을 마침맞게 기록해두었다."왕지광(王繼光) 주해, 2012 : 1 진성의 서역 기행의 장거는 동시대 문인이 우러러 탄복하며 주목하였고, 문인들이 잇달아 시와 사를 지었다. 그래서 주맹간周孟簡, 1378~1430은 "새로 갖옷을 하사받으니 추위도 걱정 없어 / 큰 뜻 품고 먼 길 떠나매 뉘라 이별이 어렵다고 말하는가? / 류사 지날 때는 읊어야 제격이고 / 충링 넘을 때는 말 등에서 봐야 한다네 / 산 너머 멋진 경치 만나면 여행길 얼마나 즐거운가 / 장건 위대한 업적 지금 보니 어제 일 같구나 / 어지신 임금 가없는 사막에서 큰 공 꾀할 때 / 기린각에 단청 아름답게 그렸구나"역대서역시선편집반(歷代西域詩選注編寫組), 1981 : 90 하고 그를 찬미하였다. 그는 실크로드를 따라서 그 일대 17개 나라를 거쳐갔고, 직접 밟은 산천과 지리를 근거하여 날마다 기록하였으며, 『서역 여정의 기록西域行程記』으로 엮고, 또 연도에서 보고 들은 것과 지역 특색과 풍습을 바탕으로 『서역 나라 이야기西域番國志』를 저술하였다. 이는 명나라 시대에 유일하게 직접 겪은 재료를 바탕으로 저술한 서역 기행이다.

청나라 사람 당조唐肇가 티베트 지방지인 『티베트 짧은 기록藏紀概』의 「머리말序」에서, "옛날 사람이 외국을 기록하고 주해한 것을 말하면 원외랑員外郎 진성의 『서역 여정의 기록』이 좀 충실하다. 모두 그가 겪은 것이고 전해들은 것을 가려내서 기록한 것과는 비교할 게 못 된다" 하고 말하였다. 이밖에 진성은 또 자신이 경험한 서역에서 보고 들은 것을 바탕으로 많은 시와 산문을 지어서 『진죽산문집陳竹山文集』에 수록하였다. 여기에 수록한 「서역 왕복 기행시西域往回紀行詩」 92편은 명나라 시대의 유일한 변새시이다. 서역 여행의 산문도 수록하였는데, 이러한 작품들은 서역을 연구하는 중요한 문헌과 역사 자료이면서 매우 높은 문학적 가치도 지니고 있다. 그래서 "정기 가득 차고 화려한 꾸밈에 힘쓰지 않으며, 그 시詩와 부賦에 소박하나 무게가 있으며, 글이 진실하고 개성을 지녔다."왕지광 주해, 진성

서역자료 주해, 2012 : 145

서역 기행의 발전은 청나라에 이르러 중요한 변화가 생겼다. 이때 서역 기행의 주체는 승려나 사신에서 벼슬자리에서 내쳐지고 유배된 조정의 중신, 문인과 학자들로 바뀌었다. 그들의 기행 관련 시詩와 사詞 작품은 서역의 변새 생활을 묘사하고, 자신의 운명에 대한 감상과 뚜렷한 시대적 사명감도 드러냈다. 청나라의 문인 홍량길洪亮吉, 1746~1809은 '당시 세상일을 말하기 좋아하여' 이리伊犁로 유배되었다. 그는 자신의 경험에 근거하여 『이리로 유배되어 변방을 지킨 일기遣戍伊犁日記』,『만리 먼 곳에서 창 메고 변방을 지킨 이야기萬里荷戈集』,『톈산 나그네 이야기天山客話』등 이리에서 보고 들은 것과 그곳 풍습을 반영한 작품을 지었다. 마찬가지로 이리로 좌천된 기운사祁韻士, 1753~1815는 서역 관련 학술 저작을 지은 것 외에도 『만리 여정의 기록萬里行程記』,『멍츠 여행 기록濛池行稿』,『서쪽 변새의 죽지시西陲竹枝詞』등 문학 작품을 세상에 남겼다. 그리고 서송徐松, 1781~1848의 『신장의 노래新疆賦』, 배경복裵景福, 1854~1924의 『허하이 쿤룬 기록河海崑崙錄』, 온세림溫世霖, 1870~1935의 『쿤룬 여행 일기崑崙旅行日記』와 『신장풍속고新疆風俗考』등은 모두 청나라의 유배된 관리가 창작한 여행기 작품이다.

청나라의 변새시 가운데서 영향이 비교적 큰 작품은 기효람紀曉嵐, 1724~1805의 『우루무치 잡시烏魯木齊雜詩』이다. 이 시는 기효람이 '누설 죄'를 지어 신장으로 유배되어 좌천된 뒤에 지었다. 그는 "직접 변방을 돌아다니며 보고 들은 것을 엮었다"기효람, 하오쥔(郝濬) 주, 1991 : 1 하는 바탕 위에서 자신의 변새 생활을 시로 읊었는데, 모두 160편이다. 작품은 대체로 풍토, 제도, 민속, 산물, 유람, 신기한 내용 등 여섯 부분으로 나뉘며, 내용이 폭넓고, 신장 사회생활의 이모저모를 묘사하였다. 그는 「머리말自序」에서 자신의 창작은 "풍토를 술회하고 더불어 옛날에 놀던 일을 이야기하였고", "생각나는 대로 적었으며 차례를 정하지 않고 엮었다"기효람, 하오쥔 주, 1991 : 1 라고 말하였다. 이러한 기분 내키는 대로 짓는 심리에서 나온 서역 글쓰기는 역대 변새시의 지독한 추위 같은 이미지를 없앴고, 기효람의 붓대 아래서 변새는 꽃과 풀이 깨끗하고 그윽하며 샘물 달고 땅이 기름진 번영의 땅이 되었다.

산 에워싼 향긋한 풀에 푸른 연기 자욱한 들판
아득히 멀리 새 성벽에 옛 성벽 이어졌노니
걸어서 수풀 속 사당 이르니 노래하고 춤추는 무대
푸른 융단 위에서 바둑판을 보노니.

위와 같이 『우루무치 잡시』의 첫머리를 장식한 「풍토風土 · 하나其一」에서 우루무치 산자락이 에돌려서 감싸고, 푸른 풀이 융단처럼 펼쳐진 아름다운 풍경을 묘사하며, 변방의 봄기운 넘쳐흐르고, 백성이 행복하게 살아가는 광경을 스케치하였다. 동시에 그는 서역의 중국적 문화 풍경에도 특히 관심을 기울였다. 예를 들면 정월 대보름날의 등롱 수수께끼 놀이, 시

짓기 대회, 무도회, 전통극 공연 등이 "중국 땅과 똑같았고", 문인이자 학자로서의 문화의식을 구체화하였다.

민족 영웅 임칙서林則徐, 1785~1850는 제1차 아편전쟁이라 불리는 광저우전투廣州戰에서 패하였기 때문에, "다시금 이리로 출발하여 힘껏 속죄하였다". 그는 자신의 여행길에서의 일기를 정리하여 『창 메고 변방을 지킨 기록荷戈紀程』을 지었고, 또 『을사일기乙巳日記』에 신장 톈산 이남 지역을 시찰할 때에 보고 들은 것을 기록하였다. 이러한 작품들은 모두 뛰어난 여행기로서 매우 높은 문학적 가치를 지녔다.

임칙서는 유배 기간에 또 많은 시와 글을 창작하였다. 이 시기의 파면과 좌천의 고달픈 경력이 임칙서에게 "시적 정취가 늙더니 광기를 부리게 되었고", 나라와 민족의 운명에 관심을 기울이고 울분에 찬 심사가 시에 스며들었으므로 시의 격조는 우울하고 서글픈 가락이 되었다. 그는 유배 도중에 벗에게 쓴 편지에서, "오늘의 형세가 전부 뒤집혀서 참으로 하늘의 뜻이 어떠한지 이해할 수 없소. 울분과 깊은 근심이 어느 날에나 풀리겠소?"임칙서전집편집위원회(林則徐全集編輯委員會), 2002 : 313 하고 말하였다. 그는 산꼭대기에 쌓인 눈을 바라보며 절로 감상에 젖어서 이렇게 읊었다.

톈산 굽이굽이 만 봉우리 아름다운 옥처럼 솟아
서쪽 가는 나를 이끌어 짝하며 외로움 달래주누나
나는 산신령과 서로 바라보며 빙긋이 웃고
머리 가득한 맑은 눈 함께 없애기 어렵겠구나!

위의 「변새 밖에서 이것저것 읊으며塞外雜詠」에서 나라와 백성을 근심하는 시인은 온 머리에 새하얀 머리털이 일 년 내내 녹지 않는 톈산에 쌓인 눈과 같이 없애기 어려운 것이라고 말하였다. 이리에서 섣달그믐날 밤에 그는 자신의 평생 경력을 돌아보며 하염없는 감상에 젖었다. 「섣달그믐날 밤 감회를 읊다^{除夕抒懷}」 네 편에 그는 지조 있는 선비로서 힘을 내서 자신을 채찍질하며, "바로 중원에서 와신상담하는 날이니 / 뉘가 베개 높이하고 근심 없이 도소 술에 취할 수 있으리" 하는 심정을 토로하였다. 신장 톈산 이남 지역으로 간 뒤에 그는 열정적이고 소박한 위구르 백성에게 매료되어, 『후이족 신장의 죽지사 30편^{回疆竹枝詞三十首}』을 지었다. 이는 내지와는 전혀 다른 변방 백성의 지역 특색과 풍습과 문화예술을 반영하였고, 위구르 백성의 생활 풍속화 한 폭을 그려냈다.

전체적으로 말하면, 청나라 시대의 변새시는 양적으로 질적으로 모두 매우 크게 발전하였다. 그것은 한나라와 당나라 시기 변새시의 참여 정신과 문학적 경계를 잇고, 변새시의 제재와 내용을 풍부하게 확장하고, 서사와 풍경 묘사 면에서 세밀성과 사실성을 늘리고, 시인의 나라 사랑의 정서와 개인적인 신세와 감회를 녹여내서, 중국 변새시에서 중요한 위치에 자리하게 되었다.

제2장

현대 실크로드 문학

실크로드는 예전에 중국의 고대 문화와 문학의 번영을 창조하였지만, 송나라 시대에 정치 경제의 중심이 남쪽으로 이동하면서부터 중국 문화의 중점으로서 실크로드의 영광은 점차 빛이 바랬다. 특히 현대 사회로 들어선 뒤로 시베이 실크로드 옛길은 지리와 교통의 막힘과 생산방식이 뒤떨어졌으므로, 경제 문화면의 발전이 동부 연해 지역보다는 뚜렷이 침체하였다. "해상운송이 원활해지면서, 중국과 외국 문화는 전면적으로 보면 배로 소통하였고, 한나라와 당나라 시대에 톈산 남북 길을 거쳐서 유럽으로 통하는 낙타와 말이 다니던 큰길은 마침내 물어보는 사람이 없어졌다."볜리팅(邊理庭), 1945 : 3 그래서 동부와 서부는 문화발전 면에서 불균형이 생겼고, 실크로드 연도 지역은 한나라와 당나라 이래로 문화를 자발적으로 수출하는 선구자 지위에서 현대 문화를 수용하고 배우는 낙오자로 바뀌었다. 이러한 문화적 교류 역할의 자리매김과 전체 중국이 서양의 우수한 문화와 맞닥뜨릴 때의 심리적 인식은 일치한다. 이러한 역할 전환은 현대 실크로드 문학의 제재, 주제와 스타일 등에 깊은 영향을 끼쳤다. 여기서 말하는 현대 문학은 현대 이래로 실크로드 문화나 정신을 취지로 삼은 문학 창작을 가리키며, 실크로드 현지 토박이 문학과 서역 기행 문학을 포함한다.

1. 실크로드 현지 토박이 문학의 발전

실크로드 문학은 중국 현대 문학의 일부분으로서 그것의 발전 노정은 현대 문학과 기본적으로 일치하며, 중화인민공화국 성립을 분수령으로 삼아 앞뒤 두 단계로 나뉜다. 현대 실크로드 토박이 문학은 정치 경제적 환경의 영향을 비교적 많이 받고 느리게 발전하였으며, 옛 문언 시詩와 사詞와 연극 같은 전통 문학 장르를 여전히 위주로 하고, 내용 면에서 어느 정도 현대의식을 지녔다.

시베이 실크로드 연도 지역은 정치, 경제, 교통, 교육 등 방면에서 발전이 더디고, 더구나 "빈번하게 일어난 전란과 재해, 변방지역에서의 열강의 잠식과 약탈 등이 나아가서 시베이 지역의 가난과 낙후를 심화시켜서 그 지역의 초기 현대화 진행이 대대적으로 늦어졌고, 그곳에는 전통 사회의 성분이 비교적 많이 남고 아울러 날로 주변화하게 되었다."장커페이(張克非), 왕징(王勁), 2008 : 1 이러한 사회 문화적 환경은 토박이 인재의 양성과 성장에 커다란 타격을 주었다. 청나라 말기에 시베이는 교통이 불편하고 경제가 뒤떨어진 지역이었다. 교육 방면에서 보면 인재를 선발하는 과거시험의 시험장인 공원貢院을 시안 한 곳에만 설치하였으므로, 향시 시험을 시행할 때마다 간쑤, 닝샤, 신장 등지의 많은 선비는 시안으로 가야만 응시할 수 있었다. 당시 산간총독陝甘總督을 맡고 있던 좌종당左宗棠, 1812~1885은 황제에게 올리는 상소문에서 다음과 같이 썼다.

선비가 산시陝西로 가서 과거시험을 치르려면 한 달여나 두 달이 지나지 않으면 이르지 못하고, 그래서 돈을 내고 수레를 고용해야 하며, 음식과 여물 비용, 여비, 응시료 등이 적게는 수십 돈, 많으면 백 몇 십 돈을 써야 하옵니다. (…중략…) 그래서 여러 학생이 청廳, 주州, 현縣 학적에 얹혀서 들어가는데, 그런 뒤에는 도리어 평생 향시에 응시할 수 없게 되었사옵니다. 배움을 좋아하여 부지런히 학문에 힘쓰는 자가 한 번 응시할 인연이 없다면 정말 탄식할 일이옵니다.『좌문양공 상소문 초고(左文襄公奏稿)』권44「간쑤 향시 응시장을 나누고 교육 행정장관 병설을 청하는 상소(請分甘肅鄕闈竝設學政折)」

객관적 조건이 뒤떨어진 점은 시베이 실크로드 지역에서 현지 토박이 인재의 배출과 성장에 심각한 제한을 가져왔다. 중화민국 시기에 시베이 5개 성省에서 중학 교육과 고등교육은 차츰차츰 발전하였지만, 당시 주도적인 지위를 차지한 것은 여전히 봉건 문화였고, 민간에 대한 신문화와 신사조의 영향은 매우 제한적이었다. 이것이 실크로드 현대 토박이 문학에 양적 질적 발전을 매우 더디게 하였다. 게다가 시베이 지역은 베이징이나 상하이 등 문화 중심과 멀리 떨어졌고, 현대 출판업의 발전이 극도로 뒤떨어지거나 부족하였기 때문에 전문 작가의 성장에 충분한 조건을 마련할 수 없었다. 그래서 이 시기 창작의 주체는 대부분 관리와 학자로 이루어졌다. 이것은 그들이 작품에 강한 시대 의식을 담고, 백성의 고달픈 삶에 관심을 기울이고 시대의 병폐를 지적하여 고치게 하며, 전통 문학의 형식으로 시대적 주제에 자각적으로 반응하며 시대 주제를 구축하도록 결정하였다.

중화민국 시기에 실크로드 토박이 문학은 외진 곳에 자리하긴 하였지만, 신문화운동의 영향도 받았고, 고대에서 현대로 전환하기 시작하였다. 새로운 학문을 수용한 지식인들은 학교 설립, 서적과 신문 발간, 창작 등 방식으로 "낡은 풍속과 습관을 고치고" "백성의 지혜를 계발하며" 신문화와 신사상을 실크로드 본토로 전파하였다. 청나라 말기 관중의 대학자 유고우劉古愚, 1843~1903 등이 설립한 미경서원味經書院은 산시와 간쑤 두 성省의 선비들을 받아들이고, 학교 경영 방식을 혁신하고 실질 학문을 중시하였으며, 서적 간행처를 설치하고 서양학문과 중요한 현대 저작을 출판하였다. 이는 시베이 지역에서 최초로 새로운 학문을 채택한 서원으로서 산시와 간쑤 두 지역에서 현대 지식인을 배출하였다. 수학자 장빙수張秉樞, 수리학자 리이즈李儀祉, 1882~1938, 정치가 위유런于右任, 1879~1964, 신문기자 장지롼張季鸞, 1881~1941 등은 모두 미경서원에서 수학하였다. 학교란 현대 지식인을 교육하고 육성하는 중요한 장소이다. 위유런은 특히 산시 지역의 교육을 중시하고, 개인적으로 출자하여 싼위안현三原縣에 시관초등학교西關小學를 세웠다. '5·4운동'의 영향을 받아서 이 학교는 남녀공학이었고, '사서四書' 교육을 중지하고, 그 대신에 백화 교과서를 사용하였다. 뒤에 그는 또 싼위안현에 민즈중학교民治中學를 세우고, 웨이베이중학교渭北中學, 웨이베이사범학교渭北師範와 싼위안여자중학교三原女中 등 학교 설립도 후원하였다. 많은 산시 출신의 학생과 유학생은 베이징에서 학교를 졸업한 뒤에 산시로 돌아와 교사가 되었으며, 신사상을 전파하면서 현지 토박이 인재 양성에 중요한 역할을 담당하였다.

웨이예처우魏野疇, 1898~1928가 베이징에서 수학 시기에 창간한 『진종秦鐘』과 『공진共進』은 산시 학생에게 새로운 지식을 배울 것을 호소한 간행물이다. 그는 산시로 돌아가 교사로 재직한 시기에 새로운 교재를 사용하고 교육 내용을 개선하였으며, 많은 진보적인 학생을 양성하고 그들에게 영향을 끼쳤다. 이밖에 선교사 에반 모건Evan Morgan, 무어 던칸Moir Duncan, 셔록Arthur Gostick Shorrock, 1861~1945 등은 앞뒤로 산시 싼위안현과 시안에서 포교하였고, 어느 정도에서 시베이 지역에서의 서양 사상 전파에 적극적인 역할을 맡았다. 위유런은 예전에 그들에게서 "『만국공보萬國公報』와 『만국통감萬國通鑑』등 서적을 빌려 읽었고, 나도 이를 빌려서 세계의 큰 흐름을 약간 알게 되었다."위유런, 1988 : 28 하고 말하였다.

간행물은 시대와 현대 사상문화를 인쇄하여 전파하는 중요한 진지이자 매개체이다. 산시 출신 학자 우미吳宓, 1894~1978는 어린 시절부터 잡지 창간에 뛰어들어, "잡지 인쇄업부터 시작할 것이다. 그런 다음에 학설을 하나 세우고 나라에 문명을 피어나게 하며 동서양 사물의 이치를 소통하게 하고, 풍속을 만들어냄으로써 도덕을 개선하고 사회를 이끈다."우미, 1998 : 410 하는 소망을 품었다. 문화를 전파하고 사회를 변혁하는 간행물의 기능에 대한 인식을 바탕으로 우미는 열한 살 때부터 산시에서『어린이 월보童子月報』,『산시 유신보陝西維新報』,『경업학보敬業學報』,『어린이 잡지童子雜誌』,『산시잡지陝西雜誌』등을 발간하여, "글에 기대서 민중의 지혜를 일깨우고, 용감하게 신문을 빌려서 깨우치는 데 몰두하고자 하였다."우미, 2005 : 1 이러한 잡지들이 마지막에 모두 인재의 부족과 경비 등 문제로 정간되었지만, 그것들은 객관적으로 신사상 전파에 적극적으로 이바지하였다. 이밖에도 시베이 지역에 간행물은 많이 있었다. 산시의『진풍일보秦風日報』,『문화주보文化周報』와『황허黃河』등, 간쑤의『타오양洮陽』,『룽난묘령隴南卯鈴』,『여정勵精』,『청춘韶華』,『작은뜨락小園地』,『룽중隴鍾』과『척황拓荒』등 간행물의 창간은 신문화와 신사상을 점차 시베이 지역에 퍼지게 하였다.

이 시기에 실크로드 토박이 문학은 옛 실크로드 문학의 나라 사랑 정서와 사명감을 계승하면서, 장엄하고도 조화로운 현대적인 장을 열게 되었다. 이 단계의 토박이 문학은 형식면에서 옛 시사와 민간 문학 창작을 위주로 하고, 언어는 글말을 위주로 하였다. '현대'를 가치 중심으로 삼은 갖가지 판본의 문학사 저작에서는 실크로드 토박이 문학을 거의 한 번도 언급하지 않고 있다. 하지만 내용면에서 그것은 반제국주의와 반봉건의 현대의식을 구체화하였다. 시 영역에서 성취가 가장 많은 부분은 옛 문언시와 사이다. 학형파學衡派[1]의 중견인 우미는 문화적 보수주의자의 자세를 내내 지켰으며, 현대에 많은 격률시를 창작하였다. 그는 자신의 창작이 황준헌黃遵憲, 1848~1905의 "새로운 재료를 옛 격률에 삽입하는" 시학 이념을 따른 것임을 두고두고 밝혔다. 그는 1908년에서 1973년까지 시 1,500여 편과 사 30여 편을 창작하였으며, 현대 문학사에서 가장 무게를 지닌 고체시古體詩 시인의 한 사람이 되었다. 그 가운데서 『서역 출정 잡시西征雜詩』는 우미가 1927년에 베이징에서 산시로 돌아간 기간에 지은 것이며, 모두 105편이다. 여기에 실크로드 연도에서 보고 들은 것들과 산시의 지역 특색과 풍습을 기록하였다.

위유런은 현대 간행물 발간과 교육 영역에서 커다란 공헌을 하였다. 동시에 그는 서예와 시 방면에서 매우 높은 예술적 성취를 보였고, 초기 남시南社[2] 시인의 한 사람으로서 거의 900편에 이르는 시를 창작하였다. 그의 시에는 분명한 시대 의식을 담고 서사시적 가치가 돋보였으므로, 류야쯔柳亞子, 1887~1958는 "30년 나라 흥함과 쇠함의 한을 그대의 시에 걸었소" 하고 칭송하였다. 위유런의 시는 애국주의 정신을 구체화하였고, 초기의 「이런저런 느낌雜感」에서 그는 백이와 숙제의 행위를 "마음에 상나라 주왕을 품고 / 눈으로 상나라 백성을 보지 못하였으니"라며 꾸짖었고, 자신의 "원수를 갚은 협객의 기백 / 나라에 보답하는 지사의 몸"이란 나라 사랑의 정서를 토로하였다. 그는 여러 차례 실크로드를 따라 서역을 여행하

---

1   [옮긴이] 난징(南京)에서 창간한 『학형』 잡지에서 이름을 얻었고, 이 잡지를 중심으로 사상문화계에서 복고를 주장하고 신문화운동을 반대한 학술 유파이다. 『학형』은 1922년 1월에 창간하고 1933년에 제79기를 출간한 뒤로 정간하였다.
2   [옮긴이] 1909년에 쑤저우(蘇州)에서 성립한 진보적인 성격의 문학 단체로 1923년에 해체한 뒤에도 약간의 활동을 보였다.

면서 「반초」, 「반고」, 「마윈馬援」 등 실크로드에 새겨진 역사적 인물을 찬미하는 시를 지어내고, 자신이 품은 "사나이는 변방에서 죽어야 한다" 하는 영웅적 정서를 토로하였다. 위유런이 풍경을 쓴 시마다 뛰어난 작품이기는 하지만, 특히 그가 여러 차례 서역으로 가서 창작한 변새시는 언어가 밝고 막힘이 없으며, 기백이 넘치고 가슴이 확 트였다. 그는 「룽터우에서 읊으며隴頭吟」 두 편 가운데 한 편에서 이렇게 읊었다.

하나
룽난의 강물 남쪽으로 흐르고
곳곳에 꽃 활짝 피고 밭갈이 소 갈아엎누나
지나는 이의 끝없는 한 풀어주고
그윽한 풀숲에서 친저우에 이르누나.

그는 또 신장 천지天池를 묘사하며, "비 지난 뒤 높은 봉우리 안개 문득 걷히니 / 달이 배회하는 그림자 하나 밝게 비추누나 / 취한 기운 톈산 위에 흩어지니 / 야오츠瑤池에 벼루 씻으러 온 듯하누나"天池 옆에 도교 사찰이 있기에 내가 링산사라 이름 붙이고 사찰에서 사흘 머물며 지은 글이 무척 많았노라(天池旁有道士廟, 餘爲題曰靈山寺, 住寺中三日, 作書甚多)」 하고 읊었다.

간쑤 문인은 중화민국 초기에 여전히 고체시를 위주로 창작하였다. 대표 시인에 안웨이쥔安維俊, 1854~1925, 류얼신劉爾炘, 1865~1931, 쥐궈구이巨國桂, 1850~1915, 치인제祁蔭傑, 1882~1945, 톈쥔펑田駿豐, 1878~1917, 쉬청야오許承堯, 1874~1946, 왕수중王樹中, 1868~1916, 장쑹링張松齡, 1937~, 런청윈任承允, 1864~1934, 양링샤오楊凌霄, 리스장李士璋, 리창린李長林, 양쥐촨楊巨川, 1873~1954 등이 있다. 그들이 창작한 문언 시와 사는 대부분 산수 전원시와 화답하여 서로 주고받은 시이며, 내용은 개인적인 정감을 토로하거나 시국의 변천을 안타까워한 것들이다.

중화민국 시기에 신장 문학은 군벌이 혼전하는 영향을 오랫동안 받았기 때문에, 경제 문화가 매우 뒤떨어졌고, 소수민족의 시와 민간의 설창문학說唱文學이 주도하였다. 그리하여 소설이나 산문 등 다른 신문학 장르는 거의 없었다. 그 이유는 우선 신장 지역에 오랜 역사를 지닌 시가 전통이 있었고, 『거싸얼格薩爾』, 『마나쓰瑪納斯』, 『장거얼江格爾』 등 신장 지역에 전해 내려온 민족 서사시가 있었기 때문이었다. 항일전쟁抗日戰爭[3] 시기에 신장은 후방에 속하였고, 마오둔, 자오단趙丹, 1915~1980, 두충위안杜重遠, 1898~1944 등 문화 인사들은 신장으로 갈 때, 신문학의 불씨를 가져갔으며, 신장 문학의 발전에 중요한 공헌을 하였다. 이 시기에 많은 소수민족 작가들이 배출되었다. 위구르 시인 리 무타리푸黎 · 穆塔里甫, 1922~1945, 작가 쭈눙 하디얼祖農 · 哈迪爾, 1911~1989과 카자흐 시인 탕자러커唐加勒克, 1903~1947 등은 많은 우수한 시와 소설을 창작하였고, 신장 현대 문학의 기초를 다졌다. 위구르 사람은 신장의 주요 소수민족으로서 발달한 문화를 지녔고, 9~13세기의 카라한 왕조Qara Khanid 시기의 뛰어난 시인 유세프 카스 하지브Yusuf Khass Hajib, 1019~1085의 『행복에 필요한 지식Qutadghu bilik』과 오랜 세월 전해진 영웅 서사시 『아이리푸와 싸이나이무艾里甫與賽乃姆』 등 작품을 보존하고 있었다. 시인 아부두하리커 웨이우얼Abduxaliq Uyghur, 1901~1933은 중국어 경전과 명저에 통달하였고, 위구르어와 중국어로 시 200여 편을 창작하였다. 「고달픈 시대痛苦的時代」, 「여름 밤夏夜」, 「분노와 아픈 소리憤怒與痛呼」 등은 그의 대

---

3 [옮긴이] 줄임말은 '항전'이고, 1931년 9월 18일의 9·18사변(九·一八事變)부터, 혹은 1937년 7월 7일의 77사변(七七事變)부터 1945년 9월 2일까지, '일본의 침략에 저항한 전쟁'이라는 의미의 중일전쟁이다.

표작이며, 뚜렷한 반항 의식과 계몽 정신을 담아냈다.

중화민국 시기에는 시베이 실크로드에서 민간 연극이 맹활약을 펼쳤다. 사람들은 많은 '계몽' 정신을 담은 연극 작품을 대량으로 창작하고 공연하였다. 시베이라는 상대적으로 폐쇄적인 지역의 입장에서, 연극의 혁신은 사람들의 지혜를 깨우치고 신사상을 전파하는 데 중요한 작용을 발휘하였다. 특히 산시의 이쑤서易俗社는 중화민국 시기에 산시에서 민주주의 사상을 지닌 많은 진보적인 문인이 설립한 진강秦腔극단이고, 전통극 교육과 공연을 현대화하는 데 이바지한 신식 예술단체이다. 이쑤서는 "사회교육을 보조하고 사람들의 지혜를 깨우치며 낡은 풍속을 고치는 것"을 취지로 삼은 단체였다. 이쑤서는 판쯔둥范紫東, 1878~1954, 쑨런위孫仁玉, 1872~1934, 리퉁쉬안李桐軒, 1860~1932, 가오페이즈高培支, 1881~1960, 뤼난중呂南仲, 1882~1927 등 많은 극작가를 배출하고, 〈피 세 방울三滴血〉, 〈아름다운 병풍軟玉屏〉, 〈세 번 돌아보다三回頭〉, 〈함 속의 인연櫃中緣〉, 〈금루를 빼앗다奪錦樓〉 등 우수한 극작을 창작하였다. 그럼으로써 연극 창작의 문화적 내용과 수준을 높여서 산시 지역의 연극 활동을 절정에 이르게 하고, 전통극의 개혁에 중요한 공헌을 하였다.

항일전쟁 시기에 간쑤에서도 연극운동이 활발하게 전개되었다. 이전 구극舊劇의 제재와 내용을 고쳐서, '연합극단聯合劇團', '집훈대극단集訓隊劇團', '시베이극단西北劇團' 등 항일을 홍보하는 지방극단을 설립하였다. 이 지역은 항일이란 시대적 필요에 따라서 극단을 중심으로 탄커坦克의 극본 〈아버지와 아들父子〉, 선웨이터沈維特의 〈여자 병사 마란女兵馬蘭〉 등 많은 우수한 극본이 창작되었고, 많은 감동적인 예술 형상도 창조해냈다. 그럼으로써 중국 사람들이 일제에 굳세게 항거하는 투쟁 정신을 널리 알렸다.

20세기 이래로 시베이 개발과 항전의 영향을 받아서, 많은 문인 단체는 시베이 지역으로 달려가 현지 토박이 문학의 발전에 박차를 가하였으며, 동시에 이 대지에 문학의 꽃을 활짝 피웠다. 특히 옌안 시기의 문학은 산시 문학의 발전을 이끌어냈고, 시베이 실크로드 지역에도 영향을 끼쳐서 실크로드 연도의 문화단체와 문학 활동을 모두 기대 이상의 수준으로 끌어올렸다. 이러한 문학적 성과는 현지 토박이 문화가 현대 문화, 혁명 문화와 서로 융합하고 교류하여 얻은 열매이다.

1949년 이후에, 당대 문학은 새로운 역사 시기로 들어서서 발전하였고, 실크로드 토박이 문학은 처음으로 급행 전용차선으로 들어서며, 당대 문학사에서 경전에 드는 작품이 많이 쏟아져 나왔다. 이때가 되어서야 토박이 작가는 차츰차츰 실크로드 문학의 주체이자 역군이 되었다. 중화인민공화국이 성립된 뒤에, 시베이 실크로드 지역의 경제와 문화는 매우 큰 발전을 보였다. 갖가지 문예 단체와 문예 간행물이 잇달아 성립되고 창간되었으며, 젊은 토박이 작가들은 창작의 주역이 되었다. 류칭의 『창업사』와 두펑청杜鵬程, 1921~1991의 『옌안을 보위하라保衛延安』는 '17년' 문학의 본보기 작품이 되었다. 왕원스王汶石, 1921~1999와 웨이강옌魏鋼焰, 1922~1995의 산문 창작도 당시에 커다란 영향을 끼쳤다. 특히 개혁개방 이후로 시베이 실크로드 문학은 눈부신 역사 시기를 맞이하였다. 루야오路遙, 1949~1992, 천중스陳忠實, 1942~2016, 자평와賈平凹, 1952~ 등으로 대표되는 문학의 '산시 문학 군단'이 평지돌출하듯 등장하였고, 신변새시파新邊塞詩派가 신장에서 부상하였다. 문학의 '간쑤 문학 군단隴軍'으로서 예저우葉舟, 1966~, 이저우弋舟, 1972~, 왕신쥔王新軍, 1971~, 마부성馬步升, 1963~, 옌잉슈嚴英秀, 1970~, 리쉐후이李學輝, 1966~, 쉐모雪漠, 1963~와 샹춘向春, 1963~ 등 '간쑤의 여덟 준마甘肅八駿'는 혜성처럼 나타났다. 또한 닝샤 문단의 '세 그루 나무三棵樹' 천지밍陳繼明, 1963~, 스수칭石舒淸, 1969~과 진어우金甌, 1970~ 등과 칭하이靑海의 시인 창야오昌耀, 1936~2000는 당

대시가시當代詩歌史에서 독보적인 존재였으며, 신장 작가 저우타오周濤, 1946~
의 산문 등이 선보였다. 이러한 작가와 작품은 실크로드 토박이 문학 창
작의 실적을 드러냈고, 중국 당대 문학사에서의 실크로드 문학의 위상과
가치를 높였다.

실크로드 문학은 당대 작가가 자각적으로 일궈낸 열매이다. 그들은 실
크로드 문화에 대하여 관념과 창작 면에서 내적 공감대를 표현해냈다. 산
시 작가 홍커紅柯, 1962~2018는 "실크로드 문학의 가객"으로 불렸다. 그는 관
중에서 톈산에 이르는 실크로드 옛길을 따라서 여러 차례 옮겨 다녔고,
신장에서 10년 동안 생활한 경험을 바탕으로 실크로드 문학의 뛰어난 전
달자가 되었다. 작가 양셴핑楊獻平, 1973~은 시베이와 오래된 육상 실크로드
문학의 전망과 표현에 대하여 홍커가 상세한 내용을 깊이 아는 작가라고
여겼다. 문학평론가 리징쩌李敬澤, 1964~는 "홍커가 관심을 기울이는 서역이
란 간단한 지역이 아니며, 그것은 중국의 정신문명의 통합과 관련된다"장
제(張傑), 2018 하고 말하였다. 홍커는 소설에서 실크로드 문화를 표현 대상으
로 삼았고, 중국 문화의 발전에 대한 그의 깊은 사색과도 융합하였다.

지리 면에서 톈산, 치롄산과 친링秦嶺이 한 줄기로 이어졌고, 관중평원도 고대
유목민족과 한족이 융합한 커다란 용광로입니다. 내가 재직하고 있는 산시사
범대학陝西師大學의 학자 왕다화王大華가 저술한 『부상과 쇠락崛起與衰落』은 기본
적으로 이민족의 큰 무리가 관중에 한번 들어오면, 그때마다 관중이 크게 흥성
하였다고 했습니다. 옛날에 산시 사람은 사막으로 나가는 전통을 갖고 있었습
니다. 장건이 서역을 뚫고, 소무蘇武, 기원전 140~60가 베이하이北海에서 양을 쳤으며,
현장이 지금의 인도인 서천西天으로 가서 불경을 구하였고, 반초는 더 말할 필
요도 없습니다.홍커, 양멍야오(楊夢瑤), 2014 : 97

홍커에게 있어서, 실크로드가 가져온 한족과 이민족 문화의 융합은 그의 가장 중요한 지식 배경이자 문화의 장이라고 할 수 있다. 신장에 대한 글쓰기가 바로 이러한 바탕 위에서 세워진 것이고, 이는 홍커가 다른 신장 글쓰기와 내적으로 구별되는 부분이다.

『실크로드絲綢之路』 잡지사의 사장이자 편집장이며, 간쑤 작가인 펑위레이는 여러 해 동안 실크로드 문화 연구와 글쓰기에 전념하며, 전통 문화를 쉬지 않고 탐색하는 창작의 길을 걷고 있다. 펑위레이는 대학 시절에 창작의 길로 들어서기 시작하였는데, 많은 독서를 한 뒤에, 그는 『5월의 장미五月的玫瑰』, 『들녘 나루터野渡』, 『붉은 비단 보자기紅紗巾』, 『기러기의 노래雁歌』 등 작품을 연달아 내놓았다. 이러한 초기 작품에서부터 실크로드 위를 걷고 있던 젊은 작가는 인생을 적극적으로 탐색하고 실크로드 인생을 표현하려는 추구를 구체화하여 드러냈다. 아직 창작 초년생인 작가로서 그는 제재와 격조 면에서 자신만의 예술적 스타일을 미처 형성하지 못하였지만, 깊어지는 실크로드 의식, 둔황 의식과 상응하는 창작 경험이 쌓이면서 실크로드 문학을 대표하는 작가의 한 사람으로서 기초를 차곡차곡 다졌다.

펑위레이가 창작의 첫걸음을 내딛은 단계는 마침 20세기 1980년대 말이었고, 서양의 모더니즘 문학사조가 폭풍우처럼 휘몰아치며 일어나던 시대였다. 모던 수법으로 전통 문화를 표현하는 밀란 쿤데라Milan Kundera, 1929~의 글쓰기 경험은 펑위레이의 창작에 많은 깨우침을 가져왔고, 그의 뒷날 창작에 영향을 끼치는 중요한 창작방법이 되었다. 1992년에서 1998년까지, 펑위레이는 간쑤 지역의 민속 문화와 불교문화 글쓰기에 전념하고, 중편소설 「성벽 오르기陟城」, 「예미촨野糜川」과 장편소설 『뱃가죽 북肚皮鼓』, 『검은 소나무 고개黑松嶺』, 『혈살血煞』 등을 창작하였다. 이러한 작품들은 대부분 간쑤 지역의 역사와 민속 문화에서 소재를 얻고, 전통을 어떻게 계승할 것인가 하는 탐색을 바탕으로 문화와 문학의 돌파와 혁신을 이루어냈다.

1998년에 창작한 『둔황 백년제』부터 펑위레이의 창작 시점은 토박이 문화에서 둔황문화로 바뀌었고, 둔황을 제재로 삼은 장편소설 세 편을 내리 창작하면서 차츰차츰 자신의 제재 특색과 '자신만의 글쓰기 격조'를 찾았다. 둔황은 고대 실크로드의 중심 지역이며, 중국과 외국의 문화교류의 핵심지대이자 많은 실크로드 문화를 담은 역사의 유물이다. 이 풍부한 문화적 보물자원을 어떻게 발굴하고 재창조할 것인지는 펑위레이가 이 단계에서 다룬 주요한 문학적 숙제였다. 『둔황 백년제』는 모가오굴의 도사 왕위안루王圓籙, 1849~1931가 장경동藏經洞을 발견하고, 또 서양의 탐험가가 보물을 도굴해간 역사적 사실에서 소재를 얻은 작품이다. 2006년의 『둔황, 육천 대지 아니면 더욱 먼 곳』에서 펑위레이는 둔황을 핵심으로 삼은 문화권 전체를 반영하였고, 둔황문화에 대한 작가의 자각적인 '다시 쓰기'와 창조를 구체화하였다. 2009년의 『둔황 유서』에서 그는 현대적인 수법을 활용하여 오렐 스타인이 서역을 네 차례 탐험한 이야기를 서술하고, 이 역사를 배경으로 둔황문화의 정신과 유럽 현대공업의 발전을 결합하면서 역사적 사건과 전통 문화에 새로운 생명과 활력을 불어넣었다. 2018년에 펑위레이는 실크로드 제재의 네 번째 장편소설 『아지랑이와 티끌野馬, 塵埃』을 출판하였다. 소설은 둔황 장경동과 투루판 등지에서 출토된 관련 문헌 자료에서 소재를 얻어서 안사의 난을 전후한 당나라를 역사적 배경으로 삼고, 칭짱고원靑藏高原, 서역 땅, 허시쩌우랑, 중원지역을 인물이 활약하는 역사적 공간으로 삼았으며, 실크로드 연도의 각 민족과 여러 계층 사람들의 운명과 생활을 펼쳐보였다.

실크로드는 문화 융합의 길이자 무역 발전의 길이며, 시간적 거리가 멀고, 언급한 범위가 넓으며, 관련된 주체가 많은 특징을 지녔기 때문에 문학 창작의 마르지 않는 원천입니다. 실크로드의 개통과 발전 과정에서 관련 맺은 많은 인물과 사건 내지는 갖가지 물품은 모두 문학 창작의 원형이 될 수 있습니다.평위레이, 펑야쏭(馮雅頌), 2018 : 192

실크로드 이야기에서 재료를 얻은 펑위레이의 둔황 서사는 실크로드 문학에 대한 창조적인 글쓰기에서 얻은 열매이다. 실크로드 문학에 대한 그의 전념과 공헌은 이미 당대 중국 실크로드 문학 가운데서 관심을 기울일 가치를 지닌 현상이 되었다. 그로부터 작가도 어느새 당대 중국 실크로드 문학의 상징성과 대표성을 지닌 작가가 되었다.

칭하이 시인 창야오는 1982년부터 붓대가 표현하는 공간을 칭하이 거친 들판의 유배지에서 창안에서 신장까지의 실크로드 옛길로 확장하였다. 그로부터 그는 묘사할 시간을 실크로드의 역사라는 빅 시공간으로 거슬러 올라갔고, 이 거시적인 시공간 배경에서 민족 전성기의 생명의 큰 기상과 정신적 격조를 드러냈다. 그는 「허시쩌우랑 고풍河西走廊古意」, 「둔황 명승지에서 낙타 방울 소리 들으며 당나라의 꿈을 찾는다在敦煌名勝地聽駝鈴尋唐夢」, 「탈속의 아름다움, 곽거병 무덤의 서한 옛 석각忘形之美－霍去病墓西漢古石刻」 등을 지었다. 그는 역사의 빛과 그림자 속에서, "내 생각엔 / 고거부高車部가 고비사막 북쪽에서 거친 땅 개간하러 서쪽으로 온 건 아직은 어제의 일 / 한나라 장군 반초와 서른여섯 관병의 구전도 / 여전히 도중 내내 떠도는 소문 / 하지만 여러분 후손이여! / 둔황군敦煌郡에 노래 바치는 기녀 손 돌려 비파를 타는 소리도 들었는가?", 또 "내가 누조嫘祖 부인의 반짝반짝 빛나는 직물을 기억하건대 / 알고 보니 우리 군방郡坊 역관을 지나서 쌍봉낙타를 드높이 타고, 외국 손님 / 북, 공후, 피리를 연주하며 비파를 안고 서역으로 멀리 떠났지" 하고 탄식하며 읊었다. 이러한 실크로드 정신에 몰입한 창작 과정에서 창야오는 영혼과 시가 가장 눈부시게 빛나는 시기를 만들어냈다.

당대 실크로드 문학은 중국 문학의 중요한 구성 부분으로서 옛 실크로드 문화와 문학의 전통을 계승하였다. 아울러 그것은 현대 문학의 구축에 시종 호응하고 참여하였으며, 실크로드 지역의 전통 문화와 현대 문화의 충돌, 그리고 이러한 배척과 충돌이 지역 사람들에게 가져다준 감정과 정신면의 분열과 진통을 진실하게 재현하였다. 중국과 서양 사이에 교통의 요충지로서의 실크로드 옛길의 역사적 위상은 실크로드 문학을 필연적으로 문화교류의 산물이 되도록 결정하였다. 그것은 이제껏 단일하거나 정태적이지 않았으며, 오히려 중원 문화와 서역 문화 사이에서 충돌과 배척, 그리고 이로부터 가져온 새로운 변화를 융합해왔다. 길고긴 역사의 발전 과정에서 형성한 이러한 실크로드 문학과 전통은 우리가 현실을 인식하는 사유의 지향과 정감의 방향에 깊이 영향을 끼치기도 하고 제한하기도 하였다. 마찬가지로 두 가지 이질문화가 교류하는 상황에서 생겨난 문학 장르로서 고대 실크로드 문학은 막강한 국력에 힘입어 자신감 넘치고 열린 정신적 격조를 지니며, 서역 문화의 신비함과 독특함을 발견하고 찬미하며, 변새의 전쟁 과정에서 웅대한 열정을 불러일으키기도 하였다. 청나라 시대의 귀양살이 시가라고 하여도 적극적이고 달관적인 기백으로 가득 찼다.

현대 실크로드 문학은 중국 전통 문화가 서양 강세 문화의 충격과 맞닥뜨린 과정에서 등장하게 되었고, 그 가운데 충돌과 탈바꿈은 유달리 어려움과 복잡함을 드러냈다. 전통과 현대 문화의 운명에 대한 사색은 현대 실크로드 작가라면 누구에게나 중요한 문학적 숙제이다. 닝샤 작가 궈원 빈郭文斌, 1966~의 창작은 현대 사회의 사상 관념과 윤리도덕 방면에서 질병 과 마주하여 전통 문화에 대해 동일시하고 회귀하는 경향을 구체화하였 다. 궈원빈은 실크로드 전통 문화의 사상적 자원으로 되돌아가서 "전통이 제공한 세계관 속에서라야 사람들은 안정감과 안전감을 느낄 것"왕리신(王立 新), 왕쉬펑(王旭峰), 2007 : 74이라고 생각하였으며, 그로부터 사람과 사회 사이의 관계를 조율하였다.

2. 천중스 관중 문화의 체현자

2016년 봄에서 여름으로 바뀔 즈음에 산시 관중 바이루위안白鹿原의 사 나이 천중스陳忠實, 1942~2016는 그의 불후의 문학 대작 『바이루위안白鹿原』을 남긴 뒤에 작품을 뜨겁게 사랑하는 독자들과 영원히 이별하였다. 그 천중 스가 학을 타고 서쪽으로 날아가자세상을 떠난다는 중국식 표현 세상이 온통 탄식 에 잠긴 듯 하였고, 중국 각계 인사들은 소식을 듣고 줄줄이 화환을 보냈 으며, 매체마다 나름의 방식으로 관련 소식을 전하면서 말할 길 없는 슬 픈 마음을 표현하였다. 그러한 화환에 관례대로 모두 애도 대련이 묶여 있고, 또 붓으로 쓴 천중스를 추모하는 구절들이 임시로 쳐놓은 밧줄에 주렁주렁 걸려 있었다. 그 가운데 산시사범대학 교수 리전李震, 1963~이 지 은 대련도 있다.

온몸의 정기 두 소매 맑은 바람 일으키며 바이루위안에서 춘추를 지으시다
백년의 저술 만세에 길이길이 이어질 이름 문학사에 혼을 부어넣으시다.

또 저자와 벗들이 연명으로 지은 대련도 있다.

관중 사나이 중스가 길이 빛날 노래를 하니 귀를 기울이소
바이루위안 자쉬안嘉軒이 진강 소리 뽑으니 즐겁게 들어보소.

이 대련 두 폭은 저자가 현장에서 붓을 휘둘러 써서 애도의 뜻을 표현한 것이다. 이어서 조문하러 온 다른 사람들의 요청에 응하여 저자는 한 시간 여 동안 애도 대련을 썼다. 그래서 저자는 줄지어 조문하러 온 많은 독자의 천중스에 대한 추모의 정을 현장에서 직접 느꼈고, 문학과 평생 인연을 맺고 서예를 사랑한 천중스가 사후에도 여전히 문학과 서예와 이렇듯 애틋하면서도 끊을 수 없는 관련을 맺고 있음을 보았다.

1) 천중스는 부지런하고도 우수한 작가

작가는 글쓰기를 주요 작업 방식으로 삼는 노동자이다. '손으로 쓰기'는 천중스가 가장 잘하는 문화 창조의 한 방식이다. 그래서 그는 우리에게 많은 심혈을 기울여 창작한 소설과 산문을 남겼고, 소중한 관중 문화關中文化와 인생에 관하여 쓴 친필 원고도 많이 남겼다. 천중스는 한평생 글을 지었다. 그는 많은 소설을 창작하였고, 가장 이름난 장편소설『바이루위안』외에도 중편소설「캉씨네 작은 마당康家小院」,「초여름初夏」,「넷째 여동생四妹子」과「푸른 두루마기 선생藍袍先生」등이 있다. 또 단편소설집『시골 마을鄕村』과『오래된 백양나무 뒤로 가다到老白楊樹背後去』, 문학평론집『창작 체험 이야기創作感受談』와 산문집『생명의 비生命之雨』,『안녕, 비둘기告別白鴿』,『집안의 혈통家之脈』,『들판의 나날原下的日子』등, 그리고 르포『웨이베이고원, 어떤 사람에 관한 기억渭北高原, 關於一個人的記憶』등을 남겼다. 불완

전한 통계에 의하면, 지금까지 출판한 각 장르의 천중스 작품집은 이미 100종에 이른다고 한다. 그는 『천중스문집陳忠實文集』도 세상에 남겼다.

그의 대표작 『바이루위안』은 중국 대륙에서 가장 훌륭한 장편소설의 하나로 공인되었고, 노벨문학상 수상 작품과도 늘 비교되고 있다. 어떤 이는 중국 당대 문학에 '절정'이 있다면 이 절정은 관중의 '바이루위안'에 있다고 분명하게 말하였다. 이는 중국 당대 문학이 쓰레기독일 한학자 쿠빈의 비판적 견해라는 주장에 대하여 반박한 것임을 의심할 바 없다. 『바이루위안』은 1998년에 중국 문학 최고상인 '마오둔문학상茅盾文學獎'을 수상하였고, 널리 독자의 사랑을 받았으며, 교육부가 '대학생 필독서'에 넣었다. 이 책의 발행 부수는 이미 260만 권을 돌파하였다. 소설은 또 진강, 연극, 영화, 텔레비전 드라마, 무용극, 연환화, 조각 등 다양한 예술 형식으로 각색되었다. 천중스의 많은 작품은 또 영어, 러시아어, 일어, 한국어, 베트남어, 몽골어 등 여러 언어로 번역 출판되었다.

여기서 특별히 강조하고 싶은 것은 천중스의 친필 원고이다. 매체의 보도에 따르면, 산시에 이름난 작가가 많이 있고, 소중한 친필 원고도 많이 있다. 이러한 작가들은 대부분 친필 원고를 '피붙이'로 여기기 때문에, 남에게 넘기거나 돈을 받고 파는 경우가 매우 드물다. 작가 천중스는 예전에 기자에게, "옛날에는 인쇄 장비가 없었고, 신문과 잡지에 투고하면, 돌려주지 않아서 우리도 갖고 있지 않았고, 원고를 소장해야 한다는 생각도 못 하였다. 나중에 복사기 기술이 생겨서, 우리가 비로소 초고를 남기고 상대방에게는 복사 원고를 보내게 되었다"즈인(職茵), 2016.4.29 하고 말해주었다. 바로 이렇게 하여서 그의 친필 원고는 많이 보존되었다. 특히 『바이루위안』의 친필 원고는 잘 보존되어 있고, '천중스문학관陳忠實文學館'에 진열하여 대중에게도 공개하고 있다. 당시 『바이루위안』이 출판된 뒤에 널리 사랑을 받아서 작가에게 성공의 기쁨을 안긴 것은 물론이거니와 그의 초판 친필 원고도 소장가의 눈에 들어서 거액을 내고 소장하고 싶었지만, 천중스는 에둘러 거절하였다.

『바이루위안』 출판 20주년 즈음에 인민문학출판사人民文學出版社는 한정 영인본 『바이루위안』 친필 원고 전4권 선장본을 출판하였는데, 이것도 매우 귀하다. 천중스는 그 선장본 「후기後記」에서 특별히, "이 친필 원고가 『바이루위안』의 유일한 공식 원고"라고도 언급하였다. 이 판본은 작가가 부지런히 수고로 써낸 텍스트로서 문학 텍스트의 초기 형태를 지니며, 서예 텍스트의 기본 모습도 갖추고 있어서 다중적인 문화적 기능을 하는 '복합 텍스트'라고 말할 수 있다. 때문에 세상 사람들의 중시를 받고 연구할 만한 가치가 있다. 물론 가장 소중히 여길 것은 세간에서 유일한 『바이루위안』 원고이다. 그것은 시안쓰위안대학西安思源學院 캠퍼스 안에 자리한 '천중스문학관'에 조용히 누워 있고, 그 문학관의 '소장품 가운데 가장 귀한 보물'이 되었다. 그 문학관에는 천중스의 각 시기의 일부 친필 원고도 소장되어 있다. 아마추어 서예 애호가들이 베껴 쓴 『바이루위안』보도에 의하면 두 종류가 있다고 함도 수집하여 함께 전시할 수 있으면 틀림없이 독특한 서예 문화의 한 풍경이 될 것이다.

천중스는 사람됨이 도량이 넓어서 인품과 예술이 함께 그윽한 향기를 내뿜었다고 말할 수 있다. 그는 늘 정성껏 쓴 서예 작품을 무료로 다른 사람이나 단체에 기념으로 보내주었고, 지방 도서관에 친필 원고도 기증하였다. '이름난 사람의 글씨가 오름세'건 아니건 간에 기꺼이 베풀어준 행위에 대하여 그가 사망한 뒤에도 여전히 사람들은 미담으로 전하고 있다. 그는 손수 자신의 책에 제목을 썼지만, 새로운 벗이든 오래된 벗이든 즐겁게 책의 이름을 써주거나 기념을 위해서 글씨를 남기기도 했다. 그는 언제나 자신이 쓴 것이 붓으로 쓴 글자일 뿐이지 서예가 아니라고 겸손하게 말하였다. 하지만 그가 붓으로 쓴 글자는 확실히 '문인의 서예' 수준에 도달하였다. 그는 그와 같은 넉넉함과 소박함, 자연스러운 풍모를 풍기면서, 외유내강한 가운데 두텁고 맑은 기질을 내뿜었다. 그러므로 독자에게 깊은 인상을 남겼고, 그것들을 모아 엮어서 출판할 만한 가치가 있었다.

작가나 문인이 붓으로 쓴 글쓰기 체험과 느낌에 대해서도 그는 매우 참되었고 아울러 깨우침을 주었다. 그는 시를 지어 "붓을 씻고 먹을 갈면서 몸과 마음을 편안하게 하며 / 글자의 형태를 생각하면서 정신과 마음을 가다듬고 모아서 / 붓에 정신을 싣고 손에 기운을 담아 글자를 써내면 / 훌륭한 작품은 마음과 눈을 끝없이 즐겁게 한다"[4] 하고, 문인들은 "왼손에 컴퓨터를 들고 창작하면서, 오른손으로 붓을 들고 중국의 문화를 계승해야 한다. 이는 현대와 전통을 가장 직접적으로 결합한 것이고 지금의 새로운 풍경의 하나이다. 그것은 문인 서화文人書畫에 대하여 새로이 탐색하고 문인 서화의 번영도 촉진하였다" 하고 말하였다. 그가 제창하여 설립한 바이루서원白鹿書院에서 전국문인서화전람회와 세미나도 주최하였고, 그 성대한 광경은 지금까지도 눈에 선하다.

천중스가 병에 걸린 2015년에, 저자는 시안시에서 현직에 있는 우이친吳義勤, 1968~과 함께 병문안을 갔을 때, 가운데 대청에 서예 "필묵으로 하늘과 땅을 놀라게 하고 / 서사시로 옛날과 오늘을 소통하게 하다翰墨驚天地, 史詩通古今" 한 폭을 걸어서 경의를 표하였다. 저자는 이 말도 저자를 포함한 많은 독자의 마음속 소리를 드러내 주었을 것이라고 생각한다. 천중

---

4   [옮긴이] 자오강(趙剛), 「천중스 선생의 두 가지 일을 추억하며(憶陳忠實先生二則)」 (『중국예술보(中國藝術報)』, 8면, 2017.4.17) 등 참고.

스는 이제 세상을 떠났지만, 그는 내내 그의 불후의 글 속에서 살아 있고, 그가 쓴 필묵 속에서도 살아 있고, 그를 그리워하고 연구하는 사람들이 남긴 온갖 텍스트와 글씨 속에서도 살아 있다! 천중스는 당대 뛰어난 문인이 추구하는 사람 세우기立人, 가정 세우기立家, 형상 세우기立象라는 인생의 "새로 세 가지 세우기新三立" 경계를 진정으로 이룩하였기 때문이다.

2) 『바이루위안』은 관중 문화를 쓴 경전 텍스트

산시와 창안시안을 말해보자. 세상 사람은 모두 이곳이 진정으로 문화의 옥토라는 걸 안다. 2015년에 저자는 집필에 참여한 「문화 산시 선언文化陝西宣言」에서 이렇게 소개하였다.

중화민족과 화하문명의 중요한 발상지의 한 지역으로서, 산시 문화의 축적은 매우 뿌리가 깊고 란톈원인藍田猿人과 반포유적半坡遺址이 남긴 선사시대 문화 기억을 지녔다. 아울러 아득한 옛날 신화와 염황炎黃 전설이 심은 화하민족의 근원, 주공이 예禮와 악樂을 지어 기초를 놓은 중화 예악 문명, 진나라와 한나라 제국이 세운 중화민족의 정치 제도의 기본 틀, 그리고 한나라와 당나라 태평성세에 창조한 세계를 이끌어 눈부시게 빛낸 문화사, 실크로드의 개척과 민족 문화 상호 교류와 거울삼기의 문명사, 그리고 옌안을 중심으로 고군분투하고 중국 사람의 해방을 추구한 혁명사 등도 지녔다. 산시의 문화자원이 중화문명에 흘러 들어갔고, 세계문명도 윤택해졌다. 산시의 문화적 우세는 중화 문화의 꼭대기에 우뚝 서 있을 뿐 아니라 세계문화의 숲에서도 우뚝 솟아 있다. 산시의 정신 문화는 중화 문화의 앞으로 나아가는 발걸음을 이끌고, 세계문명의 쉬지 않는 발전에도 박차를 가하고 있다. 중화민족의 부흥이라는 중국의 꿈을 실현하는 오늘날, 산시 문화는 마땅히 문화적 긍지를 지닌 선행자이자 인솔자이자 본보기가 되어야 한다. 이것은 역사적 책임이고, 시대의 엄중한 당부이기도 하며 더욱이는 문화의 임무이다.

이 선언이 제안한 내용은, 첫째, '관학關學'이란 관중 학문의 정신을 힘써 발휘하는 것이다.[5] 우리는 '관학'에서 '부유한 산시, 조화로운 산시, 아름다운 산시'를 건설할 문화적 동력과 지적인 지탱점을 깊이 있게 발굴할 것을 제기하였다. 아울러 우리는 장재張栽, 1020~1077가『횡거어록橫渠語錄』에서 말한 "온 하늘과 땅을 위하여 마음을 바로 세우고, 살아 있는 백성을 위하여 도道를 세우며, 옛 성인을 위하여 끊어진 학문을 잇고, 후세를 위하여 태평한 세상을 연다"라는 '네 가지 위하여四爲' 정신으로 산시 문화의 위풍을 다시금 떨쳐 일어나게 하고, 한나라와 당나라 문화의 기상을 재현하며, '문화 산시'가 중화 문화의 긍지를 다시 일으키는 깃발을 들 것을 제기하였다. 둘째, 우수한 전통 문화의 정화를 적극적으로 섭취하는 것이다. 우리는 자각, 자신, 자성의 태도를 지니고, 더욱 높이 우러러보고 더욱 깊이 파고들어 전통 문화를 전면적이고 객관적으로 조명하며, 전통 문화의 창조적 변화와 발전에 박차를 가해야 한다. 아울러 우리는 현실에 발붙이고 미래를 향하여 옛것을 오늘의 현실에 맞게 받아들이고 옛것으로 오늘을 보며, 생기 넘치게 매력을 사방으로 내뿜는 현대 '문화 산시'를 창조하도록 노력해야 한다.

산시 문화의 판도에서 관중 문화는 중대한 영향을 끼친 문화적 위상을 지니고 있다. 어떤 이가 산시를 커다란 배추에 비유하였는데, 그렇다면 관중은 배춧속이다. 천중스가 태어나고 자란 바이루위안이야말로 배춧

---

5   [옮긴이] 북송(北宋) 시대에 장재를 중심으로 한 학파이며, 산시 관중(關中)을 중심으로 활동하였기 때문에, 관학이라 불리게 되었다.

속의 정화가 깃든 곳이다. 바이루위안은 옛 도읍 시안시 동남쪽에 자리하고, 동쪽으로 쿠이산舅山에 기대 있고 남쪽으로 탕위湯浴와 접하며 북쪽으로 바허灞河와 이어져서 삼면이 강물로 에워싸여 있다. 그곳이 억만년 세월에 걸쳐서 만들어진 남북을 잇는 황토 고원이다. 이곳은 뛰어난 인물이 많이 배출되어 이름난 고장으로서, 그런 이야기가 아주 많으며, 문화적 분위기가 예로부터 짙다. 이 고장의 뿌리 깊은 황토문화는 이름난 작가 천중스를 키워냈고, 그의 장편소설『바이루위안』도 바이루위안의 명성을 확대하였으며, 관중 문화를 알리는 명함 한 장이 되었다. 바꾸어 말하면 『바이루위안』이란 우뚝 솟아서 웅장한 기세를 드러낸 민족 서사시 한 편이 바이루위안문화를 알리는 명함을 찍어낸 것이다.

산시성에서 최근 30년 동안 가장 영향력을 지닌 10대 명사를 선정하였고, 천중스는 그 가운데 한 사람이다. 그의 역작『바이루위안』은 관중 웨이허평원渭河平原에서 근현대 50년 동안에 일어난 변천을 드러낸 웅장하고 낭만적인 서사시 한 편이자 중국 농촌의 다채롭고 파란만장하며 가슴 뭉클하게 하는 긴 두루마리 그림 한 폭이다. 이 장편소설은 바이자쉬안白嘉軒, 루쯔린鹿子霖, 루싼鹿三, 주 어른朱先生 등 역사 문화적 내용을 깊이 갖춘 전형적인 인물들을 창조해냈고, 헤이와黑娃, 바이샤오원白孝文, 톈샤오어田小娥, 루자오펑鹿兆鵬, 루자오하이鹿兆海, 바이링白靈 등 젊은 세대의 성격이 각기 다르고 저마다 추구가 다르며, 시대성을 매우 지니는 인물 형상도 성공적으로 빚어냈다.

고대에 천자의 발밑으로 불린 관중 내지에 사는 백성은 예로부터 소박하고 우아한 생활 풍습과 두텁고 꾸밈없고 진실한 민속과 습관을 형성하였다. 선진 시기에 인륜과 예의를 제창한 유가 경전『의례儀禮』와『예기禮記』는 뒷날 송나라 시대부터 유가의 영향을 깊이 받아서 세운 정주이학程

朱理學의 관중학파關中學派로 성장하였다. 『바이루위안』에서 "예의로 백성을 가르치고 바름으로 세상 기풍을 세운다" 하는 무거운 짐을 어깨에 짊어진 사람은 바로 바이자쉬안이 입에 달고 사는 '성인' 주 어른이다. 양귀비 싹을 조사하여 아편을 금지하고, 『향약鄕約』을 기초하였으며, 생명의 위험을 무릅쓰고 팡 순무方巡撫를 타이른 일부터 바이루서원 설립, 현지縣誌 편찬까지, 더 뒤에는 홍위병紅衛兵이 관을 둔 무덤을 파헤칠 때, "언젠가는 소란이 그친다" 하는 예언까지, 소설에 필요한 허구적 묘사 이외에, 주 어른의 원형 인물인 뉴자오롄牛兆濂, 1867~1937은 바로 관중학파의 마지막 후계자의 한 사람이다. 그는 관중학파의 창시자 장재의 '네 가지 위하여' 학설의 높고 심오한 포부를 계승하였고, 여르씨 형제가 지은, 민중에게 어떻게 인격을 수양하는지를 규범하고 가르치는 중국 최초의 저작 『향약』[6]을 해설하고 또 연역하였다. 동시에 그는 예속 규범을 창제하여 관중 땅에 전파하였고, 이로부터 관중 백성의 풍속에 유가의 정통 도덕 사상이 깊은 영향을 끼치게 하였다.

이러한 영향은 역사의 시공을 관통할 수 있다. 전란, 이동과 민족의 융합을 거친 관중 지역은 역사적 조건의 영향을 받아서 독특한 전통 습관과 지역 특색을 형성하였고 유가 문화의 내적 정신이 스며들었다.

첫째, 가장 대표성을 지닌 지역 풍속은 혼례, 상례, 딸 시집보내기와 신부 맞이하기 등이다. 관중 지역의 혼례 의식은 대대로 변화를 거쳤지만, 대부분은 기본적으로 '육례六禮'의 순서인 납채納采, 문명問名, 납길納吉, 납징

6　[옮긴이] 북송(北宋) 학자 여대균(呂大鈞, 1029~1080)과 여대림(呂大臨, 1042~1090) 등 여러 형제가 신종(神宗, 1048~1085, 재위 1067~1085) 희녕(熙寧) 9년인 1076년에 제정한 『여씨향약(呂氏鄕約)』을 말한다. 원래 이름은 『란톈공약(藍田公約)』이었다.

納徵, 청기請期, 친영親迎 등 여섯 가지 예절을 따랐다.[7] 『바이루위안』의 바이자쉬안과 루쯔린이 서로 중매인을 통하여 렁 어른冷先生의 두 딸과 혼약을 맺고, 렁 어른은 딸을 시집보내기 전에 몰래 두 사람의 팔자에 따라 손가락을 꼽아 헤아리며 서로 궁합이 맞는지 아닌지를 살펴보았다. 바이자쉬안은 셴차오仙草를 아내로 맞이하여 돌아갈 때, 납채 예물을 아버지 빙더秉德 노인이 반평생 모은 돈으로 장만하였다. 루자오펑과 바이샤오원은 결혼할 때에 저마다 사당에 들어가서 조상에게 절을 하였다. 이러한 복잡한 예의 절차의 배후에는 노인 세대의 예의 격식 풍속과 전통 문화가 얽혀 있다.

둘째, 백성은 먹는 것을 하늘로 여긴다. 관중의 독특한 맛을 지닌 먹을거리가 『바이루위안』의 각 부분에 교묘하게 삽입되었다. 마쥐馬駒[8]와 뤄쥐驢駒[9]가 즐겨 먹는 관관찐빵, 루자오펑이 헤이와에게 준 수정떡, 헤이와가 궈郭 거인 집에서 일할 때 먹은 비빔국수 량피涼皮, 루쯔린이 쑨孫씨네 메이메이美美로 가서 즐겨 먹는 양 고깃국, 그리고 해방군이 시안에 주둔하러 들어왔을 때 가져온 밀떡 등이다. 작품은 지역 음식문화와 특색을 전시하는 동시에 관중 사람의 슬기와 잰 손 솜씨를 드러냈다. 땅은 사람을 기른다. 그들은 관중 땅에서 풍부하게 생산되는 밀로 맛있고 풍성한 먹을거리와 음식을 만들어냈고, 대대로 황토고원에서 사는 관중 백성을 길러냈다.

---

7 [옮긴이] 납채는 신랑 쪽에서 신부의 집으로 신랑의 사주단자를 보내는 절차이다. 문명은 신부의 출생연월일을 묻거나 신부 어머니의 성씨를 묻는 절차이다. 납길은 신랑될 사람의 사당에서 점친 뒤 길조를 얻어 신부의 집에 통지하여 혼사를 정하는 절차이다. 납징 혹은 납폐(納幣)란 혼인을 정한 증명의 예물을 신부의 집에 보내는 절차이다. 청기란 신랑 집에서 혼례 날짜를 정하여 신부의 집에 지장 여부를 묻는 절차이다. 친영은 신랑이 신부의 집으로 가서 아내를 맞이하는 절차이다.

8 [옮긴이] '망아지'이고, 바이샤오원의 아명이다.

9 [옮긴이] '노새새끼'이고, 바이샤오우(白孝武)의 아명이다.

셋째, 소일거리 오락은 사람들이 살아가는 데 중요한 것이고, 관중 농촌의 지역 특색과 풍속은 이러한 일상 오락거리에서 엿볼 수 있다. 『바이루위안』에서 언급한 '난탄 창唱亂彈'은 관중에서 흔히 보이는 오락 형식이고, 통속적으로 진강 뽑기吼秦腔라고 하는데, 작품 속에서, 루싼이 소와 말에게 꼴을 줄 때, 바이자쉬안의 부추김을 받아서, 구유 옆구리를 두드리면서 한 곡조 뽑았다고 묘사하였다. 그리하여 〈군영에서 아들을 베다轅門斬子〉에서 〈가마를 떠나別窯〉까지, 또 〈도망逃國〉에 이르기까지 곡조는 격하고 구슬프며 높은 가락이 울려 퍼졌다. 800리 친촨秦川이 굽이굽이 흘러가고 3,000만 아들딸은 진강 소리 뽑으면서, 산시 사람의 정직함과 솔직함, 뜨거운 정, 시원시원하고 거친 성격을 이 노랫가락에 실어서 구절구절 남김없이 모두 표현하였다.

마지막으로, 중국은 예로부터 예의의 나라이다. 관중은 도읍지가 된 고장이므로 자연히 '임금은 임금답고 신하는 신하답고 아비는 아비답고 아들은 아들다워야 한다' 하는 전통 도덕의 가르침을 받들어 모셔왔다. 그리하여 조상을 받들고 신을 공경하는 것은 중국 전통의 민간 신앙이 되었다. 갖가지 민간 신앙과 관련한 활동에 대해서도 『바이루위안』은 상당히 본보기적인 꼼꼼한 묘사를 담았다.

학자들이 서사시나 민족의 이면사로 칭송하는 『바이루위안』은 사상과 풍습 등 방면에서 독자 앞에 풍부하고 다채로운 관중 문화 풍속화 한 폭을 펼쳐보여 주었다. 『바이루위안』은 생생하고 복잡하면서 형형색색인 관중 문화에 대하여 상당히 현장감 넘치는 묘사를 성공적으로 담아냈다. 시안을 이해하고 싶고 중국을 이해하고 싶으면, 『바이루위안』을 꼼꼼히 읽어보시라고 말할 수 있다. 관중 문화의 모습을 이해하는데 가장 빠르고 효과적인 길은 바로 그것이기 때문이다. 예전에 어떤 이가 바이루위안에 세계에서 가장 높은 '바이루탑'을 세울 것을 제안하였는데, 이것은 몽상일 수도 있다. 사실 독자의 마음속에서 천중스의 『바이루위안』은 바이루위안에서 탄생한 구름까지 높이 솟은, 길이길이 이어질 문화의 위대한 탑이리라!

'관중'으로 들어가면 안정을 바라고, '산베이陝北'로 들어가면 혁명하고 싶어진다는 말은 깊이 새겨볼만 하다. 이러한 역사 문화적 현상에서 세상 사람은 '시안'이 '옌안'과는 다른 지역임을 어느새 알게 되었다. 산베이 토굴에서 흘린 피눈물은 반란을 일으킬 불씨를 가장 쉽게 키운다. 관중의 가옥에 사는 마음이라야 유학의 뿌리가 가장 쉽게 내리게 된다. 세상에 뛰어들어 세상을 구하는 인문 정신과 "하늘과 사람의 관계를 궁구하고 오늘과 옛날의 변화를 관통해 본다"[10] 하는 훌륭한 사관의 필묵과 그런 위기감에 영향을 받은 작가의 감성 등은 모두 관중 작가의 작품 속에서 쉽게 찾아볼 수 있다.

사마천과 같은 고향 출신인 두펑청은 마찬가지로 훌륭한 사관의 필묵으로 전쟁의 혼란을 써냈다. 붓대를 무기로 삼아서 끓어오르는 울분을 책으로 쏟發憤著書 그의 정신은 고향의 옛 선비를 뒤따른 맛도 담겨 있다. 그의 『옌안을 지키자』라는 비교적 높은 성취를 지닌 전쟁 서사시를 읽으면, 그리고 그의 『평화로운 날들在和平的日子裏』 같이 창업과 직무에 전념하는 건투 정신을 찬미한 작품을 읽으면, 모두 유가 문화의 우수한 전통과 이러한 전통이 혁명의 이름 아래서 계승되고 전환된 점을 사람들은 쉽게 떠올릴 것이다. 특히 천중스인데, 그는 일찍이 관중 문화에서 깊은 영향을 받았고, 뒷날 그 자신이 관중 문화關學에 대한 그의 뒷날의 추적은 그를

---

10   [옮긴이] "究天人之際, 通古今之變"은 사마천이 벗 임안(任安)에게 보낸 편지에서 『사기』를 저술한 것에 대해 요약한 말이다.

전형적인 선비의 풍모와 도량을 지닌 당대 작가가 되었다. 하염없는 위기감에 젖은 그의 작가적 감성은 중국 혁명 역사와 전통 문화에 대한 그의 깊은 반성으로 표현되었다. 바꾸어 말하면, 천중스는 처음에 아동과 소년 시대에 바이루위안白鹿塬[11]과 그 주변 관중 문화의 양분을 받아들였고, 어른이 된 뒤로 특히 『바이루위안』 창작을 준비할 때, 그는 최대한도의 열정으로 관중 문화를 발굴하였다. 그는 많은 지방지와 서적을 조사하고 열람하고, 민간에서 폭넓은 민요를 수집하였으며, 자신의 관찰과 체험과 결합하여 대량의 재료를 기록하여 두었고, 그로부터 일반 역사 교과서와는 비교적 다른 풍부하면서도 진실한 것을 획득하였다. 그럼으로써 그는 역사의 진실로 회귀하고 관념의 독단을 뛰어넘는 길을 찾았다.[12]

『바이루위안』의 창작은 천중스가 1980년대 후기부터 준비하기 시작하였고, 여러 해 동안의 부지런한 노력을 거쳐서 1990년대 전기에 완성하였다. 그는 분명히 역사의 깊은 뜻을 찾으려고 하였으며, 진정으로 그 자신의 이름처럼 '충실하게' 역사 자체의 풍부함과 복잡함을 그러모았고, 동시에 역사를 반성하는 분명한 시대정신을 주입하였다. 여기에도 상당한 기백과 용기는 필요하다. 그는 처음에는 '옛 언덕古原'이란 이름으로 이 작품을 명명하고 싶었다.천중스, 1993 : 7 그의 날카로운 안목은 그가 전통적

---

11 위안(塬), 『사해(辭海)』의 해석에 따르면, 중국 시베이 지역의 지형이며, 주변이 강물로 단절되고, 꼭대기 쪽이 드넓으며 지표는 평탄하다. 표면에 강물이 흐른 침식 흔적이 있지만 여전히 원시 퇴적의 평탄한 면의 형태를 유지하고 있는 양질의 경작 지역이다. 그래서 '塬'과 '原'은 다르다. 지명으로는 '白鹿塬'이라고 해야 하는데, '塬'자가 낯선 글자이므로 아는 사람이 드물어서 '白鹿原'으로 통용된 것이다.

12 천중스의 「무거운 티끌(沈重之塵)」, 「정조대와 콜로세움(貞節帶與鬪獸場)」, 「내가 관중 사람을 말하면(我說關中人)」과 『『바이루위안』에 관하여 리싱과 대화(關於『白鹿原』與李星的對話)」 등 글을 상세 참고, 모두 『천중스문집(陳忠實文集)』 5 참고, 태백문예출판사(太白文藝出版社), 1996년판.

의미에서의 규범적인 서사시 한 편을 창작하려는 게 아니라 짙은 문화적 색채와 비판적 의미를 지닌 서사시의 변체를 구축하려고 하는 것임을 나타냈다.

어떤 논자는 분명하게, "『바이루위안』은 새로운 의미를 풍부하게 지닌 서사시"라고 제기하였다. 그것의 '새로운 의미'는 다음에 있다. 첫째, 작자의 시점이 높고 심오하며, 옛날과 오늘의 변화를 관통하는 '시인의 눈'으로 청나라 말기에서 20세기 중엽까지의 복잡한 역사를 조명하였다. 그는 더욱 진실한 층위에서 역사와 삶의 본래 모습을 드러내고, 인물의 슬픔, 기쁨, 만남, 헤어짐과 삶과 죽음의 부침을 서술하였으며, 중국 역사의 영구성을 지니는 본질을 드러내고, 중국 민족의 '이면사' 한 편을 이루어내기 위하여 노력하였다. 둘째, 『바이루위안』은 이전의 서사시적인 작품처럼 비교적 단일하게 사람의 이성적인 행위를 묘사하는 것을 답습하지 않았다. 사람의 비이성적인 세계와 역사와 인생에 대한 그것의 커다란 영향 속으로 깊숙이 파고 들어갔으며, 인간성과 역사의 복잡성을 드러냈다. 셋째, 작가는 순박한 마음으로 민족의 고난을 찬찬히 살펴보며, 반성 정신으로 비극적인 민족의 역사를 바로 보고, 동정과 반성 속에서 전통적 감성과 현대적 감성을 결합하였다. 그리고 그것을 빌려서 중국 역사의 본질을 드러내고 민족 구원의 길을 찾았다. 리젠쥔(李建軍), 1993 : 34~35

여기 『바이루위안』의 새로운 변화라는 의미를 띠는 서사시성에 대한 깊은 이해는 확실히 서사시 작품이 절대 하나의 패턴만 있는 건 아님을 설명할 수 있다. 천중스가 소설의 구조, 심리 묘사, 세부 부각과 언어 활용 면에서의 예술적 창조를 포함하여, "서사시"를 다시금 구축하는 데 노력하였다고 하여도, 그는 확실히 태사공 사마천의 "믿을 수 있는 역사 쓰기" 정신을 계승하고 있다. 그는 역사, 문화, 인생 앞에서 모두 그 자신의 이름과 같은 '충실함'을 굳세게 지켰다! 이는 태사공 사마천과 마음과 영혼이 서로 통하는 점이다. 송나라 사람 황진黃震, 1213~1280은 사마천의 "믿을 수 있는 기록" 정신을 평가하여 말할 때, "지금 사마천이 취한 것은 모두 우리 스승이 진작 버린 것이나, 사마천의 글은 세상을 밝히기에 충분하다. 그리하여 항간에서 무심코 지나쳐 버린 말에서 간혹 오랜 세월 길이길이 전하는 믿을 수 있는 역사도 얻는다"황진, 『황씨일초』 권47 「사감」,[13] 하고 말하였다. 솔직히 말하면 이러한 "믿을 수 있는 역사 쓰기" 정신과 예술에 대한 충성심이 생겨야만, 그래야 역사와 예술도 작가를 우대할 것이다. 작품이 중국 내외에서 무슨 대상을 받는 것도 매우 부차적인 일일 것이다. 진나라 지역이 "하늘과 사람의 관계를 밝히고 오늘과 옛날의 변화를 꿰뚫어 보며 독자적인 글을 이루고자 한다" 하는 뜻을 품은 태사공 사마천과 우수한 사전 문학史傳文學[14] 전통을 지닌 점은 긍지를 느낄 만한 일이다.

3) 진나라 지역의 소설적 시야 속의 천중스

모두 아는 바와 같이 중국 20세기 소설사에서 학술계가 인정하고 있는

---

13   황전, 『황씨일초(黃氏日抄)』 권47 「사감(史感)」. 『사기』는 역사를 위한 과학적 저작이자, 역사와 전기를 위한 문학 명저도 되고, 후세의 문학에 커다란 영향을 끼쳤다. 소설 방면에서 고대 문언소설과 통속소설 등이 모두 『사기』의 영향을 직간접적으로 받았다. 『중국대백과전서(中國大百科全書)』·중국 문학(中國文學)』, 중국대백과전서출판사(中國大百科全書出版社), 1986, 748면.

14   [옮긴이] 사전 문학은 중국 서사 문학의 중요한 일부분이다. 그것은 역사와 문학의 일반적 특성을 갖추었고, 겸하여 역사 기록과 문학예술의 두 가지 성분을 갖추었다. 문학의 각도에서 본다면 그것은 역사적 사건을 제재로 삼고, 역사적 인물 형상 묘사를 중시한 문학작품이다. 역사학의 각도에서 보면, 그것은 문학예술 수법 활용을 통하여 역사적 사건과 인물 묘사를 빌려서 역사관을 드러내는 역사 저작이다. 주하이싱(諸海星), 「산문과 소설의 분계로 본 사전 문학의 문체 속성(由散文與小說的分界看史傳文學的文體屬性)」, 『사문(斯文)』 5, 2020.

많은 소설 유파가 있지만, 아쉬운 것은 진나라 지역 소설 세계 속의 유파 현상이 오히려 다소 소홀히 된 점이다.

저자는 예전에 그것을 '백양나무파'라고 명명하였다. 그것은 진나라 땅의 지역 문화와 관중 문화를 배태하였고, 20세기 중기에 초보적으로 이루어졌으며 언덕, 개울, 산, 구릉, 고원, 논두렁과 밭두렁에 깊이 심어졌다. 그것은 주로 류칭, 두펑청, 왕원스 등으로 대표되며, 요즘에 루야오, 천중스, 징푸京夫, 1942~2008, 쩌우즈안鄒志安, 1946~1993, 리톈팡李天芳, 1941~, 자오시趙熙, 1940~, 가오젠췬高建群, 1954~, 자펑와賈平凹, 1952~, 장진옌蔣金彦, 1937~, 원란文蘭, 1943~2017 등이 어느 정도에서 계승하고 발전시키고 있으며, 아울러 특정한 개방성을 지닌 유파 '방진'[15]을 구성하였다. 이 소설 유파의 명명은 분명히 마오둔의 이름난 산문 「백양 예찬」과 관련이 있다. 요컨대 '백양나무파'는 진나라 지역 소설의 창작이란 실제에서 출발하였고, 주로 마오둔의 「백양 예찬」과 또 다른 관련된 시와 글에서 드러낸 정신적 특징과 미학 특징, 그리고 평론계의 관련 기존 성과를 참고하여 정식으로 명명한 소설 유파이다. 이 소설 유파는 삼진문화 전통과 혁명문화의 융합에서 비롯되었고, 자체의 뚜렷한 유파 특징을 형성하였다.[16] 그것은 드넓은 시베이 땅에서 자라는 백양나무처럼 사람을 압도하는 굳센 기백과 흙냄새를 지녔다. 그것은 순박함, 질박함, 정직함, 굳건함, 말쑥함, 웅건함, 힘참과 끈질김이자 보수적이고 참으며 극기하고 막무가내이며, 쓸쓸한데다가 처량하며, 궁색한데다가 둔탁하다. '백양나무파'의 원로 세대 작가는

---

15 이 '방진'도 복잡한 면이 있는데, '백양나무파'에 대해 배제하고 있는 면이다. 여기서는 서로 통하는 면에서 말하였다.

16 [옮긴이] 삼진(三秦)이란 진나라가 멸망한 뒤에 항우(項羽, 기원전 232~202)가 진나라 땅을 셋으로 나누어서 삼진이라 부른 데서 유래하였다. 근대에 이르기까지 삼진은 산시 관내에 속하는 관중, 산베이와 산난(陝南) 지역을 가리켰다.

주로 긍정 층위에서 착안하여 '백양' 정신을 힘껏 찬양하였다. 하지만 신세대 작가진나라 지역의 모든 작가가 절대 아님는 모든 정보를 포착하는 데 주의하고 '백양'의 복잡함을 힘껏 묘사하고, 아울러 부정적인 층위로 비교적 많이 파고들며 반성 색채를 강화하였다. 하지만 정체성이나 주도 방면에서 보면, 그들은 '백양나무' 같이 위로 뻗어가는 데 힘을 기울이고 바람과 추위, 모래 먼지와 세찬 비를 두려워하지 않으며 열악한 생존 환경과 힘껏 맞서 싸운다. 그로부터 그들은 황토지에서의 자유, 행복 그리고 시적인 '생존'과 정신 추구에 노력하고, 진나라 지역 소설에 매우 깊고 큰 영향을 끼치며, 아울러 그것의 미학 풍경에 결정적인 제약 작용을 만들어냈다. 그들에게서 처량함과 서글픔은 언제나 분발함과 영광을 감출 수 없고, 굳세고 웅장한 힘의 아름다움에서 독특한 풍채를 지닌 시베이 풍경과 숭고함을 품은 미학 기조를 드러냈다. 그럼으로써 '백양나무파'는 평범하면서도 또 웅장하고, 보편적이면서도 기발한 독자적인 문학 유파의 격조와 상응하는 지역 문화 색채를 형성하였다.

'백양나무파' 가운데서 천중스는 특출한 인물이라고 말할 수 있다. 특히 그의 「푸른 두루마기 선생」과 『바이루위안』 등은 고대 문화와 혁명문화가 진나라 지역 사람의 운명과 역사 변천 가운데서 드러낸 복잡한 문화적 기능에 대하여 매우 깊이 묘사하였고, 그 가운데서도 작가의 깊은 사색과 이런저런 안타까움을 침투시켰다. 저자는 천중스의 작품을 읽을 때마다 눈물이 앞을 가릴 정도로 감동하였고, 하염없이 한숨을 내쉴 정도로 울분에 찼으며, 그로부터 진나라 지역 작가 천중스 자체의 '복잡함'에도 깊이 감격하였다. 이러한 복잡한 느낌은 원로 세대 '백양나무파' 작가의 작품을 읽을 때에 별로 느끼지 못한 것이다. 예를 들면 천중스가 바이루 땅의 전설과 관련된 묘사에서 실제로 반영한 것이야말로 굶주림, 고통, 적대시와 투쟁 없는 이상적인 생활에 대한 한 세대 또 한 세대 바이루 위안 사람의 동경과 몽상이다. 여기에는 그들이 고난과 부딪쳐서 어찌할 수 없고 말로 알려줄 수도 없는 비애를 담고 있다. 그로부터 우리는 민족의 운명에 대한 천중스의 절절한 관심, 민족의 고난에 대한 체험과 민족을 구원하는 데 대해 애타는 마음 등도 볼 수 있다.리젠쥔, 1993 : 36

그는『바이루위안』제1장에서 "바이자쉬안이 뒷날 우쭐하게 여긴 것은 일생에 일곱 여인을 아내로 맞이한 일"에 대해서도 썼다. 이는 정말 기이한 성문화를 지닌 시골 풍경이다. 남자가 '뒤'를 남기려는 욕망은 의외로 그토록 막무가내로 외골수이고 그렇게도 어리석었다. 여자는 도리어 그토록 하찮고 박명하며 그렇게도 세상물정에 어두웠다. 색시를 얻는 사람은 돈으로 물건으로 장가들고 색시를 보내는데매장 의의로 그렇게 쉬웠다! 우리가 그런 이른바 '우쭐한' 행위를 보고 싶지 않다고 해도, 우리는 시골 마을의 역사 내지는 궁정의 역사를 생각해볼 수 있으니, 작가가 매우 진실하게 썼다는 것을 느끼게 되고, 이는 성문화를 운반체로 삼은 알레고리임을 알 수 있을 것 같다.

당대 작가로서 천중스는 역사와 생활의 진실을 써냈고, 그의 복잡한 느낌과 사색도 써냈다는 것은 매우 분명하다. 예를 들면 그는 고향의『바차오구 민간 문학 집대성灞橋區民間文學集成』[17]에 「머리말」을 지을 때, "이 토지는 문명적인 것도 수용하고 더러운 것도 받아들였다. 느리고 긴 역사의 발전 과정에서 봉건사상, 봉건문명과 봉건도덕이 향약, 집안 규율, 가법과 민속으로 변화 발전하였고, 시골 단체마다, 마을마다, 가족마다 스며들었으며, 한 세대 또 한 세대 보통 사람의 핏속으로 흘러 들어가서 이 지

---

17 [옮긴이] 시안시 바차오구민간문학편집위원회(灞橋區民間文學編委會)가 1990년에 출판한 지방지이다.

역 사람 특유의 문화 심리 구조를 형성하였다."^{천중스, 1990 : 1} 하고 지적하였다. 이러한 깨어 있는 인식은 분명히 그가 『바이루위안』^{당시에 마침 창작 중이었음}의 주제와 내용을 심화하고 풍부하게 하는 데 도움이 되었을 것이다.

사실 천중스는 비교적 많은 논쟁도 일으킨 작가이다. 하지만 역사가 반드시 천중스는 영원한 산시 관중에 속하고, 중국과 세계에 속할 것임을 증명할 것이다. 부지런하고도 우수한 작가로서 그는 특히 성공한 관중 문화와 관학 정신의 글쟁이이다. 관중 문화니 관학 정신이란 커다란 의미에서 말하면 이론과 실천면에서는 모두 매우 전형적인 유가 문화이다. 역사와 생활 층위에서 그 예술적 표현은 『바이루위안』에서 드러났고, 그럼으로써 우리가 감탄하고 감상할 만한 문학의 절정이 만들어진 것이다.

3. 현대 실크로드의 서역 기행 문학

근대 이후로 시베이 실크로드는 정치, 경제, 문화 등 방면에서 그 우세 지위를 잃어버렸다. 하지만 역사와 문화면에서 실크로드의 중요한 작용으로 말미암아, 실크로드를 발견하고 실크로드를 개발하는 중국과 외국 학자의 사색과 목소리는 끊이지 않고 줄곧 이어졌다. 많은 탐험가, 학자와 문인과 관리 등이 구성한 단체가 실크로드를 조사하고 유람하는 여정에 올랐고, 자신의 직접 체험에 근거하여 실크로드 제재의 문학 작품도 많이 지어냈으며, 그럼으로써 실크로드 서역 기행 문학의 번영에 박차를 가하였다. 중화민국 시기에 실크로드의 서역 기행 문학은 주로 현장성을 지닌 여행기가 많았고, 당대로 들어선 뒤로 전통적인 여행기 이외에도 실크로드에서 대량으로 소재를 취한 시, 소설과 산문 등이 등장하였다.

현대 실크로드 기행 문학은 서양의 탐험가가 서막을 올렸다. 20세기 전후에 중앙아시아 지리 탐사 열풍과 국제적인 동양학의 대두에 따라서 서양의 많은 탐험가는 실크로드로 줄줄이 몰려왔다. 그리하여 실크로드 라는 역사의 바람과 모래에 파묻힌 문명의 길은 다시금 세계가 주목하며 국제적인 탐험과 답사의 관심이 뜨거워진 지역이 되었다. 이러한 문화 열 풍은 현대 실크로드 탐험 문학의 서막을 열었다.

외국 학자들은 답사를 마친 뒤로 관례 한 가지를 형성하였는데, 그들은 통상적으로 자신의 경험에 근거하여 두 종류의 저작을 써낼 수 있었다. 한 종류는 전문적인 학술 조사 보고서이고, 또 다른 한 종류는 일반 독자 에게 내놓으려고 지은 문학적인 현지답사 기록이나 여행기이다. 이러한 탐험 여행기는 현대 실크로드 기행 문학의 중요한 부분을 구성하였다. 이 시기에 실크로드 여행기는 서양에서 온 탐험가, 지리학자와 고고학자가 자신의 현지답사 경험에 근거하여 쓴 것들이다. 예를 들면 러시아의 니콜 라이 미하일로비치 프르제발스키Николай Михайлович Пржевальский, 1839~1888의 『거친 들판의 부름荒原的召喚』과 『로프노르로 가다走向羅布泊』, 러시아의 피 터 쿠즈미치 코즐로프Пётр Кузьмич Козлов, 1863~1935의 『죽은 도시의 여행死城之 旅』, 스웨덴의 스벤 헤딘Sven Hedin, 1865~1952의 『아시아 오지 여행기亞洲腹地旅 行記』, 『실크로드絲綢之路』, 『방황하는 호수遊移的湖』, 『미중잉 도망기馬仲英逃亡 記』와 『로프노르의 신비를 캐다羅布泊探秘』, 영국의 오렐 스타인Marc Aurel Stein, 1862~1943의 『오렐 스타인 서역 유적 이야기斯坦因西域考古記』와 『모래에 묻힌 허텐 유적 기록沙埋和闐廢墟記』, 프랑스의 폴 펠리오Paul Pelliot, 1878~1945의 『폴 펠리오의 둔황 석굴 스케치伯希和敦煌石窟筆記』, 『폴 펠리오의 서역 탐험 이야 기伯希和西域探險記』와 『폴 펠리오의 서역 탐험 일기 1906~1908伯希和西域探險 日記 1906~1908』, 일본의 불교 고승 오타니 고즈이大谷光瑞, 1876~1948의 『실크로드 탐험 이야기絲路探險記』, 미국의 랜던 워너Landon Warner, 1881~1955의 『중국의 길고긴 옛길에서在中國漫長的古道上』 등이 그러하다.

첫째, 이러한 실크로드 여행기는 과학적 조사를 통하여 실크로드 문화의 신비한 베일을 벗기고, 실크로드의 반짝반짝 빛나는 역사도 환원하고 재현하였다. 20세기 전후의 실크로드 탐험가는 주로 스웨덴, 영국, 프랑스, 독일, 러시아, 일본, 미국 등 서양 강대국에서 왔고, 이는 세계 정치구도 속에서 그들의 위상과 대체로 일치한다. 대다수 탐험가는 모두 역사를 발굴하고 문물을 도둑질하려는 이중 목적을 갖고 왔으므로, 그들의 답사 범위는 실크로드 문화 유적이 밀집하고 비교적 완벽하게 보존된 서쪽 구간 지역을 위주로 삼았다.

나의 주요 고고 조사구역은 서쪽으로 구이수이媯水에 이르고 동쪽으로 중국 본토 서부의 드넓은 지역에 이르렀다. 그 지역이 지금은 거친 산, 벌판과 고개이며 끝없이 펼쳐진 사막이지만, 고대 역사상 매우 중요한 작용을 한 장소이다. 이곳은 고대에 수백 년 동안 내내 '실크로드'로 가는데 반드시 거쳐야 하는 땅이었고, 중국과 서양 문화가 이곳에서 만나 발전하였으며, 고대 문화사에서 매우 중요한 절정을 이루어냈다. 이러한 지역들은 기후가 건조하기 때문에 고대 문명의 유적들이 수천 수백 년의 세월을 지나면서 지금까지 고스란히 보존될 수 있었다. 내가 이렇게 온갖 어려움을 다 겪으면서 여러 차례 탐험하는 주요 목적은 이 지역의 지리적 환경을 측량하고 고대의 실제 유물을 발굴하고 고증하는 데 있다.오렐 스타인, 2009 : 2

오렐 스타인과 같이 대다수 탐험가는 저마다 답사의 중점을 신장과 둔황의 실크로드 유적과 문물에 집중하였다. 그들 가운데서 소수 사람을 제외하고는 대부분 지리학자, 고고학자와 인류학자로서 그들의 여행기도 지리, 고고학 등 방면에 속하는 지식과 답사 내용으로 채워졌다. 그들은 현대 과학과 이성 정신으로 무장하고 실크로드를 발굴하고 이해하였다. 그들은 답사의 완벽함과 서사의 객관성을 중시하며, 실크로드 연도의 지리와 문화의 대체적인 모습을 진실하게 재현하였다. 그래서 그들에게서 우리는 실크로드를 이해하는데 믿을 수 있는 문학적·역사적 기록을 얻었다. 특히 서양 탐험가 가운데서 가장 커다란 영향을 끼친 스벤 헤딘이 『아시아 오지 여행기』에 기록한 노선과 측량 수치는 뒷날 많은 과학 조사대가 답습하고 거울삼았다. 동시에 실크로드에 대한 과학적인 그의 서사는 현대 지식으로써 실크로드와 중국에 대한 '환상 파괴'와 '계몽'도 수반하였다.

1907년에 스웨덴 탐험가 스벤 헤딘은 카일라스 설산과 마나사르와르호수Mana-sarovar Lake로 왔다. 불교와 힌두교의 세계관 속에서 전자는 수미산須彌山이고, 세계의 중심이자 온 강물의 근원이며 온 신들이 거처하는 곳이다. 후자는 모든 죄업을 영원히 깨끗하게 씻어주는 호수이다. 그렇지만 『아시아 오지 여행기』에서 우리는 그 산과 물이 스벤 헤딘에게서 순수한 자연 지리 현상으로 환원하고 그 위를 감싸고 있던 신비한 빛 무리가 흩어지며, 산은 산이고 물은 물이며, 사람 중심으로 다시금 조직된 세계에서 그것들이 인식되고 정복되고 이용되기를 기다리고 있음을 보았다.린젠파(林建法), 2004 : 438

현대 지식이 구축한 실크로드 형상 속에서 이 길은 역사 과정에서 예전에 부여한 신성함과 종교적인 색채가 제거되고, 인류가 더 이상 두려워하는 대상이 아니며 인류가 인식하고 정복할 수 있는 객체가 되었다고 할 수 있다. 이 층위에서 말하면 서양 탐험가의 실크로드 여행기는 시대적 획을 긋는 역사적 의미를 지닌다. 그것이 실크로드에 대한 과학적 서사 전통의 막을 열고, 아울러 중화민국 시기 지식인의 실크로드 서사에 깊은 영향을 끼쳤기 때문에, 과학적 서사는 서양의 외적 시선에서 현대 민족국가를 세우려는 내적 충동으로 변화 발전하였다.

둘째, 이러한 탐험 여행기는 중요한 문학적 가치도 지녔다. 그것들의 영향은 과학계의 범위를 훨씬 뛰어넘었다. 고비사막에서의 삶과 죽음의 담금질을 거친 "'사막 여행가'가 심혈을 기울인 기행 문학은 가작을 내놓는데다가 종종 심오하고 함축적이어서 가장 사람을 깊은 생각에 빠져들게 하였다."밀드레드 케이블, 프란체스카 프렌치, 황메이펑(黃梅峰), 마이후이펀(麥惠芬) 역, 2002 : 6 중화민국 시기에 이름난 학자 웡원하오翁文灝, 1889~1971가 페르디난트 폰 리히트호펜의 여행기를 평가할 때, 다음과 같이 말하였다.

중국에 관한 페르디난트 폰 리히트호펜의 저술은 작은 것에서 보면 우리가 이미 많이 고쳤지만, 큰 것으로 보면 정말 우리에게 대단히 좋은 본보기이다. 그의 여행 일기와 그의 상하이상회上海商會와의 통신은 저마다 매우 훌륭한 여행기이며 그의 불후의 저작『중국』도 대단히 좋은 여행기 부류의 글이라고 말할 수 있다. 독자는 그의 책을 읽으면 그 지역으로 직접 간 듯하고, 일반 지질 보고서처럼 어색한 분리나 시들시들하고 무미건조함 따위의 느낌이 없을 것이다. 중국의 역사와 지리에 대해서도 그는 전체적으로 이해하고 있었고, 게다가 이러한 이해와 지형 지질에 대한 그의 관찰을 하나로 융합하여 서로 증명하게 하였다.양중젠(楊鍾健), 2003 : 1

이러한 탐험가들은 풍부한 과학적 지식을 갖추었고 더불어 매우 높은 문학적 소양을 지녔다. 그들은 세련되고 진실한 언어로 과학적 답사의 경험을 생생하고 재미있게 묘사하고, 역사 기록의 고증, 풍경 묘사와 감정 토로 등을 서로 결합하였다. 그러므로 독자는 그 현장에 실제로 가 있는 것 같은 느낌을 느낄 수 있었다. 특히 몇몇 여성 탐험가가 지은 여행기는 그들이 도착한 지역의 특색과 풍습에 더욱더 관심을 기울이고, 복식과 음식 등 생활에 대한 현장 기록을 바탕으로 더욱 많은 사람의 감성 체험과 융합시켰다. 그래서 그들의 작품은 사람에 대한 기행 문학의 관심과 시적 추구를 구체화하였다. 프랑스의 두 여성 선교사인 밀드레드 케이블Mildred Cable, 1878~1952과 프란체스카 프렌치Francesca French, 1871~1960가 지은 『고비사막The Gobi Desert』에서, 종교적 경건함을 품은 그들은 시베이 실크로드의 옛길을 따라 고비사막을 가로지른 경험을 기록하였다. 서양에서 보기에 거칠고 외딴 실크로드 옛길은 그들의 글쓰기를 통하여 시적인 정취로 가득 채워질 수 있었다.

바람이 가만가만 물러갔고, 모든 것은 꼼짝하지 않고 정지하였다. 어둠은 재빨리 끝없는 모래언덕을 뒤덮었다. 해 저물 무렵의 별들이 나왔다. 그런 다음에 온 별이 한 알 또 한 알 이어져서 벨벳같이 커다란 하늘에 걸려 있는데 하나하나 황금 등잔 같았다. 나는 별들이 반짝이는 넓디넓은 파란 하늘에 펼쳐지는 놀라운 광경을 밤새도록 바라보았다. 북극성이 정확하게 길을 안내하였고, 별자리는 시나브로 하늘 한복판으로 옮겨가며 지나가는데, 편안하고 고요한 동물의 무거운 발걸음만이 유일한 소리였고, 수레꾼의 헝겊 신발이 땅에 닿는 소리와 어우러졌다. 우리는 딱 마침 위대한 고요의 순간을 통과하고 있음을 전부 의식하였다. 그래서 본능적으로 방해하지 않으려고 애썼다.

한밤중에, 지평선에 어렴풋한 빛 무리가 걸렸고, 달이 곧 뜰 것임을 알려주었다. 금방 모든 풍경은 전부 밝고 부드러운 달빛에 목욕하였다. 밝은 달이 모든 것을 비추자 고요함이 더욱더 늘어났다. 이전에 나는 정적을 많이 보았지만, 지금 이것과 비교하면, 그것들은 훨씬 시끄러웠다. 여기는 심지어 풀잎이 살랑거리는 소리조차 없다. 나뭇잎 한 닢 흔들리지 않는다. 어떤 새든 둥지에서 날갯짓도 하지 않는다. 벌레가 풀쩍 날아가지도 않았다. 말하는 사람이 없다. 우리는 온 마음을 기울이고 귀를 기울여 듣는다. 모든 흔들림과 움직임이 다 정지된 듯하다. 달이 하늘 한복판에 걸렸을 때, 시간은 새벽 3시가 다 되었다. 수레꾼이 한마디 하였다. "저쪽이 바로 타오진푸淘金鋪입니다."

다른 남성 탐험가가 고비사막에서 경험하는 정복 심리와 달리, 이 실크로드 옛길을 밟은 몇몇 여성 탐험가는 강렬한 어울림과 공감을 띠고 현지 민중에게 포교하였다. 그래서 현지 자연 풍경에 대한 그들의 묘사는 종교적 신도의 차분함과 철학적 사색을 드러냈고, 실크로드 탐험 여행기 가운데서 따뜻하고 맑은 여성적 서사의 격조도 구체화하였다.

서양 탐험가의 실크로드 여행기는 낭만과 흥미로 가득 찼다. 승려 여행기의 슬픔이나 고달픔이나 과학자가 지은 여행기의 따분함과는 구별된다. 특히 그 가운데서 표현해낸 모험정신과 정복정신은 중국 현대 문학에 오래도록 깊은 영향을 끼쳤다. 그들은 현대 문학이 묘사하는 대상이 되었고, 아울러 현대 작가의 실크로드 서사에 정신적인 원천도 마련해주었다.

스벤 헤딘은 중국에 머문 기간에 신문화운동에 관계하는 많은 학자와 모두 비교적 많이 왕래하였다. 1926년에 스벤 헤딘이 인솔한 시베이 과학 조사대 성원의 한 사람이었던 베이징대학 교수 쉬빙창徐炳昶, 1888~1976은 그 여행의 경험을 바탕으로 『서역 여행 일기西遊日記』를 지었다. 시베이 역사 지리 전문가 황원비黃文弼, 1893~1966는 조사대의 성원으로서 그 답사에도 참여하였다. 언어학자 류반눙劉半農, 1891~1934도 이 조사대를 따라서 시베이로 갔고, 스벤 헤딘은 그와 루쉰을 노벨문학상 중국 후보로 추천하는 일을 상의하였다. 류반눙이 1934년에 병으로 사망한 이유는 중국 학술계 대표로서 그가 국제지리학회에 참석하고, 아울러 스벤 헤딘 탄신 70주년 기념 논문집 출판에 투고할 논문을 짓기 위하여, 쑤이위안綏遠으로 가서 지역 사투리를 조사하던 중에 절에서 '몽골모기'에 물린 나머지 장티푸스에 걸린 데 있었다. 그래서 스벤 헤딘은 중국 문화와 문학계와 밀접한 관계를 맺고 있었음을 알 수 있다.

간쑤 작가 펑위레이가 『둔황, 육천 대지 아니면 더욱 먼 곳』에서 묘사한 것은 바로 20세기 초에 실크로드 연도에서 일어난 이야기이다. 작품 전체에서 뚜렷한 성격을 보이는 인물은 바로 "스스로 육천 대지로 시집 갔다" 하고 말하는 탐험가 스벤 헤딘이다. 그는 둔황문화의 수호자이자 전승자로서 소설에 등장하였다. 산시 작가 훙커는 『카라부 폭풍喀拉布風暴』에서 스벤 헤딘의 러브스토리를 중요한 서사의 플롯으로 삼았다. 티베트 글쓰기로 이름난 선봉 작가 마위안馬原, 1953~은 스벤 헤딘의 탐험 경력 가운데서 많은 영감을 얻었다. 시인 마리화馬麗華, 1953~는 티베트 여행기에서 여러 차례 스벤 헤딘의 저작 속에서 얻은 견문을 인용하였다. 당대 평론가 후허칭胡河淸, 1960~1994은 스벤 헤딘이 그에게 끼친 영향에 대하여, 어떤 글에서 이렇게 말하였다.

소년 시절에 어머니의 추천을 받아서 스웨덴 사람 스벤 헤딘의 이름난 저작 『아시아 오지 여행기』를 읽었습니다. 그의 모험 경험에 나는 정신을 홀딱 빼앗겼지요. 나는 이다음에 중앙아시아 오지로 깊숙이 들어가 활약하는 탐험가가 되기로 마음먹었어요. 후허칭, 1994 : 82

후허칭은 스벤 헤딘을 동경하였고, 게다가 어떤 평론에서 마위안과 티베트에 들어간 모험가 스벤 헤딘을 서로 비교하기도 하였다. 결론적으로 스벤 헤딘이 중국에 끼친 영향은 과학계를 훨씬 뛰어넘었고, 중국 지식계, 문화계와 문학계에 끼친 그와 그의 글의 영향은 범위가 넓고 깊다.

서양 탐험가의 실크로드 답사가 가져다준 중요한 경험은 지식의 증가에서 두드러졌다. "탐험 여행기의 진정한 목적은 그것이 이제껏 없었던 것을 찾는 경험에 있고, 게다가 이 경험을 통하여 지식을 얻는 데 있다." 스벤 헤딘, 2000 : 2 중국의 옛사람이 말한 "만 권의 책을 읽고 만리 길을 가다" 처럼 몸소 체험하고 힘써 실천하는 여행이 추구하는 것은 식견을 살찌게 하고 자기 소양을 쌓는 데 있다. 게다가 탐험 여행기가 말하는 지식이란 "식견과 달리 그것은 감각기관의 인상이자 공감, 심화, 내면화를 거치는 문화 경험이다."궈사오탕(郭少棠), 2005 : 107 마찬가지로 우리는 반드시 지식의 생산이란 순수하게 객관적이고 피동적인 것이 절대 아님을 또렷하게 알아야 한다. 오리엔탈리즘의 대표 학자인 에드워드 사이드Edward Said, 1935~2003 가 "작자는 기계적으로 이데올로기, 계급이나 경제와 역사에 사로잡히는 건 결코 아니다. 하지만 우리는 작자가 그들 자신의 사회에서 생활하는 중에 다른 정도에서 그들의 역사와 사회 경험을 확실히 만들고, 그들의 역사와 사회 경험에 의해서도 만들어진다고 믿는다"에드워드 사이드, 리쿤(李琨) 역, 2003 : 72 하고 말한 바와 같다.

20세기 전후에 창작된 실크로드 탐험 여행기는 서양 자본주의의 발전과 제국의 확장이라는 시대적 배경에서 탄생하였다. 이는 서양 식민자의 중국 침략과 약탈과 함께 맞물린 것이며, 이것이 작자에게 '유럽 중심주의'의 입장에서 실크로드 이야기를 인지하고 이야기하도록 결정하고, 심지어 문화 식민자의 편견을 띠게도 하였다. 마르코 폴로가 구축한 풍요롭게 번영하였던 중국 형상은 차츰차츰 빛이 바랬고, 그것을 대신하여 등장한 것은 "거리를 지나가고 시장을 누비는 줄줄이 이어지는 대상, 광대뼈가 툭 튀어나오고 시커멓게 그을린 몽골 사람의 얼굴, 남자들의 머리 뒤쪽에 길게 늘어뜨린 변발, 또 이상야릇한 말투와 알아들을 수 없는 낯선 언어"이고, "초보적인 인상에서 이곳이 심하게 더러운 도시임을 충분히 긍정하고", "이곳의 중국 사람은 유대인에 모스크바를 더한 사기꾼이고, 특제품 한 쌍이다."니콜라이 미하일로비치 프르제발스키, 2000 : 1 이러한 문화적 편견을 모아놓은 실크로드 탐험 여행기들은 서양이 중국 역사와 문화를 인식하는 중요한 매개체가 되고, 서양이 중국을 문화적 타자他者로 구축하는 중요한 방식이자 에드워드 사이드가 말한 '동양 상상'이기도 하였다.

서양 탐험가의 실크로드 발견과 역대 시베이 개발 호소의 영향을 받아서, 중국 지식계에서 국경 강대국이란 소망을 품은 학식 가진 이들은 잇달아 시베이로 가서 실크로드를 답사하였고, 직접 경험을 바탕으로 실크로드 답사 여행기를 지었다. 셰빈謝彬, 1887~1948의 『신장 여행기新疆遊記』, 쉬빙창의 『쉬쉬성의 서역 여행 일기徐旭生西遊日記』, 황원비의 『황원비의 몽골-신장 답사 일기黃文弼蒙新考察日記』, 쉬안샤푸宣俠父, 1899~1938의 『시베이 원정기西北遠征記』, 구제강顧頡剛, 1893~1980의 『시베이 답사 일기西北考察日記』, 싸쿵랴오薩空了, 1907~1988의 『홍콩에서 신장까지由香港到新疆』 등이 그러하다. 이 시기에 실크로드 여행기는 고대에서 현대로 바뀌기 시작하였고, 언어는 백화 위주로, 주제는 고대의 산수를 빌려서 정감을 토로하는 데서 여행기와 나라 사랑 정서를 밀접하게 결합하는 방향으로 바뀌었다. 중화민국 시기에 베이징-상하이와 상하이-항저우-닝보철도관리국 국장을 지낸 황보차오黃伯樵, 1880~1948는 현대 여행의 의미를 이야기할 때에 다음과 같이 말하였다.

발이 지나가고 손이 스치고 귀와 눈이 닿으며 경치가 아름답고 이름난 산천을 돌아다니면 그 지역 풍물의 아름다움을 알게 된다. 그윽한 골짜기 오래된 동굴을 두루 돌아다니면 그 구조의 특이함을 이해하게 된다. 옛 선비의 유적을 보면 그 언행의 뛰어남과 인품의 숭고함을 알게 된다. 도회지에 이르러 돌아다니면 그 건설의 나아감과 물러남을 경험하게 된다. 무역항을 돌아다니면, 그 공업과 상업의 흥함과 쇠함을 살펴보게 된다. 지방 도시를 돌아다니면 그곳 사람의 생활의 번영과 오르막과 내리막, 민속의 사치함과 검소함을 보게 된다. 그래서 늘 여행하는 사람은 그 나라의 지리, 역사, 경제, 풍조 등에 대해 항상 보편적인 인식을 지니게 되며, 예로부터 지금까지 그 나라에 대해서 전체적인 인식이 생긴다. 아울러 그 나라에 대해 알아야만 그 나라를 사랑하고 아끼는 마음이 저절로 생기기 마련이니 억지로 강제할 필요 없다. 중국 사람에게 무엇이 나라에 대한 이익이고 손해인지를 보건대, 진나라 사람이 월나라 사람이 비옥한 데 사는지 척박한 데 사는지 사실 서로 무관심한 것은 실제로 그 나라에 대해 인식한 적이 없었기 때문이다. 관광 안내 기관에서 여행을 제창하고, 동시에 여행자에게 갖가지 편리를 제공하면, 그 결과를 추측하건대 차츰차츰 나라를 알게 될 것이다. 나라를 사랑하고 아끼는 사람이 많아질수록 뒷날 나라의 기초는 그를 바탕으로 하여 설 것이고 나라의 사업이 그에 기대어 떨쳐 일어날 것이다.황보차오, 1936 : 10

　나라 사랑 정서에 바탕을 둔 여행은 시베이 실크로드 일대에서 특히 두드러지게 나타났다. 시베이 실크로드는 역사상 중요한 전략적 위상을 지녔었다. 근대 이래로 공자진龔自珍, 1792~1841의 『서역 행성 설치에 관한 의견西域置行省議』부터 량치차오梁啓超, 1873~1929, 쑨중산孫中山, 1866~1925까지, 그들은 저마다 변방의 위기를 해결하고 전시戰時의 필요성이라는 각도에서 출발하여 시베이 실크로드의 전략적 위상의 중요성을 강조하고, 시베이, 특히 신장 개발을 제창하였다. 20세기 1930, 1940년대에 이르러서 정부는 시베이 문제를 연구하는 전문적인 단체를 창립하였고, 거칠면서도 신비한 시베이 실크로드는 일시에 사회적 관심이 집중하는 문제 지역이 되었다. 갖가지 시베이 문제를 연구하는 단체와 간행물이 속속 등장하면서 정부도 민중이 시베이로 가서 답사하고 이해를 할 수 있도록 북돋아주었다. 그리하여 많은 사람이 천릿길도 마다하지 않고 멀리 시베이 실크로드로 깊숙이 들어가 두루 돌아다니며 답사하였다.

> 시베이로 가는 길을 보면, 정부 관리 이외에, 여러 대도시의 젊은 학생들이 젊은이의 호기심과 시베이 부흥에 대한 커다란 포부를 품고 방학 기간을 이용하여 천릿길 먼 노정에 올라 시베이 답사에 나서고, 만리장성 항전의 영웅도 장기적인 저항 정책을 꾀하며 사람들을 조직하여 시베이로 답사하러 떠났으며, 심지어 해외 화교도 시베이 조사대를 조직하였다.선서룽(沈社榮), 1995 : 10

이러한 국가적 차원에서 불러일으킨 대규모 시베이 답사 열풍은 실크로드의 서역 기행 문학 창작을 활성화시켰다. 중화민국 시기에 출판한 여행기 작품 가운데, "시베이 지역 관련 여행기 도서는 37종으로 3위를 차지하였고, 절반 이상이 1934년 시베이 개발 뒤에 출판한 것이다"자훙옌(賈鴻雁), 2006 : 108

근대 이래로 중국 시베이 실크로드에 대한 사람들의 중시는 주로 그 전략적 위상에 대한 고려에서 나왔다. 그래서 이 시기에 여행기 창작의 주체는 서양 탐험가에서 중국 관리와 학자로 바뀌고, 답사한 지역은 실크로드 문화 유적이 밀집한 신장과 둔황에서 비교적 신장 위주로 바뀌었다.

답사의 내용은 문화 고고학에서 경제 자원 등 국가 경제와 민생과 관련한 현실 문제로 바뀌었으며, 드러낸 격조도 모험 색채가 풍부한 영웅 정신에서 민족과 나라의 운명에 대한 위기감으로 바뀌었다.

중화민국 시기의 실크로드 여행기의 창작 주체는 세 유형으로 나뉜다. 하나는 정부 관리이고, 대부분 정치적 이유나 직무상, 혹은 임무를 맡아서 답사에 나선 사람들이다. 예를 들면 『신장 여행기』의 작자 셰빈은 베이양정부北洋政府의 특파원 신분으로 재정 상황을 조사하는 임무를 맡아서 신장으로 갔다. 『신장 현장 답사新疆紀遊』의 작자 우아이천吳藹宸, 1891~1965은 외교부 신장 특파원 신분으로 신장에 가서 조사하였고, 『직접 가본 시베이親歷西北』의 작자 린징林競, 1894~1962은 재정부와 농업부의 위임을 받아 셰빈의 조수로서 신장 답사에 파견되었으며, 『시베이 발자취西北歷程』의 작자 리주천李燭塵, 1882~1968은 시베이공업조사단의 성원이었다. 이러한 관리들은 대부분 일찍이 해외로 유학한 경험을 지녔다. 셰빈, 린징, 쉬안샤푸, 리주천, 허우훙젠侯鴻鑑, 1872~1961과 마허톈馬鶴天, 1887~1962 등은 저마다 일본에 유학하여 정치와 법률, 교육과 공학 등 전공을 공부하였다. 민주와 과학의 영향을 받은 현대 지식인으로서 시베이에 대한 그들의 여행과 답사는 소일거리나 오락의 목적에서 나온 것이 아니라, 나라 사랑 정신을 행동에 옮긴 것이다. 중국의 발전과 부강에 대한 그들의 갈망과 관심이 "소득을 기대하고, 중국 사람에게 이바지하며, 변방 상황을 확실히 인식할 자원으로써 그리고 개발 계획이 하루빨리 실현되도록 박차를 가하였다."천경야, 2002 : 2 천경야陳賡雅, 1905~1995의 이 말은 서역을 여행한 지식인의 마음의 소리를 대표할 수 있다. 가오량쭤高良佐, 1907~1968도 이렇게 말하였다.

민족의 쇠퇴를 걱정하고 역사 정신의 회복을 제창하며 민족의 생존을 위한 건투의 충실한 동력이 되고, 실질 학문에 힘쓰고 겉치레를 없애기를, 입술이 닳도록 말하고 쓰고 또 쓰는 것은 중국 사람에게 널리 알리려는 때문입니다. 이번 시베이 시찰에서 옛사람의 발상지를 찾아보고 부흥하는 길을 개발하고자 나라와 민족을 위하여 최대한도로 노력을 기울였습니다.^{가오량쿼, 2003 : 2}

중국 최초의 여행사를 세운 『여행잡지旅行雜誌』는 1938년의 '새해 덕담'에서 다음과 같이 말하였다.

우리의 견해는 중국의 이름난 유적지의 심오함과 신비함을 가능한 한 설명하고 홍보하며 그 옛터를 고증하고 그 도리를 상세히 기록하며 그곳 민간의 삶을 연구하여 어느 지역이든 독자가 깊이 인식할 수 있도록 힘쓰는 데 있다. 그럼으로써 나라를 사랑하는 마음을 절로 일어나게 해야 한다. 그래서 겉으로 보면 외적의 침략으로 점령당하고 영토를 잃어 산하가 갈기갈기 찢겼는데 어느 곳을 둘러보리오. 그렇지만 여행 잡지가 독자에게 이바지하는 점은 사람마다 읽은 것을 비평한 뒤에 지리와 인문이 드러낸 사실에 주의하고 나라를 사랑하는 마음을 불러일으키기를 희망하는 데 있다.^{자오쥔하오(趙君豪), 1938 : 1}

여행은 나라 사랑과 연결되었다. 중국 현대 여행은 서양의 휴식이나 소비 여행과는 본질이 다른 면이 생겼으며, 중국에서 여행은 근대 이래로 산하가 갈기갈기 찢긴 시대적 배경 속에서 등장하였다. 그래서 그것은 필연적으로 나라를 구하고 살길을 찾는 시대적 주제와 함께 밀접하게 연결되어, 정부에서 개인까지 온 사회가 모두 여행을 현대 민족국가의 건설 속에 집어넣었다고 말할 수 있다.

국족주의國族主義와 여행의 호환성compatibility이 여기서 구체화할 수 있었다. 구체적으로 말하면 국족주의가 바로 여행(그리고 여행 글쓰기)의 지속적인 동력이고 그 목적이기도 하며, 여행은 국족주의를 선전하고 실행하는 도구가 되었다. 마찬가지로 여행과 국족주의의 관련성도 필연적으로 국족주의가 관심을 기울이는 초점의 이동으로 인하여 여행의 범위(혹은 대상)가 옮겨가도록 결정하였다.^추

이레이(崔磊), 2015 : 409

애국주의에서 출발한 서역 여행기는 이름난 산천에 옛사람이 감정을 기탁하고 토로하는 작품과는 다르다. 그것은 현지의 자연 지리와 산과 강에 관심을 기울이고, 마찬가지로 시베이 지역의 정치, 경제, 교통과 교육 등 민생 내용도 묘사하였다. 그리하여 아득히 멀고 뒤떨어진 시베이의 모습이 차츰차츰 분명해짐으로써 중국 사람은 시베이의 현실 상황을 알고 이해하는 지식 체계를 세웠다.

『신장 여행기』는 중화민국 시기에 서역 여행기의 대표작이다. 최초에 『시사신보時事新報』에 게재하였는데, 금방 빠르게 중국 내 굵직굵직한 간행물의 관심을 불러일으켜서, 다른 간행물에도 옮겨서 게재하게 되었다. 1923년에 상하이 중화서국中華書局에서 단행본으로 출판하였고 1936년까지 모두 9차 재판한 데서 이 책이 중화민국 시기에 폭넓게 영향을 끼쳤음을 볼 수 있다. 이 책의 작자 셰빈은 1905년에 중국동맹회中國同盟會에 참여하고, 자산 계급 민주주의 사상의 영향을 받았으며, 뒤에 일본으로 유학을 떠났다. 그는 와세다대학에서 정치경제학을 전공한 애국적인 지식인이다. 『신장 여행기』를 창작한 이유는 셰빈이 국민당 정부 재정부에서 재정 상황을 조사하는 임무를 맡아서 신장과 알타이로 간데 있다. 그는 1916년 10월 16일에 후난 창사에서 출발하여 베이징에 도착하였고, 산시와 간쑤를 거쳐서 신장 디화迪化에 도착하였는데, 모두 14개월 동안 머물렀고 마지막에 재정부가 위임하여 파견한 임무를 완수하였다. 『신장 여행기』는 그가 이 지역에서 돌아다니면서 보고 들은 실제 사실을 기록한 것이다. 쑨중산은 이 책에 「머리말序言」을 직접 써주며 그를 치하하였다.

그는 46,000여 리에 이르는 길을 걸어갔고, 30만 자를 수록하였다. 그의 발걸음이 닿은 곳과 관찰이 이른 곳마다 중국 사람에게 사랑받고 중국 경내에서 알려지도록 기술하였다. 이 지역에 많은 자원이 있지만, 미처 개발하지 못하였으므로 우리 민족이 식민지를 개척하고 사업을 확장할 수 있는 땅이다. 그곳의 발전과 중국의 앞날 희망은 참으로 무한하다.쑨중산, 1990 : 1

셰빈과 그의 여행기에 대한 쑨중산의 평가는 서역 여행기에 대한 중화민국 시기의 당국의 이데올로기적인 바람을 대표하였다. 아울러 여행 글쓰기를 현대 민족국가 수립이라는 시대적 주제 속으로 집어넣어 통합하고, 현지답사를 통하여 시베이 지식에 관한 진실성을 세우며, 역사와 현실 층위에서 시베이 개발의 합리성을 논증하였다. 그로부터 이러한 국가 이데올로기 속으로 민중을 효과적으로 동원하였다. 『신장 여행기』는 바로 이러한 사회 사상적 흐름의 산물이다. 셰빈은 기본적으로 옛 서역 여행기의 구조를 답습하여 날짜 순서대로 신장을 돌아다닌 도중에 보고 들은 것을 일기 형식으로 기록하였다. 셰빈의 임무는 원래 신장의 재정 현황 조사였지만, 그는 많은 부분을 실크로드 연도의 각 지역의 정치와 경제, 도로와 교통, 산물과 풍습을 묘사하는데 활용하였는데, 지방지와 앞사람의 저작도 참조하였다. 그로부터 그가 이른 지역마다 역사와 지리의 모습을 그려냈고, 풍부한 내용과 적절한 표현으로 20세기 초기 시베이의 사회 상황을 진실하게 반영하였다. 이밖에도 우리는 이 책을 통하여 셰빈이 나라를 구하고 살길을 찾는 애국정신을 품은 현대 지식인임을 느낄 수 있다. 그의 여행기는 시베이 지역의 사회 모습을 생생하게 기록하고, 현지 상황에 대한 작자 자신의 관점과 제안도 기록하였다. 예를 들면 산시독군陝西督軍 천바이성陳柏生, 1885~1949을 방문할 때에 셰빈은 그의 "말씨와 풍채가 세상을 다스릴 훌륭한 인재가 아닌 듯하다" 하고 여겼다. 신장의 영토 문제를 깊이 이해한 다음에 러시아와 영국 등 두 나라의 침략행위에 대하여 셰빈은 울분을 참지 못하고 청나라 정부와 위안스카이袁世凱, 1859~1916에 대하여 "죄를 어찌 용서하리오" 하고 호되게 질책하며 정부가 "힘써 자강을 도모할 것"을 호소하였다. 여기서 나라에 대한 셰빈의 하염없는 근심과 나라 사랑의 마음을 뚜렷이 볼 수 있다.

시베이를 개발하여 민족국가를 수립한다는 현대의식을 품고 시베이를 여행하고 묘사하는 것은 중화민국 시기 서역 여행기의 가장 두드러진 가치와 의미였다. 중화민국 시기 서역 기행 문학사의 가치에 대하여 우리는 천경야의 다음과 같은 말을 가장 들어맞는 인식과 평가로 생각할 수 있다.

옛날에 태사공은 이름난 산과 큰 내를 유람하기를 좋아하였으므로 『사기』를 지었다. 그의 글솜씨는 뛰어나나 과장하지 않고 소박하지만 저속하지 않으니, 천 년 동안 준칙으로 삼아왔다. 소자유蘇子由, 1039~1112는 그의 글에 자유롭고 기발한 데가 있는 점이 실은 산과 내의 도움을 받았기 때문이라고 여겼다. 뒷날 시인과 묵객은 먼 길을 고생스럽게 갔고, 기이한 고장을 찾고 이름난 유적을 돌아다니는 사람이 역시 대대로 나타났다. 유람의 감상을 읊은 시와 글은 특히 많아서 일일이 다 거론할 수 없다. 그렇지만 모두 산과 내를 본보기로 삼아서 감흥을 기탁하고 정감을 토로한 작품이고, 그 고장과 그 시절 사회 조직의 이익과 폐단, 백성 생활의 고달픔과 즐거움을 언급한 것은 아주 드물다. 작자는 옛 철학자를 우러러 기대하며 옛사람의 발자취를 따르고 이번에 가시덤불을 베어내며 모진 눈보라를 무릅쓰며 수만 리 길을 갔다. 그렇게 한 목적은 남과 달리 각 지역의 민속과 특색, 정치와 경제, 사회 상황 등이 모두 답사와 조사의 목록에 들어 있었기 때문이다. 작자는 이름난 산과 큰 내와 명승고적을 이 기회를 틈타 꿋꿋하게 올라가서 살펴보았고, 외진 구석 쓰러진 보루, 부서진 가마 터와 양떼 우리도 여러 차례 찾아가 보았다. 또 현지의 이름난 인사를 만나고 지방 당국에 가서 사회 상황과 시설의 규모를 알아보았다. 그리고 농부의 노역, 거주민의 공업과 광업도 생활환경의 실제 상황도 탐색하였다. 작자는 모두 사회에 공개하여 책임지고 처리하며 학술 연구자의 연구 토론에 참고로 제공하도록 하였다. 작자는 진실로 이에 따라서 정치 풍토를 개혁하고 사회를 개선하리라 믿었다. 작자가 그동안에 산 넘고 물 건너 발로 밟은 노고는 어쩌면 쓸모가 전혀 없지는 않을 것이다. 만일에 경우라도 위안을 삼아도 되지 않을는지?천경야, 2002 : 4[18]

정부 관리 이외에 문인과 학자의 '실크로드 가기'와 그들의 여행기는 현대 실크로드 서역 기행 문학의 주체를 구성하였다. 문화와 문학의 전파는 시종 사람을 매개체로 삼은 것이고, 현대 문인의 서역 기행은 실크로드 문학에 현대적 정신과 창작 방법을 가져다주었으며, 아울러 실크로드의 현대 형상을 온 사회에 전파하였다. 루쉰, 딩링丁玲, 1904~1986, 마오둔, 장

---

18 [옮긴이] 천경야의 『시베이 시찰기(西北視察記)』의 일부이다. 천경야는 『신보(申報)』의 특파원 신분으로 1년 2개월 동안 화베이와 시베이 일대를 발로 뛰며 취재하였고, 그 기사를 1934년 3월에서 1935년 5월까지 『신보』에 연재하고, 뒤에 단행본으로 출판하였다. 그때는 신장에 들어가서 취재하는 기자가 많지 않았고, 천경야는 당시 신장의 군사, 경제와 정치 상황을 전면적으로 소개하였다.

중스張仲實, 1903~1987, 장헌수이 등 작가가 앞뒤로 실크로드를 따라서 서역을 여행하였다. 그들은 시베이 연도의 폐쇄적이고 뒤떨어진 문화 층위를 타파하고, 실크로드 문화와 문학에 새로운 사상과 내용을 불어넣어 주었다.

1924년에 루쉰과 쑨푸위안孫伏園, 1894~1966 등은 시안으로 가서 여름학교에서 강의하였다. 이로써 현대 문인의 서역 여행의 서막을 열었다. 쑨푸위안과 왕퉁링王桐齡, 1878~1953은 이 경험을 바탕으로 따로따로 「창안 가는 길에서長安道上」와 「산시 여행기陝西旅行記」를 지었다. 문화와 문학의 전파가 정치, 경제와 교통 발전 등의 영향을 받고, 근대 이래로 중국과 서양의 교류와 소통 과정에서 실크로드가 지닌 위상은 차츰차츰 확장되어가는 바닷길로 대체되었다. 하지만 실크로드 옛길을 따라 형성된 산시-간쑤-신장 역로는 여전히 시베이 지역과 소통하는 주요 동맥이었고, 역로의 운송 도구는 매우 뒤떨어져서 어깨에 메기, 수레에 싣기, 가축에게 지우기가 기본적인 운수 방식이었다. 1922년에 시안에서 퉁관潼關까지 시퉁西潼도로의 개통은 시베이 교통이 역로에서 기차 운수 시대로 전환되기 시작하였음을 상징한다.

도로의 등장과 기차 운수업의 대두는 사람이 등에 짊어지기, 어깨에 메기, 가축이 끌기와 가축에게 지우기 위주인 운수 방식에 비하자면 의심할 바 없는 혁명이었다. 이는 사회 경제의 발전과 중국 사람의 물질적 문화 수준의 향상에서 중대한 의미를 지닌다.웨이융리(魏永理) 편, 1993 : 352

시베이 도로 교통의 발전은 실크로드 연도의 신문화 전파에 대해서도 커다란 촉진 작용을 일으켰다. 1924년에 루쉰 등이 여름학교에 강의하러 시안으로 간 길은 바로 시퉁도로이다. 그들은 베이징에서 기차를 타고 룽하이선隴海線을 따라서 허난 산저우陝州에 이르렀다. 그런 다음에 배를 타고 황허를 거슬러 서쪽으로 올라가 퉁관에 도착하였다. 180리에 이른 황허 물길에서 그들은 꼬박 나흘 동안 배를 탔다. 그동안에 밤에 큰비가 내려 배가 수십 리를 거꾸로 갔지만, 다행히 큰 위험을 겪지는 않았다. 산시 경내에 들어온 뒤에 그들은 배에서 내려 뭍으로 올라갔고, 기차로 바꿔 탄 뒤에 시퉁도로를 달려서 시안에 도착하였다. 루쉰 등이 산시로 오면서 겪은 일에서 우리는 당시 산시의 교통이 매우 뒤떨어졌음을 알 수 있다. 신문화운동이 가져온 사상 해방의 물결이 중국 전역을 석권하였지만, 교통의 막힘으로 말미암아 시베이 실크로드에 영향을 끼치기는 어려웠으며, 봉건 문화는 이 지역에서 여전히 지배적인 지위를 차지하고 있었다.

20세기 1920년대 산시의 문화교육계는 여전히 국수國粹와 현학玄學을 제창하고 있었다. 『고문관지古文觀止』와 『장자莊子』 등 문언 서적은 대다수 중고등학교에서 채택한 교재였고, 신사상과 신문화에 대하여 교사와 학생은 거의 알지 못하였다.

> 간쑤에서 듣건대 물질적 여건은 여전히 좋지 못하였지만, 이학理學 관념에 더더욱 얽매였다. 남편이 죽은 뒤에 수절하는 것은 매우 보편적인 도덕이었고, 열 몇 살 된 과부조차도 철통같이 지켰다. 일반 가난한 사람의 아이는 열 몇 살이 되도록 제대로 된 옷을 입지 못하였다.쑨푸위안, 1991 : 53

이러한 사회적 배경에서 1923년 7월에, 산시군벌 류전화劉鎭華, 1883~1955 가 정권을 거머쥐기 위한 미끼로 시베이대학西北大學 교장 푸퉁傅銅, 1886~1970 에게 위탁하여 주시쭈朱希祖, 1879~1944, 왕싱궁王星拱, 1888~1949, 천다치陳大奇, 1887~1983, 쉬쉬성徐旭生, 1888~1976과 미국 사람 그로버 클라크Grover Clark, 1891~1938

등을 초청하여 강연하게 하였다. 그 영향을 더 나아가서 확대하기 위하여, 1924년 여름방학 기간에 산시성 교육청과 시베이대학은 자금을 지원하여 '여름학교'를 개설하고, 전국의 이름난 학자를 초청하여 산시로 와서 초등학교와 중학교 교사들에게 강의하게 하였다. "대학에 들어갈 수 없는 사람을 위하여 방법을 세워서 약간의 고등 학식을 얻을 수 있도록 하였는데, 이것이 우리 여름학교를 개설한 까닭이며" "이를 빌려서 문화를 홍보하고 새로운 지식을 받아들였다."단옌이(單演義), 1981 : 13 초청받은 사람은 왕퉁링, 리순칭李順卿, 1894~1972, 린리루林礪儒, 1889~1977, 리지즈李濟之, 우미와 루쉰 등이었고, 강의 범위는 역사, 교육, 농업, 사회학, 물리와 문학 등의 내용을 망라하였다. '여름학교'의 개설은 류전화가 명예를 추구하여 미끼를 놓은 정치적인 수단이라고 하지만, 객관적으로 신사상을 전파하는 데 이바지하였다.

루쉰의 강의 내용은 '중국 소설의 역사적 변천'이었고, 산시 신문화와 신문예의 전파에 씨앗을 뿌렸으며, 산시의 학술 발전에 커다랗게 이바지하였다. 그래서 많은 문학청년은 사상과 창작 면에서 루쉰의 영향을 받았다. 루쉰이 받은 강의 보수는 300위안元이었는데, 그는 산시 경제의 뒤떨어짐과 민생의 어려움을 생각하여 강의하고 받은 보수에 대하여 "산시에서 얻은 것을 산시에서 소비하기"를 주장하였다. 그는 이쑤서의 전통극 학교와 희원戲園이 경비의 어려움을 겪는다는 소식을 들은 뒤에, 현금 50위안을 기부하고 편액에 기념사 "옛 가락을 홀로 타네古調獨彈"를 써주었다. 당시에 시안『신진일보新秦日報』가 루쉰의 강의 내용과 관련하여 보도하였다. 루쉰에게 시안에서 강의한 일을 전적으로 언급한 글이 없기는 하지만, 「수염 이야기說胡須」, 「거울을 보고 느낀 생각看鏡有感」, 「지식계급에 관하여關於知識階級」 등 글에서 그가 강의할 때의 일부 단락과 느낌을 다소 언급하였고, 이를 빌려서 그는 산시와 중국 문화에 대한 자신의 견해를 드러냈다.

쑨푸위안은 베이징으로 돌아온 뒤에 「창안 가는 길에서」를 지어서 이번 시안행 경험과 견문을 상세하게 묘사하였다. 이 여행기는 현대 문학사에서 비교적 이른 시기에 영향이 비교적 큰 문인이 지은 실크로드 여행기이다. 쑨푸위안은 산시에 갔고 산시만 묘사하였지만, 글에서 현대 문인의 시각으로 실크로드의 출발점이 되는 산시의 1920년대 사회사상과 상황을 진실하게 반영하였다. 쑨푸위안은 '손 가는 대로 쓰기'라는 자유로운 필법으로 산시의 역사와 지리, 지역 특색과 풍습, 민생의 고달픔 등을 서술하였다. 아울러 현대 계몽적인 지식인의 시각에서 현지 사회의 발전에 대한 그의 견해와 인식을 표현하며, "동쪽 사람의 물질생활과 정신생활의 훌륭한 부분이 룽하이선을 따라서 관중으로 들어가고, 관중에 비교적 가치를 지닌 신문명이 생길 소망을 갖기를 바란다" 하고 말하였다. 황허의 뱃사공을 묘사할 적에 그는 그들의 튼튼하고 아름다운 모습과 거침없는 성격을 찬미하였다. 쑨푸위안의 「창안 가는 길에서」는 현대 문인이 실크로드를 여행한 특징을 구체화하였다. 실크로드 연도의 사회 상황에 대한 관리 여행기에서 보이는 전면적이고 객관적인 기록과 비교하면, 문인 여행기는 작자의 미적 감정과 감성 체험을 더욱 많이 녹여냈다. 특히 현지 민중의 사상 관념에 대하여 깊숙이 들어간 조사와 사색이 그러하다.

왕퉁링은 일찍이 일본 도쿄제국대학에서 역사학을 전공하였고, 베이징사범대학 역사학과 교수로서 1924년에 초청을 받아 시안으로 가서 강의하였다. 그는 역사학자의 날카로운 시각으로 산시의 시정 건설, 문학과 교육 사업, 시민 생활 등을 기록하였다. 아울러 일부 사회 현상들에 대하여 자신의 견해와 인식을 제기하였다.

항일전쟁이 발발함에 따라서 많은 문인은 나라 사랑의 마음을 품고 실크로드로 다시 가서 산시, 간쑤, 신장 등지를 돌아다니며, 진보적인 문예 활동에 몸담았다. 그들의 서역 여행은 서역 여행기의 번영을 가져왔다. 현대 문인이 창작한 실크로드 여행기는 실크로드 연도의 자연과 지리에 대한 묘사 이외에도 현지의 민생고와 민족정신의 투영에 더욱더 치중하였고, 두드러진 시대적 주제를 담아냈다.

1934년에 장헌수이는 기차를 타고 산시와 간쑤 등지를 여행하였다. 그는 원래 란저우에서 신장으로 들어갈 계획이었지만, 신장 정국이 불안정하였으므로 란저우에서 시안으로 되돌아갔다. 그는 이 여행에서 보고 들은 것을 바탕으로 『서역 여행의 작은 이야기西遊小記』를 창작하였다. 장헌수이는 「머리말前言」에서 자신이 서역 여행을 떠난 초심을, "내가 산시-간쑤를 여행하는 뜻은 시베이의 민생고를 조사하고 패관稗官을 써넣는 데 있었다"장헌수이, 2002 : 1 하고 말하였다. 이 여행기는 시베이 지역의 풍경과 명승지, 역사와 지리, 민생과 민속 등 상황을 상세하게 소개하였다. 그는 또 이것을 제재로 삼은 『샤오시톈小西天』과 『제비 돌아오다燕歸來』 등 시베이의 민생고를 반영한 장편소설 두 편을 창작하였다.

마오둔은 항일전쟁 시기에 2년 동안 실크로드에서 돌아다녔다. 그는 1938년에 홍콩에서 옛 친구 두충위안杜重遠, 1898~1944의 초청을 받아들여 신장으로 가서 교육 사업에 몸담았다. 이 시기에 마오둔은 자신이 경험한 견문을 바탕으로 「눈보라 몰아치는 화자링風雪華家嶺」, 「서경 삽입곡西京插曲」, 「'전시 경기'의 총아인 바오지"戰時景氣"的寵兒－寶鷄」, 「친링의 밤秦嶺之夜」 등을 지었다. 이 작품들은 현장 기록의 수법으로 '실크로드 가기' 경험을 쓴 것이고, 현대 문인의 서역 여행기 가운데서 중요한 글이 되었다. 이밖에 실크로드 연도의 "여러 민족의 이질적인 문화 지역에서 그는 문화에 폭넓은 관심을 기울이는 더욱 열린 시야"와 "일반 현대 작가에게 없었던 전혀 새로운 미적 체험"리지카이, 리궈둥(李國棟), 2016 : 172을 얻었다. 이러한 온전히 새로운 미적 체험이 있었기에 강남에서 온 이 문인은 굳센 격조의 「백양 예찬」, 「란저우의 이런 일 저런 일蘭州雜碎」, 「신장의 풍토 이런저런 추억 新疆風土雜憶」, 「신장의 이것저것 읊으며新疆雜詠」, 「풍경 이야기風景談」 등 본보기적인 산문을 지어냈다. 이러한 작품들은 마오둔의 '실크로드 가기' 문학의 결정체이다. 그는 "백양 예찬은 내가 한 지역에 있을 때에 제재를 취한 것이 아니라, 시베이 고원에 한 번 간 (신장에 가고, 신장에서 옌안으로 가고, 옌안에서 다시 충칭으로 간) 다음에 충칭에서 쓴 것"마오둔, 1988 : 343이라고 말하였다. 바로 '실크로드 가기' 경력에서 마오둔은 시베이 실크로드의 자연환경의 척박함과 생명력의 끈질김을 강하게 느꼈고, 자연과 생명에 대한 그의 이해와 미적 체험이 더욱 깊어졌으며, 그래서 그의 창작은 민족정신에 대한 새로운 찬미 주제로 들어선 것이다.

마오둔과 함께 신장으로 간 사람에 산시 출신의 장중스가 있다. 장중스가 1939년에 지은 「신장으로 가는 도중에赴新途中」[19]와 「이리 여행기伊犁行記」는 1940년대 전후에 실크로드 연도의 자연 풍광과 문화생활 상황을 진실하게 기록하였다. 이밖에도 산시에서 교육 업무에 종사한 루옌魯彦, 1901~1944이 지은 「시안 인상西安印象」과 『황허黃河』의 편집장 셰빙잉謝氷瑩, 1906~2000이 지은 「화산 여행기華山遊記」 등 작품이 있다. 이 작품들은 다른 각도에서 중화민국 시기의 실크로드 연도의 자연 풍경과 사회 현실을 반영하였다.

---

19   [옮긴이] 장중스는 란저우에서 '신장으로 가는 도중에' 관련 글 두 편을 썼다. 「쓰촨에서 청두로 가며─신장으로 가는 도중에(由渝到蓉─赴新途中)」와 「청두에서 란저우로 가며─신장으로 가는 도중에(由蓉到蘭─赴新途中)」이고, 1939년 2월 5일과 2월 20일에 출판한 『전민항전(全民抗戰)』 제52호와 제55호에 발표하였다.

당대 실크로드 서역 기행 문학은 중화인민공화국의 성립과 더불어 전혀 새로운 역사 시기로 들어섰다. 그것은 자신의 독특한 지역 문화 방식으로 주류 이데올로기의 수립에 참여하였다. 1949년 이후에는 실크로드 지역의 개발과 건설이 중국 전역에서 '서부 가기 열풍西進熱潮'을 불러일으켰다. 칭짱도로青藏公路와 간칭도로甘青公路 등의 개통과 란신선蘭新線, 바오란선包蘭線, 란칭선蘭青線 등 철도의 개통에 따라서 시베이 지역과 외부의 연결이 훨씬 편리해졌다. 또 위먼玉門과 차이다무柴達木 유전의 개발, 석탄, 강철, 방직 등 방면의 산업 발전은 시베이 지역의 경제문화가 뒤떨어진 현상을 대대적으로 개선하였다. '서부 가기 열풍'의 영향을 받아서 창작된 실크로드 문학은 시베이 지역의 개발과 건설을 진실하게 반영하고, 아울러 혁명적 낭만주의 정서를 품고 실크로드 지역의 새 생활과 새 모습을 노래하였다. 전문 작가가 이 시기의 실크로드 문학 창작의 주체가 되었으며, 작품의 제재는 더욱더 풍부하고 다원화되었다. '서부 가기 열풍' 속에서 '군가'와 '목가'를 포함한 작품은 서사 면에서 현장성을 추구한 것 이외에도 실크로드 지역의 민중이 새로운 사회 건설 과정에서 드러낸 혁명 정신과 사명감을 표현하는 데 더욱더 치중하였다. 아울러 전통적인 여행기 이외에 실크로드를 제재로 삼은 시, 소설, 산문, 영상 등 여러 예술 장르에서 많은 작품이 창작되었다.

당대 서역 여행기의 창작자는 중화민국 시기의 학자와 관리에서 전문 작가로 바뀌었다. 제재는 더욱 다원화하였으며, 현장 묘사 이외에 문학의 미적 체험을 더욱더 중시하였다. 예성타오葉聖陶, 1894~1988의 「작은 이야기 열 편小記十篇」과 「신장 남쪽 천릿길 여행南疆千里行」 등은 실크로드 연도의 자연과 문화적 모습을 묘사한 여행 기록이다. 왕멍王蒙, 1934~의 「고향 가는 길"故鄉"行」과 장셴량張賢亮, 1936~2014의 「이리, 이리伊犁, 伊犁」 등 여행기들도 신장의 지역 특색과 풍습을 묘사하고, 작자와 변방지역 사람이 고난을 겪으며 맺은 진실한 정과 우정도 더욱 많이 녹여냈다. 신시기新時期[20]에 뿌리찾기尋根 흐름의 영향을 받아서 위추위余秋雨, 1946~의 「도사탑道士塔」, 「모가오굴莫高窟」과 「양관의 눈陽關雪」, 왕잉치王英琦, 1954~의 「고비를 향하여向戈壁」 등이 탄생하였다. 이러한 실크로드 여행기는 개인이 산수에 정감을 실어 내는 감성적 글쓰기 방식을 뛰어넘어서 실크로드의 뿌리 깊은 역사와 문화 전통으로 시선을 던지고, 신시기 문단에 문화 실크로드의 현대적 형상을 세웠다. 산문 방면에서 비예碧野, 1916~2008가 신장 생활을 묘사한 산문집 『카자흐 목장에서在哈薩克牧場』, 『아득히 먼 곳에 안부를 물으며遙遠的問候』, 『톈산 남북의 멋진 곳天山南北好地方』, 『변방 풍모邊疆風貌』 등 네 권과 위안잉袁鷹, 1924~의 「톈산로天山路」와 「고비의 강물은 길이길이 흘러간다戈壁水長流」 등 작품에서 신장의 교통과 수리 건설 등을 묘사하였다. 신시기 이후에 류바이위劉白羽, 1916~2005, 왕멍 등도 변방 제재의 산문을 많이 지었다. 이러한 작품들은 변방지역의 웅장하게 우뚝 솟은 자연 풍경을 묘사하고, 변방지역 사람의 영웅적인 기개와 숭고한 정신을 드러내는 데 더욱더 치중하였다.

나는 독자가 몇 차례 성긴 붓질을 한 글을 통하여 우리 조국의 시베이 변방의 맑고 깨끗한 자연 풍광을 볼 수 있고, 아울러 변방의 대자연을 한창 개조하고 있는 영웅들의 옆모습도 볼 수 있기를 희망합니다.두슈화(杜秀華), 1985 : 122

창작자는 드높은 낙관적인 서사 가락으로 변방의 새 모습과 새로운 사

---

20   [옮긴이] 1978년 12월에 개최한 11기 3중전회에서 중화인민공화국 성립 이후 중국공산당이 개혁개방이란 역사상 '새로운 시기(新時期)'를 열었다고 천명한 데서 나온 용어이다.

회 건설의 장면을 묘사하였다.

신시기 문단에서 시베이의 객지 생활을 제재로 삼은 소설이 많이 쏟아져 나왔다. 왕멍이 신장을 제재로 삼아 창작한 소설 『이리에서在伊犁』 시리즈, 장셴량의 『자귀나무綠化樹』와 『영혼과 육체靈與肉』, 장청즈張承志, 1948~의 『검은 준마』, 『황금목장金牧場』과 『황금초원金草地』과 스톄성史鐵生, 1951~2010의 「나의 아득히 먼 칭핑완我的遙遠的淸平灣」 등이 그러하다. 이러한 작가들은 연이은 '반우파' 운동과 '문화대혁명' 시기에 시베이 지역으로 하방下放되어 '노동 개조'를 하였다. 왕멍은 「조직부에 새로 온 젊은이組織部新來的靑年人」 한 편으로 인하여 '우파'가 되어서 가족을 데리고 신장으로 이주하여 16년 동안 살았다. 장셴량도 시 「큰바람의 노래大風歌」 한 편 때문에 우파가 되어 닝샤로 하방해 노동 개조를 당하였다.

신시기에 이러한 기구한 경험을 지닌 작가가 문단으로 되돌아와서 따뜻한 정으로 가득 찬 기억을 바탕으로 지식인과 시베이 농민 사이의 이야기를 서술하였다. 또한 '상산하향上山下鄕'[21] 운동 과정에서 산베이 생산대대에 정착한 베이징 지식청년인 스톄성은 「나의 아득히 먼 칭핑완」과 「생산대대 정착 이야기揷隊的故事」 등 작품을 써냈고, 그가 시베이에서 보낸 청춘 시절의 추억을 묘사하였다. 내몽골 초원 생산대대에 정착하여 방목한 장청즈도 시베이를 그의 문학과 정신의 귀의처로 삼아서 초원, 톈산과 황토고원 등에 관한 소설들을 지어냈다. 객지 생활을 경험한 작가가 창작한 실크로드 소설은 실크로드 지역이 외지고 뒤떨어진 지역이라는 사람들의 기존 인상을 바꾸게 하였다. 그들은 뿌리 깊은 땅에 스며든 커다란

---

21 [옮긴이] 1968년 12월 22일, "지식청년은 농촌으로 내려가 빈농으로부터 재교육을 받으라(知識靑年到農村去, 接受貧下中農的再敎育)" 하는 마오쩌둥(毛澤東, 1893~1976)의 지시에 따라 젊은이들이 산으로 올라가고 시골로 내려간 운동이다.

정신의 힘을 파헤쳐서 펼쳐 보이며, 주변 시각에서 사회와 문화에 대한 중국 사람의 인식을 재건하였다.

서역 기행시紀行詩의 중요한 주제의 하나는 실크로드 지역에서 노동하고 건설하는 생활에 대한 묘사이다. 원제의 「톈산의 목가」와 「허시쩌우랑의 노래河西走廊行」, 리지의 「위먼 시초」, 시베이사범대학西北師大學을 졸업한 '음유시인' 탕치唐祈, 1920~1990의 「둔황 연작시敦煌組詩」와 「변새에 바치는 시邊塞的獻詩」 등이 그러하다. 톈젠田間, 1916~1985, 궈샤오촨郭小川, 1919~1976, 장즈민張志民, 1926~1998, 리잉李瑛, 1926~2019 등도 변방을 묘사한 시를 발표하였다. '문화대혁명' 시기에 우파가 된 원로 시인 아이칭艾靑, 1910~1996은 신장 생산건설병단에서 16년 동안 생활하였고, 「황무지 개간자의 노래墾荒者之歌」, 「황무지를 불사르며燒荒」와 「천막帳篷」 등에서 군대가 황무지를 개간하는 생활을 반영한 짧은 시를 써냈다. 주광첸朱光潛, 1897~1986은 「창안을 떠나며別長安」와 「간쑤 기행 잡시甘肅記遊雜詩」 등을 지었다. 특히 20세기 1980년대에는 '신변새시'가 부상하면서 당대 변새시의 창작을 더욱더 새로운 절정으로 끌어올렸다. 그것은 옛날 성당 시기 변새시의 웅장하고 힘찬 이미지와 기백을 계승하고, 마찬가지로 막중한 시대적 사명감과 책임감도 녹여 내며, 드넓은 고비사막에 대한 묘사에서 거리낌 없고 자유로운 인문 정신을 펼쳐 보였다.

당대에는 전파매체의 다원화에 따라서 영화와 텔레비전과 연극 작품이 이채를 띠는 영상 방식으로 실크로드의 역사와 문화를 재현하고, 실크로드 문학예술의 무대를 풍부하게 만들었다. 1979년에 일본 NHK와 중앙텔레비전방송국이 공동으로 촬영 제작한 〈실크로드シルクロード〉는 실크로드 연도의 역사와 문화를 펼쳐 보였다. 2013년에 중앙텔레비전방송국이 촬영한 〈실크로드 다시 시작한 여정絲路, 重新開始的旅程〉도 전혀 새로운

시각에서 새 실크로드를 드러냈다. 특히 20세기 1980년대에 서부영화西部電影[22]가 부상하였고, 〈황토지黃土地〉, 〈쌍치전의 칼잡이雙旗鎮刀客〉와 〈황허의 노래黃河謠〉 등에서 서부 민중의 생활과 정신적 특질에 초점을 맞추었다. 쉬커徐克, 1950~가 메가폰을 잡은 무협영화 〈용문비갑龍門飛甲〉과 〈적인걸, 측천무후의 비밀狄仁傑之通天帝國〉, 액션 어드벤처 영화 〈옛 무덤 도굴 이야기盜墓筆記〉, 〈심용결尋龍訣〉, 〈구층요탑九層妖塔〉, 닝하오寧浩, 1977~ 감독의 〈무인구역無人區〉 등은 실크로드 옛길의 역사와 문화를 배경으로 삼았다. 신비한 서역은 영화에 판타지 색채를 늘려주며 많은 젊은 관객을 매료시켰고, 소비 환경에 맞춘 실크로드 문화에서 새로운 생명력과 에너지를 뿜어내게 하였다. 둔황 모가오굴 벽화 예술에서 소재를 취한 대형 민족무용극 〈실크로드에 내리는 꽃비絲路花雨〉는 성당 시기를 배경으로 삼아서 아름다운 무용언어로 신필장神筆張 부녀와 이란 상인 이누쓰伊努斯 사이에 맺은 깊은 우정을 묘사하며 옛 실크로드에서 펼쳐진 중국과 외국 민족 교류사의 한 장면을 재현하였다. 아울러 "서부 가왕西部歌王"으로 불리는 왕뤄빈王洛賓, 1913~1996이 칭하이와 간쑤 등지에서 수집하여 정리한 민요를 바탕으로 창작한 〈다반청 아가씨達坂城的姑娘〉, 〈저 아득히 먼 곳在那遙遠的地方〉, 〈반쪽 달이 떴네半個月亮爬上來〉 등은 환상과 낭만적인 색채로 가득 찬 시베이 형상을 세계 각지에 알렸다.

---

22 [옮긴이] 이름난 영화평론가 중뎬페이(鍾惦棐, 1919~1987)가 시안영화사 창작회의(西安電影制片廠創作會議)에서 처음 사용하였다. 시안영화사가 촬영 제작하였고, 장이머우(張藝謀, 1950~), 천카이거(陳凱歌, 1952~), 톈좡좡(田壯壯, 1952~), 허핑(何平, 1957~), 쑨저우(孫周, 1954~), 황젠신(黃建新, 1954~), 저우샤오원(周曉文, 1954~) 등이 메가폰을 잡았으며, 중국 서부의 현실 생활이나 역사 이야기를 제재로 삼아서 시베이(西北) 사람의 독특한 지역 특색과 풍습을 반영한 영화들을 말한다.

4. 문화 전파 루쉰의 신장에서의 '서역 여행'

실크로드는 문화를 전파하는 길이다. '루쉰문화'도 이 실크로드에서 전해지면서 중국의 신문화와 신문학의 영향력을 나타내고, 루쉰이란 독특한 개성을 지닌 뛰어난 작가로서의 개인적인 매력도 드러냈다.

어떤 의미에서 말하면, 루쉰의 일생은 "나그네"의 일생이었다. 옛날과 오늘에 대한 탐색을 그치지 않은 삶이고, 배낭을 메고 떠나는 '길 위의' 일생이기도 하였다. 그는 젊은 시절에 "다른 길을 가고 다른 곳으로 벗어나며 다른 사람들을 찾으러 가자."^{루쉰, 2005 : 438} 하고 주장하고, 그도 자신의 주장을 확실히 행동에 옮겨 실천하였다. 그는 사오싱^{紹興}에서 난징으로 갔고, 나아가서 또 일본으로 가서 유학하고, 그런 다음에 여러 지역을 돌아다니며 활동하였다. 분명히 이러한 '다른 지역'에서 공부하고 근무한 경험이 그의 자아 성장에 매우 중요한 작용을 한 것임에 틀림없다. 그는 '봉건'적인 가족에서 벗어나 드넓은 세계로 나갔으며 풍부한 인생을 창조하였다. 이는 20세기 초 신문화 선구자가 우리에게 가져다준 가장 중요한 '인생 경험'이다.

사실 '5·4' 이래로 세계에 '서양학문의 중국 전파^{西學東漸}' 흐름이 등장한 동시에 중국 경내에서 '중국학문의 서양 전파^{東學西漸}' 문화현상도 나타났다. 여기에는 현대 문인의 '서역 여행', '실크로드 가기'와 '만리장성 서쪽 지역으로 나가기^{走西口}' 등을 포함한다. 아울러 정치적 포부를 품었거나 문화를 전파하려는 마음에서, 아니면 탐험 여행을 떠나거나 생활에 짓눌려서, 심지어 피동적인 유배 때문이든 간에, '서역 여행'을 하는 사람들은 객관적으로 저마다 문화의 전파를 촉진하였다. '전국'적인 전체적 변화 발전이란 의미에서 우리는 이러한 '사람과 땅이 관계 맺은' 문화지리

현상에 관심을 기울여야 할 것이다.

예를 들면 신문화와 신문학운동 기간에 가장 영향력을 지녔던 간행물 『신청년新靑年』은 중국 서부에서도 일찍부터 주요한 영향을 끼쳤다. 마오둔과 장중스 등이 신장, 란저우, 시안과 옌안 등지로 갔고, 또 현지에서 실무를 맡은 중에도 글쓰기를 게을리 하지 않고 많은 성과를 거두었다. 루쉰은 생전에 중국 서부에서 가장 중요한 도시이자 옛 도읍지 시안에 올 기회가 있었다. 이 '서역 여행'은 특별히 주목을 받았고 관련 연구도 비교적 많고 충분하다. 루쉰의 이번 '시안에서 강연' 경험은 고대의 성인 공자도 경험하지 못한 것이다. '공자는 서쪽으로 갔지만 진나라에는 이르지 못하였다.' 이는 공자에게 일생을 두고 아쉬운 일이었을 것이다. 루쉰이 시안에 온 일은 정말 '직접 현장에 온 것'이고 '실제로 온 것'이다. 하지만 루쉰은 여러 방면의 제약으로 말미암아, 확실히 '서역 여행'을 계속 이어갈 수 없었다. 연구자는 그가 '상징적으로 온 것' 즉 '영향을 끼친 것'에도 관심을 기울일 만하다. 그렇게 해야 그가 '영향을 끼친' 커다란 힘을 더욱 구체화할 수 있기 때문이다. 예컨대 루쉰이 산베이 근거지 옌안으로 간 적이 없다고 하여도, '루쉰'은 옌안에서 여전히 커다란 영향을 끼쳤다. 그는 문화 분야에서 '루 사령관'[23]이란 신분으로 옌안의 시공간 한복판에 있었다. 이 방면에 대하여 많은 연구도 있고 매우 구체적이므로 여기서 덧붙여 말하지 않겠다.

---

23 [옮긴이] 1942년 5월 2일, 옌안문예좌담회(延安文藝座談會)가 양자링(楊家嶺)에서 개최되었고, 마오쩌둥이 개회사(引言)를 하면서, "우리에게 두 개의 군대가 있다. 한 군대는 주 총사령관이 이끌고, 한 군대는 루 총사령관이 이끈다(我們有兩支軍隊, 一支是朱總司令的, 一支是魯總司令的)" 하고 말하였다. 이 내용을 뒤에 "손에 총을 든 군대(手裏拿槍的軍隊)"와 "문화의 군대(文化的軍隊)"로 수정하여 발표하였다. 양칭춘(楊靑春)·첸쥔펑(錢均鵬), 「군보 간행물 『옌안문예좌담회에서 연설』 발표 80주년 기념(軍報刊文紀念『在延安文藝座談會上的講話』發表80周年)」, 2022.5.17.

저자가 여기서 특별히 설명하려는 것은 실크로드가 창업의 길이자 문화 전파의 길이며, 현대 실크로드가 '루쉰문화'를 포함한 현대 문화도 전파하고 있다는 점이다. 다시 말하면 루쉰이 생전에 신장을 포함하여 아득히 먼 서역에 간 적이 없다고 하여도 '루쉰문화'는 커다란 호소력을 갖고 위구르 문학을 포함한 신장 문단에 깊은 영향을 끼쳤고, 신문학 전통의 영향과 작용을 충분히 드러냈다. 루쉰의 '서역 여행'은 현대 문학의 전파와 정신의 영향이란 의미를 지닌 문화현상이다. 이로부터 중국 현당대 문학의 '계보'는 민족과 지역을 뛰어넘는 전파 의미에서도 길게 이어졌고 줄곧 소통하였다. 사실상 루쉰과 그의 작품은 20세기 1920년대부터 신장에서 전파되기 시작하였다. 전파에는 주로 두 갈래 경로가 있었다. "하나는 중요하고도 비교적 깊은 영향을 끼친 전파 경로이고, 20세기 1930년대에 한족 지식인이 전파하였다. 또 다른 한 갈래는 20세기 초 이래로 구소련 시기에 루쉰 작품에 대한 번역 소개와 연구가 당시 소련에 유학한 위구르족 지식인에게 영향을 끼친 것이다. 그들은 이러한 영향을 받고 신장으로 되돌아왔고, 루쉰에 대한 신장의 여러 민족 지식인의 인식과 이해를 확대하였다."구리나얼 우푸리(姑麗娜爾·吾甫力), 2010.2.5

20세기 1920년대에 신장 동부지역에서 루쉰의 작품을 접촉한 사람이 이미 있었다고 하지만, 1940년대 중기와 후기부터 진정으로 루쉰 저작에 대한 위구르어 번역 소개와 출판 업무가 시작되었다. "문학과 역사 자료의 기록에 근거하면, 신장에서 이리, 타청塔城, 아얼타이阿爾泰 등 세 지역의 혁명정부 기관의 간행물『동맹同盟』에서 예전에 하미티 쑤리탕哈米提·蘇力唐이 번역한「광인일기狂人日記」를 게재하였다."이밍 아부라(移鳴·阿布拉), 1997 : 61 이는 지금 알 수 있는 최초로 위구르어로 번역한 루쉰 작품이다.

1949년 이후에 정부가 문학 간행물을 중시하였기 때문에, 신장의 문예 사업은 빠르게 발전하였다. 중국어 간행물 이외에, 사람들은 위구르어 간행물도 속속 창간하기 시작하였다. 『신장문예新疆文藝』지금의 『타림(塔里木)』는 그 가운데 하나이다. 문예 간행물이 증가함에 따라서 루쉰과 그의 작품은 신장에서 폭넓고 빠르게 전파되었다. 예를 들면 「늦봄의 이런저런 이야기春末閑談」, 「레이펑탑이 무너진 데 대하여論雷峰塔的倒掉」, 「다시 레이펑탑이 무너진 데 대하여再論雷峰塔的倒掉」 등 여러 작품이 연이어서 번역되어 위구르어 간행물에 발표되었다. 1958년에 민족출판사民族出版社는 『루쉰의 이야기魯迅的故事』와 『루쉰의 청소년 시절魯迅的靑少年時代』 등과 퉈후티 바커 Tohti Baki, 1922~가 번역한 『외침吶喊』과 『방황彷徨』 등 위구르어 소설집을 출판하였다. 이밖에 루쉰의 「고향故鄕」, 「복을 비는 제사祝福」, 「후지노 선생藤野先生」, 「어떤 작은 사건一件小事」과 「무제無題」 등 작품이 위구르어로 번역되어 위구르족 초중학교 교과서에 수록되었다.

'문화대혁명' 기간에도 신장에서 루쉰의 작품은 전파되었다. 퉈후티 바커는 「혁명적이지 않은 급진적 혁명론자非革命的急進革命論者」, 「중국과 독일의 분서 다른 점과 같은 점華德焚書異同論」과 「지식은 곧 죄악智識卽罪惡」 등 작품을 번역하였다. '문화대혁명' 후기에 신장인민출판사新疆人民出版社는 『루쉰 소설 시가 산문선魯迅小說詩歌散文選』상하이인민출판사(上海人民出版社)의 1973년 5월 제1판을 번역과 『루쉰 잡문집魯迅雜文集』상, 하 등 위구르어 번역본 두 권을 출판하였다. 11기 3중전회十一屆三中全會[24] 뒤로 출판업도 다시 한 차례 번영하게 되었고, 루쉰 작품의 위구르어 번역과 출판 업무에는 전에 없던 활기찬 국면이 나타났다. 이전의 산발적인 번역에서 모음집 번역으로 발전하는 과정에서 새 번역본이 줄줄이 선보였다. 신장인민출판사는 루쉰 작품의 번

---

24 [옮긴이] 중국공산당 제11기 중앙위원회 제3차 전체회의(中國共產黨第十一屆中央委員會第三次全體會議)를 말한다. 1978년 12월 18~22일에 베이징에서 열렸다.

역과 출판 업무를 계획적으로 빨리 처리하기 위하여 '루쉰작품번역팀'을 구성하고, 1980년대에 2백만 자에 이르는 여러 장르의 루쉰 작품을 번역 출판하였다. 그래서 『아침 꽃 저녁에 줍다朝花夕拾』, 『아Q정전阿Q正傳』, 『들풀野草』, 『방황』재판, 『꽃테 문학華蓋集』, 『열풍熱風』과 『삼한집三閑集』 등 30부에 이르는 작품집을 줄줄이 내놓았다. 20세기 1980년대 이후에 그들은 루쉰에 관한 영상 작품도 번역하였다.

　루쉰 작품의 전파와 확산에 따라서 신장 문예계는 "위구르 현당대 문학의 형성에 루쉰 작품과 그의 정신의 영향을 깊이 받았다"마허무티 자이이딩(馬赫木提·翟一丁), 1993 : 23하는 공감대를 점차 형성하였다. 저자는 최근에 위구르족 작가의 자서전, 탐방과 회고록 등을 통하여 중요한 위구르족 작가마다 루쉰의 안내와 영향을 받았음을 명확하게 표시한 점을 알게 되었다. 그 가운데서 대표성을 지닌 작가는 주로 아부두하리커 웨이구얼Abduxaliq Uyghur, 1901~1933, 리 무타리푸Le Mutharifu, 1922~1945, 아부두러이무 우티쿠얼Abdurëhim Tileshüf Ötkür, 1923~1995, 아이리칸무 아이하탄무Ailikanmu Aihetanmu, 1922~, 커유무 투얼디KeYouMu vomit di, 1937~, 쭈눙 하디얼Zunun Kadir, 1911~1989, 마이마이티밍 우서우얼買買提明·吾守爾, 1944~ 등이다. 이러한 작가들은 인생 경험과 창작 여정이 조금씩 다르다고 하여도 그들은 도리어 다른 장소나 텍스트에서 한목소리로 문학의 스승 루쉰을 그리워하였다.

　위구르족 작가에 대한 루쉰의 영향은 장기적이고 꾸준하였다. 위구르족 지식인은 자기 창작의 길에서 모두 알게 모르게 루쉰에게서 사상적 영향을 받았다. 우수한 지식인들은 루쉰을 홍보하기 위하여 지칠 줄 모르고 꾸준히 루쉰을 번역하고 소개하고 연구하는 데 힘쓰며 적극적으로 루쉰 정신을 계승하였다. 우리는 다음 몇몇 작가와 시인에게서 위구르 현당대 문학에 대한 루쉰의 '서역 여행'의 영향을 분명히 볼 수 있다.

첫 번째 인물은 아부두하리커 웨이구얼이다. 그는 위구르의 이름난 현대 시인이자 계몽 사상가이다. 웨이구얼은 그의 필명이다. 그는 투루판 바거리巴格里의 부유한 상인 가정에서 태어났다. 그는 소년 시절부터 차가타이어察合台語, 아랍어, 이란어 등에 정통하였고, 많은 위구르 고전 문학 작품도 읽었다. 1916년에 그는 아버지를 따라서 러시아로 가서 사업하였고, 카자흐스탄 셰미시歇米市에서 1년 동안 거주하면서 러시아어를 배웠다. 귀국한 뒤에 그는 투루판 중국어학당에서 공부하였고, 아울러 스스로 중국어 이름을 하원차이哈文才라고 지었다. 그는 학당에서 『홍루몽紅樓夢』, 『수호전水滸傳』, 『삼국연의三國演義』 등 우수한 중국 고전 문학 작품을 많이 읽었다. 이밖에도 그는 루쉰의 저작과 쑨중산의 삼민주의 사상을 만났다. 1923년에 그는 다시 소련으로 가서 3년 동안 공부하였고, 그동안에 미하일 레르몬토프Михаил Юрьевич Лермонтов, 1814~1841, 푸시킨Александр Сергеевич Пушкин, 1799~1837, 막심 고리키Максим Горький, 1868~1936, 레프 니콜라예비치 톨스토이Лев Николаевич Толстой, 1828~1910 등 이름난 작가의 저작을 읽었다. 그는 『신청년』에 게재된 「광인일기」를 읽은 뒤로 「광인일기」의 내용을 이야기로 엮어서 친한 벗과 형제들에게 들려주고, 정기적으로 모임도 열어서 이야기의 인물 형상과 사상 내용 등을 토론하였다. 그는 1920년대에서 1930년대 사이에 위구르족과 다른 민족의 뒤떨어진 풍습, 봉건 미신과 보수적 사상 등에 대하여 가차 없이 공격하였다. 그는 시 「바라지 않아不願……」에서 다음과 같이 읊었다.

우리 민족은 고칠 수 없이 병 들어 목숨이 위태위태하건만
깊은 병을 낫게 할 좋은 약을 구하길 바라지 않아
남은 파란 하늘 푸른 바다에서 신나게 달리건만

우리는 나귀 타길 바라지 않고 걸어가기만 바라지

우리는 날마다 높은 하늘 우러르며 행운의 새를 찾지만

행운의 새가 탐색자의 머리에 앉는 걸 바라지 않아

마음이 민족의 고난을 어찌 참고 견디는지

사람들 신음하고 있지만 우리는 나서길 바라지 않아^{아부두하리커 웨이구얼, 1980 : 54}

아부두하리커 웨이구얼의 시는 민족의 폐단, 봉건 미신, 뒤떨어진 풍습과 보수적인 사상 등을 파헤치고 비판하는 데 목적을 두었고, 동시에 현대 지식을 배우고 과학과 문화를 익힐 것을 적극적으로 제창하였다. 그는 우수한 민족에게서 배울 것을 배워 현실을 개선할 것을 적극적으로 주장하였다. 현대 문명으로 나아가고 사상 계몽을 구체화한 그의 시와 글은 당시 루쉰의 계몽사상과 문학과 많은 부분에서 일치하였다. 이러한 의미에서도 아부두하리커 웨이구얼은 위구르족의 '루쉰'이라고 말할 수 있다.^{퉈후티 바커, 1994}

두 번째 인물은 위구르족 현대 문학의 선구자이자 이름난 시인 리 무타리푸이다. 그는 처음에 러시아어로 루쉰의 저작을 읽었고, 러시아어판 자료에 근거하여 젊은이들에게 루쉰의 작품을 소개하고 전파하였다. 그는 예전에 루쉰을 "대단한 문학가이자 우리의 고리키이다"라고 찬미하였다. 그는 『신장일보』의 위구르어판 편집부에서 근무하는 기회에 '문학뜨락' 칼럼을 열고 그 주변으로 시인과 작가를 불러 모았고, 러시아어판을 통하여 위구르 젊은이들에게 루쉰의 작품을 홍보하고 해설해주었다. 웨이구얼 싸이라니^{維古爾·薩依拉尼}, 쭈눙 하디얼, 아부두러이무 우티쿠얼, 커리무 훠자^{Kelimu Huojia, 1928~1988} 등 위구르족 시인과 작가들이 모두 연이어서 리 무타리푸에게서 루쉰의 작품에 대한 상세한 해설을 들었다. 그는 『신장일보』1942년 9월 30일자에 발표한 글에서도 "푸시킨의 예브게니 오네긴Evgenii Onegin, 고리키의 파벨 블라소프Pavel Vlasov, 루쉰의 아Q, 마오둔의 우쑨푸吳蓀甫 등은 문학 작품에서 전형 형상의 빛나는 본보기로 창조되었다" 하고 말하였다. 그가 루쉰이 창조한 아Q를 매우 높은 지위로 올린 것은 큰 정도에서 당시의 위구르문화공간에서 「아Q정전」이 상당한 규모의 독자층과 영향력을 이미 확보하고 있었기 때문이다.

리 무타리푸는 루쉰 작품 속 인물을 비교 분석하며 적극적이고 긍정적으로 평가하였다. 아울러 그가 루쉰에게서 자기 민족의 문학 전통 속에 전혀 선례가 없는 문학 장르인 잡문雜文을 배우면서 '투창'과 '비수' 같은 전투력을 재빠르게 당시 항일 선전과 결합한 점은 특히 주의할만하다. 지금 『리 무타리푸 시문선黎·穆塔里甫詩文選』에 수록된 「죽음의 두려움 속에서在死亡的恐怖中」1942와 「'황군'의 고민」"皇軍"的苦悶」1943, 「천황 무사의 말일이 도래하리니(天皇武士末日將臨)로도 번역 등 두 편은 "루쉰의 격조를 본받아 지은 우수한 잡문"이다. 날카롭게 조롱하는 그의 필치는 루쉰 잡문의 전투적인 격조와 전부 일맥상통한다.

1940년 10월에, 린지루林基路, 1916~1943가 주관하여 우루무치烏魯木齊에서 루쉰 서거 4주년 기념행사를 거행하고, 등사한 기념 간행물도 출판하여서 서역 변방에서 한 차례 루쉰 열풍을 불러일으켰다. 이때 리 무타리푸가 회화 솜씨를 발휘하여 직접 그린 루쉰 초상화를 그 간행물 표지 상단에 게재하고, 예술적 형상을 통하여 위구르족 독자에게, 그리고 신장의 많은 학교에서 루쉰에 대한 인식과 이해를 심화시켜 준 일은 거론할 가치가 있다. 아부두하리커 웨이구얼과 리 무타리푸는 1930년대와 1940년대에 앞뒤로 사생취의하였지만, 땔나무가 다 타면 불길이 다른 땔나무에 옮겨 붙어 불이 영원히 꺼지지 않듯이 알게 모르게 루쉰 정신이 신장에서 차츰차츰 요원의 불길이 되었음을 보기란 어렵지 않다.

세 번째 인물은 쭈눙 하디얼이다. 그는 위구르 현대 연극과 소설의 창시자이다. 그는 문학 창작의 초기 단계에서 분명히 루쉰 문학의 전통에서 직접적인 영향을 받았다. 1937년에, 쭈눙 하디얼은 디화에서 목축전문학교에 다닐 때, '루쉰 강좌' 등 문학 활동에 참여할 기회가 있었다. 그때 그는 루쉰의 작품들을 얻었으며, 그것이 문예에 대한 그의 흥미를 더욱 늘려주었다. 회상에 따르면, 쭈눙 하디얼은 당시에 루쉰의 잡문과 소설 「아Q정전」, 「광인일기」, 「고향」, 「약藥」, 「복을 비는 제사」 등을 작은 책자 한 권으로 엮어서 종종 친한 벗과 함께 읽고 연구하였다. 「광인일기」 속 "사람을 잡아먹는다吃人" 하는 묘사, 아Q의 정신승리법精神勝利法과 샹린 아주머니祥林嫂와 룬투閏土의 비극적 운명 등이 저마다 이 위구르 젊은 작가에게 매우 깊은 인상을 남겼다. 깊고 날카로운 루쉰의 잡문에서 그의 사상은 깨우침을 받고, 그의 문학적 시야도 확 트이게 되었다. 그는 예전에 여러 차례, 그의 잡문 「명령命令」과 「나쁜 놈들을 공격하자向鬼子進攻」가 바로 루쉰의 잡문 속 전투 정신의 북돋음을 받고 루쉰 잡문의 격조를 본받아서 지은 것이라고 말하였다.퉈후티 바커, 1994 : 38

루쉰 작품의 주요 번역자인 퉈후티 바커는 어떤 글에서, "나는 여러 장소에서 이미 사망한 우리의 이름난 작가 쭈눙 하디얼, 톄이푸장 아이리예푸Tiyipjan Elyif, 1930~1989와 다른 작가와 시인들과 함께 자주 대화를 나누었고, 그들은 저마다 루쉰 작품에서 얻은 바가 꽤 많다고 말하였다" 하고 언급하였다. 쭈눙 하디얼은 예전에, "작가가 되고 싶으면 루쉰처럼 깊고 치밀하게 사회를 관찰하고 횡설수설하지 말고 대담하게 관찰한 느낌을 써서 여러분의 독자도 그러한 느낌을 얻게 해야 한다. 루쉰처럼 그렇게 전형과 형상을 잘 창조해야 한다."샤관저우(夏冠洲), 아자티 쑤리탄(阿扎提 · 蘇里坦), 아이광후이(艾光輝),

1996：84 하고 말하였다.

1938년에 쭈눙 하디얼은 당시 디화에서 활약하는 연극 공연을 결합하여 그의 처녀작 극본 〈무지함의 고생愚昧之苦〉을 창작하였다. 이는 위구르 현대 연극의 막을 연 작품이기도 하다. 극본 속 주인공 모사莫沙는 어려서부터 학교에 다닌 적이 없으므로 무엇이 과학지식인지 알지 못하고, 그래서 시대와 사회의 특징을 이해하지 못한다. 그는 날마다 매우 고달프고 힘든 짐꾼 일을 하지만, 가정의 기본 생활조차도 유지할 수 없다. 고달프고 가난한 생활이 그의 아이도 병들게 하였지만, 그는 이제껏 아이를 병원에 보낸 적이 없다. 하지만 아이를 '치료'해줄 박수와 무당을 찾아갔고, 결과적으로 그의 아이는 모두 불행히도 어린 나이에 잇달아 죽는다. 〈무지함의 고생〉은 줄거리 면에서 루쉰의 「약」의 깨우침을 받았고, 무지함에 대하여 호되게 비판하는 극본에서 독자도 루쉰의 "아이를 구하자" 하는 목소리를 들을 수 있다.

쭈눙 하디얼이 창작한 두 번째 극본 〈마이쓰우더의 충성麥斯吾德的忠誠〉1939은 위구르 농민의 고달픈 생활을 매우 깊숙이 파고들어 묘사하였다. 주인공 마이쓰우더는 부지런하고 독실한 농민인데, 봉건 착취와 종교에 참담하게 우롱당하고 어두운 사회에 산 채로 '잡아먹힌다'. 쭈눙 하디얼을 가장 이름나게 한 단편소설 「파김치가 될 때精疲力盡的時候」1947와 연극 〈원첸무蘊倩姆〉1940를 포함한 초기 창작에는 모두 루쉰과 같이 깨어 있는 리얼리즘의 비판 정신을 담아내서 예술적 '외침' 속에서 봉건사회의 "사람을 잡아먹는" 죄악의 본질을 신랄하게 성토하였다.

이밖에 쭈눙 하디얼은 또 1954년에 단편소설 「단련鍛煉」을 창작하였다. 소설의 주인공 마이티니야쯔麥提尼亞孜는 아Q와 같은 인물로서 구사회의 갖가지 착취와 약탈에 시달려서 게으르고 어리바리하고 무능하며 뒤

제2장 | 현대 실크로드 문학   **193**

떨어진 프롤레타리아가 되었다. 다행인 것은 마이티니야쯔가 새로운 사회에서 마을 사람의 영향과 집단노동의 감화를 받아서 새로운 생활을 하고 자신의 커다란 소망을 실현하게 된 점이다. 쭈눙 하디얼이 이 소설을 창작한 목적은 사회 제도, 특히 농업생산 합작화의 우월성을 찬미하는 데 있었다. 하지만 동시에 구사회가 사람을 '귀신'이 되게 하고 새로운 사회가 귀신을 '사람'이 되게 하는 주제도 표현하였다. 그래서 구시대의 마이티니야쯔의 성격, 행위와 정신 상태에서 아Q 형상의 그림자를 보기란 그리 어렵지 않다.리전쿤(李振坤), 1994 : 38

네 번째 인물은 퇴후티 바커이다. 그는 이름난 문학 번역가이자 편집자이다. 그는 평생 루쉰 작품의 번역에 힘을 쏟았고, 신장에서 신문화운동을 추진한 사람 가운데 한 사람으로서 '루쉰의 위구르족 계승자'[25]로 불린다. 그는 1942년부터 중국어를 배우면서 더불어 루쉰의 작품을 번역해 보기 시작하였다. 1946년에 그는 체포되어 수감 뒤로 옥중에서도 루쉰의 작품을 꾸준히 읽었다. 1949년 뒤로, 퇴후티 바커는 베이징으로 이동되어 근무하였다. 1953년에, 그는 민족출판사 설립 준비 업무에 참여하였고, 중화인민공화국 제1세대 소수민족 전문번역가가 되었다. 1957년에 그는 루쉰의 『외침』과 『방황』을 번역하였지만, 미처 출판하지 못한 상태에서 그가 또 우파 꼬리표가 잘못 붙는 바람에 체포되어 수감되었다. 옥중에서 루쉰의 작품이 그에게 삶의 용기를 주었고, 그는 배고프고 목마른 사람처럼 독서에 몰두하였다. 1973년에, 신장인민출판사가 '루쉰작품 번역팀'을 구성하자, 퇴후티 바커는 번역팀의 주요 성원이 되었다. 1976년에 신장인민출판사는 퇴후티 바커가 번역한 「아Q정전」을 출판하고,

---

25   [옮긴이] 톄라이티 이보라신(鐵來提·易蔔拉欣), 「루쉰의 위구르족 계승자(魯迅的維吾爾族傳人)」, 『민족 문학(民族文學)』, 1, 2007, 81~85면.

1977년에 또 '루쉰작품번역팀'의 명의로 루쉰의 『아침 꽃 저녁에 줍다』를 출판하였다.

퇴후티 바커는 지금까지 수십 년 동안 꾸준하게 번역하여 37만 자에 이르는 『루쉰 잡문 서신선魯迅雜文書信選』, 위구르어 번역본 『루쉰문집魯迅文集』 8권과 『외침』, 『방황』, 『무덤墳』 등 위구르어 단행본 15종을 계속 출판하였다. 1981년에, 퇴후티 바커는 또 「신장에서의 루쉰 작품魯迅作品在新疆」이란 글을 지었다. 1985년에 퇴후티 바커 등이 공동으로 노력하여 중국 소수민족의 최초 루쉰연구학회인 신장위구르자치구 루쉰연구학회新疆維吾爾自治區魯迅研究學會를 성립하고, 퇴후티 바커는 초대 회장을 맡았다. 1990년에 신장루쉰연구학회와 중국루쉰연구회는 합동으로 제창하여 신장에서 "루쉰과 소수민족 문화"라는 주제로 학술 세미나를 개최하였다. 1994년에 신장루쉰연구학회는 『루쉰과 소수민족 문화魯迅與少數民族文化』를 출판하였고, "루쉰과 중국 소수민족 문화"라는 학술 주제의 영향과 범위를 더한층 확대하였다.구리나얼 우푸리, 2010.2.5

위구르족 작가에 대한 루쉰의 영향은 지속적이며, 심지어 중화인민공화국 성립 뒤에도 루쉰 작품의 서역 여행과 전파를 따라서 이러한 영향은 여전히 늘어나고 줄곧 이어지고 있다. 당대에 이름난 위구르족 소설가 마이마이티밍 우서우얼은 루쉰 작품에서 갈수록 많은 접촉과 접수 경험을 보여주고 있다.

다섯 번째 인물은 마이마이티밍 우서우얼이다. 그는 위구르족으로서 당대 이름난 작가의 한 사람이다. 마이마이티밍 우서우얼의 자술에 의하면, 그는 중국 작가의 우수한 작품을 많이 읽고, 게다가 이러한 작품들을 연구하고 분석하였지만, 가장 좋아하는 건 역시 루쉰의 작품이었다. 그는 루쉰의 작품 가운데서 창작 기교, 문체 구조와 인물 형상 등 방면에서 분석하고 연구하며, 아울러 그것을 실제 창작에서 활용하였다. 그 가운데서 제법 대표성을 지닌 소설 「미치광이瘋子」는 루쉰의 「광인일기」와 비슷한 점이 매우 많다. 저자는 그래서 마이마이티밍 우서우얼을 전적으로 탐방한 적이 있다.샤아다이티구리 쿠얼반(沙阿代提古麗·庫爾班), 2015:57 이밖에 「돼지의 명절날猪的節日」과 「먼 곳에서 온 편지, 어느 살인자의 자백來自遠方的信－個凶手的自白」은 소설의 제목만 봐도 루쉰의 「오리의 희극鴨的喜劇」과 『집외집습유集外集拾遺』 속의 「어느 '죄인'의 자술서一個"罪犯"的自述」를 매우 쉽게 떠올릴 수 있다. 소설의 주제가 전혀 다르기는 하지만, 내용을 표현한 외적 예술 형식은 역시 비슷하고, 채용한 것은 따로따로 우화적인 이야기와 서간체이다.

그는 학자 장춘메이張春梅의 탐방을 받았을 때에 그에 대한 외국 문학의 영향이 비교적 큰 것 이외에 "중국 작가 루쉰의 잡문이 내게 준 영향도 비교적 컸습니다" 하고 말하였다. 그는 강조하여 "루쉰에 대하여 나는 우러른 마음을 품었습니다. 처음에는 루쉰 작품을 그다지 깊이 이해하지 못하였지만, 나중에 반복적인 독서와 사색 뒤에 깊은 인식이 생겼습니다. 더욱 나를 자극한 것은 루쉰 잡문의 언어 격조입니다. 번역이 그다지 완벽하지 못하여 나는 번역된 위구르어판과 원작을 비교해가며 읽었습니다. 루쉰 잡문은 유머적이고 날카롭게 톡 쏘는 언어 격조를 지녔지요. 그는 갖가지 표현 수단을 활용하고 무르익고 생동감 넘치는 경계를 매우 중시하였습니다" 하고 말하였다.

구체적인 글쓰기 작업에서 보면, 마이마이티밍 우서우얼은 루쉰 작품 속의 문체 구조, 창작 기교, 인물 형상, 풍자적 예술 수법 등 방면에서 주로 학습하고 활용하였다. 아울러 그는 이러한 기초 위에서 위구르 전통 문학의 서사 전통을 결합하여 신장의 독특한 민족 풍격을 지닌 우수한 작품들을 창작해냈다. 구체적인 표현에서 루쉰과 마이마이티밍 우서우얼은 모두 예술 방면에서도 뚜렷한 특색을 지닌 풍자와 개성을 형성하였다. 그들은 다른 시기와 다른 지역에서 살고 다른 사회적 심리를 지녔지만, 정의감과 책임감에 대한 호소, 유머와 풍자의 예술 등은 오히려 같거나 비슷한 면을 나타냈다. 루쉰과 마이마이티밍 우서우얼은 다른 문화 환경에서 창작의 길을 걷고, 창작 수법에서 분명히 다른 면을 보였다. 저자는 두 작가의 유머와 풍자의 예술에 대해 한 차례 비교하여 분석한 적이 있는데, 마이마이티밍 우서우얼에 대한 루쉰의 구체적인 영향 관계를 밝히고, 마이마이티밍 우서우얼의 예술적 창조성도 힘껏 파헤쳐보았다. 예를 들면 루쉰과 마이마이티밍 우서우얼의 소설 속 풍자는 저마다 생활의 진실 발굴을 창작 원칙으로 삼고, 현실 생활에서 소재와 양분을 흡수하며, 아울러 자신의 작품으로 가공해냈다. 하지만 마이마이티밍 우서우얼은 루쉰의 소설 속 풍자 예술을 거울삼은 동시에 위구르족 민중 생활과 민속, 그리고 신장의 지혜의 화신인 아판티阿凡提와 같은 민간 서사 전통, 인물의 겉모습, 언어, 동작 등 여러 방면을 통하여 민족적 인물의 성격을 창조하고, 그것에 만화 같은 풍자 수법 등을 결합하여, 그의 작품에 희극적 색채를 더욱 많이 담아냈으므로 루쉰의 차갑고 신랄한 소설 속 풍자 예술과는 다른 면모를 지닐 수 있었다.

　루쉰은 문화면에서도 이름난 사상가이다. 루쉰 잡문의 주요 성분은 문화 평론과 시사평론이다. 위구르족 학자들은 루쉰 작품의 문화와 사상을 진지하게 학습하고 연구하여 루쉰 작품과 관련한 전문 주제의 논문을 많이 써냈다. 예를 들면 이컹자얼 샤우쯔依肯扎爾·夏武子의 「루쉰 작품의 언어 특징魯迅作品的語言特點」『신장대학학보』 2, 1993, 무니러 우푸얼姆尼熱·吾甫爾의 「아Q와 돈키호테의 인물 형상 대비阿Q和堂吉訶德的人物形象對比」『신장대학학보』 4, 1993, 아부리미티 이쓰마이리阿不力米提·依斯馬依里의 「『쿵이지』 독후감『孔乙己』讀後感」『신장사범대학학보』3, 1988, 아부라장 퉈하티^{阿布拉江·托合提}의 「20세기 루쉰 연구에 대하여^{論20世紀魯迅硏究}」『카스사범대학학보(喀什師範學院學報)』3, 1992 등이 그러하다. 이밖에 20세기 1980년대 신장에 민족 문화에 대한 반성 흐름이 나타났는데, 이는 유사 이래로 자신의 문화전통에 대하여 소수민족이 처음으로 반성한 것이며, 새로운 역사 시기에 신장에서 루쉰 정신을 더욱더 발전시킨 결과이기도 하다. 물론 민족 문화에 대한 반성은 사람마다 다른 비판 방식으로 여러 방면에서 서술할 수 있다. 조명하는 각도의 같음과 다름이나 주목하는 초점의 차이에 따라서 얻은 결론도 저마다 다를 것이다. 반성을 통하여 신장의 여러 민족은 저마다 문화 학술 사상을 활성화하고, 이론 연구 활동에 박차를 가하며, 민족 이론 관련 연구 인재들을 배출하였다.

반성이 이데올로기의 변화를 가져왔고, 민족마다 자기 민족의 약점과 부족함을 바로보기 시작하였다. 아울러 그들은 조상들이 남긴 특히 중요하지만, 오랫동안 사람들에게서 소홀히 되어왔던 문화 비판 경험을 계승하고 발휘할 것은 물론이고 열린^{開放} 깨어 있는^{開明} 개척^{開拓} 정신과 여러 방면에서 잘 접수하고 문화를 용감하게 융합하는 넓은 도량을 지니기도 요구하였다. 자기 민족과 우수한 민족과의 간격을 찾고, 정면에서 따라잡을 수 있도록 하는 것은 신장이 오랫동안 기대하였지만 얻지 못한 것이었으며, 문화적 반성을 통하여 구체화되었다. 그들은 교류와 반성을 통하여 민족과 민족 사이의 상호 이해와 인식을 늘리고 서로의 정감을 증진하며 여러 민족 사이의 단결과 연계를 강화함으로써 새로운 형태의 민족 관계 발전에 새로운 길을 놓았다. "살펴보는 눈으로 자신을 다루고 앎을 구하는 눈빛으로 남을 대하라" 하는 말은 당시에 그들에게 앞으로 나아가는 힘이 되었다. 이것이야말로 당시 밖에서 이질적이고 우수한 문화를 받아들이고 안으로 민족의 혈통을 굳게 하는 루쉰의 구상에 대한 계승이자 발전이다.

　신장 작가에 대한 루쉰 작품의 영향을 구체적으로 비교하는 데는 매우 치밀한 작업이 필요하다. 저자는 여기서 독자 여러분의 훌륭한 고견을 끌어내고, 어떤 사고의 맥락을 제기할 뿐이다. 사실 저자가 더욱 강조하고 싶은 것은, 루쉰과 신장 작가를 언급할 때에 상당히 중요한 현실적인 의미를 갖추어야 한다는 점이다. 오늘날 중국의 발전 대세, 특히 '일대일로' 건설에 민족의 단결이 필요한 것은 물론이다. 민족이 대단결해야만 힘을 더욱 발휘할 수 있기 때문이다. 민족의 단결과 융합에는 사실 문학과 문화의 결합도 필요하다. 문학과 문화의 교류 방면에도 다른 민족 문화와의 결합과 창조가 필요하다. 루쉰 정신의 '서역 여행' 그리고 문학의 전파와 영향은 그것이 '영향을 끼친' 힘의 확대를 구체화하고, '5·4' 신문화와 신문학 전통의 가치와 영향도 구현하였다. 루쉰 문학에 대한 신장 작가의 수용은 이러한 역사와 문학의 현상적인 존재를 더욱더 구체적이면서 미시적으로 실증하였다. 마찬가지로 마이마이티밍 우서우얼로 대표되는 현대의 뛰어난 위구르 작가는 민족 문화 고유의 전통에 얽매이고 자기 민족의 문학 수법만을 충실히 지키는 작가가 절대로 아니다. 그들과 '서역 여행'을 한 루쉰과 정신적 혈연 맺기, 루쉰의 풍자 예술에 대한 거울삼기와 창조는 확실히 대표성을 갖고 상징적인 의미를 지닌다. 그래서 독자는 그 가운데서 중국 현당대 문학의 민족과 시공을 뛰어넘는 전파와 결합을 구체화하고, 그로부터 다시 그린 중국 문학의 발전 청사진과 문학사 판도의 비전을 드러내는 일도 당연히 기대할 수 있을 것이다.

제3장

문화적 융합의 영향을 받은
실크로드 문학

1. 실크로드 문학의 문화적 내용

실크로드 문학은 중국과 서양의 문화가 교류한 영향을 받아 탄생하게 된 문학 장르이다. 실크로드 문학의 주제와 예술 장르는 다른 문화와 문화 사이의 교류와 충돌로 인하여 생겨나고 전파되고 창조된 것이기 때문에, 더 나아가서 실크로드 문학의 다양한 격조와 다원적인 문화 내용을 구성하였다. 실크로드 문학은 실크로드 연도에서 살아가는 사람들의 독특한 인생 체험과 문화관을 포함하며, 발전 과정에서도 최초의 지역 범주를 훨씬 뛰어넘었고, 상업과 무역의 길과 이역 풍경에 대한 문학적 서사에서 문화적 감성의 다양한 표현으로 심화하였으며, 역사의 변화 발전 과정에서 차츰차츰 동서양 문화의 교류를 상징하는 기호적 표상이 되었다.

실크로드 문화의 특성은 중원의 농경 문화와 서역의 유목 문화가 융합한 데 있다. 이러한 문화적 특성은 한편으로 한족과 서역의 소수민족이 길고긴 역사 과정에서 형성한 것이고, 또 다른 한편으로는 여러 민족과 예술가가 자각적으로 일궈낸 열매이다. 산시 작가 가오젠췬이 예전에 "제3의 역사관第三種歷史觀"이란 관점을 제기하였다.

중국 역사책에는 24사의 정사正史 관념 말고, 계급투쟁을 주장하는 관점 이외에, 제3의 역사관도 있을 수 있다.

이 제3의 역사관이란 중화민족의 문명사이고, 농경 문화와 유목 문화가 서로서로 충돌하고 융합하는 과정에서 중화문명을 전진 발전하도록 박차를 가한 역사이다.

이 제3의 역사관은 진실과 거리가 더욱 가깝고, 진리와 거리가 더욱더 가까울 수도 있다.^{가오젠췬, 2003:1}

신장 작가 저우타오도 『유목의 만리장성遊牧長城』에서 비슷한 관점을 드러냈고, 신장에서 10년 동안 객지 생활한 산시 작가 홍커도 중국 문화와 문학 전통 속에 변방 정신이 줄곧 들어 있었다고 여겼다. 이러한 농경-유목 문화의 정신과 전통은 실크로드 문학의 주제와 격조 등에 깊이 영향을 끼쳤고, 아울러 중국 문학사에서 실크로드 문학이 지니는 가장 중요한 문화적 상징이기도 하다. 중국 역사가 눈부시게 빛나는 시기를 창조한 한나라와 당나라 문화를 구성한 것의 하나는 창안을 중심으로 삼은 중원 문화이고, 또 다른 하나는 서역을 대표로 삼은 유목 문화이다. 실크로드는 열리자마자 중국과 서양 문화를 잇고 전파하는 중요한 통로가 되었고, 실크로드 연도에 사는 여러 민족의 문학이 이 문화교류의 역사 풍경을 기록하며 그 증거가 되었으며, 동시에 열린 문화적 감성을 두드러지게 하였다.

실크로드 문학을 말하면, 사람들이 가장 먼저 떠올리는 것은 변새시 속의 "룽청에 날쌘 장수만 있었더라면 / 오랑캐 말이 인산을 넘지 못하게 했으련만"^{왕창링, 「변새로 나가며(出塞)」} 하는 늠름하고 우렁참이다. 또 창안 도읍 안으로 이민족이 가져온 "떨어진 꽃잎 닳도록 밟으며 어디로 가는가 / 오랑캐 여인네들 웃으며 술집으로 들어가네"^{이백, 「젊은이의 노래(少年行)」} 하는 부드럽고 온화함도 있고, "셀 수 없는 방울 소리 멀리 자갈밭 지나니 / 하얀 비단

신고 안시에 도착하였네라"창적,「량저우사·하나」하는 사실적이고 소박함도 있다. 이러한 본보기적인 시詩와 시詞는 "밝은 달", "관문", "오랑캐 말" 등 이역 풍광의 문학적 이미지를 실어서 고대 문학의 제재를 확장한 동시에 문화교류 과정에서 대대로 이어진 사람들의 심리적 궤적을 진실하게 기록하였다.

문학 발생학의 각도에서 보면, 실크로드가 가져온 중국과 서양 문화의 교류와 융합은 실크로드 문학의 예술적 격조를 형성한 중요한 문화의 장이다. 세계의 대다수 민족 문학의 형성과 발전마다 공통된 현상 하나로 설명할 수 있고, 문학의 생성에는 거의 모두 "이민족 문화와 서로 대항하고 융합하는 문화적 배경"옌사오탕(嚴紹璗), 2000 : 3의 영향을 받을 수 있다. 바로 이러한 다원 문화의 충돌과 융합은 실크로드 문화의 발전과 번영에 끊임없이 박차를 가한 동시에 실크로드 문학에 열린 정신의 기품과 문화 심리도 내적으로 결정하였다.

실크로드 문학이 묘사한 동서양 문화교류의 성황과 중원 문화에 서역이 가져다준 영향은 창안이란 지리 문화적 공간에서 집중적으로 구체화되었다. 창안 시각은 우리가 실크로드 문학을 연구하는 매우 중요한 지역 차원이다. "창안은 실크로드로 통하는 먼 길에서 온 각양각색의 사람들이 모여 사는 땅이자 세계 각지의 화물이 모여드는 장소이며, 동시에 과학기술, 종교, 문화 등이 교류하고 발전하는 중심으로서 동서양 정치, 경제, 문화 등이 교류하는 과정에서 대체할 수 없는 중요한 역할을 하였다."우위구이(吳玉貴), 2015 : 31 이러한 창안 도읍 안의 이역 풍조에 대하여 원진은 「법곡」에서 전체적으로 개괄하여 다음과 같이 읊었다.

오랑캐 말 탄 기수가 연기와 먼지 일으키니

털옷 비릿한 노린내 셴양과 뤄양 가득 채우거늘

아녀자들 오랑캐 부인 되려 오랑캐 화장 배우고

예인들 오랑캐 소리에 빠져 오랑캐 음악 익히랴 열심이구나

봉황 소리 무겁게 가라앉아 울음 삼키고

꾀꼬리 지저귐 멈추니 오래도록 쓸쓸하거늘

오랑캐 말씨와 오랑캐 기수와 오랑캐 화장

오십 년 이래 너도나도 다투어 날개 돋쳤구나원진, 1994 : 129

창안은 주나라와 진나라 이후로 대대로 나라의 도읍지였으며 정치와 문화면에서 대외적인 중심지였다. 동시에 창안은 실크로드 역사의 출발점이기도 하며, 이곳에서 서역으로 전해진 것은 비단과 찻잎 등 무역 상품과 관련한 생산 기술만이 아니다. 그것을 따라간 것은 더욱더 중요한 것이 창안을 핵심으로 삼은 한나라와 당나라의 문화관이다. 실크로드에서 갖고 돌아온 서역의 옥기, 향로와 이민족 말씨, 이민족 화장법도 주로 창안으로 모여들었다. 창안에서 생활하는 문인의 관점에서 말하면, 서역은 남북조 시기 귀족의 후손이 상상을 불러일으켜서 흉내 낸 악부의 낡은 제재가 더는 아니며, 이민족 술집에서 말한 천일야화도 아니며, 그들이 피 흘려 싸우는 변새 정복전쟁의 대상이면서 그들과 한 땅에서 함께 살아가는 이민족 상인의 다른 말씨이기도 하다. 하지만 동시에 우리가 지적해야만 하는 것은 한나라와 당나라의 문화 체계 속에 창안을 핵심으로 삼은 중원 문화와 서역 문화는 서로 평등한 지위에 있었던 것이 결코 아니며 주된 것과 부차인 것의 구분이 뚜렷하게 있었다. 중원 문화는 시종 주도적인 지위를 차지하였다. 그것은 문화의 고지를 점한 자세로 서역 문화를 흡수하고 융합하였으며, 서역 문화의 도입이 한나라와 당나라가 주

관하는 문화를 풍부하게 하고 번영하도록 박차를 가하였다. 이李씨 당나라의 통치자는 시종 유학 위주의 중원 문화로 귀의하였다. 당 태종은 여러 차례 강조하여 말하였다.

> 짐이 지금 좋아하는 건 오직 요임금과 순임금의 도와 『주례周禮』의 가르침이다. 이는 새에게 날개가 있고 물고기가 물에 의지하듯이 없으면 반드시 죽는 것이니, 잠시도 없어서는 안 될 것이다!『정관정요(貞觀政要)』권6

당나라의 통치자에게서 보면, 중원 문화는 나라의 운명과 관련된 것이다. 그들은 관념 면에서 유학을 중시하였고, 또 일련의 문화 교육제도를 통하여 중원 문화의 주체적 지위를 담보하였다. 창안에서 중국 사람의 이민족화나 이민족의 중국화가 보편적으로 나타났다고 하여도, 중원 문화의 주체적 지위는 흔들릴 수 없었다. 이는 한나라와 당나라 시기의 문화적 응집력과 자부심을 충분히 구체화하였다. 루쉰이 「거울을 보고 느낀 생각」에서, "한나라와 당나라도 변새에 위기가 있었지만, 기백은 아무튼지 대단하였다. 사람들은 이민족의 노예가 되지 않았다는 데 자부심을 지녔고, 아니면 아예 그 점을 전혀 생각지 못했을 것이다. 그래서 외래의 물건을 쓸 때마다 포로를 사로잡아온 듯이 마음대로 부리면서 절대로 신경을 쓰지 않았을 것이다"루쉰, 1980 : 145 하고 말하였다. "포로를 사로잡아온 듯이 마음대로 부린다" 하는 말은 한나라와 당나라 시기의 문화 수용의 자주성과 자각성에 대한 형상적인 해석이다.

21세기에 '일대일로'라는 비전의 제기는 실크로드 문학이란 특정한 시공간에서 생성된 문학 장르를 새로운 문화 내용과 해석 공간에서 활약하도록 떠미는 기폭제가 되었다. 문학 생성의 문화적 배경에서 본다면, 당대當代 실크로드 문학과 고대 실크로드 문학은 모두 문화교류의 산물이다. 이를테면 문화교류의 내용만이 중국과 서양의 융합에서 전통과 현대의 충돌로 변화 발전한 것이고, 그에 따라서 고대 실크로드 문학에서 당대 실크로드 문학이 계승하고 새로이 변화한 것도 그로부터 두드러졌다.

　오늘날 실크로드 문학 관련 연구는 공간 차원에서 말하면, "적어도 한족을 포함한 같은 공간 안에서 존속한 여러 민족의 문학, 그리고 주요 공간의 중점을 버팀목으로 삼은 '오량 문학五涼文學',[1] '둔황 문학'과 '서역 문학'으로 나눌 수 있다. 앞의 한 종류이든 뒤의 한 종류로 구분하든지 막론하고, 한 가지 공통점은 그것들이 모두 여러 민족, 여러 종교, 여러 언어, 여러 미적 취향 등의 대화, 교류와 융합을 드러낸 데 있다."한가오녠(韓高年), 2016 기존의 연구 성과는 주로 '오량 문학', "둔황 문학", "금산국 문학金山國文學"[2] 등 서역의 특색을 지닌 공간 차원에서 주로 집중하였고, 문헌 자료의 발견과 정리를 위주로 삼아 환원을 중시하지만 해석을 경시하였다. 이러한 연구 방식은 실크로드의 출발점인 창안 문학에 관한 연구에서 실크로드가 구체화한 동서양 문화의 교류와 융합이 창안이란 공간에서 가장 집중적으로 가장 뚜렷하게 구현된 점을 소홀히 하였다. 그리하여 실크

1　[옮긴이] 오량(五涼)이란 전량(前涼, 318~376), 후량(後涼, 386~403), 북량(北涼, 397~439), 남량(南涼, 397~414), 서량(西涼, 400~421) 등 5호16국(五胡十六國) 시기의 다섯 정권으로 허시쩌우랑과 칭하이 허황(河湟) 지역이 주요 활동 무대였고, 뒤에는 간쑤 일대를 가리키게 되었다.

2　[옮긴이] 금산국은 서한금산국(西漢金山國)이며, 당 소종(昭宗, 867~904), 재위 888~904) 광화 3년(光化三年)인 900년에 장의조(張議潮, 799~872)의 손자 장승봉(張承奉)이 사저우귀의군절도사(沙州歸義軍節度使) 지위를 이었다가 애재(哀帝, 892~908, 재위 904~907) 천우 3년(天佑三年)인 906년에 장승봉이 백의천자(白衣天子)를 자처하고 세운 나라이다. 후량(後梁) 건화 4년(乾化四年)인 914년에 장승봉이 사망한 뒤에 사저우(沙州) 사람 조의금(曹議金, ?~935)이 금산국을 폐하고 귀의군절도사로 칭하면서 서한금산국은 멸망하였다.

로드 문학에서 창안 구간의 연구가 도리어 이전의 연구 과정에서 소홀히 되었고, 이것은 우리가 문화교류의 각도에서 실크로드 문학을 인식하는 데 매우 큰 결함을 만들었다.

이상의 분석을 바탕으로 본 연구는 실크로드의 출발점인 산시 구간의 당대 문학을 예로 삼았다. 지역 문화의 각도에서, "지역이란 여기서 완전히 지리학 의미에서의 인류문화 공간 의미의 조합이 아니며, 그것은 뚜렷한 역사적 시간 의미를 띤다. 다시 말하면, 그것은 어떤 지리적 강역 안에서 이루어진 특정한 문화 시기의 문학적 표현이다. 동시에 매 시간 단락 과정 속의 문학을 표현할 때, 그것은 모두 이 인문 공간 속에서 더욱 통시적인 특징을 지닌 문화의 변천 과정과 내용을 포함하여 담고 있다."^{딩판(丁帆), 1997 : 44} 그래서 산시 문학은 실크로드의 표현자이면서 동시에 실크로드 역사와 문화의 내적 모방자이기도 하다. 본 연구는 산시의 실크로드 문학의 글쓰기로부터 실크로드 역사의 출발점인 산시에 있는 작가가 새로운 문화적 상황에서 중원 문화와 서역 문화, 전통 문화와 현대 문화의 충돌과 융합의 영향을 받아 문학적으로 나타낸 실존 체험과 감성 인식을 관찰하고 분석하였다.

당대 실크로드 문학은 중국이 전통 문화에서 현대 문화로 나아가는 전환 과정에서 탄생하였고, 두 이질적인 문화가 가져온 배척과 충돌은 작가가 몸으로 공감한 시대적 배경이자 문학의 중요한 주제이기도 하다. 근대 이래로 재난을 깊이 겪은 민족의 운명은 민중의 '중국 중심론' 관념을 깨끗이 파괴하였다. 게다가 서양 열강의 침입과 깊은 민족적 위기감은 20세기 중화민족의 문화 심리에 주요한 영향을 끼쳤다. 일부 학식 가진 이들은 기물, 관념, 정치제도 등 층위에서 사회 변혁을 추진하고 서양의 현대 문화를 도입하여 힘써 탐색하고 소개하였다. 그로부터 중국 사회는 길고도 험난한 현대화의 길을 걷기 시작하였고, 그로부터 전통/현대, 신/구문화 사이에서 배척과 충돌이 생겼다. 이러한 문화 주제들은 중국 사회의 변천에서 근본 문제를 구성하였고, 아울러 내적인 영향을 끼치며 현당대 문학의 주제 구성, 미적 특징, 형식과 격조 등을 결정하였다.

황쯔핑黃子平, 1949~ 등이 20세기 중국 문학을 개괄할 적에, "19세기 말과 20세기 초부터 시작하여 지금까지 계속 이어진 문학의 여정, 고대 중국 문학에서 현대 중국 문학으로 전환, 과도 그리고 최종 완성에 이르는 여정, 중국 문학이 '세계 문학'의 전체적인 구조로 나아가서 또 녹아 들어가는 여정, 동서양 문화의 빅 충돌과 빅 교류 과정에서 문학 방면정치, 도덕 등 여러 방면의 한 길에서 현대 민족의식미적 의식 포함 형성이란 여정, 언어를 통한 예술로 오래된 중화민족과 그 영혼이 신/구 교체의 빅 시대에 신생과 부상을 반영하고 표현한 여정"황쯔핑 외, 2003 : 1이라고 말하였다. 전통과 현대라는 두 문화 사이의 차이와 격동이 가져온 문제와 인생 체험은 현당대 문학의 발전 여정에 고스란히 나타나 있다.

산시는 옛 실크로드의 출발점으로서 동서양의 경제, 문화, 종교 등이 모두 이곳에서 교류하고 융합하였으며, 풍부한 실크로드 문화와 정신의 유산을 간직하고 있고, 당대 산시 작가의 가치지향과 문화관에 깊은 영향을 끼쳤다. 오랜 역사의 발전 과정에서 산시는 유가를 중심으로 삼은 중원 문화와 유목 문화, 향토문화와 현대 문화가 다원 공존하는 상태를 형성하였다. 이러한 문화들은 현대 사회의 전환 과정에서 따라온 배척과 충돌 속에서 커다란 긴장 공간을 형성하였고, 산시 당대 작가들에게 끊임없이 이어지는 감성 체험과 문학적 상상을 제공하였다. 예를 들면 루야오의 작품 속 "도시-시골 만남지역"에서 사는 젊은이들의 기쁨과 슬픔이 엇갈리는 운명, 천중스가 바이루위안에서 연역한 유가 문화의 흥함과 쇠함,

자평와의 상저우商州 이야기 속의 인생의 오르막과 내리막 등이 그러하다. 오늘날 정치 경제의 중심에서 멀리 벗어난 주변지역에서 일어난 일상생활의 이야기들은 현대 중국 문화의 패러다임 전환이란 기본 숙제를 담고 있다. 이런 어디선가 본 듯한 문학 기억은 사람들에게 저도 모르게 당나라 사람 맹호연孟浩然, 689~740이 북받쳐 올라, "사람과 일이란 대대로 바뀌기 마련 / 세월이 가고 오니 옛날이 오늘된 거요 / 내와 뫼에 명승지 남아 / 우리 세대가 다시 오른 거요"「여럿이 셴산에 올라(與諸子登峴山)」 하고 읊은 구절을 떠올리게 한다. 같은 지역, 비슷한 환경, 외가닥 실크로드 등이 이어주는 것은 중국과 서양만이 아니라 옛날과 지금도 있다. 실크로드에서 탄생한 문화적 숙제와 문학적 사색이 시공의 단절 때문에 중단된 건 아니며, 반대로 오늘날 더욱더 커다란 메아리를 불러일으키고 있다.

이질문화에 대하여 고대 실크로드 문학이 외부 베끼기를 중시하는 것과 달리, 당대 실크로드 문학의 문화적 글쓰기는 일상생활의 서사 과정에서 주로 구체화하며, 생활과 관념 층위에 대해 문화적 변천이 가져다준 영향에 더욱더 치중한다. 『창업사』는 량씨네 몇 세대 사람이 집안을 일으키며 살아가는 줄거리 속에서 사회 변혁에 관한 현대적 주제를 이야기하였다. 「인생人生」의 가오자린高加林이 류차오전劉巧珍을 포기하고 황야핑黃亞萍을 선택한 사랑의 결단 배후에 있는 심리적 동기야말로 현대 사회에 대한 그의 동경과 추구였다. 『오래된 화로古爐』에서 혁명문화 건립에 대한 급진적인 활동은 하층 민중의 생활 속에서 추진되고 전개되었다. 보통 사람 한 사람 한 사람의 운명이란 생존 서사의 과정에서, 작품은 핵심적인 사회 변혁을 주조해냈다. 사회 문화 전체가 전통에서 현대로 나아가는 과정에서 산시는 그곳의 역사 과정에서 쌓아온 정신 문화의 지배를 받았다. 그래서 이곳의 작가들은 루쉰 등 '5·4' 신문화운동의 학자처럼 그렇게 전통 문화와 아주 단호하고 철저하게 결별할 수 없고, 선충원沈從文, 1902~1988처럼 그렇게 "인간성의 전당"에서 세상을 벗어나 홀로 고상하게 살 수도 없었으며, 동시에 뿌리 찾기 문학이 물러나 지키는 문화관과도 본질적인 차이가 생기게 되었다. 진나라 땅의 뿌리 깊은 역사의 축적은 그들에게 전통을 완전히 내버리거나 찢어발길 수 없게 하였지만, 한나라와 당나라 때부터 실크로드가 구현한 열린 문화적 포부에서 또 그들은 현대 문화를 동경으로 가득 채우게 되었다. 이러한 연연하면서도 진취적이고, 보수적이면서도 지향하는 갈등 심리는 중국 사회가 전통에서 현대로 전환되는 시기에 산시 내지는 중화민족 전체의 모순된 문화 심리에서 가장 핵심적으로 구체화되었다.

고대 실크로드 문학의 시각은 서역 문화에 대한 이역의 지역 특색과 그로부터 생긴 신기한 느낌의 묘사에 주로 집중하였다. 이민족의 복장, 이민족의 말씨 그리고 관능적이고 매력적인 이민족 여성 등은 서역을 대표하는 문화적 기호가 되었지만, 서역 문화가 가져온 가치관은 중원 문화와 결코 진정으로 대화하지 못하였다. 고대 실크로드 문학에 관념과 심리 층위로 깊이 들어간 묘사가 드물게 된 까닭이 여기에 있다. 상대적으로 당대 실크로드 문학은 오히려 문화 심리를 드러내 보이는 데 더욱 치중하였다. 예를 들면 장셴량의 『영혼과 육체』, 장청즈의 『영혼의 역사心靈史』와 『깨끗한 정신淸潔的情神』, 자핑와의 『조바심』 등 작품은 소설 제목만 보아도 당대 실크로드 문학의 서사적 시점의 전이와 새로운 변화를 느낄 수 있게 해준다. 량성바오, 가오자린 같은 농촌의 가난한 젊은이들이 향토사회의 권위를 대담하게 경시하고 도전하는 원인은 그들이 현대 문화에 대한 자각과 자신감을 품은 데 있다. 『바이루위안』에서 가장 심금을 울리는 대목은 전통극 무대에서 공연하는 끔찍한 돈형墩刑[3]이 아니라 바이집안의 젊은 족장 바이샤오원이 뜻밖에 톈샤오어와 불륜을 저지른 일이다. 이는 바이자쉬안에 대한 루쯔린의 치명적인 일격이었고, 더더욱 현대 사회에서 유가 문화가 가장 침통하게 붕괴되는 대목이다. 사회 전환 과정에서의 생활 이야기들은 문화 변천의 심리적 내용을 진실하게 형상적으로 나타냈고, 이역의 지역 특색과 풍습에 대한 고대 실크로드 문학의 외부 전시를 문화 심리에 대한 내부 묘사로 도입하였다. 그리하여 고대 실크로드 문학의 표현 범위를 최대한도로 확대하면서 당대 실크로드 문학의 발전에 박차를 가하였다.

2. 실크로드 문화 배경 속의 시베이 실크로드 문학

실크로드 문학 가운데서 시베이 실크로드 문학은 의심할 바 없이 중요한 위치에 있다. 시베이 실크로드 문학은 시베이 실크로드 지역에서 발원한 문학 창작이고, 시베이 사회의 모습, 역사와 문화, 민간 풍속 등을 묘사하였다. 또한 시베이 실크로드 지역에서 살아가는 사람들의 갖가지 인생 경험을 더 많이 써내고, 시베이 지역 문화에 물든 그들의 사상과 감성을 표현하였다. 여기서는 시베이 실크로드 문학 속의 창안 실크로드 문학을 예로 들어서 시베이 실크로드 문학의 주요 특징을 탐색하고, 아울러 그것이 당대에 어떻게 발전하였는가 하는 문제 등을 분석하고자 한다.

---

3   [옮긴이] 과거에 정조를 지키지 못한 여성에게 가하였던 형벌로, 발가벗겨서 밧줄로 묶어 아래로 내려치기를 반복해서 죽이는 형벌이다.

1) 실크로드 문학의 정의와 고대 시베이 실크로드 문학의 발전

과학 연구의 영역에서는 어떤 분야든 저마다 자체의 특정한 연구 대상을 기초로 삼기 마련이다. 그로부터 독립적인 연구 분야를 형성하게 되는데, 실크로드학도 예외가 아니다. 지금 실크로드학은 어느새 실크로드를 연구 대상으로 삼고, 많은 연구 분야와 결합하여 하나로 뭉친 통합적인 학문이 되었다. 이 통합적인 학문에서 각 분야에 속하는 연구 대상은 다른 것인데, 그로부터 생겨난 실크로드학의 여러 하위 갈래도 다소 다름이 있으며, 문학을 연구 대상으로 삼아서 '실크로드 문학'이란 연구 영역을 형성하였다.

지금까지 실크로드 문학에 대한 우리의 자리매김과 연구는 학술계와 문학계에서 일치한 공감대를 미처 얻지 못하였다. 그래서 우리는 여전히 많은 문제를 더욱 깊이 탐색해야 한다. 예를 들면 어떻게 실크로드 문학의 범위를 정할 것인가? 심지어 무엇이 실크로드 문학인가에 대하여 지금 학술계에서 여전히 논쟁하고 있다. 일반적으로 말하면, 실크로드 문학은 두 가지 개념을 포함한다. 하나는 실크로드 연도에 있는 나라와 지역의 문학을 말하고, 둘째는 실크로드를 언급한 제재의 문학이다. 지금 대다수 연구자가 사용하는 실크로드 문학이란 개념은 양자를 모두 포함한 것이다. 하지만 어느 실크로드 문학의 내용이건 간에 모두 작품의 가치 평가와 예술적 평가를 언급하지 않았다는 점을 우리는 강조할 필요가 있다.

실크로드는 중국의 창안^{지금의 시안}을 출발점으로 삼아서 간쑤와 신장을 거쳐서 중앙아시아^{바로 서역}와 서아시아의 각 나라에 이르며, 아울러 지중해의 여러 나라로 이어지는 무역의 길이다. 실크로드가 무역 통로로서 아시아와 유럽 대륙을 연결하고 있음을 볼 수 있다. 지금 학술계가 보편적으로 인정하는 실크로드 교통로는 '초원의 길', '오아시스의 길', '바다의 길'

등 세 갈래 주요 길을 포함한 '육상 실크로드'와 '해상 실크로드' 등 두 갈래 큰길이다. '해상 실크로드'는 중국 고대에 연해 항구에서 출발하고 세 갈래 방향으로 나뉘는데, 한 방향은 한반도와 일본으로 가고, 두 번째 방향은 동남아시아 여러 나라에 이르고, 세 번째 방향은 남아시아와 아랍을 거쳐서 동아프리카 연해의 각 나라에 이른다. '초원의 길'은 동쪽으로 몽골고원에서 시작하여 서쪽으로 흑해와 지중해 연안에 이르며, 유럽과 아시아 북쪽 초원지대를 가로지른다. 중앙아시아 육로를 지나는 실크로드는 '오아시스의 길'이라 불린다. 실크로드는 중국이 고대에 동서양 세계를 잇는 대동맥이었고, 중국과 세계를 연결하는 중요한 끈이었다. 그것은 중국의 고대 무역의 발전을 추진하는 동시에 세계 각 나라와의 문화교류를 강화하고 연도에 있는 여러 나라의 교류, 충돌과 융합에 박차를 가하였다.

실크로드 문학은 중국 고대에 발원하였다. 기원으로 보면, 중국 고대의 실크로드 문학은 선진 시기에 시작된 것이며, 명나라와 청나라 때에 더한층 발전하였다. 실크로드 문학이란 실크로드 지역에서 일어난 사회생활과 그곳의 역사와 문화, 민족 종교 등 방면의 내용을 언급하고 반영한 문학 작품을 가리킨다. 이러한 문학 작품은 다른 제재와 형식으로 존재하고 있으며, 실크로드 연도 일대의 사회, 정치, 역사, 문화 등 이모저모를 반영하였다. 그 가운데는 상류사회의 창작도 있고 일반 백성의 손에서 나온 작품도 있다. 한족 작가가 쓴 것도 있고 소수민족 심지어 외국 작가가 지은 것도 있다. 시도 있고 산문도 있고, 소설과 극본도 있다. 그 가운데는 풍부한 지역 문화 색채를 띤 민간전설과 신화 이야기도 있고, 민요, 설창 문학과 영웅 서사시 등도 있다.

실크로드 문학 창작 과정에서 시베이 실크로드 문학은 의심할 바 없이 중요한 자리를 차지한다. 시베이 실크로드 문학은 시베이 실크로드 지역에서 시작된 문학 창작이고, 시베이 사회의 모습, 역사와 문화, 지역 풍습 등을 표현하였으며, 시베이 실크로드 지역에서 살아가고 있는 사람들의 인생 경험을 더욱더 서사하며 시베이 지역 문화에 물든 그들의 사상과 감정을 표현하였다. 시베이 실크로드는 고대 중국과 중앙아시아 등지에서 경제 무역과 문화를 교류하는 교통의 길목이었다. 이는 동시에 시베이 실크로드 문화가 '경유 중 교류'와 '교류 중 융합'이란 특징도 갖도록 결정하였다. 그래서 고대 시베이 실크로드 문학의 두드러진 특징은 융합한 문학이라는 데 있다.

고대 시베이 실크로드 문학에서 상당한 수량의 창작자는 모두 객지살이하는 신분이었다. 그들은 정복전쟁에 나서거나 출사하거나 관직을 맡거나 유람하거나 먼 곳에서 실크로드 지역으로 시집오거나, 그들은 저마다 이곳에서의 인생 경험과 보고 느낀 것을 썼다. 중국 고대 실크로드 문학의 창작이 번역한 시기도 시베이 실크로드 지역의 무역이 순조롭게 소통하고 활발하게 번성한 때였다. 한나라 때에 시베이 실크로드 무역이 꽃피었고, 실크로드 문학도 번영 추세를 드러냈다. 한나라 무제 유철劉徹은 「서쪽 저 멀리 천마의 노래西極天馬歌」를 창작하였고, 곽거병이 「곽 장수의 노래霍將軍歌」를 지었으며, 반표班彪, 3~54가 「북쪽 정벌의 노래北征賦」를 창작하였다. 동한 말년에 채문희蔡文姬는 「호가 열여덟 가락胡笳十八拍」을 지어 변새 생활을 묘사하고 동시에 슬피 원망하며 분노한 심정을 표현하였다. 수나라와 당나라 때에는 왕창령, 고적과 잠삼 등이 지은 변새시로 대표되며, 실크로드 지역의 역사와 문화, 사회 정치와 지역적 특색 등을 더욱더 뚜렷하게 표현하였다. 그렇지만 시베이 실크로드 문학은 객지살이하는 이의 창작만 있는 것이 절대 아니며, 시베이 실크로드 지역의 토박이 작가의 창작도 마찬가지로 시베이 실크로드 문학의 중요 부분을 구성하였다. 어느 정도에서 말하면, 그것이 시베이 실크로드 문학의 기초를 다졌다. 동한 시기에 간쑤에서 생활한 왕부王符, 85?~163?가 그 시절의 정치 상황을 풍자한 「잠부론潛夫論」, 지금의 간쑤 톈수이天水인 한양漢陽에서 생활한 조일趙壹, 122~196이 창작한, 불합리한 사회제도에 대해 강한 불만을 토로한 「세상을 꼬집고 삿됨을 꾸짖는 노래刺世疾邪賦」, 그리고 진가秦嘉와 서숙徐淑의 오언시五言詩와 북조 민요 「칙륵의 노래」 등은 시베이 실크로드 토박이 문학의 대표작들이다. 당 왕조의 변새시는 시베이 실크로드 문학의 번영을 더욱더 구체화한 것이며, 명나라와 청나라 시기에도 여전히 이몽양李夢陽, 1473~1530, 진유익秦維岳, 1759~1839 등이 지은 시와 글이 있었고, 시베이 실크로드 문화를 뚜렷하게 드러냈다.

2) 현당대 시베이 실크로드 문학의 특성

현대와 당대에서, 시베이 실크로드 문학 가운데도 대부분 객지에 임시로 머문 이의 창작이 있다. 항일전쟁 시기에는 많은 작가가 간쑤, 칭하이, 신장 등 실크로드 지역으로 와서 많은 영향력을 지닌 문학 작품을 지어냈다. 뤄자룬은 드넓은 시베이의 독특하고 웅장한 풍경을 묘사하고 이역 정조와 지역 특색과 풍습을 표현한 「시베이로 가며 읊다」를 지었다. 위유런은 뛰어난 경계와 우울하고 웅장한 격조로 「룽터우에서 읊으며」와 「둔황 현장시」를 지었고, 판창장은 시베이 민속과 지역 특색을 「중국의 시베이 구석구석中國的西北角」과 「변새의 노래」 등에서 진실하게 기록하였다. 그리고 마오둔은 깊은 정을 품고 굽히지 않고 굳건한 백양나무를 찬미한 「백양 예찬」 등을 지어 실크로드 정신을 구체화하였다.

1949년 이후에, 시베이 실크로드 문학이 열풍을 일으켰고, "석유시인" 리지는 간쑤 위면에 머물면서, 실크로드 지역의 특색을 묘사한 일련의 시

를 창작하였다. 신장을 소재로 삼아서 원제가 「톈산의 목가」를 창작하였
고, 비예는 「톈산 경물 이야기天山景物記」 등에서 실크로드 사회의 지역 특
색과 풍습과 자연 풍물을 반영하였다. 신시기에 들어서서, 일부 작가들은
갖가지 사연을 갖고 드넓은 시베이에서 객지살이를 하였고, 시베이에서
보고 들은 것과 생활 경험을 바탕으로 많은 작품을 창작하였다. 예를 들
면 왕멍의 「볼셰비키경례布禮」와 「나비蝴蝶」, 장셴량의 『자귀나무』, 장청즈
의 『검은 준마』와 『영혼의 역사』, 양무楊牧, 1940~2020의 시와 산문 등이 그러
하다. 시베이 실크로드 문학은 현대와 당대에서도 번영 발전 단계로 들어
섰고, 이 시기에 루야오, 천중스, 자핑와, 훙커 등 제법 영향력을 지닌 토
박이 작가들이 무더기로 쏟아져 나왔다. 그들의 창작은 시베이 실크로드
문학이 반짝반짝 빛나는 시대로 들어섰음을 알려주었다.

시베이 실크로드 문학은 시베이 실크로드 지역의 일상생활에서 소재
를 취하였고, 이 지역에 사는 사람들의 인생 경험, 사회 문화와 민간 풍속
등을 써냈으며, 시베이 실크로드의 풍물이 불러일으킨 그들의 사상과 감
정을 표현하였다. 실크로드는 중국 창안을 출발점으로 삼았기 때문에, 창
안 문학은 당연히 시베이 실크로드 문학의 주요 구성 성분이 된다. 전체
적으로 말하면, 창안 문학으로 대표되는 시베이 실크로드 문학은 다음과
같은 몇 가지 특성을 드러냈다.

(1) 토박이 문화와 실크로드 문화의 정신적 공감

중화문명의 문화는 흐름과 융합 과정에서 재구성되며 발전하였고, 중
국 문화의 발원 단계에서 불변의 규칙 한 가지를 드러냈다. 창안문화는
진, 한, 수, 당나라 시대에 개척과 개혁의 정신을 드러냈다. 학자 리지카이
는 이 점을 강조하여 말하였다.

사람들은 종종 삼진문화사三秦文化史, 진, 한, 수, 당나라 시대는 중국 문화사를 충분히 대표에서의 개척 창업 정신과 개혁개방 정신 등에 대해 마음에서 우러나와 예찬하였다. (…중략…) 여러분이 『옌안부지延安府誌』를 펼쳐보거나 아니면 여러분이 마오쩌둥의 「옌안문예좌담회에서의 연설」에 귀 기울일 때, 아니면 여러분이 산베이 작가 류칭, 루야오와 가오젠췬 등의 작품을 읽을 때, 모두 여러분은 다른 측면에서 뿌리 깊은 땅 산베이의 문화에서 인종의 융합과 추상적인 지역 문화의 개방적이고 변화를 추구하며 미래 지향적이고 진취적인 정신을 느낄 것이다.리지카이, 2013 : 38

위의 논단은 뿌리 깊은 땅 산베이의 개방적이고 변화를 추구하며, 미래 지향적이고 진취적인 지역 문화의 정신과 내용을 강조하였다. 실크로드는 창안을 발단으로 삼았고, 삼진 시기에 미래 지향적이고 진취적이며 개혁적이고 새로움을 구하는 정신 문화를 형성하였다. 그럼으로써 이러한 정신 문화가 당대當代로 발전하여 토박이 문화와 정신적 공감을 형성하였다.

산베이라는 뿌리 깊은 땅의 민풍은 힘차고 날렵하다. 이곳에는 용감하고 굳세며 거칠고 솔직하며 협객같이 의로운 사나이가 살고 있으며, 성격이 시원시원하고 신톈유信天遊를 잘 부르는 알뜰살뜰한 여성들이 모여 있다.

큰솔나리 활짝 핀 산베이 황토고원이나 황제릉이 자리한 곳에 오래된 꿈을 감추고 있는 차오산橋山에서, 하늬바람과 신톈유 스쳐 지나간 곳은 썻은 듯 가난한 문화의 황무지가 절대 아니다.리지카이, 2013 : 39

소박한 민풍과 굳세고 과감한 민중의 성격에서 토박이 문화를 구축하였고, 그것은 고대 창안의 여러 민족이 융합해낸 정신 문화와 농민의 반항 같은 반역 정신을 흡입하였으며, 그로부터 독특한 문화적 특색을 형성하였다. "전투 목표에 대해 에누리 없는 믿음이야말로 낙관주의 정신이다. 부닥친 현실에 대해 확실한 태도를 지니는 것이야말로 실사구시의 정신이다. 어려움에 직면하여 굽히지 않는 고집이야말로 영웅주의 정신이다." 류칭, 1979 : 86~87 이러한 정신의 감화를 받아서『옌안을 보위하라』와『옌안 사람延安人』 등 일련의 작품에서 저우다융周大勇, 왕라오후王老虎, 뤼유화이呂有懷 등과 같은 인물 형상을 빚어냈다. 그들이 중화인민공화국 성립 과정에서 피투성이가 되어 목숨 걸고 싸웠거나 나라를 건설하는 평범한 자리에서 부지런히 일하거나, 그들에게서 착실하게 부지런히 노력하고 굽힐 줄 모르는 토박이 문화는 충분히 구체화되었다. 이러한 정신은 실크로드 문화에서 언급한 굳게 마음먹은 진취 정신의 내적 특성과 딱 맞는 부분이다.

(2) 실제와 변화를 추구하는 심리와 실크로드 정신의 구현

실크로드는 발전을 추구하는 개혁의 길이다. 그 가운데서 실제와 변화를 추구하는 것은 실크로드 문화의 정신을 구체화하는 일이다. 오랜 역사의 긴 강에서 뿌리 깊은 삼진문화는 실제를 추구하고 변화를 추구한 문화이다.

특히 관중과 옛 도읍지 시안창안은 역사상 세 차례 커다란 부상이 있었다. 이는 저우족周族[4]의 부상과 서주西周, 기원전 1046~771 문화의 눈부심, 진나라 사람秦人의 부상과 진나라와 한나라 문화의 눈부심, 탁발선비拓跋鮮卑의 부상과 수나라와 당나라 문화의 눈부심 등이다. 리지카이, 2013 : 196

이러한 문화들의 부상은 물론 개혁가들의 어렵고도 뛰어난 노력과 뗄 수 없는 관계를 맺고 있다. 그것은 이 지역에서 같은 성격을 지닌 사람들이 실용적이고 주의 깊은 정신을 보존하고 봉건적이고 뒤떨어진 심리를 바꾸어서 자아의식을 새로이 만들기에 힘써 개혁하고 발전하기를 더더욱 요구하였다. 예를 들면 약소한 진나라는 변법을 통한 개혁을 추구할 때에 재능이 뛰어나고 능력을 지닌 인재 임용을 중시하였고, 의욕적으로 개혁하여 차츰차츰 강해졌다. 실제와 변화를 추구하는 심리가 예로부터 지금까지 이어져온 것임을 볼 수 있다.

신시기 시베이 실크로드 문학의 작가는 저마다 실제와 변화를 추구하는 심리를 품고, 창작 태도 면에서 착실하게 실천에 옮기고, 엄숙하고 진지하게 생활의 진실과 밀착하여 진실한 속마음을 표현하는 것을 중시하였다. 마찬가지로 창작 방법 면에서 그들은 엄숙한 현실주의를 활용하여 일련의 실용정신에 부합하는 문학 형상을 빚어냈다. 시베이 실크로드 문학의 작가들은 자신들이 사는 지역의 토착 문화적 영향을 받았고, 그들은 자연스럽게 현실주의 창작 방법에 기울어지면서, 빈틈없는 창작 태도를 지니게 되었다. 이것이 실천에 옮기는 그들의 문화 심리를 구체화하고, 변화를 추구하는 정신적 지향에서 또 그들은 현실주의 창작 방법을 선택하는 동시에 다른 여러 예술 방식과 창작 방법도 거울삼게 되었다. 예를 들면 자평와와 훙커 등에게서 현실주의는 그들이 전통을 따르는 방법이었다. 그들은 낭만주의와 심리분석 등 예술 수법에 대해서도 마찬가지로 다소 거울삼고 흡수한 부분이 있다. 이러한 실제와 변화를 추구하는 심리는 실천에 옮길 것을 강조하고 개혁과 발전을 요구하는 정신적 특성을 갖춘 실크로드 문화와 딱 부합하였다.

---

4   [옮긴이] 『사기』 등 문헌에 기록된 저우 씨족(氏族)의 조상은 황제(黃帝)의 증손자와 원비(元妃) 강원(姜嫄)의 아들 후직(後稷)이라 하며, 서주를 세운 민족이다.

(3) 일상 민속과 실크로드 지역 특색을 지닌 글쓰기

문학은 민족성을 지닌다. 마찬가지로 실크로드 문학도 민족성을 지닌다. 민족의 생활, 풍속, 언어문화와 공동의 심리적 소질 내지는 미학적 문화마다 실크로드 문학 작품을 통하여 충분한 표현을 얻었다. 그렇지만 민족성은 지역성과도 잇닿아 있어서 분리할 수 없다. 지역은 민족이 기대서 살아가는 바탕이다. 지역은 민족의 버팀목이고, 민족의 문학예술은 지역 문화의 양분과 떨어질 수 없다. "인류 생존의 시공간이 드러낸 자연환경과 오랜 세월 구축해온 인문환경은 민족성의 양성과 확대에 가장 기본적인 조건을 제공하였다. 이를 다시 말하면, 민족성을 하나로 융합하는 전통 성분으로써 지역 문화는 오랜 생명력과 존재 가치를 지닌다."리지카이, 2013 : 359 문학은 특정한 시공간에서 사람, 일, 사물과 서로 관련을 맺게 되며, 이러한 특정한 시공간이 문학의 지역성을 구성하는 것임을 볼 수 있다. 그래서 시베이 실크로드 문학도 실크로드 지역 문화의 특징을 묘사하는데 심혈을 기울였다.

홍커는 시베이 실크로드 문학의 가객으로서, 그의 작품은 시베이 실크로드 문화의 지역적 특색을 생생하게 구체화하였다. 홍커는 신장 땅을 두루 밟고 지역 문화를 체험하는 과정에서 드넓은 사막의 거대한 생명력을 탐구하였다. 신장의 지역 문화와 그 지역의 특색과 풍습 그리고 아름다운 신화와 서사시마다 그의 창작에 원천이 되었다. 톈산에서 10년을 자유롭게 돌아다닌 경험에서 홍커는 뛰어난 실크로드 문학의 전달자가 되었다. 「아름다운 면양美麗奴羊」, 『서역으로 간 기수西去的騎手』, 『우얼허烏爾禾』, 『생명의 나무生命樹』 등은 저마다 그의 창작에서 대표성을 깊이 지닌 소설이다. 이러한 작품들은 실크로드 지역 문화를 비교적 뚜렷하게 드러냈다. 그의 '톈산 문학天山文學' 시리즈의 가장 대표성을 지닌 『서역으로 간 기수』에서,

사막, 초원, 옛 도시, 기수 등은 모두 그가 힘껏 묘사하는 대상이 되었고, 아울러 역사와 현실에 대한 상상이 스며들어 시적인 정취로 가득 채워졌다. 홍커의 작품에는 지역 문화가 스며든 대자연을 담고 있다. 「달리는 말奔馬」은 말의 속도와 힘을 묘사하였고, 기품이 있고 운치가 풍부하다. 「아름다운 면양」은 대자연이 아끼고 사랑하는 정령精靈을 썼다. 이밖에 부드럽고 아름다운 생명 이미지를 흠뻑 지닌 물고기와 거친 들판의 거침없는 성격과 지혜를 대표하는 늑대도 있다. 생명력을 힘껏 떨쳐 일으키는 자연과 동물은 실크로드 지역에서 사람들이 정신적으로 숭배하는 토템이자 정령이며, 풍부한 지역 문화를 듬뿍 담고 있다.

홍커는 산시로 되돌아온 뒤에 문학으로 관중과 톈산을 서로 연결하며 산시와 서역의 소통을 시도하였다. 그래서 그의 작품은 시종 신장과 서역의 짙은 색채로 가득 찼고, 이것도 그를 문단에서 공인하는 '실크로드 문학의 가객'이 되게 한 이유이다. 홍커가 신장을 떠났다고 하지만, 사막, 뭇산, 고비, 초원 그리고 멀고 아득히 들려오는 말 울음소리 등은 그의 문학 세계에서 전과 다름없이 등장하였다. 이러한 것들은 모두 뚜렷하게 볼 수 있는 실크로드의 일상 민속에 대한 글쓰기이고, 지역 문화의 구체화이다. 홍커는 그의 문학 텍스트를 통하여 텍스트 의미에서의 서역을 재창조하였고, 자신의 문학 실크로드를 재건축하였다. 시 간행물 『별들星星』의 부편집장이자 작가인 양셴핑은 홍커의 실크로드 문학 창작에 관하여 말할 때, 진심으로 감탄하며 이렇게 말하였다.

홍커의 소설에는 아득히 크고 넓은 기질이 담겼다. 까마득히 넓은 하늘과 땅에 서린 기운 같은 그런 힘을 담고 있다. 소설 내지는 모든 예술이란 모두 사람 마음속으로 깊숙이 들어가서 사람의 실존과 인간성의 섬세한 부분을 깊이 탐지하여 드러내기 마련이다. 홍커의 소설은 옛날의 서역과 지금의 신장에 대한 문학적 글쓰기이자 예술적 정련이었다. 분명히 성숙해졌으며, 자신의 특색과 사상을 지닌 문학적 창조였다.장이통(張藝桐), 2018

시베이 실크로드 작가들의 떫고 거친 창작 격조와 달리, 서역의 독특한 특색을 지닌 지역 문화와 역사 지식에 대하여 홍커는 작품에서 매우 상세하게 묘사하였고, 아울러 시적인 정취를 담은 표현방식을 활용하였다.

홍커가 문학의 형식으로 서역의 역사와 지리를 반영하고, 실크로드 지역의 문화적 특색을 표현하는 방면에서 문학평론가 리징쩌는 객관적으로 꼼꼼하게 분석하며, "홍커의 특별한 점은, 그가 문화면에서, 역사 면에서, 감성 면에서 서역을 자기 몸의 일부분으로 삼아서 토로한 것에 있다. 그가 정을 모조리 쏟아 부은 서역이란 간단한 지역이 아니며, 그는 그곳에서 중국 정신문명의 통합을 언급하였다. 전체적으로 말하면, 서역에 대해 우리는 몰이해로 가득 차 있다. 넓은 행정구역에 예술, 사상, 감성과 영혼의 보충이 필요할 때, 문학은 매우 좋은 다리이다" 하고 말하였다. 홍커로 대표되는 시베이 실크로드 작가와 그들의 창작 과정에 실크로드 지역 문화의 특색이 스며들었고, 이는 실크로드 문화, 역사와 감성을 녹여낸 지역 특색임을 볼 수 있다.

(4) 창업 정신과 실크로드 문화의 표현

저자가 앞에서 말한 바와 같이, 예로부터 지금까지의 실크로드 문학과 사람의 창업은 밀접하게 관련되어 있다. "역사상 '실크로드'는 본질이 바로 비단을 걸치고 낙타 방울을 흔들어 울리면서 세계로 향해 나아가는 '창업의 길'이었다. 때맞추어 생긴 실크로드 문학도 개척하고 탐색하는 과정에서 고군분투하고, 대담하게 창업하는 실크로드 정신을 상응하여 드러냈고, 아울러 물질적 욕망과 사랑의 욕망 사이에서 더욱 낭만적인 색채를 지닌 시적 정취와 그림 같은 정감으로 출렁이는 실크로드 이야기를 엮어냈다." 그래서 시베이 실크로드 문학 속의 창업 문학과 창업 정신은 자연스럽게 시베이 실크로드 문화를 구체화한 것이다.

저자는 류칭의 『창업사』와 저우리보의 『산골의 격변』으로 대표되는 창업 문학은 다음과 같은 세 가지 특징을 지녔다고 보았다. "첫째, 창업 문학 패러다임의 적극적인 구축이다. 둘째, 창업 문학 주제의 시대 글쓰기이다. 셋째, 창업 문학의 형상을 정성껏 빚어내기이다."리지카이, 2016 저자는 창업 문학의 구조, 주제와 이미지 등 세 가지 방면에서 당대 중국 창업 문학의 글쓰기에 대하여 비교적 상세하게 설명하였고, 아울러 류칭과 저우리보의 이러한 글쓰기 행위 자체가 실천이자 창업이라고 여겼다. 그들은 농촌의 토지개혁과 농업 합작화 등 커다란 변화에 직면할 때마다 생활 자체로 깊숙이 들어가서 반영하고 창작하였으며, 커다란 사명감과 책임감을 구체화할 수 있었다. 어떤 논자도 더 나아가서 분명하게 말하였다.

중국에서 21세기로 들어선 뒤에도 산골과 고향의 새로운 변화에 대하여 군중은 여전히 무한한 희망을 걸었다. 문학 창작 방면에서 말하면, 이러한 희망에 응답하는 것은 더욱 찬란히 빛나는 '새 창업사'와 더욱더 약동하는 '산골의 격변'을 부르는 외침이다. 인류의 길고긴 진화 과정에서, '변하면 통한다' 하는 사유 논리는 창업을 추구하는 사회적 실천과 작가의 '문학적 창업' 과정에서 모두 비교적 충분히 구체화되었다.장이통, 2018

저자와 논자는 실크로드가 개혁 발전의 길이고, 새로움과 변화를 추구하는 사상이 그 가운데서 드러났고, 개혁 발전의 과정에서 사람들이 자연스럽게 고군분투하고 굳세게 참고 견디며 흔들리지 않는 정신을 지키려고 하였으며, 이러한 정신도 창업 문학 속에서 주로 구체화하였다는 데서 같은 관점을 지녔다.

동시에, 저자는 또 창업 문학과 실크로드 문학에는 수많은 내적 관련성이 존재한다고 보았다. 그것은 구체적으로 다음과 같이 표현되었다.

첫째, 창업 과정에서 창안의 가치지향을 추구하고, 두 가지 문학 형태에서 모두 충분히 구체화하였다. 나라 특히 서부가 태평하고 사회 질서와 생활이 길이 길이 안정되기를 추구하는 것은 여전히 예나 지금이나 서로 통하는 정치와 문화의 바람이고, 사업을 대담하게 창조하는 실크로드 정신은 이미 중화를 부흥하는 '일대일로'라는 발전 전략과 중국의 꿈을 실현하는 정신적 기둥으로 발돋움하였다. (…중략…) 둘째, 창업 문학과 실크로드 문학은 상호 융합과 보완성을 지니며, 당대 중국 문학 판도를 풍부하게 하는 면에서 중요하게 이바지하였다. (…중략…) 셋째, 실크로드 문학은 시대와 더불어 발전하는 창업 문학으로서 발전의 잠재력을 더욱더 지닌 문학 장르이다. (…중략…) 넷째, 창업 문학과 실크로드 문학에서 우리는 중국 사람이 창업과 직분에 힘을 다하는 것을 똑같이 중요시함을 볼 수 있다.리지카이, 2016

위의 논단은 매우 전면적이지 않을 수도 있지만, 실크로드 문학과 창업 문학의 수많은 내부 관련성을 적절하게 드러내고 돌출시켰으며, 창업 문학과 실크로드의 정신적 특성의 내적 연관성을 보았다고 할 수 있다. 실크로드 문화에서 구현한 개척성과 창조성과 중국의 꿈을 실현하려는 발전 전략에 내적 정신의 관계 맺음이 있다. 그리하여 그것은 '일대일로'의 발전 전략과 어우러졌다. 창업 문학 속에서 널리 확대한 영웅주의와 낙관주의는 실크로드 문화의 창조-개혁 정신과 사명감이 구체화한 것이며, 창업 문학의 주제와 실크로드 정신이 호응하는 동시에 양자 문화의 본질적인 부합을 더욱 나아가서 실현하였다.

3) 시베이 실크로드 문학의 당대 발전 모습

(1) 민족 문학의 발전 중요시

고대 실크로드 문학이 언급한 범위는 매우 특수하다. 그것은 여러 다른 민족의 문학이 한데 어우러졌고, 그렇게 해서 실크로드 문학을 풍부하게 발전시켰기 때문이다. 예로부터 실크로드 위의 알록달록한 풍물과 인정, 종교와 신앙, 명절과 경축 의식 등은 저마다 다른 민족의 역사, 문화 전통과 심리적 소질 등이 있는 그대로 표현된 것이고, 이러한 것들은 구체적인 실크로드 문학 작품 속에서도 드러났다. 구체적인 문학 창작 과정에서 다른 민족은 저마다 다른 언어를 사용하고, 다른 표현방식을 통하여 자기 민족의 실크로드 문학의 미적 형상을 빚어내고 인물 성격을 나타냈다. 그리하여 실크로드 문학은 발전 전파 과정에서 자연스럽게 다른 문학과는 전혀 다른 내용을 드러냈다.

시베이 실크로드 문학은 여러 민족성을 지니며, 첫째로 제재면에서 여러 민족성을 구체화하였다. 중국 역사에서 시베이는 디족氐族, 창족, 흉노, 티베트, 위구르回鶻, 돌궐, 오손, 선비, 탕구트 등 여러 민족이 대대로 살아온 땅이고, 지금도 여전히 몽골족, 후이족, 티베트족, 둥샹족東鄉族, 위구족裕固族, 위구르족, 카자흐족哈薩克族, 타지크족塔吉克族, 바오안족保安族, 키르기즈족柯爾克孜族 등 소수민족이 살아가고 있다. 그래서 시베이 실크로드 문학은 현지의 여러 민족의 생활 풍속과 문화와 역사 등 방면에서 대부분 표현되었다. 예를 들면「서쪽 저 멀리 천마의 노래」와「곽 장수의 노래」는 시베이 전쟁 이야기를 써냈다.「슬픔의 노래悲愁歌」는 시베이의 혼인을 써냈다.「칙륵의 노래」는 시베이 소수민족의 일상생활을 묘사하였다. 현대와 당대로 들어와서도 시베이 여러 민족의 생활은 여전히 시베이 실크로드 문학이 표현한 주제이다. 예를 들면 원제의「톈산의 목가」, 장청즈의『검은 준마』등이 그러하다.

시베이 실크로드 문학의 여러 민족성은 둘째로 소수민족 작가에게서 다양하게 구체화되었다. 티베트의 민족 서사시『거싸얼 왕』, 키르기즈족의 서사시『마나쓰』등은 소수민족 작가의 손에서 나왔다. 원나라 시대의 변새시인 야율초재는 거란족이고, 원나라 시인 마조상은 후이족이다. 현대와 당대 실크로드 문학 속에도 소수민족 작가는 많이 있다. 카자흐족 작가 아이커바이얼 미지티艾克拜爾·米吉提, 1954~, 후이족 작가 장청즈와 티베트족 작가 반궈班果, 1967~ 등이 그러하다.

시베이 소수민족의 독특한 문화, 독특한 사유와 개성 등이 시베이 실크로드 문학에 풍부한 내용을 담게 해주었고, 민족성은 시베이 실크로드 문학의 가장 독특한 면도 드러나게 해주었음을 볼 수 있다. 당대 시베이 실크로드 문학의 발전에서는 소수민족 문학의 발전을 중요시해야 한다. 스이닝石—寧, 1964~은 일찍이「실크로드 문학, 소수민족 문학의 새로운 발전 기회」絲路文學—少數民族文學新的發展機遇」라는 글에서 다음과 같이 언급하였다.

북쪽 지역 실크로드이든 남쪽 지역 실크로드이든, 그 지역 내지 여러 민족 집거지이든 간에, 실크로드는 소수민족의 경제, 문화생활 등과 관계가 밀접하다. 실크로드 문학의 발전과 번영이 실크로드 지역의 소수민족 문학에 가져다준 기회는 말할 필요도 없다. 실크로드 문학은 물론 각 지역과 민족의 작가마다 창작할 수 있다. 하지만 실크로드 지역의 역사 문화와 현실 생활을 가장 이해하고 잘 알고 직접 경험하는데, 그 지역에 사는 소수민족 작가 이상은 없다. 실크로드 문학 창작은 그들에게 희망을 더욱더 많이 걸어야 한다.스이닝, 2015

실크로드 문학의 부흥이란 소수민족 문학의 중요성을 재차 돌출시키고, 시베이 실크로드 민족 문학을 더더욱 발굴할 것을 의미하는 동시에, 시베이 실크로드 소수민족 문학은 발전의 걸음에 속도를 내야하며, 두텁고 깊은 내용의 축적과 빛나는 전통이 시베이 실크로드 민족 문학을 흥성흥성하게 할 것임을 볼 수 있다.

(2) 당대의 새로운 창조 탐색

시베이 실크로드 문학은 발전적인 열린 자세를 드러냈고 여러 민족이 어울림과 공존, 공동 발전하려는 내적 바람을 표현하였다. 시베이 실크로드 문화의 가치도 여러 방면에 있으며, 그것은 당대의 새로운 창조를 중시하여야 한다.

중국 경제의 발전과 민족의 부흥과 '일대일로' 발전 전략의 기획에 따라서 실크로드 문학은 커다란 기회와 도전을 맞이하였다. 이러한 것들이 모두 시베이 실크로드 문학에 직접적인 영향을 주고 박차를 가하는 작용을 하였다. 실크로드는 개방의 길이자 발전의 길이다. 이러한 영향을 받은 실크로드 문학은 필연적으로 아득한 옛날 실크로드에서 빛난 한나라와 당나라의 큰 기상을 이어나갈 것이고, 아울러 21세기 중국적 기백과 민족정신을 더더욱 드러낼 것이다. 당대에 시베이 실크로드 문학의 발전은 필연적으로 생기 넘쳐흐르고 활력으로 가득 찰 것이고, 굳세고 단단하며 풍부한 내용을 지닌 대중성을 담은 문학일 것이다. 그것에는 필연적으로 깊은 사색과 드넓은 기백과 건전한 미학이 스며들고 아울러 당대 문학의 중요한 구성 성분이 될 것이다.

'일대일로'는 경제의 길이자 민생의 길이고 교류의 길이다. '일대일로'라는 발전 전략과 시대적 감화를 받아서 당대 시베이의 더욱 많은 작가가 실크로드를 창작의 제재로 삼아서 한나라와 당나라의 기상, 사막의 당당한 풍모, 이역의 풍속, 변방 수비와 무역 등 역사 문화적 내용을 쓰기를 희망한다. 아울러 그들이 이러한 역사적 회상과 문화적 기억을 발굴하고 찾아내고 건져 올려서 당대 실크로드 지역의 경제적 풍모, 생활의 변천, 민간의 풍속, 민족 문화 등을 써내서 실크로드 문학이 더욱 풍성하고 생동감 넘치며 풍부한 매력을 지니게 되기를 바란다. 작가들은 시대의 발전이 가져온 기회를 마주 보며 상상과 감성을 활성화하고 깨달음과 느낌을 발효시켜야 하며, 깊은 문학적 직관과 문화적 자긍심으로 실크로드 문학의 아름다운 내일을 맞이하여야 한다.

실크로드는 평화의 길이자 발전의 길이다. 그래서 실크로드 문학은 여러 지역과 여러 민족과 여러 나라의 문학이다. 당대 중국의 시베이 실크로드 문학의 새로운 창조는 국제적인 안목을 갖추고, 가슴엔 지구촌을 품고 눈으로 세계를 봐야 한다. 시베이 실크로드 문학의 발전은 경제의 지구촌화 배경과 서로 호응하여 그것이 세계 문학 속의 중요한 구성성분이 되도록 하여야 한다. 그것은 민족의 것이자 온 인류의 것이다. 그래서 시베이 실크로드 문학의 발전은 당대 세계 문학의 유파, 격조와 글쓰기 수법에 관한 거울삼기를 중시하고, 세계 선두 그룹의 창작 가운데서 성숙한 현대적인 격조와 수법을 충분히 흡수하여야 한다. 더불어 민족의 문화와 융합하여 자신의 특색을 형성하고, 나아가서 실크로드 지역의 사회생활, 역사와 문화, 민간 풍속 등을 표현하고, 당대 독자의 미적 취향에 가까이

다가가야 한다.

　요컨대 시베이 실크로드 문학은 중국 문학의 중요한 구성 성분이자 중국 현당대 문학을 비추어보는 효과적인 창구도 되어야 한다. 시베이 실크로드 문학 탐색과 구축에는 중국 현당대 문학에 대한 연구가 중요한 의미를 지닌다. '일대일로'라는 경제발전 전략을 시행하는 오늘날, 시베이 실크로드 문학의 구축과 개척에 관심을 기울이는 것은 중요한 의미를 지닌다. 시대의 흐름에 발맞추어 창조성을 지닌 시베이 실크로드 문학을 더더욱 발전시키기 위하여 우리도 계속 노력해야 한다.

3. 루야오 실크로드 옛길을 걸은 문학의 고행승

　산베이는 그 특수한 지리적 위치로 말미암아, 예로부터 민족이 융합하는 '매듭지역'이었다. 주, 진, 한, 당나라에서 중심으로 삼은 중원 문화를 제외하고, 유목민족의 초원문화도 산베이의 관념과 풍속 가운데로 스며들었다. 나아가서 그것들이 서로 유기적으로 연결된 산베이문화를 이루면서, 산베이에서 생겨난 실크로드 문학도 문화의 다원성과 포용성을 더욱 많이 나타내게 되었다.

　지리학의 의미에서 산베이는 여러 성省이 만나는 경계 지대frontier zone이고 변방이라고도 부르는 곳에 자리하였다. 그곳은 북쪽으로 드넓은 마오우쑤사막毛烏素沙漠으로 이어지고, 남쪽으로 건조한 웨이베이고원渭北旱塬과 잇닿아 있고, 서쪽으로 쯔뉴링子午嶺5을 넘어서 간쑤의 가장 동쪽 룽둥

5　[옮긴이] 당나라 이전에 차오산(橋山)이라 불렸다.

隴東 지역과 마주 바라보고 있으며, 동쪽으로 황허 너머에 타이위안太原 일대를 포함한 산시 서부인 진시晉西 지역과 이웃하고 있다. 산베이는 지형이 도랑과 골짜기가 구불구불 이어졌고, 식생이 매우 적다. 동시에 바람이 세고 해가 뜨겁고, 비가 내리지 않아 가물다. 척박한 자연환경은 산베이를 거칠고 메마른 지역으로 만들었다.

청나라 말기에 한림원翰林院 대학사大學士 왕배분王培棻은 산베이로 순행왔을 때, "산은 헐벗고 척박한데다 가파르고, 물은 적고 사나운 호랑이와 이리가 울부짖으며, 4월에 버들개지 돋으나, 뫼와 내에 아름다운 모습 없이 거센 바람 몰아치니 어찌 밤과 낮 가리랴, 그래서 이곳에 울긋불긋 활짝 핀 꽃들을 싹 씻어 버렸구나" 하고 한탄하였다. 그는 순순히 복종하지 않는 딩벤定邊, 징벤靖邊과 안벤安邊 등 '세 변방三邊'의 땅을 이민족에게 할양하도록 조정을 설득하려고 꾀하였다. 그 일로 인하여 뒷날 왕배분이 유배되었다고 하여도, 그가 글에서 묘사한 산베이의 거칠고 척박한 환경은 세상 사람에게 깊은 인상을 남겼다.

역사 문화적 의미에서의 산베이는 그것의 지리적인 특수성을 바탕으로 형성된 지역이다. "산베이는 중화 지역에서 동서양 문화의 합류점이자 중원의 농경문명과 북쪽 초원문명의 분계선이며, 옛 중국의 조상이라 일컫는 화하족과 여러 소수민족이 서로 융합하는 빅 무대이기도 하다."류룽(劉蓉), 2008 : 88 산베이는 서역과 중원의 연결지대에 위치하고, 중대한 전략적 의미를 지니는 땅이다. 진晉나라에서 송나라에 이르는 1천 년 동안에 산베이는 내내 한족 통치자와 소수민족 위정자가 전쟁을 일삼는 땅이었다고 말할 수 있다. 산베이 각 지역에 두루 퍼진 곧게 뻗은 길, 만리장성, 보루, 역참, 봉화대, 잉營, 바오堡, 자이寨, 자甲, 툰屯, 이驛 등으로 명명된 마을들, 산베이 장수와 병사에 관한 많고 많은 전설 등은 저마다 중국 사람에게 산베이 땅의 처량하고 비장한 역사에 관심을 기울이도록 깨우쳤다.

산베이의 지리적 역사적 특수성이 산베이문화와 중원 문화 사이의 차이를 결정하고, 이러한 차이는 산베이가 "'이민족 기질'을 지닌 한족이 모인 땅"아이페이(艾斐), 1989, 37임을 구체적으로 보여주었다. 산베이는 진나라와 한나라 이전에는 주로 목축 지역이었다. 서한 이후로 농경 문화가 차츰차츰 주류가 되었고, 그래서 산베이문화는 농경과 유목 문화가 하나로 합쳐진 문화이다. 그곳은 부지런히 일하고 절약하는 농경 문화의 습성을 지녔고, 굳세고 용맹한 유목 문화의 특성도 지녔다. 점잖고 부드러움을 숭상하는 중원 문화와 비교하면, 산베이문화는 자연과 역사에 녹아들어 형성한 웅장하고 힘찬 아름다움을 더욱 지니고 있다. 후커우폭포壺口瀑布의 거침없는 거대함, 안싸이安塞 북춤의 막힘없는 통쾌함, 산베이 민요의 억셈과 솔직함과 산베이 특성이 짙게 어린 자연풍광 등은 가장 약동하는 생명에 대한 지역 문화의 해석이다.

산베이 문학과 실크로드 문화는 내적으로 깊은 연관성을 지닌다. 산베이의 이야기 공연說書은 내용과 형식, 이야기說와 노래唱의 순서 방면에서 모두 다른 정도로 둔황 강창 문학의 영향을 받았고, 산베이의 모내기 노래秧歌는 서역 춤의 흔적도 간직하고 있다. 산베이 민요 〈서쪽 지역으로 나가자走西口〉가 말한 내용이야말로 서역 등지의 민족 문화의 교류와 이동이다. 마찬가지로 고대문학사에서 변방의 전쟁을 묘사한 변새시가 대량으로 창작된 지역은 산베이이다. 예를 들면 송나라 시대의 유창劉敞, 1019~1068은 「첩보시捷詩」에서 송나라 장수 임복任福, 981~1041이 서하西夏 바이바오청白豹城, 지금의 옌안시 우치현(吳起縣)을 빼앗은 일을, "창룡궐蒼龍闕[6]에 승전보

---

6   [옮긴이] 서한 미앙궁(未央宮)의 동궐(東闕)이다.

올리니 / 바이바오청에서 써 보낸 것이라 / 변방이 지리적 우세를 발휘하니 / 폭풍우 하늘의 병사를 물리쳤어라" 하고 썼다. 심괄沈括, 1031~1095은 변새의 장수와 병사가 용감하게 적을 무찌르는 정신을 찬미하여 「푸엔 개선의 노래鄜延凱歌」를 지었다.

하나

먼저 산 서쪽 열두 주州를 얻고

말단 군관 따로 막사를 치노니

고개 돌려보매 진나라 때 요새 말馬처럼 낮아

점차 황허가 북쪽으로 곧장 흘러가는 줄 알았노니

둘

하늘같은 위엄으로 점령한 땅에 항허 흘러

만리 창족 사람 한나라 노래를 한껏 부르노니

막힘없이 헝산橫山에서 물줄기 돌려

서쪽으로 흘러가게 해 은택의 물결 되었노니.

오늘날 산베이는 환경의 폐쇄성으로 인하여 전쟁이나 침입을 더는 받지 않는다고 하지만, 이 지역에서 나온 특수한 문화적 기품은 시공의 변천을 따라서 전혀 사라지지 않고 또 다른 현대의 모습으로 나타났다.

실크로드는 중국과 서역 사이에서 경제면에서 교류하는 통로였고, 문학 면에서 순례여행의 길이기도 하였다. 『목천자전』에서 주나라 목왕이 멀리 쿤룬으로 나가 서왕모를 방문하고부터 『대당서역기』에서 종교적 고행승 같은 현장의 순례까지, 아니면 변새시에 담긴 나라에 헌신하는 열정 등은 모두 이 길에서 탄생한 문학의 내용이며, 이제껏 모두 '풍월을 읊으며 화초를 농하는' 여유와 일탈 따위란 없었다. 그곳은 정신면에서의 문학적 추구와 동경 그리고 고난에 대한 두려움과 뛰어넘기를 새겨왔다. 산베이 작가 루야오야말로 이렇게 실크로드 옛길에서 탄생한 문학의 고행승이다.

> 그는 글쓰기를 신성하면서도 장엄한 사업으로 삼아 완성하고, 심지어 아낌없이 자신을 꽁꽁 묶어 희생의 제단에 바쳤다.리쥔(李軍), 1992 : 5

그는 문학적 이상을 추구하는 여정에서 자신을 내던져 고통의 시달림에 매달렸다.

루야오의 사람됨의 인품과 문학 정신의 원천은 두 방면에 있다. 첫째는 농경 문화의 영향이다. 이는 루야오가 작품 속에서 농민과 토지에 쏟은 깊고 뜨거운 사랑으로 구체화되었다. 이 방면에 대해서는 많은 연구자가 이미 충분히 해석하였다. 둘째는 유목 문화의 정신적 요소인데, 루야오는 예전부터 중점적으로 언급하였지만, 대다수 연구자가 소홀히 한 부분이다. 루야오는 "북쪽 오랑캐 후손이고, 생김새에 흉노의 흔적을 제법 갖고 있다"쭝위안(宗元), 2000 : 38 하고 자처하였다. 그는 생전에 펑둥쉬馮東旭를 방문하여 좋은 구절을 새긴 도장 두 개를 만들어주기를 부탁하였는데, 그 가운데 한 개는 '북적후인北狄後人'이고 '북쪽 오랑캐 후손'이란 말이다. 유목 문화는 잠재적인 방식으로 인생과 문학에 대한 루야오의 이해에 깊이 영향을 끼쳤다.

산베이는 서쪽으로 간쑤와 닝샤와 이웃하며, 북쪽으로는 내몽골과 잇닿아 있다. 산베이는 특수한 지리적 위치로 말미암아 시베이 실크로드의 동쪽 구간의 교통 길목이 되었다. 창안에서 출발하여 둔황에 이르는 실크로드 구간에 세 갈래 길이 있는데, 그 가운데서 "첫 번째 길이 창안에서 북행하며, 산베이를 거쳐서 닝샤 링우靈武로 들어가서 황허를 건넌 뒤, 서남쪽으로 우웨이에 이르러 허시쩌우랑을 따라 둔황에 이른다."투위춘(塗裕春) 외, 2001 : 4 실크로드의 길고긴 발전 과정에서 쌓인 문화적 유산과 정신적 특성마다 산베이문화의 일부를 구성하였다. 아울러 산베이는 예로부터 민족이 융합하는 '매듭지역'이었고 '이민족 기질'을 지닌 한족 지역이었다. 진나라와 한나라 이전의 산베이는 주로 목축지대로 존재하였고, 서한 이후로 농경 문화가 비로소 차츰 중심이 되었다. 그래서 이곳은 농경-유목 문화의 혼합지대를 구성하였고, 주, 진, 한, 당나라에서 중심으로 삼은 중원 문화를 제외하고 유목민족의 초원문화도 현지 민중의 관념과 풍습 속에 스며들었다. 나아가서 그것들이 서로 유기적으로 연결된 산베이 문화를 이루어냈다.

유목 문화와 역사적 유산으로 남은 마오우쑤사막은 루야오의 삶과 창작의 길에서 중요한 작용과 의미를 지닌다. 마오우쑤사막은 위린榆林 만리장성 이북에 자리하고, 위린은 역사적으로 퉈청駝城이라 불렸는데, 사막의 도시라는 뜻으로 중원 문화와 서역 문화의 분기점이자 연결점이다. 이 땅에 자리한 마오우쑤사막은 내몽골 대초원과 닝샤 등지와 서로 인접하고 있어서 대대로 산베이 사람이 만리장성 서쪽 지역으로 나가는데 반드시 거쳐야 하는 땅이었다. 마오우쑤는 몽골 말의 음역이고, 근처의 수질이 좋지 않다는 뜻이다. 끝없이 펼쳐진 사막은 초원의 또 다른 특수한 형태라고 말할 수 있는데, 이곳이 옛날 옛적에는 물풀이 우거진 목장이었지만, 뒤에 기후 변화와 잦은 전란으로 인하여 거친 사막이 되었다.

당나라 시인 이익李益, 746~829은 「샤저우 성벽에 올라 먼 길 가는 이를 바라보며 육주[7] 오랑캐의 노래를 부르다^{登夏州城觀送行人賦得六州胡兒歌}」에서, "육주 오랑캐 여섯 가지로 말하고 / 열 살에 양 타고 저빌 몰아냈지 / 모래밭에서 말 칠 때에 외로운 기러기 날아가고 / 한나라 기마병 갖옷에 비단옷 입었지" 하고 읊었다. 시는 여행자의 시각에서 "저빌", "모래밭", "모래바람" 등 마오우쑤사막의 자연풍광을 묘사하였다.

역사적으로 마오우쑤사막은 병법가라면 너나없이 노리는 땅이었다. 역사상 유일하게 흉노 사람이 세운 도읍지 옛터 '퉁완청^{統萬城}'이 마오우쑤사막 깊은 곳에 자리하고 있다. 진시황은 일찍이 그의 맏아들 부소^{扶蘇, ?~기원전 210}를 파견하여 용감한 장수 몽염^{蒙恬, ?~기원전 210}을 인솔해 마오우쑤사막의 남쪽 강역에 주둔하게 하였다. 한나라 무제는 마오우쑤사막 북쪽에서 흉노를 정벌하였고, 칭기즈칸은 자신의 무덤을 마오우쑤사막에 마련하였다. 역사상 마오우쑤에서 일어난 전쟁은 환경에 대한 정복, 민족에 대한 정복, 운명에 대한 정복 등 인류의 정복정신을 대표한다.

산베이에서 태어난 루야오에 대해 말하면, 마오우쑤사막이 드러낸 역사와 정신이 인생과 문학에 대한 그의 이해에 깊이 영향을 끼쳤다. 마오우쑤사막에 대하여 루야오는 젊은 시절부터 깊은 그리움을 품었다. 그는 초기의 시 「오늘의 마오우쑤^{今日毛烏素}」에서, "변방 마오우쑤 / 돌멩이며 모래가 날리며 / 숱한 왕조 바뀐 수천 년 세월 / 많은 눈물겨운 이야기 남은 곳 / 풀씨는 땅속에서 뿌리를 내리지 않고 / 기러기 날아와 둥지를 틀지 않는 곳 / 누런 모래 한 더미에 무덤 한 더미 / 그대에게 권하노니 훙스샤^{紅石峽}를 넘지 마시게" 하고 읊었다. 이어서 그는 마오쩌둥이 대중을 이끌

---

7 [옮긴이] 육주(六州)는 『원화군현지(元和郡縣志)』 「관내도(關內道)」에 의하면, 루(魯), 리(麗), 한(含), 싸이(塞), 이(依), 치(契) 등 샤저우(夏州)의 여섯 지역을 말하며 '여섯 이민족 지역(六胡州)'이라 부르기도 하였다.

고 마오우쑤사막을 성공적으로 정비하고 개조한 일을 찬미하였다. 이 시가 분명한 시대적 흔적과 정치적 경향을 지녔다고 하여도, 루야오는 마오우쑤사막의 거칠고 메마른 환경과 사람들이 자연을 정복한 정신과 용기를 작품 속에 남겨놓았다.

루야오에 대해 말하면, 마오우쑤사막은 그를 키운 고향일 뿐만 아니라 그의 삶과 문학 창작의 길에서 끊임없이 힘을 얻게 하는 정신의 성지이기도 하다. 「아침은 정오부터 시작이다^{早晨從中午開始}」라는 창작 수기에서 루야오는 마오우쑤사막에 대한 그 자신의 정을 이렇게 묘사하였다.

사막에 대하여 내가 확실히 말하면, 고향 마오우쑤라는 드넓은 사막에 대하여 나는 특수한 느낌 아니면 특수한 인연을 지니고 있다. 그곳은 삶에 대한 선^禪적인 깨달음을 주는 정토이다. 운명의 중대한 선택에 맞닥뜨릴 때마다, 특히 생활과 정신의 심각한 위기를 만날 때, 나는 언제나 자신도 모르게 드넓은 마오우쑤사막으로 갔다.

끝없이 까마득하고 한없이 고요하다. 꼭 다른 별에서 걸어가는 것 같다. 시끄럽고 어지러운 속세의 생활은 사라지고, 높고 아득한 가운데 자연의 소리를 듣는 것 같다. 거기서 여러분은 커다란 우주의 각도에서 진정으로 생명을 바라보고, 인류의 역사와 현실을 바라볼 수 있다. 이 쓸쓸하고 소리 없는 세계에서 여러분은 더할 수 없이 확 트인 삶의 현장을 기대할 수 있다. 여러분이 깨닫는 생명의 의미도 더욱 깊을 것이다. 여러분은 이토록 보잘것없는 사람인가 함을 느낄 것이고, 불가사의하게 커다란 사람도 느낄 것이다. 여러분은 이곳에서 길을 잃을 수 있지만, 여러분은 속세의 많은 번뇌를 깨끗이 없앨 수도 있다. 이 드넓은 하늘과 땅 사이에서 사유는 늘 큰물처럼 흘러넘친다. 마지막에 또 흘러넘친 사유의 흐름 속에서 어떤 생활이나 사업의 청사진이 흘러나올 수도 있다.

심지어 이러한 청사진을 시행하는 과정에서 어려운 점과 쉬운 점, 그리고 그 것들의 전체적인 진행이 명료해질 수 있다. 이때, 여러분은 자발적으로 사막의 성전을 나가서 소란스러운 사람 세상으로 되돌아가야 한다. 여러분은 다른 사람으로 바뀌어 거리낌 없이 생활의 새 경계를 개척할 수도 있다.

지금 그곳에 다시금 갔다. 내 마음은 여전히 옛날처럼 출렁인다. 맨발로 끝 없이 고요한 사막을 걸어갈 때, 아니면 모래언덕 위에 큰 대자로 누워서 높고 종잡을 수 없는 하늘을 바라볼 때, 이 신성한 대자연에 대하여 경건하고 은혜에 감사하는 마음으로 가득 찬다. 이곳에 얼마나 많이 와서 정신의 정화淨化를 받았든지 간에, 이곳에 올 때마다 의미는 이전과는 다를 것이다. 모든 생각마다 마음속에서 의심할 바 없이 확정되지만, 이 '참배'는 여전히 신성하면서도 반드시 해야 하는 일이다.

이 글은 1985년 여름에 산베이에서 루야오가 '장편소설 창작 장려회'에 참가할 때의 감상을 쓴 글이다. 그는 정신적 깨달음과 에너지를 찾아 '참배'하는 마음을 품고 마오우쑤사막으로 갔다. 이때에 루야오는 한편으로 소설 「인생」으로 이름이 난 뒤에 세속적이고 실리적인 유혹을 받아 뒤숭숭하였고, 또 다른 한편으로 「인생」 뒤의 그의 창작 능력에 대하여 외부의 의심을 받았다. 그는 깊은 사색과 별별 고민 끝에 장편소설 『평범한 세계』의 창작을 시작하기로 마음먹었다. 하지만 루야오의 창작의 길에서 그는 아직 장편소설을 창작한 경험이 없고, 가장 길게 쓴 작품이라야 13만 자의 「인생」이었다. 이러한 상황에서 장편소설 창작을 시작하는 데 얼마나 많은 용기와 결심이 필요하였을까. 이 문학의 여정에 오른 고행승은 그리하여 정신의 원천과 에너지를 찾아 마오우쑤사막으로 다시금 돌아갔다.

대상화한 객체로서 이때의 마오우쑤사막은 어느덧 지리적 의미를 뛰어넘었다. 그곳은 루야오가 삶에 대한 선禪적인 깨달음을 얻은 정신의 '성지'였다. 자연은 자체로 신성성을 지닌다. 그것은 물질적인 것만이 아니라, 정신적이기도 하며, 인류에게 커다란 깨우침을 줄 수 있다. 특히 농업 지역의 풍경과는 아주 다른 드넓은 사막 풍광이라면 사람은 심리적인 충격과 감성적인 감동에 더욱 쉽게 빠질 것이다. "자연 자체의 웅장하고 신기한 부분에서 사람은 우주 자체의 원시적 힘을 느낀다."쥐시(鞠熙), 2013 : 186

끝없이 '까마득하고' '고요한' 사막에서 루야오의 정신세계는 확 트이게 되었고, 그는 생명을 다독이는 커다란 우주적인 시각도 얻었다. 이러한 확 트인 심리를 바탕으로 그는 세속적인 한계와 속박을 뛰어넘어 문학의 영원한 가치와 의미를 추구할 수 있었다. 사막은 루야오에게 자연의 신성한 깨달음과 더불어 그의 주관적 정신의 외적 투영도 부여하였다. 마오우쑤사막은 루야오의 상상 속에서 세속적인 세계와 상대하는 '헤테로토피아heterotopia'로 구성되었다. 그곳은 세속의 어지럽고 떠들썩함과 사막의 끝없는 고요함, 우주 속에서 사람의 보잘것없음과 커다람, 사유의 흘러넘침과 이상의 뚜렷함 등이 충돌하면서도 대립하는 관계를 지닌 특별한 장소이다. 바로 이러한 구별과 대립이 형성한 독특성에서 순례자 루야오는 신성한 체험을 얻었다. 이번 사막 여행에서 루야오는 충돌과 고뇌의 내적 파열을 겪은 뒤에 마침내 심리적인 혼란을 깨끗이 없애고 정신의 새로운 통합과 심화를 얻었다. 그는 자기 생명의 길이로 문학의 높이를 측량하기로 다짐하였다. 까마득하게 드넓은 마오우쑤사막에서 루야오는 새로이 출발할 의지와 믿음을 얻고, 그는 사막에서 얻은 문학적 이상에 대한 종교 같은 열정에 기대게 되었다. 이로부터 여러 해 동안 루야오는 외로움과 짝하며 보통 사람이 상상하기 어려운 끈기와 굳센 의지로 『평범한 세계』의 글쓰기를 완성하고, 문학의 길에서 또 다른 절정에 올랐다. 루야오는 이 심리적 여정을 회상할 때에 이렇게 말하였다.

사막 여행은 과거의 나와 단절하고 나를 다시금 내일로 나아가도록 이끌었습니다. 나는 사막과 작별 인사를 할 때마다 정신적으로 커다란 해탈과 고요함을 얻었습니다. 수행하는 신도처럼 붉은 먼지와 단절하고 따뜻한 고향과 작별한 듯이 고달픈 여로에서 한 걸음에 한 번 절하며 마음속의 성지를 향해 걸어갔습니다. 사막에서 마지막 '결의의식'이 그다음 6년 동안 얼마나 고달프든 간에, 내가 굳은 의지를 갖고 끈기 있게 작업해나갈 수 있게 하였습니다.

사람은 첫사랑 같은 열정과 종교 같은 의지를 지녀야만 어떤 사업이든 성취할 수 있을 것이다.

글쓰기를 작가가 세계를 인식하고 표현하는 방식의 하나라고 말한다면, 루야오에게서 글쓰기란 생명에 대한 그의 해석이자 자아 가치에 대한 그의 확인이다.

당시 '장편소설 창작 장려회'에 참가한 또 다른 산시 작가 천중스도 예전에 「마오우쑤사막의 달빛毛烏素沙漠的月亮」이란 글에서 이런 사막 여행을 기록하였다. 관중평원에서 살아온 천중스에 대해 말하면, 마오우쑤사막이 그에게 남긴 인상은 이역의 신비성과 낭만성이었다. 그곳의 둥글고 커다란 달, 여우인지 이리인지 모르는 짐승의 울부짖음, 달빛 아래서 의형제 맺은 진실한 우정 등은 이때의 어떤 여행자가 쓴 마오우쑤사막에 관한 아득히 먼 기억이다. 두 사람의 대비를 통하여 우리는 다음과 같은 사실을 발견할 수 있다. 관중 사람인 천중스의 문학에서 마오우쑤사막은 이역 풍경과 낭만적 색채로 가득 찬 아름다운 기억일 뿐이라면, 산베이 작가인 루야오에게서 사막은 그에게 인생과 문학의 참뜻을 깨닫게 하는 자연 성지이자 그에게 끊임없이 자신을 뛰어넘게 하는 정신을 받쳐주는 버팀목이었다.

성지순례 하는 마음을 품고 문학의 영지로 들어선 루야오는 창작 과정에서 '수난의식'을 드러냈다. 이러한 '수난의식'은 한편으로 문학에 대한 순교와 같은 희생과 헌신정신으로 표현되고, 또 다른 한편으로 고난 체험에 대한 현실주의적인 글쓰기 과정에서 드러났다. 루야오 소설 속의 고난은 인생에 대한 추상적인 상상에서 나온 게 아니고, 현대 혹은 혁명 이데올로기라는 인식의 틀에서 나온 것도 아니다. 그것은 실크로드 문화의 정신적 유산과 시대적 주제가 형성한 미적 내용과 가치지향이 녹아 합쳐진 것이다.

고난 이미지는 실크로드 문학의 중요한 내용이다. 대대로 서역 여행을 한 승려는 여행기에서 불법을 구하는 여정에서의 고달픔에 대하여 "여행의 어려움이나 겪은 고생은 세상에 비교할 게 없다"^{법현, 궈펑 역, 1995 : 7} 하고 진실하게 기록하였다. 또한 변방의 정복전쟁을 묘사한 변새시에서는 "전쟁의 끔찍함, 환경의 척박함, 군졸의 괴로움이 모인 문화 공간"^{리즈쥔(李智君),} ^{2004 : 107}을 구축하였다. 산베이는 그 특수한 지리적 위치로 말미암아, 대대로 병법가가 빼앗으려는 변새의 요충지였고, 변새시가 묘사하는 중요한 내용도 되었다. 만당^{晩唐, 836~907} 시인 위장^{韋莊, 836~910}은 「쑤이저우에서 짓다^{綏州作}」에서 변새의 땅 쑤이저우^{지금의 산베이 쑤이더현(綏德縣)}의 거칠고 척박한 환경을 묘사하였다. 진도^{陳陶, 812?~885}의 "가련타, 우딩 강가에 나뒹구는 백골 / 깊은 규방 여인네 꿈속 그리운 님이었거늘"은 대대로 우딩허^{無定河}에서 일어난 전쟁의 끔찍한 상황을 진실하게 꼬집어 묘사한 구절이다. 변새시에서 드러낸 산베이 변방의 지독한 추위와 고생 이미지는 이미 시대 따라 멀리멀리 흩어졌다. 하지만 이러한 고난에 대한 인생 체험은 두고두고 중요한 민간 전통으로 차곡차곡 쌓였고, 산베이 문학의 중요한 정신적 특성이자 미학 원소가 되었다.

　루야오의 창작은 실크로드 문학의 고난 서사의 정신과 전통을 계승하였다. 그의 관점에서 말하면 글쓰기란 전부 신나고 즐거운 말장난이 아니라 자신을 담금질하는 것이나 다름없는 수난의 여정이다. 그는 "글을 지을 때면, 신도가 종교적 성지를 순례하러 가듯이 자신에게 경건하게 믿고 기꺼이 고생을 감수하는 마음을 요구하였다."루야오, 2005 : 176 글쓰기의 외로움과 괴로움을 참기 어려울 때마다 그는 눈을 감고 너덜너덜한 옷을 입고 머리털을 풀어헤치고 때 범벅이 얼굴을 하고 힘겨운 발걸음을 옮기며 성지순례의 길을 가는 신도들을 떠올렸다. 그러면 그는 굳센 믿음과 힘을 얻을 수 있었다. 수난은 종교에서 영혼을 정화하는 과정을 상징하고, 믿음과 순종의 지위를 합법화하는 방식이라면, 문학 면에서의 수난 심리도 마찬가지의 의식儀式 기능을 지닌다. 그것은 루야오를 하늘에 선택 받은 문학의 사절이 되게 하고, 인류를 위하여 불을 훔친 프로메테우스가 되게 하였다. 루야오의 관념 속에서 진정한 문학이란 고난의 담금질을 겪어야만 비로소 신성하고 숭고한 의미를 지닐 수 있다. 이런 까닭에 그는 사람의 배부름과 따뜻함을 모두 버리고 순교자의 비장한 희생정신을 품은 채로 문학 작업에 매달렸다. 이러한 수난의 창작 심리에서 루야오는 문단의 선봉 글쓰기先鋒寫作나 욕망 글쓰기欲望寫作 등과 분명한 경계를 긋고, 문학 창작의 깊고 두터운 정신적 내용을 구체적으로 드러냈다.

　루야오의 소설은 고난 체험을 녹여낸 생명의 결정체이다. 그는 고난에 대하여 공감하지만 초월도 찾는다. 현대 문학의 계보에서 고난 서사는 민족 상상과 사회 비판의 기능을 감당하였다. 계몽 문학이 고난을 통하여 봉건사회에 대한 비판을 표현하였다면, 혁명 문학은 고난을 통하여 계급의 압박에 대한 성토를 구체화하며, 고난 서사마다 최종적으로 외적인 사회 정치면의 주제를 지향하였다. 바꾸어 말하면, 이러한 고난들은 근본적으로 모두 인위적인 것이 아니면 문화적 독재 아니면 계급적 억압으로 인하여 겪게 된다. 그것은 모두 현대 담론이 자신의 서사 논리를 세우는 방식의 하나이다. 하지만 땅이 외진 곳에 자리하고 경제가 뒤떨어진 시베이 시골 사람에 대해 말하면, 고난은 우선 척박한 자연환경에서 비롯된 삶의 역경이고, 삶의 고난은 산베이 시골 사람의 기억 깊은 곳에 굳게 응어리진 "집단무의식collective unconscious"이다. 산베이 민요같이 아득히 오래된 구슬픈 가락은 도랑과 골짜기의 장벽을 꿰뚫기 위한 것이고, 더더욱 마음속 쓸쓸함과 애달픔을 스스로 털어놓는 것이다.

루야오의 소설에서 가장 뼈저린 고난 체험은 바로 굶주림이다. 이에 대한 묘사를 보면, 「어려운 나날들在困難的日子裏」의 마젠창馬建强은 굶주릴 때마다 거의 자학에 가까운 인내심과 자제력으로 참아내고, 『평범한 세계』속의 쑨사오핑孫少平도 굶주림과 가난이 가져온 신체적 심리적 이중 굴욕과 고통을 겪었다. 이 책을 읽어본 독자라면 너나없이 소설의 첫머리에서 쑨사오핑이 한 사람도 없이 텅 빈 운동장에서 먹다 남은 수수 찐빵을 먹는 장면을 잊을 수 없을 것이다. 하지만 고난이 존재해야만 사람은 항쟁 정신이 끓어오르고, 생명이 남다른 의미와 가치를 지닐 수 있다. 생명의 본질이란 즐거움을 통하는 것이 아니라 수난을 통해야만 비로소 드러날 수 있기 때문이다.

고난에 대한 루야오의 서사에는 숙명적인 색채가 담겼고, 고난을 끌어내는 원인이 자연이나 운명 등 요소로 설정되어 있다. 고난을 없애는 통로는 현실에서 사회 질서에 대한 전복이 아니라 개인적인 노력을 통하여 자연과 운명의 제약을 돌파해야만 한다. 그래서 이 층위에서의 고난과 항쟁은 최종적으로 개인 정신에 대한 공감과 선전을 끌어냈다. 쑨사오안孫少安은 그의 인생에서 '첫 번째 운명적인 싸움'을 시작하기로 작정하고 산시山西 장인 댁에서 돈을 빌려서 노새를 타고 황허대교를 건널 때에 황허 양쪽 기슭의 풍경과 기슭 위에서 밧줄로 배를 끄는 샀꾼을 보았다. "낭떠러지는 칼로 벤 듯이 곧추서 있고", "암석은 쇠처럼 검푸르렀으며", 샀꾼의 몸에 묶인 밧줄은 "팽팽하게 쥔 활시위 같았다". 쑨사오안이 눈으로 본 것은 자연의 드셈과 힘, 샀꾼의 고달픈 신음과 산베이 민요〈하늘 아래 황허 아흔아홉 굽이天下黃河九十九道彎〉에서 토해내는 생명의 고통과 항쟁이었다. 이것이야말로 쑨사오안의 내심 세계를 진실하게 묘사한 화면이다. 쑨사오안의 소박한 항쟁 정신과 비교하면, 쑨사오핑과 가오자린 등은 현대적 지식을 지녔기 때문에, 신분적인 우월감을 품었고, 그래서 톈푸탕田福堂과 가오밍러우高明樓 같은 마을의 실력자도 그들을 감히 경시하지 못하였다. 하지만 향토라는 공간에서 지식이란 그들에게 심리적인 우월감을 주었을 뿐이고, 운명을 근본적으로 바꾸는 방향으로 나가게 하는 데 도움을 주기 어려웠다. 고등학교를 졸업한 우등생으로서 가오자린은 촌장의 권세 때문에 민영학교 교사 자리를 잃은 것도 아니다. 그것은 그가 차오전巧珍 아버지가 말하는 "소 엉덩이조차도 못 찌르는" 농촌 사람인 데다가 "계속 들락날락한" 도시로 간 경험이 가져온 굴욕 체험이 고난에 반항하고 운명에 저항하려는 그의 결심과 투지를 더욱더 불러일으켰기 때문이다.

　루야오와 그가 빚어낸 가슴에 포부를 품은 젊은이에게서 고난이란 뛰어넘어야 하는 외적 대상이면서 더욱더 자기 마음속의 심리적 필요의 산물이다. 그들은 고난을 뛰어넘어야 하면서 주관적 정신에 대한 고난의 담금질에도 연연한다. 요컨대 불법을 구하러 서역으로 가는 고승이 몸과 마음의 시련을 겪는 것처럼 고난은 순례자에게 정신을 받쳐주는 버팀목을 얻는 필요조건을 구성하였다. 고난 체험과 고난 정복의 과정에서 사람들이 구체적으로 드러낸 정신적 힘은 주체의 정신적 가치와 인격의 힘에 궁극적인 실현과 확인을 얻게 하였다.

　미련과 탈주는 루야오 소설의 중요한 주제이다. 루야오가 태어난 산베이는 황토고원에 속한다. '배춧속'에 자리한 관중평원과 비교하면 이곳은 토양이 메마르고 자주 가물며, 경제가 뒤떨어져서 백성의 생활이 별나게 고달프다. 산베이 농촌에서 일어난 이야기를 소설의 제재로 삼은 루야오의 입장에서 말하면, 산베이의 자연환경은 그가 이야기하고 인물을 빚어내는 주요 배경이다. 하지만 독자는 루야오가 소설에서 산베이의 고달프고 척박한 자연환경에 대하여 도를 넘어 저주하거나 원망하지 않으며, 도리어 정다운 말투로 산베이 농촌의 사시사철의 아름다움을 묘사하는 점을 발견할 것이다. 그는 『평범한 세계』에서 쑨사오안의 고등학교 소재지인 위안시原西 도시 외곽의 봄날 강가를 이렇게 묘사하였다.

　위안시강 맞은편 기슭의 산굽이에 복사꽃이 다시 한 번 눈부시도록 붉게 피었다. 강 맞은편의 완만한 비탈길에 땅 거죽을 금방 뚫고 나온 싱싱한 풀의 싹과 마른 풀들이 한데 뒤섞여 있고, 누릇누릇하고 파릇파릇하며 넘쳐흐르는 생기를 드러냈다. 버들개지가 소녀의 머리털처럼 봄바람 결에 나부꼈다. 제비는 코빼기도 안 보인다. 녀석들은 이때 북쪽에서 돌아오는 길에 있을 테니까, 하루 이틀 지나면 도착할 것이다. 위안시 강물은 어느새 단단한 얼음의 봉쇄를 해제하였고, 신바람 나서 노래를 부르며 멀리 흘러가고 있었다.

　쑨사오핑과 쑨사오안의 고향 솽수이마을雙水村은 여름에 대추가 농익어 유달리 알록달록 반짝이기 때문에, "여름이 올 때마다, 이곳은 사랑스러

운 푸른빛의 세상이 된다. 음력 8월 보름 전후가 되면, 대추가 전부 붉어
진다. 검은색 나뭇가지, 빨간색 대추, 그리고 누르스름하고 푸른 빛 도는
나뭇잎들이 울긋불긋 빛나면서 사람을 흠뻑 취하게 만든다".

「인생」에서는 가오자린이 사업의 실패를 겪은 뒤에 맥 빠진 기분으로
농촌으로 되돌아가면서, 가을날 다마허大馬河 강줄기를 따라 걸어갈 때에,
"아침 해가 초가을의 들판을 비추자 대지가 즉시 알록달록 빛나는 색채
를 드러냈다. 농작물과 싱싱한 풀의 푸른 이파리 위에서 반짝반짝 이슬방
울이 빛났다. 발아래 흙길이 촉촉하여, 누런 먼지가 조금도 일지 않았다"
하고 묘사하였다. 겨울철의 산베이 농촌이라고 하여도 썰렁함 가운데 시
적인 정취 한 가닥을 드러냈다.

이 계절, 한겨울의 산과 들판은 처량하면서도 쓸쓸함을 드러냈다. 산이나 개울
이나 벌거숭이였고 무엇이든 가릴 것조차도 없었다. 누런 땅은 돌판처럼 꽁꽁
얼어붙었다. 저 멀리 산비탈에 어쩌다가 수숫대 한 고랑이 있고, 바람결에 어
수선하게 날리면서 땅에 널브러져 있다. 저것은 일꾼이 없는 간부 집의 것일
테지. 산과 들판과 강가의 나무마다 이파리가 전부 떨어져서 된바람 속에서 외
로이 서 있다. 식물의 씨앗이 땅속에 깊이 파묻혀서 길고긴 겨울의 꿈을 꾸고
있다. 땅 위에서 까마귀 떼 한 무리가 이리저리 날아다니며 떨어진 낱알을 찾
아다녔다. '까악까악' 소리가 처량함으로 가득 찼다.

이러한 강물, 복사꽃, 대추, 이슬방울, 된바람 속의 수숫대, 겨울날의 꿈
이 구축한 산베이 자연 풍광, 이 토지 위의 쿠옌허哭咽河에 관한 애처롭게
아름다운 사랑 이야기, 그리고 온 마을 사람이 대추를 딸 때의 즐거움, 농
악대의 시끌벅적함 등은 모두 고전의 이상적 색채를 지닌 시골 전원 그

림 한 폭 속에 고스란히 들어있다.

　고향에 대한 루야오의 묘사가 어울림과 편안함으로 가득 찬 집의 정서를 드러냈다고 하여도, 선충원과 같이 현대의 침입을 끊고 '인간성의 전당' 한 채를 건축할 수는 없었다. 그가 창조한 인물은 처음부터 현대 지식 담론의 형상화를 수용하였기 때문이다. 마젠창, 가오자린과 쑨사오핑 등은 저마다 가난과 굶주림이란 이중 시련 속에서도 여전히 배움과 지식에 대한 동경으로 가득 찬 사람들이다. 굶주림이 가져온 굴욕적인 느낌과 같이 지식이 그들에게는 '독서인'의 존엄을 지니게 하였다. 쑨사오핑은 도시에서 머슴이 될지언정 쑨사오안과 함께 벽돌공장을 경영하러 돌아가고 싶진 않았다.

　그는 기꺼이 솽수이마을에서 박힌 돌처럼 평생을 살 수 없다! 그는 늘 멀리 있는 무엇인가가 그를 부르고 있는 것을 느꼈다. 그는 줄기차게 먼 곳으로 가는 꿈을 꾸었다.

　먼 곳에 대한 동경은 가슴 깊은 곳에서 우러나온 열망이다. 쑨사오안이 이해하지 못한 까닭은 이것이 전통적인 시골 경험으로 해석할 수 있는 범주에 속한 것이 아니라는 데 있다. 이는 현대 사회의 개인 담론이고, 강렬한 주관적 의식의 자각이자 톈샤오샤田曉霞가 쑨사오핑을 사랑하게 된 이유이기도 하다. 가오자린은 도리어 쑨사오핑 같은 행운이 없었다. 그가 "계속 들락날락한" 경험이 미련과 탈주 사이에서의 충돌을 더욱더 돌출시켰다. 차오전의 금쪽같이 순수한 마음은 시골의 어질고 다정함과 넉넉한 포용을 상징하였다. 하지만 그녀는 가오자린의 정신세계로 들어갈 수 없다. 시골에서 가오자린의 탈주는 농촌의 가난과 어리석음 때문이 아니

고, 현대 정신에 대한 시골의 장벽과 좁고 답답한 폐쇄성에 더더욱 까닭
이 있었기 때문이다.

루야오는 고난 서사를 통하여 소설마다 영웅의 서사시로 써냈다. 그의
작품 속 남자주인공은 거의 다 고난의 담금질을 거쳐서 무쇠돌이 같은
영웅이 된다. 이는 시베이 실크로드 지역 문화의 문학적 투영이고, 가장
사무치게 핵심을 찌른 루야오의 인생 체험을 주조해낸 것이기도 하다.

> 외롭고 꿋꿋한 강자의 기질과 특정한 생활 소재를 주조해낸 뒤에, 그는 작품
> 에서 언제나 영웅주의적인 숭고한 느낌으로 흘러넘치게 하였다.샤오윈루(肖雲儒),
> 1993 : 73

시베이 실크로드 지역은 대부분 교통이 불편하고, 생존 환경이 열악하
다. 이러한 길에서 탄생한 영웅은 무엇보다 먼저 드넓은 사막과 거친 벌
판과 힘겨루기 과정에서 경험을 쌓은 무쇠돌이여야 한다. 그들의 핵심 정
신은 고난을 극복할 때의 끈질김과 굳셈이고, 무쇠돌이 영웅에 대한 예찬
은 실크로드 역사에 새긴 문화적 기호이다. 서역을 '착공'한 장건, 소년 장
군 곽거병, 불법을 구하러 서역으로 간 고승 현장 등은 열악한 자연과 되
풀이한 힘겨루기 과정에서 영웅적인 인격을 형성하였다. 이는 문자의 형
식으로 역사에서 전승되었을 뿐 아니라 마찬가지로 전설의 형식으로 창
조되어 민간문화의 가치지향에도 영향을 주었다. 산베이는 더욱더 무쇠
돌이 같은 영웅을 숭배하는 지역이다. 이 척박한 땅에서는 예전에 이자
성李自成, 1606~1645, 장헌충張獻忠, 1606~1647, 류즈단劉志丹, 1903~1936, 셰쯔창謝子長,
1897~1935 같은 민족 영웅이 탄생하였다. 그들의 이야기는 일상생활 속에
서 민간문화의 형식으로 전승되었다. 〈진짜 사나이 진경好漢秦瓊〉, 〈조자룡

趙子龍〉, 〈이자성〉, 〈세상을 뒤엎을 영웅 좋을씨고蓋世英雄好〉 등과 같은 산베이의 많은 술자리 노래의 제목만 봐도 우리는 시원시원한 영웅의 기개를 느낄 수 있다. 현지에서 폭넓게 전파된 영웅의 낭만성은 산베이 시골 사람의 영웅 전설과 문화적 인격을 끊임없이 빚어내면서 재생산되었다. 그래서 무쇠돌이 같은 영웅과 힘에 대한 숭배는 산베이 문화적 인격의 지역적 특징을 구성하였다.

수난식의 영웅 인격에 대한 추구와 확대는 루야오 소설의 중요한 가치 지향이다. 영웅 인물들은 권세와 돈이란 세속적인 가치에 기대서 사회의 인정을 얻은 것이 아니다. 그들의 인격적 매력은 몸의 수난을 통하여 정신세계를 구축한 데 있다. 이는 열악한 생존 환경 속에서 연마해낸 의기소침하지 않고 굴복하지 않는 생명의 의지이자 운명의 굴레를 뛰어넘는 과정에서 사람이 드러낸 시적인 정취와 시원시원한 기백이다. 루야오는 권세 없는 가난한 젊은이들의 최대한 매력과 가치가 그들이 수난자의 신분과 경험을 지닌 데 있고, 이러한 수난의 남다른 의미가 피동적인 감당이 아니라 가치 세계로 통하는 그들이 쌓아온 경험과 자각에 있으며, 그래서 그들이 일반 속됨을 넘어서는 여성 인물들의 주목과 숭배를 얻도록 창조하였다.

『평범한 세계』는 첫머리부터 쑨사오핑을 극도로 고통스러운 생존 환경 속에 두고, 경제적 빈곤, 신체적 굶주림, 정신적 굴욕 등을 겪게 하였다. 이러한 물질과 정신의 이중 고난은 쑨사오핑을 쓰러뜨리지 못하였고, 반대로 그의 의지와 인격을 단련시켰다. 쑨사오핑 같은 인물 형상에게서 가장 빛나는 면은 바로 그가 고난을 차례차례 극복하고 운명에 도전하는 과정에서 추진력을 얻고 굳건하게 일어섰다는 데 있다고 말할 수 있다. 이러한 수난식의 영웅 정신의 빛발이 심지어 그의 현실적 신분의 격차를 벌충하였고, 우월한 가정 배경을 지닌 톈샤오샤가 그의 남다른 정신적 매력에 끌리게 되었다.

쑨사오핑은 수난 영웅에 대한 루야오의 낭만주의적 상상을 구체화한 인물이다. 하지만 속세를 떠나 이상 세계로 간 영웅 형상은 현실과 부딪친 뒤에 더욱 허구의 본질을 드러내며, 심지어 자신에 대한 의심과 해체로 나아갈 수 있었다. 쑨사오안의 친구이자 농민 기업가인 후융허胡永合는 다야완大牙灣 탄광에서 쑨사오핑을 만난 뒤에, 그와 잡담 한두 마디 나눌 기분도 아니었고, 쑨사오안이 도중에 그를 향해서 아우에게 무슨 재주가 있다는 둥 허풍을 떨기는 하였지만, 후융허가 보기에는 재주가 있어도 석탄을 캐기란 불가능하였다. 농민 기업가의 세속적인 시선과 경시 태도는 쑨사오핑이란 영웅 형상의 이상성을 해체해 버렸다. 쑨사오핑의 영웅적 기질은 톈샤오샤와 진슈金秀의 사랑을 끌어냈다. 하지만 사실상 쑨사오핑의 사랑은 탄광에 발을 들여놓은 여인 후이잉惠英에게 기울 뿐이었다. 이러한 줄거리 배치는 세속적인 사회에서 영웅 인물의 운명에 대한 루야오의 아쉬움과 의심을 드러낸 것인지도 모른다.

「인생」속의 가오자린은 자신의 운명을 바꾸기 위하여 그의 세계로 아무리 해도 들어갈 수 없는 류차오전을 단호하게 포기하였다. 그가 도덕적 오명을 짊어질 것임을 매우 뚜렷하게 안다고 하여도, 그는 용감하게 향토에 반하는 길로 나아가고, 자신의 운명과 인생을 틀어쥔 강자가 되기를 선택한다. 루야오가 가오자린을 운명에 용감하게 도전하는 무쇠돌이 영웅으로 창조하였다고 하여도, 소설의 마지막 부분에서 루야오는 또 가오자린의 꿈이 산산조각 깨진 뒤에, 그가 더순德順 할아버지의 발아래 엎어져서 손에 누런 흙을 움켜쥐고 고통스럽게 참회하도록 하였다. 루야오는 이상주의적 열정을 품고 이러한 숙명에 반항하는 수난 영웅을 창조하였지만, 서사 논리 면에서의 소설 속 충돌과 단절이 어느 정도에서 영웅상에 대한 루야오의 내적 모순성을 반영하였다.

실크로드 옛길에서 걸어 나온 루야오는 자신을 문학 사업에 바친 고행승 같은 이상주의자이다. 농경 문화에 대하여 그는 깊은 정과 헌신정신을 가득 품고, 유목 문화의 굳셈과 진취성도 계승하였다. 루야오의 인생 체험과 문학 창작 속에는 이러한 다원 문화적 전통이 갈마 들어있다. 이것이 그를 한편으로 영웅같이 건투하는 열정으로 끊임없이 위를 향해 기어올라가게 하고, 한편으로는 도리어 내심의 외로움과 자신에 대한 깊은 의심 속으로 늘 추락하게 하였다.

4. 훙커   부름을 받고 실크로드 옛길을 내달린 문학의 기수

1) 관중-톈산의 실크로드 위에서

중국 당대 문단에서 훙커는 가장 본보기적인 실크로드 작가이다. 이러한 본보기의 의미는 그의 삶의 궤적이 실크로드 출발점인 관중과 서역 톈산 사이에서 여러 차례 이동하는 과정에서 구성된 데 있다. 더욱 중요한 점은 그의 문학 창작과 중화민족의 문화 부흥과 재건에 대한 그의 사색의 길이 시종 실크로드 문화의 정신적 유산을 에워싸고 진행되어온 데 있다. 그는 바오지寶鷄에서 태어나고 자랐으며, 대학을 졸업한 뒤로 신장에서 10년 동안 돌아다닌 다음에 바오지로 되돌아갔다가, 마지막에 시안에 정착하였다. 훙커의 수십 년 삶의 궤적을 보면, 그는 실크로드 옛길에서 이리저리 뛰어다녔고, 그의 문학 창작도 이곳에 내내 뿌리를 내리고 있었다고 말할 수 있다. 초기의 '톈산 시리즈'부터 뒷날의 '톈산-관중 실크로드

시리즈'까지, 신장의 웅장하고 신기한 드넓은 사막의 풍광에서 이 고지식한 관중 사나이는 싱그러운 삶을 체험하고, 창작 면에서 커다란 생명력과 창조력을 얻었다. 웅장하고 신기하며 굳세고 힘찬 서역의 문화와 정신이 홍커의 독특한 문학적 기질을 주조해냈고, 서역에 대한 홍커의 낭만적인 열정으로 가득 찬 문학적 상상이 실크로드가 머금은 미적인 기억과 서사적 활력을 다시금 토해내고 숨결을 불어넣게 해주었다고 말할 수 있다.

홍커의 인생과 문학 창작의 여정은 관중에서 시작된 것이다. 이 단계에서 그는 한편으로 대량의 독서를 통하여 뒷날의 문학 창작에 튼튼한 토대를 다졌고, 또 다른 한편으로는 시를 지으며 자신의 습작 시기를 보냈다. 홍커는 1962년에 주나라와 진나라 문화의 발상지인 치산岐山에서 태어났다. 이곳은 염제炎帝가 살았고 주나라 왕실이 토대를 쌓은 땅이자 주문화의 발상지로서 백성이 예로부터 예와 덕을 숭상한 고장이다. 홍커는 치산에서 어린 시절과 학창 시절을 보냈고, 1982년에 고향에서 유일한 대학인 바오지문리대학寶鷄文理學院 중문과에 입학하였다. 이곳에서 그는 문학 창작의 길로 차츰차츰 들어서게 되었다. 홍커가 걷는 창작의 길에서 대학 시절은 지식 축적의 기간이었다. 그는 자신의 흥미와 기질에 맞는 문사철 방면의 서적을 대량으로 읽으면서 뒷날 창작을 위한 튼튼한 토대를 다졌다.

홍커의 독서 경력에서 보면, 처음에 그에게 가장 큰 영향을 끼친 것은 전쟁 관련 도서였다. 그는 초등학교 3학년 때부터 소설에 홀딱 빠지기 시작하였고, 『삼국연의』나 『수호전』 같은 협의소설俠義小說을 골라 읽었다. 대학 시절에는 『일리아스Ilias』, 『오딧세이Odyssey』, 『이고리 원정기Слово о полку Игореве』와 제2차 세계대전 시기의 명장의 전기 등에 열중하였다. 이러한 전쟁 문학이 가져다준 뜨거운 피 들끓는 독서 체험에서 홍커는 어린 시절에 억눌린 짓궂고 고집스러운 심리를 대리 만족하였고, 동시에 영웅 숭배를 핵심으로 삼은 역사관과 가치관을 자연스레 지니게 되었다. 바로 이러한 숭고함을 추구하는 생명의 약동elan vital에서 홍커는 뒷날 서역으로 가서 톈산에 오르게 되는 심리적 기초를 얻어냈다. 많은 독서 뒤에 홍커는 문학 창작의 길로 들어섰다. 최초의 그의 습작은 고등학교 때에 폴란드 작가 헨리크 시엔키에비치Henryk Sienkiewicz, 1846~1916의 『십자군 기사The Knights of the Cross』를 읽고 감동을 받아서, 학우들 사이에서 돌려가며 읽으려고 그가 직접 50,000여 자의 이야기로 각색하여 꾸민 필사본이다. 여기서 홍커의 인생과 창작에 전쟁 문학이 끼친 영향을 볼 수 있다.

전쟁 문학 이외에 홍커의 독서 경력에서 또 주요한 영향을 끼친 것은 바로 중고등학교 시절에 읽은 동화이다. 『안데르센 동화』를 읽었을 때에 그는 하마터면 눈물을 흘릴 뻔하였다. 그에게 이것은 늦게 얻은 수확이었다. 홍커는 「책을 좋아하고 베끼기를 좋아하기愛書愛到抄書」란 글에서, "아동의 황금시대에 가장 좋은 도서는 동화, 신화와 SF 이상의 것이 없습니다. 그것들은 사람의 상상력을 자극합니다. 청소년 시절에는 시입니다. 시의 핵심 감성은 격정이지요. 이러한 것들이 생겨야만 생명이 비상할 수 있습니다. 무릎을 꿇거나 기는 것이 아니지요."라고 말하였다. 바로 이러한 동화와 시 읽기를 통하여 홍커는 삶에 대한 열정과 문학적 상상력을 키웠다. 진정한 의미에서의 홍커의 창작은 시로부터 발걸음을 뗀 것이다. 그는 고전시, 구미 모더니스트의 시와 몽롱시朦朧詩를 좋아하고 옛 페르시아 시도 좋아해서 사디Sa'di, 1208~1291와 하피즈Hāfez, 1320~1389의 책마다 전체를 손으로 베낀 적도 있다.

대학 2학년 때에 그는 『바오지 문학寶鷄文學』에 처녀작 「팥紅豆」이라는 짧은 시를 발표하였다. 1985년에 대학을 졸업할 때까지 그는 지방 간행물들에 거의 시 30편을 계속 발표하고, 산문 1편과 소설 1편도 발표하였지만, 그때까지는 시를 위주로 창작하였다. 초기의 독서와 시를 지은 경험은 홍커가 걷는 창작의 길에서 중요한 작용과 의미를 지닌다. 뒤에 그가 장르와 제재 면에서 모두 커다란 변화가 생겼다고 하여도, 그는 영웅에 대한 숭배와 시적인 정취에 대한 추구를 뒷날 창작에서도 여전히 유지하고 꾸준히 이어나갔다. 전체적으로 보면 홍커의 창작 준비 단계는 단순하고 충실한 독서 속에서 보낸 시기이다. 대학 시절에 그가 독파한 학교 도서관의 모든 문과 관련 서적, 자신이 아끼고 아껴서 모든 돈 1,000여 위안을 들여 사들인 책, 그리고 대량의 독서가 그의 창작의 자원이자 에너지가 되었다. 이 점에서 그와 다른 산시 작가들은 상당히 뚜렷한 차이가 있다. 천중스, 루야오와 자핑와 등에 대하여 말하면, 그들 창작의 주요 자원은 사회생활의 경험에서 쌓은 것이고, 역사의 변천과 함께 얽히고설킨 가운데서 얻은 인생 체험이다. 하지만 홍커에게서 보면 단조로운 학교생활에서 그는 풍부한 인생 수업과 문학적 소재를 얻을 수 없었을 것이다. 그는 서적이 드러낸 풍부한 세계에 파묻혀서 자신의 생존 한계를 뛰어넘어 자신의 인생 체험을 확장하였다. 그래서 홍커가 기댄 문학적 자원은 우선 현실 생활에서 얻은 것이 아니라, 문자와 언어가 구축한 상상의 세계에서 나왔다.

1986년에서 1995년까지, 홍커가 신장에서 생활한 10년 시간은 그의 인생과 창작에 중요한 과도기적 단계였다. 관중과는 전혀 다른 신장의 자연 풍경과 역사 문화에서 홍커는 관념과 창작을 대대적으로 재구축하게 되었다. 대학을 졸업하자마자 학교에 남아 1년 동안 재직한 뒤에, 홍커는 시적인 몽상을 품고 멀리 신장으로 갔다. 그의 할아버지는 항전 노병으로서 예전에 몽골 초원에서 8년 동안 주둔하였고, 아버지는 2야二野[8] 노병으로서 캉비康巴 티베트지역에서 6년을 지냈다. 그의 이번 서역행은 윗세대가 걸어간 길을 따라서 간 것인데, 그는 톈산 자락에서 10년의 세월을 보냈다. 처음에 신장으로 갈 때에 홍커는 신장의 대학에서 강의하려는 소망을 품었지만, 당시 이리저우伊犁州 노동인사국 국장 류빈劉斌의 설득을 받고, 기꺼이 이리저우기술공업학교의 국어 선생이 되었다. 홍커가 교직에 몸담은 학교는 고비사막의 작은 고장 쿠이툰奎屯에 소재하였다. 그곳은 20세기 1980년대에 인구 2만에 빌딩이 3채만 있었고, 내지의 향진鄉鎮 규모 정도의 고장이었는데, 시내에서 조금만 외곽으로 걸어가면 바로 사막이 있었다. 이러한 환경에서 사람과 자연의 관계는 매우 밀접하기 마련이다. 뒷날의 교사 생활에서 홍커는 학생을 데리고 실습하러 가는 기회가 생길 때마다 톈산 남북의 이곳저곳을 두루 돌아다녔다. 신장의 웅장하고 신비한 고비사막과 사람들의 질박하고 용맹스러운 정신적 기품에서 홍커는 별다른 인생 체험을 얻고, 사람과 자연의 관계에 대하여 그는 전혀 새로운 인식과 이해를 지니게 되었다.

나는 처음으로 쿠이툰에서, 우쑤烏蘇에서 농지를 보고 깜짝 놀랐습니다. 보리밭에 잡초가 보리처럼 많았습니다. 관중의 마을과 들판에는 나무가 없었는데, 이곳에서 나무는 마을마다 자랐고, 나무가 농작물과 자원을 갖고 다툴 정도였고, 자원은 한계가 있었습니다. 홍커, 2017.9.6

동시에 홍커는 학교 도서관에서 소수민족 관련 서적을 대량으로 접촉하였다. 그는 "당시 도서관은 거의 나의 개인 도서관이 되었습니다. 그곳의 풍부한 소수민족의 서적에 나를 뛸 듯이 기뻤습니다. 이때 나는 비로

---

8   [옮긴이] 중국인민해방군 제2야전군(中國人民解放軍第二野戰軍)의 줄임말이다. 해방전쟁 시기에 중국인민해방군의 주력 부대의 하나였다고 한다.

소 세상에 『행복의 지혜福樂智慧』가 있고, 『돌궐어대사전突厥語大詞典』, 『러스 하얼熱什哈爾』과 『몽골 이면사蒙古秘史』 등도 있다는 걸 알았습니다" 하고 말하였다. 이러한 서적을 통하여 홍커는 신장 문학과 문화에 대한 이해를 더욱더 심화하였다. 관중과는 전혀 다른 자연과 문화가 처음에는 홍커로서는 "충격이자 흠모"리융(李勇), 홍커, 2009 : 27였고, 그는 잠깐 동안 '문화적 쇼크'에 빠졌다. 그는 신장에 간 처음 3년 동안에 글을 쓸 수 없었다. 1988년에 이르러서 홍커는 비로소 『푸른바람綠風』에 「돌멩이와 시간石頭與時間」 이란 제목의 시 한 편을 발표하였다.

눈동자 속에 뛰어오른 지평선 더 멀지 않은
고비사막에서
바람과 햇빛이 시간을 처형하나
미처 역사에 녹지 않았지
시간의 잇몸에서
나는 모래 한 알
모래 한 알의 울부짖음
나는 예전에 밀알처럼
순한 향기 들볶아내고 싶었지
그대는 삽이
어떻게 모래와 돌멩이 다듬어낼지
언젠가는 지평선이
해골로 꿰어 만든 검은 목걸이 들고
나에게로 걸어올지 상상할 수 없지
나는 아득히 멀지 않으면

나는 아득히 먼 지평선을 볼 수 없지

눈동자 속에서 구불구불 나간

지우개 같은 인내가 마음을 내리 누르지

돌멩이와 마음의 메아리를 들어보게

인내 ― 인내 ― 인내 ― 기다려! 기다려! 기다려!

물이 없는 깔때기 고대로부터

텅텅 빈 시간 딱지 안에서

우울한 두 눈을 걸러냈지

그것은 시침이 쏜살같이 가버린 방향을 볼 수 없어

나의 펜이 가슴에서는 정확한 좌표를 더욱 그을 수 없지

내가 가진 유일한 행동은

산 넘고 물 건너기.

이 시는 서역으로 가서 톈산에 오른 관중의 아들이 느낀 고비사막에 대
한 두려움과 망설임을 담아냈다. 그것의 발표는 훙커에게서 시 창작의 시
대가 정식으로 막을 내렸음을 상징하였다. 신장에서 훙커는 색다르면서
도 별난 체험들을 얻고, 그로부터 그는 감성과 표현방식을 바꾸었다. 그
뒤에 그는 「돌멩이와 시간」이란 제목으로 신장에 간 뒤의 첫 번째 소설을
발표하고, 시에서 소설로의 전환과 서정에서 사실로의 전환을 실현하였
다. 이제 우울한 시인 훙커는 사라지고, 대신하여 부상한 것은 끝없이 넓
고 거친 사막에서 돌아난 날카로운 칼끝이었다. 「붉은 들판紅原」과 「생열
귀나무刺玫」 등으로 대표되는 잠깐의 향수 시기가 막을 내린 뒤로, 훙커는
일련의 비판적인 소설을 창작하고, 「영원한 봄날永遠的春天」과 「마른 가지
와 시든 이파리枯枝敗葉」로 대표되는 현실을 비판한 캠퍼스 시리즈와 『온

갓 새 봉황을 따르니百鳥朝鳳』와 『아두阿斗』로 대표되는 문화 비판 소설을 발표하였다. 이 단계에서 그는 중편소설 7, 8편과 단편소설 5, 6편과 산문들을 연달아 발표하고, 또『서역으로 간 기수』의 초고를 완성하였다.

신장에서 10년은 홍커의 삶과 창작의 길에서 중요한 단계이다. 드넓은 고비사막이 그의 상상 세계에 유달리 드넓은 공간을 제공하였다. 자연과 생명에 대해서도 그는 모두 전혀 새로운 인식과 이해를 지니게 되었다. 10년 신장의 생활에서 그는 구불구불한 머리털과 쉰 목소리뿐만이 아니라 또 우울한 시인에서 낭만적인 소설가로의 변화를 얻었다. 초기에 영웅에 대한 숭배와 신장의 굳센 문화와의 우연한 만남이 홍커의 문학 창작에 새 창문을 열게 하였다.

1995년에 홍커는 관중으로 다시 돌아왔고, 모교인 바오지문리대학으로 돌아왔다가 2004년에 시안으로 이주하였다. "산시로 되돌아와서, 홍커는 비로소 자신이 신장 사람이 다 된 점을 발견하였다. 신장은 중원 문화, 인도문화, 기독교문화, 이슬람 문화 등이 만난 곳이다. 산시는, 특히 관중은 역사상 농경 문화와 초원문화가 마주친 땅이다. 이러한 접촉지대가 그에게 신장 체험의 모든 것을 심화하고, 톈산에서 10년의 생활 축적도 활성화하게 해주었다."홍커, 2017.8.7 홍커는 관중으로 되돌아가서 신장을 되돌아보며, 10년의 생활 체험을 다시금 불러냈다. 그는 창작의 폭발기로 들어서기 시작해서 회상의 방식으로 신장을 썼으며, 아울러 자신만의 독특한 격조와 특색을 차츰차츰 형성하게 되었다. 10년 동안 칼 한 자루를 갈았다. 그는 마침내 그의 길고긴 문학의 성장기를 완성하고 창작의 봄날을 맞이하였다. 1996년에 그는 단편소설「달리는 말」을『인민 문학人民文學』에 발표하였다. 이는 그의 창작이 주류 문단의 인정과 관심을 받고, '자신만의 글'을 찾았음을 상징한다. 그 뒤로 그는 신장의 넓은 사막과 초원을 묘사한 소설과 수필을 『인민 문학』, 『시월十月』과 『수확收穫』 등 중국의 굵직굵직한 문학 간행물에 연달아 쏟아냈고, 아울러 각종 권위 있는 간행물과 다이제스트판에 수록하게 되었다. 『광명일보』는 그를 "하늘을 찌를 듯이 일어나는 모래폭풍"이라 칭하였다.

1998년에서 2000년까지, 훙커는 모두 중편소설 30여 편, 단편소설 거의 100편, 산문 수백 편을 발표하였다. 2001년부터 그는 장편소설 '관중-톈산' 시리즈 창작으로 차츰차츰 방향을 바꾸었고, 『서역으로 간 기수』, 『큰 강大河』, 『우얼허』, 『생명의 나무生命樹』, 『아두』, 『착한 사람은 성과 내기 어렵다好人難做』, 『온갖 새 봉황을 따르니』, 『카라부 폭풍喀拉布風暴』, 『소녀 싸우얼덩少女薩吾爾登』 등 장편소설 열 몇 편을 줄줄이 발표하고, 최근에 『태양 깊은 곳의 불꽃太陽深處的火焰』을 출판하였다. 지금까지 훙커의 소설은 네 차례 '마오둔문학상' 순위권에 들었다. 2003년에 『서역으로 간 기수』는 제6회 마오둔문학상 순위권에 들고, 2007년에 『우얼허』가 제7회 마오둔문학상의 순위권에 들었으며, 2011년에 『생명의 나무』가 제8회 마오둔문학상 순위권에 들었다. 2015년의 『카라부 폭풍』은 산시 작가 가운데서도 유일하게 제9회 마오둔문학상의 10위권에 오른 작품이다. 이 시기에 훙커는 중국 당대 문단에서 자신의 위상과 가치를 진정으로 확립하였다.

훙커는, "이동은 나에게서 최대한도의 향상이고 생명의 변화를 줄기차게 체험하는 과정이다. 생명은 폐쇄와 침체를 가장 싫어한다. 주, 진, 한, 당나라에서, 주나라 목왕이 서역으로 가서 톈산을 유람하고, 한나라 장건이 서역을 가로질렀으며, 당나라 현장이 서천으로 가서 불경을 구하고, 문인들이 큰 뜻을 품고 먼 길을 가서 천하를 돌아다녔다. 소설 자체는 역동적인 것이며, 낯선 지역에 대한 모험이다" 하였으며, "주나라 사람의 후손으로서, 주나라 사람은 타림분지에서 왔다고 하던데, 내가 서역으로 가서 톈산에 오른 것이야말로 뿌리 찾기의 여행이었다"홍커, 2017.8.7 하고 말하였다. 관중에서 톈산까지의 이동은 홍커에게서 말하면 문화면에서의 뿌리 찾기 여행이고, 신장에서 그는 이상적인 생활 방식과 정신의 고향을 찾았다. 루야오에 대한 "소리 없이 만물을 촉촉하게 적시네"[9] 따위의 보이지 않는 유목 문화의 영향과 달리, 홍커의 서역 글쓰기는 신장에서 10년 동안 몸소 체험에서 직접 비롯되었다. 하지만 서역 세계에 대한 홍커의 구축은 완전히 객관적인 자연의 표현이 절대 아니라 중원 문화의 '사전 이해prior understanding' 성격을 띠고 있다. 이러한 중심지대에서 온 문화 기억은 서역에 대한 홍커의 인식에 낭만적인 자기 상상이 스며들게 하였다.

나는 황토고원에 있는 웨이허 골짜기에서 20여 년을 살았고, 성긴 누런 흙과 비좁은 골짜기가 질식할 듯이 느껴질 때, 한달음에 자갈 둑으로 왔고 대지의 가장 단단한 뼈를 접촉하였습니다. 나는 이러한 뼈들을 기둥으로 삼아서 대지 위에 가장 드넓고 깨끗한 생명의 뜨락을 세웠습니다.홍커, 2002 : 12

그의 눈에 비친 서역은 자연 의미에서의 지리적 공간을 뛰어넘는다. 그곳은 현실 세계와 서로 대조되는 시적인 정취를 지닌 피안 세계이다.

현대 이래로 중국 문학의 발전에서 두 가지 문화적 차원Culture Dimension을 이루었다. 하나는 중국 전통 문화와 서양 문화의 교류와 충돌이고, 이러한 두 가지 이질문화의 만남이 중국 문학의 현대화를 가져왔다. 그것

---

9   [옮긴이] "潤物細無聲"은 두보(杜甫)의 「봄밤의 단비(春夜喜雨)」의 한 구절이다.

은 서양문명의 지성을 빌려서 민족의 정신 문화를 개조하고자 하였다. 또 다른 하나는 중국 문화 내부에 존재하는 중원 농경 문화와 서역 유목 문화의 융합과 공감이다. 이 차원의 문학 글쓰기는 중국 문화 발전에서 내적 사색과 방법을 구체화하였다. 작가는 서역 문화의 웅건함과 혈기를 빌려서 중국 문화의 정신적 활력을 재건하기를 희망하였다. 예를 들면 닝샤 후이족의 종교와 정신에 대한 장청즈의 글쓰기, 신장 문화에 대한 홍커의 시적인 정취의 구축 등인데, 이러한 작품들은 중국 당대 문학에서 중요한 문화적 차원을 구성하였다.

2) 나에게 불을 주시오 실크로드 옛길에서 문화의 뿌리 찾기

중국 당대 문단에서 홍커는 유달리 눈을 부시게 하고 눈에 확 뜨이는 작가이다. 이러한 눈을 부시게 하고 눈에 확 뜨이는 점은 소신껏 행동하고 원기 왕성한 그의 낭만주의적 운치에서 드러난 것이고, 자신의 '뒤로 물러나기' 같은 문화 입장과 생명의식에 대하여 그가 별나게 고집하며 밝혀내고 선전하는 데서 더욱더 나타났다. 뿌리 찾기 문학이 전통으로 되돌아가는 항해 과정에서 암초와 부딪친 뒤에, 홍커는 도리어 문화 재건이란 정벌의 길에서 꿋꿋하게 내달려 소리 높여 노래 부르며 돌진하고 있었다. 1996년의 「달리는 말」부터 최근에 내놓은 신작 『태양 깊은 곳의 불꽃』까지, 30년 동안에 홍커는 차분하게 관중과 톈산이 구성한 문화의 장에서 정신의 고향으로 되돌아가는 길을 찾고, 문화 재건이란 숙제를 사색하였다.

홍커가 묘사한 신장은 관중 사람의 눈에 비친 신장이다. 그는 관중 문화에 대한 자신의 이해와 인식으로 줄곧 신장 세계를 상상하고 재구성하였다. 관중의 이성문화가 가져온 억눌린 체험이 있었기에 그는 신장 문화의 굳세고 힘찬 면에 별나게 매료되고, 뜨거운 피 들끓는 열정적인 서사로 이 세계의 그림자와 결합을 걸러내게 되었다. 그는 자신의 내심에서 이상화한 생활 정경에 따라서 신비한 아름다움으로 가득 찬 이역 세계를 구축하고, 그로부터 신장을 지리적인 이역에서 문화적인 '헤테로토피아'로 성공적으로 바꾸었다.

> 신장의 원초적 의미가 무엇이든 간에, 나에게 말하면, 신장이야말로 생명의 피안 세계이자 신대륙입니다. 그곳은 극도로 인간화한 시적인 정취를 지닌 생활 방식을 대표합니다.홍커, 2002 : 3

이는 독자가 홍커의 신장 서사를 이해하는 출발점이다. 이 점을 벗어나면, 홍커의 창작 주제에 대한 일탈과 오독이 될 것이다.

홍커의 소설에서 신장은 '남성적'인 이상 세계이다. 그곳은 태양을 핵심으로 삼은 일련의 문학 이미지로 구성되었고, 신장 문화의 굳세고 힘찬 아름다움과 신비한 아름다움을 상징한다. 태양 숭배는 자연 숭배와 애니미즘animism의 중요한 형식의 하나로서 세계 여러 민족의 신화와 종교 신앙 속에 보편적으로 존재하고 있다. 현대 이래로 중국의 문학 계보에서 태양 이미지는 종종 민족국가의 신생에 대한 현대 문인의 갈망과 추구를 감당하였다. 궈모뤄郭沫若, 1892~1978의 「태양 예찬太陽禮讚」과 「봉황 열반鳳凰涅槃」, 그리고 아이칭이 지은 태양과 관련된 「태양太陽」, 「태양을 향하여向太陽」, 「태양에게給太陽」 등 시 16편이 그러하다. 궈모뤄와 아이칭의 시에서 태양 이미지는 그 시대의 특정한 내용을 담고, 현실을 개조하고 개혁하는 남다른 힘을 대표하였다. 홍커의 소설 속 태양 이미지는 신장 문화인데, 어떤 이는 홍커의 이상 속에 들어 있는 용맹스러운 생명 형태의 묘사이자 상징이고, 신화적 원형의 사유 특징을 지닌다고 말하였다.

홍커 소설이 구축한 것은 남성적인 기개로 가득 찬 신장이다. 이러한 남성적인 기개는 첫째, '힘'을 지닌 영웅 정신에 대한 반복 서사와 찬미로 표현되고, 아득한 옛날 감성적 영웅의 정신 가치를 재현하고 재구성하였다.

"영웅은 원초적 욕망이다."저우쩌슝(周澤雄), 1998 : 75 세계의 많은 민족이 초기 신화 전설과 서사시에서 모두 이러한 원시적 생명의식이 철철 넘쳐흐르는 영웅 형상을 찬미하고 있다. 인도의 『마하바라타Mahābhārata』와 『라마야나Rāmāyana』와 중국 신화 『산해경』 속의 과보夸父나 형천刑天 등은 모두 '굳센 의지'로 이름난 영웅호걸이다. 중국이 봉건사회로 들어선 뒤로, 원시적인 혈기와 욕망을 지닌 영웅이 차츰차츰 사라지고, 그것을 대신하여 일어난 것은 이성을 핵심 정신으로 삼은 도덕적 영웅이다. 그래서 중국 문학사에서 영웅은 주로 '사나이'나 '협객' 형상이 되었다. 이는 민간문화에 어진 덕을 숭상하는 유가 사상이 침투한 결과이다. '사나이'나 '협객'이 아무리 무예가 뛰어나며 지혜가 풍부하고 계략이 많다고 하여도 유가 문화 속의 영웅은 이제껏 '힘'을 정신의 실질로 삼지 않았다. 그들이 공감을 얻을 수 있었던 데는 관리사회와 상대하는 민간의 도의를 대표하는 면에 더욱 중요한 원인이 있었고, 바로 이러한 도의에 대한 자각과 책임 정신이 그들 영웅의 본질이 된 것에 있다. 유가 문화 속의 영웅 형상은 봉건사회의 사회 정의에 대한 하층 민중의 상상과 추구를 담고 있지만, 관리사회는 이러한 정의의 내용을 아무 때나 재편성하고 조정할 수 있었다. 당대 혁명 역사소설은 초야의 사나이에서 혁명적 정의의 대변인과 실천자의 신분을 지닌 영웅 형상으로 전환을 성공적으로 실현하였다. 홍커의 영웅상은 유가 문화 전통에서 나온 것이 분명히 아니다. 그는 중원 농경 문화 밖의 유목 문화에 공감하고 또 그것을 드높인다. 말 등에 탄 유목민족은 상무정신을 지녔다. 그들이 숭배하는 영웅이 원시적인 '힘'의 정신으로 가득 차서 삶의 열정 상태를 구체화할 때에 갈망은 태양같이 순간적인 빛발을 눈부시게 내뿜을 수 있다.

장편소설 『서역으로 간 기수』는 영웅 서사시적인 작품으로 평가된다. 작품에서 어지러운 시대의 두 영웅 꼬마사령관剁司令 마중잉馬仲英과 성스차이盛世才를 창조하였다. 정사에서 논쟁에 휩싸인 두 인물에 대하여 훙커는 전통적인 도덕적 평판을 벗겨냈고, 원시적 영웅의 생명력을 뿜내는 면을 드러냈다. "역사이기도 하고 상상이기도 하다. 기나긴 낮 드넓은 벌판에 날쌘 말이 세찬 바람을 일으킨다. 아름다움은 이곳에서 힘을 구체화하였을 뿐이다."홍커, 2002 : 285

마중잉은 젊고 팔팔한 성미에다 혈기로 가득 찬 소년 영웅이다. 전쟁의 신으로서 그는 천재적인 전략가이자 신격화된 초원의 기수이다. 그는 어린 시절에 멀리 신장을 정벌하려는 동족인 마자쥔馬家軍에게 반발하였다. 이때 그의 선택과 행동을 결정한 것은 어떤 공을 세우려는 정신의 부림 때문이 아니라 생명의 원시적 혈기가 발산된 것이고, 승패나 득실을 따지지 않고 개인 생명의 존엄을 수호하며, 심지어 뚜렷한 목적 없는 목숨을 건 야성이자 모험이었다. 이 인물 형상은 단순함 속에 풍부함과 신비함을 담고 있다. 이런 반지성적인 원시적 혈기는 이성을 숭상하는 지식인 문화 전통 속에서 내내 억눌리고 부정되어온 것이다. 전투 중에 있어야만 그의 생명의 활력이 고스란히 밝혀지고 드높여질 수 있다. 전투 중인 마중잉은 멋지고 숭고하다. 소설은 첫머리부터 그가 커다란 잿빛 말을 타고 카자흐 기병의 사단장과 단독으로 대적하는 장면을 써넣었다. 그는 번개처럼 빠르게 "어린 새가 둥지로 돌아가듯이 칼을 상대방의 목구멍에 찔러 넣었다". 이어서 꼬마사령관의 기병은 몸으로 카자흐의 비행기, 탱크, 장갑차와 피투성이가 되어 싸웠다. 전쟁의 끔찍함과 잔인함은 그들의 의지를 파괴하지 못하고, 반대로 진짜 사나이 '꼬마들'의 영웅적인 시원시원한 기백을 더욱더 드러냈다. 영웅의 가치 세계에서 죽음은 중요하지 않다. 한 순간 찬란히 빛나는 생명에 대한 갈망과 추구가 중요하다. '혈기 넘치는 남아라면 한 번 멋들어지게 살아야 한다.' 이것이야말로 홍커가 공감하는 신장 '꼬마들'의 정신 내용이다. 이 인물에 대하여 홍커는 조금도 아낌없이 찬미하고 드높이며, 그에게서 이상화된 생명 형태에 대한 홍커의 낭만주의적 상상을 구체화하였다.

소설은 또 다른 인물 성스차이도 무게감 있게 묘사하였다. 정사에서 사람을 삼대 베듯 죽인 망나니는 홍커가 구축한 가치 세계에서는 어지러운 시대에 흉악하고 악랄하며 야심 찬 인물이 되었다. "그의 흉계를 꾸미는 내면에도 화통한 것이 담겨 있다."^{홍커, 2002 : 293}

성스차이와 마중잉이 서로 정치적으로 대립 관계에 있고, 심지어 마중잉의 단순함은 성스차이의 흉계를 꾸미는 성격과 분명한 대비를 이룬다. 그들 가운데 한 사람은 양陽이고 한 사람은 음陰이며, 한 사람은 긍정적이고 한 사람은 부정적이어서 서로 충돌하고 대립하지만, 열악한 환경 속에서도 끓어오르는 굽히지 않는 생명의 굳센 힘을 그들은 공동으로 드러냈다. 이 두 인물에 대하여 홍커는 '다시 쓰기'와 재창조를 통하여 도덕을 뛰어넘는 영웅상을 구체화하였다. 동시에 소설에서 그들의 인생 궤적에도 비슷한 점이 있다. 그들은 저마다 생애의 정점에 올랐다가 타격을 받아서 다시금 실패하는 운명의 전환을 겪었다. 마중잉의 비극적 결말은 영웅 정신의 추락에 불과하다면, 성스차이의 비극은 영웅 인물이 권력에 의해 뒤틀리고 변이된 것일 뿐이다.

성스차이는 소설 속의 형상에 발전 변화하는 과정이 있다. 그는 어린 시절에 나라에 보답하리라는 큰 뜻을 품고, 신장에 도착한 뒤에도 적극적으로 혁명 정책을 시행하며 제국주의에 맞서는 저항군을 조직하였다. 하지만 신장 정치 형세의 복잡한 변화 과정에서 그는 차츰차츰 권력을 잡고 엇나가게 되었다. 소설에서 성스차이의 이러한 변화를 태양으로 은유한 단락이 있다. 제국주의에 맞선 신장 저항군 연대장 인칭보尹淸波는 성스차이의 초기 혁명정신에 설복하였다. 그는 날마다 쿤룬산 꼭대기에 떠오르는 태양을 멀리서 바라보았고, 뒷날 "그는 태양 깊은 곳에 있는 검은 점 한 개를 보았다. 검은 점은 차츰차츰 커졌고, 그렇게 하염없이 끝없이 커졌다". 이 단락의 묘사에서 태양의 검은 점은 성스차이의 탈바꿈을 은유한다. 인 연대장은 태양의 금지구역으로 뛰어들었기 때문에, 성스차이의 음모와 자신에게 다가올 목숨을 잃을 재앙을 간파하였다.

영웅의 운명에 대한 글쓰기에서 훙커는 신화적 사유를 드러냈다. 마중잉과 성스차이의 인생의 기복과 변화는 해돋이-한낮-해넘이의 운행 궤적과 일치한다. 이는 아득한 옛날 시기의 태양 영웅의 신화적 원형에 대한 현대적 연역이다. 태양 영웅에 대한 낭만적인 상상을 통하여 훙커는 이상화한 문학 세계를 건축하고, 숭고한 가치를 지닌 이상을 드높이며 재창조해냈다. 이로써 세속 사회에 대한 그의 사색과 자기반성을 보여주었다.

> 마중잉의 일생은 사람의 눈길을 끄는 일생이자 비극적인 일생이었습니다. 세속적인 실패로 나아간 인물에 대해서 나는 모두 가엾이 여기는 마음과 동정을 품었습니다. 나의 거의 모든 소설 속 주인공마다 세속적인 생활의 실패자이자 정신적 인생의 승리자입니다.리젠뱌오(李建彪), 2006 : 72

영웅 인물의 세속적인 생활 모습을 묘사할 때에 훙커는 많든 적든 간에 외로운 정서를 드러낼 수 있다. 자신의 가치와 이상을 굳게 지키는 그들을 주변 사람들은 이해하지 못한다. 영웅의 말로에 스며든 비극적인 느낌은 문학적 상상이면서도 훨씬 현실적인 모습이다.

둘째, 태양 영웅 숭배는 소수민족 문화 가운데서 종종 독수리 숭배와 함께 연결된다.

> 몽골족은 가장 용맹한 기수를 '초원의 독수리'라고 부른다. 신장의 카자흐 목축민은 자신의 우수한 아들을 '톈산의 독수리'라고 부른다. 칭하이 후이족은 용감한 말몰이꾼을 '고원의 독수리'라고 부른다.양쥔궈(楊俊國) · 장사오메이(張韶梅), 2002 : 37

홍커의 소설 속 독수리 이미지는 평범하게 살아가는 사람들의 영웅에 대한 동경과 생명에 대한 강력한 추구를 대표하였다. 「금빛의 알타이金色的阿爾泰」에서 홍커는 거친 땅을 개간하는 생산건설병단 사람을 칭기즈칸처럼 드넓은 사막에서 태양을 뒤쫓는 영웅으로 높여 표현하였다. 이 신기한 땅에서는 "모든 싹이 저마다 독수리의 자태로 자라고 있다. 저마다 바위틈에서 싹을 틔우고 흙과 공기를 뚫고 폭풍 속에서 날개를 펼치며 휘파람 소리를 내며 날아오른다". 싹은 독수리가 낳고 자라는 자세로 드넓은 사막의 생명의 고귀함과 힘참을 드러내고, 부드러움 속에 생명의 약동과 굳셈을 머금고 있다. 「독수리의 그림자鷹影」의 아버지는 몸을 훌쩍 날리는 중에 자신을 태양을 향해 날아가는 독수리로 바꾸며, "숙명적인 비상을 완성하였다". 이는 영웅 정신으로서 죽음에 대한 인류의 상상을 재구성한 장면이다. 죽음은 생명의 끝이 아니라 독수리의 영원한 비상 속에 정지한 화면이다.

뭇 산이든 아니면 초원이든 간에 독수리가 없다고 상상할 수 없다. 독수리가 없는 하늘은 굳어 딱딱한 땅과 같아서, 아무것도 자라지 않는다. 독수리가 제 날개로 하늘을 갈고 김을 맨다. 독수리의 그림자가 비친 곳에 날쌘 말이 뛰어오르며 히잉 울부짖는다. 초원의 사람은 독수리와 말 등에서 하늘과 대지를 느낀다.

독수리는 초원의 영웅 정신의 본질이자 투영이다. 아이는 아버지와 독수리에게서 생명의 굳센 힘을 느꼈다. 그 아이는 독수리의 몸짓과 기개를 흉내 내기 시작하였고, 그로부터 아이는 아버지에 대한 그리움과 영웅 정신에 대한 동경을 품었다.

홍커 소설 속의 태양 이미지는 또 굳세고 강한 남성적인 생명력을 상징한다. 영웅은 정신면에서의 용맹함이고, 튼튼한 몸과 마음도 지녀야 한다. 이는 영웅의 기개와 정신이 현실 층위에서 교환해 얻은 물질적 기초이다. 『카라부 폭풍』에서 홍커는 '땅의 정기' 이미지로 인류의 원시적 욕망과 남성적 생명력의 쇠퇴와 재건에 대한 그의 사색을 표현하였다. '땅의 정기'란 낙타가 사막 깊은 곳에서 내뿜은 생명의 물이고, 그 물이 흰가시뿌리 위로 튀어서 자라나온 쇄양, 사사나무와 붉은 버들 위로 튀어서 자라나온 육종용이고, 쇄양과 육종용의 결정이 바로 남성 생식기와 같은 땅의 정기이다. 홍커의 담론 체계 속에서 땅의 정기는 남성의 생리적 기능을 다시금 기운 내게 하는 천연 약효를 지닐 뿐 아니라 영혼의 상처를 치료하는 정신적 구원 효능을 지니고 있다.

관중의 이성문화에 감시받고 생명의 원시적 욕망을 거세당한 장쯔위張子魚는 자신의 나약함과 위축됨으로 인하여 사랑의 좌절을 겪고, 홀로 신장으로 도피하여 실연의 상처를 치료한다. 이 "태양을 마주 보며 말하는 사람은 사막의 태양을 따라갔다". 신장에서 그는 마찬가지로 평범함을 싫어하고 열정에 목마른 예하이야葉海亞를 만났다. 거칠고 구슬픈 카자흐족 민요 〈제비燕子〉 한 곡 때문에, 두 사람은 영혼이 공명하고 마음이 맞게 되었다. 그들은 세속적인 속박을 모두 벗어던지고 사막으로 왔다. 그들은 땅의 정기를 먹을거리로 삼고, 누런 모래를 자리로 삼으며 아득히 넓은 벌판에서 생명의 야성적 아름다움을 드러냈다. 땅의 정기를 받아서 장쯔웨이는 사랑의 능력을 다시금 회복하고, 게다가 그것이 상징하는 생명의 원시적 욕망은 관중의 이성문화가 끌어낸 지치고 풀 죽은 생명까지도 구원하였다.

　태양은 또 멈추지 않고, 거듭나는 영웅 정신을 상징한다. 영웅 숭배는 죽음에 대한 사람이 마음을 졸이는 저항과 반항을 만들어냈다. 『서역으로 간 기수』의 마중잉의 죽음은 "숭고한 정신의 파멸이 아니고 영웅 추구에 대한 부정도 아니며, 그들의 왕성한 생명력의 전이이자 승화이다. 그들 일생에 영예의 정점이기도 하다."쑨사오센(孫紹先), 2000：30 「태양에 싹이 틀 때太陽發芽」 속 그 잘 익은 배처럼 "물렁물렁한" "땅이 배 속으로 들이마신" 태양은 생명이 농익은 뒤에 자연스럽게 추락한다. 할아버지는 죽음 앞에서도 잘 익은 배가 땅에 떨어지듯이 편안하고 두려움이 없다. 그에게 죽음이란 날쌘 말을 탄 기수가 땅으로 다시금 돌아가는 것과 같다. 땅에 녹아 섞이는 그의 생명은 땅에 떨어진 잘 익고 살찐 씨앗처럼, 마지막에 여자아이의 그림 속에서 "한 점 황금빛을 드러내며", 다시금 싹 틔우고 거듭날 것이다. 「금빛의 알타이」 속 태양은 여인인 대지의 어머니 형상과 함께 뒤엉켜 있고, 그것은 여인이 손에 들고 있는 "황금빛 구운 빵", "반들반들한 구멍"과 하늘의 "붉은 물고기"로 변하였다. 알타이 여인의 일상생활은 그래서 신성한 빛을 드러냈다. 대대장의 아내가 총알에 맞은 뒤에, 생명은 대지로 다시금 돌아갔고, "새로운 노정이 이렇게 시작되었다". 여인은 황금빛 옥수수 속에서 생명의 부활과 재생을 맞이하였다.

홍커의 소설에서, 태양은 종종 신장의 영웅 정신과 생명의 순환 관념의 문학적 상징이 되어 죽음에 대한 저항과 생명의 영원함에 대한 상상으로 표현되었다. 이렇듯 그 가운데서 신화적 원형의 사유 패러다임을 담고 있다. 인류의 문화사에서 태양은 자연 현상만이 아니라 중국과 외국 민족의 가장 보편적인 종교적 숭배를 구성하였다. 그것은 "날마다 서쪽 하늘로 떨어지지만, 다음날 다시 동쪽에서 태어난다. 이러한 영원한 순환은 원시적 심리를 지녀야만 죽지 않거나 거듭 태어나는 상징으로 이해되고, 자연을 뛰어넘는 생명으로 공감된다". 중국의 갑골甲骨 점괘卜辭 가운데 "묵은 해가 지고 새로 해가 뜰 때 소를 찔러 죽여서" 제사 지내는 풍속이 있고, 『상서尚書』「요전堯典」에는 동쪽에서 "뜨는 해를 맞이하고" 서쪽에서 "저무는 해를 보내는" 의식이 있다.예수쉬안, 1988 : 238 태양과 식물이 우거지고 시드는 과정에서 인류는 "태양의 운행은 인류 운명의 패러다임의 하나이다. 하나의 존재 패턴에서 또 다른 존재 패턴으로 넘어갈 때에 삶에서 죽음에 이르고 그런 다음에 거듭 태어난다"미국, 미르체아 엘리아데(Mircea Eliade), 옌커자(晏可佳) 외 역, 2004 : 96 하는 점을 발견하였다.

신화적 사유 속에서 해돋이와 해넘이는 순수 객관적인 자연 현상이 결코 아니며, 그것은 필연적으로 동시대의 어떤 신이나 영웅의 운명을 대표하였다. 그래서 태양이 떠오르는 단계는 곧 영웅의 출생-성장-공훈 세우고 업적 쌓기 등 희극적인 줄거리와 서로 대응한다면, 태양이 서쪽으로 떨어짐과 사라짐도 영웅의 실패-죽음 등 비극적인 줄거리와 서로 대응한다.예수쉬안, 1988 : 330

인류가 죽음을 뛰어넘는 방식은 바로 태양과의 동행이고, 유한한 죽음의 바다에서 벗어나 무한한 우주의 순환으로 들어가는 것이다.

신장은 하늘과 사람이 하나이고 신비함으로 가득 찬 세계로서 인류문화를 창조한 요람이자 모체이다. 『태양 깊은 곳의 불꽃』에서, 독자도 태양, 불꽃, 드넓은 사막의 붉은 버들, 붉은 갈기가 난 사나운 말, 태양 무덤 등 태양과 관련한 이미지 무리를 많이 찾을 수 있다. 남성적인 생명력으로 가득 찬 이미지들은 텍스트에서 모두 우리메이吳麗梅 같은 타림분지에서 온 거친 들판의 양치기 여성이 나타내고, 신장이란 '헤테로토피아'의 정신적 특성과 문화적 내용을 공동으로 구성하였다. 소설은 첫머리부터 주인공 쉬지윈徐濟雲의 시각에서 우리메이의 몸에서 내뿜는 눈부신 빛발을 묘사하였다. 그는 "전류가 온몸을 꿰뚫고 지나가고, 이어서 불꽃이 튀면서 핏속에서 쏟아져 나오는 뜨거운 열기로 활활 타는 느낌을 뚜렷하게 기억하였다". 뒤이어서 전개한 서술에서 보면, 쉬지윈은 우리메이의 몸에서 내뿜는 빛발을 끊임없이 발견하고, 아울러 신비함으로 가득 한 눈부시게 빛나는 빛에 매료되어 깜짝깜짝 놀랐다. 우리메이는 일생 동안 태양의 궤적을 쫓아갔다. 우리메이는 노자가 서역으로 가서 깨달은 생명의 빛을 연구하고, 태양 무덤을 발굴하고 마지막에 붉은 버들이 되어 드넓은 사막에 묻힌다.

그녀의 인생 전체가 바로 드넓은 사막의 붉은 버들이고, 붉은 버들이야말로 꺼질 수 없는 생명의 불이다.

태양에 대한 우리메이의 추종과 그녀가 구체화한 신비함은 지역 문화의 감염과 포육에서 비롯된 것이다. 그녀가 사는 타림분지는 사람과 자연, 그리고 사람과 사람 사이에서 저마다 어우러져 함께 살아가는 상태를 보존하고 있다. 그들이 사는 곳은 화석인류 산딩둥인山頂洞人이 살았던 것과 같은 땅속 움집, 오래된 작고 누런 흙집이나 틀에 점토와 자갈을 넣어 다져서 벽을 쌓는 방식으로 지은 간다레이幹打壘 흙집 등이고, 불을 피울 때 사용하는 것은 붉은 버들, 삭사울saxaul과 소나 양의 똥이다. "잠든 뒤에 화롯불은 갓난아기가 젖을 빨 듯이 양 똥 덩어리를 빨아 먹었고", "불꽃이 두툼한 쇠똥을 말로 삼아 말을 탄 듯이, 불꽃에 걸터앉은 망아지가 앞으로 용감하게 내달렸다". 이곳의 모든 사물은 저마다 생명과 감지 능력을 지녔고, 인류의 정신과 영혼과 서로서로 통하였다. 이러한 환경에서 자란 우리메이는 태생적으로 자연의 신비함을 지녔다. 소설은 우리메이가 미장이의 딸로서 곱고 잰 두 손을 지녔고, 그 손이 웨이허의 누런 흙으로 소, 양, 말, 낙타, 여자와 남자를 빚어냈고, 쉬지원의 눈에 그녀야말로 흙으로 사람을 빚어낸 창세기의 여신 여와女媧의 화신으로 보이도록 묘사하였다. 소설에서 불처럼 이글거리는 우리메이의 이역 기질에서 쉬지원은 사랑이 싹텄고, 게다가 그녀는 쉬지원을 구원하고 재창조하는 정신적 스승도 되었다. 그녀가 직접 짠 양털 스웨터는 석가모니가 당나라 승려에게 내려준 금란가사처럼 쉬지원이 생명을 구할 진경眞經을 얻으러 서역으로 가는 길을 보호하고 이끌어주며, 정신적 깨달음을 얻고 거듭 태어나게 해 주었다.

제2회 '루쉰문학상魯迅文學獎'을 수상한 단편소설 「허풍吹牛」은 두 남자가 초원에서 술을 마시고 흰소리하는 삶의 한 토막을 쓴 작품이다. 이 소설은 분량이 매우 짧고 줄거리가 단순하지만, 그 가운데 풍부하고도 흘러 넘치는 인생 체험, 사랑과 우정의 가벼움과 무거움 등을 담고 있다. 소에 대한 마제룽馬傑龍의 애틋함과 삶의 아쉬움, 태양, 여인, 라티비다Ratibida 등 이미지가 함께 갈마들며 중첩되고, 사람과 자연은 자유로이 융합하는 상태를 드러냈다.

신장 서사에서 훙커가 다른 작가와 구별되는 부분은 신장에 대한 그의 상상과 건축에서 그것이 관중 지역을 참조로 삼은 틀 안에서 전개되고, "모든 신장 소설의 배후가 전부 산시의 그림자"라는 점에 있다. 훙커의 문학 서사 가운데 신장이 남성적인 '긍정적'인 가치 공간이라고 말한다면, 관중은 역사 문화에 대한 남성적인 해체 공간을 구성한다. 훙커의 신장 서사가 관중 시각에서 줄곧 전개된 것이라 말한다면, 그러면 2008년의 『착한 사람은 성과 내기 어렵다』부터 훙커의 소설에서 관중은 잠재적인 배경 상태에서 서사의 앞 무대로 대규모로 나서기 시작하였다. 그는 "톈산-관중"이란 두 지역이 구축한 문학 세계를 통하여 뚜렷하게 바뀌기 시작하였다. 하지만 훙커의 문학 세계에서 관중은 시간순서 속의 현대적인 사회와 문화 형태를 가리키는 것이 결코 아니며, 신장 유목 문화와 대조한 특정한 공간 속에서 형성한 농경 문화 형태이다. 이는 구체적으로 바로 농경 생산방식 속에서 형성한 이성과 경로사상을 핵심으로 삼은 유가 문화 형태이다.

신장이 훙커의 이상 속에 담긴 인간적인 공간이라면, 관중은 그가 조명하는 음산한 세속적인 사회이다. 향토문화에 대한 다른 산시 작가의 긍정이나 그리움과 달리, 훙커의 붓대 아래 관중은 그곳의 부정적인 면에서 더욱 많이 드러났다. 그곳은 중국에서 별나게 탄탄한 가족문화가 반영된 축소판이고, 사람을 억압하고 상처입히는 세속적인 사회이다.

『소녀 싸우얼덩』에서 묘사한 저우위안周原은 각박하고 지위나 재산을 따지는 고장이다. 그곳은 저우졘周健과 저우즈제周志傑 등 숙질 두 사람의 현실 속의 고향이지만, 그들이 기대하는 만큼의 온정을 가져다줄 수 없고, 반대로 줄기차게 조롱하고 업신여겨서 그들에게 상처를 입혔다. "타

향에서 살면 고향이 없다고 생각하는 편이 낫다." 방랑자의 귀향은 금의
환향하는 성공한 사람에게만 가능하다. 저우젠이 노력하여 실현하고자
하는 게 바로 웨이베이라는 세속적인 사회에서 "출세한 사람"이고, "출세
한 사람이라야 남에게 우리 사람으로 인정되고 그렇지 않으면 매우 볼품
없는 사람이 되고, 볼품없는 사람은 (볼품없이) 사람 축에도 끼지 못한다".
작은아버지 저우즈제가 바로 이런 볼품없는 사람을 현실에서 재탕해낸
인물이다. 저우즈제는 마을에서 유사 이래 최초의 장원이었다. 여러 해
뒤에 그는 신장에서 고향 저우위안으로 돌아와서 중학교 선생을 하였다.
성공한 사람의 신분으로 금의환향하지 못하였기 때문에, 그는 고향 집안
사람들의 무자비한 경멸과 조롱을 받고, 아내까지도 그를 업신여기며 그
와 이혼하였다. 누나 아들의 입학 일을 처리해줄 수 없었기 때문에, 설날
에 누나의 집에서 밥을 먹을 때에 잡탕 고기국수 세 그릇을 먹으면서, 그
는 누나와 누나 아들에게 무자비한 희롱과 멸시를 받았다.

관중 지역은 길고긴 역사 발전 과정에서 가족 사회를 형성하였다. 가족
끼리 이리저리 얽히고설키게 얽어놓은 예의와 풍속 사회에서, 개인은 반
드시 가족의 번창과 발전에서 확 드러난 업적을 쌓아야 한다. 이 서열의
틀 속에서 어떤 성원의 지위마다 가족의 발전에 끼친 그의 작용에 근거
하여 확정되었다. 가족에게 긍정적인 가치를 가져다줄 수 있는 개인은 서
열의 틀에서 비교적 높은 등급을 차지할 수 있다. 반대로 가족의 이익에
서 이탈한 개인은 서열의 틀에서 비교적 낮은 층위에 처하게 되고, 그의
가치와 지위는 모두 이 커다랗고 촘촘한 가치 체계에서 낮은 평가 내지
는 부정을 당하였고, 그럼으로써 가족 질서의 정상 운행을 보장하고 수호
하였다. 이 별나게 탄탄한 가족의 틀이 내부 성원의 가치지향을 제약하였
고, 이 가치에서 이탈한 개인에 대하여 모두 그 존재의 의미를 낮게 평가

하거나 존재 자체를 아예 없애버릴 수 있었다.

작은아버지의 전철을 밟지 않고 웨이베이시에서 두각을 나타내기 위하여, 저우젠의 여자 친구 장하이옌張海燕은 결혼하기 전부터 그의 앞날을 위하여 심장도 꺼내줄 듯 폐도 꺼내줄 듯 하며 온갖 꾀를 내서, 조직 곳곳에서 사람들과 "인맥을 쌓았다". 진강을 부르기 좋아하는 아버지가 역사이야기를 노래로 불러서 그녀에게, "예로부터 지금까지 말한 것은 바로아버지와 아들이 힘을 합해 싸움터로 나가고, 형과 아우가 함께 싸워야하는 일"[10]이라고 깨우쳐주었다. 고향의 정을 토대로 삼는 웨이베이시에서 성공의 첫걸음은 바로 이 인맥사회에서 '뿌리를 내려야'하는 것이다. 이 이치를 깨달은 뒤에 장하이옌은 저우젠에게 가져다준 저우위안의 특산품인 만두피, 밀가루떡, 마른국수 등을 마을과 당 조직에 보내 줄을 대고 고향의 정으로 옭아매며, 그로부터 '자기 편' 사람이라는 공감대를 형성하였다.

장하이옌과 저우젠은 『채근담菜根譚』, 『제자규弟子規』, 『주자의 가정 경영 격언朱子治家格言』 등 국학 강좌를 들으러 갔다. 이는 마을공동체의 담론으로 들어가는 통행증이다. 인맥사회란 관념에서 일상생활 층위에 이르는 일련의 담론 전략을 통하여 개인을 가족이란 관계망 속으로 엮어 넣는다. 소설에서 묘사한 레미콘은 바로 이러한 커다란 향토-인맥사회의 상징이다. 기술원을 맡은 저우젠은 한동안 봉쇄된 레미콘을 영혼의 안식처로 삼았다. 이렇게 상상에 기대서 구축한 안전감은 산업재해 사고에 관한 뉴스하나 때문에 여지없이 무너지고 만다. 그는 어떤 세상 물정에 물든 강철

---

10 [옮긴이] "上陣父子兵, 打仗親兄弟"는 "범을 잡을 때는 형과 아우가 힘을 합해야 하고, 싸움터에서는 아버지와 아들이 힘을 합해야 한다(打虎親兄弟, 上陣父子兵)"와 같은 말이다.

기계이든 간에 모두 많은 가변적인 요소가 잠복해 있음을 발견하였다. 저우젠은 자신이 위기에 처한 것을 시시각각 느꼈다.

머리꼭지에 칼 한 자루가 매달려 있다. 이 칼은 기계가 아니라 사람이다.

아니나 다를까, 예감 속의 사고가 일어났고, 저우젠은 레미콘 사고 중에 다리를 다쳐서 못쓰게 되었다. 그가 고심하여 경영한 고향이란 향토-인맥사회는 그에게 웨이베이에 뿌리를 내리지 못하도록 하였고, 반대로 얼음처럼 차갑고 무자비하게 그의 건강과 청춘을 삼켜버렸다. 이는 정말 저우위안 사회에 대한 커다란 풍자이다. 저우젠과 장하이옌은 마지막에 몽골 여인 진화金花가 추는 싸우얼덩薩吾爾登의 춤곡 12가락 가운데서 신비한 깨달음과 감화를 얻고, 지위나 재산을 따지고 각박한 저우위안이란 세속적인 사회에서 벗어나서 정신의 자기 구원으로 나아갔다.

홍커가 그린 관중은 아직도 노인의 지혜로 가득 찼고 생명의 활력이 부족하며 온갖 술수를 부리는 사회이다. 홍커는 신작 『태양 깊은 곳의 불꽃』에서 그림자극皮影과 저우허우周猴라는 두 이미지를 통하여, 사람과 사물이 구성한 상호텍스트성과 서로 비추어 증명하는 과정에서 생명의식이 부족하고 너덜너덜해진 관중 문화에 대한 그의 비판과 사색을 은유하였다. 그림자극은 최초에 산시에서 기원한 민간 예술로서 "등불 그림자놀이燈影戱"라고도 불렸다. 이는 짐승 가죽을 오려 만든 사람 모습의 그림자로 민간 이야기를 공연하는 연극의 한 유형이다. 그것의 공연 방법은 등불로 인형 모양을 스크린에 비추고, 예인이 흰색의 스크린 뒤쪽에서 인물을 조종하며, 음악을 곁들여 노래하고 이야기하는 것이다. 그래서 그림자극은 꼭두각시 예술이라고도 말할 수 있다. 소설 속 주인공 쉬지원의 아우 왕융王勇 박사는 그림자극 예인 저우허우의 고향 저우위안周原 저우허우마을 肘猴村을 방문하였을 때, 그림자극 탄생과 관련한 민간전설을 이해하게 되었다. 저우 지역 사람은 기발한 방법을 생각해내서 이리떼가 아이를 잡아먹지 못하게 하였다. 노인들은 한 손에 아이 가면을 들고, 한 손에는 횃불을 들고 이리떼를 속여서 이리떼가 아이로 잘못 알고 자신을 잡아먹게 하였다.

그때는 참으로 그림자극 예술의 창조 시대였지. 그림자를 비추는 건 횃불이 아니고 태양도 아니었어. 노인들이 동심으로 돌아가 죽기 직전에 마지막으로 불태우는 생명의 불꽃이기에, 후손들이 그것을 태양 깊은 곳의 불꽃이라 불렀지.

이 민간 이야기 속 그림자극은 노인이 가족의 발전을 위하여 뿜어낸 영웅 정신과 희생정신이란 생명의 결정체였지만, 그 뒷날의 역사 발전 과정에서 그림자극이 차츰차츰 메마르고, 영혼 없는 꼭두각시 예술이 되었다. 웨이베이시 그림자극예술연구원皮影藝術研究院의 극단 열 곳의 단장은 예술을 위하여 희생하여 몸 바친 이가 더는 아니다. 그는 젊은 예술가를 옥죄고 억누르는 술수를 쓰는 자로 바뀌었으며, 그림자극예술연구원도 관중 노인사회의 축소판이 되었다. 저우허우야말로 현실 속 노인의 지혜의 산물이자 본보기를 구체화한 인물이다. 그는 주름투성이의 얼굴인데, 어린 시절에 급병에 걸려 관에 넣어져서 죽다가 살아났고, 그로부터 어지자지가 되었다. 그는 스승 없이 독학으로 노인사회의 길속에 정통하게 되었고, 게다가 시기와 형세를 잘 살펴서 기꺼이 그들 손에서 놀아나며, 권력에 의지하여 세도를 부리는 꼭두각시가 되었다. 그가 그림자극예술연구원에서 맡은 역할은 바로 '문지기'이다. 그는 재능 있고 포부를 지닌 인재들을 가로막아서 연구원 문밖으로 내치며 그들을 향상하고 발전할 수 없게 하고, 이를 빌려서 젊은 예인들이 품은 미래의 몽상과 기대를 파괴하였다. 이는 극단 열 곳의 단장이 자신의 지위를 수호하기 위한 수단이자 음모였다.

노인의 지혜, 모략, 책략과 슬기가 생명력의 쇠퇴와 원기 정력의 부족을 벌충해주었지만, 음기가 너무 세고 속칭 노애嫪毐 같은 사내였다.

극단 열 곳의 단장과 저우허우가 짝짜꿍이하고 공모하고 조작해서 그림자극예술연구원은 생기 없고 미래 없는 죽은 물웅덩이 한 곳이 되었다. 이러한 노인 정치에 대한 홍커의 비판은 깊고도 날카로우며, 젊은 예인이 이상과 지향을 파괴당하는 것에 대하여 땅을 치며 한탄하였다. 그는 이러한 사회 현상을 권모술수로 삼아 미처 인식하지 못하였지만, 이런 현상을 조성한 배후의 문화적 원인을 깊이 파헤쳐 들어갔다. 이것이야말로 농경문화의 발전 과정에서 형성한 노인의 지혜였다.

농경과 유목이나 상공업과 가장 큰 차이는 농경이 정태적이라는 데 있다. 농작물은 씨를 뿌리고 키워서 걷어 들이기까지 땅 한 곳에 고정되어 있고, 절기를 파악하는 일이 매우 중요하다. 농경 생활 방식에서 노인을 받들고 공경하는 것은 당연한 도리이고, 유가에서 가장 대표성을 지닌 경로사상을 중심문화로 형성하였다. 유목 생활은 물과 풀을 따라 이동하였고, 1년에 몇 차례씩 사는 장소를 바꾸었다. 말을 길들이기를 포함하여 젊은이들이 자라서 일을 맡을 수 있을 때까지 그러하였다. 자연재해를 만나면 수백 킬로미터에서 천 킬로미터 멀리, 심지어는 수천 킬로미터 멀리 사는 곳을 옮겨 갔다. 유목민족은 국경 의식이 없었다. 그들은 풀이 있는 곳이면 어디든 갔고, 풀밭을 차지하기 위하여 주저없이 칼과 창을 휘둘러 목숨 건 싸움에 뛰어들었다. 그렇지 않으면 가축이 희생되고 쓰러져 죽게 되며 민족 전체가 멸망할 수 있었다. 전쟁과 이동에는 힘센 사람이 필요하고 용사가 필요하였다.홍커, 2017.8.17

자연 환경과 생산 방식의 차이가 유목 문화의 용사 정신과 농경 문화의 경로사상을 형성하였다. 홍커가 생활한 관중은 역사상 천년 제국의 도읍지였고, 유가 문화를 주체와 주춧돌로 삼은 문화 형태의 고장이다. 관학의 창시자 장재가 제자를 가르친 헝취橫渠가 바로 홍커의 고향 바오지 메이현眉縣 관할지역이다. 그래서 관중 민중의 가치관과 일상생활에 대한 유가 문화의 영향은 보편적이면서도 뿌리가 깊다. 천중스의 『바이루위안』이야말로 관중 유가 문화의 생활사生活史에 가장 딱 들어맞게 해석한 작품이다. 하지만 대비를 통하여 독자는, 유가 문화에 대한 홍커와 천중스의 인식과 가치 입장에서 분명히 다른 점을 발견할 수 있다. 천중스는 유가 전통으로 회귀를 통하여 사회생활의 질서를 재건하기를 희망한다. 그래서 그는 한 가족의 '아버지'로서의 바아자쉬안에게 매료되고 공감한다. 하지만 홍커는 문화의 재건에 관하여 또 다른 견해를 제공하였다. 그것은 곧 이역 공간으로 가서 문화의 활력을 불러일으키고 인간성에 더더욱 부합할 수 있는 존재 방식을 찾는 것이다. 그래서 그는 반역자로서의 '아들' 각도에서 외적으로 고유 질서를 타파하고 사람과 문화의 열정과 활력을 회복하기를 더욱 많이 기도한다.

『태양 깊은 곳의 불꽃』에서 빚어낸 주인공 쉬지원은 홍커의 문화적 이상을 대변하는 인물 형상이다. 홍커의 소설 속 인물은 대부분 문화 형태의 상징 기호로서 등장하였다. 홍커는 인물의 성격과 심리적 내용을 약화

하고 진공 처리한 다음에 특정한 문화적 이상을 주입하였다. 「은화 한 닢
一塊銀元」에서 수은을 주입 당한 사내아이와 여자아이[11]와 당시에 문화선
전대에 들어가서 문예병사가 되어 수은을 삼킨 쉬지원과 같이, 그는 이러
한 인물에게서 '사람'으로서의 내용을 진공 처리하고, 그들을 작자의 문
화적 이상 아니면 문화적 비판을 상징하는 기호가 되게 하였다. 이는 그
때 그 시절에 선충원이나 왕쩡치汪曾祺, 1920~1997와 뿌리 찾기 문학의 수법
과 같다. 다만 선충원과 왕쩡치 등은 그들의 문화적 이상을 인간성 속의
가장 순진하고 가장 자연스러운 상태와 함께 결합하였다. 어떤 이는 그들
이 인간성의 자연 상태 속에서 자신의 문화적 이상을 발견하였다고 말하
였다. 그들의 창작은 현실적 바탕 위에서 환원이자 재건이며, 생활과 인
간성으로 회귀하는 경향을 구체화하였다. 하지만 홍커가 창조한 인물은
추상화하고 이념화한 흔적을 드러냈다.

관중에서 사는 쉬지원과 신장에서 온 우리메이는 더욱더 홍커에게서
유가 문화와 서역 문화의 융합을 실현하는 매개자나 다름없다. 어떤 이는
쉬지원이 어두침침하고 답답한 관중 문화권에서 살고 있다고 하여도, 그
의 본질은 도리어 또 다른 이상화한 서역의 중국사람 우리메이에게 조명
되고 비판되고 재창조되었다고 말하였다. 쉬지원의 상상 속에서 우리메
이의 손과 사람을 빚어낸 여와의 손이 끊임없이 갈마 들면서 중첩되었다.
그녀가 쉬지원에게 직접 짜준 양털 스웨터는 쉬지원의 생명 속의 가물가
물한 불꽃을 몰래 보호하고 있었다. 최종적으로 우리메이는 그녀의 신비
함으로 쉬지원의 생명 속에서 차츰차츰 꺼져가는 생명의 빛을 불러 깨우
며, 작자의 희망과 이상을 띠고, 쉬지원이 비행기를 타고 태양을 향해 다

---

11   [옮긴이] 가난 때문에, 은화 한 닢에 지주의 집으로 팔려간 누나는 알고 보니 지주 마나
      님이 사망하자 수은을 주입 당하고 산 채로 그 마나님의 무덤에 묻히는 순장품이 되었다.

가가고 태양을 쫓아가는 사람이 되게 하였다.

『카라부 폭풍』 속의 관중은 시간화 되고 역사화 된 지리적 공간이다. 이곳은 노인의 지혜와 권모술수로 똘똘 뭉친 가족사회이다. 주인공 장쯔위는 뿌리 깊고 커다란 가족 속에서 성장한 관중의 자손이다. 그의 증조할아버지와 친할아버지는 모두 태생적인 농민 정치가로서 가족의 발전을 지키기 위하여 온갖 계책과 수단을 다 썼다. 증조할아버지는 중화인민공화국 성립 이전의 결정적인 시기에 앞을 멀리 내다보고 시기와 형세를 잘 살펴서 손수 큰아들을 인질로 잡는 전설 이야기 같은 계략을 꾸몄다. 그래서 그는 꼬리에 꼬리를 무는 정치운동 과정에서도 재산과 가족을 보전할 수 있었다.

그때부터 증조할아버지가 고심하여 경영한 대저택은 냉혹함과 매몰참으로 채워졌다. 그야말로 본보기적인 시베이 고원의 매몰참이었다.

장쯔위의 친할아버지는 다섯 아들의 앞날을 위하여 시베이 사람의 매몰찬 면을 활용하여 전술 전략을 세워서 가족을 군세게 발전하도록 하였다. 또한 장쯔위의 학우이자 고향 사람 우밍성武明生의 아버지는 "낮은 표준低標準"[12]의 굶주림 시기에 조상의 가축 거세 기술[13]을 부활시켜서 우씨 집안의 세 꼬맹이 아들에게 늘 고기를 먹였다. 우씨네 세 아들은 어른이 된 뒤에 마을에서 두각을 나타냈고, 우씨 가족은 1,000가구 정도 되는 마

---

12 [옮긴이] 1959년에서 1961년까지 중화인민공화국 경제 곤란 시기의 물품 공급 수준을 말한다.
13 [옮긴이] 식용을 위한 닭이나 돼지 등 가축을 거세하는 기술자를 "산장(騸匠.)"이라 불렀고, 이렇게 거세된 가축은 성장이 빠르고 육질이 부드러워진다고 한다.

을 사람 가운데서 신망이 크게 높아졌다. 웨이베이 고원의 장씨와 우씨네 역사는 가족에게 노인의 지혜의 중요성에 대한 산교육이 되었다.

어려서부터 가족의 역사를 귀동냥해온 장쯔위는 신장 출신 아내 예하이야에게, "만리장성 안쪽은 신장과 달라. 만리장성 안쪽 사람의 멋진 삶이야말로 주도면밀하게 생각하고 멀리 보는 안목을 지니고 별의별 궁리를 한 계산에서 나온 거야" 하고 알려주었다. 여기에 바로 관중 문화와 신장 문화의 본질적인 차이가 있다.

멍카이孟凱는 처음에 제왕의 무덤으로 다가갔을 때에 떠오른 것이 서역 사막이 품은 땅의 정기였다. 땅의 정기는 꿋꿋하게 우뚝 서 있고, 남성적인 기운이 왕성하다. 그런데 제왕의 무덤은 도리어 죽음의 냄새로 가득 차 있었다. 권모술수를 토대로 삼은 가족문화는 사람의 남성적인 기개와 생명의 활력을 희생시키고, 그것을 대가로 삼은 것이다. 장쯔위는 어려서부터 극도로 이성적이고 자율적인 가족문화에 의하여 정신을 거세당하였다. 거세당한 것에 '세勢'란 수컷의 생식기이고, 거세란 바로 동물 수컷에게서 생식기를 떼어내는 일이다. 이 억눌린 경험에서 장쯔위는 자기비하적인 성격을 갖게 되었다. 그는 사랑에 눈뜨기 시작한 나이에 도시와 시골이란 신분 차이에 대한 자각 때문에, 그에게 호감을 표시한 도시 여성 자오충趙瓊을 거절하고 그녀에게 상처를 입혔다. 뒷날 그가 야오후이민姚慧敏이나 리윈李芸 등과 사랑의 덫에 빠진 것은 첫사랑의 비극을 재공연한 것일 뿐이다. 홍커는 장쯔위의 사랑 이야기를 통하여 관중의 노인이 주무르는 가족문화가 끌어낸 남성 생명력의 쇠퇴와 남성적인 기개의 상실을 밝혀 드러내고 비판하였다. 이 주제는 현대 문학의 봉건 문화 비판과 상응하는 의미를 지닌다.

선충원은 예전에 도시 문명의 "거세성"을 지적하였다. 그는 문명의 지나친 발전이 인간성에 대한 억압과 왜곡을 조성한다고 여겼다. 그는 자유와 야성으로 가득 찬 샹시湘西의 향토 문명으로 현대 문명의 "거세성"을 바로잡아 치료하고자 하였다. 문화 재건에 대한 홍커의 구상은 선충원이 세운 전통을 계승하였다. 그는 사랑에 실패한 장쯔위가 홀로 멀리 신장으로 가서, "시간에서 공간으로 내달리고", "역사의 터널을 뚫고 거미줄 같은 가족의 그물에서 벗어나는 것이야말로 서역이란 드넓은 세상에서 숨통을 트이게 하려는 것"이고, 그리하여 남성적 기개로 가득 찬 이역 문화 속에서 자기 구원과 정신의 재건을 찾게 한 것이다.

홍커의 창작 여정을 개관하면, 문화재건 문제에 대한 그의 구상은 매우 분명하고 통일적이다. 그는 신장 문화의 남성적인 기개와 정신으로 관중의 이성문화가 지닌 생명력의 부족과 상실 문제를 치료하려는 것이다. 산문과 소설 창작에서 홍커는 "중국 문학은 굳센 변방 정신과 전통을 지녔다"^{홍커, 2002 : 281} 하고 재차 강조하고 거듭 천명하였다. 그는 이민족과 한족이 융합한 당나라 문화와 북쪽 이민족의 땅에서 날쌔고 용맹한 피와 정기를 받은 시인 이백을 특히 숭배하였다. 아울러 그는 『홍루몽』, 『금병매金瓶梅』와 『아들딸 영웅전兒女英雄傳』 등이 저마다 생명의 고갈과 퇴화를 쓴 것이라고 여겼다. 20세기 1980년대에 신장에서 부상한 신변새시를 말할 적에, 그는 신변새시의 의미가 서부 유목민족의 비이성문화가 지닌 생명의식을 드러낸 데 있고, 이러한 생명의식은 사람의 고귀함, 사람의 혈기, 사람의 용감함 등을 중시하며, 그것이 드러낸 무질서 상태 속에서의 굳센 생명력은 중원 문화에서 부족한 것이라고 지적하였다. 홍커는 "사막에 사는 초원 사람의 몸과 마음은 일치하며, 영혼은 경건한 것이다. 기름진 들판에 사는 중국 사람은 도리어 그렇게 조바심하고 분별없으며 어수선하고, 마음이 거칠고 메말랐다"^{홍커, 2002 : 9} 하고 여겼다.

너덜너덜해진 한문화를 어떻게 구할 것인가에 대하여, 홍커가 내준 답안은 신장 문화의 남성적인 정신을 한문화 속에 녹여내는 데 있다. 하지만 이 두 문화를 어떻게 다루고 융합할 것인가 하는 문제에 대하여 홍커가 내준 해결 방안은 종종 인물이 돌발적으로 깨달아 얻는 데 있었다.『카라부 폭풍』의 멍카이는 폭풍 휘몰아치는 밤에 생명의 위험을 무릅쓰고 정적 장쯔위를 예하이야 곁으로 보내거나,『태양 깊은 곳의 불꽃』의 쉬지원은 세속적인 괴로움과 방황을 겪은 뒤에, 시베이 고원의 햇빛 반짝이는 큰길을 걸어가며, "갑자기 우리메이의 '씨앗 콤플렉스'와 아버지 쉬 노인老徐의 '사내아이 콤플렉스'를 함께 연결하여 번갯불이 번쩍하면서 성공적으로 용접한 듯이" 돌발적인 계시와 깨달음을 얻었다. 이에 쉬지원은 깜짝 놀랐고, 독자도 매우 엉뚱함을 느끼게 되어서 설득력이 부족해보였다. 신장 문화와 관중 문화를 어떻게 함께 융합할 것인지에 대하여 어떤 이는 신장 문화와 관중 문화 사이에 서로서로 대조하는 것 말고, 또 무슨 내적 관계를 구성할 것인가 하는 점이 지금까지 여전히 사람들 앞에 놓인 난제라고 말하였다.

3) 먼 이역에서 얻은 커다란 성과 _ 홍커 소설과 이슬람 문화

중국의 역사와 현실에서, 소수민족은 전체적으로 의심할 바 없이 상대적인 의미에서의 주변문화 지역에 처하였다. 하지만 자연 본래의 모습을 더욱더 많이 보존하고 있고, 게다가 소수민족 문화도 상대적 의미에서 강세 문화가 될 수도 있다. 중국의 이슬람 문화가 바로 이러한 강세 문화이다. 특히 중국의 드넓은 시베이에 사는 무슬림이 중국 전역 무슬림 인구의 반수 이상을 차지한다. 신장의 소수민족 신도는 절대다수가 이슬람교를 믿는다. 사실상 중국의 무슬림은 특히 사람 수가 많은 신장 무슬림으로서 다른 각 민족과 함께 중화문명의 창건에 불후의 중요한 공헌을 하였다. 동시에 그들은 오랜 세월 동안 물질 문화와 정신 문화를 축적함으로써 독특한 특색을 갖고 중대한 영향도 끼친 중국 무슬림 문명을 창조하였다.딩훙(丁宏) 외, 2002 중국에서 중서부 지역, 특히 시베이 지역은 중국 무슬림 거주지역이자 중국 이슬람 문화의 주요 전파 지역이다. 길고긴 역사를 지닌 중국 이슬람 문화는 서부 사람의 정신적 기질을 빚어냈고 아울러 생명에 대한 서부 사람의 특수한 감지 방식을 형성하였다. 서부문화는 특히 이슬람 문화의 역사적 숨결과 정신적 자원 속에서, 중국 서부 문단의 파란 하늘에서 알알이 빛나는 밝은 별이다. 이 책에서 언급한 바, 예전에 서역에서 10년 동안 떠돌아다니며 문단에서 "다크호스"로 불린 젊은 작가 훙커야말로 최근에 반짝반짝 빛나고 오래오래 빛날 새별이다.

훙커는 알짜 관중 토박이이다. 그렇지만 10년 청춘 시절을 신장 톈산 자락에서 보냈고, 특히 이슬람 문화의 영향을 받은 문화 지역에서 살았다. 표면적으로 보면 훙커가 신장으로 간 것이고, 심층적인 의미에서 보면 "문화적 신장"이 오히려 훙커를 빚어내고 재건하였다. "문화적 신장"은 큰 정도에서 말하면 무슬림 신장이다. 훙커는 거리낌 없이 솔직하게, 신장 북부에서 10년 동안 떠돌아다닌 경력이 그를 초원의 토박이 카자흐 사람으로 만들고, 그의 핏속에도 이슬람 문화의 혈기와 삶에 대한 열정이 흐르게 된 것 같다고 말하였다.

내성적이고 낯을 가리는 관중 사나이가 그곳에서 환골탈태하였습니다. 내가 곱슬곱슬한 머리털에 온 얼굴 수염투성이로 고향에 되돌아갔을 때에 가족과 벗들은 초원의 카자흐[14] 사람이 온 줄로 여겼습니다.

신장이 나를 바꾼 것은 곱슬곱슬한 머리털과 쉰 목소리만이 아니라 중원 지역과 다른 사막의 위엄과 말 등에서 생활하는 민족의 신기한 문화와 영웅 서사시를 지니게 한 점입니다.홍커, 2002

　서역 10년은 참으로 심상치 않았다. "문화적 변신" 의욕광인 홍커는 신장으로 가기 전에는 부드러운 시를 숭상하였다. 신장으로 간 다음에 홍커는 남성적인 정기를 마시고 그것을 다시 내뱉었다. 신장 이리 카자흐자치주에서 근무하는 기간에 그는 소수민족의 지혜로 가득 찬 책을 많이 읽고, 동시에 초원 민족의 길고긴 역사 문화와 생활 문화를 마음으로 음미하였다. 그가 일찍이 대학 시절에 시베이 소수민족 문화에 대하여 매우 흥미를 느껴서 1985년에 이슬람교 경전 『코란』도 사들였다고 하여도, 당시에 섭렵한 소수민족 문화는 아무튼지 한계가 있었다. 1986년에 신장으로 간 뒤로 그는 시간이 날 때마다 도서관에서 소수민족 서적을 섭렵하기 시작하였다. 서적의 영향과 생활의 체험자연히 사상 해방과 외래 문화의 영향을 받은 시대적 배경도 벗어날 수 없음도 있었고, 시베이 소수민족 문화, 특히 이슬람 문화에 대하여 홍커는 자신의 독특한 견해를 형성하였다.
　거친 혈기와 원시적 삶에 대한 열정이 짙게 스며든 소수민족 문화는 독특한 생명 본모습의 빛을 지녔다. 천년 동안 유가 전통이 스며든 한족 문화에 상대적으로 부족한 것이 바로 서부 소수민족 문화 속의 이러한 혈기와 삶에 대한 열정이었다. 그로부터 홍커는 문화의 상호 보완 작용이란 의미에서 언론, 특히 그의 소설을 통하여 이러한 팽팽한 긴장감으로 가득 찬 정신 문화를 힘껏 과장하고 선전하였다. 그는 이것이야말로 한족 문화가 소수민족 문화에서 배울 부분이라고 생각하였기 때문이다. 이

14　카자흐는 민족이며, 큰고니나 자유로운 자라는 뜻을 지녔다고 한다.

러한 힘껏 과장하고 선전한 것이 낭만과 몽환의 경계로 들어섰고, 그래서 홍커의 소설 세계에서, 독자는 사람의 소외에 대한 정신적 항쟁과 그것의 '반현대적'인 문화적 경향도 '낱낱이 드러난' 점을 매우 쉽게 깨달을 수 있다.

신장에서 이슬람교는 10세기 이후에 전래되었다. 원나라 말기에 차가타이칸국察合台汗國[15]의 통치자가 이슬람교를 받아들이면서 다른 종교를 이슬람교로 대체한 것이 기정사실이 되었다. 이슬람 문화는 줄곧 서부 유목민족 통치지역을 주로 차지하였고, 그래서 이러한 문화 자체가 서부 유목민족에게 가져다 준 생태적 요소는 시간의 추이에 따라서 차츰차츰 다음 세대의 생존 방식과 삶에 대한 이해에 영향을 끼쳤다. "만리장성 안쪽"에서 "만리장성 밖"으로 간 한족 사나이라고 할지라도 시간이 길어지면 그 영향을 깊이 받을 것이다. 홍커야말로 매우 대표성을 지닌 사람이고, 게다가 그는 마음과 글쓰기에서 예술이란 옥구슬을 한 알 한 알 토해냈다. 가장 사람들의 이목을 끈 것은 바로 서부 소수민족 문화의 숨결, 특히 이슬람 문화의 정화, 기질, 정신을 내뿜는 일련의 그의 소설이다. 예를 들면 그의 「달리는 말」, 「카나스 호수哈納斯湖」, 「아름다운 면양」, 「톈산을 질주하는 말躍馬天山」, 「쿠란庫蘭」, 「허풍」, 「황금 초원黃金草原」, 『서역으로 간 기수』 등 분량이 저마다 다른 소설은 많은 독자의 눈과 영혼을 끌어당겼다. 특히 최근에 그가 발표한 서부 특색을 묘사한 중편소설과 장편소설들은 당대 문단에서 별나게 산뜻한 풍경을 만들었다.

드넓은 서역은 홍커의 인생 경험에 지울 수 없는 낙인을 깊이 남겼다. 넓은 사막을 정화하는 위엄과 초원의 독수리 떼와 짝하는 무슬림의 끈질

---

15 [옮긴이] 칭기즈칸의 둘째아들 차가타이(察合台, ?~1241)의 봉지이다.

김, 경외함, 정직함, 용감함과 억셈, 그리고 그들의 사람됨의 순박함, 혈기와 단단함도 이슬람 문화가 숭상하는 기세와 굳셈, 용맹함과 승부욕이 강한 상무정신과 성품을 높이고, 아울러 무슬림들의 시적인 정취를 지닌 실존 방식과 인생의 슬픔과 즐거움 등도 저마다 훙커의 핏속에 녹아 들어서 그의 생명의 중요한 구성 성분이 되었다. 신장의 풍물은 훙커가 말한 바와 같이, 호수와 고비, 장미꽃과 고비, 포도밭과 고비, 뜨락과 고비, 푸른 풀과 우거진 나무와 고비사막이 엎어지면 코 닿을 곳에 있다. 더구나 지옥과 천당이 서로 잇닿아 있어서 어떤 건너야 할 무엇도 없다. 하늘이 이렇게 그것들을 함께 억지로 이어놓은 것이다. 척박한 자연환경, 고달픈 생존의 조건과 열악한 인문 환경 등은 이 땅에서 낳고 자라는 생명에게 반드시 억센 생명 의지와 구속 없는 굳셈, 단단한 혈기를 지닌 인격과 풍모를 지니게 하였다. 문화의 내면화와 표면화를 거쳐서 이러한 것들도 훙커 소설의 독특한 미적 가치지향인 거리낌 없이 거친 미학 격조를 형성하였다. 그래서 어떠한 의미에서 이슬람 문화와 상응하는 지역 풍물이 훙커의 정신적 기질과 그의 소설 세계를 빚어내게 하였다고 말할 수 있다. 그래서 독자는 모종의 이역 격조와 남다른 미적 풍모와 독특한 예술적인 멋을 분명히 느낄 수 있다.

문단 전체의 취미 경향이 경박하고 퇴폐적일 때에 사납고 거친 아름다움이 특이한 생명의 빛을 실어왔다. 야성의 '비문명화'는 민족마다 어느 시기에나 겪어야 하듯이, 모든 민족의 원시 문예마다 뒤떨어지고 촌티 나며, 사납고 거칠며, 힘차고 억센 생활의 취미를 반영할 수밖에 없기 때문에 원시는 생명력으로 가득 찰 수 있었다. 사납고 거친 아름다움은 종종 한 줄기 원시적이면서도 불길 같은 삶의 기운과 함께 연결되고, 아울러 언제나 줄기찬 생명력의 형식으로 드러났다. 그 특징은 야성적이며 열정적이고 용감하면서 속박을 받지 않는 정감을 내뿜는 데 있다. 거칠고 또 넓디넓은 중앙아시아 오지에서, 커다란 공간이 훙커에게 자유로운 상상력을 주었고, 그의 소설은 까마득히 넓고 크며, 웅장하고 정력 넘치며, 두텁고 힘찬 기세의 아름다움으로 가득 차게 되었다. 그리하여 독자는 짙은 야성과 커다란 힘, 그리고 영혼을 울리는 세찬 충격을 느낄 수 있다.

폭넓게 호평 받은 『서역으로 간 기수』는 시베이 후이족의 영웅적 인물 마중잉과 신장 군벌 성스차이 사이에서 벌어진 투쟁 이야기를 묘사하였다. 혈기 뿜내기와 생명력의 약동은 작품의 구절구절 여기저기에 스며들어 있다. 작품에서 마중잉은 야율대석耶律大石, 1087~1143, 서요(西遼), 재위 1132~1143, 칭기즈칸, 절름발이 티무르帖木兒, 1336~1405, 티무르제국, 재위 1370~1405 등 중앙아시아 초원 영웅의 마지막 후계자가 되었다. 그는 기수가 지닌 영광과 거리낌 없는 됨됨이와 솔직하고 진실한 정을 품고 한껏 멋지게 살아갔다. 그는 거침없는 들판에 부는 거센 바람처럼 자유롭고, 펑위샹馮玉祥, 1882~1948과 싸우고 소련 사람과도 싸웠으며 성스차이와도 싸웠다. 그는 죽음을 무시하였다. 그가 보건대 죽음이란 생명의 일부분이었다. 마중잉은 어지러운 시대에 태어났고, 정처 없이 떠돌아다녔지만, 그는 개성이 활달하고 천진하고 솔직하며, 자신을 믿고 용맹함을 숭상하였다. 그는 극단적 민족주의를 품었는데 성공할 때도 있고 실패할 때도 있었다. 성스차이와 3년 동안의 투쟁 뒤에, 마중잉은 싸움에 져서 물러나 북쪽 변방에서 그의 도망의 길을 걷기 시작하였다. 짧지만 피비린내로 가득 찬 정복전쟁은 군사적 재간이 지극히 풍부한 기수 마중잉을 창조해냈다. 사납고 용감함, 그리고 정의와 우정에 대한 그의 이해는 독자에게 매우 특별한 느낌을 갖다 주었다. 이러한 느낌은 한족 유가 문화에서는 찾아볼 수 없는 것이다.

대비되는 예는 둥베이에서 태어나 한족 유가 교육을 받고 일본으로 건너가 군사학교에 입학하여 전문 교육을 받은 성스차이이다. 마중잉과 비교하면 성스차이는 그렇게 단순함이란 없다. 그는 일본에서 귀국한 뒤에, 국민당 난징정부의 국방부 참모 자리에 만족하지 않고 저 멀리 신장으로 갔다. 신장에서 그는 일세를 풍미한 군벌이 되었다. 성스차이는 신장에서 강한 이웃 소련, 옌안과 충칭 중앙정부 등을 요령껏 상대하였다. 그는 나아감과 물러남 사이에서 적절히 행동하여 자신을 보전할 줄 알고, '신장왕新疆王'의 자리를 보전하며 신장의 독재자가 되었다. 마중잉과 성스차이의 투쟁은 의심할 바 없이 매우 잔인하지 않으면 지독한 것이었지만, 작가는 사람의 거침과 야성을 드러내는데 더욱더 신경을 쓴 것 같다. 훙커에게서 보건대, 이러한 거칠고 야성적인 힘이야말로 소설의 정신이다. 그는 소설의 인물이 지닌 원시적 야성에서도 무너진 문명에 대한 부정이나 불합리한 기존 질서에 대한 항의를 더욱 의미화해내며, 배후에서 생명의 본모습 상태를 절절하게 불러냈다. 바로 이러한 의미에서도 훙커는 선뜻 "마중잉이라는 인물이 나와 매우 닮았다" 하는 의미심장한 말을 하였다. 그래서 독자는 "정의의 사나이로 멋들어지게 살자" 하는 꼬마영웅 사나이를 말하며, 목축인은 "바투루(巴圖魯)'라고 부름들의 삶의 이상을 이해할 수 있다. 서술자도 그래야 『러스하얼熱什哈爾』[16]의 첫 구절에서 나온 "오래된 바닷물이 우리를 향해 용솟음치며 튈 때에 나는 사랑스러운 이슬방울을 받네" 하며 잠꼬대같이 읊조릴 수 있다.

이 '야사'처럼 지은 '서사시' 소설에서, 독자는 두 가지 다른 문화적 분위기에서 자란 영웅의 성격을 따로따로 볼 수 있다. 한 사람은 세속의 흐름에 물들지 않고 남과 아주 다르며 간단하고 시원시원하다면, 한 사람

---

16   [옮긴이] 중국 무슬림 민간학자 관리예(關里爺)가 지은 역사학 저술로서 대략 19세기 1850년대 전후에 아랍어와 페르시아어로 기록된 중국 후이족 내부의 옛 문헌이다.

은 흉계를 꾸미고 굳세며 복잡하고 의심이 많다. 동시에 독자는 같은 지역 문화 속의 공통된 신앙을 볼 수도 있는데, 그것은 바로 용맹함을 높이고 승부욕이 강하며 기세 드높고 굳센 점이다. 그들은 모두 거칠고 고집이 세고 힘과 총을 믿는다. 독자는 물론 주인공이 누가 옳고 누가 그른지 판단하기 어렵지만, 소설 속 인물의 성격과 활약상을 통하여 작품 속에서 이슬람 문화의 빛과 그림자를 볼 수 있고, 곁들여 혈기를 높이고 간단한 인생의 참모습을 동경하는 작자의 마음 한구석도 엿볼 수 있다. 주도적 경향에서 보면, 훙커는 소설 속에서 확실히 이슬람 문화의 정신이나 요지를 상당히 치밀하게 표현하였다. 알라가 그의 영혼을 사람 몸에 주입한 것은 사람에게 하늘과 대지 같은 순진함을 유지하도록 하려는 데 있었다. 선마구神馬谷의 다아훙大阿訇[17]이 마중잉에게 인도하는 작용을 한 것과 같다. 커다란 고비와 사막과 초원은 훙커의 붓대 아래서 생명의 대기상이 생기거나 변하도록 이끌었고, 그도 "먼 이역에서 커다란 성과를 얻는" 창작 경향을 인증하고 구체화하였다.

　소설을 창작하는 궁극적인 목적은 시적인 힘의 발산에 있다. 시적인 힘과 통해야만 작자가 비로소 생활에 대한 그의 미적 판단을 완성한 셈이 된다.레이다(雷達), 2002 : 295 훙커야말로 시적인 정취를 담은 붓대로 우리에게 신화 같은 커다란 사막을 펼쳐보였다. 구름처럼 아름다운 양 떼, 커다랗고 사나운 이리伊犁 말, 하늘을 찌를 듯이 나는 독수리, 맑고 높고 먼 하늘, 넓고 거친 물결처럼 굽이치는 푸르스름한 산들, 파랗고 그으한 호수, 작지만 세게 출렁이는 강물, 태양과 함께 떠오를수록 높아지는 붉은 물고기, 그리고 아득히 넓은 벌판의 길고긴 바람같이 자유로운 사람 등이 그

17　[옮긴이] 이슬람교의 종교적 스승이나 학자이다.

러하다. 이러한 것들은 모두 신장의 진실한 풍물이다. 그렇지만 그것들은 도리어 편집하거나 '합친' 것이고, 드넓은 신장에서 가장 아름다운 것들을 한데 모아서 독자에게 아름다운 색채로 신선한 느낌을 주었다. 진실한 신장은 선충원이 창조한 인간성의 아름다움처럼 그렇게 완벽하지는 않을지도 모른다. 이는 큰 정도에서 작가의 상상에 바탕을 둔 재구성 때문이라고 말할 수 있다. 홍커가 이렇게 쓴 까닭은 그가 신장 톈산 자락에서 사는 사람들의 시적인 생존 방식과 인생의 슬픔과 즐거움을 표현하고 싶었기 때문이기도 하다. 모든 생명에 대하여 그들은 모두 두려워하고 사모한다. 곤란과 부닥치거나 소망을 걸 때마다 그들은 말없이 기도할 수 있다. 그들은 카나스 호숫가의 생명의 자유를 만끽하는 붉은 물고기를 믿는다. 그들은 알라의 보우하심을 믿고, 선마구의 말 뼈대가 신령한 말이 되고, 거친 고비에서 금빛 반짝이는 옥수수가 자랄 수 있다고 믿는다. 정신 층위나 내면세계에서 그들은 고집스럽게 자신의 생명에 반드시 드넓고 자유로운 공간을 찾아주려고 한다.

「카나스호수」에서, 도시에서 온 현대 문명의 영향을 받은 젊은 국어 선생은 카나스호수의 빛과 산 그림자를 사랑하게 되었고, 아울러 카나스호숫가에서 자신의 연인을 찾았다. 수리 전문가들이 카나스 호숫가에 수력발전소를 건설하고, 집마다 전등을 설치해 주었지만, 사람들은 별빛의 유혹을 이기지 못한 나머지 전등을 아예 꺼버렸다. 수력발전소의 사람은 할 일이 없었다. 투바圖瓦 사람이 그들을 청해 술을 마시면서 수력발전소의 사람에게 전기를 일으키지 말도록 권하였다. 결과적으로 수력발전소는 정말 멈추었다. 투바 사람이 그들의 생활 방식과 신비함으로 현대 문명에 대항하고 또 배척한 것은 어쨌거나 역사의 후퇴이다. 현대 문명에 대한 이러한 잠재적인 의심이야말로 작가가 이성을 배제하고 자연의 본모습

상태로 회귀를 내비친 것이다. 이는 무슬림들과 자연의 천연적인 친화와 서로 잘 맞고 잘 어울리는 관계도 내비친 것이다.

「금빛의 알타이」에서 생산건설병단 대대장은 "톈산 남북의 거친 사막을 곡창지대로 바꾸고 싶은" 아름다운 바람을 품고 알타이로 왔다. 이 대대장이 보기에, 농작물과 땅은 가장 신성한 존재이다. 농작물에 대하여 대대장은 종교 같이 엎드려 절하는 마음을 지녔다. 들판을 걸어갈 때에 그는 저도 모르게 하늘에 대고 기도하면서, 자동으로 두 손을 모으고, 마음속으로 '지고무상의 하늘이여, 농작물을 자라게 하고 미친 듯이 거칠고 세차게 흘러내리는 물살처럼 줄기차게 자라게 해주소서' 하고 묵념할 수 있었다. 아내가 코사크Cossack 병사의 총에 맞았을 때에, 대대장은 옥수수를 아내의 상처에 쑤셔 넣으며, 그리고 아내의 귓가에 대고 속삭이듯이 말하였다.

소중한 생명은 죽지 않을 것이오. 우리는 반드시 식물 속에서 부활할 것이오.

거친 중앙아시아 오지에서, 태양, 사막과 바윗돌 등이 잔인하고 무자비한 자연 풍경을 엮어내는 곳에서는 오아시스와 보리밭만이 생명의 상징이다. 이슬람교가 발전한 역사에서도 마음에 알라를 빚어둔 것은 숭배하기 위함이고, 숭배란 기구하기 위함이며, 기구함이란 자신의 생존과 발전을 구하기 위함이었음을 드러냈다. 대대장의 기도는 신의 도움을 얻기 위함이다. 동시에 생명에 대한 경외감도 드러냈다. 대대장은 아내의 죽음에도 모든 것을 원망하며 살고 싶지 않을 정도로 괴로운 마음을 품지 않았다. 그가 보건대 아내의 생명은 무한 연장될 수 있었고, 새로운 생명의 항해를 다시금 시작할 수 있었다. 이슬람 문화의 역사 분위기에서 서부 사람은 그들의 끈질긴 성격으로 생명에 대한 독특한 깨달음을 표현하고, 심지어 죽음도 생명을 구성하는 성분이라고 여긴다.

「모하옌莫合煙」 속의 아버지는 황무지를 개간한 원로 병사이다. 열악한 자연환경, 커다란 사막, 얼음과 눈의 폭풍, 모래폭풍과 정상적인 사람의 체력을 뛰어넘는 가장 원시적인 노동 등이 아버지를 거칠고 거리낌 없는 사나운 성격의 소유자로 만들었다. 아버지가 유일하게 즐기는 건 바로 해바라기 이파리로 싼 담배인 '다파오大炮'를 직접 만들어서 피우는 일이다. 아들이 시내에서 톈츠天池 상표 담배를 아버지에게 갖다 주었을 때, 아버지는 담배 다섯 개비를 꽈배기처럼 함께 비틀어 꽈서 크라프트지로 말아서 굵은 시가 한 개비로 만들었다. 아버지는 자신이 만든 특별한 '다파오'를 물고 길거리를 걸어가며 위세도 과시하였다. 아버지는 '문명'적인 담배를 버리고, 엄청 독한 '다파오' 피우기를 고집하였다. 이는 자신의 생명에 드넓은 자유로운 공간을 찾아주기 위한 일이었다. 그렇게 함으로써 생활은 간단하지만, 또 소박함으로 돌아가고 진실로 회귀하였다.

20세기 1980년대에 신장에서 부상한 신변새시를 말할 때에 훙커가, 일찍이 그것의 의미는 서부 유목민족의 비이성문화 속의 생명의식을 드러내는데 달려 있고, 이러한 생명의식이 중시하는 것은 사람의 고귀함, 혈기와 두려움 없이 용감함이며, 그것이 드러낸 그러한 무질서 상태와 굳센 생명력은 중원 문화에서 보기 드문 것이라 말하였다. 여기는 바로 작가의 미적 이상이 깃든 곳이고, 이는 서부 문화인으로서 그의 선택이기도 하다. 그는 우리의 정신적 고향 재건을 목적으로 하여 비이성문화에 대한 자발적 접수를 선택하였다.훙커, 2002 : 300 이성문화와 비이성문화, 그리고 그것의 복잡한 관계에 대한 훙커의 이해가 반드시 정확하다고 할 수 없고, 새로운 이성문화나 정신적 고향 건설에 대한 청사진과 전략도 반드시 마음속에서 이해한다고 할 수 없다. 하지만 주로 그들 몸속에 딱 마침 무슬림문화의 혈기와 삶의 열정이 들끓기 때문에, 의심할 바 없이 그는 마음과 힘을 기울여 무게감 있게 소설의 인물을 창조하고, 서부 인생을 드러냈다. 창작 주체로서의 작가 홍커는 더욱 약동하는 붓대로 이러한 정신적 기질을 충분히 긍정하고 찬미하였으며, 그 가운데서 풍부한 문학적 개성과 인류문화의 길도 엿보았다. 홍커가 소설과 영상에 관한 대화에서 말한 바와 같다.

인류에게는 예로부터 지금까지 변하지 않는 것들이 언제나 있고, 작가에게는 이러한 것들이 매우 중요합니다. 특히 정신적 요소가 대규모로 사라지고 물질화하는 시대에서 작가는 그러한 변하지 않는 것들을 지켜야 하며, 희유 원소가 종종 소설 세계의 발전을 지탱해줄 수 있습니다.

홍커 소설의 "희유 원소"는 무엇인가? 어느 정도 의미에서 말하면 바로 오랫동안 두고두고 재건되고 치환되는 "문화 원형"이며, 특히 토착 소수민족의 중요한 문화자원인 이슬람 문화 자원이다. 이성에 단단히 속박당한 현실 세계에서 사람들에게 부족한 것은 바로 아무것도 구속받지 않는 정신의 순수하고 아름다운 경계이다. 이러한 경계가 딱 마침 홍커의 미적 이상에 깃들어 있다. 이러한 이상은 짙은 야성으로 회귀 의식을 담고 있으며, 충동 과정에서 또 다른 미련을 드러냈다. 하지만 "야만인"의 피를 중화 대지에 주사해야만 그러한 어리바리하고 출세에 눈이 먼 사람들의 고귀함과 혈기를 불러 깨울 수 있다. 홍커는 『서역으로 간 기수』의 「머리말自序」에서 분개하여 말하였다.

내지에 어디에 무슨 아이가 있습니까? 모두 애늙은이들이며, 엄마 배 속에서 벌써 아동의 천성을 잃어버렸습니다. 내지의 어른 세계는 동물 세계와도 크게 다르지 않습니다.

그는 「신비함의 커다란 성과─리징쩌와의 대화神性之大美─與李敬澤的對話」에서도 "공업화, 전기화, 정보화, 사이버화 과정에서 사람은 기본적으로 벌레가 되었습니다" 하고 말하였다. 이러한 과격한 말들은 소수민족 문화 보존에 대한 그의 지지와 내지內地와 더불어 인류문화 보존과 갱신에 대한 그의 열망을 뚜렷하게 담고 있다.

그로부터 우리는 서부 소수민족 문화, 특히 이슬람 문화에서 훙커가 정신적 지원과 창작의 영감을 얻고, 아울러 더욱 많고 크고 훌륭한 예술의 열매도 줄줄이 수확하리라고 믿는다. 더불어 우리는 서역으로 간 훙커가 다시 동쪽으로 돌아갔고, 복귀하는 날에 한창 개발되는 관중 지역을 보고, 그가 다원 문화를 더 나아가서 융합하는 과정에서 자신의 소설 세계가 더욱더 초월성과 풍부함을 지니도록 노력할 것임을 예시한 것 같다고 믿는다. 우리는 카자흐 사람의 마음속의 신성한 새인 큰고니처럼, 그가 날개를 펼치고 높이 날며 중국 내지는 세계 문단에서 뛰어난 '바투루'가 되기를 예고한 것도 같다고 믿는다.

문화적 서부 시야 속의
실크로드 문학

1. 문화적 관용어와 실크로드 문학

실크로드 문학은 중국 서부와 밀접한 관련을 맺고 있다. 문화적 서부 시각에서 실크로드 문학을 조사하는 일은 분명히 매우 필요하다.

지구촌화 환경에서 말하면, 중국의 서부 문학은 시대가 드러내는 회피하기 어려운 중요한 화제이고, 이 화제도 문화적 주제의 성질을 띠고 있으며, 많은 의미를 지닌 하위 명제로 새끼를 칠 수 있다. 문화적 관용어의 각도에서 서부 문학을 조사하는 것이야말로 그 가운데서 특수한 의미를 지닌 숙제이다. 설명을 덧붙인다면, 저자가 여기서 말하는 "문화적 관용어"란 문화적 실어失語와 문화적 말하기, 문화적 오독, 문화적 충돌과 문화적 적응 등과 밀접하게 관련을 맺는 개념이고, 외래 문화 담론에 대한 자각적 학습과 운용을 전적으로 가리키는 데 뜻이 있으며, 일반적인 의미에서 문화면의 습관적 용어를 두루 가리키는 건 아니다. 예를 들면 "글로벌화globalization"란 담론 자체가 바로 이러한 문화적 관용어의 결과이다.리지카이, 2003 : 48~51 사용 빈도가 여전히 늘고 있는 어휘로서 그것은 이미 지금 시대에서 중요한 '키워드'가 되었다. 바로 영향력이 매우 큰 지구촌화 환경에서 중국 문학 내지는 세계 문학의 유기적 구성 성분의 하나로서 서부 문학과 지구촌의 운명도 더욱더 관계가 매우 밀접해졌다. 이 책은 문화적 관용어와 서부 문학의 복잡한 관계에 관하여 살펴보면서, 다음 몇 가지 문제를 강조하는 데 역점을 두었다.

1) 글로벌화 환경 속의 문화적 관용어

지구촌화 시대를 살면서 우리는 많이 원하지 않거나 습관이 되지 않더라도, 갖가지 고유의 극단, 한계, 폐쇄와 보수성을 극복하려고 노력하며, 세계의 우수한 문화를 배우고 현대의 새로운 형태의 문화를 창조하여 시대와 더불어 발전하면서, 자유롭고 열린 문화적 안목에서 다원 문화적인 '고급 과학기술'을 호환하고 융통하기를 익히기에 노력한다. 다원 문화에 대하여 이성적으로 조율하려면 반드시 현대적 호환의 정신을 지녀야 한다. 그래서 많은 사상 문화적 자원을 호환하고, 동시에 또 두루 통달하여 새 경지를 열 수 있어야 하며, 이를 빌려서 진정으로 새로운 문화 창조에 참여할 수 있어야 한다.

서부 문학의 창작은 민간의 행적에서 원시적인 삶의 정신이나 원시 형태에 가까운 문화의 명맥을 발견해야 하고, 아울러 현대적 이성에 기초를 세운 문화의 창조적 돌파도 추구하여야 하며, 특히 지역 문화의 한계를 뛰어넘는 문화 창조를 추구하여야 한다. 이러한 문화를 새롭게 고치고 창조하려는 충동이 없다면, 서부의 개발도 말할 길이 없고, 서부 문학의 창작과 평론도 자기만족과 나르시시즘적인 본능의 '전람' 단계와 타인에게 주마간산의 소일거리로 소비되는 '유람' 단계에 여전히 머물러버리는 현상을 면할 수 없을 것이다. 초월적 의미를 지닌 문학 창작과 문화 창조에 몸담으려면, 저자는 "가져오기 주의拿來主義"를 실행한 문화적 관용어가 역시 빠져서는 안 되는 전제적인 조건이고, 그 중요성도 지역 문화와 민간 정신에 대한 중시와 발굴에 절대적으로 뒤지지 않는다고 여긴다. 그러한 민족주의 심지어 지역주의 입장에 서서 문화적 실어 사실이나 문화적 관용어를 엮는 '죄상'을 제멋대로 과장하는 목소리들과 그것의 보수성과 소극성은 도리어 명백히 알 수 있어서 따로 증거를 댈 필요가 없다. 지구촌화 환경에서 뚜렷한 현대적 이성과 불분명하고 흐릿한 반현대적 비이성을 비교하면, 중국 서부 문학에 대한 전자의 적극적인 의미가 후자보다 훨씬 분명하다고 말할 수 있다. 우리는 중국이란 나서 자란 땅에서 시작된 지구촌화 과정에서 오늘부터는 절대 아니라고 하여도, 중요한 논제나 뜨거운 화제가 된 '지구촌화'만이 요즘 별나게 사람들의 '주목'을 받는 점을 알고 있다. 조금 회고하기만 하면, 우리는 중국이 '세계로 향해 나아가'거나 외래의 우수한 문화를 '호환'하는 지구촌화의 길이 확실히 길고도 험난할 것임을 볼 수 있다. 그 가운데서 어제의 경험이든 아니면 오늘의 실천에서 보든지 간에, 개방과 개혁을 배경으로 삼고, 외래 문화의 학습과 운용을 특징으로 삼은 '문화적 관용어'는 모두 지구촌화로 나아가는 초보적인 단계에 내내 머물러 있다.

청나라 말기와 중화민국 초기와 '5·4' 시기의 문학 변천에서 이 방면의 정보를 드러냈고, 신시기 이래 문학 발전과 문화적 진화도 이 방면에서 확증을 내주었다. 사실상 근현대 이래로 문화 수입과 수출의 과정에서, 이른바 문화적 실어와 서로 비교하면, 우리의 문화적 관용어는 더욱 두드러진 방면이고, 문화적 관용어가 끌어낸 문화적 효과도 물론 때로 문화적 실어를 조성할 수 있다. 하지만 20세기 중국의 문화문학 실천이 이미 충분히 증명하였듯이, 문화적 관용어에서 온 문화적 말하기와 강대국이 학문을 널리 보급한 업적은 우리가 주의하고 소중히 여길 가치를 더욱 지닌 주도적인 방면이다. 물론 20세기 중국 문학의 텍스트에서, 우리는 갖가지 문화적 요소를 볼 수 있지만, 그 가운데서 문화적 관용어를 통하여 획득한 외래 문화적 요소가 상당히 결정적인, 심지어 항로를 안내하는 작용을 하였다. 그래서 문화적 관용어와 문화 창조의 상호 작용도 더욱더 두드러진 문화현상이 되었다. 서부 문학과 문화의 발전도 자연히 예외가 아니며, 심지어 문화적 관용어에 대한 필요가 더욱 중요하고 절실해졌다.

2) 물질 문화 층위의 문화적 관용어

지금 사람들이 말하는 글로벌화는 사실 주로 여전히 경제 층위에서의 지구촌화이며, 경제 기초에 대한 고도의 중시가 거의 지구적인 공감대를 형성하였다. 그렇지만 이 방면에서 서양 선진국이 비교적 일찍 깨달았고, 중국은 단지 후발 발전도상국이거나 개발도상국인 셈이다. 한 세기 남짓 동안의 노력을 거쳐서 중국의 '지구촌화' 과정은 마침내 빠른 속도로 전진하는 단계로 발전하였다. 게다가 중국은 이를 전제로 삼아 중국 문화의 전체적인 위상을 높일 수 있는 현대 민족 문화를 적극적으로 구상하고 있다. 이렇게 하려면 국부적으로 지역 문화를 발전시켜서는 안 되고 각 지역 문화를 전면적으로 발전시켜야 한다. 중국은 서부대개발의 전략과 결단을 실행에 옮길 때에, 이러한 중국의 문명 수준과 문화적 품위에 대한 전체적 발전과 향상에 뜻을 둔 커다란 변혁을 더 나아가서 전개하였다. 그렇지만 역사의 복잡한 원인으로 말미암아 중국 서부의 현실적 문화, 특히 물질 문화는 여전히 분명한 약세 지위에 처해 있다. 그래서 문화적 관용어는 서부 문학 발전 과정에서 반드시 진행해야 하는 보충수업 과목을 포함한 서부 개발이 되었다.

진나라 지역에서 온 원로 시인 허우웨이둥侯唯動, 1917~2005은 일찍이 건국 초기에 가슴 가득 열정을 품고, 「시베이 고원의 누런 흙이 금으로 바뀐 날 西北高原黄土變成金的日子」1953 등 장편 서사시를 지었다. 그는 드넓은 시베이의 아름다운 미래를 강렬하게 동경하고, 드넓은 시베이가 물산이 풍부하므로 반드시 "커다란 힘을 발휘할 것이다"라고 예언하였다. 그는 또 예전에 시베이의 민둥산이 숲의 바다로 바뀌고, 황허를 근본적으로 치수한 뒤의 시베이가 강남처럼 잘 살 수 있기를 몽상하였다. 그렇지만 오늘의 드넓은 시베이와 서부 전체는 경제 기초가 황토고원처럼 그렇게 튼튼하지 못하다. 그래서 경제의 지구촌화라는 배경에서 서부 경제의 커다란 발전은 필연적인 선택이 되었다. 우리가 반드시 사물화thingification와 소외되기를 거부하는 동시에 서부 경제의 발전에 노력한다면, 경제 기초의 다방면에서의 작용도 필연적으로 문화예술에 영향을 끼치고 촉진 작용을 할 것이다.

사실상 물질 문화를 중시하는 사유에 물들어 실제 효과를 내도록 힘쓰는 문학적 실용의 목적이거나 실무파의 문예관은, 서부 문학을 포함한 5·4 문학, 좌익 문학, 항전 문학, 해방 문학, 개혁 문학, 건설 문학 등에 대하여 모두 전에 없던 주요한 영향을 끼쳤다. 그래서 20세기 중국 문학사에서도 '실무파' 문학을 주류 문화의 대표로 삼은 역사 현상을 드러냈다. 서부 문학의 대표 성¾인 산시로 보면, 간판급 작가의 작품은 대다수가 모두 현실주의적인 문학 격조를 띠고 있다. 류칭의 『창업사』에서 루야오의 「인생」과 천중스의 『바이루위안』 등에 이르기까지 과정에서, 우리는 현실주의에 대하여 산시 문학이 계승하고 발전시킨 면을 볼 수 있다. 동시에 서부 물질 문화의 발전이 동부 지역과 비교하면 느리다고 하여도, 통시적으로 본다면 비교적 커다란 발전도 있었고, 서부 작가의 차림새, 먹을거리, 주거방식, 행동과 글쓰기 도구와 작품의 인쇄 출판, 그리고 발행 등 방면에서 확실히 크게 바뀌었다.

서양의 발전한 출판 문화를 익히고 중국의 현대 문화산업을 발전시키며 현대 미디어 네트워크를 구축하고 인세와 원고료 제도를 실행하는 것들은 상대적으로 '가난한' 서부 작가의 입장에서 보면 말하지 않아도 의미를 지닌다. 몇몇 서부 작가가 외부로 빠져나간 일은 서부의 물질적 조건이 비교적 떨어진 것과도 분명한 관련이 있다. 하지만 문학 발전의 불균형 법칙이 서부에서도 고스란히 드러났다. 서부의 경제는 전체적으로 뒤처진 상황이고, 문화교육과 문학 창작도 피동적으로 뒤따르는 상태에 있다. 그렇지만 어떤 상황에서나 어떤 시기에 서부 문학은 도리어 기적을 만들어내고, 문학 창작의 뜨거운 경쟁 과정에서 남달리 뛰어난 재능을 드러냈다. 예를 들면 중화인민공화국 성립 이전의 충칭 문단과 옌안 문예의 대두, 신시기 이래 산시 작가 군단 문학의 부상, 변새시의 발돋움과 설역문학雪域文學의 판타지 등은 저마다 사람들의 이목을 끄는 문단의 진풍경이 되었다.

서부 제재의 내용을 표준으로 삼아 서부 문학을 명명한다면, 많은 문학 대가에게도 모두 '서부 문학' 방면의 작품이 있다. '중국 서부 작가 정품문고中國西部作家精品文庫'[1]와 『중국 서부 인문지도中國西部人文地圖』중국 서부 문학총서(中國西部文學叢書)의 하나 등은 이러한 문학 대가들의 작품을 수록하였다. 서부 문학과 서부 작가라고 해서 반드시 폐쇄적이고 뒤떨어진 것은 절대 아니다. 서부의 경제와 문화교육은 전체적으로 그 뒤떨어진 부분이 있다고 하여도, 마찬가지로 자신의 특색을 지닌 학문 영역과 강세 학문 영역을 만들어낼 수 있다. 무관심 속에서 굳게 지키는 것은 서부 사람이 창조해낼 수 있는 기본 조건이다. 많은 서부 작가는 생명을 대가로 마침내 예술의 여신의 특별한 주목을 받았다. 다행히 예술의 여신이 빼어난 품격을 갖추었기에 그렇게 가난을 싫어하고 부자를 좋아하지 않았으며, 그토록 학력

---

1   중국 서부 작가 정품문고(中國西部作家精品文庫)(3종), 광저우출판사(廣州出版社), 2001.

과 지위를 중요시하지도 않았다. 예술의 여신은 그에게 반한 사람이 경건하고 끈기가 충분하지 아닌지, 자유와 생명을 뜨겁게 사랑하는 의지와 풍부하고 다채로운 예술적 상상력을 지녔는지 아닌지를 본다. 그래서 천중스, 루야오와 아라이阿來, 1959~ 등과 같이 우수한 작가가 나오고, 『바이루위안』, 『색에 물들다塵埃落定』와 「인생」 등과 같은 훌륭한 작품이 탄생하였다.

3) 제도 문화 층위의 문화적 관용어

나라의 운명이 흥함과 쇠함은 정치적 변화와 밀접한 관련이 있다. 문학의 운명도 늘 이것에 좌우된다. 참으로 사람이 원하는 것처럼 순수하게 '독립 발전'하기란 어렵다. 특히 정치권력이 커다란 확장을 얻은 20세기에는 지구촌화를 실시 혹은 거부한 정치적 거물과 거대 정치가 각 민족이나 나라를 매료시키거나 제약하기도 한다. 중국에서는 서양에서 온 민주정치와 마르크스레닌주의의 영향이 매우 깊고 크다. 나라의 운명에 대한 특수한 기록과 민족심리의 미적 조망으로서, 20세기의 중국 문학은 서부 문학의 발전을 포함하여, 지난 100년 동안의 나라와 민족의 운명과 밀접하게 연결되어 있었다. 정치 문화적 위력이 현대 "민주와 집중"의식의 전파를 통하여 중국 서부의 가장 변두리 지역까지 이미 영향을 끼쳤다.

빅 역사와 빅 문화의 관점에서 우리는 중국의 20세기 "신문화운동"의 몇 차례 이어달리기 경기를 볼 수 있다. 첫 번째는 근대 사람과 '5·4' 사람의 이어달리기이고, 고대에서 현대로의 뛰어넘기를 기본적으로 완성하였다. 제도 문화의 변혁 방면에서 근대 사람은 매우 애를 쓰며 달렸지만, 도리어 중요한 과도였고, '5·4' 사람의 이어달리기는 매우 성공적이었으며 마지막 노력도 강력하여 자연히 민주적인 문화를 길러 내는 방면에서 얻은 성적도 가장 빛났지만, 기본적으로 역시 사상 문화 층위에만 제한되었다. 두 번째는 정치적 거물 시대의 한 차례 군사적 색채를 지닌 문화적 장정長征이다. 징강산井岡山에서 옌안까지는 상당히 긴 "지구전"이었다. 세 번째는 역사를 개척하는 신시기의 정치 지도자가 이끄는 새로운 이어달리기 경기였다. 이 시기에 무슨 실책이 없다고 말할 수야 없겠지만, 전체적으로 보면 비교적 현명하게 적극적인 외교 전략과 매우 실제적인 능력에 따른 경쟁을 실행하였고, 다각도의 "샤오캉小康"[2]과 "평화"를 추구하였다. 민주화에 속도를 내는 동시에 적절한 풍요와 평화는 시대의 주제가 되었고, 문화의 영향력을 포함한 국력이 꾸준히 신장한 사실은 이제 더 말할 필요가 없다.

5·4시대에 중국에 루쉰우상화된 루쉰이 아님과 궈모뤄뒷날 이질화한 궈모뤄 아님가 있었고, 마오쩌둥 시대毛澤東時代[3]에 옌안 문예와 "3홍1창三紅一創"[4]이 있었다. 역사의 새로운 시기新時期 이래로 개혁 문학, "몽롱시파朦朧詩派", 뿌리 찾기 문학, 반사 문학, 반부패문 학, 신사실 소설, 주선율 문학과 여가 문학消閑文學 등이 있었다. 많은 아쉬움을 남겼다고 하여도, 우리는 역시 중국 문화와 문학이 아무튼지 새로이 풍부해졌고 발전을 이루었음을 즐겁게 인정하기를 바란다. 서부 문학은 이것과 나란히 발전하였다. 그것의 발전을 명백히 알 수 있는 표지는 바로 서부 문학계에도 비교적 믿을만한 조

---

2 [옮긴이] 온 중국 사람이 의식주 걱정하지 않고 비교적 잘산다는 말이다.

3 [옮긴이] 일반적으로 1949년 10월 1일의 중화인민공화국 성립에서 1976년 9월 9일의 마오쩌둥의 사망까지의 역사 시기를 말한다. 기점은 마오쩌둥이 중국공산당의 지도권을 장악한 1935년 1월 15~17일에 쭌이(遵義)에서 개최된 중국공산당 중앙정치국 확대회의(中國共産黨中央政治局擴大會議)인 "쭌이회의"로 거슬러 올라갈 수 있다.

4 [옮긴이] 1949년에서 1966년까지 17년 동안 대표적 장편소설의 줄임말이다. '3홍'은 우창(吳强, 1910~1990)의 『붉은 해(紅日)』(1957), 뤄광빈(羅廣斌1924~1967)과 양이옌(楊益言, 1925~2017)의 『붉은 바위(紅岩)』(1961)와 량빈(梁斌, 1914~1996)의 『붉은 깃발의 노래(紅旗譜)』(1957)이고, '1창'은 류칭(柳靑, 1916~1978)의 『창업사(創業史)』(1959)이다.

직기구^{작가의 집이 됨}가 생긴데 있다. 아울러 『옌허延河』, 『중국서부 문학中國西部文學』, 『비천飛天』, 『칭하이호青海湖』, 『소설평론小説評論』, 『난팡문단南方文壇』 등 문학 간행물을 창간하였고, 서부작가창작센터, 서부 문학연구센터 등 도 성립하고, 문학과 평론 관련 부문의 상을 개설하였으며, 힘써 발전하는 문학 분위기를 조성하였다. 그리하여 정치적 통제는 기본적으로 문학적 관리로 어느새 바뀌었고, 현대 관리(학)의 갈래가 되었다. 그래서 서부 문학의 창작과 발전에 모두 박차를 가하는 작용을 한 점을 완전히 부정하거나 보고도 못 본 척할 필요가 없다. 예를 들면, 산시작가협회가 "문학의 큰 성省의 장엄함과 웅장함을 빚어내고, 서부대개발이라는 커다란 두루마리 화폭을 그린다" 하는 데 힘쓴 것은 산시의 그런 실력파 작가들에게 분명히 북돋는 작용을 하였다.

4) 정신 문화 층위의 문화적 관용어

전체적으로 말하면, 20세기에 중국 작가가 받은 현대 교육은 주로 "새로운 학문新學"과 관련되어 있다. 이 새로운 학문은 서양학문西學과 자연스럽게 밀접한 관계를 맺고 있다. 특히 현대의 초등학교, 중고등학교와 대학, 그리고 유학留學 교육에서 그들은 현대의식을 키우는 데 커다란 영향을 받았다. 정신 문화를 성숙시키는 것도 20세기 중국 문화의 주요 발전 추세가 되었다. 정신의 위기가 곳곳에 잠복한 시기라고 하여도, 현대 교육의 영향을 받은 문학은 그것의 끈질긴 생명력으로써 민족적 정신 문화의 계보도 유지하고 있었다. 서부 작가는 동부 작가와 마찬가지로 모두 열린 문화적 안목에서 외국 작가들을 힘껏 본받고 분명한 외래 영향도 받았다. 예컨대 문학과 언어 문화의 관계에서 보면 우리는 그것의 분명한 외래 영향도 뚜렷하게 볼 수 있다. 중국 언어와 문자의 생명은 20세기의 중국에서 커다란 충격을 받았지만, 적절한 변혁 과정에서 새로운 발전도 생겼다. 이것이 언어 예술로서의 신문학세계 화문 문학(世界華文文學)을 포함에 없어서는 안 되는 기초와 운반체를 제공하였다. 언어는 물질성을 지닐 뿐 아니라 더더욱 정신성을 지닌다. 매개체로서 언어는 알아볼 수 있는 기호와 알아들을 수 있는 소리로써 그 존재의 물질 문화적 특징을 드러내지만, 그 가운데 담긴 민족 문화 관련 정보나 개인적인 심리와 정서에는 정신 문화의 특징이 들어 있다.

언어 문화학 각도에서 보면, 언어의 선택은 종종 윤리성도 띠며, 상응하는 언어의 책임 부담과 이행을 의미하고 있다. 5·4 전후에 발생한 중국 언어 문화의 커다란 변화, 특히 많은 외래 어휘에 대한 적극적인 수용이 문학에 끼친 영향은 너무나 분명하므로, 그것을 소홀히 하거나 과소평가할 수 있는 사람이 없다. 이러한 문화적 관용어나 문학 언어 형태의 전체적 전환이 문학을 구문학에서 신문학까지의 전체적 변화의 발걸음을 빠르게 하였다. 백화 문학白話文學을 주체로 삼은 신문학도 전체적으로 새로운 문화적 가치를 구체화하였다. 새 어휘에 대한 서부 문학의 관심도 전체적으로 말하면, 사투리와 토박이말에 대한 흥미를 진작 뛰어넘었다. 문화적 관용어의 가장 분명한 점이 그러한 강렬한 시대적 숨결과 정신적 지향을 띤 새 어휘들에 대한 학습과 활용에 있고, 이러한 새 어휘들에 대한 이해와 깨달음은 관념을 바꾸고, 생태의식에 새로운 모습이 드러나게 할 수 있다. 이것도 그 문학의 창조와 문화의 창조를 실현하는 중요한 경로의 하나이다. 예를 들면 서부의 자연생태와 생태의식에 대한 이중적 관심에서 자핑와가 일련의 작품예를 들면 『이리를 그리워하며(懷念狼)』, 『하얀 밤(白夜)』, 『사냥꾼(獵人)』 등을 써낸 것은 그가 문화적 관용어를 바탕으로 중국과 서양 문화에 대해 깊숙이 들어간 비교 덕분이었다.

물론 서부 문학의 정의에 관하여 갖가지 의견이 있다. 좁은 의미에서 서부 문학이란 작가가 서부에서 태어나 자랐고 서부에서 창작하고 전적으로 서부를 쓰는 것을 말하고, "순수 서부 문학"이다. 넓은 의미에서의 서부 문학은 훨씬 폭넓고, 서부와 비교적 밀접한 관계를 지닌 문학 작품제재를 서부에서 취하였지만, 작가가 반드시 서부에 있을 필요는 없고, 작가는 서부에 있지만, 소재 선택이 반드시 서부에 제한된 것은 아니며, 작가가 단기적으로 서부에 있고 소재 선택도 서부 등은 모두 서부 문학으로 볼 수 있다. 좁은 의미에서건 아니면 넓은 의미에서의 서부 문학이건 간에, 모두 세계 범위에서 우수한 문화를 학습하고 재창조하는 대상으로 삼아야 하고, 지역 문화에 대한 고립적인 반영과 민간 취미의 자기 감상에만 만족해서는 안 된다.

5) 문화 창조에 대한 꾸준한 추구

문화적 관용어는 참으로 매우 필요하다. 이 처음 단계를 통과하지 않으면 문화 창조로 나아갈 수 없다. 문화적 관용어는 엄격하게 말하면 '문화의 접속'을 위할 뿐이지만, 우리의 근본 목적은 역시 '문화 창조'에 있다. 앞에서 말한 바와 같이, 문학 텍스트 속에 비교적 많은 외래 어휘가 등장하고 심지어 문학의 '키워드'가 되어 중국 문학의 변화와 창조에 도움을 주었다. 예를 들면 20세기 상반기와 마지막 20년 동안의 문학사가 바로 이러하다. 물론 문화적 관용어는 독립된 문화 창조를 대체할 수 없다. 우리의 진정한 목적은 자신에게 이익이 될 것을 추구하면서 또 지구촌의 문화 창조에 도움이 되어야 한다는 점에 있다.

문화 창조를 추구하는 높이에서 보거나 결과이고 과정이 아닌 의미에서 말하면, 문화 창조는 확실히 문화적 관용어보다 훨씬 중요하다. 참으로 이른바 "복고란 원래 쓸모없고, 서구화도 헛수고이다. 새것을 창조하는 것이 아니라면, 어쨌든 계승하기 어려울 것이다. 그렇지만 새것을 창조하는 길은 바로 복고와 서구화의 밖에 있다."우팡지(吳芳吉) 그래서 문화 창조를 위하여 "구미의 문화5로 읊는 재료를 삼고"에서 나아가서 "유럽과 아시아를 거듭 모아 새로운 소리로 만드네"6로 들어가고, 지구촌화의 과정에서 너그럽게 수용하고, 서로 수용하거나 두루 수용하기를 배우도록 노력하고, 이해와 흡수를 잘하는 넓고 열린 가슴을 길러 내며, 복고와 서구화를 두루 수용하는 동시에 혁신적으로 뛰어넘는 길을 힘껏 찾아야 한다. 이것이야말로 긍정적인 의미에서의 지구촌화이다. 하지만 지구촌화와 상반되는 토착화나 민족 개성화의 과정도 우리의 높은 중시를 끌어내야 한다. 민족, 나라, 지역이나 개인마다 자신의 문화적 개성을 소중히 여기고, 그래야 진정한 의미에서의 문화적 호환과 문화 창조가 생길 수 있으며, 아울러 그로부터 지구촌화의 문화적 내용을 끊임없이 살찌우고 알차게 할 수 있기 때문이다. 그래서 문화의 지구촌화와 문화의 토착화는 '상호 작용'하고 '윈-윈win-win'해야만 인류 사회의 커다란 창조를 구체화할 수 있고, 문화의 다원적 통일의 이상도 그래야 점차 실현할 수 있다.

사실상 근대 이래로 개혁개방이나 지구촌화에 대하여 중국 사람은 선택할 수 없었다. 중국은 가시밭길 속 발전 과정에서, 특히 거의 20년여 동

5　[옮긴이] 구미의 문화(歐風美雨)는 구미의 정치, 경제와 문화가 중국으로 들어온 것을 나타내는 어휘이며, 구미의 침략이나 서양에서 들어온 부르주아 사상 문화를 이르기도 하다. 추진(秋瑾, 1875~1907)의 「광복군 봉기 격문(光復軍起義檄稿)」과 쑨중산(孫中山, 1866~1925)의 「민족주의(民族主義)」 등 글에서 나왔다.
6　[옮긴이] "更授區亞造新聲"은 캉유웨이가 지은 시 「수위완과 시를 논하고 겸하여 임공, 유박, 만선에게 부치다(與菽園論詩兼寄任公孺博曼宣)」의 한 구절이다. 여기서 수위안은 추수위완(邱菽園, 1873~1941)이고, 임공은 량치차오의 호(號)이며, 유박은 마이명화(麥孟華, 1875~1915)의 자(字)이고, 만선은 마이명화의 아우 마이중화(麥仲華, 1876~1958)의 자(字)이다.

안 나아진 것이 없기는 하였지만, 그 과정에서 중국의 경제면과 문화면에서의 많은 중대한 진전과 변화를 포함하여 다방면에서의 문화 창조를 실현해왔다. 문학만 말한다면, 중국의 창조적 성취도 누구나 다 알고 있는 것이므로 함부로 뽐내지 말고, 그렇다고 덮어놓고 자신을 낮출 필요도 없다. 적어도 '5·4' 문학부터 시작하여 중국 고유의 문학에 커다란 변화가 생겼다. 뒷날의 우수한 작가서부 작가 포함의 꾸준한 노력이 문학 창작의 심화와 문화 창조에 대한 기대를 지금까지 이어지게 하였다. 이것 자체도 우수한 문화적 전통을 형성하였다. 이 전통의 존재와 작용을 무시하거나 과소평가하는 것은 모두 웃기는 일이며, 아무런 도움도 되지 않는다.

서부 문학은 흉내 내기나 소극적인 글쓰기의 그림자를 벗어나도록 노력해야 한다. 문화적 관용어의 중요성을 강조하는 것은 문학 창작에 더욱 잘 참여하기 위함이며, 문화 창조의 의미를 지닌 문학 창작은 언제나 '적극적인 건설적인 글쓰기'이기 때문이다. 하지만 서부 문학 가운데서 도리어 많은 작품이 저차원에서 외국 문학을 흉내 내거나 텍스트 번역에 그치고, 심지어는 다른 지역의 복제판을 원본으로 삼고, 또 어떤 작품은 깊은 사상적 내용과 엄숙한 예술적 추구가 없다. 추악함을 드러내는 데 열중하고, 병적인 상태를 드러내고, 시시하고 너절하며, 이상야릇한 것들을 수집하고, 시장에 영합하는 행위 따위는 독자에게 서부 사람 형상과 서부 환경과 관련한 나쁜 인상을 통째로 심어줄 것이다. 원로 작가조차도 '현실에 만족하며' 세속과 더욱 많이 타협하긴 하지만, 예광친葉廣芩, 1948~과 훙커 등과 같은 젊은 작가는 서부에 몸을 두었지만, 뜻은 지구촌에 두고 매우 겸허하게 창조를 갈망하였다!

2. 서역으로 가는 길 위에서 마오둔과 중국의 드넓은 시베이

문화는 문인이 걸어간 발자취를 따라서 '이동'하는 과정에서 전파된다. 문화 지리에서 탐색의 길을 가는 문인 작가는 효과적이면서도 흥미로운 시각과 방법을 얻었다. 대표성을 제법 지닌 사례로 이름난 작가이자 문화계 명사인 마오둔은 일찍이 20세기 1930년대 말에서 1940년대 초에 이르는 2년 동안에 드넓은 시베이에서 돌아다니며 살았다. 란저우, 우루무치에서 시안으로, 다시 옌안으로 갔고, 그 길 위에 그의 발자취와 사유의 흔적을 곳곳에 남겼다. 이 기간에 '길 위에서' 그는 늘 사회적 일로 바빴으며 교육과 강연 등 활동에 두루 참여하고, 비교적 중요한 행정 직무를 맡았었다. 동시에 그는 글쓰기를 멈추지 않고 비교적 많은 소중한 작품들을 남겼다. 옛날에 공자는 진나라에 이르지 못하였지만, 현대의 마오둔은 변방에 이르렀다. 현대의 대표적인 문인으로서 마오둔이 드넓은 시베이와 맺은 인연은 확실히 의미 있는 화제이다. 이는 현대의 문인 작가와 인문지리의 관계 방면에서 독자에게 유익한 깨달음을 줄 수 있다.

1) 힘겨운 길 위에서 현지답사 여정

반세기 정도 전에 드넓은 시베이에서 여행하는 길은 상당히 힘겹고 심지어 위험한 일이었다. 중국의 드넓은 시베이는 통상적으로 산시, 간쑤, 닝샤, 칭하이, 신장 등 5개 성省 지역을 가리킨다. 이곳은 면적이 넓고 길고긴 세월을 지나왔고 신기하고 쓸쓸한 지역이고, 여러 민족이 살아오며 생존 경쟁이 상당히 치열했던 땅이라고 말할 수 있다. 그곳은 농업과 목축업이 공존한다. 인문학적 충돌은 길고긴 역사의 굽이굽이 우여곡절을 만들며, 큰 뜻을 품고 뜨거운 피 들끓는 영웅 이야기도 잇달아 써내게 하였다. 이 땅에는 친링, 톈산, 치롄산, 허란산賀蘭山 등이 있고, 중화민족의 복희伏羲의 팔괘, 염황炎皇의 발자취와 사람을 한없이 감동하게 하는 싼장위안三江源도 있다. 이 지역의 북춤, 손북, 태평북춤 등은 전 세계에 울려 퍼졌고, 꽃타령, 신톈유信天遊와 각 민족의 민요도 있어서 우리 마음을 촉촉하게 해준다. 여기에는 상전벽해의 세월을 보낸 변화와 그 역사의 변천을 증명해주는 둔황석굴도 있고, 그런 멈춤 없이 이어져 온 새 생명을 얻은 옥돌의 길과 실크로드도 있어서, 예로부터 지금까지 두고두고 어질고 뜻을 품은 이들의 마음을 수없이 뒤흔들었다.

중국 서부대개발과 실크로드 경제벨트가 세상 사람의 보편적인 관심을 불러일으킬 때에 우리는 그때 그 시절에 많은 문화계 명사의 서부행이나 '서역 여행'을 떠올렸다. 그 가운데 마오둔과 그의 가족의 모습이 들어 있었다. 마오둔은 평생 많은 지역으로 갔고 여러 고장에서 거주하였으며, 그래서 보고 들은 것이 풍부하다. 그의 시대에서 그는 진정으로 만 권의 책을 읽고 만리 길을 걸어갔다. 그로부터 보고 들은 것이 풍부해졌으며, 문화 창조 면에서 수확이 많은 것은 물론이고 중국의 현대에 국제적인 영향을 지닌 손꼽히는 문화계 명사가 되었다. 그 가운데서 그의 여행이 현대의 많은 명사와 전혀 다른 면은 바로 그가 20세기 1930년대 말에서 1940년대 초에 드넓은 시베이를 돌아다녔고, 간쑤 등지를 거쳐서 신장으로 들어갔으며, 심지어 커다란 재난을 겪고 간신히 살아서 옌안으로 갔다는 점에 있다. 그는 일생에서 잊기 어려운 세월을 지나면서 소중한 문학 작품도 남겼다.

나그네는 길에서 쉬지 않고, 나그네가 변방新疆에 이르렀다. 저 멀리 신장에 이르게 된 마오둔의 앞뒤 여정은 주목할 가치가 있다. 1938년에 마오둔이 홍콩으로 간 뒤로, 싸쿵랴오薩空了, 1907~1988와 『입보立報』를 편집하였다. 하지만 판매 상황이 좋지 못하였으므로 툭하면 손해를 보았다. 게다가 홍콩의 생활비 수준이 높아서 달마다 수입보다 지출이 많았다.

늘 더즈[7]를 앓는 소리를 하게 하였다. (…중략…) 분명히 이렇게 사는 날이 오래가면 안 된다.장바오위(張寶裕) 외, 1987 : 243

그리하여 7월에, 마오둔은 홍콩을 떠나 상하이로 갈 생각을 품었다. 그러던 9월에 어떤 벗들과의 모임에서 마오둔은 마침 신장대학新疆學院 설립을 준비 중인 두충위안杜重遠, 1898~1944을 만났다. 두충위안은 그가 신장으로 가서 교육 사업을 도와주기를 바랐다.

자네 같은 이름난 작가를 신장으로 청할 수 있으면 호소력이 클 것이네.장바오위 외, 1987 : 242

마오둔이 미처 가부를 정하지 않았을 때에 두충위안이 또 등사한 「톈산을 세 차례 넘다三渡天山」 한 부를 갖고 직접 찾아와서 그를 초빙하였다. 그것은 성스차이가 통치하는 신장의 매우 밝은 미래를 묘사한 책이었다. "그 작은 책은 확실히 나에게 신장으로 가서 일을 좀 해보고 싶은 마음이 생기게 하였다."장바오위, 1987 : 243 그로부터 마오둔은 2년 동안 드넓은 시베이에서 객지 생활을 시작하였다.

홍콩1938.12 → 쿤밍1938.12~1939.1 → 란저우1939.1~1939.3 → 하미哈密1939.3 → 우루무치1939.3~1940.5 → 란저우1940.5 → 시안1940.5 → 옌안1940.5~10 → 시안, 바오지1940.10~12 → 충칭1940.12

1938년 12월 20일에, 마오둔 일가족은 정식으로 길을 나섰다. 그들은 프랑스 우편선을 타고 빙 돌아서 베트남 해안방어선을 지나 하노이로 들어가서 다시 기차를 타고 줄곧 요동치면서 28일에 윈난 쿤밍에 도착하였다. 스저춘施蟄存, 1905~2003, 구제강顧頡剛, 1893~1980, 추투난楚圖南, 1899~1994 등 문예계의 벗들과 폭넓게 교류한 다음에, 그들은 1939년 1월 5일에 란저우로 가는 비행기를 탔다. 뼛속으로 파고드는 된바람을 맞으며 마오둔 일행은 란저우의 중국여행사 초대소로 들어갔다. 뒤에 2월 20일에 그들은 가까스로 신장으로 들어가는 비행기를 타고 하미로 갔다. 하미에서 잠시 쉰 뒤에 그들은 산산鄯善과 투루판을 거쳐서 톈산을 넘었고, 마침내 3월 11일에 디화지금의 우루무치에 도착하였다.

마오둔은 그로부터 신장에서 1년 2개월 동안의 긴 객지 생활을 시작하였다. 이 기간에 그는 신장대학에서 교육 업무에 참여하고 여러 편의 글을 지어 완성하였으며, 대학 행정 직무와 많은 사회적 직책을 맡고 벗들과 톈산에 올라 천지天池를 유람하고, 아울러 하계여행단을 조직하여 아득히 먼 변방 이리로 가서 선전활동에 바삐 보냈다. 성스차이가 검은 속셈을 차츰차츰 드러냄에 따라서 마오둔은 때를 기다리며 작은 병을 크게 부풀려서 신장을 떠날 기회를 찾았다. 신장의 정치적 분위기에 대하여 마오둔이 갈수록 참기 어렵다고 느낄 즈음에, 마오둔은 난데없이 어머니가 돌아가셨다는 부고 전보를 받았다. 그래서 휴가를 청하여 마오둔 일가족은 1940년 5월 5일에 비행기를 타고 우루무치를 떠났다. 비행기가 도중에 하미에 멈춘 날 밤에, 성스차이는 연거푸 세 차례 하미 수비군에 전화를 걸었다. 첫 번째 전화에서 마오둔과 가족을 억류하도록 하였고, 두 번

---

7   [옮긴이] 마오둔의 부인 쿵더즈(孔德沚, 1897~1970)이다.

째 전화에서 우선 손을 대지 말고, 그에게 더 생각해보도록 시간을 줄 것을 지시하였으며, 세 번째 전화에서 "그만, 그들을 보내줘라" 하고 말하였다.종구이쑹(鍾桂松), 2013 : 217 이리하여 마오둔 일행은 성스차이의 마수에서도 벗어났고, 죽음의 문턱에서 살아난 셈이었다.

다시금 란저우에 도착한 마오둔은 원래 하룻밤 휴식한 뒤에 비행기를 갈아타고 충칭으로 갈 생각이었지만, 마침 푸쭤이傅作義, 1895~1974가 이끈 많은 외교관이 공무로 충칭으로 가면서 마오둔 일행의 비행기 좌석을 차지하였다. 동행한 장중스는 그래서 옌안으로 가보기로 생각을 바꾸었고 마오둔에게도 함께 가자고 권하였다. 그리하여 그들은 시베이도로국의 차를 얻어 타고 닷새를 달려 눈보라 속에서 화자링華家嶺을 지나 류판산六盤山을 넘고 셴양을 거쳐서 시안에 도착하였다. 또한 마오둔은 치셴마을七賢莊의 팔로군사무소에서 저우언라이周恩來, 1898~1976와 주더朱德, 1886~1976를 만났다. 시안에서 비림碑林과 전통 시장을 둘러본 뒤인 5월 24일에 마오둔 일행은 변장을 하고 주더 총사령관을 수행한 차량 행렬을 따라서 옌안으로 출발하였다. 퉁촨銅川을 지나 황제릉黃帝陵을 넘어서 5월 26일에 그들은 마침내 혁명성지 옌안에 도착하였고, 루쉰예술대학魯迅藝術學院에서 머물렀다. 마오둔이 4개월 반 동안 옌안에서 지낸 생활은 절대로 일반적인 의미에서의 여행이나 객지 생활이 아니었다. 이는 혁명적 회합이자 역사적 접속이다. 뒷날 멀리 충칭에 있는 저우언라이가 국민당 통치지역國統區의 문화 분야에서 전투력을 강화하기 위하여 마오둔에게 충칭으로 와서 업무를 맡아줄 것을 청하였다. 10월 10일에, 마오둔 부부는 자녀를 옌안에 남겨두고 둥비우董必武, 1886~1975를 수행하는 차량 행렬을 따라서 다시금 여행길에 올랐고, 시안과 바오지 등지를 거쳐서 12월에 충칭에 도착하였다.

2) 길 위에서 실천 사회 일을 하며

1939년 1월에, 마오둔은 홍콩에서 쿤밍을 거쳐서 비행기를 타고 란저우에 도착한 뒤로, 45일 동안 머물렀다. 성스차이는 마오둔 등 문화 명사들이 신장에 들어오는 것을 좀 꺼렸기 때문에 생각을 정하지 못하고 망설이며 한참 동안 비행기를 파견하지 않았다. 마오둔이 란저우에 도착하였다는 소식이 신문에 게재된 뒤에, 그에게는 찾아오는 사람이 너무 많았고, 특히 현지 문학청년이 많았다. 란저우에서 진보적인 젊은이들과 대화를 나누고 교류한 뒤에, 그는 비로소 당시 란저우 문화계의 진실한 상황을 진정으로 이해하게 되었다. "시베이는 봉건 세력이 너무 심각하다. 문화도 뒤떨어졌고, 그래서 항전문예운동을 전개하기 어렵다. 원래 이곳에 있던 몇몇 이름난 문화인도 떠났고, 지금은 열심인 문예 청년들이 일하고 있을 뿐이다." 하지만 란저우의 항일 문화에 대하여 그는 여전히 믿음으로 가득 찼다.

> 지금은 한겨울이고, 대지에 봄이 돌아올 때에 이곳에는 또 다른 풍경이 펼쳐질 것이다.장지위(張積玉) 외, 1991 : 218·221

마오둔은 젊은 학생들이 힘겨운 환경에서 항전문예에 뛰어든 개척정신을 칭찬하였을 뿐 아니라, 또 그들이 집중적인 활동의 중심이 될 수 있는 문예가협회 간쑤지부를 얼른 세울 것을 북돋아 주었다. 동시에 현지의 진보적인 문예 관계자 자오시趙西, 1905~1988와 쉐디창薛迪暢, 1913~? 등의 초청에 응하여 마오둔은 간쑤대학甘肅學院에서 「항전과 문예抗戰與文藝」와 「중국 남부의 문화운동 개관華南文化運動概況」이라는 제목으로 두 차례 보고하였다. 이러한 글은 항전 문학 창작에 뜻을 품은 젊은이들을 구체적으로 지도 해준 것이자 란저우의 항일구국운동에 일정 정도 박차를 가하는 작용을 하였다.

마오둔은 신장에 도착한 뒤에, 이 문화의 처녀지를 개발하기 위하여 여러 직책을 겸하고 무대에 올라 학술강연도 하였고, 동시에 글쓰기를 멈추지 않았다.

첫째, 마오둔은 신장대학 교육과의 과주임을 맡고, 힘들고 막중한 교육 임무를 담당하였으며, 교육과에서 주로 '국방교육'과 '중국 통사' 등 과목을 강의하여 교육과의 학생들에게 깊은 인상을 남겼다. 그는 신장에 도착하자마자, 홍콩의 러우스이樓適夷, 1905~2001에게 보낸 편지에서 자신의 업무 상황을 이야기하였다.

나는 매주 17시간 수업을 맡았는데 대부분 수업이 문예와 무관합니다. 이 학교의 주요 교사는 나와 중스[8] 두 사람입니다. 그는 정치경제과 수업을 도맡아 하고, 나는 교육과 수업을 도맡아 합니다.

둘째, 마오둔은 신장 문화협회新疆文化協會를 지도하여 성립하고, 직접 회장 겸 예술부장을 맡아서 연극과 만화 등 많은 실무과의 구체적인 업무를 지도하는 책임을 담당하였다. 동시에 희극운동위원회戲劇運動委員會를 주관 성립하였다. 이러한 문화 활동을 장려하는 기구들이 신장 전체의 문화의 향상과 발전에 박차를 가하였고, 여러 민족 문화의 교류와 소통을 심화하였다. 마오둔이 제안하여 신장 문화협회가 만화 간행물 『시대時代』를

---

8   [옮긴이] 장중스(張仲實, 1903~1987), 본명은 장안런(張安人)이고, 필명에 런위안(任遠), 스푸(實甫) 등을 사용하였다. 산시 룽현(隴縣) 출신으로 중국의 이름난 마르크스레닌 저작 번역가이자 출판인이다.

창간하였고, 그도 『시대』에 「발간사」를 써주었다.

셋째, 마오둔은 또 현지의 문화와 문학 인재를 열정적으로 육성하였다. 그는 '건전한 문화 간부라야 새로운 신장 문화 건설의 개척자가 된다'라고 생각하였다.

1939년 6월에, 마오둔은 신장 전체 각 지역에 "예술적 천재성을 지닌 인재민족, 성별, 직업, 나이 불문"를 조사하도록 통지하였다.루웨이톈(陸維天) 편, 1986 : 6·228 아울러 즉시 상부에 보고하여 집중적으로 양성하고 임용할 것을 요구하였다. 같은 해 10월에, 그가 주관하여 "신장 문화간부훈련반"을 개설하고, 자오단趙丹, 1915~1980과 바이다팡白大方, 1913~1974 등을 초빙하여 공연과 연극 수업을 개설하였다. 이러한 조치들은 확실히 많은 우수한 문화 인재를 발굴하여 길러 냈다.

마지막으로, 마오둔은 직접 발로 뛰고 두루 돌아다녔다. 그는 한족, 위구르족, 카자흐족, 우주베크족 등 여러 민족의 젊은 학생 200여 인을 모아 하계여행단을 조직하고, 멀리 이리로 가서 탐사하였다. 이러한 활동마다 마오둔이 신장 문화 개척사업 방면에서 독특한 공헌을 한 것이고, 그 의미는 깊고 크다.

마오둔은 신장을 떠난 뒤에 란저우와 시안을 거쳐서 옌안과 해후하고 인연을 맺었으며, 많은 의미심장한 화제를 남겼다. 그는 옌안에서 반년 못 되게 머물렀지만, 여러 편의 글을 짓고 동시에 많은 교육과 집회 등 문화 활동에 참여하였으므로 옌안의 문예 사업 건설에 두드러진 이바지를 하였다.

첫째, 마오둔은 "루쉰예술대학은 본보기가 필요하니 자네가 가서 본보기가 되게"주훙자오(朱鴻召), 2010 : 267 하는 마오쩌둥의 건의를 받아들였고, 루쉰예술대학에 들어가서 문학과 학생에게 '중국 시민 문학 개론'을 강의하였다. 그는 마르크스주의 유물사관을 자각적으로 활용하고 중국 시민 문학의 역사적 변천에 대하여 심도 있게 해석하였으므로 교사와 학생들의 뜨거운 환영을 받았다. 그의 교육활동은 루쉰예술대학에 한정하지 않고, 옌안 문예계 각층으로 깊숙이 들어갔다. 아울러 그는 웃어른다운 기품을 지녔으므로 언제나 끈기 있고 부드럽게 학생의 질문에 대답해주었다.

둘째, 마오둔은 옌안에 도착한 처음에 일련의 사회와 문화 활동에 뛰어들었다. 그는 루쉰예술대학 개교 2주년 경축 행사에 참여하여 무대에 올라 연설하고, 옌안철학회延安哲學會 제1기 연례회의에 참석하고, 중화전국문예계항적협회中華全國文藝界抗敵協會[9] 옌안지부의 환영다과회에 초청받아 참석하여 변방지역 후이족 제1차 대표대회의 주석단 성원에 피선되었다. 아울러 산간닝 변방지역陝甘寧邊區 신문자협회新文字協會의 발기인으로 초빙 받고, 그는 우위장吳玉章, 1878~1966, 린보취林伯渠, 1886~1960 등과도 연명으로「루쉰문화기금 모집 취지魯迅文化基金募捐緣起」를 발표하여 작가의 창작을 촉진하였다. 이러한 활동들을 통하여 마오둔은 변방지역 사람들의 열정을 느꼈고, 그의 마음속에 높은 정치적 열정도 끓어올랐으며, 그의 혁명사상을 단련하는데도 매우 중요한 의미를 갖게 되었다.

마지막으로, 마오둔은 옌안문예운동을 선전하고 실행하는 과정에서, 문예 관련 이론과 성과들도 파악하게 되었다.

① 그가 옌안에 오자마자 발표한「문학의 민족 형식을 어떻게 학습할 것인가에 대하여論如何學習文學的民族形式」라는 제목의 장편 연설과 같이, 그는 항전을 '시대의 중심축'으로 삼을 것을 요구하고 '문예가 항전을 위해 봉사하고 대중을 위해 봉사하게 하는 것'을 근본적인 원칙으로 인식하였다.

---

9   [옮긴이] 1938년 3월 27일, 우한(武漢)에서 성립하고, 기관 간행물 『항전문예(抗戰文藝)』는 1938년 5월 4일에 창간하고, 1946년 5월에 총 71기를 발행하고 종간하였다.

그래서 그는 이 원칙을 꿋꿋하게 찬성하고 지지하고 아울러 그것을 실천과 선전에 적용하였다.

② 그는 「『외침』과 『방황』에 관하여關於『吶喊』和『彷徨』」와 「루쉰의 탄신 60주년을 기념하기 위하여爲了紀念魯迅的六十生辰」, 「루쉰을 기념하여紀念魯迅先生」 등 글에서 저마다 '루쉰의 방향'과 민족해방과의 관계에 대한 깊은 사고를 드러냈다. 그로부터 그는 루쉰 정신을 열정적으로 홍보하고 전투적 현실주의 창작 방법을 굳게 지켰다.

③ 그는 옌안 시기에, 특히 문예의 '민족 형식'에 대한 토론에 치중하였다. 그는 유일한 '중국산'인 노예의 사상을 반대하고, 민족 형식을 전부 말살하는 사고방식도 반대하였다. 그는 '중국 대중 생활로 들어가서 배우자'에 특히 주의하여야 한다고 여기고, 그로부터 중국 대중이 즐겨 보고 듣는 민족 형식을 창조해냈다. 교육하고 답사하고 토론하는 등 모든 그의 옌안 활동에서 그의 '옌안행'은 헛되지 않은 여행이었음을 드러냈다. 아울러 우리도 옌안 문예 건설자이자 선전자로서의 마오둔의 측면을 볼 수 있게 되었다.

3) 길 위에서 글쓰기 문학 창작

마오둔은 신장과 내지를 오가는 여정에서 간쑤와 란저우를 두 차례 경유하였고, 란저우에서 그는 산문 「란저우의 이런 일 저런 일」, 문학평론 「항전과 문예」와 「항전 초기 중국 남부의 문화운동 개관」 등을 남겼다. 「란저우의 이런 일 저런 일」에서, 그는 "생활의 맛이 전혀 다르다"라는 구절로 말문을 열었다. 한편으로 간쑤 지역의 생존조건의 열악함과 민중 생활의 고달픔에 대하여, "유리잔에 물 한 잔을 잠깐 놓아두었다가 보면 거의 절반은 흙탕물이 되었다", "국수를 다 먹은 다음에 혀로 그릇에 묻은 걸쭉한 국물 찌꺼기를 깨끗하게 핥아먹어야 예절을 안다고 친다"하고 묘사하였다.팡밍(方銘), 1984 : 136 또 다른 한편으로 마오둔은 오히려 그토록 거칠고 뒤떨어지고 가난하고 고달픈 가운데서, 수입품 상점이 유달리 눈에 뜨이고 상하이풍 상품이 날개 돋친 듯이 팔리는 '번영'도 대서특필하였다. 밀수업자를 잡는 등 특권을 쥔 기관원은 수입품의 운임과 판매책임을 도맡았기 때문에, 공공의 재물을 제 것으로 만들며, 나라가 혼란한 틈에 떼돈을 크게 벌었다. 이러한 상황에서 마오둔은 막을수록 더욱 불티나는 시장을 '중국 사람에게는 나름의 방법이 있다'라는 말로 귀결하고, 국민당 당국의 검은 부패와 통치에 대한 그의 안타까움, 비웃음과 풍자를 드러냈다.

「항전과 문예」와 「항전 초기 중국 남부의 문화운동 개관」 등의 문학평론 작품에서 마오둔은 항전문예의 방침, 임무와 문예비평의 방식을 치밀하게 논술하였고, 당면한 문예 운동의 임무와 시베이 지역에서 문화운동을 전개하는 문제에 대한 의견을 제기하였다. 이는 란저우와 시베이 지역 전체의 문예 운동에 대하여 중대한 지도적인 의미를 지닌다. "지금 전국 문화운동에서 최대 결점은 각지 발전의 불균형이다. (…중략…) 특히 시베이의 문화운동은 더욱 많은 문화인이 이곳으로 와서 추진해야 한다"루웨이톈 편, 1986 : 217라는 말에서, 우리는 마오둔이 당시 신장으로 달려가 문화운동을 지원한 굳은 신념을 느낄 수 있다.

마오둔은 신장에서 1년 2개월 동안 생활하면서 창작을 풍성하게 수확하였다. 시와 평론 등 각 장르의 작품을 모두 30여 편 지었고, 신장 문화와 직접 관련된 것에 「신장 문화의 발전적 전망新疆文化發展的展望」, 「〈새 신장행진곡〉 공연을 친애하는 관객에게 알림為〈新新疆行進曲〉的公演告親愛的觀衆」, 「〈새 신장 만세〉 공연 이후演出了〈新新疆萬歲〉以後」와 「신장 각 회교 민족의 문화 업무에 대하여談新疆各回教民族的文化工作」등이 있다.

이러한 창작 가운데서, 첫째, 마오둔은 당시 신장 문예 발전 현황에 대한 인식을 언급하였다. 역사와 통시적 비교이든 내지와 공시적 대비이든 간에 신장의 문화발전 정도는 모두 비교적 뒤떨어졌기 때문에, 그는 신장을 '문화면의 무풍지대'와 '문화의 사막' 등으로 형용하였다. 그는 이러한 차이는 '서풍이 불지 않는西風不漸' 현상이 조성한 것이며, 신장은 외진 곳에 자리하기 때문에, 신문예 사조에 대한 수용과 반응이 비교적 더디다고 여겼다.

둘째, 마오둔은 항일전쟁 총동원이 신장의 신문화 사조에 기회를 가져다주었고, 성스차이 군벌 정권이 독판치지만, 도리어 겹겹의 곤란을 극복하고 "민족을 형식으로 삼아, 6대 정책[10]을 내용으로 삼은" 문예정책을 시행하고 있는 것에 주의하였다. 그래서 그는 이것이 합리성과 정확성을 지녔다고 여겼으므로, 그것에 대해 높이고 긍정적인 태도를 지녔다. "전체적으로 말하면 모두 일치하여 6대 정책을 내용으로 삼아야 한다! 이것이야말로 우리가 언제 어디서나 볼 수 있는 새 신장의 민족 문화이다."투웨이톈편, 1986 : 128 아울러 "기적", "하루에 천릿길" 등 어휘로 신장 문화에 발생한 깜짝 놀랄만한 격변을 형용하였다.

셋째, 그는 독특한 개인적 관찰에 근거하여 신장 문예의 발전 원칙과 대책을 제기하였다. 그는 민중에게 문화교육을 보급하는 것이 당장 급한 일이고, "보급, 발전, 심화"라는 세 단계에서 해야만 더욱 많은 우수한 창작이 나올 것이라고 여겼다.

마지막으로, 그는 신장 문화의 발전에 전반적인 관념을 세워야 한다고

10   [옮긴이] 성스차이가 신장 통치 전기에 제기한 정치적 강령으로, 반제(反帝), 친소(親蘇), 평화, 청렴, 건설, 민족 평등 등을 말한다.

건의하였다. 그는 서부의 문화 방면의 인재 부족을 깊이 느끼고 많은 문화인이 나서서 지원해주어 전국적인 문예 발전의 불균형 문제를 해결해주기를 호소하였다.

마오둔은 신장을 떠난 뒤에도 이 신기한 땅에 대한 깊은 그리움을 여전히 간직하고 있었고, 「신장의 풍토 이런저런 추억」 등 회고하는 산문을 지었다. 그 글은 형식면에서 서술과 묘사를 결합하였고, 시와 글이 모두 뛰어나다. 그래서 이 작품은 형태가 다양한 수필체로서 매우 뛰어나고 현대 여행기 산문의 구조면에서 새로운 전환을 실현하였다. 내용면에서 지역 특색에 역점을 두고 풍습 소개도 담아냈다. 바로 첫머리에서 좌종당이 신장에 진군하였을 때에 심은 좌공버들左公柳에 대하여 "봄바람을 실어와 위관을 넘네" 하고 높이 평가하였다. 그밖에 마오둔은 가슴이 벅차오르는 곳을 쓸 때마다, "시로 그것을 기록하였다". 이것은 1940년 겨울에 지은 「신장의 이것저것 읊으며」 네 편 전체에서 모두 드러나고 있다.

둘

새벽녘 말을 타고 남쪽 성문 나가보니
온갖 나무에 은빛 꽃들이 사이사이 비추누나
어젯밤 가지마다 섬섬옥수 걸어놓고
먀오구 신선藐姑仙子 톈산 자락 내려갔어라.루웨이텐 편, 1986 : 199

그는 시에 지역 특색과 풍습을 등장시켜서 정련된 미적 이해를 더욱 강화하고 구절마다 매력적으로 짙은 정다움을 더욱더 느끼게 해서 시가 담은 생동감을 한껏 증가시켰다.

마오둔이 산시 옌안과 시안 등지에서 지낸 시간은 모두 반년도 못되지만, 글쓰기로 말하면 그동안에 도리어 여러 장르의 글 15편 정도를 지었고, 절대다수가 저마다 문예 문제를 언급한 것이다. 「문학의 민족 형식을 어떻게 학습할 것인가에 대하여」, 「낡은 형식, 민간형식과 민족 형식舊形式, 民間形式與民族形式」, 「중국 시민 문학 개론中國市民文學槪論」과 「『외침』과 『방황』에 관하여」, 「루쉰을 기념하며」 등이 그러하다. 마오둔의 이러한 창작이론 연구는 당시 산시에 있는 젊은 작가들에게 깊은 영향을 끼쳤다. 그는 진나라 땅을 떠난 뒤에도 산시와 관련한 산문 여러 편을 지었고, 「눈보라 몰아치는 화자링」, 「서경 삽입곡」, 「'전시 경기'의 총아인 바오지」와 「친링의 밤」 등이 그러하다.

「풍경 이야기」와 「백양 예찬」 등 일련의 글은 더욱더 뒷날의 산시 문단에 싱싱한 양분을 주었다. 「풍경 이야기」에서 풍경을 빌려 정감을 말하고, 혁명 근거지 병사와 민간인이 어우러진 생활에 대한 찬미의 정을 토로하였다. 이 글에서 독자는 "풍경"과 "옌안"을 연결하는 동시에 또 "인류의 고귀한 정신을 내뿜어서 녹초가 된 자연계를 치료하고 풍경과 형식과 내용적인 것을 늘렸다. 사람이 제2의 자연을 창조하였다!"마오둔, 2012 : 7 하는 점을 깨닫고 이해할 수 있게 되었다. 아름다움의 힘과 가치는 민간에서 생명력을 키워서 민족정신의 생생한 숨결을 드러내는 데서 빛나게 된다. 「백양 예찬」에서 건투 중인 중국공산당원과 민중이 서로 잘 어울려져서 한마음 한뜻으로 단결하여 발전하는 모습을 드러냈고, 여기서 마오둔은 반드시 승리할 것이란 믿음을 갖고 희망을 품었다.

내가 백양나무를 찬미하는 건 그것이 북쪽 지역의 농민을 상징할 뿐 아니라 특히 오늘날 중국 민족이 해방투쟁 과정에서 빼놓을 수 없는 소박함, 끈질김과 힘써 발전을 추구하는 정신을 상징하기 때문이다.

이러한 열정과 시적인 정취로 가득 찬 글은 일단 특정한 시대의 역사적인 해독을 뛰어넘고, 그것의 정신적 내용으로 더욱 깊이 영향을 끼친 점에서 사람들은 두고두고 관심을 기울이게 되었다.

저자는 졸저『진나라 지역 소설과 '삼진 문화'』의「진나라 지역 소설 속의 '백양나무파'秦地小說中的"白楊樹派"」부분에서 문학 유파로서의 '백양나무파'의 형성과 발전에 대한 마오둔의 커다란 작용을 전문적으로 다루었다.

> 백양나무파란 진나라 지역 문학의 창작이란 실제에서 출발하고, 마오둔의 시와 글「백양 예찬」, 「풍경 이야기」, 「백양도에 짓다(題白楊圖)」 등이 드러낸 정신적 특징과 미학 특징, 평론계의 관련 기존 성과 등을 참고하여 그로부터 정식으로 명명한 지역성을 지닌 소설 유파이다.리지카이, 1997 : 73

마오둔은 그의 정신적 매력을 갖고 류칭, 두펑청, 왕원스, 커중핑柯仲平, 1902~1964 등 산시 작가들을 직접 격려하고, 그로부터 진나라풍의 운치를 지닌 '백양나무파'가 빛나는 성과를 이루게 하였다. 아울러 마오둔은 또 20세기 전체 산시 문학의 격조와 문학 정신의 구축에 참여하고 영향도 끼쳤다. 저자가 예전에「거장 마오둔과 진나라 지역 문학大師茅公與秦地文學」이란 글에서 분석한 것처럼, "20세기 진나라 지역 문학 가운데서 가장 사람들의 이목을 끈 3대 문학 풍경이 있다. 하나는 옌안 문학이고, 둘째는 백양나무파이고, 셋째는 산시 작가 군단 문학이다. 그렇지만 마찬가지로 사람들의 이목을 끈 것은 마오둔이 이 3대 문학 현상과 저마다 상당히 밀접한 관계를 맺은 점이다."리지카이, 1996 마오둔과 옌안 문학과 백양나무파의 정신적 유대는 앞에 글에서 말한 바와 같이, 마오둔이 사망한 뒤에야 문단에 들어온 '산시 작가 군단' 신예 작가들도 마찬가지로 그 문학적 기품의 영향을 깊이 받았다. 예전에 마오둔문학상을 수상한 루야오, 천중스, 자평와 등 작가들처럼, 창작 주장, 미적 경향, 구상 특징 등 여러 방면에서 모두들 자각하든 안 하든 간에 마오둔의 진수를 깊이 전수하고 있다. 참으로 이처럼 마오둔 정신은 진나라 지역에서 영원할 것이다.

4) 깨우침 길 위에서의 현대 작가와 인문지리

대지는 문학의 무대이다. 문학은 모두 분명한 지역의 낙인을 찍고 특정한 지역 환경 속에서 태어난다. 북쪽의 『시경詩經』과 남쪽의 『이소離騷』는 대대로 학자들이 많이 언급하였으며, 근대에 량치차오가 「중국 지리 대세론中國地理大勢論」에서 "연나라와 조나라에 슬픈 노래하는 선비가 많고 오나라와 초나라에 허튼소리하고 화려한 글 짓는 문인 많은데, 예로부터 그러하였다" 하고 지적하였다. 요즘 몇 해 사이에 문학지리학도 더욱 문학 연구의 새 영역을 형성하기 시작하였다. 메이신린梅新林, 1958~이 일찍이 문학지리학을 "문학과 지리학 연구를 융합하여 문학을 본위로, 문학 공간 연구를 중심으로 삼은 신흥 융합 학문이나 학제적 연구 방법"메이신린, 2006:1034이라 정의하였다.

1984년에, 자평와가 인문지리의 각도에서 진나라 지역 작가에 대하여, 그로부터 "필연코 루야오로 대표되는 산베이 작가의 특색, 천중스로 대표되는 관중 작가 특색, 왕평王蓬, 1948~으로 대표되는 산시 남쪽 지역 작가의 특색을 만들었다. 이 세 작가가 문단에서 그 특색이 분명한 까닭은 이러한 지리 관련 작품에 있으니, 깊이 들어가서 연구해야 한다" 하고 주장하였다. 지리적 환경은, 특히 인문 지리적 분위기가 작가에게 작품의 창작 소재를 제공하며, 작가의 창작 영감을 불러일으키고, 작가의 심리적 소질과 미적 매력에 영향을 끼쳤으며, 모든 이러한 것마다 현대 작가와 인문

지리적 관계 연구에서 의미 있는 과제가 되게 하였다.

마오둔이 2년에 이르는 시간 동안에 드넓은 시베이에서 생활한 경험은 그의 창작 수법 내지는 사상 추구에도 주요한 영향을 끼쳤을 것이다. 당시 혁명성지 옌안의 생활 경험이 그의 높은 정치적 열정과 순결한 혁명사상을 단련시킨 것과 같이, 신장처럼 주변에 처한 여러 민족이 모여 사는 이질 문화 지역에서 그는 더욱 폭넓은 문화적 관심과 시야를 갖게 되고, 그는 주변 입장에서 신장 문예의 여러 가지 문제도 반성할 수 있었을 것이다. 동시에 그는 일반 현대 작가에게 전에 없던 전혀 새로운 미적 체험도 하였고, 그래서 그는 중국의 현실을 더욱 깊이 전면적으로 분석하게 되었을 것이다. 마오둔은 현대의 문화인도 서부로 깊이 들어가서 중국 문화를 전면적으로 이해하는 인식을 지니고 경험과 제재를 축적하며 더욱 높은 인식 층위에서 중국 현실을 표현하는 문제를 사색하였다.

바쁘면서도 아슬아슬하며, 풍부하면서도 다채로운 2년 동안의 드넓은 시베이 생활 체험에서 신기하고 드넓은 시베이는 '만리장성 서쪽 지역으로 나가자'라는 마오둔의 마음속에 담긴 '요충지'가 소재한 곳이 되었다. 중화인민공화국 성립 뒤에도, 그는 내내 이곳에 마음을 두고 인연을 끊지 않았다.

시베이대학은 일찍이 『루쉰연구연간魯迅硏究年刊』을 창간하였고, 1979년부터 산시인민출판사陝西人民出版社가 출판하며 중국 내외에서 공개적으로 발행하고 있다. 『루쉰연구연간』은 많은 작가와 학자의 관심과 지지를 받았다. 그 가운데서 마오둔이 여전히 많은 나이임에도 일부러 그것에 글을 지어주기 위하여 기자의 탐방을 받았으며, 탐방 원고도 창간호에 게재 발표하였다. 1981년에, 마오둔이 당시 시베이대학 총장 궈치郭琦, 1917~1990의 요청을 받아들여서 시베이대학의 교명을 써주었다. "西北大學" 네 글자는 우뚝하고 뛰어나다. 1996년에, 마오둔 탄신 100주년 즈음에, 시베이 대학은 기념으로 이 네 글자를 돌에 새겨서 도서관 옆쪽에 자리 잡아 세웠다.

시베이 지역에서는 더욱 많은 사람이 오랫동안 마오둔 연구 업무에 꾸준히 종사해 오고 있다. 저자는 『전인 시야 속의 조망−루쉰과 마오둔 비교론全人視境中的觀照−魯迅與茅盾比較論』이란 제목의 저술을 출판하였다. 이 저작에서 다차원적이고 통합적인 구상으로써 마오둔과 루쉰에 대하여 '전인' 식의 비교 연구를 하였으므로 학술계에서 비교적 큰 반향을 일으켰다. 그 밖에 산시사범대학의 장지위張積玉, 1949~와 중하이보鍾海波, 란저우대학蘭州大學의 취안후이진權繪錦, 1970~, 신장대학의 루웨이톈陸維天, 닝샤대학寧夏大學의 장옌윈張衍芸, 1946~ 등 많은 학자가 저마다 마오둔연구 영역에서 크고 작은 성과를 냈다. 2000년 4월과 2014년 7월에 중국마오둔연구회와 산시사범대학교 문학대학이 합동으로 주관하여 "전국 마오둔연구 학술 세미나" 와 "마오둔연구 회고와 전망 학술 세미나 및 중국마오둔연구회 이사회" 를 시안에서 개최하였다. 두 차례 학술대회에는 모두 시베이 지역과 중국 각지에서 온 전문가와 학자 수십 인이 참석하였다. 거장 마오둔이 그가 이리저리 옮겨 다니며 활동한 드넓은 시베이에서 이러한 전문적인 학술 대회가 성공리에 개최된 일을 안다면, 하염없이 위안을 받았을 것이라 여겨진다. 저자는 이 두 차례 학술대회의 주요 조직자로서 옛 선비가 용감하게 만리장성 서쪽 지역으로 나간 길 위에서의 정신을 기념하고 연구하기 위하여 직접 참여하여 이바지하였고, 그래서 깊은 위안을 느낀다.

3. 실크로드 출발점에 선 작가들의 문화 심리

중국 20세기 말엽의 20년 동안을 돌아보면, 중국 사회의 경제문화 면에 커다란 변혁과 발전을 겪었고, 이 커다란 변화는 필연적으로 사회생활의 각 층위에서 투영될 것이다. 이 모든 것은 사회생활의 반영을 내용으로 삼은 문학 천지에서 매우 자연스럽게 표현되고, 필연적으로 문학을 표현 수단으로 삼은 작가의 영혼 세계 속으로 스며들 것이다. 작가의 심리는 또 문학 작품의 주제와 내용, 표현방식과 미적 격조에 영향을 끼쳤다. 이러한 작가의 심리와 문화에 관한 연구는 제법 흥미로운 화제가 되었다. 그래서 우리는 문학 창작과 작가의 심리적 변화를 통하여 시대적 풍운의 변화를 더욱 잘 이해하고 아울러 변혁 시대에 사람들의 영혼의 진실한 두근거림을 엿볼 수 있었다. 마찬가지로 그것은 우리가 문학 자체의 발전을 심층적으로 사유하고, 당대 문학과 작가가 정신의 병터를 되도록 빨리 찾아서 정신의 위기를 돌파하는 데도 도움을 주었다.

산시 작가들의 창작 진영은 방대하고, 문화 심리가 상당히 복잡하므로 하나도 빠뜨리지 않고 개괄하기란 매우 곤란하다. 이 글에서는 20세기 1970년대 말에서 지금에 이르는 시기를 주제 논의의 시간으로 한정하고, 기본적으로 부흥과 퇴폐라는 충돌 심리를 둘러싸고 산시 작가의 문화적 심리의 변천을 분석하였다. 시간적으로 말하면 대체로 두 시기로 나뉜다. 첫 번째 시기는 1970년대 말에서 1980년대 말까지이다. 이때는 정치 방면에서 어지러운 세상을 바로잡아 정상을 회복하고, 시대에 발맞추어 문학은 전체적으로 부활하고 번영하는 국면을 드러냈다. 아울러 작가의 문화 심리는 주로 실제와 변화를 추구하며 다시금 불타는 청춘의 심리를 드러냈다. 두 번째 시기는 1990년대에서 지금까지이다. 1990년대에 실시한 시장경제 개혁이 중국 사회를 전혀 새로운 발전 변혁의 시기로 들어서게 하였다. 사람들은 사상 면에서 가치관의 혼란과 신앙의 빈자리라는 시련을 견뎠고, 작가의 문화 심리는 복잡하게 뒤엉킨 중년의 심리를 드러냈으며, 폐허의 땅과 폐허의 도시라는 퇴폐적인 면이 비교적 많긴 하지만, 뒤떨어짐에서 벗어나서 진보를 갈구하고 진취성을 회복하는 면이 적지 않았다. 이러한 두 시기에는 어느 정도 내적 연속성을 지닌다. 하지만 더욱 커다란 이질문화의 변화가 있었고, 변화 발전하는 과정에서 외적인 사회 정치적 요소는 최대한도로 제약하는 작용을 지녔었다.

첫 번째 시기는 전체적으로 말하면, 작가의 문화 심리는 적극적이고 진취적인 부흥을 추구하는 심리이다. 1970년대 말에서 1980년대 말까지의 산시 문단은 '문화대혁명' 시기와 비교하면, 전체적인 모습은 번영과 부활의 국면을 드러냈다. 작가 진영은 커졌고, 우수한 작품이 두각을 나타냈다. 산시 출신 작가는 1930년대에 출생한 차오스哨石, 1931~2012와 장진옌蔣金彦, 1937~2009, 1940년대에 태어난 자오시, 리톈민李天民, 천중스, 징푸, 원란, 쩌우즈안, 왕펑, 루야오 등이 있고, 조금 늦게 1950년대에 출생한 모선莫伸, 1951~, 자펑와, 리캉메이李康美, 1952~, 가오젠췬, 양정광楊爭光, 1957~ 등이 있다. 그 가운데서 1978년에 모선의 단편소설 「창구窓口」와 자펑와의 「만웨얼滿月兒」이 당해 연도 전국우수단편소설상을 수상하였고, 1979년에 천중스의 단편소설 「신임信任」은 그해 전국우수단편소설상을 수상하였다. 1980년에 징푸의 단편소설 「지팡이手杖」가 전국우수단편소설상을 수상하였고, 루야오의 중편소설 「기막힌 한 장면驚心動魄的一幕」은 1979~1980년 전국우수중편소설상을 수상하였으며, 1983년에 루야오의 「인생」은 1981~1982년 전국우수중편소설상을 수상하였다. 1984년에 쩌우즈안의 단편소설 「아, 수망아지哦, 小公馬」가 전국우수단편소설상을 수상하였고, 1985년에 자평와의 「동지섣달과 정월臘月·正月」은 제3회 전국우수중편소설상을 수상하였다. 1985년 이후로 루야오, 자평와, 천중스, 징푸 등 작가가 장편소설 창작에 집중적으로 심혈을 기울여 힘썼다. 그래서 '산시 작가 군단'의 장편소설은 두드러진 진전을 얻었고, 풍성한 수확의 계절을 맞이하였다.

산시 문단에 번영 국면이 형성된 이유는 실제와 변화를 추구하는 작가의 문화 심리와 밀접하게 관련된 데 있다. 루야오는 『평범한 세계』의 소재 준비와 창작 구상을 소개할 때에 이렇게 말하였다.

> 역사적 예술적 안목으로 이 사회라는 빅 배경어떤 이는 조건이라고 말함에서 사람들의 실존과 생활 상태를 관찰해야 작품 속에서 어떤 특정한 역사적 배경에서 정치적 사건에 대한 태도를 드러내게 될 것입니다. 작가는 역사라는 높은 곳에 서야 하고, 진정으로 발자크가 말한 '서기관'의 직능을 구체화해야 합니다. 하지만 생활에 대한 작가의 태도는 절대로 '중립'하기란 불가능하며, 그는 반드시 철학적 판단정확하지 않더라도을 하고, 아울러 자신의 인생관과 개성을 가득 찬 열정으로 성실하게 독자에게 나타내야 합니다.루야오, 1993 : 85

마찬가지로 자평와도 많은 서양 문학 작품을 거울삼을 때, "문학이 사회를 기록해야 한다"쑨젠시(孫見喜), 2001 : 252라고 여겼다. 산시 작가는 태생적으로 이렇게 착실하고 실용적으로 열심히 일하는 정신을 갖춘 듯하다. 그들은 오랫동안 힘겹게 창업하는 건투의 여정에서 이러한 정신과 숭고한 사명감과 직분을 다하는 책임감을 한데 녹여냈다. 그리고 그들은 "발아래 밟고 있는 이 뿌리 깊은 땅"을 위하여 기꺼이 "마지막 피 한 방울을 흘리기"를 원하고, 아낌없이 "기름 솥에 뛰어들기"를 바란다.왕샤오신(王曉新),

1993.3.18 바로 이러한 순교와 같은 사명감과 실용적으로 열심히 일하는 정신의 부림을 받아서 감성적인 작가는 시대와 바짝 밀착하고, 마음으로 기꺼이 시대에 충실한 '서기관'이 되기를 바란다. 이러한 정신은 앞에서 언급한 산시 출신 작가에 한정될 뿐 아니라, 1950년대 문단에서 활약한 원로 작가 류칭이 일찍부터 갖춘 것이었다. 당대 산시 출신 작가는 앞 사람의 일을 이어받아 발전시켰고 원로 세대 작가의 우수한 천성을 계승하였다. 여기서 설명해야 하는 것은 산시 작가만이 강렬한 사명감을 지녔다는 말이 절대 아니며, 산시 출신 작가에게서 이러한 의식이 유달리 강하고 두드러졌을 뿐이라는 말이다.

산시 작가들의 이러한 실제와 변화를 추구하는 심리는 삼진 땅의 독특한 지리와 환경, 뿌리 깊은 역사와 문화의 축적과 연원 관계가 있다. 스녠하이史念海, 1912~2001의 고증에 근거하면, 황토고원은 역사 초기에 온통 초록색이었고, 원시림에 산들이 굽이굽이 물결치고 낮은 개울들이 두루 퍼져 있고, 커다란 초원도 있었는데, 나중에 천재와 인재로 말미암아 초록색 식생이 심각하게 파괴되었고, 드넓은 시베이의 헐벗은 산과 거친 고개, 사막화한 토질과 가문 기후로 바뀌었다고 한다. 이러한 지리적 환경에서 살아온 산시 사람은 부지런함, 소박함과 고생을 참고 견디며 열심히 일하는 개성을 키웠다. 역사상 삼진 땅에는 예전에 찬란히 빛나는 광경이 있었다. 특히 관중과 옛 도읍지 시안창안은 서주시기에서 당나라까지 13개 왕조를 거쳤으며, 도읍 기간만 모두 1,100여 년에 이른다. 대대로 왕조의 부상과 문화의 명성을 날림에 따라서 예전에 셀 수 없이 많은 감동적인 이야기가 발생하였고, 역사학자들은 이에 대해 상세하고 확실하게 기록하였다.

진나라는 제후가 판치고 군웅이 벌떼처럼 일어나는 시대에 대두하였다. 진나라 지역 사람은 변화를 찾고 부흥을 추구하는 바람을 강렬하게 품었고 나라를 다스리는 실제 효과를 중시하고 공리의식이 매우 강하였다. 관리임용 제도는 고유의 지연과 혈연의 틀을 돌파하였고, 타지 출신이라도 유능한 인재라면 중용하는 '객경客卿' 제도를 채용하며, 인재 선발에 제한을 두거나 어떤 격식에 얽매이지 않았다. 진 목공穆公, ?~기원전 621, 재위 기원전 659~621 시기부터 진왕 영정嬴政 시기까지, 다른 나라에서 진나라로 와서 임용된 사람은 약 60여 인에 이른다. 상앙商鞅, 기원전 390~338은 위衛나라에서 왔고, 장의張儀, ?~기원전 309는 원래 동주東周에서 유세하는 선비였다. 진나라는 한동안 각지의 인재들이 모여들었고, 국력이 나날이 발전하였다.양둥천 외, 1991[11]

후세 사람이 반복하여 강조한 경세치용과 실사구시는 분명히 오래된 중국 문화의 전통에서 적극적으로 계승해 온 정신이다. 20세기 말에 중국이 제창한 개혁개방도 20세기 초에 제창한 실질 학문 사조와 시간을 뛰어넘어서 서로 호응한 일이다. 실제와 변화를 추구하는 것은 20세기 전체를 관통하는 시대정신이다. 이러한 세기적 정신은 전통 문화에 대한 현대적 전향이며, 그 사이에 필연적으로 고달픈 굽잇길의 탈바꿈 과정을 겪어야 하였다. 이러한 시대정신은 진나라 땅에 사는 사람과 지연地緣 역사와 문화의 숨결에 깊이 잠겨 있는 진나라 땅 작가에게 의심할 바 없이 분명히 영향을 끼쳤고, 그는 작품에서 상응하는 정신적 유람의 궤적을 남겼다. 루야오는 『평범한 세계』에서 쑨사오핑이란 인물을 토론할 때, 자기도 모르게 자신의 정신을 주인공에게 이입하였다.

---

11   양둥천(楊東晨)과 양젠궈(楊建國)의 『진나라 사람의 이면사(秦人秘史)』를 참고하고, 사마천의 『사기』와 젠보짠(翦伯贊)의 『진한사(秦漢史)』도 참고. 이러한 나라의 제한을 돌파하고 다른 나라 인재를 임용한 기록은 지금도 매우 드물게 보인다.

그는 영원히 그런 사람이다. 생활을 꾸준히 추구할 뿐이지 지나치게 많은 보상과 총애는 꿈도 못 꾼다. 이성적이면서도 뚜렷하게 현실을 직시한다. 이건 모든 시골에서 걸어 나온 지식계층이 공동으로 지닌 심리일지 모른다.루야오, 2005

실제와 변화를 추구하는 심리는 삼진 땅의 독특한 역사와 지연 문화적 요소와 관계되는 것 이외에, 사회 정치적 권력 담론의 개입도 실제와 변화를 추구하는 심리의 형성에 계기를 제공하였다. 1976년에 '사인방四人幫'[12]이 몰락한 뒤로 중국공산당 중앙은 중대한 영향을 끼치는 의미를 지닌 방침과 정책을 내놓았다. 정치 영역에서는 우선 린뱌오林彪, 1907~1971와 '사인방' 집권 시기의 '좌'적 착오 사상에 대하여 전면적으로 청산하였다. 1978년에 사상 영역에서 '진리 표준 문제眞理標準問題'에 관한 폭넓은 토론을 전개하였고, 이는 뒷날의 사상해방운동과 경제개혁 국면의 형성에 기초를 놓았다. 또 1978년에 11기 3중전회는 업무의 중점을 현대화 건설 전략으로 옮겨갔다. 문예계는 1979년에 제4차 문대회文代會[13]를 개최하였고, 1957년에 '우파' 꼬리표가 잘못 붙었던 많은 문예 관계자를 문단으로 복귀시켰으며, 문예계가 전에 없던 성황을 이루었다. 사회생활, 사회 심리와 정서를 반영하는 촉각신경으로서 문학은 여러 해 동안의 억압과 속박을 겪은 뒤에, 그것의 감지 기능을 점차 회복하였다. 조율과 적응 단계

---

12 [옮긴이] 문화대혁명 기간에 정권을 장악하였던 왕훙원(王洪文, 1935~1992), 장춘차오(張春橋, 1917~2005), 장칭(江靑, 1914~1991), 야오원위안(姚文元, 1931~2005) 등 네 사람을 한데 묶어서 이르는 말이다.

13 [옮긴이] '중국 문학예술관계자 제4차 전국대표대회(中國文學藝術工作者第四次全國代表大會)'의 줄임말이다. 1979년 10월 30일에서 11월 16일까지 베이징에서 개최하였고, 대표 3,200인이 참석하였다. 2021년 12월 14일에서 17일까지 베이징에서 개최한 제11차 문대회의 정식명칭은 '중화문학예술계연합회 제11차 전국대표대회(中華文學藝術界聯合會第十一次全國代表大會)'이다.

를 지난 뒤에, 작가들은 혼수상태에서 깨어나 독특한 감각으로 '문화대혁명' 기간의 '가대공假大空'이란 거짓말, 흰소리, 헛소리 방식을 돌파하고, '고대전高大全'이란 높고, 크고, 완벽한 형상을 내버렸으며, 진실을 쓰는 현실주의의 우수한 작품들을 대량으로 내놓았다.

문단에 잇따라 등장한 상흔 문학, 반사 문학, 개혁 문학, 뿌리 찾기 문학 등 사조는 시대의 흐름에 대한 충실한 호응이자 반영이었고, 문학이 자신을 돌파하고 발전을 찾은 필연적인 결과였다. 20세기를 개관하면, 현실주의 문예사조는 중국 문예를 지배한 주요 경향이었다. '문화대혁명' 기간에 '삼돌출원칙三突出原則'[14]의 지도를 받아 문단에 사이비 현실주의의 문예작품이 대량으로 나타났다. '사인방'이 몰락한 뒤로, 특히 제4차 문대회 개최 뒤에 문예 자체에 대한 반성과 조정, '종속론'과 '도구론'에서 힘껏 벗어나려는 역사 배경, 현실주의 전통으로 회귀 등을 통하여 사람의 주체성과 문예의 본체론에 대하여 깊이 들어가 사색하였다.

1970년대 말의 모선의 「창구」는 매표원 한위난韓玉楠이 역 이름, 노선과 차비 등을 열심히 외우는 생활 이야기를 통하여, 일반 근로자가 사회 발전을 위하여 열심히 봉사하는 아름다운 마음을 열정적으로 노래하였다. 1980년대의 작가는 벅찬 감정으로 시대의 변화를 기록하였다. 자평와의 「만웨얼」은 생생한 필치로 두 농촌의 젊은 여성 웨얼月兒과 만얼滿兒의 감미롭고 감동적인 형상을 그려냈다. 이 시기의 작가들은 오로지 반짝이는 눈으로 시대의 변천을 관찰하였고, 류칭과 자오수리趙樹理, 1906~1970 등이 연 현실주의의 길을 따라 걸으며 새로운 시대를 열정적으로 뜨겁게

14 [옮긴이] 중국에서 특히 문화대혁명 기간에 모든 문학예술 창작에 요구하던 기본원칙이며, 모든 인물 가운데서 긍정 인물을 돋보이게 하고 긍정 인물 가운데서 영웅 인물을 돋보이게 하고 영웅 인물 가운데서 주요 영웅 인물을 돋보이게 하는 창작 방법이다.

노래하였다. 루야오의 「인생」은 농촌 젊은이 가오자린이 도시와 시골이 잇닿은 만남지역에서 적극적으로 노력하는 비극적인 운명 이야기를 펼쳐보였다. 가오자린은 포부와 이상을 품은 농촌 젊은이로서 자존심과 승부욕이 강하고 재능도 있다. 그는 한마음으로 두각을 나타내려 하며, 조상 대대로 얼굴은 황토를 향하고 하늘을 등에 진 듯이 머리를 숙이고 허리를 굽힌 채로 땅만 일구며 살아온 고달프고 가난한 운명을 바꾸려 한다. 이는 변혁의 시대와 사회에 보편적으로 존재하는 새로움과 변화를 추구하는 문화 심리가 작품 속에 반영된 것이다. 가오자린에 대한 루야오의 감성적 태도는 복잡하다. 그는 주인공의 노력하는 성격과 정신을 이해하며 그에게 매료되었지만, 가오자린이 류차오전의 진실한 사랑을 버린 정의롭지 못한 행위를 비판하고 나무랐다. 루야오가 전통적인 향토문화의 윤리적 가치관 체계 쪽에 서서 비판하고 나무라는 태도 가운데는 도리어 동정과 연민도 조금 섞였다. 사회 변혁의 심화에 따라서, 작가와 인물에게는 조바심과 충돌하는 마음도 생겼다. 고민하고 조바심 내는 가오자린의 성격은 작가의 사상 깊은 곳에서 일렁이는 모순된 파동도 어렴풋이 드러냈다.

작가에게 조급증이 살그머니 자라서 1970년대 말에서 1980년대까지 실제와 변화를 추구하는 문화 심리를 나타내는 것은 그렇게 단순하게 확 드러나는 일이 더는 아니게 되었다. 문화 심리는 청춘이 빛나는 실제와 변화를 추구하는 심리에서 청춘기의 통과의례 같은 고뇌와 갈등의 시기로 천천히 넘어갔다. 이러한 조급증은 1987년에 자핑와가 『조바심』에서 문화적 조명의 층위에서 치밀하게 해부하였다. 진거우金狗와 레이다쿵雷大空은 작가가 창조한 시대적 조급증의 운반체였다. 자핑와는 한편으로 저우허州河를 뚫고 나가는 개혁자 진거우의 끓어오른 도전 정신을 대대적으로 긍정하였다. 작가는 또 다른 한편으로 진거우와 레이다쿵의 정신세계에 존재하는 경망함, 편협함, 무지함과 교활함 등 좋지 못한 습성을 파헤쳤고, 아울러 침체하고 폐쇄적인 농경 문명은 좋지 않고 낡은 관습을 키우는 토양임을 가차 없이 폭로하였다. 신/구 교체기 즈음에 진거우가 지닌 이러한 초조하고 불안한 정서는 작가의 문화 심리가 투영된 것이다. 작가는 깊은 생각에 잠겨 조바심 속에서 차분해지기를 갈망하고 있다. 『조바심』을 탈고한 뒤에 자핑와는 간병에 걸려 한동안 고생하였다.

나는 세계가 시끌시끌하고, 초조하고, 조급하게 변화하고 유행을 따라가기를 희망하였고, 나에게 홀로 쉴 수 있는 외딴 정자 한 칸이 있기를 바랐습니다.[자핑와, 1998]

시장경제의 전면적 추진에 따라서 문학이 차츰차츰 과도기로 들어섰고 두 번째 시기로 들어섰다. 바로 1990년대 다원화 시기인데, 작가의 문화 심리는 알록달록하고 복잡한 상태를 드러냈다. 폐허의 도시와 폐허의 땅이란 문화 심리가 있고, 영웅을 숭배하는 문화 심리도 있고, 퇴폐와 부흥 심리가 서로 배척하면서도 한데 얽히고설켰다.

1990년대에 자핑와의 '옛 도읍지 삼부곡古都三部曲'『폐허의 도시(廢都)』,『하얀 밤』,『토문(土門)』은 '폐허의 도시 문학'의 대표작이다. 『폐허의 도시』는 세기말의 화려하면서도 퇴폐적인 정서로 가득 채워졌다. 좡즈데莊之蝶는 서경西京이란 도시의 이름난 작가로서 그는 "질리도록 신나게 살았다."[자핑와, 1993:1] '명사'로서 자신의 이름은 다른 사람이 많이 사용한다. 그는 작가로서 온종일 하는 일 없이 바쁘고, 자신만의 시간이 없다. 그는 또 남편으로서 생리적 발기부전이라서 아내의 필요를 만족시킬 수 없어서 수치심을 느낀다. 날 듯이 변하는 사회와 마주하여 쾅즈데는 어느 장단에 춤을 추어야 할지 갈팡질팡하지만, 기꺼이 도시에 침몰하고 싶지도 않아서 몸부림치며, 사업, 정치, 상업, 가정 등 여러 "폐허의 도시"란 연못 속에서 헤엄치고 있다. 여러 "폐허의 도시"가 몰락한 뒤에, 성욕은 그가 끈질기게 몸부림치는 최후의 영역이 되었고, 탕완얼唐宛兒과의 교제가 쾅즈데의 성 기능을 기적처럼 회복시켰다. 쾅즈데는 이것을 자아와 정신세계를 치료하고 목숨을 구할 지푸라기로 삼았다. 그는 여러 여성과의 성적 유희 속에서 그 생명의 깨달음과 같은 대화와 깊은 사색을 전개하였다. 보모 류웨柳月가 한 말은 쾅즈데의 정신을 구할 아름다운 꿈을 깨버렸다.

> 당신이 나와 탕완얼을 모두 새 사람으로 만들었어요. 우리에게 새로 살아갈 용기와 자신감이 생기게 하였어요. 하지만 당신은 마지막에 도리어 우리를 다시 파멸시켰어요! 당신이 우리를 파멸시키는 과정에서 당신은 당신도 파멸시켰어요. 당신의 이미지와 명예를 파괴하였고, 언니와 이 집을 파괴하였어요!자핑와,
> 1993 : 460

쾅즈데의 정신세계는 다시금 추락하고 몰락하였다. 그는 폐허의 도시 기차역에서 쓰러졌다. 이러한 퇴폐적인 일, 사람과 소설 속 무너진 성벽, 수리하지 않은 오래된 절, 애처로운 질나발 소리, 넝마주이 노인의 가요 등이 함께 조합을 이루며, 공동으로 최대한도로 상징적인 의미를 지닌 퇴폐 이미지를 만들어냈다.

퇴폐는 작가의 의도적인 미학 추구이다. 1990년대의 상품경제의 물결이 몰려왔고, 물질 숭배의 향락주의와 이기주의 사상이 사회에서 다시금 떠올라 사람들의 마음을 부식시키고, 중국사람 고유의 전통적인 도덕관,

가치와 신앙 등이 충격과 도전을 받았다. 이는 현대화 과정에 따라 필연적으로 나타난 문화 현상이다. 자펑와는 시대의 거센 파도를 타고 시대의 맥박에 감응하였고, 생활의 심층에 깊이 가라앉은 채로 사색하면서 문학 창작에서 더욱 높은 바람을 제기하였다. 그는 자신만의 창작의 길에 대해 차츰차츰 싫증이 났고, 주류 문화적 이데올로기와 거리를 두고 1990년대부터 "혼잣말" 같은 개성화 글쓰기에 몰두하였다. 작가는 자아를 뛰어넘는 창작 과정에서, 영혼 깊은 곳에서 봉황이 거듭 태어날 때와 같이 이글거리는 불길에 태움과 시달림을 겪었다. 자펑와에 대한 왕푸런王富仁, 1941~2017의 평가가 매우 적절한데, 그는 자펑와가 거의 자살 같은 용기로 자신을 망가뜨리는 글쓰기를 한다고 여겼다. "그는 자신을 할퀴고, 폐허의 도시의 낯가죽도 쥐어 뜯어냈다."왕푸런, 1999 : 272 폐허의 도시란 문화 이미지의 축적이 곧 작가의 이러한 아낌없는 "쥐어뜯기", "낯가죽", "자기파괴" 등 진실하고 솔직한 글쓰기 심리에 도움이 되었을 것이다.

자펑와는 자아와 인류의 정신세계 탐색을 고집한다. 『폐허의 도시』는 정신의 퇴폐와 타락이고, 『하얀 밤』에 이르러 그야말로 허전하고 쓸쓸해졌다가 『토문』에 들어가서 절망적 반항과 허무한 외침이 되었다. 그는 『하얀 밤』에서 이렇게 썼다.

예랑夜郎은 이곳으로 오고 싶었는데, 일시에 온갖 생각이 모두 헛된 듯이 머리털, 눈썹, 수염, 몸에 솜털까지도 모두 잡초가 되어 '쭉쭉' 마디가 위로 자라고, 게다가 그 사지도 대나무 회초리처럼 길어지기 시작하여 나무 끄트머리까지 자란 다음에 다섯 갈래로 갈라져서 또 수염뿌리 같아졌다고 느꼈다. 망가졌어, 모든 것이 다 망가졌어.자펑와, 2006 : 19

이러한 외롭고 허전한 느낌은『하얀 밤』의 기본 정서이면서『폐허의 도시』의 퇴폐적 문화 심리와 판에 박은 듯이 닮았다. 현대 문명이나 도시 문화가 사람들에게 갖다 준 것은 행복이란 싸구려 낙관이란 승낙일 뿐만 아니라, 문명의 배후에 또 어마어마한 위기와 깊은 함정이 감추어져 있다.『토문』의 런허우마을仁厚村이 마을을 지키려는 절망적인 투쟁을 전개하고 온 마을 사람을 이끌고 싸우는 촌장 청이成義는 국가급 문물인 진나라 병마용의 머리를 훔쳤기 때문에 공안기관이 사형을 집행하고, 시신에서 사지가 마디마디 분해되고 갈기갈기 찢어진다. 마지막에 주인공 메이메이梅梅는 어머니의 자궁으로 돌아가서 마지막 위안을 찾기를 몽상할 뿐이다. 이 끔찍한 현실이 작가에게 희망의 허망함을 느끼게 하고, 마을 사람을 안치한 '선허마을神禾村'도 자핑와의 환상 세계의 유토피아가 되었을 뿐이다.

"폐허의 도시"란 문화 풍경에 관한 묘사에 또 마이자麥甲, 1944~의 장편소설『노란색黃色』, 산시 도시전(鎭)이라고도 부름 소설인 사스沙石, 1936~의『비탈진 황토지傾斜的黃土地』, 리톈팡李天芳, 1941~과 샤오레이曉雷, 1939~의『달의 분화구月亮的環形山』, 한치韓起, 1942~의『얼어붙은 태양凍日』, 안리安黎, 1962~의『경련痙攣』, 징푸의『다섯 시五點鍾』, 샤오레이의「난처한 트럼펫困窘的小號」, 원란의「생존자幸存者」와『운명의 협곡命運峽穀』등이 있다. 그들은 퇴폐문화의 풍경을 공동으로 구성하였다.『노란색』은 위기를 반성하는 각도에서 옛 도읍지의 지식인의 문화적인 소심한 성격에 대하여 흥미진진하게 해부하였다. 주인공 위칭푸于慶甫는 전통 문화에 짙게 물든 이전의 자기중심에서 벗어나서 현대 사회를 맞이하고 싶지만, 도리어 불륜의 난처한 곤경에 빠져서 정신 분열과 착란 내지는 발광 지경에 이르러 어쩔 수 없이 정신병원으로 들어가 요양하며 피난한다. 퇴폐문화의 풍경은 "폐허의 도시" 문화 말고도 "폐허의 땅" 문화도 있다. 양정광의 「황진黃塵」, 『라오단은 나무 한 그루老旦是一棵樹』, 「기분 나쁜 곳의 달빛鬼地上的月光」 등은 위기를 반성하는 심리로 시골의 정신생활의 추함과 부족함을 묘사하였고, 작가의 "기형적인 정치, 기형적인 인생, 기형적인 전통, 기형적인 풍속 등에 대해 거의 절망하고 어찌할 수 없어 답답한 사유"리지카이, 1997 : 423를 표현해냈다. 작가 펑지치馮積岐, 1953~의 「날짜日子」, 「손가락 자르기斷指」, 「단편적인 글斷章」, 황젠궈黃建國, 1958~의 「축 늘어진 태양蔫頭耷腦的太陽」과 「딱딱이 놈과 딱딱이 년梆子他媽和梆子婆娘」 등 "폐허의 땅" 문학 풍경의 형성에 공헌하였다.

퇴폐는 의기소침하고 몰락하고 온전하지 못한 정서이긴 하지만, 그것은 문화 풍경, 문학 이미지, 문화선택이자 문화전략으로서 깊이 새겨볼 맛을 지녔다. 미국 학자 마테이 칼리네스쿠Matei Calinescu, 1934~2009는 퇴폐란 언제나 진보와 신생과 함께 연결되며, 역동적인 철학 개념이고, 퇴폐는 "방향이나 추세"이며, "진보가 바로 퇴폐이고, 퇴폐가 바로 진보이다. 그 생물학적인 의미에서 말하면, 퇴폐의 진정한 대립 면은 재생일 것이다"마테이 칼리네스쿠, 2002 : 147라고 여겼다. 퇴폐에 대한 마테이 칼리네스쿠의 이해는 폐허의 도시 심리, 폐허의 도시 문학과 폐허의 도시 문화에 대한 우리의 인식에 도움을 준다. 퇴폐라는 고리를 꿰뚫고 진보라는 고리를 뛰어넘어서 퇴폐의 거짓말 속에 진보를 감추거나 배태하고 있을 것이다. 자평와는 폐허의 도시 이미지 경영을 퇴폐 현상에 대한 권태와 저항이 적지 않은 글쓰기 전략의 일종으로 이해했을 수 있다.

사람이 병에 걸리거나 허약하면 도리어 퇴폐자일 필요가 없다. 사람이 허약하기를 희구할 때라야만 그 사람이야말로 퇴폐자가 된다.마테이 칼리네스쿠, 2002 : 197

챵즈데가 네 여성 사이에서 놀아난 행위의 동기는 인류의 원시적인 성활동을 통하여 자신과 다른 사람을 구원하기를 바란 것이다. 그렇지만 이 길이 막혔고, 마지막에 챵즈데는 폐허의 도시 기차역에서 쓰러졌다. 기차역은 인생 역참驛站의 상징이고, 그는 어쩌면 깨어나서 새로운 인생의 여정을 시작했을 수 있다. 그는 실제로 영웅일 수 없지만, 기꺼이 도시에 침몰하고 싶지 않은 몸부림으로 물길을 거슬러 올라가는 반역 정신을 드러냈다. 『하얀 밤』 속 다시 태어난 사람의 분신자살, 남은 열쇠 꾸러미, 예랑의 몽유 등은 모두 신비한 생명의 실존에 대한 작가의 집요한 탐구가 반영된 부분이다.

사실상 『조바심』부터 시작하여 자핑와는 "홀로 잠시 쉴 외딴 정자 한 칸"을 갖기를 갈망하였다. 그래서 점차 주류 문화적 이데올로기와 서로 거리를 두고, 그런 "사회화 글쓰기"를 버리고 자아를 파헤치는 개인 글쓰기로 걸어 들어갔고, 지혜롭고 전략을 풍부하게 지닌 글쓰기 방법으로써 인류의 궁극적인 의미에 대한 자신의 사유를 표현하고 외롭게 형이상의 철학적 사색으로 들어갔다. 1980년대의 『조바심』이 1970년대 작품에 대한 작가의 부정이자 초월이라고 말한다면, 1990년대 이후 작품은 1980년대 작품과 자아에 대한 더욱 절실한 초월이다. 물론 지식 구조, 개인적 재능과 시대적 제한으로 말미암아 『폐허의 도시』는 자핑와의 "생명의 고난 속에서 유일하게 내 부서진 영혼과 타협할 수 있는"^{자핑와, 1993 : 527} 한 권의 책이 전혀 되지 못하였다. 자핑와의 영혼 깊은 곳에는 우리의 괴로움, 막연함, 망가짐, 허전함 같은 자신감 부족과 망설임 같은 정서가 여전히 출렁거리고 있다. 작가는 자아와 세계에 대한 이성적 초월을 내내 찾고 있었다. 이러한 것들이 『가오라오 마을高老莊』, 『이리를 그리워하며』, 『병상 르포病相報告』, 『진강秦腔』 등에서 모두 흘러나왔다.

열정을 사방으로 내뿜는 훙커는 아득히 먼 초원, 까마득한 고비사막, 태양이 떠오르는 곳에서, 독수리가 날아간 장소에서, 준마를 타고 내달리며 영웅에 관한 전설『서역으로 간 기수』를 갖고 산시 문단으로 뛰어들었다. 작품은 문단의 퇴폐풍조를 싹 쓸어버렸고, 강렬한 영웅 숭배 심리를 드러냈다. 훙커는 신장의 이역 문화 속에서 필요한 영양소를 흡수하였고, 영웅 마중잉을 창조하고, 허탈하고 나른한 현대 생활에 피비린내 나는 힘의 아름다움을 주입하였다.『서역으로 간 기수』는 영웅이 지닌 독특한 용맹함과 야성을 과장하는 데 치중하고, 아울러 이러한 용맹함과 야성을 단련시켜 소설의 정신 문화로 승화하였으며, 시적인 맛내기를 빌린 과장으로 생명력이 다한 문명에 대해 부정하는 작가의 문화 판단을 드러냈고, 건전한 생명의 본모습을 추구하는 데 희망을 걸었다. 훙커의 눈에 영웅 마중잉의 생명 속에서 출렁이는 영웅의 기질은 현실 속의 허탈하고 나른한 생활을 활성화시키는 회춘 약이다.

영웅 숭배 심리는『실크로드 로큰롤』_{원란, 작가출판사, 1994},『실크로드 아버지 絲綢之父』_{취안하이판(權海帆), 멍창융(孟長勇), 문화예술출판사(文化藝術出版社), 1998},『마지막 흉노 最後一個匈奴』_{가오젠췬, 작가출판사, 1993} 등 소설에서 모두 드러났다. 퇴폐를 '한 방향이나 추세'로 삼을 때, 그러면 퇴폐는 갱생과 부흥을 연역하고, 영웅 숭배의 심리가 그래서 생길 수 있다. 영웅은 사람들이 영원히 노래하는 주제이고, 영웅 형상의 창조는 기본적으로 다음 몇 가지를 갖추고 있다. 첫째, 체력적으로 이상한 힘, 둘째, 어떠한 난관이든 절대 굽히지 않는 굳센 의지, 셋째, 용감하게 희생하는 헌신정신, 넷째, 보통 사람의 정신세계를 승화로 이끄는 영웅의 장거 등이다. 시베이 사나이 랑와_{『실크로드 로큰롤』}와 장건_{『실크로드의 아버지』} 등은 굳세게 솟구치는 생명의 활력으로, 아니면 '아홉 번 죽어도 후회하지 않는' 인격의 힘으로 각자 영웅의 시편을 완벽하게 만들었다.

영웅 숭배 심리는 폐허의 도시와 폐허의 땅 심리가 바뀌고 변한 필연적 결과이다. 그것은 퇴폐 문화 심리와 공동으로 1990년대 이래로 알록달록 우거진 문화 심리를 구성하였다. 20세기를 가득 채운 세기말 정서는 산시 작가들이 퇴폐 문화 심리와 영웅 숭배 심리를 형성한 기조이다. 20세기 말에 지구촌은 불안과 공포로 가득 찼다. 예를 들면 지구에 폭발, 지진, 해일, 감염병, 전쟁 등이 일어나서 인류를 파괴할 것이고, 컴퓨터 '밀레니엄 버그'가 난리를 칠 것이라는 말 등이 그러하다. 커다란 불안과 공포가 인류의 영혼을 약탈하고 삼켜버리며, 인류는 "진정한 '세기말'의 위기"리어우판(李歐梵), 2005 : 84라는 전에 없던 위기를 겪고 있다. 이러한 위기감이 인류에게 영향을 끼치고, 작가를 깊이 자극하고도 있다. 더더군다나 시안의 어제의 찬란함과 오늘의 쓸쓸하고 거칠어 못 쓰게 된 "폐허의 도시"의 상황에서 이러한 정서가 산시 작가들을 꽁꽁 치감았다. 이 위기감이 세찰수록 환멸감은 깊어졌다. 환멸감이 깊어질수록 예술적 창조력은 화려해졌다. 이는 별난 기괴함이다. 퇴폐 심리와 영웅 숭배 심리는 세기말 정서가 서로 비춘 것이다. 퇴폐 심리는 세기말 정서의 구체화이고, 영웅 숭배 심리는 퇴폐 심리가 반전한 뒤의 별난 형태이며, 퇴폐 심리가 바뀌고 변한 뒤의 필연적인 승화이다. 양자는 서로 의지하고 함께 살며 서로서로 보충한다.

20세기 말에 산시 작가들의 문화 심리는 이러한 변화의 궤적을 구체화하였다. 1970년대 말에서 1980년대 초기와 중기까지는 청춘의 열정을 품고 시대의 변화를 기록하였다. 1980년대 말에 이르러 변혁 시기의 시대적 특징을 포착하려 시도하였고, 시대의 복잡성과 사유 방식의 제한으로 말미암아, 문화 심리는 괴로움, 얼떨떨함과 삐걱거림을 일으켰다. 그렇지만 실용적으로 돌진하는 것이 여전한 주도적인 심리였다. 1990년대에 들어서서 상품경제의 충격을 받고, 도덕관과 인문 정신이 내리막길을 걸으면서 산시 작가들은 다양한 문화의 대항과 교류에 직면하였고, 고통 스럽게 반성하며 새로운 시대를 맞이하였다. 그래서 문화면에 퇴폐 심리 와 부흥 심리가 함께 뒤엉켰다.

이 책은 21세기에 산시 문학예술의 진흥을 위하여 산시 작가들의 문화 심리의 변화 궤적을 빗질하고, 미적인 문화 패러다임의 재건과 산시 작 가들의 정신적 위기 찾기 등을 의욕적으로 탐색하는 데 미력한 힘을 다 하였다. 산시 작가들이 정신적 위기에서 벗어나려면 반드시 가야 할 길은 두 갈래이다. 하나는 산시의 미적인 문화의 우수한 전통을 잇고 또 뛰어 넘어서, 산시 문화에 발붙이고 산시 문화 속의 우수한 문화적 요소를 근 본 원소로 삼아서 산시 사람의 자신감을 증가시킨다. 둘째는 세계를 보며 시야를 넓히고 보수적이고 폐쇄적인 관념을 돌파함으로써, 다원 문화와 '대화' 과정에서 이질문화의 유기적인 양분을 흡수하고, 현대적이고 열린 문화 요소를 재건의 필요 요소로 삼으며, 이질문화의 에너지를 빌려서 산 시 문화에 숨결을 불어넣는다. 산시의 우수한 전통 문화를 바탕으로 현대 적이고 열린 원소를 융합, 전환, 포용해 넣고, 전혀 새로운 산시 문화를 구 축해야 한다. 산시 문학은 한창 발전하고 있긴 하지만, 짐이 무겁고 가야 할 길도 멀다. 하지만 우리는 화려하고 아름다운 봉황이 이글거리는 불길 속에서 갱생을 얻듯이, 자신에 대한 부정을 차례차례 거쳐서 산시 문학이 필연적으로 혼돈지대를 걸어 나올 것임을 믿는다.

4. 시안의 이름난 작가와 시안 도시 문화의 발전

실크로드의 출발점으로서 옛 도읍지 시안창안은 독특한 도시이다.

도시마다 그 도시 나름의 특색을 지니고, 도시마다 자신의 기억을 지니고 있기 마련이다. 역사 문화적 각도에서 살펴보면, 중국에서 베이징과 서로 필적할 만한 도시는 바로 시안이다. 그렇지만 베이징은 의젓함, 점잖음, 우아함, 넓은 기품을 지녔고, 시안은 중화문명의 발상지로서 뿌리깊음, 굳셈, 단정함 등으로 이름났다. 지금 시안 사람들의 사고방식이나 여행업계에는 시안에 와본 적이 없으면 중국에 오지 않은 것이고, 진시황의 병마용을 보지 못하였다면 중화문명을 이해하였다고 말할 수 없다는 관념을 갖고 있다. 옛날과 지금이 융합한 시안이라는 국제적인 대도시는 나름의 독특한 매력으로 먼 곳의 손님과 친구들을 불러들이고 있으며, 주, 진, 한, 당나라의 기품이 역사 문화적 옛 도읍지 한 곳에 모여 있다.

그렇지만 어떤 도시를 말하려면 모두 그 도시 사람을 벗어날 수 없다. 도시는 사람이 사는 곳이고, 사람은 도시의 주체이다. 사람과 도시의 관계는 대대로 연구자들이 가장 관심을 기울이는 문제이다. 파리의 보들레르Charles Pierre Baudelaire, 1821~1867, 런던의 찰스 디킨스Charles John Huffam Dickens, 1812~1870, 베이징의 라오서老舍, 1899~1966, 상하이의 장아이링張愛玲, 1920~1995 등이 그러하다. 당대의 많은 시안 작가는 시안이란 도시와 뗄 수 없는 인연을 맺었고, 이 고장을 떠나면 그들의 창작은 원천이 고갈될 것이다. 시안은 그들에게 창작의 원천과 영감을 주었고, 동시에 시안도 그들과 그들의 문학 작품으로 인하여 역동적으로 살아 숨 쉬고 있다.

그렇지만 도시 연구는 많은 학문 분야가 연계된 통합연구이다. 그것은 문학, 역사, 철학과 정치, 경제, 교육, 특히 역사지리학과 서로 결합한다.

이러한 의미에서 시안이란 도시 발전은 도시 기획, 설계와 사회, 인구 변천 등에 중점을 둘 수 있다. 그것은 건축과도 서로 관련을 맺을 수 있다. 이러한 시각에서 보면, 시안의 도시 발전은 사원 보수^{종교}, 성벽 완비^{군사}, 시장 개설^{경제}, 서원 구축^{문화} 등과 관계를 맺고 있다. 이러한 건축을 연구하는 데 역사와 밀착할 수 있고, 아울러 들쭉날쭉하면서 운치 있는 오래된 도읍지의 풍경을 더더욱 두드러지게 할 수 있음은 말할 필요도 없다. 물론 우리는 문학의 각도에서 깊이 파고들어 연구하고, 문학적 상상으로서의 시안에서 자연스레 다른 맛을 느낄 수 있을 것이다. 전국에서 고등 교육기관과 과학연구기관 40여 곳을 지닌 도시를 생각해보시라. 예전에 진나라를 지나 한나라와 당나라의 태평성세의 소리를 연주한 도시라면, 이백과 두보 같은 수많은 문인과 묵객을 지닌 도시라면 얼마나 문화적 내용, 기억과 상상을 지닐 수 있을 것인가? 오래되고 풍부한 매력을 지닌 도시의 발전에 대하여 이러한 내용, 기억과 상상을 말하면 얼마나 큰 잠재력과 공간을 지녀야 할 것인가?

물론, 문학과 시안 도시 발전의 관계 연구는 이루 다 말할 수 없는 화제이고, 당나라 시기의 시와 글만 토론한다고 하여도 사람 진을 빠지게 할 것이다. 우리의 연구에서 일부러 '시안'이라는 지리적 개념을 사용하고 '창안'이란 호칭을 진력 회피하는 이유는 지금 이 자리, 현실적인 시안에 치중한 연구라는 데 뜻이 있기 때문이다. 모두 아는 바와 같이 산시는 대대로 문학의 요충지였다. 당대에 들어서서 류칭에서 천중스까지, 더 자평와에 이르기까지, 그들은 시안의 문화 명사로서 시안이란 도시 문화의 발전과 번영에 모두 이바지하였다. 그렇다. 그들은 일정한 환경에서 어떤 지역 문화와 도시 문화의 '대변인'이 아니면 형상 '기호'가 될 수 있고, 그들은 도시 문화를 이끌고, 도시 문화를 비판할 수도 있다. 그들은 도시 문화를 건축하고 도시 문화를 해체할 수도 있다. 그들은 도시 문화를 알리는 명함이지만, 명함 위의 얼룩점일 수도 있다. 그렇지만, 어쨌든 이 세 시안 작가와 시안이란 오래된 도시가 하나로 어우러진 뒤에 이 도시는 정다움을 주체로 삼은 무대가 되고, 그곳의 문화 발전은 필연코 신비한 매력으로 넘쳐날 것이다. 이 글에서는 시안 도시 문화의 발전에 대하여 이 세 당대 시안 작가를 중심으로 초보적으로 탐색하고자 한다.

1) 류칭과 시안 도시의 주관적 정신

당나라 시기의 시唐詩와 창안은 천년의 정과 사랑을 맺었다. 이 도시는 시인들의 우아한 시로 인하여 내용이 그윽해졌고, 동시에 문인들도 이 도시의 풍성한 문화로 인하여 기품 있고 멋들어졌다. 거리낌 없이 말하면 바로 사람과 도시, 문학과 도시가 한데 어울려 빛이 나는 식의 결합이 창안문화의 번영을 창조하였다. 역사는 어쩌면 그토록 닮는가. 우리의 눈이 현대 시안이란 도시에 집중할 때, 우리는 당대當代 시안 작가와 시안이란 도시가 재차 맺은 좋은 인연을 발견하기란 어렵지 않다. 당나라 시기의 시와 창안은 시안 도시와 문학이 서로 인연을 맺은 상편이라고 말한다면, 당대 시안 작가의 문학 창작과 시안 도시가 위에서 말한 화제의 하편을 이룬다. 시안은 옛날과 오늘이 한데 어울린 국제적인 대도시로서 길고긴 역사 문화적 글발이 반짝반짝 빛난다.

이 도시에서 우리는 곳곳에서 고대 문인이 남긴 문화 유적을 접촉할 수 있고, 또 아무때나 현대 문인이 내뿜는 문화적 숨결도 포착할 수 있다. 이곳은 두보가 산 두공사당杜公祠, 왕유가 은거한 왕촨輞川이 있고, 궈모뤄가 남긴 서예, 자평와가 많은 음식점에 써준 기념사 편액, 메이란팡梅蘭芳, 1894~1961이 관람한 진강, 루쉰이 방문한 이쑤서, 저우하이잉周海嬰, 1929~2011

이 맛본 황구이처우주黃桂稠酒, 옌강閻綱, 1932~이 한껏 칭송한 양 고깃국 등이 있다. 저마다 다른 지역에서 온 사람들이 공동으로 도시의 진실한 존재를 느꼈다. 여기는 현장감 스며들어 토실토실 살찐 대도시이다. 고대 역사에서 봐도 그렇고 근현대 중국 역사에서 봐도 그러하다. 약간 차이가 있다고 하여도 비교하여 말하면 시안은 여전히 명실상부한 대도시이다. 그곳에는 문화적 명사의 진실한 체험이 살아 숨 쉬고 있고, 작가의 영감이 역동적으로 날 듯이 춤을 춘다. 이름난 시안 작가 왕원스가 예전에 정다움을 가득 품고 이렇게 썼다.

저 옛날 40여 년 전에 나는, 황허 기슭에서 온 시골 소년이 낡고 요동치는, 사람 까무러치게 만드는 노새 수레를 타고 저 거친 시골의 옛길을 따라서 그대의 품으로 왔습니다. 그 시절에 그대의 우뚝 솟은 장엄한 옛 성벽 안에는 여기저기에 군데군데 잡풀 우거진 동산과 포부 없이 초야에 묻힌 이[15]들이 있었고, 저물녘과 해 뜰 녘에 이따금 또 교외에서 온 야생 늑대가 업신여기듯이 그대의 주변에서 어슬렁거릴 수 있지만, 나는 도리어 깊이깊이 그대를 사랑하게 되었습니다.왕원스, 2004 : 492

시안은 오래되었지만, 시안은 현대적인 고장이기도 하다.
정전둬는「창안 여행長安行」이란 글에서, "오늘날 비교할 수 있는 도시가 없는 것이 시안을 더욱더 분명하게 '옛날'과 '오늘'을 융합하게 하였다. 그곳은 역사의 오래된 문화가 없는 땅이 한 뼘도 없는 기초 위에서 새로운

---

15 [옮긴이] 이백의「난링에서 아이들과 작별하고 도읍으로 가며(南陵別兒童入京)」속의 "초야에 묻힌 이(蓬蒿人)"란, '벼슬길에 나서지 않고 초야에 묻힌 사람'과 '초야에만 묻혀있지는 않을 사람'이라는 의미로 풀이할 수 있다.

공업을 핵심으로 삼은 현대 문화를 세웠다. 새로운 창안 도시는 의심할 바 없이 한나라와 당나라의 태평성세를 구가한 창안성과 비교하면 훨씬 드넓고 더욱더 흥성흥성할 것이다. 이 새로운 공업 대도시를 돋보이게 하는 것은 이 도시 어디서나 만날 수 있는 이름난 고분, 옛 문화 유적 등 명승고적이다. (…중략…) '옛날'과 '오늘'과 오래된 문화와 현대 공업 건설이 이처럼 절묘하게 이토록 빈틈없이 딱 들어맞게 결합하였다. 바로 우리 중국이 오래된 나라이고 동시에 또 매우 젊은 나라임을 표현하기에 족하다. 시안시는 이러한 곳이다. 중국 전역에 있는 많은 도시도 모두 마찬가지로 '옛날'과 '오늘'이 결합한 것이지만, 시안시는 특히 두드러지고 특별히 언급할만한 전형의 좋은 예이다'타오카이(陶凱), 류옌(劉燕), 1994 : 168 하고 말하였다.

옛날과 오늘의 융합, 그리고 중국과 서양의 결합은 오늘날 시안을 다른 현대화한 도시보다 가장 분명한 특색을 지니게 하였다. 물론 시안의 현대화된 분위기는 광저우 같은 상업화가 짙은 현대적인 맛이 절대 아니고, 상하이처럼 그렇게 고속으로 휙휙 돌아가는 현대적인 개성도 분명히 아니다. 물론 베이징같이 정치 중심으로서의 점잖고 엄숙한 현대적 기백도 아니고, 항저우처럼 그런 빼어난 자태를 지닌 현대적 격조도 더욱 아니고, 난징 같이 얽히고설킨 말로 표현하기 어려운 복잡한 맛을 풍기지도 않는다. 시안에 있는 것은 주, 진, 한, 당나라 문화가 기초를 다져서 굳어진 현대적 기품이다. 그것은 한편으로 뿌리 깊은 향토 맛으로 가득 찼고, 또 다른 한편으로 현대적 변화와 비약을 갈망하는 충동을 담고 있다.

세계의 이름난 도시의 부상은 겉으로 보면 기회가 우연히 모인 것이지만, 심층에서 연구하면 우리는 도리어 그 가운데서 내적인 필연성을 찾을 수 있다. 그것이야말로 그곳들마다 자체 도시의 주체를 찾는 정신이며,

아울러 도시의 주관적 정신으로 도시의 발전과 건설을 통괄한다. 모두 아는 바와 같이, 역사의 유적은 특유한 자원으로서 사회 경제와 과학기술의 진보를 따라서 전이가 생길 수 있다. 이러한 일정 단계로 발전하는 특색 산업을 지닌 도시는 세계적인 명품 도시가 될 초보적인 조건을 갖추었다고 말할 수 있다. 하지만 이러한 초보적인 조건이 도시의 주관적 정신의 구축을 통하여 단련하고 승화해야만, 산업과 문화를 융합하고 문화발전을 동력으로 삼아야만, 산업 혁명과 사회 변천이 가져온 발전의 위험을 없앨 수 있고, 도시를 세계적인 명품 도시가 될 수 있는 경제, 문화와 사회적 조건을 갖출 수 있게 할 것이다. 옛날과 오늘이 융합한 시안은 특별히 천부적인 조건을 갖춘 문화자원을 지녔다. 그래서 이 자원을 충분히 활용하여 독특한 특색을 지닌 도시 문화를 창조해내서, 베네치아가 '물의 도시'라고 불리고, 하와이가 '관광의 도시'로서 이름나고, 빈이 '음악의 도시'로서 명성을 날리듯이 시안은 옛날과 오늘이 융합한 문화를 특색으로 삼아서 전통 문화에 발붙이고, 현대 문명을 건설해야 한다. 이러한 의미에서 우리는 류칭정신柳靑精神이 시안 도시의 주관적 정신을 대표한다고 여긴다. 그것은 류칭 자신이 소박하고 무게감 있는 개성과 시안 도시의 고풍스러운 기질과 잘 어우러졌고, 류칭에게 뭉쳐 있는 전투 정신과 문학 사업을 고집하는 '바보정신'이 시안 도시의 현대적 추구와 서로 통하기 때문이다. 또한 류칭 본인이 바로 향토에 발붙이고 현대 정신문명을 창건한 본보기라면, 시안도 옛날과 오늘을 융합함으로써 도시의 자체 특징을 획득한 대표적인 고장이기 때문이다.

모두 아는 바와 같이, 1952년에 류칭은 오늘의 시안시 창안구長安區, 이전 이름 창안현(長安縣)로 와서 현 위원회 부서기를 맡았다. 1953년에 그는 현 위원회 부서기 직책을 사임하고, 창안현 황푸마을皇甫村에서 14년 동안 실제

조사와 연구에 매달렸다. 그리하여 류칭과 창안현은 매우 깊은 정을 맺게 되었으며, 이곳에서 그가 불후의 명작 『창업사』^그 가운데 제1부의 초고는 바로 시안 창 닝궁(常寧宮)에서 저술을 창작하였고, 산문 「황푸마을에서의 3년在皇甫村的三年」 등 을 지었음을 알 수 있다. 류칭은 산베이 우바오吳堡 사람이지만, 도리어 마 지막에 시안이란 도시에 뼈와 살을 묻었다. 바로 그가 사망한 뒤에 황푸 마을 사람이 그에게 써준 애도사와 같다.

황푸 땅에 뿌리내려
무거운 무게에 굽히지 않았거늘
사방 한 치도 안 되는 마음 죽지 말고
창안에서 영원하시라.

류칭은 유골을 시안에 남겼을 뿐 아니라 '류칭정신'을 시안이란 도시 에 주입해주었다. 그는 생활 현장으로 깊숙이 들어가 하층에 관심을 기울 이고 문학의 숭고한 품격에 헌신하였고, 아울러 기세 드높고 붓대가 힘찬 글쓰기 격조로써 중국 당대 작가에게 특히 산시 문단의 후배들에게 왕원 스이든 천중스이든 루야오이든 간에 모두 이러한 '바보정신'의 후계자가 되도록 북돋아 주었다.

류칭에 대한 당대 시안 작가의 애도마다 류칭정신에 대한 그리움이다. 이 도시는 류칭으로 인하여 인문 풍경이 저절로 늘어났고 그래서 '혼'을 획득하였기 때문이다. 그렇다. 도시는 일반적으로 경제 중심으로 여겨지 기 마련이지만, 여기서는 경제적 교환의 다양성과 집중성이 농촌의 무역 이 허용하지 않는 교환방식에 중요한 의미를 부여해주었다. 하지만 도시 는 일목요연한 물질로 구성된 것이 절대 아니며, 문화는 도시의 영혼이 깃든 곳이고, 사회, 정치와 문화 사조의 변천이 도시의 오르막과 내리막에 깊이 영향을 끼친다. 정신이 몰락한 도시는 필연코 실패한 도시일 것이지만, 적극성 휘날리는 도시는 필연코 번영하고 발전하는 도시일 것이다. 류칭이 시안 도시에 스스로 게을리 하지 않고 노력하는 건투 정신을 주입해주었다.

2006년에 류칭 탄신 90주년에 류칭을 기념하고 류칭정신을 드높이기 위하여 전용면적 13,000m²이고 남북 길이 200m, 동서 폭 30m에 이르는 류칭문화광장柳青文化廣場을 시안시 서부대학기西部大學城 남구南區, 창안구 선허위안(神禾塬)에 건설하였다. 이 문화광장에 류칭의 조각상이 있고, 조각상 뒷면은 류칭의 평생 경력을 새긴 부조이다. 광장 한복판에 류칭기념관도 세웠다. 참으로 도시 건설 과정에서 이러한 문화광장은 도시의 문화건설을 촉진하는데 과소평가할 수 없는 의미를 지닌다. 대도시는 공공문화시설을 갖추어야 한다. 예술박물관을 세우고 공공도서관과 출판사를 늘리며 예술학교와 대학을 세워야 한다. 이러한 것들은 모두 도시의 성숙도를 가늠하는 지표가 된다. 도시의 성숙은 또 도시와 접촉하는 한 사람 한 사람에게 모두 깊이 영향을 끼치기 때문이다.

현대 대도시로서의 시안은 더욱 현대적인 의미를 지녀야 한다. 박물관과 광장 같은 도시 문화의 운반체들이 더 많이 건설되어야 한다. 우리가 보기에, 박물관이 대표하는 전체적인 문화유산과 계통적인 경전 범주는 현대 민족국가의 문화적 상징이고, 광장문화는 대중과 시민 문화를 구체화한다. 시안의 도시 정신을 대표하는 류칭정신이 광장에 등장한 것은 5·4 이래로 중국 지식인이 열중한, 광장이란 진지를 점령하여 사상 계몽 교육을 진행한 독특한 방식이다. 서양의 이름난 사회학자 루이스 멈퍼드 Lewis Mumford, 1985~1990가 그의 저서 『역사 속의 도시―기원, 변천과 전망*The*

City in History : Its Origins, Its Transformations, and Its Prospects 』에서, "최초의 도시는 성스러운 정원이었지만, 마지막에 도시 자체가 인류를 개조하고 향상시키는 주요 장소로 바뀌었다. 인간성은 이곳에서 충분히 발휘되었고, 도시로 들어가는 것이 일련의 성스러움이 되었다. 오랜 시간적 거리를 지난 뒤, 도시에서 걸어 나온 것은 아주 새로운 모습으로 바뀐 많은 남자와 여자였다. 그들은 그 성스러움의 한계를 뛰어넘을 수 있었다. 이는 인류가 최초로 도시를 형성할 때는 예상하지 못한 것이었다"^{장홍옌(張鴻雁), 2003 : 162} 하고 썼다. 시안 도시의 주관적 정신전통에 입각, 현대 문명을 창건은 일련의 광장문화류칭^{문화광장을 당연히 포함}를 거쳐서 전파와 확대 발전을 얻었다.

2) 천중스와 시안 도시 발전에 대한 비전

시안이란 국제적인 대도시는 나름대로 도시 주관적 정신을 지니게 된 뒤에, 어떻게 발전할 것인가 하는 일이 코앞에 닥친 문제가 되었다. 미국 캘리포니아대학교 로스앤젤레스캠퍼스 교수 리차드 리한^{Richard Lehan, 1930~}의 『문학 속의 도시─지식과 문화의 역사*The City in Literature : An Intellectual and Cultural History*』에서, "문학적 상상"을 "도시 진보"의 이해득실의 "편년사"로 삼아 읽을 것을 주장하였다. 그래서 물질적 도시의 발전에 관심을 기울이는 동시에, 문학이 표현한 변천을 더욱 중시하였다.^{천핑위안(陳平原), 왕더웨이(王德威), 2005} 더욱더 중요한 것은 문학 텍스트가 어떻게 도시의 문화산업 발전을 촉진하였는가 하는 점이다. 리차드 리한은 다음과 같이 설명하였다.

물질적 도시의 발전에 따라서 문학적 어휘를 배치하여 도시를 묘사하는 방식^{특히 소설 방면에서}도 끊임없이 진보하였다. 코미디극喜劇과 로맨틱한 리얼리즘이 우리에게 상업 도시를 뛰어넘게 하였고, 내추럴리즘과 모더니즘이 우리에게 공업도시로 들어가게 하였으며, 포스트모더니즘이 우리를 데리고 탈산업화 도시를 꿰뚫어 보게 하였다. 도시와 문학 텍스트는 불가분의 역사를 지니고 있으며, 그래서 도시를 읽은 것이 또 다른 방식의 텍스트 읽기도 된다. 이러한 읽기는 이성적이고 문화적인 역사와도 관계되며, 도시 자체를 풍성하게 하고 문학적 상상으로 도시를 묘사하는 방식도 풍부하게 하였다.^{리차드 리한, 1998 : 289}

위에 인용한 글에서 우리는, 문학과 도시가 불가분의 역사를 지니고 있고, 문학적 상상과 문화적 기억이 우리가 도시로 들어가는 데 도움을 줄 뿐만 아니라 더욱더 의미 있는 것으로 문학이 도시의 기억에 숨결을 불어넣을 수 있다는 점을 분명하게 보았다. 현대화의 이데올로기 과정에서, 갖가지 형식의 매체, 오락 공연, 문학예술, 유행, 출판업, 박물관 그리고 전체 문화 창조산업 등은 모든 선진 사회에서 가장 빠르게 성장하고 생산 가치가 가장 큰 산업이다.

중국의 당대 산시 문단에서 천중스의 『바이루위안』 텍스트가 난데없이 깊이 잠든 도시를 불러 깨웠고, 그렇게 오래전에 이미 흘러가 버린 세월을 활발히 꿈틀거리게 하였다. 조금도 과장하지 않고 말하면, 웨이허평원의 50년 변천사의 웅장하고 낭만적인 서사시로 불리는, 중국 농촌의 알록달록 다채로운 역사 두루마리 그림 한 폭이 바이루위안의 지명도를 전에 없이 높이고, 한동안 바이루위안과 관련한 개발방안이 줄줄이 쏟아져 나오게 하였다. 그 가운데서 산시바이루위안문화연구원^{陝西白鹿原文化硏究}院 원장 위즈치^{于志啓}가 기초한 「중국-시안 '바이루위안문화타운' 건설^{建設}中國·西安"白鹿原文化城"」 방안이 사람들의 이목을 끌었다. 바이루위안 자체의 문화 자원은 켜켜이 쌓여 있었지만, 오랫동안 발굴되고 드러내지지 못하였는데, 소설 『바이루위안』이 그것에 숨을 불어넣었다. 특수한 지리적 위치와 자연환경이 근처에 대도시 시안을 생기게 한 점은 말할 필요가 없지만, 도시 오염이 없는 교외 지역 정토에서 정부가 바이루위안 지역의 자원을 재통합하고, 주제를 돌출시켜 문화산업을 핵심으로 삼아, 산-강-밭-숲-길을 종합적으로 고려하고 농업-임업-목축업-부업-어업 생태공원을 전면적으로 발전시켜서, 문화, 생태, 관광을 브랜드로 시안이란 도시 경제 성장의 새로운 명장면을 만들어 갈 것을 건의하였다. 이는 확실히 중국 경제발전 과정에서 문화산업의 새로운 탄생과 급격한 변화에 맞추어 가는 발전 추세이다.

그렇다. 오늘날의 시안은 어느새 인구가 밀집하고 도시 압력이 커다란 종합적인 대도시가 되었다. 교외 지역에 자리한 바이루위안은 시안이 지방을 빼고 다이어트를 해서 문화건설을 핵심으로 삼아 생태 균형 각도에서 출발하여 산-강-밭-숲-길을 종합적으로 고려하고 농업-임업-목축업-부업-어업 생태공원을 전면적으로 발전시켜서 문화산업타운으로 부상하는 데 힘써야 한다. 이는 시안이 역사 문화적으로 이름난 도시를 이어가는데 본보기적인 의미를 지니며, 그 문화 내용이 시안의 도시 명성을 심화하고, 문화산업의 수입이 시안의 도시 경제력을 강화시켜줄 것이다. 모두 아는 바와 같이 시안은 이미 취장문화산업단지曲江文化産業區를 성공적으로 건설하였다. 중화의 오랜 문화적 정화를 실은 문학의 혈통을 잇는 땅인 취장에는 곡수유상曲水流觴, 안탑제명雁塔題名[16]과 금방 전에 완공한 대당부용원大唐芙蓉園 등이 있고, 저마다 고전문화가 세운 시안 도시의 번화함을 구체화하고 있다. 지금 '바이루위안문화타운' 개발은 현대 문화의

---

16 [옮긴이] 당나라 때에 삼월 삼짇날, 굽이 도는 물줄기에 잔을 띄워 그 잔이 자기 앞에 오기 전에 시를 짓던 곡수유상이란 놀이가 있었고, 새로 진사가 된 사람은 취장에서 벌어진 곡수유상 잔치가 끝난 뒤에 안탑에 자기 이름을 써넣는 '안탑제명'이란 관습이 있었다.

산물이며, 드러내는 것은 시안 도시 문화 속의 또 다른 풍경이다. 우리가 보기에, 문학적 상상은 우리가 도시로 들어가는 데 도움을 주고, 심지어 깊이 잠든 지 이미 오랜 도시의 기억을 끊임없이 불러낼 수도 있다. 바이루위안이야말로 이렇게 문학에서 자극을 받은 것이다. "사람의 주관적 감성과 상상력을 지니고 도시 연구로 들어가면, 이때 도시에 기쁨, 노여움, 슬픔, 즐거움 등이 생기고, 그래야 고풍스러운 데가 있고 신선할 수 있음"은 말할 필요도 없다. 그래서 "우리가 글로, 그림으로, 문화 기억으로 이 도시의 전생과 이생을 표현하고 해석하려고 노력할 때, 이 도시의 정신과 혼이 끊임없이 이어져 나갈 것이다."천핑위안, 왕더웨이, 2005

　천중스는 바이루위안을 굳게 지켰다. 그의 장편소설은 바이루위안을 글쓰기가 전개하는 공간으로 삼았고, 그의 산문과 시사詩詞도 바이루위안을 배경으로 삼았다. 천중스는 바이루위안에 대해 뿌리 깊은 애정을 지녔고, 이러한 애정이란 고향의 터전과 시안에 대한 진실한 사랑이다. 1942년에 천중스는 시안 교외 지역 바이루위안의 오래된 집에서 태어났고, 뒷날 74년 세월 동안에 그는 거의 시안이란 지역을 떠난 적이 없다. 가장 자격을 지닌 시안 작가로서 그는 근대 구미 지식인처럼 그렇게 도시에서 '발길 닿는 대로 걷기'와 '두리번거리기'를 할 수 없었다. 그는 시안 도시와 밀접하게 연결되어 있었고, 뿌리 깊은 고향 사랑이 그에게 그곳 밖으로 나가 정신적으로 방랑하기 어렵게 하였다. 하지만 그는 정신노동을 하는 지식인이기 때문에, 그래서 그는 도시에 거주하였고, 이 도시 문화의 어울림을 누리고 또 그것에 도취하였으며, 동시에 지성인의 깨어 있는 의식도 유지하였다. 산문집 『바이루위안을 나가며走出白鹿原』에서 천중스는 시안 내지는 시안문화의 발전에 대한 급진적인 비전을 드러냈다. 「세련된 시안俏了西安」, 「시안에 살면서活在西安」와 「축구와 도시足球與城市」 등은 시안 도시 발전에 대한 그의 비전을 대표하는 글이라고 볼 수 있다.

시안이 세련돼졌다. 토박이 시안 사람들이 늘 감개무량해서 허, 허, 허참 하고 감탄하도록 세련돼졌다. 이 큰길이 예전에 닭 창자 같았던 골목이야! 언제 저렇게 넓혔지. (⋯중략⋯) 사람들이 새로운 도시 구조의 길마다 아니면 새로 지은 건축물 앞에서 언제나 저도 모르게 어제의 기억을 떠올렸고, 이런 감탄에는 생활의 진보와 사회 변천 같은 역사적 숨결이 스며들어 있다. (⋯중략⋯) 곧 21세기로 들어설 임계선, 열린 중국과 중국의 시안에서 명 왕조 때의 오래된 성벽이 어떻게 현대 시안 사람의 사유와 시안 사람의 관념을 봉쇄할 수 있을까? 현대의 고급 과학기술, 인터넷 정보, 새로운 방향 등이 그래 마차와 운제雲梯에 기대서 성벽을 넘어 성문 안으로 뛰어들었단 말인가?천중스, 2001

천중스가 마음이 쏠리는 것은 역시 당 왕조 때의 역동적인 시안이다.

"어느 시대에 살고 싶으십니까?" 어느 날 난데없이 어떤 이가 나에게 이렇게 물었다.
"당 왕조요! 당연히 당 왕조입니다." 중국 사람으로서 나는 그 시대보다 더욱 사람을 매료시키는 시대를 상상할 수 없다.

위의 말에서 작가가 당 왕조 때의 수준 높은 문명과 엄청난 번영에 매료되고, 당나라 사람의 자신감과 의젓함을 부러워하고, 심지어 그들의 거리낌 없이 방탕하고 꼴사나운 태도까지도 흠모하는 것을 알 수 있다.

지금, 저 창안이 한 걸음 한 걸음 내리막길을 걸어서 명나라 홍무洪武, 1368~1398

연간에 다시금 정비하여 지금까지 보존하게 된 성벽이 중국 전역에서 유일무이한 가장 규모가 크고 가장 완벽한 옛 성벽이라고 하지만, 사실 당나라 때 창안 성벽의 1/7에 불과할 뿐이다. (…중략…) 정말 어쩔 수 없이 꽃은 지기 마련인지라 폐허의 도시의 몰락은 돌이킬 수 없다. (…중략…) 가장 두려운 몰락은 마음에도 정신에도 자신할 수 없는 것이고 점잖은 넉넉함조차도 텅 비도록 잃어버리는 일이다. 케케묵고 낡음이 빚어낸 지나간 세월의 썩은 냄새와 곰팡내를 탓할 수 없다. (…중략…) 한나라와 당나라의 위풍은 아득히 먼 꿈이런가. 지금 중국의 발전 기획과 전략은 이러한 꿈을 꿀 수 있게 하고, 이 아름다운 꿈을 실현할 수도 있지만, 틀림없이 한두 세대의 일이 아닐 것이다. 그렇지만 서부를 개발하는 기획과 전략은 이미 작동하였고, 돛을 올렸다. 차츰차츰 꿈에 접근하고 언젠가는 도달할 것이다. 그때 나는 망령이 되었을 테지만, 아직 건재할지 모르는 판샹리潘向黎, 1966~를 초대하여 셴양위안咸陽原의 울트라 모던한 협객 소년의 멋을 감상하러 가면 위로가 될 것이다.천중스, 2001

옛날과 오늘이 융합한 국제적인 대도시로서 시안은 어떻게 발전할 것인가. 이는 수많은 시안 상인, 정객, 학자 문인과 일반 시민들이 모두 궁리한 문제이고, 이 역사와 문화가 오래된 도시가 어떻게 현대 도시로 변할지도 중요할 것이다. 사람들이 모두 알고 있듯이 전환의 배후는 경제나 정치 등 각 방면의 요소에 달려 있다. 하지만 가장 중요한 것은 이념에 달려 있다는 점이다. 문인은 도시의 문화를 알리는 명함이다. 그들은 그 심오하고 독특한 이념으로 도시 문화를 이끌고 도시 발전의 신개념을 세운다. 시안 도시에 거주하는 문학가로서 천중스는 나름의 독특한 도시 체험을 지녔고, 자연스럽게 독특한 도시 발전에 대한 비전도 품었다.

축구는 역동적이다. 축구가 생긴 도시에는 역동적인 아름다움이 늘어난다. 축구는 도전 정신이 가장 풍부하고 열정을 드러내는 운동이고, 축구를 가진 도시라야 의욕적이고 진취적인 정신을 나타낸다. 축구가 세계에 보여주는 것은 생명의 힘이다. 축구가 생긴 도시라야 생동감이 늘어난다. 축구는 젊은 친구들의 것이고, 축구가 생긴 도시라야 늙지 않는다. 축구는 지구상에 모든 종족, 여러 피부색의 사람들이 공동으로 지닌, 번역할 필요 없는 언어이다. 축구를 가진 도시라면 세계 도시와 대화할 기본 기능을 갖춘 것이다. (…중략…) 우리 산시와 우리 시안에서, 사람들이 으뜸으로 치며 자부하는 옛 사람과 백성이 창조한 역사적 기적과 많은 무덤들의 소장품 때문에, 나도 오늘날의 산시 사람이 새로운 기적을 창조하여, 병마용이나 마오링석조茂陵石雕 같은 것들에 대하여 세계가 놀라고 기쁘게 하고 큰 탄식도 하게 할 수 있었으니까, 우리도 물론 꼿꼿하게 허리를 펴게 하는 위성 관측과 긴팔 미사일 등 항목을 들 수 있기를 간절히 기대한다. 그렇지만 예상치 못하게 산시 국력축구팀과 산시를 들썩이는 구기 종목 입장권 판매 상황, 독특한 기품을 지닌 진나라 땅의 축구 팬과 일류 구장의 잔디밭이 ESPN을 매료시켜서, 그들이 열정적인 말로 아시아 태평양 지역 30여 개 나라의 관중에게 당대 산시 사람의 멋진 모습을 드러내주면, 그들은 진나라 병사와 한나라 장수의 후손에게 전해진 용감함과 열성을 떠올리며 되새겨볼 것이다.천중스, 2001

천중스는 도시와 축구를 함께 연결하여 축구의 역동성으로 시안 도시의 역동성을 드러냈다. 또 축구가 드러낸 의욕적이고 진취적인 정신으로 시안 도시의 의욕적이고 진취적인 정신을 퍼뜨렸다. 아울러 세계로 나아가는 축구로 세계를 향하여 나아가는 시안 도시를 나타냈다. 이는 완전히 현대화한 도시 발전 비전이다. 정보시대의 인류라야만 이러한 상호 작용하고 융합하는 도시 발전 비전을 지닐 수 있기 때문이다. 우리가 보기에 새로운 도시 문화는 유동적인 공간과 지역 공간 사이에서 다중형식의 접속을 구체화하고 의미 있게 서로 교류하는 문화이다. 도시는 저마다 줄곧 개인과 지역사회 신분과 공유된 사회적 표현 사이의 접속을 기초로 삼은 교류 시스템이다. 근본적으로 말하면 문화 특색의 원류로서 도시가 새로운 기술 패러다임 속에서 생존해나가려면 그것은 반드시 첨단 소통의 도시로 바뀌어야 한다. 갖가지 교류 채널^{기호적, 가상적, 물질적}을 통하여 국부적인 교류도 하고 지구촌적인 교류도 하고, 그런 다음에 채널과 채널 사이에서 다리를 놓을 수 있어야 한다. 이러한 의미에서 말하면, 시안이란 문화의 옛 도읍지는 어느새 봉쇄되고 보수적인 도시가 아니라, 발전을 모색하고 세계를 품은 도시로서, 그것은 축구공처럼 세계의 골문을 향해 데굴데굴 뱅글뱅글 굴러가고 있어야 한다.

3) 자핑와와 시안 도시 문화

자핑와의 개인적 영향이 류칭과 같은 문화광장을 만들지 못하였고, 개인적 저술도 천중스처럼 바이루위안문화타운을 탄생시키지 못하였다고 하여도, 그렇지만 자핑와는 당대 시안 작가 가운데서 시안이란 옛 도읍지의 문화발전에 한 공헌이 오히려 누구보다도 크다. 이러한 공헌은 시안의 도시 건축, 상업, 일상생활 문화에 관한 외적 모사에 있고, 시안 도시의 현대화와 예술화에 관한 내적 추적에서도 드러났다.

신시기 문학과 함께 호흡하고 운명을 같이한 40여 년 문학 창작의 길에서 자핑와는 시안이란 도시 관련 창작이 가장 많고 영향도 가장 깊다. 전적으로 시안을 제재로 지은 장편소설이 4편이고, 1990년대의 『폐허의 도시』부터 뒷날의 『하얀 밤』, 『토문』과 『가오싱高興』 등 작품 몇 편에서 시안 특유의 도시 풍경, 일상생활과 문화적 특색을 전시하였다. 산문「라오시안老西安」에서 그는 직접 시안을 제재로 삼아서 근현대 이래 시안의 사람과 일의 변천과 역사적 명사들을 손금 보듯 환히 꿰뚫고 술술 말하였다. 그밖에 소설『이리를 그리워하며』와 산문「『시안 여행』의 머리말遊在西安序」,「도시와 도시신문都市與都市報」,「네거리 채소시장十字街菜市」,「사람의 병人病」,「사람 구경看人」,「한량閑人」등은 모두 시안 도시 글쓰기에 속하는 작품들이다. 자평와의 영혼은 시안이란 도시에 있어야 편안하다고 말할 수 있다. 바로 그가 산문「시안이란 도시西安這座城」에서 말한 바와 같다.

나는 이 도시가 중국 서부의 끝없는 관중평원에 자리한 점을 다행이라 여긴다. 사실 중국 서부의 관중평원에서라야만 이러한 도시가 탄생할 수 있다. 나는 이 지역에 관한 민요 한 자락을 저도 모르게 흥얼거린다.

팔백 리 친촨秦川에 누런 흙 휘날리고요
삼천만 백성이 진강을 소리 높여 불러요
수수국수 한 사발이면 싱글벙글 헤죽헤죽
고추 없다고 투덜투덜 구시렁구시렁.

이러한 민요가 묘사한 것에 현대적인 감각이 부족한 듯하지만, 뒤떨어짐은 어리석음과 절대 같지 않다. 그것이 내뿜는 기세에는 생떼나 허황함이 없고 쿨한 유머이며, 옛날의 생활 상태에 대한 자기 검사이다. 내가 그것을 흥얼거릴 때, 소리를 낼 수 없는 건 종종 과보가 해를 쫓아가다가 바다로 가는 길에서 목이 말라서 죽은 비장함을 떠올리기 때문이다. 바로 그래서 몇 년 전에 남쪽의 몇몇 도시에서 온 사람이 굉장히 좋은 생활 우대 조건으로 나를 불렀는데, 나는 사절하고 가지 않았다. 나는 산시를 사랑한다. 나는 시안이란 이 도시를 사랑한다. 나는 이곳에서 태어나지 않았지만, 반드시 이곳에서 죽을 것이다. 백년 뒤에 몸이 화장터에서 태워질 때, 내 영혼은 검은 연기와 함께 높디높은 굴뚝을 나갈 것이고, 나도 구름이 되어 이 도시의 하늘에서 빈둥빈둥 노닐 것이다.자핑와, 2000

이는 시안의 문인으로서 살아 있을 때나 죽은 뒤에나 시안이란 도시에 대한 진실한 사랑이자 마음속 깊은 곳에서 우러나온 핏속에 스며든 눈먼 사랑을 나타낸 글이다. 그는 도시를 사랑하고 도시의 사람, 도시의 건축, 도시의 생활을 사랑한다. 더욱 중요한 건 바로 이 도시와 이곳의 타고난 문화에 사로잡힌 점이다. 자핑와가 시안 도시 문화 발전에 이바지한 일을 개괄하기 위하여 우리는 다음 몇 가지 점에서 살펴보았다.

첫째는 고전 전통 문화이다.

자핑와의 시안은 기억이 길고 오랜 옛 도읍지이다. 산문 속의 '라오老' 글자는 시안이란 도시 역사의 격변을 의미한다. "서양의 전통에서 사람들의 주의력이 의미와 진실에 집중한다고 말한다면, 그러면 중국 전통에서 그들과 대체로 같은 점은 지난 일이 일으킨 작용과 기존에 갖추고 있는 잠재력일 것이다. 그래서 사람들은 '시간의 터널'로 들어가서 마음대로 역사를 보충할 수 없지만, 지난 일을 회상하려는 유혹은 도리어 확실히 존재한다."천핑위안, 왕더웨이, 2005 자핑와는 이렇게 회상하였다.

시안이란 도시를 어떻게 서술해야 할까? 그렇다. 예전에 13개 왕조의 도읍지였던 역사를 뽐낼 필요는 없다. 여덟 물줄기가 휘감아 도는 지리와 풍수를 절로 얻지 못하였고, 중국의 정치, 경제, 문화의 중심이 이제는 이곳에 있지 않음을 인정하고, 빛나는 한나라와 당나라에 대해 그것은 그저 '폐허의 도시'라 불릴 뿐이다. 하지만 사랑스러운 것은 지금에 와서도 기백이 꺾이지 않았고 기품이 여전한 점이다. 세계적인 범위 안에서 오래된 도시의 매력을 가장 간직하고 있는 곳도 시안일 뿐이다. 그곳의 성벽은 뜻밖에도 오롯이 홀로 해자 위의 현수교에 꼼짝하지 않고 서 있다. 그곳의 성루, 각루, 성가퀴의 첩구堞口를 올려다보면 아무리 겁 많은 사람이라도 늠름하게 휘파람을 길게 불 것이다. 큰 거리이든 골목이든 네모 반듯이 대칭을 이루고 질서정연하게 줄지어 서 있는 ㅁ자집인 쓰허위안四合院과 쓰허위안의 조각 새긴 벽돌 문루 아래에 쇠같이 시커먼 아름다운 모양의 주춧돌이 있어서 여러분을 즉시 옛날의 커다란 말이 나무로 만든 큰 수레를 몰아 지나온 경계로 뛰어들게 할 수 있다. 기회가 되면 온 도시의 수천 갈래 큰길과 골목의 이름을 수집해보시라. 궁위안먼貢院門, 수위안먼書院門, 주바스竹笆市, 류리스琉璃市, 자오창먼敎場門, 돤뤼먼端履門, 탄스제炭市街, 마이셴제麥莧街, 처샹車巷, 유샹曲巷 등에서 여러분은 난데없이 역사가 그렇게 아득하지 않다고 느낄 것이다. 눈앞에서 날아가는 더러운 파리 한 마리가 있으면, 저도 모르게 이 파리가 한나라 때의 모습이나 당나라 때의 표시를 지니고 있을지 모른다고 의심할 수도 있다.자핑와, 2000

위에 인용한 글에서 우리는, 작가가 시안의 옛날 영광을 뽐낼 가치가 없다고 여기지만, 그러한 옛 건축물에 남은 역사의 낙인들인 빛나는 역사 속으로 진실하게 들어갔고, 그런 보잘것없는 작은 생물에게 뭉쳐져 있는 세월의 무게도 분명하게 볼 수 있었다. 작자는 또 이렇게 말하였다.

나는 지칠 줄 모르고 반드시 손님과 벗들을 데리고 흙 성벽으로 올라가서 도시 남쪽의 다옌탑大雁塔과 취장연못曲江池을 가리키며 말한다. "저 다옌탑 보이지요? 저것이 바로 돌 도장이에요. 저 취장연못 보이지요? 저것은 바로 도장밥이에요. 알아두세요. 역사는 당연히 새로운 장을 펼쳤지만, 현대의 시안은 당연히 과거의 도시를 보존하고 있습니다. 이곳은 다른 도시에서 지닌 가장 현대적인 것들도 갖고 있습니다. 하지만 이곳이 다른 도시와 다른 점은 말 없는 하늘이 중국 문화의 큼직한 도장을 시안에 둔 것에 있고, 시안은 영원히 중국 문화의 혼백이 깃든 땅이 되었습니다."^{자핑와, 2000}

분명히 자핑와의 마음속에서 "시안은 아무튼지 시안이고, 옛것을 말하거나 새것을 말하든지 간에, 중국을 써야 한다면, 시안은 어쨌거나 에 돌아갈 수 없다". 뒤엉키고 묵중하고 처량한 저만의 운치로 지탱하고 있는 시안, 이런 기백과 기품에서 세상 사람들은 그곳을 주목하였다. 이것은 자핑와가 사람들에게 드러내주는 시안의 고풍스러운 문화이다. 이러한 고풍스러운 문화에서 흘러나오는 것이 흥건한 퇴폐의식일지라도, 그는 어쨌든 『폐허의 도시』마저도 우리에게 시안을 도시의 상징적 의미로 삼은 세계로 만들어주었다. 20세기 전체에서 그것을 쓰거나 아니면 그것과 서로 어울리는 '대작'을 창작해내려는 사람은 적었기 때문에, 자핑와의 '서경西京 시리즈의 작품'이 세상에 나올 때가 되어서야 이러한 상황은 다소 바뀌었다.

『폐허의 도시』는 시안이란 도시의 풍경과 도시 문인의 생활을 대량으로 드러냈다. 4대 문화 명사를 끌어들여서 시안 문화 명사와 시안 도시 문화를 자각적으로 연결하였다. 이러한 의미에서 『폐허의 도시』는 그것으로도 부끄럽지 않은, 시안 관련 도시와 도시 문화를 최초로 가장 상세하고 완벽하게 서술한 문학 작품이다. 폐허의 도시와 폐인은 시안이란 도시에 대한 작가의 은유이며, 그가 이해하는 사람과 도시의 관계이기도 하다. 그것의 등장이 도시의 문화 기억과 문학적 상상에 숨을 불어넣었다, 작가가 그의 작품으로 당대 중국 사람과 관련되는 시안이란 역사적으로 이름난 도시의 기억을 연결한다면, 이것이 시안 도시의 발전과 문화의 번영에 대해 얼마나 큰 잠재적인 추진력을 지녀야 하는지를 생각해보시라. 작가가 대답한 바와 같다.

『폐허의 도시』에서 기본적으로 쓴 것은 시안에 정말 그러한 일이 있는 오래된 거리와 골목이다. 책이 출판된 뒤에, 호사가들은 그러한 거리와 골목으로 고증하러 갔다. 심지어 베이징에서 민속 촬영을 하는 몇몇 사람이 와서 그런 큰길과 골목을 한바탕 찍었는데, 아쉽게도 자료를 그들이 모조리 가져갔다. 뒤이어서 시안에서 대규모로 도시구역을 정비하였고, 대부분 오래된 큰길과 골목은 이제 깡그리 없어져서 남은 게 없다. 남은 것이라곤 그곳들의 이름과 아득히 먼 것과 그렇게 멀지 않은 기억뿐이다.^{자핑와, 2008}

물론 작자가 이 작품을 쓴 것은 전부, "눈 깜짝할 사이에 내가 도시에서 벌써 20년을 살았다. 하지만 아직 도시에 관한 소설을 써내지 못하였다. 조바심을 느낄수록 감히 붓을 선뜻 대지 못하였다"는 데서 나왔다. 그리하여 작자가 붓을 댔지만, "책에 도시를 써넣으려는데, 이 도시는 글쎄 나에게 책을 쓸 책상 하나를 제공해주지 않았다"^{자핑와, 1993} 작가는 도시에서 살고 있지만, 영혼은 도시에서 편안하지 못하였다. 이것 자체가 역설이다. 모두 아는 바와 같이, 『폐허의 도시』가 세상에 나오자 자핑와에게 호평 반, 악평 반인 운명을 가져왔고, 특히 발표 뒤에는 중화인민공화국 성립 이후 최초로 유일하게 판매 금지된 책이 되었다. 이것도 『폐허의 도시』가 처음 예상하지 못한 운명이었다. 『폐허의 도시』의 퇴폐적 분위기가

이 오래된 문화의 도시에 의기소침하고 퇴폐적인 명성을 갖다 주었고, 작가 자신에게도 빛바랜 명성을 얻게 하였음은 말할 필요도 없다. 명사는 도시의 문화를 알리는 명함이지만,『폐허의 도시』는 도리어 명함 위의 얼룩이 되었다. 이것이 시안 도시의 문화 발전에 많은 부정적인 영향을 가져왔다. 그렇지만 우리는『폐허의 도시』가 시안의 도시 문화 연구에서 지닌 중요한 지위를 부인할 수 없다.

둘째는 민간의 귀신과 샤머니즘 문화이다.

마찬가지로 시안이란 도시를 쓴『하얀 밤』이 드러낸 것은 민간의 귀신 문화이다. 모두 아는 바와 같이 귀신과 샤머니즘 문화는 중국에서 예전에 매우 번창하였다. 이는 민간의 속되고 신비하고 원시적인 문화이며, 동시에 가장 문학화하고 예술화하고 가장 생명력을 지닌 문화이다. 귀신과 샤머니즘이 탄생한 근원으로 말하면, 자연과 신비한 힘에 대한 사람의 두려움에서 비롯되었다. 그렇지만 인류문화의 어떤 영역에서 '비굴하게 굽실거리는 태도'는 모두 진정으로 결정적인 활력을 지닌 문화 형태를 만들어낼 수 없다. 이 점에서 심지어 샤머니즘과 귀신 의식이라 하여도 인류 의식의 발전 과정에서 중요한 절차로 보아야 한다. 샤머니즘에 대한 믿음은 사람의 깨달음 속에서 자기 신뢰의 가장 뚜렷한 표현의 하나이다. 여기서 사람은 자신이 자연의 힘이나 자연의 힘을 뛰어넘는 지배를 따르게 된 것을 더는 느끼지 못한다. 그는 자신의 작용을 발휘하기 시작하며 자연 풍경 속에 활동하는 생명체가 되기 시작하였다. 이러할 뿐만 아니라 귀신 세계의 묘사는 인류가 자아의 힘을 구체화하는 상징이고, 문학 속의 귀신 세계가 바로 예술적 사유 세계이다.

독일의 사회학자 막스 베버Max Weber, 1864~1920는, 과학의 진보란 이성화 과정의 일부분이고, 지혜와 이성화란 생존조건에 대한 사람의 일반 지식도 그에 따른 증가를 의미하는 건 결코 아니라고 여겼다. 하지만 여기에 또 다른 의미를 담고 있는데, 이러한 지식과 신념이란, 요컨대 사람들이 알고 싶어 하기만 하면 언제든지 알 수 있다는 것이다. 또 원칙적으로 말하면, 무슨 엄청 신비하고 계산할 수 없는 힘이 작용하는 것도 더는 아니고, 사람은 계산을 통하여 모든 것을 인식할 수 있으며, 이래야 세계의 탈주술화disenchantment를 의미하게 된다. 자핑와는 딱 마침 반대이다. 그의 서경 시리즈 소설 가운데서, 특히 『하얀 밤』의 목련이 어머니를 구한目連救母 '귀신연극鬼戱'의 인용과 사람이면서 귀신이기도 한 예랑의 실존 상태는 일종의 '주술 걸기'라는 예술 수법과 다르지 않다. 그것이 구체화하는 것은 가장 인문적인 사유이다. 그래서 이 층위에서 말하면 자핑와가 드러낸 서경 문화는 중국의 전통적이면서도 가장 예술적 기질을 지닌 문화이기도 하다. 이는 시안이란 짙은 향토 숨결을 지닌 도시 문화에 대한 자핑와 특유의 공헌이고, 중국 당대 문학에 자핑와가 이바지한 일이기도 하다. 오랫동안 자핑와의 가치가 인정을 얻을 수 없었던 까닭은 사람들이 이러한 그만이 지닌 문화적 내용을 소홀히 하였기 때문이다.

셋째는 도시 문화에 담긴 현대성 반성이다.

도시는 무엇인가?

도시는 바다이다. 바다는 무슨 물고기든 자라든 물귀신이든 모두 담을 정도로 깊다. 도시는 메탄가스 탱크이기도 하다. 가스를 만들어도 가스를 내보내는 통로가 있어야 한다. 나는 축구 팬이다. 나는 어떤 도시든지 다 축구장이 있어야 하고 정기적으로 시합을 벌여야 한다고 주장한다. 축구장은 도시의 심리적 언어적 쓰레기를 쏟아내는 장소이다. 이곳이 도시의 안정에 매우 큰 작용을 한다. 도시가 어떻게 나라와 지역 전체의 통합적 실력을 구체화하는가? 인류 사회의 발전에 따라서 도시의 혼잡함, 요란함과 오염이 도시를 움츠러들게 하고 소외시켰다.^{자핑와, 「라오 시안」, 2008}

그래서 이러한 의미에서 자핑와는 도시화를 반대한다. 소설 『폐허의 도시』, 『토문』, 『하얀 밤』과 『진강』 등에서 모두 퇴폐의식을 드러냈다. 이는 한나라와 당나라의 태평성세가 이미 지나가 버렸기 때문이다. 게다가 현대화가 갈수록 도시를 왕성한 생명력을 잃게 했다는 점이 더욱더 결정적이다.

서경 도시는 예전처럼 흥성흥성하다. 봄 여름 가을 겨울이 없고 24절기가 없다. 낮과 밤도 구분하기 어렵다. 온갖 사람이 큰길과 골목에서 영원히 붐빈다. 여러분은 내가 내뱉은 숨을 들이마시고 있고 나는 여러분이 내뱉은 숨을 들이마시고 있다. 회의도 시작도 끝도 없이 열렸다. 울화는 툭하면 치밀어 올랐다. 하지만 내가 누굴 욕하겠어. 적 없는 진지에서 나는 상대를 찾을 수 없다. (…중략…) 아침에 거울 앞에서 빗질하는데, 핏기 없이 늘어진 얼굴에 턱 위에 드문드문 수염 몇 가닥이 돋았다. 거울을 보면서 나는 나 자신이 싫어졌다! 유전연구소의 보고서에서 도시에서 3대 이상을 산 남자는 더는 수염이 자라지 않을 것이라고 말하였다.^{자핑와, 「이리를 그리워하며」, 2008}

도시 생활이 사람의 창조력을 억제하였다. 그야말로 이리가, 원시적 야성이 사람의 활력을 불러일으켰고, 그래서 『폐허의 도시』에서 『하얀 밤』, 『토문』, 『이리를 그리워하며』까지, 작가는 모두 원시적 야성을 불러왔다. 도시화를 반대하는 『진강』에서 서슴없이 전통 문화를 위한 '혼 부르기招魂'를 하였다. 그렇지만 자핑와의 사상은 이처럼 단순한 것이 결코 아니고,

현대와 전통, 도시와 시골 사이에서 그는 배회하였다. 『폐허의 도시』에서 『하얀 밤』, 『토문』과 『가오싱』까지, 그는 모두 시안의 현대화 과정을 말하였고, 그가 사색한 것은 현대화 과정에서 중국 농민의 운명과 시골의 운명이었다. 『폐허의 도시』의 짙게 드리운 퇴폐적 분위기에서 『하얀 밤』 속의 이러지도 저러지도 못하는 난처한 상태까지, 더 나아가 『토문』의 돌아갈 집이 없는 슬픔까지, 마지막에 『가오싱』의 도시 생활에 대한 농민의 기대까지, 자평와는 그의 '서경' 시리즈 소설을 이용하여 시안이란 도시의 현대화 과정에서 드러난 갖가지 병폐를 알려주었다. 이는 문학의 붓대를 이용하여 시안의 미래 발전에 대한 작가의 우려를 드러낸 것일지 모른다. 작가가 좋은 처방 한 가지를 떼어주지 못하였다고 하더라도, 하지만 농촌의 희생, 생태계의 희생, 생명 본모습의 희생을 대가로 삼는다면, 이는 작가로서는 보고 싶지 않은 것이다. 그는 합리적이고 건전한 시안의 도시 현대화 발전 방안을 갈망한다. 그는 사람의 소외를 반대하고 자연으로 회귀를 갈망하며 활력 넘치는 자연 상태를 충분히 드러내기를 희망한다.

고대 유목민족이 지중해 분지에서 영원히 정착한 것이 서양 문명의 서막을 연것을 상징하듯이 대도시의 발전은 독특한 현대 서양 문명의 시작을 알린 표지이다. 도시 생활의 독특한 환경에서 인류는 처음으로 친환경 자연에서 벗어났다. 현대인의 생활 방식의 뚜렷한 특징은 중심 도시에 많은 인구가 집결하고, 이류 도시는 그것들 주변을 에워싸는 데 있다.쑨쉰(孫遜)·양젠룽(楊劍龍), 2007

어느 날 시안 도시가 전통적인 도시가 더는 아니라, 꽃밭이나 시골풍 도시처럼 더욱 친환경화 하고 훨씬 조화롭게 될지도 모른다. 그래야 시안은 사람이 가장 살기 좋은 곳이 된다.

넷째는 시안 사람의 문화이다.

어떠해야 시안 사람인가? 우미가 산시 사람의 성격은 무뚝뚝함, 꼬장꼬장함, 뻔뻔함, 깡다구라고 말하였다. 자평와의 작품에서 시안 사람은 도리어 대부분이 느긋하다. 이러한 일 없이 노는 사람이 도시의 문화 한량이고, 도시의 룸펜 프롤레타리아트 건달이다.

전자는 소설『폐허의 도시』에서 쫭즈데를 대표로 삼은 문화 한량들로 등장하였다. 그들은 사회의 주변에 있고, 정신이 퇴폐하고 마음이 우울하다. 사실 이러한 도시의 놈팡이는 발터 벤야민Walter Benjamin, 1892~1940이『자본주의 발달 시대의 서정시인Ein Lyriker im Zeitalter des Hochkapitalismus』이란 저술에서 이미 언급하였다. 발터 벤야민은 특유의 뜬구름 잡는 선으로 '문인'의 윤곽을 그리며, 문인을 부평초 같이 떠돌아다니며 사는 '놈팡이'로 귀결하였다. 이 층위에서 이러한 놈팡이는 베이징풍 소설京味小說에 등장하는 새장 속에서 유유자적하며 청나라에 충성하는 신하와 젊은이가 아니라, 도시 문화 환경이 만들어낸 유한계층이다. 붐비는 대도시에서 문인은 사람의 물결에 휩쓸려 발길 닿는 대로 걸으며 '두리번거리며', 그로부터 그는 도시와 타인과 전부 관계를 맺었다. 대도시는 그가 만들어낸 군중 속의 사람에게서 표현된 게 결코 아니며, 반대로 도시를 가로지르며 자신의 상념에 빠진 사람에게서 드러내어 보인 것이다.

후자는『가오싱』의 류가오싱劉高興, 우푸五福 등과 같은 부류인데, 쫭즈데와 마찬가지로 그들도 도시에서 발길 닿는 대로 걷는다. 이러한 도시에서 발길 닿는 대로 걷기는 낭만적인 소일거리가 아니라, 큰길과 작은 골목을 누비며 넝마를 주워서 생계를 꾀하는 길이다. 일반 도시의 근로자로서 그들은 사회 하층에서 살고 있고, 그들이 걸어가는 길은 도시 경험의 기본 형식이다. 또 그들은 보행자이자 행인이다. 그들의 몸은 자신을 글쓰기하지만, 읽을 수도 없는 붐비거나 넓디넓은 도시 '텍스트' 속에서 옮겨 다녔고, 그로부터 모든 도시 풍경을 유람하고 도시 생활을 체험하였다. 그리하여 자핑와의 텍스트에서 우리는 커피숍의 연인들의 고백, 나이트클럽의 춤추는 이의 뒤엉킴, 호텔 로비의 화려함 등을 볼 수 없다 하여도, 작가는 그만의 독특한 시선으로 우리에게 시안이란 도시를 묘사해주었다. 도시의 매력이란 사람과 도시의 유일무이한 경험과 만남에 달려 있다.

위에서 말한 것을 간추리면, 시안 작가는 시안 도시와 밀접하게 관련을 맺고 있고, 도시 문화 발전과 상관관계가 있다. 그들의 생각과 문학 텍스트 안에서 진강은 시안 도시의 소리이고 양 고깃국은 시안 도시의 먹을거리이며, 노란색은 시안 도시의 색깔이고 성벽은 시안 도시의 얼굴이다. 소박함과 중후함은 시안 도시의 기질이고, 무뚝뚝함, 꼬장꼬장함, 뻔뻔함과 깡다구는 시안 도시 사람의 성격이다. 류칭부터 천중스까지, 더 나아가 자핑와까지, 그들은 자신의 인간적 매력을 시안 도시의 주관적 정신 문화에 쏟아 부었고, 문학 작품으로 도시 생태 풍경지역도 탄생하게 하였고, 심오한 문화와 사상으로 도시 문화의 내용도 살찌게 하였다. 그 가운데 많은 도시 문화와 관련된 비판을 담고 있다고 하더라도, 그렇지만 자핑와가 말한 바와 같다.

솔직히 말하면 1972년에 시안이란 도시로 들어온 뒤로 나는 시안을 떠날 수 없게 되었다. 이곳은 역사가 너무 오래되어서, 상하이의 젊은 패기가 없고 선전深圳 같은 새로운 이민의 특징도 없다. 나는 이곳을 찬미도 하고 욕설을 퍼붓기도 하였다. 이곳에 기대하기도 하고 실망도 하였다. 하지만 나는 이생에서 시안을 떠날 수 없을 것이고, 성벽 위의 벽돌 한 장이나 어느 길거리의 도로표지판처럼 시안의 일부분이 될 것이다. 라오 시안에 관한 이런 글을 잡다하게 쓰면서 내가 마지막으로 하고 싶은 말은 예전에도 수없이 해온 말이다. 나는 나의 시안을 사랑한다.^{자핑와, 「라오 시안」, 2008 : 56}

문인은 문화 지식으로 이름난다. 문화가 오래된 도시의 발전은 문화 번영을 내용으로 삼는다. 문학가, 문학 텍스트와 문학적 상상을 통하여 도시가 비로소 물질 방면의 발전만이 아니라 정신 영역에서도 꽃을 피울 수 있었다. 도시와 문학 텍스트는 나누어 쪼갤 수 없는 역사를 담고 있으며, 그래서 사람들이 도시 텍스트를 읽고 도시를 이해하게 된다. 이 글에서는 시안 도시 문화의 발전에 대한 시안의 문화 명사가 끼친 영향을 탐구하였고, 그로부터 시안 도시 문화가 꽃을 활짝 피울 수 있기를 희망하였다.

5. 사명감으로 쓴 텍스트
『실크로드 로큰롤』과 『실크로드의 아버지』

'실크로드'가 사람들의 마음속으로 깊숙이 파고들어 사색에 잠기게 하는 화제어가 될 때, 실크로드를 직접 제목에 넣거나 이름을 붙인 문학 작품 내지는 상품과 상점의 간판이 많아졌다. 문학만을 말하면, 현당대 시와 소설의 제목에 '실크로드'를 등장시킨 작품이 비교적 많이 보였다. 여기서 당대 장편소설 『실크로드 로큰롤絲路搖滾』과 『실크로드의 아버지絲路之父』를 예로 삼아서 상응하는 제목에서 드러난 텍스트와 그것과 밀접한 관계를 지닌 '실크로드 의식'을 살펴보고자 한다.

만리장성 서쪽 지역으로 나가서 대담하게 실크로드로 뛰어든 사람들은 대부분이 용감한 사람이고 개척자이다. 서부 실크로드에서 바쁜 사람들은 유달리 강렬한 창업의 소망, 구원 의지와 영웅 숭배라는 잠재의식을 자나깨나 품었다. 이것도 여행자와 개척자의 정상적인 심리이다. 이러한 잠재의식과 심리는 『실크로드 로큰롤』^{원란, 작가출판사, 1994}과 『실크로드의 아버지』^{취안하이판, 멍창융, 문화예술출판사, 1998} 등 소설에서 모두 충분히 드러났다.

먼 길을 가는 뜻을 품은 실크로드 영웅도 큰일을 하며 가난에서 벗어나 공동으로 부자가 되는 길을 걸어가야 한다. 이는 명명이 어떠하든지 간에, 늘 매력적인 이상을 드러내고 상응하는 탐색과 실천을 나타냈다. 실패는 성공의 어머니이다. 가난에서 벗어날 뜻을 품은 진나라 지역 사람은 발걸음을 멈출 수 없다. 원란은 『실크로드 로큰롤』에서 현실적인 개혁 과정에서 랑와狼娃로 대표되는 시베이 사나이의 고달프고도 용감한 탐색을 지어냈다. '창업의 어려움' 선율이 다시금 울리자 '창업'의 반짝이는 빛도 전과 다름없이 앞쪽에서 사람들에게 손짓하며 그들을 부르고 있다.

『실크로드 로큰롤』과 비슷한 적극적인 인생 묘사도 서부 작가의 비전을 드러내고 있다. 평화로운 시대를 살면서 건설적인 사업에 마음을 두며, 창업에만 매달리는 사람이라야만 느낄 수 있는 신성한 정감은 두펑청의 「평화로운 날들在和平的日子裏」과 「밤에 링관샤를 걷다夜走靈官峽」, 왕원스의 「눈보라 몰아치는 밤風雪之夜」과 「새로 사귄 짝꿍新結識的伙伴」, 왕성우王繩武, 1926~의 「새집 이야기新房子的故事」, 왕쭝위안王宗元, 1919~1971의 「후이 아주머니惠嫂」, 리샤오바李小巴, 1937~2022의 「고비의 붉은 버들戈壁紅柳」 등 1950·1960년대의 소설에서 지금도 우리가 느낄 수 있다. 우리는 생존과 정신의 충실을 위하여, 굳건하게 '거짓말, 흰소리, 헛소리'를 거부하지만, 노동자가 내뿜는 순결하면서도 고상한 감성을 거부할 이유란 없다. 어지러운 세상에서 출렁출렁 황금물결 넘실거리며, 많은 사람이 물질 면에서 더는 가난하지 않을 수 있지만, 그들은 도리어 '생명'의 의미를 잃어버리거나 텅 비어버리는 '실존'의 어려움에 새로이 직면할 가능성이 있다. 우러러 존경하고 받들 '창업' 정신을 재건할 필요가 있지 않을까? 자평와의 『하얀 밤』의 예랑과 같은 이들도 이것은 고약한 문제라고 여길지 모른다. 쩌우윈鄒雲 같은 이들은 아마 이 문제가 무슨 의미인지를 아예 이해할 수 없을 것이다.

모선의 「촉도의 노래蜀道吟」는 신세대 건설자의 면모를 드러냈고, 철도 직원의 헌신정신을 찬미하였으며, 두펑청이 예전에 창조한 '건설자 시리즈' 소설과도 이어졌다. 나이 지긋한 두펑청이 모선의 이 중편소설을 읽었을 때에 그는 저도 모르게 감격하여 단숨에 모선에게 장편 편지 한 통을 써서 호평하고 찬미하였으며, 작품에 대해서 비교적 꼼꼼한 분석도 곁들였다.[17] 두 세대 작가는 학예를 전수하며 장엄하고 굳센 기개를 담아냈고, 그들은 저마다 건설자 정신의 숭고한 아름다움에 대해 깊은 관심을 기울였음을 드러냈다. 그렇지만 건설과 창업에 종사하는 험난한 여정에는 주먹을 불끈 쥐게 하는 갖가지 우여곡절이 자주 생기고 심지어 비극이 나타날 수도 있다. 두펑청이 당시에 평화로운 시절의 건설을 표현한 것은 과거 전쟁터에서의 목숨 건 돌격에 전혀 뒤지지 않았다. 이는 리춘광李春光, 1950~의 장편소설 『정 때문에情使』와 모선의 최근 작품 『다징주 현장 기록大京九紀實』에서 생생하게 구체화하였다.

차오스의 최근 장편소설 『추한 고장醜鎭』에서 개혁개방 과정의 관중 농촌을 묘사할 때에 농민 기업가 푸윈성普雲生 등이 단맛 쓴맛 다 보는 구불구불한 여정을 상당히 충분하게 묘사하고, 기형적인 정치 풍토에 의해 소외된 어신런鄂心仁이 일으킨 소동을 더욱더 치밀하게 써냈다. 이렇게 상당

---

17 두펑청이 모선에게 보낸 편지, 두펑청, 「오래된 도시의 메시지―『촉도의 노래』를 읽고 모선에게(古城寄語―讀『蜀道吟』致莫伸)」, 『소설평론(小說評論)』 4, 1985.

히 깊은 층위에서 개혁을 침체시키거나 왜곡하는 위험한 세력을 폭로한 점에서 확실히 새겨볼 가치를 지녔다. 차오스가 창업을 방해하는 세력이 '간부'에게서 나온 것임을 해부해서 드러내는 데 심혈을 기울인 점과 달리, 원란의 『실크로드 로큰롤』은 개혁과 새 생활에 대한 '군중'의 갖가지 뒤떨어진 의식으로 인한 오해를 밝히는 데 치중하였다. 폐쇄적이고 뒤떨어진 문화가 군집의 방식으로 축적되면, 원래 매우 착해 보이던 사람도 매우 잔인하지 않으면 바보 멍청이로 바뀔 수 있다. 그로부터 작가도 경제개혁, 사상 해방, 생활의 새로운 변화와 무게감 있는 문화적 반성과 인간성 탐색을 적절하게 배치하여 엮어내, 동시에 진나라 지역 사람의 삶의 고달픔과 창업의 어려움에 유기적인 문학적 해석을 해주었다.

이러한 서부 소설은 역사와 문화에도 특별한 관심을 기울였다. 『실크로드 로큰롤』과 『실크로드의 아버지』의 작가가 현실 생활20세기 각 역사단계를 포함을 뜨겁게 끌어안을 때에 대다수는 모두 상당히 무게감 있는 역사관을 지녔고, 현실에서 오래된 문화 전통의 갖가지 작용을 독특한 감각으로 파헤칠 수 있다. 아울러 그들은 창작 방법, 사유 방식과 미적 매력 등 많은 방면에서, 현지의 오래된 문화의 양분을 섭취하고 그 가운데 전통적인 민간문화의 양분도 들어갈 수 있다. 이러한 소설가의 붓대 아래 현실 생활은 묘사의 중점이 되지만, 이 현실 생활도 과거 생활의 연속이며, 옛날과 오늘이 서로 통하는 것은 늘 보일 듯 말 듯 하고, 크든지 작든지 폭로일 수 있다. 서부의 오래된 인문 풍경갖가지 명승고적 등에서 오랜 시간이 지나면서 고착화한 생활 방식예를 들면 진나라 지역 사람의 생활 습관 속의 '별난 것 열 가지', 그리고 그 소박하고 화려하지 않으며, 인정이 두텁고 정의감이 강하며, 우직하고 활달한 정감과 성격까지 모두 서부 소설가가 묘사에 열중하는 대상이 되었다. 어떤 이는 산시-간쑤 진나라 땅이 천연적인 커다란 역사박물관이라고 말하였다. 그러면 진나라 지역 소설은 언제든지 이 역사가 길고 긴 박물관의 해설원을 맡게 될 것이다. 원란이 『실크로드 로큰롤』의 첫머리 부분에서 말한 것과 같다.

> 황토고원의 깊고 커다란 강물은 원래 사람에게 무겁게 가라앉고 끝없고 오래고 먼 느낌을 주었다. 이 끝없이 넓은 어둠이 그것을 수천 년 전의 혼돈으로 더욱더 밀어버릴 것만 같았다. (⋯중략⋯) 단숨에 백 대 조상 할아버지의 할아버지까지 줄줄이 다 말하였을 때, 발아래 그 '옛 실크로드'로 불리는 길은 옛날 창안에서 다른 나라 이란으로 통하였고, 세계에 대해 중국이 최초에 연 장삿길이었다. 그때 우리의 먼 조상은 엉덩이를 동쪽으로 향하고 얼굴은 서쪽으로 향한 채로 이곳을 지나가며, 반들반들 눈부시고 물처럼 매끄러운 비단을 더미더미 서쪽 거기 훨씬 더 멀고 훨씬 더욱 먼 곳으로 보냈고, 손오공조차도 방향을 틀어서 남쪽으로 가고 서쪽으로 가지 않은 이란으로 보냈다. 또 그곳의 붉은 코에 푸른 눈에 털보, 불법을 구하는 당나라 승려에게 요괴처럼 보인 외국 사람은 도리어 엉덩이를 서쪽으로 향하고 얼굴은 동쪽으로 향한 채로 우리의 조상에게 눈을 어지럽히는 금, 은, 보석을 갖고 우리 이곳을 지나서 옛 중국의 조상 화하의 황상님이 사는 옛날 창안에 이르렀다.원란, 1994

작품에서 랑와라 불리는 주인공의 발자취와 사색을 따라서, 관중의 이름난 유적지를 거의 모두 한 번씩 참관하고, 또 수시로 그에게서 좀 제멋대로이면서 제법 지역 문화의 특색을 지닌 '해설'을 들을 수 있다. 소설에 오래된 골동품에 대한 묘사를 삽입한 것은 신시기 이전의 진나라 지역의 소설가에게서는 비교적 보기 드문 듯한데, 1980년대에 이르러 뚜렷하게 많아졌다. 1990년대에 이르러 어떤 작가의 창작에서는 좀 '넘쳐나는' 맛도 생겼다. 그밖에 삶의 자유를 추구하는 소박한 갈망 속에서 진나라 지역 사람은 삶의 본능적인 욕망이 '넘쳐나는' 추세에 있는 것도 묘사하였다. 작가들은 즐거운 성 체험과 성적인 상상을 충분히 미화하고 시적인 맛을 풍기게 하고, 또 그렇게 함으로써 자아를 취하게 하고 충실하게 채우기를 좋아하였다. 이것도 진나라 땅의 남북 사람들의 공통된 성격을 구성하였다.

자핑와가 창작한 풍성하고 아름다운 '먼 산과 시골 정취'는 감동적인 산골 민요처럼 사람들의 성애를 미적으로 재구성한 것이다. 『폐허의 도시』 등 반성에 뜻을 둔 소설이라고 하여도, '성의 미화' 같은 취향이 스며들어갔다. 원란의 『실크로드 로큰롤』도 북쪽 지역 사나이의 성적인 능력을 더 나아가서 시적인 정취로 심화하였고, 북쪽 지역 사나이의 성애를 남쪽 지역 여성에게 몸과 마음을 환희의 절정으로 안내하는 지렛대가 되게 하였다. 이는 더 나아가서 남과 북의 결합, 옛날과 오늘의 결합, 인생과 사업의 결합이라는 낭만적 정취를 물씬 풍기는 상징도 되었다. 『실크로드 로큰롤』에서 랑와와 하이펑海風이 서로 사랑하는데, 또 다른 시공간에서 관중 멍텅구리慣娃와 외지 여인이 사랑을 나누는 이야기를 중복한 것처럼 보인다. 소설에서 하이펑이 어머니에게 드넓은 시베이와 랑와에 대한 인상을 말해줄 때에 이렇게 서술하였다.

나는 아이가 이야기하듯이 어머니에게 드넓은 시베이의 오래되고 소박한 지역 풍습을 이야기해주었으며, 오래되고 신비하면서 웅장하고 많은 역사와 문화를 말해주었으며, 미국 서부영화의 카우보이처럼 그렇게 랑와를 말해주었다. 그런 사람 넋을 잃게 하는 흔한 민간 전설, 지역 정취들, 특히 그 드넓은 시베이의 사나이 랑와의 이야기를 어머니는 신화처럼 흥미롭게 들었다.

소설의 제20장에서도 민간의 "삼신기도"절에서 여는 장마당의 하나인데, 아들 없는 여인이 날이 어두워지면 산에 올라가 "씨내리"함와 하이펑과 랑와의 "야합"을 흥미진진하게 썼다. 이러한 묘사는 순수한 허구가 절대 아니며, 민속 문화 속에 일찍부터 기록이 있었다.[18] 루쉰이 예전에 이렇게 말하였다.

> 여염집 아낙도 절에서 여는 장마당 구경을 가고 제사를 구경하긴 하였지만, '풍속교화를 해친' 일이 가문 높은 대갓집보다 더 많았다고 누가 말할 수 있을까?루쉰, 1981 : 256

관중 사람들의 성문화를 펼쳐 보이는 데는 쩌우즈안의 '러브스토리' 시리즈도 이 방면에서 비교적 공을 많이 들였다. 산시 남쪽 지역에서 산골 민요나 사랑가가 바람 따라 유행하면서 초나라 지역의 낭만적인 정취도 얻었다. 결혼 대상은 원래 애인을 가리킨다. 하지만 1996년에 방영된 텔레비전 드라마 〈세속 인연塵緣〉에서 보면, 기존의 혼인은 어느새 사랑이라고 말할 것이 없게 되었다. '제3자'가 되는 애인은 되레 혼인하기 어렵고, 애인이란 가족이 되기 어려우며, 가족은 더이상 사랑하는 사람이 아니다. 마지막에 커다란 비극가족과 애인이 모두 어려움을 만남을 빚어낸 것은 〈세속 인연〉 속의 바이샤오둥白曉棟과 아내 자오즈야趙芝雅, 애인 첸원신錢溫馨 등의 이야기이다. 이와 비슷한 기본 이야기의 원형은 원란의 『실크로드 로큰롤』, 리캉메이의 『쪼개진 인연裂緣』, 자펑와의 『상저우商州』와 『하얀 밤』, 청하이程海, 1947~의 『운명을 뜨겁게 사랑해熱愛命運』 등 소설 속에 모두 들어 있다. 그것은 이야기를 엮는 역할을 하고, 아울러 그 원형의 힘으로써 사람의

---

18   『산시문사(陝西文史)』, 1996년 제3기에서 제공한 "아들 점지기도(祈子會)" 관련 자료 참고.

영혼으로 돌진하여 사람을 애타게 하며, 감정의 가장 부드럽고 가장 복잡한 은밀한 곳을 건드렸다. 예술의 끊임없는 발전에 따라서 물론, 우리는 원형에 대한 재구성의 수단이 더욱 뛰어나고, 그것을 더욱더 풍부하고 원만하게 해주지만, 그렇지 않으면 간략한 원형의 뼈대만 있을 뿐이고, 감동적인 힘을 만들어내기 어렵다는 점도 강조해야 한다.[19]

사실, 사람에게 성이란 매우 풍부한 문화적 기능을 지니며, 생식 층위에서의 성이 의미가 크다고 하더라도, 결국은 도구적이다. 종법 혼인, 정략혼인과 뜻이 맞는 혼인과 연애 등도 모두 '성'을 도구화한 경향이 있다. 유일하게 이러한 도구화의 구속에서 벗어나야만 성의 미학화가 비로소 충분히 실현될 수 있다. 이것은 현실에서 매우 드물지만, 문예란 상상의 세계나 프로이트가 말한 "백일몽daydream"이 늘 보는 일처럼 습관이 된 듯하다. 이것은 『홍루몽』에서 일찍이 긍정해준 보옥寶玉과 같은 '성적인 상상'일지도 모르겠다. 이러한 의미에서 사람의 생식기관의 원시적 기능은 미적 기능으로 승화되고, 체험 속에서 '생식기'는 '오락기'로 바뀌었으며, 마음이 편안하고 즐겁게 정신과 생리의 만족이란 요구가 매우 통쾌하여 말로 전할 수 없는 일이 되었다.

최근에 진나라 지역 소설가는 분명히 '성의 미화'이는 고대 문학과 민간 문학 속에서 성애를 시적인 정취로 미화한 전통과 서로 통하는 점이 있음 묘사에 상당히 관심을 기울였다. 『실크로드 로큰롤』에서 랑와와 하이핑의 성애는 주로 자연으로 회귀하는 경계를 담고 있다. 야합이란 사람들의 옛날 풍조가 뜻밖에 현대 남녀 사이에서 인용되었다. 전통적인 공리적인 관점 아니면 봉건의 관점에 따라 보면, 그것은 필연코 그것을 짐승의 짓거리일 것이었다. 그들은 또한

---

19 「신시기 진나라 지역 소설의 민간 원형(新時期秦地小說的民間原型)」이란 글에서 비교적 상세히 다루었으므로 참고.

성의 사회화 차원에서,[20] 사람들이 잘 아는 성애 묘사의 문학적 교훈 가운데서 늘 성애를 쓰기 위해서 성애를 써서는 안 되며, 더욱이 성애 묘사 과정에서 사회와 인생에 역점을 둘 것을 강조하였다.바이하이전(白海珍), 왕판(汪帆), 1989:54 이는 성애를 사회와 인생의 커다란 틀 속에 집어넣어서 살펴본 뒤라야 끌어낼 수 있는 결론이다. 확실히 성, 성애와 성 묘사는 모두 사회와 인생과 매우 밀접한 관계를 갖는다.

『창업사』에서 나쁜 사람의 통간 행위를 빌려서 원래 농촌 사회의 상류층에 속한 인물예 야오스제(姚士傑)을 공격하였고, 루야오의 『평범한 세계』에도 사통한 자의 도덕 상실에 대한 풍자가 들어 있다. 또 『폐허의 도시』에서는 거침없이 성을 썼다고 할 수 있지만, 오히려 매우 깊은 뜻을 지닌 교훈적인 텍스트이고, 성의 매력을 힘껏 쓴 동시에 성의 파괴력도 한껏 썼다. 게다가 이는 모두 사회와 인생과 깊이 관련되어 있다. 왕평의 『수장水葬』의 표지에 "사랑이란 거친 산과 들판에서 피 흘리는 독수리"라는 글귀가 인쇄되어 있다. 이것도 성이 사회화된 차원에서 늘 감당해야 하는 비극적인 운명이다.

성애는 언제나 나쁜 세력을 따라서 죄를 짓지 않으면 아름답고 착한 약자를 따라서 번번이 상처를 입는다. 『수장』 속의 추이추이翠翠가 감당한 갖가지 불행은 미인 박명한 여성의 운명을 새로이 해석한 것이다. 이는 완전히 20세기 중국에서나 가능한 해석이다. 추이추이와 매우 비슷한 『바리의 정적八里情仇』징푸 속의 연꽃荷花도 팔자가 기구하고, 성애의 권리

20　[옮긴이] 리지카이는 『진나라 지역 소설과 '삼진문화'』에서, 진나라 지역의 성문화는 세 가지 차원에서 주의할 가치가 있다고 보았으며, 첫째, 원시적인 본능 차원(一是原始的本能層面), 둘째, 성의 미화 차원(二是性的審美化層面), 셋째, 성의 사회화 차원(三是性的社會化層面) 등으로 나누어 분석하였다.

를 박탈당하고 왜곡 당한 채로 수십 년 동안 고통에 시달렸다. 리캉메이의 『사랑의 한情恨』속의 춘아春婭는 산골 아가씨로 몸과 마음이 안팎으로 갖가지 충동과 압력을 받아서 성도착의 늪에 빠져서 발버둥을 쳤다. 특히 산골에 켜켜 쌓인 봉건적인 문화의식은 비극의 근원을 구성하였다. 리캉메이의 붓대 아래 산골은 사랑의 꽃을 빨리 피울 수도 있고 이 꽃을 주물러서 곤죽으로 만들 수도 있다. 라오춘老村의 『소란의 땅騷土』이 바로 그러한데, '소란의 땅'에서 성이 기형적으로 변하게 된 사회적 원인도 파헤쳤고,[21] 그 가운데서 드러낸 모종의 비판적인 의미도 소홀히 할 수 없다. 물론 현대적 성애라는 문화 입장에 서면 우리도 오래된 땅에서 동물성, 간단함, 속됨, 무료함, 황당함, 무지함 등 성애의 원시적 참모습을 발견할 수 있다. 아름다운 빛 무리와 시적인 정취에 대한 찬미는 때로 사려 깊은 사람만이 부여하는 것일지도 모른다. 양정광의 소설 「노름꾼賭徒」과 「마른 개울干溝」 등과 펑지치의 소설은 매번 아주 원색적인 언어를 사용하여 진나라 지역 사람의 비이성적인 성애 세계를 그려내서 그곳에서 시적인 정취는 사라지고 부조리함과 어리석음만 드러났다.

『실크로드 로큰롤』 등 소설은 민간 가요에 대하여 뜨거운 관심을 보여 주었다. 진나라 땅의 민요는 일찍이 『시경詩經』「진풍秦風」[22]과 한나라의 악

---

21   자오위안(趙園)은 『땅의 아들(地之子)』이란 책에서 자핑와의 「톈거우(天狗)」와 스톄성의 「나의 아득히 먼 칭핑완」 등이 모두 '비정상적인' 결혼과 연애를 썼지만, "절대 '기형 연애'라고 느끼게 하지는 않았다. 거기서 드러낸 것은 오히려 비인간적인 상태 속에 가장 인간적인 광경이고, 황토 속에, 바위틈에서 몸부림쳐서 나온 군데군데 드러나는 초록색이다" 하고 언급하였다. (자오위안, 『땅의 아들』, 베이징시월문예출판사(北京十月文藝出版社), 1993 : 107) 물론 자핑와와 스톄성의 두 작품은 매우 순수하고 깨끗하다.

22   『시경』「진풍」은 모두 10편이다. 설사암(薛思庵, 1435~1508)이 『야록(野錄)』에서, "「진풍」을 읽으면 음탕한 시가 없어서 기쁘고 진나라 땅의 풍속이 좋아 보인다" 하고 말하였다. 「진풍」은 전쟁을 말한 건 많고 사랑을 말한 것이 적다. 남성적인 기백이 강하고 여성적인 기질은 약하다. 하지만 부드러운 것은 유달리 부드러워 아름답다. 예컨대 「진

부시가 유행한 시대에 민간에서 보편적으로 탄생하고 널리 퍼졌다. 진나라 땅은 예로부터 민요에서 민풍과 세상살이를 보는 문화 전통을 지녔었다. 옌안 문학 시기에 많은 작가가 민요를 수집하러 왔고, 아울러 민중과 함께 낡은 병에 새 술이 담긴 맛을 띤 새 민요늘 "혁명가요"라 불림를 창조하였다. 이러한 '새롭게 고친' 민요는 종종 민심의 저울대로서 시대의 모습도 반영해낼 수 있고, 지금도 진나라 지역 작가가 여전히 중시하고 있다. 그들은 수첩과 작품 가운데서 종종 민요에 대한 충실한 기록을 드러냈다. 예를 들면 원란의 『실크로드 로큰롤』에 자오싼쉬안趙三弦의 "즉흥 가락"[23] 한 세트를 기록해두었고, 차오스의 「열녀 추이추이烈女翠翠」에도 마을 아이의 "끝말잇기"를 썼고, 자펑와의 「고향故里」 속에는 그 고장 아이마다 할 수 있는 '즉흥 가락'을 수록하였다. 이러한 민요 가락의 인용마다 소설 줄거리의 일부를 구성하면서, 줄거리를 이끌고 발전시키는 데 비교적 중요한 작용을 하였다.

사람들이 산시에 '별난 것 열 가지'가 있다고 말하는데, 그 가운데서 1/2이나 거의 1/2이 '먹기'와 관계가 있다. 『실크로드 로큰롤』의 제15장에서 랑와는 남쪽 지역에서 온 여성 엔지니어 하이펑과 함께 간이식당에서 밥을 먹을 때에 이 '별난 것 열 가지'를 소개하였다. 첫째는 국수 가락이 허리띠 같다. 둘째는 구운 밀가루 떡이 솥뚜껑만 하다. 셋째는 고추도 요리에 낀다. 넷째는 찐빵을 큰 사발로 판다. 다섯째는 밥그릇인지 대

풍(秦風)「갈대숲(蒹葭)」에서 "그리운 님이 물 건너 저쪽에 계시는데 / 물 거슬러 돌아가 따르려니 길 험하고 멀어 / 거슬러 헤엄쳐 따르려니 아직도 물 한복판이네" 하고 노래하였다.

23 자오싼쉬안이 말하는 가사에 어떤 것은 전부터 전해지는 것이고, 어떤 것은 시사와 관련이 있다. '문화대혁명'도 가사에 있고, '개혁'도 가사에 있으며, '반부패'도 가사가 있다. 모든 세태가 다 들어 있는 것 같아서, 재미가 쏠쏠하다.

야인지 구분하기 어렵다. 여섯째는 손수건을 머리에 쓴다. 일곱째는 집을 반쪽만 짓는다. 여덟째는 처녀는 남과 어울리지 않는다. 아홉째는 의자에 앉지 않고 쭈그리고 앉는다. 열 번째는 진강은 부르는 것이 아니라 고래고래 소리 지르는 것이다.[24] (앞쪽 다섯 가지는 먹을 것과 관련 있고, 다섯째 별난 것은 진나라 지역 사람이 밥을 먹을 때 쓰는 밥그릇이 크고, 늘 밥과 반찬을 한데 비비는 점을 강조하였다) 랑와의 소개를 듣고 하이펑은 배꼽이 빠지도록 웃으면서 그럼 "첫째 별난 것"을 먹자고 말하였고, 그래서 그녀가 "첫째 별난 것"을 먹었다. 그 뒤로 그녀는 또 다른 '별난' 것 몇 가지를 먹는 경험을 하였고, 진나라 땅의 간식거리에 대해서도 흥미가 생겼다. 그녀는 남쪽 지역의 음식과 비교한 뒤에 도리어 이러한 결론을 내렸다.

북쪽 지역의 음식에는 북쪽 지역 음식의 장점이 있고, 남쪽 음식에는 남쪽 음식의 장점이 있어요. 예를 들면 북쪽 사람은 밀가루 음식과 소고기와 양고기를 잘 먹어서 체격이 크고 튼튼하고 성격도 거칠고 걸걸하며, 사람됨이 무던하고 덤벙거려요. 열정적이고 솔직하며 의리를 중시해요. 남성적인 기백으로 가득 찼고, 종족의 활력을 유지하고 있어서 대자연의 아들이라고 부를 수 있었어요. 하지만 남쪽 사람은 생선과 쌀과 해산물을 잘 먹어요. 그들은 몸집이 작아서 체격이 퇴화한 것 같지만, 그들은 머리가 발달하였고, 똑똑하고 지혜로우며 생각을 잘해요. 그래서 중국 고대에 북쪽에서는 제왕과 재상들이 많이 나오고,

---

24 '산시의 별난 것 열 가지'에 다른 견해도 있다. 예를 들면 장페이리(張培禮)의 『친중의 옛일(秦中舊事)』에서 소개한 내용은 집을 반쪽만 짓는다, 창호지를 밖에 붙인다, 국수가락이 허리띠 같다, 구운 밀가루 떡이 솥뚜껑만 하다, 걸상에 앉지 않고 쭈그리고 앉는다, 솜저고리를 뒤집어 입는다, 이불을 뒤집어 덮는다, 노래하는 것인지 싸우는 것인지 분간하기 어렵다, 고추 우린 물도 요리이다, 손수건을 머리에 쓴다 등이다. 장페이리, 『친중의 옛일』, 상하이서점출판사(上海書店出版社), 1992 : 143면.

음식에서 지역 문화의 특징과 사람의 특징을 볼 수도 있다고 말해야 할 것이다. 이에 대하여, 하이펑이 말한 것은 자연히 작자의 견해도 될 것이다. 진나라 땅의 음식문화는 확실히 상당히 발달하였으며, 『인문중국사文中國』에서 말한 바와 같이, 산시 사람은 먹을거리에 진심인 편이어서, 먹는 중에 볼거리가 있고, 먹는 중에 정이 있고, 먹는 중에 역사가 있고, 먹는 중에 복을 빈다.신상양(辛向陽), 1996 : 1011~1017 하지만 대체로 궁정요즘은 호텔 위주이나 결혼식이나 호상같이 성대한 자리의 음식문화에서 신경을 쓰고, 수많은 민중의 일상 음식에서는 도리어 이런데 신경 쓰지 못한다. 그렇지만 고향 밥이 남이 보기에 얼마나 거칠고 보잘것없든지 간에 그저 한 입을 먹고 싶은 소망은 도리어 언제나 고향의 정과 함께 연결되어 있다. 왕쩡위안의 단편소설 「후이 아주머니」에서 후이 아주머니의 소개를 통하여, 독자는 그녀의 나이 많은 남편의 '변변치 못한 점'을 볼 수 있다.

산베이의 흙 토굴, 신김치, 녹두 쌀죽, 첸첸밥錢錢飯 등을 다 떠올렸다. 그는 지도 자인데, 어떻게 남에게 말해? 생각하자니 마음이 답답해져서 홀로 산비탈로 올라가서 오락가락하였다. 여기 갔다 저기 갔다 오락가락하면서 이 풀을 보았다.

이러한 '먹기'와 고향의 정이 연결되면 지역 문화의 잠재적 생명력도 미루어 대략 짐작할 수도 있다. 무엇을 먹을 것인가와 어떻게 먹을 것인가는 종종 그 문화가 어떤 땅에 뿌리 내렸는지를 봐야만 알 수 있다. 작가가 어느 고장의 음식문화를 잘 쓰는지도 적어도 그 지역의 생활에 대하여 그가 상당히 잘 알고 있음을 나타낼 수 있다. 예를 들면 원란은 관중의 간식거리와 집밥을 잘 쓴다. 로고처럼 관중이란 지역의 생활과 문화에 대하여 그가 가장 정통함을 나타냈다. 그는 『실크로드 로큰롤』 제13장에서 랑와가 하이펑에게 '자오퇀攪團'[25] 먹는 법을 가르쳐주는 장면을 썼는데, 매우 꼼꼼하고 제법 맛깔나게 써서 이 점을 검증할 수 있다. 『실크로드 로큰롤』에 '관광 안내인' 같은 의미를 담아내며 장편소설 한 편에서 관중의 오래된 문화와 민속 문화를 한껏 공들여 펼쳐보였는데, 그 가운데 음식문화도 포함하였다. 관중의 고향 맛을 내는 간식거리는 제법 이름났고, 또 감동적인 관련 전설이 많이 있다. 예를 들면 '조광윤趙匡胤, 927~976, 재위 960~976과 양고기 옹심이국羊肉泡饃', '손사막孫思邈, 541~682과 양고기 야챗국葫蘆頭', '사마천과 참깨 찐빵早麻糊饃' 등이 저마다 짙은 지역적 정취를 띠는 것들이다.창완캉(强萬康), 1994 : 168 또한 소설에서 시베이 사투리와 민간 속담, 헐후어歇後語[26] 등에 대해서도 깊은 관심을 기울이고 구체적으로 묘사하였다. 예를 들면 원란은 『실크로드 로큰롤』에서 량梁 시장과 랑와가 함께 대추나무내棗樹溝로 되돌아가는 장면을 썼다. 이때 랑와는 이미 성省 모범노동자가 되었고 시멘트공장의 상품도 전국에서 상을 받았으므로 기쁜 나머지 축하하려고, 량 시장에게 말하였다.

먹으러 갑시다! 구이 포장마차는 어떻소? 떠들썩하게 하자구요. 대추나무내에 천년 내리 늙어빠진 기운이니 망할 놈의 기운이니 확 쓸어버리자구요.

『실크로드 로큰롤』에서 원란은 랑와가 린샹어林香娥와 일을 의논하려고

---

25   [옮긴이] 산시 특색의 간식거리이고 밀가루나 옥수수가루를 휘저어 쑨 죽이다.
26   [옮긴이] 뒷부분을 말하지 않고 앞부분만 말해서 전체 문맥의 뜻을 암시하는 해학적이고 관용적인 말이다.

하는 장면에서 이렇게 썼다. 그가 말하였다.

아주머니, 겁내지 마세요. 저는 랑와입니다. (…중략…) 우리 톡 까놓고 돌로
돌을 쳐서 말하면, 제가 아주머니랑 의논할 일이 있어요.

'돌로 돌을 치다'는 '확실하다'란 말이고, 솔직하다는 말이다. 최근에 지
역 문화로서의 진나라 땅의 사투리에 대하여 적극적으로 창조적으로 사
용하는데 주의하고 있으며, 이 점을 진나라 지역에서 요즘 비교적 활약
하는 소설가들은 공감한 것 같다. 그들은 지역 문화를 발굴하고 약동하는
민간의 숨결을 전달하며, 드넓은 시베이의 토속적인 맛과 분위기를 언어
기호로 정확하게 표현해내려고 하며, 적어도 지금은 사투리 문화를 회피
하지 않는다. 사투리 문화는 개별 어휘의 지역적인 문제를 언급하고, 그
가운데서도 상응하는 발음, 어감, 문법, 말의 속도 등을 담기 마련이다. 작
가가 창작할 때에 이러한 사투리가 담은 문화적 요소들을 많이 알고 있
으면, 훌륭한 언어 감각을 찾기 쉽고, 인물의 목소리와 말투가 귀에 들리
는 듯하고, 그에 맞는 표정과 모습도 눈에 선할 것이다.
　진나라 지역 사투리의 원래 맛을 내면서도, 또 양적으로 질적으로 다른
소설가와 비교해 보면 원란은 비교적 두드러진 작가의 한 사람인 셈이다.
비교적 큰 정도에서 그는 사투리를 빌려서 예술적 사유를 전개하였다고
말할 수 있다. 특히 『실크로드 로큰롤』의 앞부분의 그 '서술자'는 랑와^{본명}
^{'랑웨진(狼躍進)'}이다. 이 드넓은 시베이의 거친 사나이가 기운을 내서 황토지
에서 일을 해보려고 한다. 그는 대담하게 생각하고^{생각은 사투리 토박이말로 마음의}
^{흐름,} 대담하게 말하고^{자연히 온 입에서 나오는 말은 시베이말이고, 그 대부분 어휘는 표준말인 푸통화}
^{(普通話)에 있다고 하여도 말소리, 속도, 문법 등은 기본적으로 진나라 땅의 것}, 대담하게 실행^{실행한 일에}

관한 서술은 '권1'에서도 랑와의 입으로 서술한 것이고 그래서 뚜렷한 사투리 문화의 특색도 지닌하였다. 이 것도 요컨대 『실크로드 로큰롤』같은 작품은 이미 실크로드에서의 민간 사투리 문화를 '흔들어rock' 내왔고, 상당히 뚜렷한 지역적인 격조와 운치 를 '흔들어'냈다.

어떤 이는 "관중 땅의 사투리에 대한 『실크로드 로큰롤』의 활용은 공헌 이다. 오랜 세월 뒤에 옛날 사투리가 사라졌을 때에 작품 속에서 값진 문 화 자원을 많이 건져낼 수 있다. 언어의 개선 문제에 대하여 말하면, 그것 은 언어학자의 임무이고, 문학가가 중시하는 건 언어의 표현력에 있다"린 춘(臨春), 1995.(2) : 87~89라고 지적하였다. 하지만 『실크로드 로큰롤』에도 그것 을 보완하기 어려운 아쉬움이 있다. 언어를 활용하여 기세, 감각과 순함 을 궁리할 때에 작가도 좀 자기 마음대로인 점사투리 사용에서도 이러함이 있었던 것 같고, 그로부터 좀 거친 흔적들을 남겼다.

고대 진나라 땅의 빛나는 역사와 진나라 사람의 개척정신에 대해서도 당대 진나라 지역 작가는 심혈을 기울여 글쓰기 해야 한다. 분명히 진나 라 땅의 빛나는 역사와 진나라 사람의 개척정신은 의심할 바 없이 밀접 한 관계가 있고, 그로부터 많은 역사 이야기 내지는 영웅 일대기를 구성 하였다. 관심을 실컷 받고 또 비교적 논쟁을 많이 일으킨 쑨하오후이孫皓 暉, 1949~의 『대진제국大秦帝國』은 진나라 땅 역사소설 가운데서 손꼽을 만하 다. 이 작품에 관하여 말한 사람이 너무 많으므로 더 말하지 않겠다. 여기 서는 한나라 때 인물을 묘사한 장편 역사소설 『실크로드의 아버지』를 예 로 들어 약간 분석하고자 한다.

진나라 땅에서, 사람들은 여태까지 '주, 진, 한, 당나라'와 '13개 왕조의 옛 도읍지' 따위의 말을 하길 좋아하는데, 그 가운데서 사람들의 비난이 비교적 적은 한나라와 당나라가 작가와 독자의 사랑을 더욱 깊이 받는다.

제4장 | 문화적 서부 시야 속의 실크로드 문학　　385

매우 중요한 원인의 하나는 이 두 왕조가 주도적인 면에서 보면, 중국에 번성과 명성을 갖다 주고 중국 사람의 독특함을 인증하였으니까, 자랑스럽게 여기기에 족한 점에 있다. 『실크로드의 아버지』에서 우리는 작가가 새로운 통합과 초월을 힘껏 찾고, 한나라의 권력 체계에 대해 조명하며, 한나라 시대의 중대한 개혁 조치에 대해서도 무게감 있게 묘사하고, 한문화에 대해서도 절절하게 회고하고 선전한 점을 볼 수 있다. 그로부터 역사소설의 창작에 신선한 숨결을 불어넣고 창작 시야를 넓혔으며, 두근두근 가슴 설레게 하는 '한족'의 기백을 드러낸 점도 볼 수 있다. 『실크로드의 아버지』는 2천여 년 전에 한나라 사신 장건이 서역으로 출사하고, 20여 년 동안의 험난한 가시밭길을 걷고 걸어서 마침내 중국이 서아시아를 가로질러 유럽으로 곧장 통하는 탄탄대로인 실크로드를 개통한 이야기에 중심을 두었다. 장건의 사적은 『사기』 「대원열전」에서 나왔다.

마담 드 스탈Anne Louise Germaine de Staël-Holstein, 1766~1817이 예전에, "재능과 지혜에 대한 역사 제재의 단련은 허구한 제재와는 완전히 다르다. (…중략…) (그것은) 방해가 되듯이 보이지만, 어떤 제한들 안에서의 기준점을 잡고 일정한 궤도와 적당한 열정을 틀어줄 수 있기만 하면, 그러면 그러한 제한들 자체는 재능에 유리한 것이다. 서사시에 충실한 시적 재능이라야 역사의 참모습을 돋보이게 할 수 있다. 햇빛이 여러 빛깔을 더욱더 눈부시도록 할 수 있는 것처럼, 이러한 시라야 역사적 사실에 세월의 그림자가 앗아간 젊음을 부여할 수 있다" 하고 말하였다. 『실크로드의 아버지』가 바로 역사의 진실이란 토대 위에 서서 동시에 또 허구적인 상상도 가미하였고, 장건이란 인격적 매력을 듬뿍 지닌 역사적 인물 형상을 성공적으로 빚어냈다.

역사소설의 창작자는 역사적 권위 위에서 신뢰성을 세우는 데 만족해

서는 안 되고, 사람의 성격과 감성 묘사와 이야기의 인과 고리를 힘껏 드
러내야 하며, 진정으로 자신의 창작을 질적 규정성과 미적 보편성이 한데
어우러진 이상적인 경계로 들어서게 해야 한다. 『실크로드의 아버지』에
서 장건이란 역사적 인물의 형상 창조는 네 층위에서 완성된 것이다. 책
의 전체적인 인물 형상이 하나의 관계망을 형성하였고, 장건은 관계망의
중심에 있으며, 다른 허구하거나 진실한 인물마다 측면에서 장건이란 인
물의 매력을 돋보이게 해주었다.

　제1 층위는 장건과 한나라 궁정의 관계이다. 이는 비교적 사이가 먼 층
위이다. 한나라 무제와 조정 신하들의 정책 결정이 거시적으로 장건의 거
취와 운명을 결정하였다. 사람은 시대의 영향을 받기 마련이며, 개인마다
모두 그를 제한하는 객관적인 환경에서 벗어날 수 없다. 한나라 조정에서
대신들 사이의 투쟁과 수구파 전분田蚡, ?~기원전 130과 혁신파 무제 사이의
충돌은 장건의 운명을 쥐고 있는 복선이다. 요컨대 무제로 대표되는 혁신
파가 성공하여야 장건이 서역으로 출사할 수 있었다. 그래서 한나라의 궁
정 투쟁은 작품에서 묘사한 부분이 많지 않다고 하여도 장건이란 형상을
빚어내는 전제가 된다. 한나라에 대한 장건의 충성이야말로 그가 고생고
생하며 끝까지 물러서지 않는 끈질긴 신념과 정신의 등대가 된다. 이는
장건이 말한 바와 같다.

　흉노가 어짐에 감화 받고 예의의 은택을 입을 수 없다면 우리 한나라는 편안한
　날이 없고 백성도 편안한 날이 없을 것이다. 나는 어려서부터 공자와 맹자의
　도를 배웠고, 천하를 경영하려는 큰 뜻을 품었다. 게다가 두메산골 촌놈으로서
　손바닥만 한 촌구석에서 궁궐로 들어와 성상의 극진한 대우를 받아왔기에, 늘
　마음에 새겨두고 잊지 않았으니, 보잘것없는 제 몸을 어찌 아끼리요?

제2 층위는 장건과 여러 여성흉노 여성을 포함의 관계이다. 이는 장건의 인간적 매력을 드러내며 관계가 비교적 밀접한 층위이다. 그녀들은 장건과 가장 가까운 사람이고, 그녀들이 표현해낸 장건의 인품도 그래서 가장 설득력을 지닌다. 이 층위에서 구체화한 것은 장건이 지닌 '인의仁義'문화가 흉노의 폭력문화를 감화하는 과정이다. 이 방면의 여성을 자세히 분석하면, 두 부류로 나눌 수 있다. 한 부류는 장건의 두 아내 이월매李月梅와 흉노 여성 우리나烏麗娜이다. 또 한 부류는 '인의'의 한문화를 상징하는 장건을 정신적으로 숭배하는 여성들로서 비참한 운명의 흉노 노비 싸이무薩伊姆와 아름답고 불쌍한 주옌즈九闕氏[27]이다. 본부인 이월매는 결혼한 지 얼마 되지 않아서 신랑 장건의 흉노 출사에 동의하였다. 그녀는 장건과 서로서로 사랑하였고, 10여 년 동안 독수공방하며 외롭게 지내며, 남편에 대해 마음에 서리서리 여린 그리움을 품은 채로 끝내는 죽음에 이르렀다. 그녀는 장건의 귀국을 기다리지 못하였지만, 자신의 목숨으로 장건의 인격을 증명하였다. 이는 작자가 허구한 인물이며, 이 허구한 인물을 빌려서 작자는 장건의 우수한 인품에 대한 창조를 완성하였다. 어느 정도에서 '그녀'는 딱 맞는 장건의 화신으로서 그와 마찬가지로 자신에 대한 믿음을 굳게 지키는 사람이다. 이것도 작자가 관중의 유가 문화의 영향을 깊이 받은 결과이다.

우리나는 실존 인물인가? 『사기』「대원열전」에서, "(장건이) 10여 년을 머물렀고 아내를 얻고 아들을 낳았지만, 가슴에 품은 한나라에 대한 절개를 잃지 않았다" 하고 기록하였다. 여기서 보건대 우리나는 원형 인물이 있었다. 역사를 녹여 시로 지어내듯이 작자가 상상을 창조적으로 발휘하

---

27 [옮긴이] 옌즈는 한나라 시기 흉노 선우의 정부인에 대한 호칭이다.

고 상상을 번갈아 뒤섞어서 재창조하며 역사적 사실을 작품 내용의 유기적 요소로 예술적으로도 융합시켰다. 역사적 사실은 대화할 수 있는 주체의 교감과 공감을 거쳐서 심리적으로 미화 처리된 뒤에, 이제 형상 자체의 행렬로 들어서게 되었다. 우리나는 저자의 상상 속에서 창조된 인물이다. 그녀는 흉노 사람의 밀정으로서 장건의 곁으로 보내진 우곡려왕右谷蠡王의 양녀이다. 우곡려왕의 왕비가 한나라 사람이고, 그래서 우리나는 한 문화의 영향을 받아서 이민족 문화와 분위기도 차츰차츰 사라졌다. '한나라에 동화'한 그녀는 유달리 마음씨가 곱다. 그녀는 처음부터 자신의 밀정 신분을 버리고 장건 편에 섰고, 장건이 지닌 소양과 인품의 매력에서 그녀는 마음 깊은 곳으로부터 믿고 따르게 되었다. 그녀는 위험을 두려워하지 않고 장건이 우대장右大將과 맞서도록 도와주고, 심혈을 기울여 장건의 흉노 탈출 계략을 꾸몄고, 그로 인하여 그녀는 선우에게 유배당하였다. 여러 해 뒤에 장건이 재차 흉노로 돌아왔을 때까지 그녀는 여전히 그를 기다리고 있었다. 그녀의 고집과 이월매의 고집은 저마다 주로 장건의 소양과 인품의 매력에서 비롯되고, 그의 소양과 인품에 대한 정신적 숭배에서 비롯된 것이기도 하다.

　노비 싸이무와 주옌즈는 흉노의 야만적이고 폭력적인 환경에서 심한 굴욕을 당하였지만, 그녀들은 어질고 착한 마음씨를 숭배하고 공경하였다. 선우의 부인 주옌즈는 가장 비극적인 인물이라고 말할 수 있다. 우대장이란 폭력문화의 찌꺼기가 온몸에 묻어 있는 인물이 주옌즈의 미모에 침을 흘린 지 이미 오래되었고, 선우는 세력을 점차 확장해가는 우대장을 구슬리기 위하여 주옌즈에 대한 우대장의 무례한 행동을 참아낼 수밖에 없었다. 인간미라고는 전혀 없는 우대장은 또 주옌즈를 선물로 곤막 부왕昆莫父王에게 보냈다. 주옌즈는 장건에게 연모의 정을 오래도록 품었었기 때문에, 장건을 구하기 위하여, 그녀는 곧막 부왕의 아들 대록大祿이 자신을 멋대로 능욕하는 것도 참고, 대록에게 시집가는 데도 동의하였다. 여성으로서의 굽이굽이 비참한 삶과 운명은 굳세게 살아가려는 그녀의 의지를 결코 꺾지 못하였다. 그녀의 굳센 신념을 지탱하게 하는 것이야말로 장건에 대한 깊고도 참된 사랑이었다. 그녀는 선우가 장건의 「출새지出塞志」를 태워버렸다는 말을 듣자마자 그녀는 "후다닥 앞으로 달려들어 불속에서 댓조각 한 움큼을 끄집어냈다. 못 쓰게 된 간독을 쳐다보면서 주옌즈는 온갖 생각에 잠겼다. 그것을 움켜쥐고 한참동안 뚫어지게 바라보았고, 눈앞에 장건의 애타고 놀란 얼굴이 나타난 것 같았다". 그녀는 마음속에 장건에 대한 예찬을 소중히 간직하였다.

그대는 날쌘 말이고 독수리이고, 그대는 깨질 수 없는 너럭바위이고 꺼질 수 없는 불꽃입니다. 이 불꽃이 저를 부르고 저를 사로잡았어요. 저는 그대 같은 영웅을 위해 살아가길 바랍니다.

사랑 때문에 목숨도 내버리는 주옌즈의 모든 행동을 장건은 하나도 알지 못한다. 바로 이러한 감정의 어긋남이라야 주옌즈의 운명의 비극성을 한껏 드러낼 것이었다.

제3 층위는 장건과 길동무 사이의 관계이다. 길동무에는 좋은 사람과 나쁜 사람이 뒤섞여 있다. 요순순饒順順, 유구의劉苟義, 왕신王信 등은 충성스러운 착한 벗이다. 그들은 장건을 위하여 물불을 가리지 않았다. 이들과 대립하는 악당의 대표에는 오하吳河가 있다. 그는 사람됨이 비열하고, 구차하게 살길을 찾으며, 마지막에 장건을 팔아먹고, 자신도 흉노 사람의 손에 죽는다.

제4 층위는 장건과 흉노의 관계이다. 장건은 도망 중인 흉노 사람 간푸甘父를 받아들였고, 간푸는 그로부터 장건에게 충성을 다하였다. 마지막에 장건이 주선하여 간푸와 집안의 계집종 취화翠花를 혼인도 시켰다. 극악무도한 우대장과 맞설 때에 장건은 조금도 두려워하지 않고 그와 굳세게 투쟁하였다. 우대장의 부장 후얼간忽爾干은 원래 악당 세력으로 등장하였는데, 장건이 원로 재상인 상국相國에게 사정하여 후얼간을 놓아주게 하였다. 후얼간은 이에 감격하여 장건을 도와 그의 딸을 정성껏 길러주었다. 장건의 인품이 흉노 사람의 폭력성을 감화시켰고, 삿된 사람을 차츰차츰 착한 일을 하는 길로 걸어가게 하였다.

바로 이 네 층위의 묘사가 장건이란 형상을 풍성하게 하였고 허구와 사실이 모두 있고, 허구와 사실 사이에서 장건의 인품이 부르면 곧 걸어나올 듯이 생생해졌다. 이는 청나라 학자 김풍金豐이 말한 바와 같이, "사실에 허구를 섞고 허구에 사실을 담아야 감칠맛이 있고 사람이 질리지 않는다". 헤겔Georg Wilhelm Friedrich Hegel, 1770~1831은 일찍이 "예술작품을 창작하는 까닭은 해박한 학자들이 아니라 일반 청중을 위해서이고, 그들이 다양한 지식을 찾는 시행착오를 겪지 않고도 그것을 직접 이해하고 감상하려는데 있다" 하고 말하였다.

『실크로드의 아버지』는 언어가 막힘이 없고 통속적이어서 가독성이 매우 좋다. 「후기」에서 보면, 이 책의 출판도 제법 많은 우여곡절을 겪고 이리저리 떠돌아다녔다. 두 작가는 여러 해 동안 원고지에 심혈을 다 쏟아 부었다. 아무튼지 장건은 당시에 굴원을 읊은 시처럼 아홉 번 죽더라도 굽히지 않으리라 하는 신념을 고집스럽게 품었다. 실크로드의 아버지는 죽음을 삶과 똑같이 여겼다. 장건이여 길이길이 빛나리라!

제2부

'해상 실크로드 문화'와
'해상 실크로드 문학'

제5장

개념과 범주
해상 실크로드 문화와 해상 실크로드 문학

    실크로드는 중국과 다른 나라가 정치, 경제, 문화 등 방면에서 교류하는 육상과 해상 통로였다. '일대일로'는 시진핑習近平, 1953~ 중국 국가주석이 2013년 9월과 10월에 카자흐스탄과 인도네시아를 방문할 때에 연이어서 제기한 중대 기획이다. 2017년 5월 14일에, 시진핑 주석이 '일대일로'국제협력정상포럼 개막식에 출석하였고, 아울러 「손에 손을 잡고 '일대일로' 건설을 추진하자携手推進"一帶一路"建設」라는 제목으로 기조연설을 발표하였다.

    고대 실크로드는 만리 길에 이르고 천년을 이어오면서 평화 합작, 개방 포용, 상호 배우기와 거울삼기, 호혜 공존을 핵심으로 삼은 실크로드 정신을 축적하였다. 이는 인류 문명의 귀중한 유산이다. (…중략…) 역사는 가장 훌륭한 스승이다. 이 역사가 서로 거리가 얼마나 멀리 떨어져 있든지 간에, 우리가 용감하게 첫걸음을 내딛기만 하면, 마주 보고 나아가기만 하면, 서로 만나 서로 알고 함께 발전하는 길을 걸어가고, 행복하고 편안하며 조화롭고 아름다운 먼 곳으로 걸어갈 수 있다.신화사(新華社), 2017.5.14

    실크로드는 통시적으로 공시적으로 동서양의 문명이 발전한 길이다. 그것은 어느 정도에서 어느새 동서양 문화교류의 대명사가 되었고, 세계 여러 나라의 경제 문화적 교류를 촉진하고 실크로드 연도의 여러 민족과 지역의 다원 문화의 공생 형태를 포용하였다. 실크로드 연도의 여러 민족은 문명에 매료되어 오랫동안 상호 소통하며 서로 배우고 함께 발전하는 훌륭한 교류 전통을 유지해왔다. 물론 이러한 왕래가 줄곧 우호적인 것은 결코 아니었고, 많은 경우에 정치적 이익으로 인하여 충돌하며 전쟁이 자주 일어나고 재난도 끊이지 않았다.

> 실크로드의 역사도 불가사의하고 이해하기 어려운 역사이다. 어떤 이는 더욱 더 끝없는 억측 과정의 사람과 사물의 역사라고 말한다.F.-B., 2013 : 7

풍부하고도 복잡한 역사와 그 문화의 왕래는 번잡하고 다양하며, 널리 사람들의 이야깃거리가 된 문학 작품을 탄생시켰다. 이것이 우리가 말하는 '실크로드 문학'이다. 이 문학 장르는 한편으로 실크로드 연도의 나라와 민족의 지역 특색과 풍습과 정치, 경제, 문화생활 묘사를 주요 내용으로 삼고, 또 다른 한편으로 실크로드 연도의 나라와 민족 사이의 정치, 경제, 문화의 왕래 표현을 주요 글쓰기 대상으로 삼았다. 이러한 의미에서 우리는 '실크로드 문학'을 이렇게 정의할 수 있다. 더 나아가서 말하면, 좁은 의미에서 '실크로드 문학'은 전적으로 '실크로드'를 제재나 주제로 삼은 문학이다. 넓은 의미에서의 '실크로드 문학'은 '실크로드'를 제재나 주제로 삼은 문학을 포함하고, '실크로드' 연도의 주요 지역 범위 안에서 등장한 실크로드와 관련한 문학도 포함하며, 동시에 실크로드를 매개체로 삼은 중국과 서양의 여러 형식의 문화교류를 드러낸 문학 작품도 포함한다. 실크로드는 주로 두 길로 나뉘고, 따로따로 육상 실크로드와 해상 실크로드로 나뉘기 때문에, 그래서 실크로드 문학도 대체로 육상 실크로드 문학줄임말 '육-실 문학(陸絲文學)'과 해상 실크로드 문학줄임말 '해-실 문학(海絲文學)'으로 나눌 수 있다.

지금 '해상 실크로드' 연구는 학술계를 포함한 사회 각계의 뜨거운 관심사이고, '해상 실크로드' 연구 열풍에 직면하여, 관련 학자의 냉정한 사고가 학술계의 수준 높은 관심을 끌어냈다.

학술적인 관점에서 보면, 지금의 '해상 실크로드' 열풍에는 정치와 시대적 배경이 부채질한 '문화 추어올리기'이고, 깊숙이 들어가 치밀하고도 빈틈없는 창조적인 학술연구가 부족하였다. '해상 실크로드'란 명칭이 고귀하고 참신하다고 하여도, 연구의 내용에서 보면, 오히려 이전에 학술계가 해온 '중국 해양 문화 발전사'나 '이민 문학'의 범위를 뛰어넘지 못하였다.천즈핑(陳支平), 2016 : 92~98 · 164

그래서 어떻게 더 나아가서 '해상 실크로드 문학'의 연구 범주를 확장할 것인지는 실크로드 문학을 통합하고 구축하는데 가장 중요한 문제이다.

1. 해상 실크로드와 그 역사

'해상 실크로드'라는 어휘를 가장 먼저 제기한 사람은 프랑스의 중국학자 에두아르 샤반느Édouard Chavannes, 1865~1918이고, 1913년에 그의 『서돌궐 사료Documents Sur Les Tou-Kiue, Turcs Occidentaux』에서 처음으로 "실크로드는 육상과 해상 두 갈래 길이 있다" 하고 제기하였다. 1939년에 스웨덴의 탐험가 스벤 헤딘이 출판한 일어판 『실크로드』에서 육상 실크로드 이외에 중국의 비단은 바닷길로 남아시아, 중동과 지중해 지역으로 운송되었다고 말

하였다. 1967년에 일본 학자 미즈기 타카토시三杉隆敏, 1929~가 출판한『해상 실크로드 탐색海のシルクロ─ドを求めて』에서는 해상 실크로드가 육상 실크로 드보다 지속 시간이 더욱 길고 관련 지역이 훨씬 더 넓다고 제기하였다.

중국에서 해상 실크로드 연구는 20세기 1920, 1930년대에 시작되었고, '중국과 서양의 교통 역사', '난양南洋 교통 역사', '해상교류사' 등 연구 가운데에 포함되었다. 1955년에 지셴린이 「중국 고치실의 인도 수입 문제에 관한 초보적 연구中國蠶絲輸入印度問題的初步研究」라는 글에서, 레이저우반도雷州半島에서 인도에 이르는 '남쪽 바닷길'은 중국 고치실을 인도에서 수입한 다섯 갈래 길의 하나였다고 여겼다. 1985년에 천옌陳炎, 1916~2016이 『육상과 해상 실크로드陸上和海上絲綢之路』와『해상 실크로드와 중국과 외국의 문화교류海上絲綢之路與中外文化交流』 등 저작 두 권을 출판하였다. 이 저작들에서 해상 실크로드는 아시아-아프리카-유럽-아메리카를 잇는 해상 대동맥이고, 그것은 세계의 중요한 문명이 오래된 나라와 세계 문명의 발원지를 함께 연결하였고, 세계 각 민족의 문화교류에 이바지하였다고 지적하였다.쓰투상지(司徒尙紀), 2015.(3) : 50~54

해상 실크로드 연구에 대한 중국 내외의 연구 '열풍'은 20세기 1990년대 초에 유네스코가 제창한 '해상 실크로드' 통합적인 탐사에서 비롯되었다. 1991년 10월에 유네스코가 30여 개 나라의 전문가 50여 인을 불러모아서 함께 '평화의 방주Peace Ark Hospital ship'호를 타고 해상 실크로드를 따라서 광저우廣州와 취안저우泉州 등 중국 항구도시 22곳을 포함하여 모두 16개 나라를 경유하면서, 전체 노정 2.1만 킬로미터를 달려갔다.쓰투상지, 쉬구이링(許桂靈), 2015 : 628~636

'해상 실크로드'와 그 역사에 관하여 학술계에서는 의견이 분분하다. 천옌은 당나라 이전이 고대 해상 실크로드의 형성기이고, 당나라와 송나라 시대는 고대 해상 실크로드의 발전기이고, 원, 명, 청나라 시대는 고대 해상 실크로드의 절정 시기이며, 근대에도 해상 실크로드가 있었다고 여긴다. 천가오화陳高華, 1938~와 자오춘천趙春晨은 아편전쟁이 해상 실크로드 역사의 하한선이며, 아편전쟁 뒤에 중국과 서양 사이의 해상 교통과 무역은 이미 불평등 조약 체계 안에 넣어진데다가 세계 자본주의 경제무역 네트워크의 일부분으로 종속되었으므로, 고대와 같은 '해상 실크로드'가 더는 존재하지 않게 되었다고 여겼다.자오춘천, 2002 : 88~91

저자는, 진나라와 한나라 때는 고대 해상 실크로드의 형성기이고, 당나라와 송나라 시기는 해상 실크로드의 발전 번영기이며, 명 왕조의 정화가 서양에 간 때에 고대 해상 실크로드가 절정에 이르렀고, 명나라와 청나라가 해상봉쇄 정책을 실시한 뒤로 해상 실크로드가 내리막길을 걸었다고 여긴다. 아편전쟁 뒤로 청 정부가 통상 항구의 개방을 강요당하면서 해상 실크로드의 무역 성질에는 송두리째 변화가 생겼으며, 원래 중국 측이 주도한 열린 '보내기 주의送去主義'와 '가져오기 주의拿來主義'는 서양 열강의 약탈 색채를 띤 식민주의로 전락하였다. 또 근대 중국과 서양의 무역 관계가 매우 불평등하였지만, 해상 실크로드 교통로는 여전히 존재하였다. 그래서 고대에 해상 실크로드가 있었고, 근대와 현대에도 해상 실크로드는 있었으며, 이용되는 정도와 성질에 시기마다 변화가 생겼을 뿐이다.

21세기에 들어서서 해상 실크로드는 이미 '일대일로'의 중요한 구성 부분이 되었다. "고대의 제한적인 해상 장삿길은 사방으로 통하는 21세기 해상 실크로드로 재건되거나 개척될 것이며, 이 실크로드는 어느새 중심어가 되고, 아울러 주어나 목적어로써 사용되어, 중화민족이 부흥하는 길이 방방곡곡 구석구석으로 통할 것을 똑똑히 보여줄 수 있다."리지카이, 2016 : 120~125 시대의 격변에 따라서, 해상 실크로드는 어느덧 고대의 주요 해상 교통로에서 '일대일로'에 실린 중요한 국가적 기획으로 변화 발전하였다.

1) 발생학적 의미에서의 해상 실크로드

발생학의 각도에서 보면, 해상 실크로드의 형성은 바다에 대한 고대 사람의 호기심과 탐험의식에서 비롯되었다. 이러한 의식에는 옛사람이 외부 세계와 왕래를 갈망하는 내적 필요가 반영되었다. 지금까지 출토한 유물을 바탕으로 옛 문헌과 결합한 연구에 의하면, 선진 시기에 남월국南越國, 기원전 204~111은 해외와 왕래한 경험을 상당히 지녔고, 그 문화는 인도양 연안과 그 도서에까지 간접 영향을 끼쳤다. "8천 리 멀리 조선에서 알현하러 왔다"[1]『관자(管子)』「경중갑(輕重甲)」나 "동쪽에서 나는 좋은 것 가운데 척산의 문피가 있다"[2]『이아(爾雅)』「석지(釋地)」 등에서 춘추시기에 산둥반도와 한반도가 상품무역을 전개한 사실을 반영하였다.

해상 실크로드의 형성은 장생불로에 대한 고대 제왕의 추구와 밀접한 관계가 있다. 진시황이 동쪽을 순행할 때, 서복徐福[3]을 파견하여 바다로 들어가 장생불로 선약을 구하게 한 이야기는 『사기』, 『한서』, 『삼국지』, 『후한서』와 『의초육첩義楚六帖』 등 옛 문헌에 모두 기록이 있다. 『사기史記』 「진

---

1   [옮긴이] 원문은 "八千里之發, 朝鮮可得而朝也"이다.

2   [옮긴이] 원문의 "東方之美者, 有斥山之文皮焉"에 대하여 '동북에서 나는 좋은 물건 가운데 척산(지금의 山東省 榮成)의 문피(海豹皮)가 있다'라고 번역 소개한 자료가 있다. 『회남자(淮南子)・지형훈(地形訓)』에는 "東北方之美者 , 有斥山之文皮焉"이라는 기록이 있어서 '東方', '東北', '東北方'이 혼용되고 있는 것으로 여겨진다. 문피에 대하여 진(晉)의 곽박(郭璞)은 "범과 표범 속은 가죽에 무늬가 있다[虎豹之屬, 皮有縟彩者]" 하고 주석하였다.

3   [옮긴이] 서복(徐福)은 서시(徐市), 서불(徐市)로도 부른다. 시(市)는 불(市)과 통하고 복(福)으로 읽는다. 또 그의 자(字)가 군방(君房)이므로 '서군방'이라 칭하기도 한다.

시황본기秦始皇本紀」에서는 서복의 동쪽 파견徐福東渡 이야기를 세 차례 언급하였다.

제나라 사람 서복 등이 상소하여 말하기를 바다 한가운데에 펑라이蓬萊, 팡장方丈, 잉저우瀛州라는 세 신선산이 있고, 신선이 산다고 하였다. 황제에게 재계하고 동남동녀를 내려줄 것을 청하였다. 그리하여 서복에게 동남동녀 수천 명을 내려주고 바다로 들어가 신선에게서 선약을 구해오게 하였다. (…중략…) 서복 등은 많은 돈을 썼지만 선약을 구하지 못하였다. (…중략…) 방사 서복 등은 선약을 구하러 바다로 갔지만, 여러 해 동안 선약을 얻지 못하고 많은 비용을 탕진하였으므로 처벌이 두려워서 거짓으로 "펑라이의 선약을 얻으려는데, 늘 커다란 상어가 있어서 고생하고, 그래서 이르지 못하였사옵니다. 바라건대 활 잘 쏘는 궁수를 데려가서 연노連弩로 쏘겠나이다" 하고 아뢰었다. 진시황은 꿈에 사람의 모습을 닮은 바다신과 싸웠다. 꿈 풀이를 물으니 박사가 말하였다. "물의 신은 보이지 않고, 커다란 물고기나 교룡이 기다리고 있는 것 같사옵니다. 지금 황제께서 공경히 기도하였으나 이러한 삿된 신이 나타났으니 없애기만 하면 착한 신이 이를 것이옵니다." 그리하여 바다로 들어가는 자에게 물고기를 잡을 커다란 어구를 내어주고 연노를 갖고 기다렸다가 커다란 물고기가 나타나면 쏘게 하였다. 랑야琅邪에서 북으로 룽청산榮成山에 이르렀으나 나타나지 않았고, 즈푸산之罘山에 이르러 커다란 물고기를 만났다. 즉시 화살로 쏘아 죽였다. 이에 바다 서쪽으로 갔다.

『사기史記』「회남형산열전淮南衡山列傳」에서는 다음과 같이 기록하였다.

또 서복에게 바다로 들어가 신선에게서 기이한 물건을 구해오게 하니, 그가 돌아와 거짓으로 아뢰었다. "소신이 바다 속 커다란 신을 뵈었는데, 말하기를 '그대가 서쪽 황제의 사자더냐?' 하기에 소신이 '그러하옵니다' 하고 대답하자, '그대는 무엇을 구하는고?' 하기에 대답하여 '수명을 늘리는 약을 청하옵니다' 하고 아뢰었사옵니다. 바다신이 이르기를, '그대의 진왕은 예의가 없으니 볼 수는 있으나 얻을 수는 없을 것이다' 하고는 소신을 데리고 동남쪽의 펑라이산에 이르렀는데, 영지초로 지은 궁궐을 보았고, 어떤 사자는 구릿빛 피부에 용의 모습에다가 빛발이 하늘까지 비추었나이다. 그리하여 소신이 재배하고 묻기를 '무엇을 바쳐야 하옵니까?' 하니 바다신이 말하기를, '좋은 집안의 남녀와 온갖 솜씨 좋은 기술자의 일을 바치면 그것을 얻을 수 있으리라' 하였사옵니다." 진황제가 크게 기뻐하며 남녀 3천을 파견하고 오곡의 씨앗을 주고 온갖 솜씨 좋은 기술자를 데려가게 하였다. 서복이 평편한 들판과 넓은 못을 얻자 그곳에 머물러 왕이 되고 돌아가지 않았다. 그리하여 백성은 슬피 그리워하였고 반란을 일으키려는 자가 열 집에 여섯은 되었다.

여기서는 서복이 바다신이란 명의를 빌려서 진시황에게 동남동녀와 솜씨 좋은 기술자를 얻어냈고, 동쪽으로 가서 성공한 뒤에 더는 돌아오지 않은 이야기를 기록하였다.

『한서漢書』「교사지郊祀志」에도 서복과 그가 동쪽으로 파견된 이야기에 대한 기록이 있다.

진시황이 처음으로 천하를 통일한 뒤, 신선의 도에 사로잡혀서 방사인 서복에게 많은 동남동녀를 데리고 바다로 들어가서 신선에게서 선약을 구해오게 하였다. 서복은 도망하여 돌아오지 아니하였으므로, 세상 사람의 미움을 받았다.

진시황은 서복에게 속임 당하였고, 서복은 도망하여 세상 사람의 미움을 받았다. 불로장생 선약 구하기에 대하여, 진시황과 한 무제로 대표되는 고대 제왕의 열중과 사람을 동쪽으로 파견하여 선약을 찾아간 노정은 매우 황당하긴 하지만, 어느 정도에서 해상 실크로드의 형성과 발전에 박차를 가하였다.

해상 실크로드가 열린 또 다른 바탕이 되는 동력은 상업과 무역, 문화 왕래의 필요에서 비롯되었다. 동한 시기에 로마제국에서 파견한 사람이 바닷길로 광저우에 이르러 한나라와 무역을 하였고, 한나라 정부가 파견한 상인도 로마제국에 이르렀다. 그래서 아시아, 아프리카와 유럽 등 세 대륙을 가로 지르는 해상 교통로가 형성되었다. 견직물은 이때의 주요 수출 상품이었기 때문에, 그것을 실크로드라고 불렀다. 『한서漢書』 「지리지地理志」에 다음과 같이 기록되어 있다.

> 르난日南[4] 지역의 장싸이障塞, 쉬원徐聞, 허푸合浦에서 배를 타고가면 (…중략…)
> 황제 측근인 황문黃門에 속하는 통역관이 있어서, 원정에 참여할 사람을 모집하
> 여 함께 바다로 가서 구슬, 묘안석, 기이한 돌과 별난 물건들을 구입하는데, 황
> 금과 비단 등을 갖고 떠났다.류밍진(劉明金), 2012 : 141

이는 한 왕조 때에 해상 실크로드가 모양새를 다 갖추었고, 상업과 무역 왕래가 편리해졌음을 나타낸다. 지리적 지식의 증가와 항해 경험의 축적은 해상 실크로드의 발전을 촉진하였다. 위진남북조 시기에는 지리적 지식의 증가로 말미암아 해상 상인과 선원들이 항해하며 경유한 해역의

---

4   [옮긴이] 지금의 베트남 순화(順化) 등지이다.

상황을 기록하는 데에 주의할 수 있었다. 399년에 동진의 고승 법현이 육상 실크로드를 따라서 불경을 구하러 지금의 인도인 천축으로 갔고, 해상 실크로드를 거쳐서 남아시아와 동남아시아 각 나라로 가서 불경을 구하느라 멀리 이역 타향에서 14년 동안 돌아다녔다. 법현의 먼 거리 항해 경험은 해상 항로가 더 나아가서 발전하였음을 상징한다.

해상 실크로드의 발전은 정치와 외교적인 필요와 분리할 수 없다. 정치와 외교적 요구가 상업과 무역, 문화 등의 교류도 촉진하였다. 226년에 손권孫權, 182~252, 재위 229~252이 세운 오吳나라 정권은 광저우군廣州郡을 설치한 뒤로 남쪽 지역의 해상 무역의 발전에 박차를 가하였다. 손권은 해외 여러 나라에 사신을 파견하였고, 그들이 귀국한 뒤에 외국에서 보고 들은 것을 바탕으로 여행기『프놈의 기이한 사물 이야기扶南異物志』과『오나라 때의 외국 이야기吳時外國傳』등 두 권을 지었다.류잉성, 1995 : 28 동진 시기에 중국은 광저우를 통하여 동남아시아 여러 나라, 인도와 유럽의 로마제국 등과 해상 왕래가 밀접하였고, 대외 무역이 15개 나라와 지역에서 이루어졌다.

인도양의 교통이 편리해짐에 따라서 비단 등이 인도로 전해졌고, 인도의 불교가 중국으로 들어왔다. 인도 범문 음성학도 중국에 전해져서 중국 음운학의 발전에 커다란 영향을 끼쳤다. 불경 속 석가모니의 모습에 대해서는 귀가 크고 머리털이 길며 손을 무릎 아래로 내려뜨렸다고 묘사하였다. 이는 모두 인도 문화의 영향을 받은 결과이다.지셴린, 1987 : 144~145 서진西晉, 265~317과 동진東晉, 317~420 시기에 불경의 중국어 번역도 번역 문학과 중국 문학을 소통하게 하였고, 중국 문학 이론과 번역 문학 이론의 상호 연계를 촉진하였다.

육상 실크로드의 내리막은 해상 실크로드의 오르막에 외적 조건을 제공하였다. 내륙에서 전란 등의 원인으로 말미암아 수, 당, 오대 시기에는 육상 실크로드가 차단되었지만, 남해 바닷길은 오히려 더한층 발전할 수 있었다. 당나라의 경제적 번영과 정치적 개방이란 환경이 해상 실크로드의 발전에 박차를 가하게 하였고, 북쪽과 남쪽 바닷길은 순조롭게 통할 수 있었다. 중국과 고려, 일본, 동남아시아, 인도, 이란 등 여러 나라는 해상 실크로드를 통하여 빈번하게 왕래할 수 있었다. 특히 언급하자면 당 왕조 때에 광저우에서 서남 항로로 나아가는 해상 실크로드는 8, 9세기에 세계에서 가장 긴 원양 항로였고, 90여 개 나라와 지역을 경유하며, 전체 길이가 14,000여 킬로미터에 이르렀다. 이는 당나라 사회의 변혁과 중국과 외국의 문화교류의 발전에 상당히 중요한 작용을 하였다. 바닷길로 운송되는 물품에는 도자기가 비교적 많아서 해상 실크로드는 '도자기의 길'로도 불렸다. 중국과 일본의 왕래가 절정에 들어섰고, 당나라와 신라의 빈번한 왕래도 광저우, 취안저우, 양저우揚州, 밍저우明州, 닝보(寧波) 등 이름난 네 항구를 발전시켰다. 이밖에 중국과 외국 화폐의 상호 교환, 중국 땅에 '수입품' 등장, 항해술의 진보, 지리적 지식의 확대, 외래 종교의 상륙, 해외 작물의 도입 등은 모두 중국과 외국의 경제 문화적 교류에 꽃을 활짝 피우게 하였다.

해상 실크로드의 번영은 발전하는 시대에 추진한 개방적인 외교 정책 실시와 밀접한 관계가 있다. 송나라와 원나라 시기의 남해항로가 전에 없이 번영하고, 중국과 동남 연해 나라는 오랫동안 우호적인 관계를 유지하였으므로 해상 실크로드의 범위가 한층 더 확대되었다. 중국과 일본 무역의 지속적인 발전과 고려와 밀접한 경제 문화적 교류는 광저우를 해외 무역 제일의 항구가 되게 하였다. 남송 말기에 해적이 유달리 창궐하였으므로, 남송 정부는 명을 내려서 화폐 교역을 피하고 비단, 도자기 등과 외국 상품을 직접 교환하게 하였다. 그래서 비단과 도자기는 수출량이 증가하고, 비단과 도자기의 전파 범위가 확대되었다. 송나라 때에 중국과 무역한 나라와 지역도 아시아, 아프리카, 유럽과 아메리카 등 여러 대륙으로 더욱 확대되었다.

원나라 때에 해외 시장의 확장에 따라서 원 왕조의 판도는 동쪽으로 태평양, 서쪽으로 지중해에 이르고, 북쪽으로 북극해, 남쪽으로 인도와 동남아시아에 이르렀다. 그래서 원나라 시기의 해외 무역의 번영은 한나라와 당나라 시기와 절대 비할 바가 아니었다. 원나라 때에 발달한 중국과 외국의 교통은 동양과 서양 사이의 문화교류와 중국과 외국의 무역에 매우 좋은 조건을 만들었다. 많은 중국 사람은 원 왕조의 원정군을 따라서 해외로 이주하고, 그들이 중국의 문화를 아득히 먼 이역으로 가져갔다면, 많은 외국 사람은 원나라에 들어와 관리가 되고 장사하고 종교를 전파하고 여행하였다. 많은 사람이 이역의 기이한 사물과 문명을 가져와서 중국 땅에 뿌리를 내렸다. 높은 수준으로 발달한 항해 기술이 중국과 외국 무역을 급성장시켰다. 원나라 때는 중국이 220여 개 나라와 지역과 비단, 도자기 등을 무역하였다.두위(杜瑜), 2000 : 85 이것도 원 제국이 그야말로 세계적인 제국으로서 중국 고대의 여러 왕조와 구별되는 분명한 특징이다.

송나라와 원나라 시기는 해상 실크로드의 번영기였고, 중국과 외국의 왕래가 밀접하였으므로, 중국과 외국의 교통을 기록한 전문 저작들이 탄생할 수 있었다. 예를 들면 주거비(周去非, 1134~1189)의 『영외대답(嶺外代答)』과 조여적(趙汝適, 1170~1231)의 『제번지(諸蕃志)』 등이다. 『영외대답』에서는 해외의 여러 나라의 산물과 교통 무역을 기록하였고, 『제번지』에는 해외 여러 나라의 풍속과 산물을 기록하였는데, 해외에 대한 그 시절 사람들의 인식이 깊은 정도를 반영하였다. 원나라 시대에 중국과 외국의 왕래가 전에 없이 발전한 사실은『대덕남해지大德南海志』,『도이지략島夷志略』,『진랍풍토기眞臘風土記』등과 같은 해외 지리서에서 많이 엿볼 수 있다.

이름난 사신이자 항해자인 양추楊樞, 1283~1331, 패리孛羅, ?~1313, 양정벽楊庭璧, 역흑미실亦黑迷失, 라반 바사우마Rabban Bar Sauma, 1220~1294 등은 여러 차례 출항하고, 수십여 년 동안 바다에서 활동하며, 중국과 외국의 문화교류에 이바지하였다. 원나라 시대부터 갈수록 많은 유럽 사람이 중국에 들어왔다. 세계적으로 이름난 여행가 마르코 폴로, 오도릭Friar Odoric, 1265~1331, 이븐 바투타Ibn Battuta, 1304~1377 등이 지은『동방견문록』,『오도릭 동양 여행기鄂多立克東遊記』귀둥천(郭棟臣)이『진복화덕리전(眞福和德里傳)』으로 번역,『이븐 바투타 여행기Rihlatu Ibn Batutah』, 그리고 선교사 몬테 코르비노Monte Corvino, 1247~1328, 페레그리노드 카스텔로Peregrino de Castello와 안드레드 페루지Andreas de Perusio 등이 자기 나라의 교우에게 보낸 편지 등은 중국과 외국의 문화교류사를 연구하는데 주요 문헌이다.

해상 실크로드는 세계 조선업과 항법 기술의 발전을 바탕으로 번성하였다. 명나라 시기의 중국 항해가 세계항해사에서 선도적인 지위에 있었으므로, 중국은 당시 해상 실크로드의 주역이 되었다. 정화가 서양으로 진출함으로써 전성기에 이르렀고, 외래 문화가 대량으로 중국으로 쏟아져 들어와 중국 문화와 서로 융합하였고, 마찬가지로 중국의 고대 문명도 해외로 멀리 전파되었다. 명나라 시기의 해상 실크로드 노선은 원나라 시기의 기존 항해의 연장선에서 지구촌 전역으로 확장되었다. 유네스코가 제창한 '1990~1991년 해상 실크로드' 답사 활동에는 중국 전문가 류잉성劉迎勝, 1947~이 국제조사단을 따라서 이탈리아 베네치아에서 배를 타고 광저우에 이르는데, 지중해, 홍해, 아라비아해, 벵골만, 서태평양 등 동남아시아 지역 10여 개 나라를 경유하였다. 이러한 지역들과 나라마다 예전에 정화의 깊은 영향을 받았다. 선단이 아라비아해에 들어선 뒤에 참여한 나라의 학자들이 자기 나라의 항해역사를 소개할 적에 모두 정화를 언급하였다. 그들은 정화를 '해군 사령관 정화' 혹은 '해군 장성 정화'라는 뜻으로 Admiral Chengho라고 불렀다.류잉성, 1995 : 170·198 정화는 일곱 차례 서양에 갔다. 그는 서쪽으로 항해하며 아시아와 아프리카의 39개 나라와 지역에 이르렀고 동쪽 항해에서 라틴 아메리카에 이르렀으며 도착한 나라의 사절을 다시 배에 태우고 중국을 방문하게 함으로써 중국과 외국의 문화교류를 촉진하였다. 정화가 서양에 간 것은 명나라 정부가 조직한 대규모 항해 활동이었다. 이는 뒷날의 바스코 다가마Vasco da Gama, 1469?~1524와 페르디난드 마젤란Fernão de Magalhães, 1480~1521 등의 항해 활동에 대하여 모두 선도적인 역할을 하였다.쉬첸(徐潛), 2014 : 112

대규모 원양함대는 우수한 함대의 지휘 체계를 포함하여 항해 실무에서 명확한 분업과 각자 맡은 바 임무 완성, 외부와 소통 업무 담당 완비매판(買辦)이 해외 무역 책임을 맡고, 통사(通事)가 외국어 통역을 맡음, 물자 조달, 함대의 안전을 보장하는 튼튼한 지원 병력 등을 모두 갖추었고, 정화의 원양항해에 기본적인 담보를 제공하였다.류잉성, 1995 : 208 명나라 때에 중국 사람의 해외 지리 관련 지식은 한 단계 더 발전하였다.『정화항해도鄭和航海圖』, 천문 관찰 항해 기술과 뱃길 지도 개인 소장본인『순풍상송順風相送』,『지남정법指南正法』 등이 모두 유력한 증거이다. 외국 사람과의 왕래에 편리를 위하여 명 정부는 특별히 한림원에 외국어를 배우는 학교사이관(四夷館)를 개설하고, 전적으로 국빈을 접대하는 섭외 기관회동관(會同館)도 세웠다. 명나라 시대에는 외래 문화가 대량으로 중국에 들어왔으며, 중국과 서양 문화의 융합을 촉진하였다. 해상 실크로드는 상품성 농업, 화폐 경제와 도시의 발전 등을 이끌었다. 동남 연해 지역의 중국 사람이 잇달아 해외로 이주하였으며,

'화교'는 거주한 나라에서 충분히 영향을 끼쳤고, 중국과 서양의 문화교류에 이바지하였다.

청나라 시기에는 정부의 '해상봉쇄' 정책과 민간의 밀수 등에 따른 이익 갈등이 갈수록 심해졌으므로, 청 정부는 해상봉쇄를 해제할 수밖에 없었고, 광저우를 통상 항구로 삼아서 중국과 일본, 중국과 동남아시아 여러 나라와 무역과 왕래를 촉진하였다. 이밖에 청나라 때에 러시아 항로, 북아메리카 항로와 오세아니아 항로 등을 열고 중국과 외국 무역을 더한층 발전시켰다. 강희康熙[5] 시기인 1685년에 청 정부는 광둥, 푸젠, 장쑤, 저장浙江 등지에 세관을 설치하였다. 이는 청나라에서 근대 세관제도를 확립한 것을 상징하며, 청나라 시기에 비교적 완벽하게 갖춘 대외무역제도의 형성을 촉진하였다. 청나라 시기에 해상 실크로드의 발전은 중국과 서양의 정치, 경제, 과학기술, 교통, 종교와 문화의 교류를 꽃 피우게 하였다.

예수회 선교사 마테오 리치Matteo Ricci, 1552~1610, 서광계徐光啓, 1562~1633, 천주교 선교사 제르비용Jean-François Gerbillon, 1654~1707과 다른 서양학문을 전파한 선교사들이 저마다 중국과 서양의 문화교류 과정에서 중요한 공헌을 하였다. 광학光學, 천문지리학 등 서양 과학의 도입은 중국의 과학기술 발전에 박차를 가하게 하였다. 중국학문도 예수회 선교사 등을 통하여 서양으로 전해졌다. 비교적 대표성을 지니는 것에 프랑스 선교사 트리고Nicolas Trigault, 1577~1628의 『서양 학자들을 돕는 자료A Help to Western Scholars』, 쿠플레Philippe Couplet, 1622~1692의 『중국 철학자 공자Confucius Sinarum Philosophus』, 라이프니츠Gottfried Wilhelm Leibniz, 1646~1716의 『중국의 최신 뉴스Novissima Sinica』 등이 있고, 이러한 저술은 중국 문화에 대한 서양의 이해를 심화시켰다.

---

5   [옮긴이] 성조(聖祖, 1654~1722, 재위 1661~1722)가 1662~1722년에 사용한 연호이다.

명나라와 청나라의 해상봉쇄 정책과 서양 여러 나라의 식민지 약탈은 해상 실크로드가 내리막길을 걷게 된 근본적인 원인이다. 16, 17세기부터, 포르투갈, 스페인, 네덜란드, 영국, 프랑스 등 여러 나라의 해외 무역이 비약적으로 발전하고, 태평양에서 '실크로드'가 열리면서 해상 실크로드가 절정에서 내리막길로 접어들었다. 세계적 지리의 대발견과 함께 식민주의자의 동양에서의 확장과 서양 식민자의 해외 확장에 속도를 냄에 따라서 많은 아시아 나라가 식민지나 반식민지로 전락하였다. 1840년에 유럽 식민자는 아편전쟁을 일으키고, 튼튼한 함선과 성능 우수한 대포로 관문을 닫고 쇄국하는 중국의 대문을 열어젖혔으며, 비단, 도자기, 찻잎 등 상품의 수출 무역을 독점하고 제멋대로 중국 자원을 약탈하였다. 이로써 중국은 서양 열강의 반식민지로 전락하고, 중국의 중요한 항구도 그에 따라서 반식민지가 되었다. 그래서 연해 항구는 서양의 덤핑 시장이 되고, 해상 실크로드는 상당히 오랫동안 식민지 색채로 물들었다.

　요컨대, 인류에게 항해술이 발전하기 전에는 바다가 각지 사람들이 왕래하는데 장애물이었지만, 인류의 항해 기술의 발전에 따라서 바다는 장애에서 막힘없는 통로로 바뀌었다. 해상 실크로드의 발전과 변천으로 보면, 유럽 사람이 동양으로 오기 이전에 중국 사람은 중국과 외국, 동양과 서양의 왕래에서 오랜 세월 동안 주요 배역을 맡고, 중국과 외국의 정치, 상업과 무역, 문화의 교류 등에 적극적으로 자발적으로 참여하였다. '보내기 주의'이든 '가져오기 주의'이든 간에 모두 중국은 자원하고 자발적으로 정치, 경제, 종교, 문화와 예술 등 각 방면에서 중국과 서양의 교류와 융합에 박차를 가하였다. 지리의 대발견과 더불어 식민 통치와 압박이 뒤이어 따라왔고 동서양 교류 과정에서의 중국 사람의 작용은 약해졌지만, 해상 실크로드는 절대 중단되지 않았다. 유럽 사람이 동양을 '발견'하면서 비단, 찻잎과 도자기 등 동양의 상품은 대량으로 세계 시장으로 쏟아져 들어갔다면, 유럽의 공업 생산품도 대량으로 동양으로 수출되었다. 세계 일주 항로의 개척은 동양과 서양 사이의 왕래를 전에 없는 속도로 발전시켰다.

명나라와 청나라의 해상봉쇄 정책은 중국이 관문을 닫고 쇄국하는 곁길로 가게 하였는데, 아편전쟁부터 시작된 근대에 서양이 튼튼한 함선과 성능 우수한 대포로 청 왕조의 대문을 열어젖혔으며, 중국과 서양의 무역은 성질이 송두리째 바뀌게 되었다. 중국이 반식민지와 반봉건 사회로 전락하고 중국과 서양의 문화교류도 식민주의의 영향을 받으면서 중국은 강제로 서양 '문화를 수입'하게 되었다. 청나라 말기와 중화민국 시기에 이르러서야 중국은 주동적으로 개방의 발걸음을 내디뎠고 유학생을 파견하여 외국에 나가 배우게 하고, '서양의 선진기술을 본받아 서양의 침략을 물리치자師夷長技以制夷'를 기대하며, 해상 실크로드 문화의 열린 이념, 개척 의식, 창조 정신과 세계적인 안목을 재차 드러냈지만, 해상 실크로드는 내내 부진한 상태에 놓여 있었다. 20세기 1930년대 중기부터 개혁개방 이전까지 해상 통로는 중국 내외의 전쟁과 혁명 등으로 말미암아 차단되었다. 개혁개방 뒤로 중국은 세계를 향해 다시금 가슴을 열었다. 중국이 이어진 문화의 빅 충돌과 적응 과정에서 현대화에 속도를 내면서, 해상 실크로드의 전략적 위상이 갈수록 두드러지고 '일대일로'라는 국가적 기획과도 융합하게 되었다.

2) 해외 제재와 해상 실크로드

어떤 의미에서 말하면, 해외 제재는 해상 실크로드의 길고긴 역사와 흥함과 쇠함, 오르막과 내리막의 여정을 증명하였다. 『산해경』은 중국 고대에 최초로 신화와 전설을 총집합시켜서 많은 해양 관련 신화와 전설을 남겼고, 바다의 별난 이야기와 해외의 이상야릇한 일을 기록해놓은 책이자 지금으로부터 가장 오래된 해외를 상상한 텍스트이다. 전해지는 『산해경』 판본은 18권으로 나뉘며, "산경山經" 5권남산, 서산, 북산, 동산, 중산(中山), "해경海經" 8권해외 남경, 서경, 북경, 동경과 해내 남경, 서경, 북경, 동경을 포함, "대황경大荒經" 4권대황 동경, 남경, 서경, 북경, "해내경海內經" 1권이며, 100여 개 나라의 산수 지리, 풍토와 산물 등을 기록하였다.

　『산해경』도 해외의 다른 나라에 관한 기록이고, 「대황동경」의 "동해 밖에 커다란 바다大壑[6]가 있는데, 소호少昊라는 나라이다. 소호가 이곳에서 전욱顓頊을 키웠고 거문고와 비파를 버리고 떠났다"와 「대황남경」의 "동남쪽 바다 밖에 감수甘水와 바다 사이에 희화羲和라는 나라가 있다" 하고 소호국과 희화국을 말하였다. 「해외동경」에서 "사비시奢比尸 나라가 있는 곳은 그 북쪽인데, 짐승 몸에 사람 얼굴이고 큰 귀에는 두 마리 푸른 뱀을 걸고 있다. 일설에는 간유시肝榆之尸가 대인국 북쪽에 있다 한다" 하였고, 「대황동경」에서는 "어떤 신은 사람 얼굴에 개의 귀를 갖고 짐승 몸인데 두 마리 푸른 뱀을 걸고 있으며 사비시라 불렀다" 하고 사비시와 그 나라 사람의 특징을 서술하였다. 「해외동경」에서 "청구국은 그 북쪽에 있고, 그곳의 여우는 발이 네 개이고 꼬리가 아홉 개 달렸으며, 일설에는 해 뜨는 곳 북쪽에 있다고 한다" 하였고, 「대황동경」에서는 "청구국이라는 나라가 있는데 그곳의 여우는 꼬리 아홉 개를 가졌다" 하고 청구국의 이상한 사람과 일을 이야기하였다.

　「해외동경」에서 "흑치국은 그 북쪽에 있고, 그곳 사람은 치아가 검다.

6　[옮긴이] 『장자(莊子)』 「천지(天地)」에서 "대학이란 아무리 부어도 차지 않고 아무리 퍼내도 마르지 아니한다(大壑之爲物也, 注焉而不滿, 酌焉而不竭)"라고 하였다.

그들은 벼를 먹고 뱀을 씹어 먹는다. 붉은 뱀 한 마리와 푸른 뱀 한 마리가 그 곁에 있다. 일설에는 수해豎亥 북쪽에 있다고 하며, 그곳 사람들은 검은 머리이고 벼를 먹고 뱀을 부린다. 그 가운데 뱀 한 마리는 붉다"고 하였고, 「대황동경」 속에서는 "흑치국이라는 나라가 있는데, 제준이 흑치를 낳았고, 성은 강이며, 기장을 먹고 네 종류의 짐승을 부린다" 하였다. 제준의 아들은 흑치이며, 흑치가 흑치국을 세웠다.

「해외동경」에서 "아래에 탕곡이 있고, 탕곡에 부상나무가 있다. 해 열 개가 목욕하는 곳이며, 흑치국 북쪽에 있다. 물 한 가운데 커다란 나무가 있으며, 해 아홉 개는 아래쪽 가지에 깃들어 있고 해 한 개는 위쪽 가지에 있다" 하였다. 「대황남경」에서 "동남쪽 바다 밖에 감수와 바다 사이에 희화라는 나라가 있다. 이름이 희화라는 어떤 여자가 감연에서 해를 목욕시켰다. 희화는 제준의 아내이고 해 열 개十日를 낳았다" 하였고, 제준이 흑치를 낳은 것처럼 희화가 해 열 개를 낳고 십일국十日國을 세웠다. 이밖에도 군자국君子國, 옥야국沃野國, 무함국巫咸國, 백민국白民國, 일목국一目國, 장고국長股國, 견봉국犬封國, 소인국小人國, 귀국鬼國, 관흉국貫胸國, 관두국灌頭國, 기설국岐舌國, 우민국羽民國, 염화국厭火國, 삼수국三首國, 교경국交脛國, 불사국不死國, 기굉국奇肱國 등이 있다. 해외의 다른 나라의 신령한 동물에 대한 『산해경』의 색다른 묘사는 고대 중국을 세계 중심으로 삼는 초기의 해외 상상을 증명하였다.

진나라와 한나라 시기의 방사와 그들의 활동이 불로장생하고 신선이 되게 하는 신선방술의 발전에 자극을 주어 도교道敎를 탄생시켰다. 신선은 도교의 기본적인 믿음이다. 도교 신도는 널리 포교하기 위하여, 자각적으로 해외 제재의 문학 창작에도 참여하여, 이 단계의 해외 제재 소설에 짙은 종교적 성질을 담아내고, 해외 세계에 대한 상상도 '신격화' 색채를 띠면서 『동명기洞冥記』, 『십주기十洲記』, 『한 무제 이야기漢武故事』 등과 같은 일련의 신선방술 소설을 형성하였다. 이러한 신선방술 소설은 신선의 세계를 꾸며내고, 군데군데 여기저기에 신선초와 영약이 자라고 있으며, 진기한 날짐승과 기이한 들짐승이 있는 십주삼도十洲三島에서는 불로장생할 수 있고 하늘과 더불어 오래 살 수 있었다. 이 모든 것은 오래 살고 싶은 사람들의 갈망과 대대적으로 영합하였다. 그리하여 신선 방사와 도교 신도가 창작한 해외 제재가 폭넓게 사랑받았다.

동진의 고승 법현은 해상 실크로드를 따라 불경을 구하느라 남아시아와 동남아시아 여러 나라를 두루 돌아다녔고, 그의 대표작 『불국기』에서 남아시아와 동남아시아 여러 나라의 지역 특색과 풍습을 생생하게 묘사하였다. 남북조 시기부터 인도의 우화, 동화와 소설 이야기가 대량으로 중국에 쏟아져 들어왔다. 따라서 간보干寶, ?~336의 『수신기搜神記』, 장화張華, 232~300의 『박물지博物志』, 혜함嵆含, 263~306의 『남방초목상南方草木狀』, 만진萬震의 『남주이물지南州異物志』 등 이름난 지괴소설志怪小說이 탄생하였다. 지괴소설은 외래 문화의 자극을 받아서 예술적 구상과 인물 묘사이든 서술 방식이든 간에 모두 커다란 발전을 얻었으며, 당나라 전기 문학傳奇文學이 등장하는 데 튼튼한 토대를 놓았다.류잉성, 1995:50 이밖에 불교가 전래함에 따라서, 동한 시기에는 해외 고승의 전설적인 이야기가 이 시기의 해외 제재 소설의 주요 내용이 되었다.

당나라 시대는 해상 실크로드의 번영기이고, 중국과 외국의 경제 문화적 교류가 첫 번째 절정을 이루게 하였다. 그래서 해외 제재의 창작도 '신선방술'의 시대를 벗어나서 문인과 사대부들은 해외 제재 소설 창작의 역군이 되었다. 해외에 대한 당나라 시기의 문인의 관심과 글쓰기는 이채를 띠었는데, 주로 해외 제재를 확대하고, 내용 면에서 해외의 별난 이야기, 기이한 꽃과 풀, 진기한 사물과 이상한 동물, 괴짜와 재미있는 일 등을 담아냈다. 이것이 당나라 시기 해외 제재 소설 영역에서 『유양잡조酉陽雜俎』와 『두양잡편杜陽雜編』 등 풍물 기록 같은 '지괴-전기'를 위주로 한 국면이 나타나게 하였다.

당나라 전기의 영향을 이어 받은 송나라 시기에는 해상 무역이 더한층 발전하였으므로, 이 시기의 해외 제재는 해외에서의 모험과 해외의 괴짜나 재미있는 일 등 큰 제재 두 가지로 요약할 수 있다. 남송의 홍매洪邁, 1123~1202는 『이견지夷堅志』에서 신선과 여성을 만나고 도적과 귀신을 만나며 또 해외의 기이한 사물과 사람을 만난 이야기를 대량으로 묘사하였다. 원나라에 이호고李好古의 잡극雜劇 〈사면섬의 장생이 바닷물을 끓게 하다沙門島張生煮海〉는 당나라 전기인 『유의전柳毅傳』을 바탕으로 하여 새로운 해외 전기로 창조해낸 것이다. 여기서 차오저우潮州의 서생 장생이 과거시험에서 낙방한 뒤에 명성을 듣고 세 신선산으로 갔다가 겪은 일을 말하였다. 장생은 사면섬에 이르러 거문고가 맺어준 인연으로 용왕의 셋째 딸인 경련瓊蓮 공주를 알게 되었다. 두 사람은 영원한 사랑을 굳게 맹세하였지만, 용왕의 반대에 부닥치게 되었다. 장생은 선녀의 도움을 받아서 사면섬의 달빛 비추는 바닷가에 9척尺 높은 솥을 올려놓고 땔나무에 불을 붙여 물을 끓이니, 솥 안의 물이 1분 끓을 때마다 바닷물이 10장丈씩 가라앉았다. 늙은 용왕은 할 수 없이 두 사람의 결혼에 동의하였고, 아름다운 사랑 이야기가 완성되었다. 명나라 말기와 청나라 초기의 대표 극작가 이어李漁, 1611~1680는 당나라 전기인 『유의전』을 바탕으로 원나라 시기의 잡극 장생이 바닷물을 끓인 이야기의 줄거리를 융합하여 종합적인 〈신중루蜃中樓〉를 지어내고 유의, 장생과 용왕의 두 딸과의 사랑과 낭만을 빚어냈다.

명나라 시대의 범종교적인 해외 제재 소설의 대두는 해외 제재가 특별한 형식으로 등장하였음을 상징한다. 예를 들면 불법의 이치를 홍보한 대표 작품에 주로『소매돈륜동도기掃魅敦倫東度記』,『남해 관세음보살 출신 수행전南海觀世音菩薩出身修行傳』,『달마 출신 전등전達摩出身傳燈傳』 등이 있고, 신마소설神魔小說[7]의 대표작인 오원태吳元泰, ?~1566가 창작한『동유기東遊記』또 다른 제목『상동팔선전(上洞八仙傳)』,『팔선출처동유기(八仙出處東遊記)』에서 '여덟 신선이 바다를 건넌' 민간 이야기를 기록하였다. 오승은吳承恩, 1500~1582의『서유기』, 무명씨의『속서유기續西遊記』와『후서유기後西遊記』, 동설董說, 1620~1686의『서유보西遊補』 등을 포함한 '서유기' 시리즈 소설은 하늘과 땅도 무섭지 않고 사람과 신도 두렵지 않으며 삿됨을 원수처럼 미워하면서 또 적극적이고 낙관적인 미후왕 손오공 형상을 빚어냈다. 또한 허중림許仲琳, 1560?~1630?은『봉신연의封神演義』에서 나자哪吒가 바다에서 소란 피운 이야기를 창조하였다. 이러한 것들은 모두 낭만주의적인 숨결로 가득 찼고, 사회와 정치 내지는 인간성에 대한 지식인의 깊은 사색이 깃들어 있으며 그들의 영혼과 사상과 사회에 대한 깨달음을 담아냈다.

최초에 서양 문화를 접촉한 고대 문인의 한 사람으로서 탕현조湯顯祖, 1550~1616는『모란정牧丹亭』에서 유몽매柳夢梅가 마카오로 가서 본 기이한 사람과 일을 썼고, "들판에 살지 않고 뽕나무도 심지 않는" 장사하는 외국 상인, 포르투갈 소녀의 옷에서 내뿜는 "장미 이슬", 갖가지 구슬, 상아, 향료와 비단의 경매장과 교역장 등을 묘사하였다. 이는 작자의 독특한 경험과 관련이 있는데, 탕현조는 예전에 남하하여 마카오로 왔고, 또 당시 마카오의 지역 특색과 풍습과 중국 사람과 이민족의 무역을 반영한 시를 남겼다. 「마카오에서 포르투갈 상인을 만나香澳逢胡賈」, 「마카오의 통역을

---

7   [옮긴이] 신(神)과 마귀(魔)의 다툼을 소재로 한 소설로 루쉰이『중국소설사략(中國小說史略)』에서 처음 사용하였다.

통해 듣다聽香山譯者」,「마카오에서 향료를 채집하고 맛보며 지화자香山驗香所采香口號」[8] 등은 최초의 마카오 문학이자 마카오의 중국과 서양의 왕래를 기록한 중요한 역사적 문헌이 되었다.양옌화(楊彦華), 2015 : 3

　　명 왕조에서 정화가 서양으로 나아간 일은 중국 고대 해상 실크로드가 한창 번창한 시기를 상징하며, 정화가 일곱 차례 서양에 간 위대한 장거가 이 일을 원형으로 삼은 문학 작품들을 직접적으로 탄생시켰다. 정화를 따라서 서양에 간 많은 선원은 귀국한 뒤에, 바닷길에서 보고 듣고 느낀 것들을 기록하였다. 대표작에 마환馬歡, 1400~ ?의 『영애승람瀛涯勝覽』, 비신費信, 1388~?의 『성사승람星槎勝覽』, 공진鞏珍 의 『서양 나라 이야기西洋番國志』 등이 있다. 나무등羅懋登이 이러한 것들을 토대로 하여 신기한 색채를 지닌 『삼보태감의 서양기 통속연의三寶太監西洋記通俗演義』다른 제목 『서양기(西洋記)』를 창작하였다. 이 책에서는 바다의 기이한 광경과 신마 이야기, 진실한 인물과 기이하고 별난 이야기, 역사적 사실과 주관적 환상 등을 뒤섞어서 드러냈고, 기이하고 부조리한 느낌으로 가득 찼으므로 짙은 낭만주의적인 색채를 지녔다.

　　청나라 전기에 '해상봉쇄' 정책을 해제한 것은 해외 제재의 발전에 자극제가 되었다. 해외 소설은 주로 두 가지 유형을 포함한다. 하나는 해외에서의 모험과 해외의 이상한 사물 제재이다. 예를 들면 기효람은 『열미초당필기閱微草堂筆記』 권19에 명루저우孟鷺洲에서 해상 조난당한 일을 기록하였는데 제법 모험적인 색채를 지녔다. 둘째는 중국과 외국의 전쟁을 언급한 묘사이다. 예를 들면 여웅呂熊은 장편소설 『여선외사女仙外史』에서 은낭隱娘과 공손대낭公孫大娘 등 여성 장수들이 법술을 부려서 왜구를 전멸시

8　　[옮긴이] 香澳(岙, 嶴), 香山 등은 모두 마카오를 가리키는 말이다.

키는 이야기 줄거리를 묘사할 때에 낭만주의 색채로 가득 채웠다.

청나라 시기의 해외 제재 가운데서 가장 대표성을 지닌 것은 이여진李汝珍, 1763?~1830의 『경화연鏡花緣』이다. 루쉰은 『경화연』을 평가하여, "사회제도에 대해서도 불평등함을 담고 사건마다 꾸민 곳에 이상이 깃들어 있다."루쉰, 2005 : 259 하고 말하였다. 『경화연』 소설의 정수는 앞 50회인데, 당오唐敖가 무후武后[9]에게 불만을 품었기 때문에, 바다 건너 나가서 돌아다니고, 딸 당소산唐小山이 해외에서 아버지를 찾는 이야기이다. 당오는 나이가 쉰이 넘었고, 이름을 날릴 가망이 없자 도를 묻기 위해 신선을 찾아가서 "넓디넓은 세상에서 어찌 운을 만나지 못 하리오?" 하고 물었다. 그리고 다구공多九公과 임지양林之洋 등과 함께 해외로 나가 돌아다니며 군자국君子國, 여아국女兒國, 양면국兩面國, 불사국不死國, 대인국大人國, 소인국小人國, 섭이국聶耳國 등 30여 개 나라를 돌아다녔다. 비건국毗騫國, 양면국, 지가국智佳國 이외에 해외의 다른 나라는 모두 『산해경』에서 가져왔다. 『경화연』은 전기傳奇의 수법을 다채롭게 활용하여 해외의 별난 이야기와 생생한 형상을 이야기하였다.

치우침 없이 해석하여 웃기며 익살과 조롱기를 담았고 세상과 사람을 놀리는 맛이 있으며, 곰곰이 생각하게 하고 말투에 억지가 없이 구성지므로 독자가 책상을 치며 탄성을 지르기에 충분하다. 이는 정말 드문 재능이다.아잉(阿英), 1979 : 133

어떠한 관념들이 상대적으로 보수적이라고 하여도 그 안에서 드러나는 것은 '중국의 풍습'에 대한 비판과 반성이자 이상 사회에 대한 상상과

---

9   [옮긴이] 무측천(武則天), 무조(武曌, 624~705, 재위 690~705)이며, 주나라를 건국하여 "무주(武周)"로 불린다.

기대였고, 해외 문화에 대한 포용과 흡수라는 진보적인 사상을 구체화하였다.

포송령蒲松齡, 1640~1715은 『요재지이聊齋志異』에서 바다의 커다란 물고기이자 잔인한 '해공자海公子'와 관련된 해외의 별난 이야기를 담아냈고, 바다에서의 모험과 외딴섬에서 구사일생으로 살아남은 이야기를 쓴 「나찰해시羅刹海市」와 「야차국夜叉國」 등에서 짙은 민간 색채를 담은 중국판 로빈슨 형상도 창조하였다.

중일갑오전쟁中日甲午戰爭[10] 뒤에 특히 20세기 초에 해외 제재 소설의 수량과 종류가 급격하게 늘어나서 중국의 해외 제재 소설 창작은 절정 시기를 형성하였다. 그 커다란 규모는 당나라와 명나라 시기의 해외 제재 소설 창작의 번영 시기라도 견주기 어렵다. 『황수구黃繡球』, 『경자국변탄사록庚子國變彈詞錄』, 『치인설몽기痴人說夢記』, 『황금세계黃金世界』 등은 그 가운데 예술적 가치가 비교적 높은 대표 작품이다. 이러한 작품들은 해외 제재가 전통적인 해외 환상과 상상에서 점차 진실하고 구체적으로 느낄 수 있는 해외 형상으로 바뀌고 있음을 드러내며, 중국과 서양 문화의 정수에 집중하고 나라와 민족을 구하는 범정치적 경향을 구체화하였다. 이 시기에 수량이 많고 종류의 다양성과 내용이 충실한 점들은 해외 소설 창작을 절정이 되게 하였다. 그것의 예술적 가치가 명나라와 청나라 시기의 해외 제재 소설에 필적할 수 없다고 하여도, 그 깊은 사상적 의미는 청나라 말기라는 특정한 시대적 배경의 영향 아래 독특한 빛을 내뿜으며 독자를 강렬한 진동과 깊은 사색으로 끌어들이고 현당대 문학의 해외 제재소설 글쓰기의 새로운 출발점도 되었다.왕하오(王昊), 2009 : 321

---

10 [옮긴이] 1894년 7월 25일에서 1895년 4월 17일까지 일어난 청일전쟁(淸日戰爭)이다. 갑오전쟁이라고도 한다.

고대 해외 제재의 변화 발전은 해상 실크로드가 중국과 서양의 문화교류 과정에서의 중요한 역할을 증명하였다. 해상 실크로드는 아시아, 아프리카와 유럽 등지 각 나라 사람과 동서양의 우호적인 교류를 증명하였고, 앞으로도 세계의 모든 나라 사람이 교류하는 통로가 될 것이다. 유네스코 사무총장을 맡은 마쓰우라 고이치로松浦晃一郎, 1937~가 예전에 이렇게 말하였다.

해상 실크로드의 연구와 개발의 심화에 세계는 깜짝 놀라게 될 것입니다. 해상 실크로드의 영혼은 중화민족의 해양 문화의 모든 개방성, 포용성, 친화성의 격조를 담고 있습니다. 그것의 평화적 우호 의식, 합작 교류 의식, 시장경제 의식, 공공관계 의식과 스스로 게을리 하지 않고 노력하며 필사적으로 전진하는 정신이 중화민족 문화와 민족정신을 구체적으로 나타낸 것입니다.홍싼타이(洪三泰), 2014 : 544

특히 지금 환경에서, '일대일로' 기획 가운데서 21세기 해상 실크로드의 중요한 위상은 말할 필요도 없다.

해상 실크로드는 본질적으로 열린 이념, 개척 의식, 창조 정신, 포용적 자세, 다원적 형태와 세계적인 안목의 해상 실크로드 문화를 구체화한다. 해상 실크로드의 역사를 정리할 때에 우리는 현대 실크로드 문화가 물질에서 정신으로, 아니면 물질과 정신의 상호 융합에서, 중국과 서양의 정치, 경제, 상업 무역, 문화 등 교류의 이모저모 곳곳에서 풍부해졌음을 발견하기란 어렵지 않다. 이와 동시에 풍부하고 뿌리 깊은 해상 실크로드 문화도 정신, 주제, 이미지, 격조 등 방면에서 해상 실크로드 문학에 더한층 양분을 공급하였다.

2. 해상 실크로드 문학의 개념과 범주

무엇이 해상 실크로드 문학인가? '해상 실크로드'를 제재나 주제로 삼은 문학인가 아니면 '해상 실크로드'의 드넓고 긴 연해 지역 범위 안에서 등장한 문학을 말하는가? '해상 실크로드 문학'은 자체의 특정한 내용과 개념을 지녀야 하는가 아니면 포용적인 넓은 개념인가? '해상 실크로드 문학'은 한편으로 해상 실크로드 연도의 여러 나라와 민족, 해상 실크로드와 밀접한 관계를 맺은 지역 특색과 풍습, 그리고 그곳의 정치, 경제, 문화생활을 주요 내용으로 삼아 표현하고, 또 다른 한편으로 해상 실크로드 연도의 여러 나라와 민족 사이의 정치, 경제, 문화적 교류를 주요 글쓰기 대상으로 삼는다. '해상 실크로드 문학'은 넓은 의미와 좁은 의미의 구별이 있어야 한다. 좁은 의미의 해상 실크로드 문학은 전적으로 해상 실크로드를 제재나 주제로 삼은 문학을 말해야 한다. 넓은 의미에서 말하면, '해상 실크로드'를 포함한 '실크로드'는 이미 중화민족의 역사 문화적인 기호의 특징이 되었고, 경제, 군사, 정치 등 방면에서 중요한 역할을 하고 있으며, 이와 관련한 실크로드 문화와 문학도 그 가운데서 싹이 터서 자란 것이다. 그래서 넓은 의미에서의 '해상 실크로드 문학'은 '해상 실크로드'를 제재나 주제로 삼은 문학도 포함하고 '해상 실크로드' 연도의 주요 지역 범위 안에서 등장한 '해상 실크로드' 관련 문학도 포함하며, 동시에 해상 실크로드를 매체로 삼은 중국과 서양의 여러 형식의 문화교류도 담을 수 있다.

'해상 실크로드 문학'의 범주, 주제, 형식 등은 해상 실크로드 역사의 발전과 변천을 따라서 변하였다. 고대 해상 실크로드는 주로 상품의 수송과 외교적 왕래라는 중요한 직책을 담당하였다. 그래서 고대 해상 실크로드 문학은 해상 실크로드와 밀접한 관련이 있는 제재를 주로 가리키며, 해양 문화와 해상 교통 등의 내용을 담았다. 근현대 해상 실크로드는 상품의 수송_{대부분은 근현대 중국에 대한 서양의 식민 약탈}이란 임무를 담당하였고, 인재를 수송하는 막중한 임무를 더욱더 맡았었다. 청나라 말기와 중화민국 시기에 정부는 해상 실크로드를 통하여 많은 인재를 일본, 유럽과 미국 등 선진국으로 보내서 '서양의 선진기술을 본받게' 하였다. 그래서 중국과 서양의 문화교류는 색다른 형식으로 발전하고 밀접해졌다. 그러므로 현대 '해상 실크로드 문학'은 고대 해상 실크로드 문학의 범주 이외에도 유학파 작가들의 창작에서 중국과 서양의 문화교류를 구체화한 작품을 포함하여야 한다.

아울러 항구란 바다와 뭍이 만나는 특수한 지역적 원인과 지리적 조건을 지니기 때문에, 항구와 바닷길이 서로 의존하고 해상 실크로드에서 매우 중요한 기능을 담당하며 도시의 경제 발전과 현대화 진행에 더욱더 도움을 주고 이바지하였다. 그리하여 현대 해상 실크로드 문학은 항구도시 문학도 수용해야 한다. 이것도 해상 실크로드 문학의 지역적 특색을 구체화한 점이다. 당대 이래로, 특히 개혁개방 뒤로 해상 실크로드가 다시금 번영하고, 재차 대량의 상품을 운송하는 중요한 직능을 담당하게 되었다. 인재 수출이 대부분 항공 교통방식으로 전환하였고, 그래서 당대 해상 실크로드는 이제 중요한 유학의 길이 아니게 되었다. 그밖에 이민문화와 밀접한 관련을 맺고 있는 해외 화문海外華文도 지금 해상 실크로드 연구에서 뜨거운 관심사이다.

1) 고대 해상 실크로드 문학

해상 실크로드는 해양을 운반체와 매개체로 삼았다. 그래서 해상 실크로드를 언급하면 반드시 해양 제재와 연결하게 될 것이다. "인류는 해양과 혈연적인 정을 맺었기 때문에, 인류는 일찍부터 해양을 미적 대상으로 삼아 역사와 인생에 대한 사색 속으로 집어넣었다. 해양은 모든 생명을 낳아 키우는 위대한 모체이며, 사랑, 죽음과 전쟁 등과 같이 해양도 인류의 문학예술이 표현하려는 영원한 제재이다."리쏭웨(李松岳), 2009 : 20~24 해양 문화는 개방성, 포용성과 친화성의 격조와 스스로 게을리 하지 않고 노력하고 떨쳐 일어나 앞으로 나아가는 해양 정신을 지녔다. 이러한 것들은 모두 해상 실크로드 문화의 정신적 알맹이와 서로 일치한다. 그러므로 이 글에서 말하는 해상 실크로드 문학은 특히 해상 실크로드 문화와 해상 실크로드 정신을 구체적으로 드러낼 수 있는 문학 작품들을 가리킨다.

고대 중국어에서 바다 '해海'자의 본뜻은 어두컴컴함이나 끝없음이다. 아주 오래전 중국의 조상은 진정으로 바다와 접촉한 경험이 매우 적다. 그들의 마음속에서 바다는 신기하고도 이상한 곳이다. 바다의 종잡을 수 없고 신비한 색채도 사람들이 종종 사용하는 관용어인 '허풍 떨기夸下海口', '해외의 별난 이야기海外奇談', '매우 먼 곳海角天涯' 등과 같은 현대 중국어에서 하나둘 엿볼 수 있다. 바다는 고대 제왕이 오래 살기를 바라는 마음에 희망을 걸었던 곳이다. 전설에서는 세 신선산인 펑라이, 잉저우, 팡장에 선약이 감추어져 있고, 그것을 먹으면 사람이 장생불로한다고 하였다. 제나라 위왕威王, 기원전 378~320, 재위 기원전 356~320이 세 신선산으로 사람을 파견하였고, 진시황은 서복을 동쪽으로 보내 선약을 구해오게 하였다. 한나라 무제는 방사를 파견하여 바다에서 선약을 구해오게 하였다. 선약을 구하러 간 일이 확실히 황당무계한 행위라고 하여도, 옛사람이 이상을 바다에서 실현하고자 실제로 행한 일을 측면에서 나타냈다. 대대로 제왕이 선약을 구하는데 열중한 행위는 항해기술과 경험의 축적과 성숙을 가져왔고, 최대한도로 해상 교통의 발전을 촉진하였으며, 뒷날의 해상 무역의 기초를 다졌다.

  바다는 대대로 문인이 바다를 빌려 뜻을 말하고 정감을 토로하는 대상
이었다. 공자의 "도가 행해지지 아니하니 뗏목 타고 바다에서 떠다니련다
道不行乘桴浮於海"논어와 장자의 『소요유逍遙遊』에서 "하늘과 땅 사이에서 거닐
어 돌아다니기逍遙於天地間" 등은 모두 바다를 빌려 '숨어 사나 그 뜻하는 바
를 구하는' 심리에서 나왔다. 조조曹操, 155~220가 「푸른 바다를 보며觀滄海」에
서 이렇게 읊었다.

  동쪽 갈석산에 올라

  푸른 바다 바라보니

  바다 물결 넘실넘실

  뫼와 섬이 우뚝 솟았노라

  나무 우거지고

  온갖 풀들 가득 자라

  가을바람 쌩쌩

  큰 물결 출렁출렁

  해와 달이 뜨고

  그 속에서 나온 듯

  별과 은하 반짝반짝

  그 안에서 나온 양

  운이 좋게 이르니

  이내 마음 읊어 노래하노라.

  시는 구구절절 경치를 적고 마디마디 정감을 담아내어, 정감을 경치에

기탁하고 경치와 정감을 한데 녹여냈다. 시인은 감상자의 각도에서 바다의 웅장하고 힘찬 경관을 빌려 천하를 품은 가슴속 열정을 노래하였다.

이백은 「가는 길 험난하니行路難」에서 "긴긴 바람 타고 파도 헤칠 날 틀림없이 있으리니 / 곧장 구름 돛 달고 푸른 바다 건너리라" 하고, 「꿈에 천모산에서 노닌 것을 읊어 이별에 남기며夢遊天姥吟留別」에서, "바다에 온 나그네 잉저우 말하니 / 안개와 파도 아득해 참으로 찾기 어렵다하는구나" 하였고, 「강에서 읊다江上吟」에서 "신선이 황학 타길 기다리고 있느뇨 / 바다의 나그네 흰 물새를 따를 맘 없다네" 하고 읊었다. 두보는 「낡은 배破船」에서 "평생을 강 복판에서 살며 / 옛날에 쪽배를 띄웠어라" 하고 읊었다. 백거이는 「길고긴 한의 노래長恨歌」에서 "얼핏 바다에 신선 사는 산 있다 들으니 / 산은 가물가물 까마득한 곳에 있노니 / 누대 전각 영롱하니 오색구름 피어올라 / 그 가운데 아리따운 선녀 많을 것 같노니" 하고, 「파도에 모래가 쓸려가듯浪淘沙」에서는 "새하얀 파도 까마득히 바다와 이어진 곳 / 평편한 모래사장 넓디넓어 끝이 없어라 / 아침과 저녁 오가듯 쓸려오고 쓸려가며 / 마침내 동쪽바다를 뽕나무 밭으로 바꾸었어라" 하였다.

장구령張九齡, 673?~740은 「달 보며 먼 곳에 그대를 그리워하며望月懷遠」에서 "바다가 밝은 달 낳을 때 / 하늘 끝에서 이 시간을 함께 하오" 하고 읊었다. 소식蘇軾, 1037~1101의 「바다를 바라보는 누각의 저녁 풍경 다섯 절구望海樓晚景五絶」와 「덩저우 신기루登州海市」, 이청조李淸照, 1084~1155의 「어가오漁家傲」, 신기질辛棄疾, 1140~1207의 「목란화만木蘭花慢」과 「모어이摸魚兒 · 조수를 구경하는 섭 승상을 뵙고觀潮上葉丞相」 등에서 바다의 아름답고 기이하며 변화무쌍함을 묘사하거나 정감을 푸른 바다에 기탁하고 생명의 깨달음을 토로하였다. 이러한 시편은 고대에 바다를 찬미하고 노래한 가작이고, 문학의 형식으로 해상 실크로드의 오르막과 내리막의 노정을 기록하였다.롼이(阮

憶), 메이신린(梅新林), 1989.(2) : 62~68

바다는 문인과 정객이 아름다운 이상과 정신을 기탁하는 곳이자 유랑자의 거처이기도 하므로, 변새시와 같은 변해시邊海詩를 탄생시킨 것임을 지적할 필요가 있다.

사실 바다를 빌려서 정감을 토로하고 바다 풍경을 묘사한 시 이외에, 진나라와 한나라에서 명나라와 청나라에 이르기까지 2,000여 년 동안의 해상 실크로드 역사가 해상 실크로드를 직접 묘사한 많은 뛰어난 시와 글을 남기게 하였다. 어떤 학자는 "해상 실크로드는 이름 그대로 비단을 위주로 삼은 중국 상품의 해상 무역의 길이고 정치, 군사, 종교, 문화와 과학기술 등 방면을 포괄하는 중국과 외국의 교류의 길이었다" 하고 지적하였다.

『중국 고대 해상 실크로드 시선中國古代海上絲綢之路詩選』천용정(陳永正) 편, 광둥경제출판사(廣東經濟出版社), 2001은 한나라 무제 때에 쉬원徐聞에서 바닷길을 열고부터 아편전쟁이 막을 내릴 때까지 '해상 실크로드'와 관련한 시 419편을 수록하였다.천용정(陳永正), 2001 : 6·11 그 내용은 해상 상품 무역, 정치, 군사, 종교, 문화와 과학기술 등 중국과 외국의 교류를 반영하였다. 해상 실크로드가 발전한 역사도 중화민족의 정신적 성장을 드러낸 서사시이다. "이 서사시는 부富와 문명의 찬가이고, 웅장한 아름다움과 위험에 대한 한숨의 노래이자 생이별과 죽음의 이별에 대한 슬픔의 노래이기도 하다."완징(萬靜), 2016 : 17~19

해상 실크로드는 중국과 외국의 경제 문화적 교류 방면에서 중국과 중국 사람에게 부와 문명을 가져온 서사시이다. 쉬원항徐聞港은 해상 실크로드 출발점의 한 곳이다. 예로부터 "가난에서 벗어나고 싶으면 쉬원으로 가라" 하는 속담이 전해온다. 가난에서 벗어나서 부자가 되고 싶으면 쉬원으로 가라고 한 말에서 당시 쉬원항에 상업과 무역이 얼마나 번성하였는지를 상상할 수 있다.

육조시기에 안연지顔延之, 384~456는 「베풀어준 연회에 응하여 취수이에서 지은 시應詔宴曲水作詩」에서 "보물 실은 배는 멀리 물을 건너오고 / 보물 실은 수레는 산봉우리 넘어가노니" 하고 커다란 배가 보물을 싣고 바다 건너오고, 보물을 실은 수레가 산을 넘어서 북상하는 광경을 썼다. 당나라의 위응물韋應物, 737~792은 「이광주에게 녹사로 임명 받은 풍저를 전송하며送馮著受李廣州署爲錄事」에서 "온 나라마다 진상하러 이르고 / 진기한 것들 도읍에 바칠지니" 하고 온갖 나라에서 도읍지로 와서 조공을 바친 성황을 묘사하였다. 송나라의 여정余靖, 1000~1064이 「위링의 세 정자에서 시를 짓다－퉁웨정題庾嶺三亭詩－通越亭」에서 읊은 "진귀한 보물 실은 수레와 선물 실은 가마가 해마다 끊이지 아니 하였으니"와 이광李光, 1078~1159이 「푸퉁각阜通閣」에서 말한 "온갖 물건 변방 밖에서 배로 오도다" 하고 읊은 구절마다 해상 실크로드의 번영이 중국과 중국 사람에게 커다란 부를 가져왔음을 써냈다.

바다에서 항해는 바다의 드넓고 막힘없는 기상을 느끼게 하고 항해의 위험과 어려움을 체험하게도 할 수 있다. 청나라 시기의 굴대균屈大均, 1630~1696은 「바다 구경觀海·하나其一」에서, "처음 원기가 큰 줄 알고 / 물이 글쎄 하늘을 담네 / 온통 외국 배에서 내리니 / 어슴푸레 저물녘 안개 속에 있네" 하고 노래하였다. 바다의 드넓고 끝없음, 안개 자욱한 바닷물의 아득함, 썰물과 밀물 등에서 사람은 하염없는 그리움과 철학적 사색을 불러일으켰다. 하지만 바다는 끝없이 신비하고 종잡을 수 없으며 순간순간 빠르게 변한다. 바다에서 항해에도 위험은 겹겹이다. 장설張說, 667~730은 「바다로 드니入海」에서 "뗏목 타고 남쪽 바다로 드니 / 바다는 넓디넓어 다다를 수 없어라 / 아득히 방향을 잃고 / 철썩철썩 비구름 같아라 / 구름과 산이 서로 들락날락 / 하늘과 땅이 서로 오르락내리락 / 만리에 끝 가장자리 없어 / 구름 어찌 넓이와 깊이 헤아릴 수 있으리" 하고 읊었다. 소식은 「복파장군 묘비伏波將軍廟碑」에서 "험한 일 닥치니 바다와 바람은 헤아릴 수 없어라" 하고 사람들이 바다에서 항해하는 중에 언제나 어려움에 부닥치고 바다에 몸을 묻을 위험을 안고 있음을 묘사하였다.

바다가 언제나 위험할 수 있긴 하지만, 바닷가에 사는 사람들이 용감하게 모험하는 정신은 시인의 붓대 아래서 두고두고 칭송되었다. 명나라의 탕현조는 일찍이 쉬원으로 좌천하였는데, 「판위 사람이 전라[11]로 들어가는 걸 보며看番禺人入眞臘」에서 "빈랑 배 위에서 사람들에게 행로를 물으니 / 웃으며 열흘 흘러가는 일정이라 말하누나 / 타향에서 이별의 정 떠올릴 필요 없으니 / 늘 꾀꼬리 제비 뻐꾸기 소리 없기 마련" 하고 판위番禺[12] 사람이 용감하게 모험을 무릅쓰는 낙관 정신을 뜨겁게 찬미하였다. 청나라의 증망안曾望顔, ?~1870은 「외국 배로 아침에 출발하여洋舶早發」에서 "열흘 지나도록 안개비가 강굽이를 휘감고 / 거센 바람 아무리 힘써도 쓸어버릴 수 없어 / 휘몰아치는 파도 소리 바다를 놀래 솟구치게 하며 / 하늘로 잇닿은 돛 그림자 산을 뒤덮나니" 하고 바다에서 항해할 때에 기후가 아무리 나쁘더라도 온갖 돛들이 다투는 열성을 막을 수 없는 광경을 묘사하였다. 또 "뗏목 탄 어느 나그네 하늘 높이 올라가니 / 돌을 채찍질한 이[13] 새벽녘 북두성 돌아올 적에 / 진나라 황제 무리 동경하는 걸 비웃더

---

11 [옮긴이] 지금의 캄보디아 경내이다.

12 [옮긴이] 당나라 시기 광둥(廣東) 관내 지역을 가리켰다.

13 [옮긴이] 돌을 채찍질한 이야기는 『예문류취(藝文類聚)』권79에서 진(晉) 복침(伏琛)의 『삼제략기(三齊略記)』에서 인용하여 전한 내용이다. 진시황이 돌로 다리를 놓아서 바다 건너 해 뜨는 곳을 보려고 하자 어떤 신선이 와서 돌을 바다로 밀어 넣었는데, 돌

니 / 어느 날에 펑라이로 왔는가" 하고 항해자의 낙관적인 동경과 용감한
탐험 정신을 흥미진진하게 그려냈다.

　외국 상인은 중국으로 와서 중국과 외국 상업과 무역의 왕래와 문화교
류에 커다란 이바지를 하였으므로, 후세 사람들이 길이 새겨두었다. 중국
에 와서 무역하는 외국 상인은 판커蕃客라고도 불렸다. 이들 판커는 객지
타향에서 사망하면 그 땅에 묻혔고, 세월이 지나면서 이민족 공동묘지를
형성하였다. 송나라의 방신유方信孺, 1177~1222는 『남해에서 이모저모 읊으며
南海百詠』에서, "이민족 공동묘지는 성벽 서쪽 십 리 떨어진 곳에 있고 수천
에 이르며 모두 남쪽에 머리를 두고 서쪽을 향하고 있다" 하고 설명하였
다. 이민족 공동묘지는 중국에서 사망한 수많은 외국 상인을 묻은 곳으로
"수천에 이르며 모두 남쪽에 머리를 두고 서쪽을 향하고 있다" 하는 표현
으로 나라와 가족에 대한 그들의 끝없는 그리움을 담아냈다. 아울러 그는
「이민족 공동묘지蕃人冢」에서 이렇게 읊었다.

　고래가 일으킨 파도 배를 삼킬 뻔한 일 간신히 피해
　여우가 대가리를 제 굴 쪽으로 향하고 죽는 것을 배울 수 있을 듯
　눈은 아득히 멀리 삼만 리를 볼 수 없어
　천금 있다 하더라도 여기서 발길 멈추었어라.

　시는 판커가 온갖 어려움과 위험을 겪으며 해상 무역에 종사하며 떼돈
을 벌었다고 하여도 마지막에는 도리어 객지 타향에서 사망하였고, 그래
서 사람에게 무한한 서글픔을 느끼게 하였음을 드러냈다.

이 빨리 가지 않으므로 그 신선이 돌에게 채찍질하였고, 그 돌이 피를 흘렸다고 한다.

고대 해상 실크로드 소설의 전형이자 대표작은 『삼보태감의 서양기 통속연의』, 『신루지蜃樓志』와 『경화연』 등이다. 『삼보태감의 서양기 통속연의』는 루쉰이 '신마'소설의 대표로 칭하였고, 나무등이 직접 경험한 여행을 바탕으로 상상력을 가미하여 창작한 장회체 소설이다. 작품은 모두 100회이고, 앞의 7회는 벽봉장로碧峰長老의 출생에서 출가까지, 출가에서 요괴를 제압하기까지의 여정이다. 8회에서 14회까지는 벽봉장로와 장천시張天師가 법술을 겨룬 것 등을 말하였다. 15회에서 100회까지는 정화가 지휘관이 된 뒤에 병사를 모아 서쪽으로 원정을 나갈 때에, 벽봉장로와 장천사가 참여하여 정화를 도와 요괴를 제거하고 마지막에 여러 나라가 조공하였으며, 정화를 모신 사당을 세운 이야기를 하였다. 이러한 신비하고 기이한 색채를 지닌 역사소설은 정화가 통상 사절로 서양에 가서 30여 개 나라와 교류한 남다른 경력을 예술적으로 재현하고, 정화가 서양에 간 일이 중국과 난양南洋의 경제에 준 자극과 사람들에게 준 커다란 심리적 감동도 표현하였다. 『삼보태감의 서양기 통속연의』는 『서유기』의 서사 수법을 흉내 내서 지괴와 전기 형식으로 해상 실크로드에서 겪는 어려움과 아슬아슬한 위험을 재현해냈다.

청나라 시기 소설 『신루지』는 최초로 세관과 외국 회사로 눈을 돌린 소설이다. 작품은 모두 24회이며, 외국 회사 열세 군데의 상인이 광둥 세관 관리와 광둥 지역 관리의 이중적인 배척을 어떻게 받았는지 하는 상황을 묘사하였다. 청나라 초기에 '해상봉쇄를 해제'하고 개방한 뒤로, 청 정부가 장쑤, 저장, 푸젠, 광둥 등 네 지역에 세관을 설치하였고, 광둥을 제외한 세 곳의 세관은 모두 현지 지방관리가 감독 관리하게 하였다. 광둥 세관은 관련 관세가 엄청나게 비싸서, 특별히 "광둥세관감독粵海關監督"을 설치하였다. 소설 속의 혁광대赫廣大, 비슷한 발음의 해학적 표현인 해음(諧音), 그의 신통함이 광대함을 풍자는 광둥세관감독을 맡았다. 그는 부패한 탐관오리로서 퇴폐적이고 타락한 생활에 젖었으며, '주색잡기' 등 온갖 나쁜 걸 두루두루 갖춘 인물이다. 그의 제멋대로인 하인 포진재包進財, 해음, 재물의 원천이 넓은 데서 들어옴을 담보함는 외국 상인을 다그쳐서 세금을 두 배로 징수하였고, 한번은 외국 회사에서 백은 30만 냥을 공갈로 갈취하였다. 작품은 광둥세관감독의 탐관오리 형상을 창조하는데 치중하였다. 이밖에 저자는 비열하고 추한 광둥 지방관리 형상도 묘사하였다. 예를 들면 구우신苟又新, 해음 '개 심보를 가짐(狗有心)', 공양생公羊生, 우조牛藻, 두 사람이 짐승만도 못하다고 욕함, 전전사錢典史, 해음, 그가 노략질한 재물이 많음을 풍자 등이 그러하다. 작자는 격분한 말투로 세관 관리가 뇌물을 받아먹고 법을 어기며, 지방관리가 사리사욕에 눈이 멀어 불법행위를 하며, 해적, 병사와 도적이 사람을 죽이고 재물을 약탈하는 일들을 묘사하였다. 작자는 광둥 세관이 나라와 백성에게 재앙을 가져오고 상인과 백성을 해치는 행위를 신랄하게 성토하였으며, 백성을 편안하게 살 수 없게 하는 부패하고 어두운 사회 현실을 비난하였다.

『경화연』은 고대 소설 가운데서 해외로 눈을 돌린 대표작이다. 작품은 모두 100회이며, 앞의 50회는 당오가 해외로 가서 신선을 찾는 이야기이다. 다구공과 임지양 등 해외 상인 형상을 창조하였고, 낙홍거駱紅蕖, 위자앵魏紫櫻, 설형향薛蘅香, 서승지徐承志, 요지형姚芷馨 등 해외로 피난한 화교 형상도 그려냈다. 해외로 피난한 화교는 생활이 매우 어려웠다. 윤원尹元은 그곳 토박이처럼 차려입고 토박이들 사이에 숨어서 물고기를 잡아 생계를 꾸렸지만, 여전히 현지 사람의 배척을 받았다. 낙홍거와 위자앵은 어려서부터 가족을 돌보아야 하는 무거운 짐을 짊어졌다. 서승지는 해외에서 여러 해를 떠돌아다녔고, 육체노동으로 생계를 꾸려나가다 보니 고집 세고 의심 많은 부마駙馬에게 정신적 시달림을 받았다. 요지형과 설형향은 그들이 해외에 가져다준 발달한 양잠과 방직 기술이 오히려 현지 토종재배 가구의 불만을 끌어내는 바람에 목숨까지도 위협받았다. 화교 생활이 어렵고 고달플수록 고향에 대해 그들은 그리움으로 가득 찼고 잎은 땅으로 돌아간다는 말이 그들에게 가장 큰 소망이 되었다.

고대 해상 실크로드 문학은 뛰어난 예술적 성취를 얻었다. 이는 주로 다음과 같은 몇 가지 방면에서 표현되었다.

첫째, 해양 문화에 관심을 기울이고 매우 강한 포용성을 지닌 강렬한 인문 정신과 뚜렷한 해양 문화의 특색을 구체화하였다. 해양 문화가 표현한 새로운 주제, 새로운 미적 취지와 새로운 예술적 특징 등은 내륙 문화(혹은 농경 문화)와 전혀 다른 주제를 다룬 새로운 형태의 문학이다. 대표작은 조조의 「푸른 바다를 보며」와 같이 해상 실크로드 역사 제재와 일대기이며, 기세가 힘차고 역동적이다.

둘째, 해상 실크로드 문학 패러다임의 적극적인 구축과 해상 실크로드 문학 주제의 역사 글쓰기이다. 해상 실크로드가 번영하고 순조롭게 소통할 때마다 해상 실크로드 문학 창작이 풍부해졌다. 장삿길의 개척, 바다에서의 모험과 해외 창업 등은 열린 시선, 개척자의 포부, 모험가의 담력과 재물을 추구하는 소망 등을 드러냈다. 시대적 주제는 빠르게 드러났다. 다른 나라, 지역과 민족 사이에서 해상 실크로드의 밀접한 왕래를 통하여 다원적인 실크로드 문학예술이 생겨났고, 실크로드 문학의 주제와 양식이 풍부해졌다.

셋째, 해상 실크로드 문학 형상의 정성 어린 창조와 해상 실크로드 이미지의 색다른 변화이다. 정화는 항해자의 형상으로서 서양에 일곱 차례 간 장거로 사람들을 경외감으로 가득 차게 하였다. 그는 짙은 영웅주의 색채와 인문적 감성을 지녔다. 작품에 차고 넘치는 '신비하고 남다른' 인물들은 초기의 해상 실크로드 문학을 야릇하고 신비한 색채로 가득 차게 하였다.

넷째, 고대 해상 실크로드 문학은 평화적이고 우호적인 문학관文學觀을 전달하였다. 중화민족은 대대로 '내향형' 민족이고, 자기 내부의 발전을 중시하며, 침략을 배척하고 반대해왔다. 수천 년 동안의 해상 실크로드의 발전과 변천은 중화민족이 일치하는 점을 취하고 의견이 서로 다른 점을 잠시 보류하며 함께 발전하는 외교 정책을 주장해왔음을 증명하였다.

동시에 고대 해상 실크로드 문학도 많은 문제를 안고 있다. 첫째, 내향형 문화가 두드러진 중화 문화로서 농업을 중시하고 상업을 억제한 정책, 보수적인 색채에 훨씬 못 미치는 개방성, 해양 문화의 효과적인 개발 제한, 해양 문화에 관한 관심 부족 등이 해상 실크로드 문학 제재의 편파성과 해상 실크로드 문학 주제의 단순성을 가져왔다. 둘째, 정치적 원인 등으로 말미암아, 해상 실크로드 문화가 시대와 정치에 휘둘리는 바람에 해상 실크로드 문화에 독립의식과 뚜렷한 문화적 각성 의식이 모자라고, 해상 실크로드 문학 작품에는 사상적 깊이와 문화의 확장성 등이 부족하게 되었다.

2) 현대 해상 실크로드 문학의 범주

정화가 서양으로 간 전후 시기는 해상 실크로드의 전성기였지만, 관문을 닫고 쇄국정책을 실시함에 따라서 해상 실크로드가 차츰차츰 내리막길을 걸었다. 특히 근대 이래로 중국이 반식민지 반봉건 사회로 들어섬에 따라서 해상 상업과 무역도 상품의 밀수 내지는 중국에 대한 열강의 식민 침탈로 전락하지 않을 수 없었다. 그러다 보니 해상 실크로드 제재를 직접 묘사한 작품도 드물어졌다. 그럼 해상 실크로드 문학이 설마 여기서

막을 내렸다는 말인가? 답은 분명히 아니다. 사실 해상 실크로드 문학의 주제, 제재와 양식도 해상 실크로드 역사의 발전과 변천에 따라서 변화가 생겼다. 해상 실크로드 역사를 정리하면, 우리는 고대 해상 실크로드 문학이 주로 중국과 서양의 해상 교통역사와 해양 문화라는 큰 범주 두 가지를 포함한 점을 발견하기란 어렵지 않다. 해상 실크로드와 관련된 중국 현대 문학이란 해상 실크로드 정신과 해상 실크로드 문화를 현대 문학 범위에 넣어서 해석한 것이고, 고대 바다에서의 상업과 무역, 정치 외교와 다른 지역적 특색과 풍속 등에 대한 글쓰기에서 현대 해상 실크로드 문화의 감성과 역사에 대한 표현으로 발전하였다.

현대 해상 실크로드 문학은 대체로 해양 제재해양 제재도 대체로 중국과 서양의 해상 교통을 담아낸, 유학 체험 제재와 항구도시 제재 등 큰 범주 세 가지를 포함한다.

해양 제재는 해상 실크로드를 주제로 삼은 시, 산문, 소설과 연극 등 형식의 텍스트를 주로 포함하며, 해상 무역, 해상 교통, 해상 전쟁과 해양 농업-공업-상업 문화 등을 담고 있다.

유학 제재란 근현대 유학 배경을 지닌 작가가 창작한 중국과 서양의 문화교류와 충돌을 구체화한 문학 작품을 가리킨다. 유학파 작가들은 해상 실크로드를 통하여, 일본, 유럽과 미국 등 나라와 지역으로 가서 유학하였으며, 마음속에 유학하여 '서양의 선진기술을 본받아 서양의 침략을 물리치자' 하는 포부를 품고, 중국과 서양 문화의 커다란 차이를 살펴보았다. 근현대 해상 실크로드에서 운송한 당국의 상품은 적었지만, 정부는 해상 실크로드를 통하여 일본, 유럽과 미국 등 선진국으로 많은 인재를 수송하였다. 이러한 의미에서 말하면 해상 실크로드는 근현대 유학의 길이었고, 인재의 수송과 '서양의 선진기술 본받기'는 중국과 서양의 문화교류를 직접적으로 촉진하였다.

항구도시 제재는 해상 실크로드 연도에 있는 항구도시와 관련한 해상 실크로드 문학 창작이다. 항구는 해상 실크로드의 출발점이자 선박이 경유하는 중요한 보급소이다. 이름 없는 어촌의 나루터에서 점차 규모를 갖춘 항구로 성장하고, 다시 인구 밀집도가 높고 경제가 발달한 도시로 발전하는 데는 해상 실크로드가 크게 이바지하였다. 해상 실크로드의 흥망성쇠의 역사가 바로 항구도시의 변천사라고 말할 수 있으며, 반대로 말해도 그럴 것이다. 항구도시란 취안저우, 샤먼, 장저우, 광저우, 닝보 등 해상 실크로드의 역사에서 오랫동안 중요한 지위를 차지한 동남 연해 항구도시를 포함한다. 자오둥반도膠東半島는 육상 실크로드와 해상 실크로드를 연결하는 지역이며, 옌타이煙臺, 옛날 덩저우, 웨이하이, 칭다오靑島, 랑야 등은 예전에 지리적 위치가 우세하므로, 해상 실크로드의 동쪽 항로의 중요한 출발점이기도 하였다. 중화민국 시기에 식민지 색채가 가장 짙은 도시는 상하이였고, 의심할 바 없이 항구도시를 대표하는 도시로서 근현대 역사에서 중요한 항구의 역할을 맡았다.

이상의 큰 범주 세 가지 가운데서 저자는, 해양 제재가 현대 해상 실크로드 문학을 직접 대표하고, 유학 체험 제재는 현대 해상 실크로드 문학의 가장 중요한 알맹이이며, 항구도시 제재는 해상 실크로드 문학의 지역적인 특징을 증명하였고, 아울러 현대 해상 실크로드 문화의 식민성과 도시성을 가장 집중적으로 드러냈다고 생각한다.

해상 실크로드는 해양을 매개체로 삼아 동양과 서양을 소통하게 하는 중요한 길이다. 해양 제재는 개성, 자유와 낭만을 숭상하는 문학이다. 해상 실크로드의 문화는 개방형과 외향형이라는 특징을 지니며, 양자의 내적 관련성에 대하여는 말할 필요도 없다. 해양의 개방, 포용과 자유의 문화적 특성이 양자를 함께 긴밀하게 연결하였다. 근대 이래로 서양은 튼튼한 함선과 성능 우수한 대포로 중화민족의 연해의 문호를 열었다. 그로부터 연해 항구는 문화와 경제의 관심이 집중하는 지역이 되었고, '해양'이 다시금 중요해졌다. 동시에 학식 가진 이들이 '서양의 선진기술 본받기'를 제창하고 대대적으로 서양 문명을 도입하면서 중국과 서양의 내륙 문화와 해양 문화의 전면적인 융합을 촉진하였다. 이러한 문화적 환경에서 해상 실크로드와 직간접으로 관련된 해양 시와 글, 그리고 바다를 배경으로 삼은 소설이 대량으로 등장하였다.

귀모뤄와 빙신氷心, 1900~1999 등이 활약한 '5·4' 문학 시대에 유학에서 돌아온 작가는 저마다 시, 여행기, 산문, 소설, 극본 내지는 문학평론을 포함하여 해양 제재의 작품을 지어냈다. 쉬즈모徐志摩, 1897~1931의 「지중해地中海」, 「바다의 소리海韻」와 「파리의 일화巴黎的鱗爪」 등, 위다푸郁達夫, 1896~1945의 「타락沈淪」과 마오둔, 장광츠蔣光慈, 1901~1931 등의 작품이 모두 해양과 밀접한 관련을 맺고 있다. 하지만 귀모뤄와 빙신이 더욱 많은 심혈을 기울였고, 필력을 집중하여 바다의 드넓음과 거대함, 그리고 작가 자신의 풍부하면서도 친근한 해양 체험을 펼쳐보였다. 20세기 1930년대 이후로 줄기차게 이어진 혼란, 전쟁과 운동movement 때마다 문학예술이 사회의 정치적 목표와 가치를 반영하는 데 힘쓰고, 민족의 존립과 멸망에 관심을 기울이길 요구해왔다. 그래서 작가는 자발적이든 아니든 '중대 제재'를 선택하였기 때문에, 해양 제재가 그 속에 들 인연이 없었다.

중화인민공화국 성립 이후에, 이름난 작가의 작품 가운데 모두 이런저런 해양이 담기게 되었다. 아이칭, 짱커자臧克家, 1905~2004, 쩌우디판鄒荻帆, 1917~1995, 궁류公劉, 1927~2003, 커옌柯岩, 1929~2011, 차이치차오蔡其矯, 1918~2007, 원제 등의 시, 바진巴金, 1904~2005, 라오서, 루옌, 정전둬鄭振鐸, 1898~1958 등 이름난 작가의 산문 등에서 모두 해양 제재에 대하여 이따금 새로이 주의하였다. 그렇지만 꼬리에 꼬리를 물고 온 정치운동은 해양 제재를 거의 중지시켜 버렸다.

신시기에 들어선 뒤에 쑨징쉬안孫靜軒, 1930~2003의 해양 서정시, 수팅舒婷, 1952~의 「바다에게致大海」, 왕멍의 「바다의 꿈海的夢」, 덩강鄧剛, 1945~의 '매혹적인 바다' 시리즈, 하이쯔海子, 1964~1989의 「꽃 피는 따뜻한 봄날, 바다를 마주하고 서서面朝大海, 春暖花開」와 선원 쭝량위宗良煜, 1957~2006의 해양 소설은 저마다 대륙 현당대 해양 제재를 대표하는 작품들이다. 타이완의 현대 해양 작품으로 비교적 대표성을 지닌 작가에는 탄쯔하오覃子豪, 1912~1963, 위광중余光中, 1928~2017과 정처우위鄭愁予, 1933~ 등이 있다. 그밖에 타이완에서 바다를 쓰는 시인과 작가에 야쉬안瘂弦, 1932~, 뤄푸洛夫, 1928~2018, 주쉐수朱學恕, 1935~, 바이셴융白先勇, 1937~과 황춘밍黃春明, 1935~ 등이 있고, 그들은 섬, 바닷가 마을, 해양 자연과 인문 풍경 등 제재를 확장하는 데 이바지하였다.

해양을 구가하든 묘사하든 아니면 해양 이야기를 하고, 해양과 밀접하게 관련을 맺은 사람의 처지, 사상과 정감을 표현하든지 간에, 해양 제재는 모두 뚜렷한 해양 생활의 특색과 상당한 문학적 표현을 지녔다. 해양 제재는 이미 뚜렷한 특색을 지닌 문학 제재 영역으로서, 중국 현대 문학의 성과 면에서 많은 이름난 작가의 명작이 나왔으며 특히 '유학파'가 다양한 제재를 다루었다. 당대의 해양 제재는 비교적 길고긴 시기를 거쳐서 마침내 발걸음을 내디디며 '해양으로 나아갔다'. 하지만 지중해 나라와 상대적으로 말하면, 중국의 해양 제재는 세계적 범위에서 영향을 끼친 것이 매우 적다. 이는 중국이 오랫동안 강-바다-농업-친환경-경제-문명 건설을 위주로 삼은 "내륙 심리"장팡(張放), 2015 : 1~9와 밀접한 관련이 있다.

역사적으로 해상 실크로드는 본질이 열린 이념, 개척 의식과 창조 정신을 지닌 해상 실크로드 문화를 구체화하는 것이다. 청나라 말기와 중화민국 시기에 정부가 국비로 학습할 유학생을 나라 밖으로 내보내고, 지식인을 출국하여 교류하도록 파견하였다. 그래서 그들이 '서양의 선진기술 본받기'로써 서양의 현대 문화를 끊임없이 소개하고 도입하였다. 중국 사회는 길고 어려운 현대화의 여정을 걷기 시작하였고, 중국과 서양 문화의 빅 교류와 빅 충돌 과정에서 중국 문학은 세계를 향해 나아가고 세계로 진입하는 노정을 시작하였다. 전통과 현대라는 두 문화 사이에 커다란 차이와 심층적 동요가 가져온 문제와 인생 체험이 현대 문학의 발전 여정 전체를 관통하였다. 이는 유학 체험을 지닌 현대 작가들 가운데서 가장 분명하게 구체화되었다.

유학 배경을 지닌 작가가 창작한 문학 작품이 해상 실크로드 문화와 해상 실크로드 정신을 구체화하였는지 아닌지를 판단하는 관건은 작가가 비교적 넓은 시야를 지녔는지, 열린 의식과 세계적 안목을 지녔는지, 비교 지평에서 중국과 서양의 문화 교류, 충돌과 융합의 인생 체험을 글쓰기에 자각적으로 활용하였는지 등에 달려 있다. 이러한 충돌과 접촉은 유학 배경을 지닌 현대 작가가 창작한 문학 작품 가운데서 남김없이 다 드러냈을 것임을 의심할 필요가 없다. 다시 말하면 유학 배경을 지닌 작가는 열린 이념, 개척 의식, 창조 정신과 세계적인 안목을 지녔고, 시, 소설, 산문과 연극 등 문학 양식을 포함하여 해상 실크로드 문화와 정신을 나타낼 수 있는 문학 작품을 창작할 수 있었다. 시 방면에서 주요 대표 작가는 쉬즈모, 궈모뤄, 원이둬聞—多, 1899~1946, 펑즈馮至, 1905~1993 등이다. 산문 방면에서는 다른 지역 기행을 위주로 삼았고, 대표 작가는 주쯔칭朱自清, 1898~1948, 쉬즈모, 바진, 정전둬, 리젠우李健吾, 1906~1982 등이 있다. 소설 방면에서 대표 작가에 위다푸, 바진, 쉬디산許地山, 1893~1941, 양전성楊振聲, 1890~1956, 첸중수錢鍾書, 1910~1998, 라오서, 펑위안쥔馮阮君, 1900~1974, 쉬쉬徐訏,

1908~1980 등이 있다. 연극 방면에서 대표 작가에는 후스胡適, 1891~1962, 톈한田漢, 1898~1968, 샤옌夏衍, 1900~1995과 문예 단체 춘류사春柳社 등이 있다.

현대의 유학파 작가들은 신문화운동의 문화적 흐름을 따라서 문학혁명과 운동에 직접 참여하였으며, 눈부신 해상 실크로드 문화사를 창조하였다. 현대 실크로드 문학은 고대 해상 실크로드 문학을 바탕으로 더 나아가서 해상 실크로드 문학의 주제와 제재를 개척하였다. 특히 유학 체험 제재에서 유학파 작가들은 문학혁명을 제창하고, 중국의 현대 신시新詩를 창조하고, 소설을 개혁하여 가장 중요한 문학 장르로 만들었으며, 서양의 예술 자원을 이용하여 중국의 신극新劇을 창작하고, 아울러 중국 현대 산문의 시대를 맞이하였다. 현대의 유학파 작가들은 이론 층위에서 신문학을 위하여 깃발을 흔들고 함성을 질러 응원하였고 징을 울려 길을 열었으며, 많은 '시범적'인 새 작품도 창작하였다. 또한 그들은 더욱 드넓은 문학 현장에 직접 뛰어들어서 문학 혁명, 번역 소개, 편집 출판, 단체 조직, 젊은이 육성 등 문학과 사회 활동에 참여하였다. 유학 배경을 지닌 작가의 문학 창작과 문학 운동은 중국의 현대적 변혁과 현대화로의 전환을 직접 촉진하였다.

현대 해상 실크로드 문학과 고대 해상 실크로드 문학을 서로 비교하면 지역적 특색은 점차 옅어졌고, 문화의 개방이 지식인에게 관념과 지식을 바꾸어 새롭게 고칠 것을 촉구하였으며, 작품에 대한 사명감과 책임감이 전에 없이 깊어졌다. 문학 이미지의 풍부함은 현대 해상 실크로드 문학의 커다란 특색의 하나이다. 유학파 작가들은 대부분 여러 언어에 통달하고 중국과 서양 문화에 정통하였다. 게다가 그들은 고전 문학에 대한 소양과 바탕이 탄탄하므로, 글말을 자유자재로 활용하면서 백화 문학도 제창하였다. 그래서 그들은 문학을 창작할 때에 더욱 풍부한 언어와 어휘를 활

용하고, "민족", "혁명", "세계", "진화", "신민新民", "정신력", "개인", "자아"릭이,
2009：20~51 등과 같은 외래 어휘를 인용하였다. 아울러 그들은 지역 사투리
와 입말을 사용하는데도 주의하면서 새로운 어휘가 텍스트 속에서 최대
한도로 매력을 내뿜게 하였고, 작품에서 이미지를 전에 없이 풍부하게 담
아냈다.

중국은 바다와 마주하고 있는 나라이다. 중국의 발전에서 해양을 소홀
히 할 수 없고, 항구도시의 중요한 자위도 해양을 중시하고 해양을 이용
하며 해양을 발전시킨 데서 천천히 쌓인 것이다. 항구도시는 해상 실크로
드 연도의 중요한 항구로서 중국과 서양의 경제 무역, 정치, 문화의 교류
와 융합을 집중적으로 구체화하였다. 이 글에서 가리키는 해상 실크로드
연도의 주요 항구도시는 자오둥반도의 항구도시옌타이, 웨이하이, 칭다오 포함, 중
화민국 시기의 식민화 색채가 가장 짙은 도시 상하이와 역사상 내내 중
요한 지위를 차지하였던 커다란 항구도시 광저우와 취안저우 등지를 포
함한다.

사실 항해는 매우 오래된 활동이다. 고대 역사서『죽서기년竹書紀年』[14]의
기록에 의하면, 일찍이 하 왕조에서 제9대 군주 제망帝芒이 예전에 "동쪽
바다에서 수렵하며 큰 물고기를 낚았다"고 하였다. 춘추시기에 제齊나라
경공景公, ?~기원전 490, 재위 기원전 547~490이 바다를 따라 동쪽 지역을 돌아다녔고,
순행한 노선은 "좐푸轉附와 차오우朝儛를 보고 싶어서 바닷가를 따라 남쪽
으로 가다가 랑아에 이르렀다."안자춘추(晏子春秋)』권4,「내편(內篇)·문 하4(問下第四)」하
였는데, 이는 오늘날의 옌타이에서 칭다오 남부 근처에 이른 것이나 다름

---

14 [옮긴이] 춘추시대 진(晉)나라와 전국시대 위(魏)나라 사관이 저술한 것으로 전해지
    며, "중국 고대에 진시황의 분서(분서갱유 포함)를 겪지 않고 유일하게 보존된 편년체
    통사(中國古代唯一留存的未經秦火的編年通史)"라고 한다.

없고, 산둥반도를 거의 한 바퀴 돈 것이다. 제나라 경공은 또 일찍이 "바다에서 돌아다니다 즐거운 나머지 여섯 달 동안 돌아오지 아니하였다."『설원(說苑)』권9,「정간편(正諫篇)」 여기서 당시 제나라의 항해기술이 상당한 수준에 이른 것을 볼 수 있다. 기원전 472년에, 월越나라가 콰이지會稽, 지금의 저장 사오싱에서 랑야지금의 산둥 칭다오 자오난시(膠南市) 서남쪽으로 천도할 때에, "망루 있는 커다란 배의 군졸 2,800인에게 소나무와 잣나무를 베어 뗏목을 짓게 하였고", 기획하고 준비하는데 "죽은 장수가 8,000이고, 창을 실은 배는 300척이었다."『월절서(越絕書)』권8 여기서 많은 물력과 인력을 동원하고 굉장한 선대船隊가 깜짝 놀랄 만큼 먼 거리 항해를 한 대규모 천도였음을 볼 수 있다.

항해가 일상적인 일이 됨에 따라서 항구는 필연적으로 때맞추어 발전하였다. 얼마나 강한 함대이건 간에 모두 정박, 수리, 보급 심지어 풍랑을 피할 수 있는 항만이 필요하다. 항구도시는 대부분 작은 어촌에서 커다란 대도시로 발전하는데 세월의 흐름과 부의 축적을 거쳤다. 항구도시의 번영은 해양의 개방과 상업을 중시하는 경향과 서로 밀접하게 관련되어 있으며, 동시에 정부의 대외 개방 정책강제 개방 포함의 깊은 영향도 받았다. 근대 이래로 서양은 식민 약탈의 확장에 따라서, 그들은 튼튼한 함선과 성능 우수한 대포로 중국 동남 연해의 문호를 열었고, 이와 동시에 민간의 밀수도 창궐하였으며, 이민자 수도 깜짝 놀랄 속도로 증가하였다. 다시 말하면 근대 이래로 정부무역은 중지되었다고 하여도, 민간 무역밀수은 상대적으로 번영하였다. 식민자가 해상 교통로를 통제하고, 그 결과로 식민자는 미친 듯이 부를 약탈하면서, 항구도시의 식민과 이민 색채도 짙어졌다. 근현대에 중국의 역사는 혁명전쟁사이기도 하다. 혁명-항전, 전쟁-피점령의 역사적 상황이 항구도시의 혁명 문화와 식민 문화가 공생하거나 식민 문화와 도시 문화가 뒤엉킨 복잡한 상태를 만들어냈다.

자오둥반도는 해상 실크로드의 출발점의 한 곳이자 육상 실크로드의
동쪽 끝이며, 실크로드의 기원과 발전 과정에서 모두 중요한 위상을 차지
한 지역이다. 자오둥반도는 대체로 고대 제齊나라 강역에 해당하며, 서쪽
으로 황허에 이르고 남쪽으로 타이산에 닿아 있고 북쪽으로 보하이渤海에
인접하고 동쪽으로는 황하이黃海에 이른다. 그곳은 삼면이 바다로 둘러싸
여 있고, 그곳의 뭍과 바닷가는 어업, 염업, 농업과 목축업 등에 유리하다.
근대 이래로 자오둥반도는 서양 문화가 중국으로 들어오는 최초 통로의
한 곳이었고, 옌타이는 가장 일찍 개방한 항구이며, 칭다오는 일찍이 독
일과 일본의 식민지였다. 산둥은 공자와 맹자의 고향이기 때문에, 중국의
전통 문화를 가장 대표할 수 있는 고장이다. 그래서 중국과 서양 문화가
자오둥반도에서 합류하고 충돌하는 것이 더욱더 불길같이 거세었고, 중
국과 서양 문화의 교류와 충돌의 특수한 본보기였다.왕즈민(王志民), 2016:21

　　상하이는 중국의 동해 바닷가에 위치하고 근현대에 '십리 조계지'로 세
상에 이름났다. 1930년대의 상하이파 문학海派文學[15]의 알록달록 다채로운
빛깔이야말로 '십리 조계지'에 딱 어울리는 상징이다. 상하이파 작가는 일
본 신감각파新感覺派의 영향을 깊이 받아서 '신감각파'라고도 불린다. 대표
작가에 장쯔핑張資平, 1893~1959, 예링펑葉靈鳳, 1905~1975, 류나어우劉呐鷗, 1900~1939,
무스잉穆時英, 1912~1940, 스저춘施蟄存, 1905~2003 등이 있다. 그들은 작품에서 현
대 도시사회에서 사람들의 문란하고 기형적인 심리상태, 인간성과 현대
문명의 충돌 등을 묘사하는 데 치중하였다. 그들은 의식의 흐름이란 특징
을 지니고, 식민지가 된 도시를 우울한 분위기와 색채로 가득 채웠다.

　　해상 실크로드의 출발점의 한 곳으로서 취안저우는 오래도록 반짝이

15　[옮긴이] 상하이 배경과 제재의 문학을 말한다.

는 해상 실크로드 문화를 지녔다. 그곳은 세계 종교의 박물관이다. 생동하는 칭전사淸眞寺, 엄숙한 모니광불摩尼光佛, 당당한 라오쥔옌老君岩, 그윽한 링산성묘靈山聖墓, 천년 사찰 카이위안사開元寺와 둥시탑東西塔, '산속에 글자 새기지 않은 돌이 없는' 주르산九日山 치펑야커祈風崖刻, '세상에 이 다리보다 더 긴 다리는 없는' 안핑교安平橋, 송나라 때 지은 뤄양교洛陽橋, 몇 리에 쭉 이어져 있는 충우구성벽崇武古城牆 등은 저마다 취안저우의 빛나는 '해상 실크로드' 역사와 '해상 실크로드' 문화의 자취를 보존하고 있다.

3세기부터 광저우항은 해상 실크로드 연도에서 가장 중요한 항구가되었고, 지금까지도 여전히 번성하고 있다. 아울러 근현대사에서 광저우는 오랫동안 '유일한 통상항구'라는 최전방 진지에서 황화강 봉기黃花崗起義[16]의 혁명성지까지, 식민과 혁명의 혼란을 겪으면서 뿌리 깊은 해상 실크로드 문화를 남겼다.류웨진(劉躍進), 2017.9.8 : 7

요컨대, '해상 실크로드 문학'은 역동적인 개념이고, 파란만장한 역사의 흐름에 따라서 변화가 생겼다. 해상 실크로드 문학은 학술 연구의 대상이며, 그것의 풍부함, 독립성과 학술 가치와 의의가 해상 실크로드 문학을 문학 개념일 뿐만 아니라 더욱더 학술 개념이 되도록 결정하였다.

3. 다차원적 시각에서 보는 '해상 실크로드 문학'

해상 실크로드는 비단, 도자기와 찻잎의 해상 상업과 무역의 길이었고, 풍부하고 다채로운 문화가 왕래하는 길이기도 하였다. 해상 실크로드 문

---

16   [옮긴이] 혁명당(革命黨)이 1911년 4월 27일(음력 3월 29일)에 광저우에서 일으킨 봉기이다. 광저우봉기(稱廣州起義), 광저우3·29봉기(廣州三·二九起義)라고도 한다.

학은 그 문화교류의 중요한 운반체로서 해상 실크로드 문화의 교류와 전파 과정에서 중요한 작용을 발휘하였다. 문화의 발전은 다양성과 불균형성을 드러내며, 다른 지역과 다른 시기의 해상 실크로드 문화의 발전과 변화가 저마다 특색을 지닌 해상 실크로드 문학 작품을 줄줄이 만들어냈다.

후스는 '시대마다 그 시대의 문학이 있다' 하고 말하였다. 명나라 때는 해상 실크로드의 전성기이고, 정화가 서양에 간 일로 대표되는 중화 문화를 멀리 전파하는 데 뜻을 둔 해상 실크로드의 장거는 큰 나라의 실력을 드러내는 동시에 명나라 시기의 대외 문화 왕래의 적극성과 자발성을 드러냈다. 그것의 개방성, 포용성과 자신감을 지닌 문화적 자세가 고대 중국이 특정한 시기에 해상 실크로드에서 주요 지위에 있었음을 증명하였다. 이러한 문화 배경 아래 탄생한 『삼보태감의 서양기 통속연의』 등 작품은 기세 드높고 없는 것이 없으며 환상적 색채로 가득 찼다. 바꾸어 말하면 개방적인 해상 실크로드 문화는 다채로운 해상 실크로드 문학을 일궈냈고, 폐쇄적인 해상 실크로드 문화는 해상 실크로드 문학의 상상력을 제한하였다. 참으로 해상 실크로드 문학과 해상 실크로드 문화 사이에 서로 영향을 끼치고, 상호 작용하는 관계를 구성하였다. 한편으로 해상 실크로드 문학은 해상 실크로드 문화의 운반체로서 해상 실크로드 문화의 내적 정신을 드러내고, 개방적인 문학 관념, 포용적인 문학사상, 미래지향적인 문학 정신과 해상 실크로드 제재의 다양한 미적 글쓰기를 구체적으로 나타냈다. 또 다른 한편으로 해상 실크로드 문학 창작의 중요한 버팀목으로서 해상 실크로드 문화의 특성이 해상 실크로드 문학의 표현 방식에 영향을 끼쳤고, 해상 실크로드 문화는 해상 실크로드 문학의 묘사 대상으로서, 해상 실크로드 문학의 내용과 장르를 결정하였다.

바다의 종잡을 수 없는 신비함, 바다에서의 항해의 어려움과 아슬아슬한 위험 등이 해상 실크로드 문학을 내용면에서 인류가 바다를 정복하는 탐험 정신과 생존 공간을 개척하는 사색에 더욱더 관심을 기울이고, 인류가 자아 뛰어넘기를 시도하고, 바다를 정복한 영웅주의 정신을 표현하며, 아울러 이역의 특색과 풍습과 해외 민속에 대한 묘사에서 사람과 자연^{해양}, 사람과 사람의 관계에 대한 깊은 사색 등을 드러내고, 그로부터 독특한 미학 격조를 형성하도록 결정하였다. 해상 실크로드 문화란 문학 지리와 사회 문화^{특히 정치 문화}의 다중적인 영향을 받아서 차츰차츰 변화 과정을 거치면서 생성된 것이며, 이러한 생성이 특수한 시대와 특정한 환경의 산물이라는 점은 주의할만하다.

1) 문학지리학 시각에서 보는 '해상 실크로드 문학'

"문학과 지리의 관계는 상호 작용한다."^{쩡다싱(曾大興), 2012:2} "지리적 환경은 문학가라는 중개를 통해야만 문학에 영향을 끼칠 수 있다. (…중략…) 문학가의 창조를 통하여 공간적 조합을 완성하면, 문학 작품의 형태가 각기 다른 지리적 공간을 구성하게 된다. 이러한 형태가 각기 다른 지리적 공간들은 객관 세계의 투영이자 또 문학가의 주관적 상상, 연상과 허구 등을 포함한 것이다."^{쩡다싱, 2017:1} 문학지리학의 시각으로 해상 실크로드 문학의 발생과 발전 변화를 해독하거나, 문학적 지리와 공간 형태 속에서 해상 실크로드 문학의 생성을 감지하려면, 해상 항로와 공간의 위치 변화가 드러낸 문화적 풍경과 생태 미학^{eco aesthetics}에 특별히 관심을 기울여야 한다. 한편으로 이것은 작가에게 천연의 서사 장소를 제공하며, 또 다른 한편으로 해상 실크로드의 힘찬 아름다움, 해외에서 학문을 탐구하는 기백과 쓸쓸함, 항구도시의 번영과 발전, 당시 공간 전환의 문학적 지리와 서양과의 문화 충격, 해외 민속과 다른 풍습 등과 서로 결합하여 시대적인 해상 실크로드 문학 형태를 구성하였다. 그래서 풍부한 특색을 지닌 시대적 담론, 서구화한 언어, 다른 시기의 사회적 문화와의 결합 등은 어느 정도에서 해상 실크로드 문학의 역동적 변화를 촉진하고, 해상 실크로드 문학이 다른 시기와 다른 지역에서 저마다 특색을 지닌 미적 풍경을 드러내게 하였다.

근현대의 중요한 제재로서의 해양은 서양 열강이 동남 연해에서 관문을 닫고 쇄국한 청나라 정부의 대문을 열어젖힌 뒤로부터, 중시되지 않을 수 없었다. 이와 관련된 해양 제재는 고대부터 이미 있었지만, 내내 주변 제재로 처리해왔다. 이는 고대의 변해시邊海詩가 증거이다. 해양에서의 권익이 날로 중시됨에 따라서 중국 현당대의 해양 관련 시와 글과 더불어 항구도시도 문학 작품 속에서 대대적으로 빛을 내게 되었다. 현대 작가가 창작한 바다는 그의 현대적 이상이 반영된 곳이고, '5·4' 시기의 해양 관련 시와 글은 현대 해양으로 향하는 새로운 구상을 드러냈다. 해양 글쓰기를 통하여 작가가 드러낸 것은 현대 체험과 세계의식을 가득 품은 "진정한 사람HUMAN"이었다. 이때 자아의 발견이 근본적으로 중국 고전시에서 물질세계와 정신세계가 뒤섞인 자연 같은 해양을 해체하였고, 그것을 대체한 것은 자아를 긍정하고 개인의 가치를 높이는 새로운 시대의 바다이다.

5·4 신문학이 수용 가치를 재평가한 수많은 자연 기호natural symbols 가운데서 '해양'은 의심할 바 없이 모종의 우선권을 지녔다. 이는 물론 그것이 현대 중국 문명의 방향을 표시하는 것 같기 때문이었겠지만, 더욱 중요한 원인은 그것에 감추어진 현대 서양 문화의 자원에 있다. 바이런George Gordon Byron, 1788~1824, 푸시킨, 하이네Heinrich Heine, 1797~1856, 셸리Percy Bysshe Shelley, 1792~1822 등 서양의 시혼은 이미 청나라 말기에 악마파摩羅派 시인이란 위대한 이름으로 전해졌다. 이

들은 '5·4'세대의 마음속에서 더더욱 낭만정신의 화신이었다. 그래서 그들은 바다와 마주하고 읊는 가락에서 이상적인 인격과 자태를 실어냈다.^{펑쑹(彭松),}

2013 : 55(3) : 92~98 · 168

해양에 대한 재발견과 가치 재평가는 항구도시 제재에 대한 현대 문학의 관심과 글쓰기도 끌어냈다. 상하이는 근현대에 가장 중요한 항구이자 도시의 한 곳으로서 현대 역사상 그곳의 지위와 중요성은 다른 항구와 도시를 훨씬 뛰어넘는다. 이는 상하이에 대한 현대 문학의 풍부한 상상과 글쓰기 속에서 엿볼 수 있다. 마오둔이 창작한 일련의 작품은 혁명 담론 속의 상하이 서사이며, 신감각파의 붓대 아래 상하이는 식민 담론 속의 도시 서사의 욕망과 이데올로기적인 상징이다. 이는 항구도시에 대한 글쓰기이면서 또 문학 속의 항구도시 상상이다.

20세기 1930년대의 상하이는 세계에서 다섯 번째 대도시로서 항구 화물수송량이 중국 전체의 4/5를 차지하였고 경제가 비약적으로 발전하였다. 문화의 중심이 베이징에서 상하이로 옮겨옴에 따라서 많은 작가가 상하이에 거주하였고, 그들은 또 문학의 형식으로 상하이의 도시 생활에 깊숙이 개입하였다. 그 가운데서 마오둔의 창작은 상하이 사회생활과 즐곧 관련을 맺었다. 마오둔은 『칠흑같이 어두운 밤도』의 첫머리에서 비교적 많은 분량을 들어서 상하이항의 흥성흥성하고 떠들썩한 광경을 묘사하였다. 대도시 상하이를 마주 보며, 시골에서 상하이로 피난 온 우뽀 노인은 머리가 어지럽고 귀가 얼얼하고 숨이 막힐 정도로 자극을 받았다. 날 듯이 달려가는 기선이 그의 머리를 어지럽혔고, 둘째 아씨의 몸에 뿌린 향수가 감고 있던 그의 눈을 번쩍 뜨게 만들었으며, 1889호 자동차의 엔진 소리가 그를 "『태상감응편太上感應篇』"¹⁷ 하고 날카롭게 비명을 지르게 하였다. 작품에서 우 노인이 "기차가 미친 듯이 앞으로 달려갈 때"를 보는 장면을 다음과 같이 묘사하였다.

등불이 반짝이는 창구멍 수백 개는 이상한 눈 같았고, 파란 하늘로 높이 솟은 마천루는 산을 밀어 치우고 바다를 뒤집어엎을 듯이 우 노인의 눈앞으로 달려들었다가 와락 다시 사라졌다. 번들번들한 평지에 우뚝 서 있는 가로등주가 끝도 없이 한 개 또 한 개 줄줄이 이어져서 우 노인의 얼굴 앞으로 덮쳐왔다가 획 또 사라졌다. 긴 뱀 같은 시커먼 괴물이 대가리마다 커다란 눈 두 개씩 달고, 사람 눈을 아찔하게 하는 강한 빛을 내뿜는데 쉭 — 쉭 — 울부짖었다. 번개같이 번쩍거리는 것이 돌진하는데, 우 노인이 탄 작은 상자를 조준하고 달려오는 것 같았다! 부딪친다! 부딪쳐! 우 노인이 눈을 감고 온몸을 부르르 떨었다. 그는 자기 머리가 목 위에서 뱅글뱅글 도는 것만 같았다. 그의 눈앞은 빨강, 노랑, 파랑, 검정, 빛나는 것, 입체적인 것, 원뿔 모양 등이 한데 뒤섞여서 저쪽에서 팔짝팔짝 뛰고 이쪽에서 빙글빙글 돌았다. 그의 귓속은 온갖 소리로 가득 찼다. 쾅, 쾅, 쾅! 착, 착, 착! 쉭, 쉭, 쉭!(마오둔, 2004 : 9~10)

작자는 우 노인의 시각을 통하여, 그의 시각, 청각과 후각이 담아내는 감각기관의 엄청나게 센 자극에서 환락에 빠진 호화롭고 사치하고 시끌벅적한 빅 상하이를 묘사해냈다. 상하이의 현대성과 우 노인이 의지하는 『태상감응편』의 '온갖 삿됨 가운데 음행이 으뜸'은 뚜렷한 대비를 구성하였다. 우 노인이란 "오래된 굳은 송장"은 현대 대도시 상하이의 세찬 충격을 받아서도 필연적으로 "풍화"할 것이었고, 그래서 그는 갑자기 뇌출혈

---

17 [옮긴이] 전통 민간 도교(道敎)에서 착한 행동을 권하는 책이다.

을 일으켜서 급서한다. 흥성흥성한 빅 상하이란 도시가 우 노인의 죽음을 직접 끌어냈고, 이것은 사람을 깊이 생각해보게 하였다.『칠흑같이 어두운 밤도』는 사회 현실과 정치에 대한 마오둔의 깊은 관심을 드러냈다. 반식민지 반봉건 사회에서의 민족 자본가 우쑨푸吳蓀甫의 운명을 통하여, 작가는 전쟁과 시대적 동요 등 다중적인 영향을 받아 세차게 흔들리는 상하이의 정치와 경제의 두루마리 한 폭을 그려냈고, 아울러 민족 공업의 모험가가 노력하여 사회 동요의 틈새에서 살아남아 위험을 두려워하지 않고 용감하게 개척하는 민족정신을 노래하였다. 마오둔은 상하이를 중국 사회의 초점으로 삼아서 상하이의 정치와 경제의 역동적 변화를 표현하는 데 열중하였으며, 리얼리즘 수법을 활용하여 상하이에 대해 파노라마식으로 묘사하였다. 그래서 그 작품은 "상하이 정치와 경제의 발전사"장홍성(張鴻聲), 2006 : 405로 불렸다.

상하이 와이탄外灘 일대의 서양식 건축물이 모더니즘 스타일로 변화를 완성함에 따라서, 상하이 도시 문화의 일부로서 유럽식 휴식 오락 건축물도 중국 작가가 "상상력을 드러내는"마리 클레르 베르제르(Marie Claire Bergere), 2005 : 281 소재가 되었다. 커피숍, 영화관, 공연장, 경마장, 댄스홀 등 이국정취를 가득 담은 도시 문화의 소재들은 신감각파 작가의 붓대 아래서 자주 등장하였다. 의심할 바 없이 "상하이는 문인의 소비생활 방면에서 현대성 상상을 불러일으키는 공간이 되었다. 그들은 잡지와 신문을 발간하거나 문학 작품을 통하여 이 상하이라는 공간과 상상을 확대하였다. 이러한 일상 소비적인 세계주의적 국제화한 격조에서 비롯된 상상이 신감각파에게 공업적이고 폭력적이며 남성적인 서양 도시 색채를 지닌 상하이를 선사하였다."장홍성, 2007.(12) : 138~142 그러한 서사 전략은 물질과 소비생활에 달려 있기 때문에, 그래서 신감각파 작가들의 붓대 아래서 상하이가 지닌 국제적이고 서양적인 의미가 다시금 두드러졌다.

앙리 르페브르Henri Lefebvre, 1901~1991는 『공간의 생산The Production of Space』에서, 공간이란 일상생활의 출발점이며, 더욱더 사회 생산의 과정이라고 지적하였다. 상하이는 항구도시로서, '공간' 자체가 드러낸 문학 지리적 특성과 문화적 환경 사이에 지닌 야릇한 관계, 혁명 서사 담론과 도시 휴식 오락 문화 등이 정치, 경제와 문화 중심으로서의 상하이 형상에 문학적 미적 풍부함과 복잡함을 지니게 하였다. 이것은 어느 정도에서 지식인의 창작 열정을 자극하였고, 지식인의 창작과 혁명적 젊은이나 시민 계층을 함께 밀접하게 관련 맺게 하였다. 어떤 이는 새로운 문학 지리적 환경과 도시공간으로서의 상하이에 대하여 작가에게 새로운 인지가 생긴 것이라고 말하였다.

'공간'은 해상 실크로드 문학의 시니피앙signifiant 기호로서 환경 요소를 포함하고 그 가운데 민간 개념도 담고 있다. 개방으로 말미암아 동해 연안 특히 동남 연해예) 취안저우는 다원적인 문화 자원을 매우 잘 보존하였다. 한편으로 작가가 마주하는 독자는 열린 연해에서 나오고, 문화적 수용이 비교적 빠른 연해 주민이다. 또 다른 한편으로 동남 연해는 작가에게 풍부한 창작의 자원도 갖다 준다. 맑고 우렁찬 어부의 노래海號子와 열정적이고 활달한 연해 민요와 춤 등은 해양 민속의 특색을 듬뿍 담은 연해 사투리와 지방 곡예曲藝를 결합하였고, 해양 민속 문화를 다시금 번영하게 하였다. 이를테면 취안저우의 남녘소리南音야말로 전형으로 꼽힌다. 남녘소리는 지방 문화의 원시성과 카니발의 이중 변주를 드러냈다. 그래서 '원시성'이란 언어 형식에서의 '1차 형태'이고, 음악의 격조, 인물 조형, 연기 양식, 가사와 대화에 여전히 민난閩南 민간예술의 원래 맛을 유지하고 있다. 남녘소리 이외에 이원희梨園戲, 고갑희高甲戲, 망석중이提線木偶, 타성희

打城戱 등 다른 형식과, 음악의 빅 합창, 신가극新歌劇 등도 전통 문화와 외래 문화 사이의 상호 융합과 흡수의 산물이다.

작가의 문학 지리적 궤적도 그의 창작에 영향을 끼치는 중요한 요소이다. 유협劉勰, 465?~532은 『문심조룡文心雕龍』에서, "산림과 물가 언덕이 실로 문인의 시적 정취를 불러일으키게 하는 보고라면 (…중략…) 굴원이 『시경』과 『이소』의 내용과 진정을 통찰하고 거울삼을 수 있었는데, 이 또한 내와 뫼의 도움을 받지 아니하였겠는가?"유협, 2005 : 633 하고 말하였다. 이것이야말로 문학에 대한 지리적 환경의 작용과 영향을 설명한 말이다. 우리는 이전에 작가가 태어난 땅의 지리가 가져온 '1차 사유'에 더욱 관심을 기울였지만, 그의 창작에 대한 작가가 활동한 지리의 영향에는 비교적 적게 관심을 기울였다. 현대 유학 체험을 지닌 작가들의 문학 지리적 궤적의 변화가 그들의 문학 창작에 풍부성과 복잡성을 가져왔다.

해상 실크로드 문학을 연구하는 과정에서 우리는 역사 현장과 시대적 배경으로 다시금 돌아가야 하고, 그때 그 시절의 지리적 공간으로도 다시 돌아가야 한다. 시대는 물론 문학의 특수성을 만들었다. 마찬가지로 커다란 문학 지리적 환경과 작가가 창작하는 과정에서의 지리적 위치 이동, 활동하고 수용한 지리도 그의 문학 창작에 영향을 끼치는 중요한 요소이다. 해상 실크로드를 통하여 바다 건너 멀리 학문을 탐구하러 간 현대 유학파 작가들은 문학적 지리와 공간의 변화 뒤에 중국과 서양 문화의 충격과 영향을 받아서 자주적인 전환과 선택성을 띤 문학 작품을 창작해냈다. 게다가 그것에서 그들은 새로이 자신을 발견하고 중국을 인식하게 되었다. 20세기 전체 '유학 열풍'이란 커다란 환경의 영향을 받아서, 유학파 작가가 활동한 지리와 유학 제재의 작품이 전파한 지리의 영향 가운데서 우리는 지리적 공간으로서의 해상 실크로드가 여기서 한 역할은 징검다리 작용임을 볼 수 있다. 그것은 실제로 유학파 작가들과 중국과 서양 문화를 함께 밀접하게 관련 맺게 하였다. 유학파 작가들도 해상 실크로드를 통한 지리적 공간의 위치 이동 과정에서, 개인 정신의 신생과 성장을 실현하였다. 그들은 중국과 서양 문화의 거대한 차이를 감지하고 또 접속하는 과정에서 에너지를 얻었다. 이러한 문화 차이와 충돌이 해상 실크로드를 경유한 작가의 창작을 최종적으로 해상 실크로드 문화의 정신을 구체화한 해상 실크로드 문학 작품이 되게 하였고, 다른 해상 실크로드 작품과 공동으로 현당대빅 현대 문학사에서의 '해상 실크로드 문학'을 구성하게 하였다.

문학이 지리를 수용한 각도에서 말하면, 유학파 작가로 대표되는 문학 혁명의 선구자들은 서양 문화의 자원 도입을 통하여 신문학을 재건하고, 간행물 창간과 단체 조직 활동을 통하여 젊은이와 학생을 대대적으로 육성하였고, 신문화운동을 중국 전역으로 퍼지게 하였다. 젊은이와 학생은 신문 발행에 참여하고 간행물을 편집하고 단체에 참가하는 활동을 통하여 신문화와 사상을 전파하면서 5·4정신을 계승할 수 있었다. 이는 상호 작용의 관계이며 서로서로 결합한 결과이기도 하다. 문학이 지리를 수용하면서 그들은 전파와 접수의 대상을 고려하게 되었고, 그로부터 대중이 접수하기에 쉬운 작품을 창조해냈다. 5·4 시기에 젊은 지식인은 주체이자 주요 접수 대상이었다. 그들은 현대 유학파 작가들의 안내를 받아서 참신한 시대를 공동으로 만들어냈고, 현대 중국에 '문예부흥'이란 꽃을 피워냈다.

2) '문화적 적응'과 해상 실크로드 문학

의심할 여지없이 해상 실크로드 문학의 형성과 발전은 다원 문화의 영향을 받았다. 해상 실크로드 문학의 생성은 역동적인 건축의 과정이고,

다른 시공간의 영향을 받아서 차츰차츰 발전한 것이다. 다시 말하면 해상 실크로드 문학의 범주는 고정불변이 결코 아니며, 다른 시기에 여러 문화의 종합적 영향을 받은 것이다. 이러한 다원 문화의 결합이 곧 '문화적 적응'이다.리지카이, 2017 : 147~154·159 이것이 해상 실크로드 문학의 생성과 발전에 박차를 가하였다. 지역 문화 이외에 해상 실크로드 문학에 대한 다른 문화의 영향도 무시할 수 없다. 예를 들면 우리는 정치 문화, 민속 문화 등 각도에서 해상 실크로드 문화의 내적 교류와 상호 작용을 더욱 잘 해석하고, 그로부터 해상 실크로드 문학의 초지역성trans-locality과 내적 가치를 탐색할 수 있다. 그래서 이러한 의미에서 말하면 '해상 실크로드 문학'은 지역적이면서도 지역을 뛰어넘는 것이다.

(1) 정치 문화와 해상 실크로드 문학

문학은 정치와 밀접한 관계를 맺고, 해상 실크로드와 정치 문화의 관계는 특히 밀접하다. 고대 제왕이 동쪽을 순행하며 선약을 구한 일은 해상 실크로드를 초보적으로 형성하게 하고 발전시켰다. 진나라 황제와 한나라 무제로 대표되는 고대 제왕은 장생불로를 끈질기게 추구하였고, 그들은 자주 동쪽 순행에 나서고 동쪽으로 사람을 파견하여 선약을 구하게 하였으며, 선약 구하기에 대한 후대 제왕의 추종을 끌어냈다. 통치자가 이처럼 해양을 중시하였기 때문에, 해상 실크로드와 밀접한 관련이 있는 조선술과 항해술 등이 빠르게 발전하였고, 지리 관련 지식의 진보도 해상 실크로드의 발전에 기여하였다. 정부 차원에서 동쪽을 순행하며 선약을 구한 일 이외에 민간 상업과 무역, 문화의 교류도 날로 늘어났다.

해상 실크로드의 번영은 탄력적이고 포용적이며 열린 외교정책과 분리할 수 없다. 당, 송, 원나라는 열린 대외정책을 추진하였고, 해상 실크로드의 번영을 만들어냈다. 당나라의 태평성세의 문화와 열린 정책이 해외의 많은 나라를 줄줄이 배우러 오게 하였고, 당 왕조와 고려, 일본, 동남아시아, 인도, 이란 등 나라와의 밀접한 교류는 해상 실크로드의 번영기를 일궈냈다. 열린 정책과 문화의 초점화focalization 등은 해상 실크로드의 항로를 확장시켰다. 광저우에서 서남쪽으로 나아가는 바닷길인 해상 실크로드는 90여 개 나라와 지역을 경유하였고, 그 시절에 세계에서 가장 긴 원양항로였다. 이는 당나라 사회의 변혁은 물론이고 중국과 외국의 문화 교류의 발전에 상당히 중요한 작용을 하였다. 해상 항로의 확장과 연장은 당 왕조와 신라 등 나라와 지역의 빈번한 왕래를 끌어내고, 광저우, 취안저우, 양저우, 밍저우寧波 등 이름난 네 항구의 형성을 촉진하였다. 송나라와 원나라 시기에는 남해항로가 전에 없이 번영하였고, 해상 실크로드의 범위를 더한층 확대하였다. 중국과 일본 무역의 지속 발전, 고려와 밀접한 경제 문화적 교류, 동남 연해 나라와 오랜 세월 동안 우호 관계 유지 등을 통하여 광저우는 해외 무역에서 제일 큰 항구가 되었다.

해상 실크로드의 번영은 강력한 군사 방면의 외교가 뒷받침되어야 한다. 원 왕조의 판도는 동쪽으로 태평양부터 시작하여, 서쪽으로 지중해에 이르고, 북쪽으로 북극해, 남쪽으로 인도와 동남아시아에 이르렀고, 범위가 넓고 해상 교통이 발달하였다. 통치계급이 해상 실크로드 항로의 개척을 매우 중시하였으므로, 광저우에서 출발하는 해상 교통로가 활기차게 발전하였다. 당시 140여 개 나라와 지역을 경유하는 해상 항로는 이미 동아프리카 일대까지 이어졌다. "특히 주의할 가치가 있는 것은 당시에 이미 초보적으로 무역 지역을 소서양小西洋, 소동양小東洋, 대동양大東洋[18] 등 범

---

18   [옮긴이] 소서양은 인도양, 대동양은 태평양이라 하고, 중국 대륙과 가까운 곳은 소동양, 먼 곳은 대동양이라 불렀다고도 한다.

위로 구분하였고", "배열한 상황에서 보면, 동쪽에서 서쪽으로 나아가고, 가까운 곳에서 먼 곳으로 이르며, 순서가 질서정연하여 세계에 대한 당시 사람의 이해가 앞 세대를 대대적으로 뛰어넘었음을 증명하였다."취진량(曲金良), 2013：114 그래서 원나라 시기의 해외 무역의 번창은 한나라와 당나라 시기와 절대 비할 바가 아니었고, 이때 해상 실크로드가 전에 없이 번영하였다.

해상 실크로드의 발전은 정치 외교적 가동과 분리할 수 없다. 정치 외교적인 요구는 중국과 서양 문화의 교류에 박차를 가하게 하였다. 명 왕조에서 정화가 서양에 간 장거는 해상 실크로드를 성숙에 이르게 하였고, 중국을 당시 해상 실크로드의 주역이 되게 하였으며 고대 실크로드 문학의 대표적인 텍스트인 나무등의 『삼보태감의 서양기 통속연의』를 탄생시켰다. 『삼보태감의 서양기 통속연의』는 정화가 일곱 차례 서양에 간 이야기를 바탕으로 신비하고 기이한 상상을 보탰으며, 신비하고 기이해진 역사를 연역하였다. 명나라 때에 외래 문화가 대량으로 중국에 들어왔고, 중국과 서양 문화의 융합을 촉진하였다. 방여호方汝浩의 『소매돈륜동도기掃魅敦倫東度記』다른 제목 『속증도서동유기(續證道書東遊記)』, 『동도기(東度記)』, 『속증도서(續證道書)』, 『동유기(東遊記)』, 주정신朱鼎臣이 편집한 『남해 관세음보살 출신 수행 이야기南海觀世音菩薩出身修行傳』다른 제목 『관음득도(觀音得道)』, 『대향산(大香山)』, 『관음 출신 남쪽 여행기(觀音出身南遊記)』, 『남해관음전전(南海觀音全傳)』, 『관음 이야기(觀音傳)』, 『남해 관세음보살 출신 향산 수행(南海觀世音菩薩出身香山修行)』, 주개태朱開泰의 『달마 출신 전등 이야기達摩出身傳燈傳』다른 제목 『달마 전등 이야기(達摩傳燈傳)』 등은 나라 밖에 불법의 이치를 홍보하였다. 동시에 중국의 고대 문명도 멀리 해외로 전파되었다.

정치적인 억압, 대외정책의 봉쇄와 보수성, 시대적 혼란 등은 모두 해상 실크로드의 발전을 가로막았고, 유일하게 열린 정책과 평화의 시대가 되어야만 해상 실크로드의 발전과 번영을 담보할 수 있었다. 명나라와 청나라의 '해상봉쇄' 정책과 '관문을 닫고 쇄국한' 통상 금지는 청 왕조 때에 해상 실크로드의 몰락을 가져왔다. 청나라 말기와 중화민국 초기에 정부는 지식인을 파견하여 해상 실크로드를 통하여 유럽, 미국과 일본으로 가서 '서양의 선진기술을 본받게' 하면서, 해상 실크로드 문화가 잠깐 활약하고 중국과 서양의 문화교류가 다시금 빛발을 내뿜었으며, 특히 서양의 자원을 이용하여 중국 현대 문학을 구축하였다. 1930년대에서 1970년대까지, 전쟁, 정치적 혼란 등의 영향을 받아서 '해상 실크로드' 문화는 줄곧 내리막길을 걸었다. 개혁개방 이후로 해상 실크로드 문화가 다시금 번영하고, 중국과 서양의 문화교류는 정상화되었으며, 새로운 시대로 들어서면서 특히 중국이 '일대일로' 창의적 기획을 제안함에 따라서 '해상 실크로드 문학'은 학술계를 포함한 연구 영역에서 뜨거운 관심사가 되었다. 어느 정도에서 정치 문화는 직접적으로 해상 실크로드 문화의 흥함과 쇠함에 영향을 끼쳐왔음을 볼 수 있다.

중국과 서양의 문화교류의 현황을 보면 외교정책의 영향을 깊이 받았다. 대외정책이 개방적일 때는 중국과 서양의 문화교류가 밀접하고 빈번하였지만, 대외정책이 관문을 닫고 쇄국할 때는 중국과 서양의 문화교류도 침체하여 발전하지 못하였다. 당나라와 송나라의 국력이 강성할 때, 대외정책은 느슨하였고, 외래 사절이 중국에 와서 배우고 조사하도록 북돋았으며, 중국의 문화가 빠르게 전파될 수 있었다. 그래서 중국과 서양의 문화교류가 전에 없이 빈번하면서 해상 실크로드 문학 창작도 풍성하였다. 이로부터 해상 실크로드 문학에 대한 정치 문화의 영향이 큰 것임을 볼 수 있다. 해상 실크로드 문학은 정치적 영향을 깊이 받았고, 그것의 '번영과 침체'는 모두 시대마다 다른 외교정책과 밀접한 관련이 있었다고 말할 수 있다.

(2) 민속 문화와 해상 실크로드 문학 — 산동 연해를 예로 삼아서

산동 연해에서 신기루의 기막힌 장면이 옛사람에게 한없는 상상의 나래를 펼치게 하였고, 그리하여 제나라 위왕, 진시황, 한나라 무제 등이 사람을 파견하여 선약을 구하였고, 제왕의 신선 꿈이 신기루에 신기한 색채를 더욱더 늘려주었다. 신기루의 아름다움도 무수한 문호에게 붓대를 휘두르게 하였다. 그 가운데서 소식의 「덩저우 신기루」는 '신기루'의 환상적인 아름다운 광경을 묘사한 대표적인 시이다.

동쪽 구름과 바다에 텅 비고 텅 빈 하늘

여럿 신선 물에 비친 달그림자 속에서 들락날락

덧없는 세상 흔들어 온갖 모양 낳게 하고

어찌 조개 궁궐 있고 진주 궁전 감추었을꼬

마음은 본 것이 모두 환영인 줄 알지만

감히 귀와 눈으로 빼어난 솜씨를 질리도록 보네

한겨울 춥고 강물 차면 하늘과 땅이 닫히니

나를 위해 칩거하는 어룡魚龍 채찍질하네

겹겹 누각 푸른 언덕에 새벽녘 서리 드러나

별난 일에 백살 노인 깜짝 놀라 쓰러지네

사람 얻는 것이야 능력껏 취하기 마련

세상 밖 아무것도 없으면 뉘라 영웅 되려 할꼬

선뜻 청하노니 나를 거절하지 않으매

참말 나는 인재이니 하늘이 궁하게 함이 아니라네

차오양 태수가 남쪽으로 자리 옮겨 돌아가니

기쁘게 스린봉이 주룽봉까지 잇닿은 걸 보겠네

스스로 정직함이 산山 귀신 감동하게 하리라 말하며

어찌 조물주가 노쇠한 몸을 가엾이 여김을 알꼬

눈살 찌푸리고 웃기를 어찌 쉽게 얻고

신의 대답은 그대도 이미 풍족하였네

비낀 해 만리 멀어지니 외로운 새 사라지고

파란 바닷물이 푸른 구리를 빛내는 것만 보이네

새로 지은 시 꾸민 말도 어디에 쓰며

서로 함께 변해 사라지며 샛바람에 실려 가네.

위 시의 앞 여섯 행은 신기하고 환상적인 신기루에 대한 작자의 동경과 상상이다. 시인은 바다신에게 자신의 눈으로 직접 신기루를 볼 수 있게 해주기를 기도하였다. "스스로 정직함이 산 귀신 감동하게 하리라 말하며 / 어찌 조물주가 노쇠한 몸을 가엾이 여김을 알꼬 / 눈살 찌푸리고 웃기를 어찌 쉽게 얻고 / 신의 대답은 그대도 이미 풍족하였네"에서, 자신의 정직함이 하늘과 땅을 감동하게 하여서 자신이 뜻밖에 "한겨울 춥고 물 찬" 계절에 신기루의 기막힌 장면을 다행히 목격한 것이라 말하였다. 「덩저우 신기루」는 소식이 덩저우 지부知府에 재임할 때에 지은 것이라고 전해진다. 소식은 덩저우로 부임한 지 닷새째에 도읍으로 돌아와 예부시랑禮部侍郎을 맡으라는 명을 받았고, 급히 덩저우와 작별할 적에, 그는 신기루가 너무 보고 싶어서 바다신에게 기도하였는데, 다음날 뜻밖에 정말로 신기루를 볼 수 있게 되어 기쁨에 겨운 나머지 단숨에 「덩저우 신기루」를 지었다고 한다. 소식의 「덩저우 신기루」는 펑라이 신기루에 대한 후세 문인과 묵객이 끊임없이 이어서 노래하도록 이끌었다.

대문호 소식이 바다신에게 올린 기도는 우연한 기대 심리가 맞아떨어진 것일 뿐이고, 바다신 신앙과는 무관하다. 그렇지만 연해의 주민에 대하여 말하면, 그들은 바다에 기대서 먹고 살았고, 바다를 생활 터전으로 삼았다. 그들은 바다가 키운 풍요로운 어업의 자원에 감격하지만, 그들은 또 바다의 종잡을 수 없는 신비한 위험을 두려워한다. 잠잠한 해수면이 언제든지 거센 풍랑을 휘몰아칠 수 있으므로, 어민은 바다에서 살길을 찾아 생명의 위험을 무릅쓰곤 한다. 그리하여 풍요로우면서도 위험한 해양에 대하여 그들은 감사함과 두려움으로 가득 찼고, 복잡한 느낌이 천천히 신비하고 풍부한 정감으로 가슴속에 자리 잡게 되었다. 이러한 정감은 차츰차츰 어떤 믿음으로 쌓이게 되었다. 이것이 바로 바다신 신앙인데, 바다신에 대한 믿음과 숭배도 민속 풍습으로 보존되어왔다. 산둥 연해 어민이 믿은 신령 체계는 다원적인 색채를 드러내고, 바다신 신앙은 연해 어민에게 가장 중요한 믿음이다. 어민이 바다신으로 신봉하는 대상도 주로 용왕, 바다신 마마海神娘娘, 마고선녀仙姑, 해양 동물과 영웅 인물 등을 포함하여 폭넓은 내용을 담고 있다.

산둥 연해의 어민이 다른 바다신을 받들어 모신다고 하여도, 바다에 제사를 지내는 목적은 모두 같은 것이며, 바다에 나가는 가족이 무사히 돌아오기를 비는 것이다.예타오(葉濤), 2000 : 179 용왕은 중국 북쪽 지역 어민이 보편적으로 숭배하고 믿는 바다신이고, 산둥 연해 어민에게 가장 주요한 바다신으로서 숭배 대상이자 어민에게 가장 중요한 신령 신앙이기도 하다. 산둥 연해에서 받들어 모시는 용왕은 동해 용왕이 가장 많고, 산둥 연해 각지에 저마다 용왕 사당龍王廟을 세웠으며, 펑라이각蓬萊閣에 있는 용왕 사당이 가장 멀리까지 이름났다. 용왕 사당은 일반적으로 앞뒤 대전과 동쪽과 서쪽 곁방으로 나뉘어 있으며, 정전 중간에 용왕 조각상이 있고, 좌우에 거북승상龜丞相과 바다를 순시하는 야차巡海夜叉가 줄지어 서 있다. 용왕 사당 앞쪽에 경축 의식과 제사 의식을 거행할 때에 사용하는 공연무대가 있다. 통상적으로 말하면, 처음에 바다로 나가기 전, 용왕의 생일, 설날 등 좋은 날마다 사람들이 용왕에 대한 제사 의식을 거행할 수 있다.

텐허우天后는 산둥 연해 어민이 가장 숭배하고 믿은 바다신의 하나이다. 텐허우는 바로 '마쭈媽祖'이고, 최초에 남쪽 지역에서 기원하였는데, 뒷날 북쪽 지역으로 점차 옮겨갔다. 산둥 연해 어민은 보편적으로 마쭈를 '바다신 마마'라고 부른다. 바다신 마마에 대한 산둥 연해 어민의 믿음은 매우 경건하다. 첫째는 산둥 연해에서 주요 항해 나루터와 어항漁港에서 구체화되며, 심지어 비교적 큰 어촌은 모두 텐허우궁天后宮을 세웠다. 둘째는 마쭈의 신령함이 어민을 도와 구해준다는 전설에 대해 산둥 연해 어민은 깊이 믿어 의심하지 않는다. 이는 연해 어민의 바다신 신앙의 신비성을 측면에서 반영한 것이다. 바다신 마마 이외에, 산둥 연해 어민은 또 민간의 마고선녀를 숭배하고 믿는다. 민간의 마고선녀 전설 속의 주역은 궈 마고선녀郭仙姑, 류 마고선녀劉仙姑나 류궁劉公, 류무劉母 등이고, 어민의 마음속에서 마고선녀도 바다에서의 위기와 재난에서 구해줄 수 있고, 어민의 무사 귀환을 보우할 수 있다. 용왕과 바다신 마마 이외에, 해양과 관련한 역사적 인물들도 산둥 연해 어민의 바다신 신앙의 대상이 된다. 예를 들면 일찍이 여러 차례 동쪽 순행을 나와 산둥 연해에 이른 진시황, 청나라의 해병을 인솔하여 해적을 소탕한 등 장군鄧將軍, 그리고 중일갑오전쟁 중에 해상전투에서 순국한 등세창鄧世昌, 1849~1894 등도 어민들은 실제 바다신으로 여겨서 높이 받들어 모셨다.

고래와 자라도 산둥 연해 어민이 바다신으로 삼아서 제사를 지냈다. 그들은 고래를 "간위랑趕魚郎", "라오자오老趙", "라오런자老人家"라고 불렀다. "간위랑은 검고 윤기 나며 어부를 도와 어장을 찾게 해주네" 하거나 "간위랑이 사방으로 달아나면 중앙에 친 그물에 물고기가 가득 찬다네" 등은 창다오長島 어민들에게서 유행한 노래의 가사이다. 산둥 연해 어민은 고래가 바다에서 고기떼를 포식하는 것을 "용왕의 병사가 바다를 건넌다龍兵過"라고 말하거나 "용왕의 병사가 순찰한다過龍兵"라고 말한다. 룽청榮成의 어민은 자라를 가장 숭배하고 공경하며, 바다에서 물고기를 잡을 때, 자라를 "라오런자老人家", "라오솨이老帥", "라오예쯔老爺子"라고 부른다. 자라를 다치지 않도록 하려고 고깃배가 닻을 내릴 때면, 어부들이 먼저 "닻을 ― 드 ― 립니다!" 하고 크게 소리친다. 이렇게 소리친 뒤, 잠시 멈춘 다음에 닻을 바다로 던진다.예타오, 2002.(3) : 65~80

바다신 신앙은 한편으로 중요한 제재로서 문학 작품에서 자주 묘사되고 있다. "용왕의 병사가 바다를 건너간" 장면 등은 덩강의 붓대 아래서 생동감 넘치게 눈에 선하도록 묘사되었다.

이곳은 은빛 반짝이는 바다이다. 한 줄기 파문도 일지 않고 잠잠하다. 금방 전에 다림질한 두툼한 파란 천처럼 그곳에 가지런히 펼쳐진 채로 꼼짝도 하지 않는 기세로 지구의 포물선을 뚜렷하게 그리고 있다. 금빛 찬란한 햇빛이 하늘에서 쏟아지며 끝없이 펼쳐지는 푸른 물결 속으로 들어가 단조롭고 잠잠한 해수면에 약간 색채를 더해주었다. 아득히 먼 하늘 끝에서 어렴풋이 신비한 빛무리가 두둥실 떠다니는데, 사람은 저도 모르게 까마득히 먼 옛날 시대의 이상야릇한 신화나 전설을 떠올리게 된다.

이때, 이 이상야릇한 신화가 정말 나타났다. 잠잠한 해수면이 난데없이 살랑살랑 움직이기 시작하였고, 자잘한 물보라가 퐁퐁 올라왔고, 차츰차츰 불길같은 용솟음으로 바뀌면서 새하얀 안개를 내뿜었다. 퍼뜩 검푸른 색의 커다란 고기떼가 튀어 올랐고, 반 허공에서 검은 번개 같은 포물선을 줄줄이 그렸다 떨어지는데 하얀색 물보라 기둥이 여기저기서 솟구쳤다. 바로 뒤이어서 뒤쪽에 또 커다란 고기떼가 튀어 올랐고, 더 뒤쪽에서 아아, 긴 열을 지은 커다란 물고기가 마침 이곳에서 오르락내리락 나는 듯이 튀어 오른다. 줄줄이 길고긴 대열이 하늘 저쪽 끝에서, 하늘 이쪽 끝으로 행진한다. 우르릉 쾅! 우르릉 쾅! 튀어 올랐다가 뛰어내렸다가 튀어 올랐다가 뛰어내렸다가 오르락내리락한다. 굳센 통일된 호령이 있어 하늘에서 울리며 이 위풍당당하고 웅장한 진용을 지휘하고 있는 듯하다. 바다가 그래서 출렁였고, 파도에 파도가 꼬리를 물고 밀려오며 신나는 외침을 내고 있다. 이 길고긴 쉬지 않고 그치지 않고 헤엄치는 고기떼는 이처럼 가지런하고 질서 있게 줄지어 있고 튀어 오르는 물보라와 파도를 운전하면서 목표를 향하여 끄떡없이 전진하였다. 우르릉 쾅! 우르릉 쾅! 검푸른 색의 빛나는 물결이 새하얗게 부서지는 파도 마루에서 날 듯이 춤춘다. 마침내 온 해수면을 점령하였다.^{덩강, 1985 : 18~19}

"용왕의 병사가 바다를 건너가는" 빛나는 광경도 늘 신비한 힘의 상징으로서 문학 작품 속에 등장하였다. 바다로 나가 작업하는 어민의 관점에서 말하면, 신비한 힘은 가장 큰 심리적 암시를 의미한다. 이러한 심리적 암시가 특정한 시각에 신념으로 바뀔 수 있다. 루완청盧萬成, 1957~의 『남자의 바다男子的海』에서 라오원老溫이 처음으로 바다에 나갔을 때, 소득이 아무것도 없어서 정신적인 타격을 심하게 받았다. 『심부름꾼跑帮』에서 어민은 한 솥에 찐빵 15개를 쪘는데 바다에서 하늘까지 닿는 커다란 파도를 만나서 곧 커다란 재난이 닥치려 할 때, 누군가 몰래 찐빵 1개를 더 넣었고, 찐빵 수량이 16개가 되면서 바다의 풍랑이 점차 잦아 들어서 모두 환호할 수 있었다. 배는 키를 잡을 수 없을 지경이었다가 쉽게 뱃머리를 돌릴 수 있게 되었고, 온 사람이 바다에서 사고가 일어날 위험에서 벗어나 안전하게 되었다. 이 극적인 장면이 신비한 힘에 대한 어민의 충실한 믿음을 더욱더 드러냈다. 하지만 다원적인 바다신 신앙도 바다에서 작업할 때의 위험을 바꿀 수 없으며, 어민은 언제나 풍랑을 만나 바다에서 목숨을 잃을 수 있었다.

루완청의 「즈푸완의 세 가지 이야기芝罘灣三題」에서 조개잡이趕海人 사셰쯔沙蟹子는 물고기를 잡으러 바다에 나갔다가 불행히도 물고기 밥이 되었다. 착하지만 무지한 아내는 전통 풍습인 "완쿵挽空"이란 혼을 부르는 의식을 하며 영혼이 고통을 실컷 받게 하였다. 남편의 혼을 불러들이기 위하여 그녀는 네 번 "완쿵"하였는데, 세 번 실패하였다. 이때 "완쿵"은 해양 민속의 한 종류로서 이미 죽은 가족에 대한 그리움을 표현하는 방식인 데다가 그것의 잣대가 되는 성공 여부는 이제 과부가 된 여인이 정결한지 아닌지를 증명하는 데 사용된 봉건사상의 잔재였다. 여기서는 남편이 사망하여 슬피 통곡하며 경건하게 울부짖는 과부와 그 광경을 손짓 몸짓하며 심드렁하게 구경하는 사람들이 뚜렷한 대비를 형성하였다. 남편을 잃은 어촌의 과부는 루쉰이 창조한 샹린 아주머니祥林嫂와 비슷하다. 그녀의 영혼은 온갖 괴롭힘을 실컷 당한데다가 봉건 미신이란 산처럼 무거운 정신적 멍에에도 짓눌렸다. 작자는 해양 민속에 대한 글쓰기를 통하여 민족의 심층에 자리한 심리 문화의 축적을 투시하였고, 사람을 깊이 생각해보게 하였다.

또 다른 한편으로 "바다신에 대한 믿음과 숭배가 산둥 연해 어민의 전체 생산과 생활 과정에 스며들었기 때문에, 그래서 산둥 연해 어민은 바다신과 관련한 제사 활동을 매우 중시하며, 아울러 봄철에 바다에 올리는 제사, 각종 절에서 여는 장마당과 명절의 제사 그리고 어업 생산 과정에서의 제사 등을 포함하여 고정적인 제사 의식을 형성하였다."[19]

한자촨韓嘉川, 1955~의 「바다 제사祭海」는 어민이 바다에 제사를 올리는 앞뒤 과정의 이모저모를 꼼꼼하게 정성껏 그린 화면으로 독자에게 해양 민속 가운데 바다에 올리는 제사 관련 정밀화 한 폭을 그려주었다. 시대의 발전에 따라서 장엄하고 엄숙한 바다에 올리는 제사 의식도 참신한 시대적 내용을 담게 되었으며, 무사와 안전을 축복하는 것 외에도 해양을 보호하고, 사람과 바다의 조화로운 공존을 추구하는 아름다운 소망 등이 보태졌다. 한자촨은 「굶주린 바다飢餓的海」에서, 봄여름 가을 겨울 네 계절이 변하는 과정에서 흉년으로 굶주린 시절이든 평화롭고 배불리 먹는 오늘이든 간에 바다에 대한 인류의 미친 듯 토색질과 바다의 아낌없는 봉헌을 뚜렷한 대비를 이루어 드러냈다. 그리하여 작자는 "사람이 굶주리면 바다도 굶주린다" 하고 호소하며, 바다 보호에 대한 바다의 아들들의 애틋한 외침을 드러냈다.딩위주(丁玉柱), 2011 : 77 더욱더 해양 민속 문화에 잠재적인 정신이자 동력이 되는 바다에 올리는 제사는 문학 작품에 자주 등장하면서 두고두고 재생산된다.

산둥성은 어업 생산의 역사가 오래고, 해양 민속 문화 자원을 매우 풍부하게 갖고 있다. 이러한 해양 민속 문화도 해상 실크로드 문학의 글쓰기 대상이 되었다. 해양 민속의 특색에 대한 글쓰기도 거꾸로 해양 민속 문화의 발전을 촉진하였다. 산둥 연해는 바다신 신앙이 가장 잡다하고 풍부하다. 바다신 신앙과 문학 글쓰기가 그것을 산둥의 해양 민속 문화 가운데서 가장 짙고 다채로운 두루마리 그림이 되게 하였다.

---

19   우쉐펑(吳雪鳳), 「길에서 찾기─산둥 해양 문학 주제 연구(尋找在路上─山東海洋文學母題硏究)」, 산둥대(山東大) 박사논문, 2013.

(3) '문화적 관용어'와 해상 실크로드 문학

"지구촌화"란 담론 자체는 문화적 관용어의 결과이다. 지구촌화란 문화 차이를 없애는 것을 의미하는 것인가? 시대의 발전에 따라서 사람들은 지구촌화가 문화의 '동질화'를 의미하는 것이 절대 아니며, 다른 문화와 문화의 차이성을 승인하고 공감하는 것임을 알게 되었다.

지구촌화 환경에서 '해상 실크로드 문학'은 중국 문학 내지는 세계 문학의 유기적인 구성 부분으로서 20세기 초에 동양 문화에 대한 서양 문화의 강력한 정복과 침투로 표현되었다. 유학파 지식인이 멀리 바다 건너가 학문을 탐구하며 세운 '가져오기 주의'에 따라서 온 서양학문의 중국 전파야말로 유력한 증거이다. 우리가 지구촌화 시대를 살면서 생존하고 발전하려고 생각한다면, 반드시 세계의 우수한 문화를 배우고자 노력하여야 한다. 시대와 더불어 발전하려면 개방적인 자세와 세계적인 안목으로 여러 가지 우수한 문화에 두루 통달하도록 노력해야 하며, 이를 바탕으로 삼아야만 진정한 새로운 문화를 세울 수 있다. 유학파 지식인은 중국과 서양의 학문에 통달하고, 가져오기 주의를 바탕으로 중국의 신문학을 창조하였다. 이것도 '현대 실크로드 문학'의 시대적 배경과 생성 메커니즘을 조성하였다. 요컨대 지속적인 문화의 갱신과 창조가 없다면, '해상 실크로드 문학'이 생길 수 없을 것이다.

이와 동시에, '일대일로' 시리즈 문화 다큐멘터리의 성공적인 제작과 폭넓은 전파가 문화의 갱신과 창조의 매력을 다시금 증명하였다. '일대일로' 시리즈 문화 다큐멘터리에는 중앙신잉그룹中央新影集團과 광둥방송국廣東廣播電視臺 등이 제작한 〈실크로드─사막과 바다의 어울림絲路─沙與海的交響〉, 미국 공공방송망Public Broadcasting Service, PBS과 광둥방송국이 공동 촬영한 〈어느 미국 제작자의 눈에 비친 해상 실크로드─個美國制片人眼中的海上絲

網之路〉, 광둥성위원회 선전부와 광둥방송국 등이 제작한 〈해상 실크로드의 꿈을 찾아가는 기록海絲尋夢錄〉, 상하이방송국上海廣播電視臺 다큐멘터리 채널리얼미디어(真實傳媒有限公司)이 촬영 제작을 주도한 〈해상 실크로드海上絲綢之路〉, 중앙방송국 과학교육 채널의 〈일대일로一帶一路〉, 중앙신잉그룹과 중국국제텔레비전CITVC, 中國國際電視總公司 등이 제작한 〈해상 실크로드를 넘어서穿越海上絲綢之路〉 등이 있다. 그것들은 진실한 장면과 생생한 인물 이야기로 다른 각도에서 실크로드 정신과 꿈을 다시금 해석하였다.

그 가운데서 상하이방송국, 광둥방송국과 취안저우방송국 등이 연합 제작한 '해상 실크로드'를 주제로 삼은 대형 다큐멘터리 〈해상 실크로드〉가 주목을 많이 받았다. 촬영 제작팀은 아시아, 아프리카, 유럽과 태평양을 넘어서 거의 20개 나라를 누비며 현지에서 촬영하였다. 그 가운데서 인도네시아, 말레이시아, 태국, 싱가포르, 필리핀, 미얀마, 베트남 등 동남아시아국가연합東盟+國[20]이 역사이든 현실이든 간에 모두 해상 실크로드와 가장 밀접한 관계를 맺고 있는 지역이다.장웨이(張偉), 2016.2.1 〈해상 실크로드〉는 '일대일로'라는 어마어마한 주제를 50여 가지 평범하고 생생한 작은 이야기 속에 두고, 작은 것을 통하여 큰 것을 보는 방법으로 실크로드 정신을 드러냈고, 감동적인 이야기와 고품격의 아름다움을 탐색하는 진실한 화면으로 중국과 그 연도 나라와 지역의 경제와 문화에 대한 해상 실크로드의 건설과 발전이 만들어낸 깊은 영향을 기록하였다.마리(馬黎), 2017.(12)

이 다큐멘터리는 모두 7집으로 구성하였다. 제1집에서 해상 실크로드는 상업과 무역이 번영한 길이었고, 항해의 발전과 항구의 변천을 통하

---

20   [옮긴이] 정식 명칭은 동남아시아국가연합(東南亞國家聯盟), 줄임말은 동맹(東盟)이고, 영문은 Association of Southeast Asian Nations, 줄임말은 아세안(ASEAN)이다.

여 해상 실크로드의 옛날과 오늘의 변화를 드러냈다. 제2집에서 해상 실크로드는 문명을 함께 누리는 길이었고, 생산품의 유통을 통하여 해상 실크로드가 인류의 농업 문명의 발전을 촉진하였음을 말하였다. 제3집에서 해상 실크로드는 서로 이익과 혜택을 얻는 길이고, 해외 무역의 각도에서 세계 각 나라의 시장이 해상 실크로드를 통하여 긴밀하게 서로 연결되어 있음을 말하였다. 제4집에서 해상 실크로드는 이익을 함께 누리는 길이고, 과학기술의 각도에서 각 나라의 경제 사회 발전에 대한 해상 실크로드의 추진 작용을 말하였다. 제5집에서 해상 실크로드는 문화 융합의 길이고, 문화교류의 각도에서 해상 실크로드가 문화의 전파와 중국과 외국 문명의 접촉과 융합을 촉진하였음을 말하였다. 제6집에서 인구 이동의 각도에서 해상 실크로드는 선린우호의 길이었음을 나타냈다. 제7집에서 희망과 꿈을 가득 실은 현대화 화물선이 돛을 올리고 출항하면서부터, 21세기의 해상 실크로드는 필연코 평화 발전의 길이자 꿈으로 충만한 길이 될 것임을 드러냈다.

다큐멘터리 〈해상 실크로드〉는 해상 실크로드의 2,000여 년 동안의 역사를 배경으로 삼았고, 해상 실크로드 연도의 보통 사람의 생활 중심, 생동감 넘치는 인물 이야기와 사례 분석, 매우 풍부한 충격을 지닌 고품격의 시각적 화면과 감화력이 풍부한 언어와 해설, 넓은 범위, 모든 방면에서 다각도로 해상 실크로드라는 아름다운 시편 등으로 시청자에게 옛날과 오늘이 융합하고 중국과 외국이 서로 어우러지는 시청각 잔치를 전시해주었다.

이밖에, 2016년 9월에 중앙방송국 과학교육 채널의 다큐멘터리 〈일대일로〉와 11월의 중앙신잉그룹, 중국국제텔레비전과 광저우시위원회 선전부가 공동으로 촬영한 다큐멘터리 〈해상 실크로드를 넘어서〉 등이 성공적인 제작을 거쳐서 방영됨으로써 사회 각계의 폭넓은 주목을 받았다. 이러한 다큐멘터리들은 육상 실크로드와 해상 실크로드라는 역사의 보물창고를 발굴해내고 오늘날 실크로드 연도의 다채로운 모습을 드러내며, 보통 사람의 진실한 이야기를 통하여 실크로드 정신을 보여주고 중국 사람의 정신과 신념과 중국의 꿈을 해석하였으며, 중국이 문화의 상호 소통을 추구하고 인류의 운명공동체 구축을 촉진하려는 결심과 믿음을 지녔음을 보여주었다.

'해상 실크로드 문학'의 길은 어디에 있는가? 21세기는 지구촌화의 시대이고, 지구촌화 배경에서 다른 문화와의 접촉이 갈수록 많아질 것이다. 지구촌 각지에서 끊임없이 폭발하는 문화적 충돌이 다원 문화의 공존 실현이야말로 세계의 피할 수 없는 비전이자 소망임을 설명해준다. 중국과 서양 문화의 끊임없는 접촉과 충돌 과정에서 어떻게 '인류가 공존, 공영하고 조화롭게 공생할 수 있는 정신 문화의 터전을 찾을 것인지'가 중요한 지구촌의 숙제가 되었다. 장타이옌章太炎, 1869~1936에서 천인커陳寅恪, 1890~1969까지, 왕궈웨이에서 라오쫑이饒宗頤, 1917~2018까지, 우미에서 지셴린까지, 첸중수에서 인하이광殷海光, 1919~1969까지, 린위탕林語堂, 1895~1976에서 첸구룽錢谷融, 1919~2017까지, 수많은 선구적 지식인이 저마다 문화 충돌을 효과적으로 해결할 수 있는 길을 찾는데 수고하였다. 그들은 '여러 문화 사이의 상호 융합과 소통 추구'를 통하여 '인류의 여러 문화는 서로 소통하고 효과적으로 대화할 수 있다' 하고 믿었다. 아울러 그들은 인류가 문화와 문예의 방식을 통하여 '공통적이지만, 개인과 개성에도 적합하고 필요한 귀착점'을 찾을 수 있다고 믿었다. 중국과 서양 사이에 문화를 뛰어넘은 효과적인 대화를 통하여 '다원 문화가 공존하는 인류 운명공동체'를 구축하도록 노력하는 것은 문화 충돌을 해결하는데 반드시 거쳐야 하는 길이다.[21] 〈해상 실크로드〉 등 일련의 다큐멘터리의 성공적인 제작은 어느 정도에서 21세기 해상 실크로드 문학예술을 위한 새로운 서사 패러다임을 열었다.

'일대일로'는 국가적 창의적 기획이고 더욱더 플랫폼이자 기치이다. 그것은 중국의 연결-소통하는 힘과 세계 각 나라의 힘을 함께 모아서 공동 번영을 실현하고 공동 운명을 이룰 것이다. 2015년 3월 28일에 시진핑 주석이 보아오포럼Boao Forum for Asia, BFA 2015년 연례회의에서 「아시아가 운명공동체를 향해 매진함으로써 새로운 미래를 개척하자邁向命運共同體, 開創亞洲新未來」라는 기조연설을 하였다. 그는 여기서 "아시아의 운명공동체를 향해 매진함으로써 인류 운명공동체 건설에 박차를 가하자" 하고 제의하였다.신화사, 2015.3.28 2017년 1월 18일에 시진핑 주석은 유엔 제네바 본부에서 「공동으로 인류 운명공동체를 세우자共同構建人類命運共同體」라는 제목으로 기조연설을 발표하였다. 그는 여기서 "중국이 인류 운명공동체를 세우는 데 어떻게 이바지할 것인가?", "어떠한 인류 운명공동체를 세울 것인가?" 그리고 "어떻게 인류 운명공동체를 세울 것인가?" 하는 3대 기본 문제를 제기하였다. 이 연설이 이바지한 중국 방안은 공인된 국제 질서 원칙에 뿌리내리고, 폭넓은 세계적 영향을 만들었다. '인류 운명공동체 구축'은 이미 중국의 창의적 기획 사항에서 유엔의 결의와 안전보장이사회의 결의에 써넣어졌고, 국제사회의 폭넓은 공감을 증명하였으며, 지구촌 경영에 대한 중국 이념의 중요한 공헌을 드러냈다. 인류 운명공동체 구상은 지구촌 생태계의 어울림, 국제 평화 사업, 지구촌 경영 체계의 변혁, 지

---

21 인궈밍(殷國明), 「미래성─문학 비전과 매력에 관한 사고 겸 문학과 인류 운명공동체 비전 구축을 말함(未來性─關於文學前景和魅力的思考─兼談文學之與人類命運共同體願景的建構)」, 『중화 문화와 실크로드 문명』과 제3회 라오쭝이와 중국학 국제학술세미나 논문집("中華文化與絲路文明"暨第三屆饒宗頤與華學國際學術研討會議論文集)』, 泉州:華僑大學, 2017:402~410면.

구촌의 공평하고 정의로운 새로운 질서 수립 등에 중국의 지혜와 방안으로 이바지한 것이다. '일대일로'의 창의적 기획 등 지구촌 합작 이념과 실천은 끊임없이 풍부해짐에 따라서 차츰차츰 국제사회가 공감하고, 지구촌 경영 체계의 변혁, 새로운 형태의 국제관계와 국제적 새 질서 구축을 위한 공동의 가치 규범이 되었다.런민왕(人民網), 2018.1.26

　새로운 시대의 중국은 세계에 새로운 역사적인 비전을 가져다주었다. 중국 사회 전체의 새로운 시대의 발전적인 커다란 변화 과정에서 작가와 작품은 바로 가장 좋은 증거이며, 동시에 문학의 방식으로 이 시대를 반영하고 있다. 인류 운명공동체를 세우는 데는 세계 문학공동체를 세우는 일도 필요하다. 해상 실크로드 문학은 '일대일로'에 속한 문학이고, 더욱더 세계에 속하는 문학이다. 그래서 작가는 문화의 자각적인 시각에서 출발하여야 하고, 해양 문화를 포함한 해상 실크로드 문화는 필요한 가치지향을 따라 순응해야 한다. 아울러 전통의 연속성을 유지하고, 신문학 전통을 계승하고 발전시키는 방면에서 작가는 열린 시야와 적극적으로 '가져오는' 자세로 비교적 자각적인 노력을 발휘해야 하고, 개방성과 현대성도 잃지 말아야 하며 특수한 가치와 보편적인 의미를 지닌 문화 세계를 공동으로 세워야 한다.

제6장

블루 판타지
해양 제재와 해상 실크로드 문학

해상 실크로드는 해양을 운반체와 매개체로 삼은 것이고, 해양 제재가 해상 실크로드 문학을 직접적으로 대표한다. 어떤 학자가 말한 바와 같이, 중국의 고대 해양 제재 가운데는 해상 실크로드와 관련한 정보 암호를 보존하고 있다.

『산해경』에서 묘사한 정위精衛가 바다를 메운 이야기이건 『사기』에 기록된 물안개 자욱한 바다와 신선들이 산다는 전설이든 『회남지淮南子』 위진남북조의 필기와 당나라의 낭만적인 지괴소설이든 간에, 당나라와 송나라 시기의 변해시邊海詩, 변새시와 상대적인 것으로, 문인이 객지에서 살거나 바닷가로 귀양 가서 지은 시문을 가리킴에서 『장생이 바닷물을 끓게 하다』, 이어의 〈신중루〉, '여덟 신선이 바다를 건넌' 전설, 『서유기』, 『삼보태감의 서양기 통속연의』, 『요재지이』 등에서 묘사한 사람과 신이 서로 사랑하거나 전통극 이야기까지, 해양 제재의 발전은 사람들이 사람과 바다의 관계에 차츰차츰 관심을 기울이고, '사람'의 생명 가치와 의미에 대해 깊이 사색하게 되었음을 드러내며, 중화민족의 풍부하고 알찬 정신세계와 '내향형' 문화 심리도 펼쳐보였다. 서양의 해양 제재와 비교하면, 중국의 해양 제재는 상대적으로 이상화와 시화詩化로 흘렀다면, 서양의 해양 세계는 거친 바다의 폭풍과 끔찍한 해상 전쟁과 자유에 대한 사람들의 더욱더 뜨거운 갈망 등을 훨씬 많이 묘사하였다. 그래서 본질에서 말하면, 중국은 내륙 문화를 위주

로 하고, 내륙의 산천의 풍물, 강물과 호수에 치중하며, 해양 문화에 그다
지 관심을 기울이지 않았다. 서양은 해양과 더욱 가까운 지연적 혈연적
관계를 지녔으므로 해양이 그들의 성격을 만들어주고, 서양의 외향형 문
화도 창조하게 하였다.주쯔창(朱自强), 2012 : 1~3

　아편전쟁 이후로 서양이 튼튼한 함선과 성능 우수한 대포로 강제로 중
국 연해의 대문을 열어젖히면서, 연해 항구는 문화와 경제의 관심이 집
중하는 지역이 되고, '해양'이 새로이 중시를 받도록 부추겼다. 동시에 근
대 이래로 학식 가진 이들은 '서양의 선진기술을 본받기'를 제창하고 서
양 문화를 배우면서 내륙 문화와 해양 문화의 전면적인 융합을 촉진하였
다. 위원魏源, 1794~1857의 「환해 열 편寰海十首」과 「환해 뒤로 열 편寰海後十首」,
황준헌의 「8월 보름날 밤에 태평양의 배 위에서 달을 보며 노래 짓다八月
十五夜太平洋舟中望月作歌」와 「기해잡시己亥雜詩」, 캉유웨이康有爲, 1858~1927의 「이탈
리아가 싼먼완에서 병선 세 척으로 저장을 압박한다는 소식을 듣고 느낀
바 있으니聞意索三門灣, 以兵輪三艘迫浙江, 有感」,[1] 량치차오의 「호주에서 돌아오는
배에서 이런저런 느낌澳亞歸舟雜興」과 「태평양에서 비를 만나太平洋遇雨」 등이
모두 바다를 빌려 정감을 토로한 본보기 작품이다. 동서양 문명의 접촉이
일어난 틈새에서 중국의 해양 제재에도 새싹이 돋았다. 하지만 새싹은 여
전히 연하고 약하였다.

　해양 이론에 대하여 량치차오와 루쉰 등이 탐색하였고, 그래서 현대 해
양 제재에 이론적 근거를 제공하였으며, 그 영향은 지금까지도 계속되고
있다.

　량치차오는 그가 지은 「지리와 문명의 관계地理與文明之關系」라는 글에서,

1　[옮긴이] 광서(光緒) 25년(1899) 음력(夏曆) 정월(正月)에 이탈리아가 무력으로 저
　장의 주요 항구인 싼먼완을 위협하여 조계를 강요하였다.

."여러 역사적 사실을 모아보면 인류는 교통 왕래의 편리를 전부 강과 바다에 의지하였고", "바다란 사람에게 진취적인 마음을 불러일으키게 할 수 있다. 뭍에 사는 사람은 땅을 가슴에 품는 까닭에 삶이 그것과 주렁주렁 연결되어 있다. 바다를 한번 보시라. 문득 온갖 얽히고설킨 것들을 뛰어넘어 하찮은 생각이 들 것이고 행동과 생각이 모두 한없이 자유로울 것이다. (…중략…) 예로부터 바닷가에 사는 백성은 그래서 뭍에서 사는 사람보다 비교적 활기차고 진취적이고 비교적 날카롭다. (…중략…) 지리적으로 불편하면 교통이 없고, 교통이 없으면 경쟁이 없고, 경쟁이 없으면 진보가 없다. 아시아가 유럽보다 약한 까닭은, 그 커다란 원인이 거기에 있다. (…중략…) 아시아의 면적은 유럽의 거의 다섯 배가 되지만 그 해안선의 길이는 갑절이 되지 못한다. (…중략…) 문명이 진보적이지 못한 까닭은 참으로 천연적인 결함 때문에 그러한 것이다"^{량치차오, 1984 : 76~81} 하고 지적하였다.

루쉰의 「악마파 시의 힘^{摩羅詩力說}」은 량치차오의 이 글에 대한 보충이자 심화로 볼 수 있다. 루쉰은 유럽 시인 셸리, 바이런, 키츠^{John Keats, 1795~1821}, 실러^{Schiller, 1759~1805}, 페퇴피^{Petöfi Sándor, 1823~1849}, 푸시킨 등의 시와 글을 숭배하였고, "변화무쌍하여 세상에서 깜짝 놀랄 정도로 뛰어나다" 하고 말하였다. 루쉰은 바이런과 콘래드^{Joseph Conrad, 1857~1924}를 모두 '바다의 아들'로 비유하고, 그들의 해양 숨결과 낭만주의적인 운치를 높이 평가하였다. 해양은 중국에서 현대성이 발생하는 계기가 되었고, 문명 전환의 방향이자 현대의식이 구축한 특성이라고 말할 수 있다. 현대 중국은 해양 형상을 구축하고 창조하는 과정에서 새로운 자아를 창조하였으며, 그것을 현대 체험과 세계의식을 가득 품은 "진정한 사람^{HUMAN}"이 되게 하였다.^{펑쏭,} 2013 : 55(3) : 92~98 · 168

1. 해양 정신과 바다의 찬가

'해양'은 현대의식, 세계 상상과 생명의 깨달음을 담아내는 특수한 이미지로서 중국 현대 문학에 대량으로 쏟아져 들어갔고, 현대 중국 사람의 문화 상상과 세계 인식에 깊이 영향을 끼쳤으며, 새로운 생명의 숨결과 정신 문화를 계속 만들어내게 하였다. 현대 중국 문학의 표현 가운데서 '바다'는 '이미 앎'에서 '새로 앎'으로 나아가고, 주변에서 중심으로 향하고, 혼돈에서 실제를 분별해가는 갱신과 변화를 겪었고, 그 과정에는 이상과 일상, 이역과 본토, 자아와 타자의 충돌 등이 뒤엉켜 있다. 이렇게 점차 형성한 현대 해양 의식이 마침 문명 전환 과정에서의 현대중국의 갖가지 동경, 열정, 애로와 고충 등을 반영하고, 현대중국의 문화적 개성과 정신적 징후를 담고 있다.펑쑹, 2013 : 40~45 신시기 이후로 해양 글쓰기는 5·4 신문화의 전통을 계승하는 기초 위에서 더욱 심층적인 확장이 생겼고, 개성화와 개인화하면서, 해양은 차츰 본모습의 색채로 환원되었다.

장위성張雨生, 1966~1997이 〈바다大海〉에서, "바다가 / 지나간 사랑을 돌이켜 줄 수 있다면 / 저는 평생을 기다릴 거예요 / 깊이 사랑했던 지난 일에 / 그대가 미련을 더는 갖고 있지 않다면 / 그 지난 사랑을 바람결에 멀리멀리 날아가게 해주세요 / 바다가 / 나의 슬픔을 가져갈 수 있다면 / 모든 강물을 가져가듯이 모두 가져가세요 / 내가 받은 모든 상처 / 내가 흘린 모든 눈물 / 나의 사랑을 / (…중략…) / 전부 다 가져가세요" 하고 노래하였듯이, 바다는 사람의 하소연 대상이고, 마음이 깃든 곳이기도 하다. 바다는 대자연의 중요한 구성 부분으로서 사람이 활동하는 무대이자 문학적 글쓰기의 주요 대상이다. 첸구룽이 예전에 감성 활동의 우위로 말미암아, 문학가는 자신의 주관적 감정을 매우 쉽게 대상에 의탁하고, 꽃한 송이든 풀 한 포기든 산이든 바람이든 저마다 모두 그들의 마음속에서 특수한 정기를 얻게 할 수 있다고 지적하였다.^{첸구롱, 루수위안(魯樞元), 2003 : 103} 그래서 해상 실크로드 시와 글의 해양 제재 가운데서 해양은 바로 작가가 주관적 감성을 싣는 주요 운반체이고, 해양 글쓰기도 작가의 인생 체험의 주관과 객관을 하나로 결합한 물질적 받침대이자 정감의 버팀목인 셈이다. 바닷가에서 눈먼 사랑에 사로잡힌 바다의 아들딸들은 바다를 노래하고, 두려워하고, 은유하며, 끈끈한 정에 얽히고설킨 채로 어머니 같은 바다의 품속에서 몽상으로 흠뻑 취하였다.

1) '역동적'인 해양

'5·4' 문학의 해양 글쓰기 가운데서 해양은 현대적 이상을 쏟아 부은 새로운 자연이 되고, 세계적 비전의 참신한 체험을 응집시킨 다른 시공간 ^{hetero space}이 되었다. 그곳은 자기 생명이 표현한 '역동적'인 정신으로 넘쳐흘렀다.

빙신의 해양 시와 이야기는 학술계에서 5·4 시기의 가장 대표성을 지닌 해양 제재로 여겨진다.

〈바다여, 내 고향이여大海啊, 故鄕〉라는 노래가 있다. "어렸을 때 엄마가 내게 말해주었어 / 바다가 바로 내 고향이라고 / 바닷가에서 태어나 바다에서 자랐다고 / 바다, 아 바다 / 내가 나서 자란 곳 / 바닷바람이 불고 바다 물결 출렁이며 / 나를 따라 사방으로 흘러갔지 / 바다, 아 바다 / 엄마처럼 / 하늘가 바다 끝 두루 돌아다니며 / 언제나 내 곁에 머물렀지." 이것도 빙신과 바다의 관계를 가장 잘 해석해주는 노래라고 말할 수 있다. 빙신은 어린 시절에 전근하는 아버지를 따라서 산둥 옌타이의 바닷가에서 소년 시절을 보냈다. 그래서 빙신의 몸과 마음은 모두 바닷물로 흠뻑 젖었고, 한평생 바다와 떼어 놓을 수 없는 인연을 맺었다. 바다는 빙신의 성장의 증거이며, 바다도 고향처럼 빙신의 영혼에 위안과 양분을 주었다. 5·4 시기의 문학 주제의 가장 큰 특징은 '사람'을 근본으로 삼은 사람의 가치를 중시한 데 있다. 빙신은 바다에서 영감을 찾았고, 창작의 원천을 얻었다. 아울러 "사랑 본위"라는 삶의 주제를 찾았다. 그래서 "바다 서쪽, 산의 동쪽에 내 생명의 나무가 그곳에서 싹을 틔우고 산바람과 바다의 파도를 마시면서 자라고 있다. 작은 풀포기마다 모래알마다 나의 맨 처음 그리움이고 가장 먼저 나를 껴안아 준 엔젤이다"^{지난 일(往事)·하나(一)} 하고 썼다. 또 "바다여! 어떤 별에 빛이 없지? 어떤 꽃에 향기가 없지? 언제 내 상념 속에 그대 파도의 맑은소리가 없지?"^{뭇별(繁星)·131(一三一)} 하고 노래하였다. 빙신은 옌타이의 드넓은 바닷가에서 가장 중요한 어린 시절과 소년 시절을 보냈고, 8년 동안의 바닷가 생활이 작품 속에 바다의 부드러움과 드넓은 가슴을 지어 넣게 하였고, 빙신도 많은 바다를 제재로 삼은 시와 글을 창작하였다.

빙신이 창작한 해양은 '역동적'인 빛깔로 가득 차고 낭만주의 색채를 담고 있다. 빙신의 붓대 아래, "바다는 역동적이고" "바다는 활발하며"^{빙신,} ^{1994 : 69} 바다는 아름답고, 바다는 자기 생명의 낭만적 상징이다. 빙신은 한평생 바다 글쓰기를 버린 적이 없으며, 중년과 말년 시기에도 여전히 「바다 생각海戀」, 「나의 고향我的故鄕」과 「나의 어린 시절我的童年」 등 작품을 창작하고, 해양의 아름다운 풍경을 추억하였다. 「어린 독자에게致小讀者」, 「뭇별」, 「지난 일」, 「바다 사랑愛海」 등에서 자연^{바다}, 동심과 어머니의 사랑 등 세 가지를 하나로 통합한 빙신식의 철학을 세웠다. 빙신은 부드럽고 활발하며 매력적이고 포용하는 바다를 묘사하기를 좋아하였고, 그래서 바다는 박애의 상징이기도 하였다. 빙신은 자신의 바다 같은 박애의 인품으로 콸콸 흘러가는 따뜻하고 밝은 글을 써서 독자의 마음을 촉촉하게 적셔주었다. 빙신의 "그윽하고 고요한 천성이 더욱 그를 도와 세상의 소란을 없애고 스스로 게을리 하지 않고 노력할 수 있게 하였다."황런잉(黃人影), 1985 : 194

귀모뤄는 "모든 존재를 역동적인 실제의 표현으로 간주하였다."궈모뤄, 1925 : 13 바다는 그의 붓대 아래서 더욱 매력을 가득 담았다. 그는 「지구 가장자리에 서서 큰소리로 외치노라立在地球邊上放號」에서 "내 눈앞으로 밀려오는 세찬 파도여!" 하고 파도가 낡고 오래된 것을 와르르 무너뜨리고 새것을 창조할 것을 노래하였다. 바다의 '역동적'인 정신은 창세기의 가장 커다란 동력이며 무한한 힘을 담고 있다. 「봉황 부활의 노래鳳凰更生歌」의 "조수가 불어나는 소리를 들었다, 조수가 불어나는 소리를 들었다"와 "봄철 조수가 불었다, 봄철 조수가 불었다"궈모뤄, 2000 : 39에서 역동적인 조수는 생명과 우주의 빛과 재생을 의미하고 있다. 「새 양관 세 후렴新陽關三疊」의 "출렁이는 바닷물이 내 발아래서 춤을 춘다"궈모뤄, 2001 : 97, 「잘 잤니晨安」의 "잘 잤니! 쉬지 않고 출렁이는 바다야!", 「태양 예찬太陽禮讚」의 "짙푸른 바다, 파도 세차게 출렁이며, 동쪽으로 흘러간다 / 빛발 천길만길 멀리 펼치며 곧 나타날 거야 — 새로 태어난 태양이여!"궈모뤄, 2001 : 60 등이 그러하다. 파도가 세차게 출렁이는 바다, 너울너울 추는 춤, 바다의 줄기찬 출렁임 등은 무한한 힘을 내뿜으며 새로 태어난 태양을 데려올 수 있다. 궈모뤄가 창조한 바다의 생동감은 자기 생명의 열정을 표현한 것이고, 충격력을 듬뿍 지닌 바다는 궈모뤄로 대표되는 신세대 젊은이가 쏟아내는 신세계를 세우려는 충동이며, 창세기의 늠름한 열정임은 말할 필요도 없다.

궈모뤄는 자신의 사랑, 미움, 이상과 희망을 모두 바다에 호소하였다. 그의 붓대 아래 바다는 짙은 정감을 담았다. 「죽음의 유혹死的誘惑」은 궈모뤄의 가장 이른 시기의 시이다.

둘

창밖의 짙푸른 바닷물

연거푸 나에게 큰소리로 외친다.

그녀가 나에게 소리쳤다

모뤄, 애태우지 마!

얼른 내 품으로 들어와

내가 네 많은 번뇌를 없애줄게.

이것은 죽음의 유혹이고, 더구나 바다의 유혹이다. 바다는 온갖 강물을 받아들이고, 모든 것을 품은 가슴으로 사람에게 심지어 아무것도 돌아보지 않고 바다로 뛰어들고 싶은 포부를 갖고 바다에 몸을 던져 죽게 한다. 궈모뤄의 『여신女神』은 통째로 해양의 숨결을 내뿜고 있고, 뚜렷한 해양의식이 스며들어 있으며, 시인이 흥미진진하게 바닷가에서 맑고 웅장하고 거침없는 심정을 토로하는 장면을 고스란히 담아냈다. 「바다에서 배를 타고 해돋이를 바라보며海舟中望日出」의 "나는 가까스로 그대의 빛나는 얼굴을 볼 수 있었소! / 그대여 나를 위해 개선가를 불러주오! / 나는 오늘 아침 바다를 이긴 셈이오!"에서, 시인이 바다에서 해돋이를 구경한 감격과 마음속에 솟구치는 물결은 해양에서 날 듯이 오를 것 같고 해양을 이긴 것이나 다름없었다. 「해질녘의 결혼 잔치日暮的婚筵」의 "새색시는 마지막에 그녀의 통통한 얼굴을 붉히고 / 그녀가 가장 사랑하는 정든 님에게 안겼네"에서 맑고 감동적으로 아름답고 낭만적으로 묘사하였다. 「허얼을 안고 하카타완에서 해수욕抱和兒浴博多灣中」[2]에서 시인은 다음과 같이 읊었다.

2   [옮긴이] 1919년 9월 11일에 상하이의 『시사신보(時事新報) · 학등(學燈)』에 필명 모뤄(沫若)로 발표하였다. 허얼(和兒)은 시인의 맏아들 허푸(和夫, 1917~1994)이고, 시

아들아! 너 얼른 저 바다의 은빛 물결을 보거라

저무는 햇빛 머금은 바다까지도 새로 문지르는구나

아들아! 너 면사포로 감싼 저 서쪽 산 그림자를 보거라

아들아! 나는 네 몸과 마음이 바다처럼 매끄럽고

산처럼 맑기를 바란다!

이 시는 바닷가의 해넘이 장면을 생생하고 아름답고 형상적으로 드러냈다. 다른 해양 시「바다에서 배를 타고 해돋이를 바라보며」,「해수욕浴海」,「빛나는 바다光海」,「모래 위의 발자국沙上的脚印」,「새 양관 세 후렴」등에서 시인은 눈앞의 경물을 대하고 감정을 토로하거나 바닷가에서의 삶의 한 토막을 묘사하거나, 형식에서 내용까지 힘과 아름다움으로 가득 찬 바다를 건축하고, 시대의 세찬 흐름의 운율을 울려 퍼뜨렸다. 이러한 시들에서 자아와 바다는 생명이 서로 작용하는 관계를 지니며, "리비도 libido"의 바다는 새로 태어난 자아의 은유이다. 귀모뤄는 뜨거운 언어로써 무한한 생명을 키우고 자유로이 솟구치며 창세기의 열정으로 가득 찬 바다를 묘사하였다.

루쉰도「하늘을 땜질한 이야기補天」에서 이러한 창세기식의 열정 체험을 다소 드러냈다.

그녀는 이 살색의 하늘과 땅 사이에서 바닷가로 걸어갔다. 그녀의 온몸의 곡선이 연한 장미처럼 빛나는 바닷물 속으로 녹아, 몸 가운데가 짙은 새하얀 빛줄기가 될 때까지 녹아들었다. 파도마저도 깜짝 놀랐지만, 매우 질서 있게 오르

에 등장하여 해수욕을 할 때가 한 살이 조금 넘었을 때이다.

락내리락 출렁거렸다. 그렇지만 물보라가 그녀 몸 위로 흩뿌려졌다. 그 새하얀 그림자가 바닷물 속에서 흔들리는데 마치 온몸이 사방팔방으로 흩어지는 듯 하였다.루쉰, 2005 : 358

바다는 루쉰의 붓대 아래서 매우 아름답고 생동감 넘치는 유화 한 폭이 되었고, 바다가 있어야만 창세기의 열정을 펼칠 수 있을 듯이, 그래야만 새로운 시대를 소환할 수 있을 것 같다. 바다는 바로 독특한 시대정신의 상징이고, 창세기의 힘과 아름다움의 보관소이다.

2) 아름다운 해양

중국의 고전 시학에서는 정감을 예술의 미적 알맹이로 여겼다. 육기가 "시는 정감에서 비롯되니 아름다워야 한다" 하고 여겼고, 유협은 "정감이란 글의 날줄"로 보았으며, 백거이는 "사람의 마음을 감화시키는 것으로 정감보다 앞선 것이 없다" 하고 생각하였다. 그런가 하면 중국의 전통 문화와 철학의 중용中庸은 "이성으로 정감을 다스린다"거나 "정감은 반드시 이성에 기대야 한다" 하는 효과적인 제약을 중시하였다. 이러한 것들은 중국 시가이론사詩歌理論史와 글쓰기 활동에서 "시로 뜻을 말한다詩言志"와 "시로 정감을 말한다詩言情" 하는 분쟁을 증명하였다. 그렇지만 서양 낭만파의 미학은 오히려 정감과 이성의 조화로운 통일에 얽매이고 싶지 않았으며, 정감 자체는 사람이 실존에 기대는 전부 바탕이고, 정감은 '의식의 정수'이며, 시학과 미학의 출발점이자 귀착점이라고 여겼다. 사실상 어느 시대의 사유 방식이든 필연적으로 시의 가치지향과 시의 정감 사유 방식에 영향을 끼치게 될 것이다. 사람들은 시의 정감 기조와 정감 사유에서, 시가 자체의 독립적인 격조를 지키는지 아닌지를 통하여 시에 대한 시대적 담론의 횡포를 뚜렷하게 느낄 수 있다.

중화인민공화국 성립 뒤로 30년 동안에 해양 생활을 반영한 작품은 짙은 시대적 색채를 표현하였다. 양쉬楊朔, 1913~1968의 「새하얀 파도雪浪花」는 바닷가 지역 어민의 새로운 정신생활을 드러냈고, 리잉李瑛, 1926~2019의 「저우산군도舟山群島」는 아름다운 시구로 저우산군도의 바윗돌 주변지대, 도서와 배를 찬미하면서 순찰하는 병사들의 진지한 헌신정신과 나라를 아끼고 사랑하는 깊은 정을 구가하였다. 이 시기에 등장한 연극과 영화 작품 가운데서 해양 제재와 도서 생활 제재의 대표작에는 현대 경극 〈항구海港〉, 발레 무용극 〈홍색낭자군紅色娘子軍〉, 소설 『섬마을 여자 민병海島女民兵』과 그것을 각색한 영화 〈바다 노을海霞〉 등이 있다. 문화대혁명 시기에 문화예술의 본보기로 추어올려진 혁명모범극樣板戱 8편 가운데 하나인 〈항구〉는 나루터 노동자의 의욕과 열성을 묘사하였다. 이 작품은 주인공 팡하이전方海珍이 계급의 적과 열심히 투쟁하는 정신을 찬미하는 데 목적을 두었고, 그러기에 시대적 색채가 짙다.

옌타이 창다오長島 출신인 장치張岐, 1929~는 어려서 산둥 바닷가에서 자랐으므로 어린 시절부터 바다와 깊은 정을 맺었다. 그의 필명도 바다와 밀접하게 관련되었고 수평선이라는 뜻으로 "하이핑셴海平線"이다. 20세기 1950년대에 문단에 발을 내디디고부터 그의 창작은 해양의 낙인을 찍었다. 드넓은 해양이 그에게 깊은 정을 담은 글쓰기를 주었기 때문에, 그는 문단에서 "섬마을 작가海島作家"로 불렸다. 그의 대표작에 산문집과 산문시집 『소라 나팔螺號』, 『고기잡이배의 등불漁火』, 『등대섬燈島』, 『향로초香爐礁』, 『파도 소리 모음집潮音集』, 『천연색 조개彩色的貝』, 『쪽빛 발자취藍色的足跡』, 『쪽빛 요람의 노래藍色搖籃曲』, 『장치 산문선張岐散文選』 등이 있고, 어린이 중편소설집 『해바라기섬向陽嶼』과 『신비한 작은 섬神秘的小島』 등이 있다.

가곡 〈작은 소라 나팔小螺號〉에서, "소라 나팔이 뚜뚜뚱 울리면 / 갈매기 듣고 날개 펴고 날아요 / 소라 나팔이 뚜뚜뚱 울리면 / 물보라 듣고 생글 생글 웃어요 / 소라 나팔이 뚜뚜뚱 울리면 / 소리소리 돌아오라 배를 불러 요 / 소라 나팔이 뚜뚜뚱 울리면 / 아빠가 듣고 얼른 돌아와요 / 까마득한 모래사장 / 새파란 바닷물 / 소라 나팔 울리면 / 마음이 출렁거려요" 하고 노래한 가사처럼 『소라 나팔』은 산문 한 편 한 편마다 시나 그림 같은 정 취를 가득 담았고, 그것이 과장한 즐거운 분위기와 생활의 숨결이 두고두 고 독자를 감동시켰다. 작자가 시나 그림 같은 정취를 담은 필치에는 푸 른 물결 끝없이 이어지는 물보라와 오랜 세월 쉬지 않고 출렁이는 파도 소리가 있고, 바닷가 어민의 눈부시게 다채로운 아름다운 생활과 노랫소 리, 웃음소리와 나팔 소리 등이 뒤엉킨 노동 교향악과 생활의 서정가요도 있다. 『소라 나팔』은 만화경이고, 우리는 그 속에서 해양 생활의 풍부함 과 어울림을 보았다. 또 『소라 나팔』은 구리 나팔로서 우리는 그 가운데 서 해양 생활의 가장 강한 소리를 들었다. 요컨대, 『소라 나팔』은 짙은 필 치로 해양 생활의 화면을 모사하였고, 어울림을 연이어 드러냈다.

장치는 부드럽고 따뜻한 정을 담은 필치로 바다 섬의 독특한 풍경을 고스란히 그려냈다. 바다의 해돋이는 바다의 가장 웅장하고 아름다운 광 경이다.

처음에 온통 은빛이 동쪽 물과 하늘이 맞닿은 수평선에서 뿜어 나왔고, 시나브 로 은빛이 붉은빛으로 바뀌었으며, 붉은빛이 금빛으로 바뀌었고, 금빛 속에서 새빨간 불덩이 반쪽이 드러났다. 이 불덩이가 두둥실 하늘로 올라가는데, 높이 올라갈수록 커졌다. 눈 깜짝할 사이에 통째로 해수면에서 톡 튀어나와서 하늘 가로 날아갔다. 즉시 그 금빛 폭포 같은 빛발이 하늘과 바다를 온통 눈부신 붉

은색으로 물들였다.^{장치, 1977 : 1}

파도 소리는 세상에서 가장 웅장하고 가장 야릇한 음악이다. "파도 소리는 바다의 호흡이자 바다의 언어이고, 바다의 생명력을 드러낸다. 파도 소리는 바다가 그것으로 오랜 세월 동안 심오한 철학을 탐색하고 대자연 만물에 대해서도 선언한 것이다."^{장치, 1983 : 1} 작자는 파도 소리에 대한 찬미를 빌려서 인류가 이상, 지혜와 에너지로 생활의 악장을 울려 퍼뜨렸음을 상징하였다.

바다의 등대는 바다의 눈이자 밝은 별이다. 등대는 배가 나아가는 방향을 이끌어준다. "우리의 조국, 18,000여 킬로미터의 대륙 해안선에 크고 작은 섬 5,000여 개가 있다. 이 드넓은 연해에 많고 많은 등대가 있다. 이러한 등대들은 밤마다 하늘에서 떨어진 별처럼 확 불을 밝히며, 그 밝은 빛줄기로 오가는 배에게 위치를 알려주고 항해를 이끌고 속도를 측량하고 나침반을 교정해준다. 밤빛이 사라지고 날이 밝을 때면 그것들이 다른 모양과 색깔로 밤의 일을 계속한다."

황금빛 부드러운 모래사상에서 "아름다운 조가비가 정교한 활무늬 위에 기묘한 그림을 새긴다. 껍데기 안에 진주층의 광택은 눈부실 정도로 빛난다."^{장치, 1984 : 54} "울긋불긋 아름다운 조가비, 동글동글 매끄러운 조약돌"^{장치, 1983 : 12}과 각종 바닷새의 짝꿍에는 갈매기, 갯가마우지와 바다 사랑이란 뜻으로 '하이렌海戀'이라 불리는 바닷새 등이 있다. 바다가 시인의 철학적 사색을 불러일으켰다.

사람마다 마음속에 모두 바다가 출렁이고 있네. / 사람마다 영혼의 작은 배를 몰며, 마음의 바다를 항해하고, 그 해역이 넓으면, 작은 배가 멀리 나갔고,

그 해협이 좁으면, 작은 배는 제자리에서 맴맴 돌았네. / 때로 좌초할 수도 있네.^{장치, 1983 : 13}

바다 밑바닥에 암초가 숨어 있고, 날카로운 칼을 떠받치고, 언제나 기다리고 있네. / 바다를 달리는 배는, 경계의 눈을 부릅뜨고, 늘 방어하고 있네. / 그것들은 모두 상대방을 계산하고 있으며, 화해하고 싶지 않고, 화해할 수도 없네.^{장치,}
^{1983 : 16}

초록, 생명의 색깔 / 초록, 청춘의 색깔 / 사람마다 바다는 비취가 변해서 된 것이라고 / 세상에 바다보다 더 초록 색깔은 없다고 말하지 / 그래서 바다는 생명의 상징 / 청춘의 상징이기도 하지.^{장치, 1983 : 21}

장치는 자신의 따뜻한 정을 담은 필치와 다채로운 상상으로 바다의 상징적 의미를 그려냈다. 바다 섬에서 한평생 등대를 지키는 할아버지, 항해에서 돌아오는 돛단배를 기다리는 어부의 아내와 아이, 어부가 바다에 나갈 때 간절히 바라는 "요술 램프" 풍속과 "진주 어머니珍珠母"와 "굿당" 관련 아름다운 전설 등도 이야기해주었다. 장치는 일련의 풍부한 산문과 산문시 창작을 통하여 산둥 창다오의 어민의 생산 생활 방식과 그와 병존하는 민간 문화 형태를 생생하게 드러내고, 사람과 자연이 어우러져 공존하는 비전과 아름다운 생활에 대한 어민의 동경을 그려냈다. 이러한 것들은 '해양' 이미지와 그러한 텍스트에서 모두 자연스럽게 드러난 것이며, 해양 정신도 그래서 대대로 전해졌다.

1957년에 산둥 시인 쑨징쉬안은 시집 『해안 따라 협곡 따라沿著海岸, 沿著峽谷』와 『해양 서정시海洋抒情詩』 등 두 권을 출판하였다. 그는 여기서 해양에 관한 관심을 토로하여 "해양 시인"이라 불리게 되었다. 쑨징쉬안의 『해양 서정시』는 해양의 고요함, 부드러움, 난폭함과 억셈 등을 묘사하고 풍부한 해양 세계를 그려냈다. "저 바다 도시의 매력적인 자태를 바라보며 / 바다의 유혹을 스스로 뿌리치기 어려워 / 그녀는 몇 번이나 해안으로 뛰어들고 싶어 열정적으로 소란 피우며"「바다와도시(海與城)」 "아득히 먼 해수면에 작디작은 나무배 한 척 / 거친 파도 휘몰아쳐, 서둘러 해안으로 달려갈 때 / 가파른 파도가 그것을 얼마나 삼킬 뻔했는지 / 하지만 그때마다 그것은 파도마루 위에 안전하게 다시금 나타났지."쑨징쉬안, 1985:10 이러한 시에서 바다는 난폭하게 제멋대로 키잡이를 단련시키지만, 시인은 "안전" 두 글자로 거친 파도 휘몰아치는 가운데서 생명의 침착함을 두드러지게 하였다. "보석이 새겨진 듯 둥근 모양과 마름모꼴 건축물 / 저 바다의 도시에 찬란히 빛나는 월계관을 씌운 것 같네 / 저 해안 따라 데굴데굴 굴러가는 새하얀 물보라여 / 그녀의 가슴 앞에 줄줄이 걸어놓은 은목걸이 같네"쑨징쉬안, 1985:4에서 바다와 도시가 서로 의지하고 서로를 받쳐주며 한 줄기 아름다운 풍경을 구성하였다.

그건 바로 청춘의 한창 시절

나는 바윗돌 우뚝 솟은 바닷가에서 돌아다니길 좋아했네

해수면에 두둥실 떠 있는 하얀 돛 바라보며

파도마루에 훨훨 날아오르는 갈매기 보며

저 쉬지 않고 재잘대는 바닷바람 소리 들으며

저 바닷물이 기슭을 치는 철썩철썩 소리 들으며

늘, 나는 바윗돌 위에 앉아 상상의 나래를 펴지

아스라한 환상 속에서 해질녘부터 날 밝을 때까지

새벽에 돌아갈 때마다 늘 바닷조개 몇 개 주워

통째로 투명한 바다의 환상을 데려가지……

아아! 저 마음에 들지만 어린애티도 지닌 소년 시대

천진한 눈으로 어떻게 바다의 형상도 알아볼 수 있을까.쑨징쉬안, 1985 : 15

위의 시 「바다에게致大海」에서 젊고 나이 어릴 때에 "나"는 바다를 충분히 알 수 없었고, 바다의 단련을 거친 뒤에 진정으로 바다의 모양을 알게 될 때까지 기다려야 했는데, 그때가 되어서 개인도 진정으로 성장하였음을 나타냈다.

바람아, 지쳤구나, 그것의 커다란 날개를 접었으니

파도여, 힘들구나, 그것의 씩씩한 발걸음을 멈추었으니

저 타고나길 잠잠할 수 없는 바다여

지금은 잠이 푹 들었구나

봐, 그것이 파란 하늘 아래 반듯이 누워 깊은숨을 쉬는 걸

저 장난꾸러기 갈매기가 날개로 그것의 드넓은 가슴을 치고 있잖아.쑨징쉬안,
1985 : 10

이러한 「바다가 잠들었구나大海睡了」와 같은 서정시들은 소박하고 자연스럽고, 신비함과 고요함을 드러내는 드넓은 바다와 함께 깨끗하고 웅장한 바다 이미지를 창조하였고, 시인의 영혼이 구애됨이 없는 낭만성을 나타냈다.

옌타이의 시인 좡융춘莊永春, 1951~의 『좡융춘 서정시莊永春抒情詩』는 또 다른 각도에서 해양의 장엄한 아름다움과 다채로운 해양 생활을 드러냈다. 예를 들면 연작시 『바다를 부리는 부락馭海部落』의 「시집가네嫁」에서 이렇게 노래하였다.

산이 바다로 시집가니

악기 불고 두드리는 소리 속에 둥실둥실 흘러 섬이 되네

웃음도 둥실둥실

꿈도 둥실둥실

둥실둥실, 무겁네

연지만 한 새벽 내내 붉게 칠했네

뒤집어쓴 머릿수건은 끽해야 접어올린 해질녘

붉은 초에 불붙여 고기잡이배의 등불 밝히니

노래를 얕은 물에서 바다 깊은 곳으로 실어가네

생활은 쪽빛 앞치마보다

밀초로 물들인 낭만적인 꽃들이 부족하네

짭짤한 영차영차 소리 보냈네

둥실둥실도 꿈

둥실둥실도 웃음

무거울수록 둥실둥실

만약 마음을 터놓게 하면

작은 암초 젖으로 자란 큰 섬 한 무더기 키워내네

바다는 꽃을 피우는 바다

여인은 돛이자 닻이네.^{황용춘, 1987 : 34~36}

바다는 이미지로서 생명을 키워내는 다리이고 고달픈 삶은 은유해낸다. 바로 가곡 「군항의 밤軍港之夜」³과 같이, "군항의 밤은 조용조용 / 파도

---

3   [옮긴이] 1980년에 마진싱(馬金星, 1946~2007)이 작사하고 류스자오(劉詩召, 1936~)가 작사하였다.

가 군함을 가만가만 흔드네 / 젊은 해병이 머리로 파도를 베고 / 꿈결에 감미로운 미소를 짓네 / 바닷바람이 그대에게 살랑살랑 불어와 / 파도가 그대를 살금살금 흔드네 / 저 먼 바다로 나가는 해병은 얼마나 고될까 / 아침노을 해수면을 붉게 물들일 때 / 우리의 군함이 곧 닻을 올리겠지"에서 해병이란 직업은 신성하고도 고되고, 고되면서도 감미로운 것이다. 챵융춘이 창조한 바다는 "해병의 바다"이고, "나에게 아름다움을 숭상하게 하는 이중성격을 준" 바다이다. 시인의 붓대 아래 "나"는 "파란 성격"을 지닌 병사이다. 「그는 바다로 나갔다他出海了」, 「고향 생각鄕思」, 「주말周末」 등에서 치밀한 감정이 전체를 관통하며 해병 전사의 맡은 바 직분에 대한 책임감과 헌신, 진솔하고 부드러운 품성을 하나하나 드러냈다. 챵융춘은 손금 보듯 환히 꿰뚫고 있는 해병과 밀접한 관련이 있는 관제탑, 소해정, 부표등, 잠망경 등을 시 속에 빚어 넣어서 그것들도 해병과 같은 마음, 정감과 생명의 자태를 지니게 한 것 같다. 챵융춘의 서정시에는 상상의 기발함과 어울림의 예술적 격조를 지니고 있다.

장치, 쑨징쉬안과 챵융춘의 시와 글은 개인의 특수한 인생 체험에서 얻은 시의 독립적인 격조를 담고 있다. 그들이 우수한 해양 시와 글을 창조해낼 수 있었던 까닭은 해양이 그들의 생활에서 빠질 수 없는 일부분이라는 데 있다. 그들과 바다의 친밀한 관계는 해양 시와 글 창작의 중추를 지탱하며, 그것들이 사회의 중대한 변화나 중대 사건을 표현하는 중대 제재에서 동떨어지게 하였다. 그밖에도 그들이 계속 탐색한 신비한 해양 세계에서 독자는 블루 상상과 몽상을 얻었다.

3) 다채로운 해양

신시기 이래로 해양 문학이 표현한 내용과 범위는 더욱더 폭넓어졌다. 항해 생활을 반영하거나 해양의 아름다운 경치를 드러내거나, 바다의 사건을 기록하지 않으면 생활을 반성하고 철학적 특색을 나타내지 않으면 해양의 SF적인 창작도 생겼다. 그 가운데서 해양소설 창작의 성과가 풍성한데, 왕멍의 「바다의 꿈」과 덩강의 「매혹적인 바다」, 루쥔차오陸俊超, 1928~의 「안트베르펜에서 서로 만나다相逢在安特衛普」, 우민민吳民民, 1951~의 「얼음의 바다에 침몰한 배氷海沈船」, 어화鄂華, 1932~2011의 『검푸른 파도 아래서在黛色的波濤下』, 정빙첸鄭秉謙, 1930~의 『푸른 바다의 인연碧海緣』, 왕자빈王家斌, 1939~2022의 『백년 범고래百年海狼』, 「고래 모이는 바다聚鯨洋」, 『사해의 놀라움死海驚奇』 등이 대표작이며, 저마다 중국 해양 제재 소설 창작이 새로운 발전을 이루었음을 상징하고 있다.

왕멍은 「바다의 꿈」에서 지식인의 정신의 노래 한 곡을 지었다. 소설 속의 나이가 쉰 살이 넘은 번역가 뮤커옌繆可言이 말로 표현할 수 없을 정도로 잘못된 어지러운 시대를 지나서 그 시대가 그의 청춘과 사업을 망치게 하였다고 하여도, 그는 여전히 바다를 절박하게 보기를 갈망한다.

바다여, 나는 마침내 너를 보았다! 반세기 동안 그리워하고 시달렸기에, 너와 나는 모두 머리털이 하얘졌구나! 물보라여!

바다에 대한 뮤커옌의 고집은 바다가 이미 정신의 상징으로서 생명과 신념의 내심 방면에서 개인의 이상과 가치를 하소연하는 대상으로 바뀌었음을 대표한다. 「바다의 꿈」은 단순하고 함축적이고 또 깊고 두텁게 집약적인 언어를 통해서 작자가 세심한 심리를 묘사하였고, 인물의 심리 활동을 대량으로 썼으며, 뮤커옌의 복잡한 내심 세계로부터 파생된 역사와 인생에 대한 저자의 깊은 반성을 드러냈다. 이러한 반성은 어지러운 시대에 대한 거센 비판이 아니고, 개인의 고통에 대한 적나라한 토로가 아니라, 소박한 필치로 차분하게 지난 일의 상처와 아픔을 돌이켜보고 생활 자체의 고통을 뛰어넘어서 낙관적으로 나아가는 시대정신을 흘러넘치도록 담아냈다.주쯔창, 2012 : 54

1983년에 덩강은 '사나이'의 기개를 재건한 「매혹적인 바다」를 발표하였고, 1983년도를 '덩강의 해'로 불리게 하였다. 이러한 제재로 특별히 사람들의 이목을 일신시킨 소설은 인물을 흥미진진하게 묘사하면서 해양 생활에 대한 낯익은 경험을 충분히 드러냈다. 작품의 주제는 세부에 기대서 이야기 구조를 지탱하였고, 착실한 생활의 기초, 그리고 가짜로 꾸며내지 않는 취사와 편집의 태도도 이전의 창작과는 전혀 달랐다. 이 해양소설에 담긴 제재의 신기함과 격조의 참신함이 오랫동안 해양 제재에서 부족하였던 이전의 미적 공백을 메꿔주었다. 작가 덩강은 오랫동안 "하이평쯔海碰子"였었고, 작살로 물고기를 잡고 해삼, 성게와 전복 등 해산물을 잡는 바다 사람이었다. 「매혹적인 바다」는 헤밍웨이Ernest Hemingway, 1899~1961가 지은 『노인과 바다The Old Man and the Sea』의 인물과 구조의 깨우침을 받았고, 늙은 하이평쯔와 젊은 하이평쯔가 서로 서먹함과 얕봄에서 이해와 합작에 이르는 따뜻한 이야기를 썼다. 늙은 하이평쯔와 젊은 하이평쯔는 마지막에 살기 위해서는 병용 작전이 필요하고 풍랑 속에서 목숨 건 단련이 필요하다는 것을 알게 된다. 대대로 바다 사나이 하이평쯔는 바로 이렇게 폭풍우 휘몰아치는 바다에서 온 힘을 다해 바다와 맞서왔고, 그래서 하이평쯔의 정신이 계승되었다.

소설 이외에도 해양 제재의 많은 훌륭한 시 작품도 쏟아져 나왔다. 아름다운 구랑위鼓浪嶼의 시인 수팅舒婷, 1952~은 지극히 민감하고 꼼꼼한 붓대로 「바다에게」, 「바닷가 아침의 노래海濱晨曲」와 「진주조개는 바다의 눈물

珠貝−大海的眼淚」등을 지었다. 수팅의 시에 등장한 바다는 자연의 바다일 뿐만 아니라 영혼의 바다이자 사회화한 바다이기도 하다. 그것은 동트는 빛이 밝아오기 직전의 시인의 복잡한 정감과 주관적 의식의 각성을 함축적으로 담아냈다. 예술적 격조 면에서 "바다 연작시" 세 편은 낭만주의적 기조와 겸하여 현대파의 시적 정취를 구체화하였다. 시인은 톡 쏘는 서정성과 뜻을 나타내는 함축미를 함께 융합해 넣었다.천완셴(陳婉嫺), 2007 : 113~116

바다의 해돋이

    얼마나 영웅이 마음에서 우러난 감탄을 끌어냈나

바다의 해넘이

    얼마나 시인이 따뜻한 그리움을 불러 일으켰나.

절벽 위에서 부른 노래 몇 곡

    바닷바람도 낮마다 밤마다

    밤낮으로 속삭이며

몇 줄 모래사장 위에 걸어간 발자국을 남겼나

몇 번 하늘 끝으로 올린 돛

    모두 바다의 파도가 숨겨서

    비밀히 묻었지.

욕한 적이 있고 슬픈 적이 있고

찬미한 적이 있고 영광인 적이 있지.

바다여, 변하는 생활

생활이여, 솟구치는 해양.

어디가 어릴 때 파낸 굴이지?

어디에 첫사랑의 어깨를 나란히 한 흔적이 있지?

아, 바다

그대의 파도가

　　　기억을 씻어 없애고

조가비들도

　　　산비탈에 떨어뜨릴 수 있다고 해도

　　　　　여름 밤하늘의 별처럼.

소용돌이가 위험한 눈을 깜빡일지 몰라

세찬 바람이 탐욕스런 아가리를 벌릴지 몰라

아, 생활

물론 그대는 보내기를 중단했지

　　　숱한 순결한 꿈

또한 용감한 사람들이 있지

　　　세찬 비바람 속에

　　　　　빨리 나는 바다제비처럼.

해가 지는 해안은 밤인 양 조용하지

추운 밤의 깎아지른 바위는 죽은 듯 살벌하지

해안에서 깎아지른 바위까지

　　　얼마나 내 그림자를 쓸쓸하게 하는지

해 지는 어스름에서 깊은 밤까지

　　　얼마나 내 마음을 뽐내게 하는지.

'자유의 원소'여

그대가 으르렁거리는 척 해도

그대가 차분한 체 해도

그대가 훑어간 과거의 모든 것

　　　모든 것의 과거여

이 세계에

　　　몰락의 아픔이 있고

　　　소생의 기쁨도 있지. _{수팅, 1982 : 1~3}

「바다에게」는 모두 6연으로 이루어져 있다. 제1연에서 서정적인 수법
으로 지난 일이 연기 같음을 하소연하였다. "바다의 해돋이"와 "바다의 해
넘이"는 객관적인 이미지로서 지난 일에 대한 시인의 회상을 깨우쳐주며,
시인의 서글픈 정서와 호응하고 있다. 예전의 감탄과 회상, 예전의 노랫소
리와 돛은 모두 끊임없이 출렁이는 바닷물에 비밀히 묻혔고, 과거의 이상
은 어느새 사라진 듯하다. 제2연에서 과거와 현실에 대한 시인의 깨달음
을 직접 표현하고, 종잡을 수 없이 변하는 바다로 복잡하게 용솟음치는 생
활을 대응시켰으며, 대구가 잘 들어맞고 시의 건축미를 구체화하였다. 제
3연에서 시인과 바다가 직접 대화하며 바다가 모든 것들을 씻어 없애지
만, 그런 굳센 조가비들을 결국은 밀어낼 수도 없다. 제4연은 제3연과 서
로 연결되며 복잡한 현실이 많은 사람의 이상을 파괴할 것이지만, 진정한
용사는 세찬 비바람 속에서도 날아오르는 바다제비처럼 용감하게 현실과
투쟁할 것이고 자신의 이상을 지킬 것임을 묘사하였다. 아울러 현실 생활
에 대한 시인의 함축적인 통제와 이상을 지킬 결심을 드러냈다. 제5연에
서 시인은 "밤인 양 조용함"과 "죽은 듯 살벌함"의 사회 현실을 마주 보며

설령 혼자일지라도 자신의 오만한 마음을 지녔음을 썼다. 마지막 제6연은 시의 절정이다. 복잡하고 다변하는 사회 현실에서 몰락의 아픔이 있더라도 소생의 기쁨도 있으며, "나"는 깨어 있고, 그래서 "나"는 사람에게 오만한 마음을 갖게 하였음을 썼다. 수팅은 비유, 상징과 대구 등 예술 수법을 활용하여 바다의 종잡을 수 없는 변화를 복잡하고 다변하는 사회 현실로 상징하였다. 우리도 그 가운데서 상징의 배후에서 정신적 탐색과 생명에 대한 시적 추구를 느낄 수 있다. 시는 운율과 어우러지며 리듬과 음운의 아름다움을 풍부하게 담고 있어서 독자에게 강한 미적 감동을 주었다.

하이쯔의 「꽃 피는 따뜻한 봄날, 바다를 마주하고 서서」에는 시 전체에서 바다에 대한 뜨거운 정이 흘러넘치며, 따뜻한 색조로 가득 찬 어휘가 자주 등장한다. 예를 들면 "행복"이 3연의 시에서 모두 등장한다. 제1연의 "행복한 사람"과 제2연에서 "나의 행복"과 "행복한 번개" 등 두 차례 등장하며, 제3연에서 낯선 이를 위한 축복과 "티끌세상에서 행복"을 얻기를 바라는 바람이 등장하였다. 또 "따뜻한 봄날 꽃이 피는", "세계를 두루 돌아다니자", "양식과 푸성귀에 관심을 기울이자", "따뜻한 이름", "빛나는 앞길" 등은 색채가 화려하며 사람에게 따뜻한 감동을 주는 화면을 만들어냈다. 또한 "모든 가족과 통신하자", "모든 사람에게 알려주자", "모든 강물마다 모든 산마다" 등 시 속에서 네 차례 "모든"이 등장한다. 산이든 강이든 나무이든 아니면 벗이든 낯선 이이든 간에, 저마다 빠져서는 안 되며, 대상 하나하나마다 시인의 사랑을 받아 반영된 것이다. 온 누리에 대한 시인의 사랑은 맑고 따뜻하게 표현되었고, 시는 햇빛이 밝아서 수많은 독자의 주목을 받았다.

내일부터 행복한 사람이 되자

말을 먹이고 땔나무하고 세계를 두루 돌아다니자

내일부터 양식과 푸성귀에 관심을 기울이자

나는 바다를 마주 보며 따뜻한 봄날 꽃이 피는 집을 갖자

내일부터 모든 가족과 통신하자

그들에게 나의 행복을 알리자

저 행복한 번개가 나에게 알려준 것을

내가 모든 사람에게 알려주자

모든 강물마다 모든 산마다 따뜻한 이름을 지어주자

낯선 이여, 나도 그대를 위해 축복하노니

그대에게 빛나는 앞길이 있기를 바라고

그대에게 사랑의 결실을 이룰 연인이 있기를 바라며

그대가 티끌세상에서 행복을 얻기를 바라고

나는 바다를 마주 보며 따뜻한 봄날 꽃이 피기를 바랄 뿐이다.^{하이쯔, 1995 : 236}

타이완의 현대 해양 시 방면에서 비교적 대표성을 지닌 시인은 탄쯔하
오, 위광중, 정처우위 등이다. 탄쯔하오는 타이완의 "현대시의 아버지"이
자 "해양 시의 아버지"로 불린다. 그의 『해양시초海洋詩抄』는 순수하고 자
연스럽고, 문예적 숨결이 짙고, 낭만주의적 기백이 넘쳐흐른다. 『문심조
룡』에서, "무릇 감정이 움직이면 말로 드러나고 생각을 품으면 글로 드러
나며, 마음에 숨겨진 것에 따라서 드러나게 되고, 그래서 안의 것이 밖의
것과 부합하는 것이리라"^{유협, 2006 : 410} 하였다. 탄쯔하오의 해양 시가 바로
"감정이 움직였기 때문에" 그의 마음속의 소리가 드러난 것이다. 그는 마

음이 바다로 향하여 바다를 구가하였고 바다를 매우 커다랗고 성결하게 보았다. 그가 예전에 "첫 번째로 바다와 만났을 때에 나는 마음으로 기꺼이 즉시 해양을 노래하는 가수가 되기로 마음먹었습니다"^{탄쯔하오, 1953:2} 하고 스스로 말하였다.

위광중은 바닷가에서 오랫동안 살았으며, 바다를 본 뒤에 「바다에게 묻다問海」를 지었다.^{황웨이량(黃維樑), 2005:216}

갑자기 생겼지만 요절할 예식
찰나의 깜짝 놀람, 눈 깜짝할 사이 흥성흥성
바람이 불어온 수정 나무 한 그루
파도가 보낸 불꽃놀이 천 가닥
어이해 굳이 돌멩이 위에서 자라는지?
어이해 기어이 절벽 위에서 피는지?
장려한 찬물때는 왜
한사코 죽기 직전에야 순식간에 이르는지?
그대여 묻노니, 무정한 바다여.

이 시는 이미지가 정교하고 경물 묘사에서 정감에 기댔으며, 사람을 깊은 생각에 잠기게 하였다. 「바다에 이르러臨海」, 「바다를 바라보며望海」, 「바다 주변緣海」, 「바다에게 묻다」 이외에 위광중은 또 「바다의 재난海劫」, 「바닷물은 마르지 않고 돌멩이는 썩지 않는다海不枯, 石不爛」, 「물의 어머니水母」와 「앵무조개鸚鵡螺」 등 해양 숨결로 흘러넘치는 본보기적인 해양 시를 지었다. 위광중의 향수 문학에는 바다의 꿈이 스며들었으며, 고향에 대한 짙은 그리움을 내뿜고 있다. 「향수鄕愁」에서 육지와 바다는 서로 호응하고, 위광중의 핏속에 흐르는 정을 감정의 조수처럼 시의 운율 속에서 끊임없이 솟구치게 하였다.

　여기서, 해양의 글쓰기는 뜻을 나타내는 기능을 드러내고 이미지로서의 해양은 공간의 해양, 시간의 해양과 정신의 해양 등 세 층위의 내용을 담고 있음을 볼 수 있다. 해양에 관한 세 층위의 시니피에signifié는 모두 생명과 관계가 매우 밀접하다. 바다는 공간적 이미지로서 드넓은 영역을 가리키며, 인류를 포함한 생물에게 풍부한 활동 공간과 해양 자원을 얻는 장소를 제공한다. 작자들은 해양 공간에서의 활동을 통하여 사람의 의지에 대한 바다의 단련을 드러내고 생명의 남성적인 아름다움을 찬미한다. 또 바다는 시간적 이미지로서 시대의 변화에 따라서 다른 시대의 영향을 받고 상대적인 변화가 생길 수 있으며, 지나치게 해양 자원을 약탈하고 무분별하게 해양을 개발하며 경제적 발전을 추구함으로써 끌어낸 생태계 오염이 모두 바다가 가까운 지역의 해양에 질적 변화를 일으키게 할 수 있음을 지적하였다. 아울러 사람과 바다가 공존하는 무거운 화제를 이야기하고, 인간적인 각성과 해양 보호 의식을 호소하였다. 동시에 바다는 더욱더 정신적 지향이고, 바다는 사회 현실을 비추며, 바다는 사람의 영혼과 이상의 버팀목이다. 바다는 온갖 강물을 받아들이는 기백과 세찬 파도의 위험을 지녔지만, 미래에 대한 무한한 동경과 판타지를 키우기도 한다. 해양 글쓰기는 다원적이고 풍부한 바다와 그것의 부속 생물의 이미지와 색채를 통하여 사람과 해양의 복잡한 관계에 대해 부지런히 탐색하며, 사람과 바다, 사람과 다른 생명이 조화롭게 공존하는 자연 생태계 보존을 추구하고 현대의식, 세계 상상과 생명 각성 등을 담당한 해양 정신을 드러낸다.

　요컨대 해양 제재는 해양 실크로드 문학의 가장 직접적인 대표로서 해양의 개방, 개척, 교류와 호환의 문화적 특성에서 비롯되었다.『산해경』의 해양 신화에서 조조 등 위진 시기의 문인이 바다를 구경한 작품, 당나라와 송나라 시인이 바다에 이르러 바다를 밟아본 시, 명나라와 청나라의 해양소설까지, 그리고 궈모뤄의 해양에 관한 미친 듯 외침의 노래, 빙신의 해양 편지, 타이완 작가 탄쯔하오, 위광중과 정처우위 등의 해양과 향수, 신시기의 수팅, 하이쯔, 왕멍과 덩강의 바닷가 판타지까지, 바다에 대한 중화민족의 문인과 소요객의 낯설음, 호기심과 두려움에서 다정함, 뛰어넘기, 통제 시도로, 사람과 해양이 어울림의 공존 추구로 나아갔다. 해양 제재는 모험가의 첨단성을 발휘하며, 그들이 해양의 포용과 위험을 느끼는 과정에서 해양에 대한 인류의 두려움에서 정복, 그리고 조화로운 공존까지의 과정을 증명하였다. 아울러 해양 태도에 관한 변화 과정도 인류가 쉬지 않고 자신의 영혼을 깊이 파헤치는 여정이기도 하였다.

2. 바다의 아들딸 '바다 맛' 서사와 생명 시학

바다의 까마득함과 신비함이 작가의 풍부한 상상을 키우며, 바다의 끝없이 드넓음이 작가의 커다란 가슴에서 출렁거렸고, 바다의 포용과 넓음이 작가의 시야를 확 트이게 넓혀주었다. 바다에 매장된 풍부한 해산물에서 작가는 풍부한 예술적 원소를 얻고, 다원적인 해양 이미지를 텍스트에서 싱싱한 감각의 경계로 경영하였다. 바다 맛 서사의 작가들은 풍부한 해양 세계에 관심을 기울이며 "사람과 바다", "사람과 자연"의 초록색, 건강함과 어울림의 관계를 줄기차게 탐색하는 과정에서 피와 살로 토실토실하고 저마다 특색을 지닌 "바다의 아들딸" 형상을 창조해내며, 블루 해양의 생명 시학을 세웠다. "생명 시학은 바로 생명을 기초로 삼아서 생명에서 출발하여 문학 창작의 본질, 작용 내지는 기술적인 문학 이론을 사색하고 해석하며"[탄구이린(譚桂林), 2008 : 24] 맨 처음에 시에서 다른 문학 장르로 퍼져나갔다. "중국의 현대 생명 시학은 20세기 신문학운동 과정에서 탄생하였고, 아울러 20세기 중국과 서양 문화의 충돌과 교류 과정에서 알차게 발전하였다."[탄구이린, 2004.(6) : 94~102] 중국의 현대 생명 시학은 생명과 시가 사람의 두 손처럼 짝이 되는 동형성homotype을 의식하였고, "바다 맛" 서사 작가들은 해양 글쓰기 과정에서 자각적으로 인생 체험을 녹여냈다. 해양과 그 생명에 대한 "바다 맛" 서사 작가들의 독특한 반영은 어느새 자기 생명과 이상의 비춤이자 이입이 되었다. 그로부터 형성된 생명 시학은 특히 탐구할 가치가 있다.

1) 덩강이 창조한 하이펑쯔

파란 하늘과 푸른 바다를 지닌 다롄大連은 걸음마다 다른 풍경을 연출하는 해안이 그림처럼 아름다운 고장이다. 다롄 바닷가에서 태어나고 자란 덩강은 "매혹적인 바다" 시리즈 작품을 창작하고, 그곳에서 태어나고 자란 바다 고향에 가장 아름다운 주해를 달았다. 바다는 그의 생명 속의 가장 중요한 일부이자 그의 창작의 동력원이기도 하다. 덩강의 작품 대부분이 바다에 관한 서술이지만, 바다를 쓰는 것은 그의 초심이 아니었다.

산에 대한 묘사이든 바다에 대한 묘사이든 간에 결국은 모두 생명을 쓰는 것이고 나는 나의 인물과 이야기를 바닷속에 두었습니다.[장란(蔣藍), 2013 : 13]

덩강은 바다가 무한한 생명력으로 가득 찼다고 여긴다. 덩강은 그가 창조한 인물과 마찬가지로 모두 바다에 대해 짙고 깊은 정을 기울인다. 덩강이 창조한 바다는 '힘'의 상징이고, 대자연의 포용성과 야만성을 대표하며, 원시적이고 야성적인 생명의 긴장감을 감추고 있다. 바다 생활에 대한 깊은 정과 체험이 그의 텍스트에 '힘의 과장'을 불러일으켰다. 인물과 화면에서 이야기의 서술까지 「매혹적인 바다」는 내내 '힘'을 추구하였고, 생명의 힘과 남성적인 아름다움을 드러냈다. 덩강의 붓대 아래 바다는 힘을 쏟아 부은 생명의 바다이고, 산과 바위는 힘을 쏟아 넣은 색채를 지닌 산과 바위이며, 인물은 힘을 부어 넣은 뜨거운 피 흐르는 사람이다. 바로 그래서 덩강의 소설은 언제나 "낙관적이고 긍정적인 열정과 사람에게 기운을 떨쳐 나아가도록 다그치는 선율로 우렁차다."왕취안(王泉)·다이톈산(代天善), 2006.(2) : 74~76·87 덩강이 작품 속에서 창조한 일련의 하이펑쓰는 저마다 사나이 기백을 지닌 '무쇠돌이' 형상이다. 그들은 오래도록 썰렁하였던 문단에 싱싱한 피를 주입하였고, 평론계와 독자의 일치된 숭배를 받았다. 우량吳亮, 1955~이 "이런 세계가 정면에서 밀려와서 우리는 놀라움과 의아함을 스스로 억누르기 어려웠고, 도취에 빠진 채로 마음이 깃발처럼 펄럭펄럭 나부꼈다" 하고 말하였다. 류바이위가 "「매혹적인 바다」는 강력한 사상성과 예술성으로 우리에게 알록달록한 색채를 지닌 새로운 생활 영역을 펼쳐보였고, 그래서 당대 문단에서 독특한 지위를 차지하였다"류바이위, 1987.(6) : 69~74 하고 말하였다.

덩강은 사람과 바다의 싸움 과정에서 표현해낸 '힘'의 발산과 분발을 찬미하였고, 그 가운데서 중점은 힘의 표현에 있었다. 힘은 굳센 신체와 정신에서 벗어날 수 없다. 하이펑쓰이든 모험가이든 간에 그들은 건장한 체격을 지녔고, 이 '힘'의 격투에 웅장한 악장을 선사하였다. 그렇지만 '힘'의 악장은 더더욱 바다에 도전하는 투사들의 굳센 내심에서 나온 것이고, 그들의 굳셈, 과감함과 지략이 차례차례 바다와의 싸움 과정에서 몸과 마음을 단련하고, 자신의 몸과 마음의 힘으로 바다를 정복하고 생활을 극복하고 자신을 이겨내면서 '무쇠돌이' 형상이 되었다.

바다는 한없이 심오하며, 신비하고도 종잡을 수 없다. 수수께끼 같은 바다는 끝없는 매력으로 가득 찼다. 하이펑쯔들이 바다와 싸우는 과정에서 개인의 정감과 영혼은 바다의 정화와 세례를 얻으며, 겉으로는 그들이 바다를 정복한 듯하지만, 실제로는 그들의 성격과 의지가 저마다 바다에서 단련된다. 바다는 사람처럼 모두 생동감 넘치는 생명을 지니고 있다. 바다는 하이펑쯔가 활동하는 배경이자 환경이면서 바닷가에서 사람이 살아가는 버팀목이자 생활의 동반자이기도 하다. 그래서 '힘'의 상징화란 찬미 과정에서 덩강의 작품에는 거친 바다와 용감하게 격투를 벌이는 늙은 하이펑쯔와 늙은 선장에 대한 감탄을 담고 있고, 바다에 대한 깊은 두려움도 스며들어 있다.

하이펑쯔가 내뿜는 남성적인 아름다움과 생명의 힘은 작자가 생명의 힘을 찬미하고 생명 서사를 진행하는 전략의 하나일 뿐이다. 덩강이 한껏 과장하여 써낸 것이 하이펑쯔 같은 남성적인 생활의 강자라는 점은 주의할 만하다. 바다에서 하이펑쯔는 사나이의 기백을 얻고, 아울러 부드러운 여성도 자신의 운명을 개척하는 강자로 단련되었다. 「금빛 파도가 출렁이고 있다金色的海浪在湧動」에서 어부의 딸 추이주翠珠가 내뿜는 억척스레 뜨거운 생명력은 더욱 숭배할 가치가 있다. 추이주는 배움이 없지만, 교양인을 동경하는 마음을 지녔다. 추이주는 진주를 알아보는 지혜로운 눈으로 나약한 젊은이 진구이鑫貴를 발견하였다. 추이주는 자신의 굳센 의지로 진구이가 나약함을 이겨내도록, 그림붓을 들고 바다같이 풍부하고 다채로운 색채를 나타내듯이, 마지막에 비좁은 생활 테두리를 뛰쳐나가도록 북돋아주었다. 추이주는 "목숨을 내놓은" 듯이 바다를 정복하고 생활도 극복하며, 물질적 부와 정신적 부를 획득하였다. 그래서 추이주는 자신의 운명을 지배한 강자가 되었고, 어부의 딸로서 지닌 굳셈과 집요함이 인물 성격과 색채를 뚜렷하게 해주고 매력으로 가득 차게 하였다. 「갈꽃새우蘆花蝦」에서 부드럽고 천진한 수친書瑃이 바닷가에서 가막조개와 갈꽃새우를 잡지만, 바다와의 싸움 과정에서 수친은 짙은 안개와 세찬 파도의 혹독한 시련을 거치면서 바다의 세례를 받고, 새로운 삶을 획득한 듯이 자신을 다시금 알게 되었다. 「검정 조가비, 얼룩 조가비, 큰 가막조개黑皮花皮大蜆子」에서 어린애티를 미처 벗지 못한 젊은 여성은 원래 생활의 어려움과 운명의 불행함에 대해 어느 정도 탄식하였지만, 바닷가 모래사장에서 부지런히 일하고 힘들게 노력하고, 바다와 싸움하는 과정에서 바닷물의 쓴맛과 파도의 거센 맛을 두루 맛보았고, 성격에 담긴 평범하고 부드러운 면을 모조리 씻어버렸다. 바다에서 그녀들은 약함에서 벗어나 강해졌고, 바다에서 그녀들은 정신적인 승화를 얻었다.

바닷가의 사람은 늘 "게를 날것으로 먹고 새우를 생것으로 먹어야, 입부터 발가락까지 싱싱하다!" 하고 말하였다. 해산물이야말로 날것으로 먹어야 '싱싱한' 맛을 볼 수 있다는 말이다. 바닷가의 작가 덩강도 작품을 한껏 싱싱하게 썼고, 독자에게 '싱싱한 맛'을 주는 소설을 쓰려고 노력하였다. 「검정 조가비, 얼룩 조가비, 큰 가막조개」에서 덩강은 유머 넘치는 필치로 싱싱함을 느낄 수 있도록 가막조개의 짓궂음과 귀여움을 써냈다.

랴오둥반도 주변에 모든 바닷가 모래사장마다 가막조개바지락가 있지요. 검정 조가비도 있고, 얼룩무늬도 있어요. 검정 가막조개는 조가비가 두껍고 살이 많아요. 얼룩무늬 가막조개는 조가비가 얇고 살이 싱싱해요. 찬물때에 놈들이 물

속에서 입을 벌리고 먹이를 먹고, 썰물일 때는 오히려 숨바꼭질하듯이 수많은 조개가 모래사장 아래쪽, 암초 뿌리 쪽과 진흙 속으로 숨어요. 하지만 모래사장 아래쪽에 숨은 가막조개는 여전히 입을 벌리고 숨을 쉬거든요. 그래서 썰물 뒤의 모래사장에 동그랗게 생긴 작은 구멍이 가득 널려 있어요. 그것이 바로 이런 바다 생물이 숨 쉬는 구멍이에요. 주의 깊은 사람이라면, 당신이 이런 작은 구멍으로 가까이 다가갈 때에 작은 구멍에서 '찍'하고 내뿜어지는 한 물줄기를 볼 수 있어요. 그건 가막조개가 사람의 발소리를 듣고 위험을 느끼고 마지막으로 숨을 한 번 쉬고 급히 단단한 조가비를 꽉 닫느라고 압력을 만들어서 바닷물을 내뿜는 것이죠. 물론 제가 숨은 곳을 알려주는 것이기도 해요.^{덩강, 2015 : 7~8}

덩강은 솔직하게, "나는 언제나 작품마다 전적으로 다른 맛을 담은 바다를 쓴 소설을 창작하고 싶었습니다. 해삼, 전복, 가라비, 바지락 등 해물이 모두 바닷물 속에서 자란 것이고, 저마다 독특한 맛을 지닌 것 같이 말입니다" 하고 말하였다. 그는 텍스트에 알맞은 독특한 분위기를 잘 포착하며, 아울러 분위기의 리듬감을 잘 통제하려고 노력한다. "악대가 연주할 때, 불고, 치고, 켜고, 타든지 간에 주선율을 에워싸고 연주하는 것과 마찬가지이다." 덩강은 "맑은 하늘, 눈처럼 새하얀 물보라" 같은 운치로 「갈꽃 새우」를 썼지만, "짜고 비릿한 바람, 솟구치는 파도"의 분위기로 「매혹적인 바다」를 썼다.^{덩강, 1983 : 72~74} 덩강의 저마다 특색을 지닌 '바다 맛' 소설은 자각적인 예술 탐색과 그의 인생 체험에서 비롯된 자각적인 글쓰기의 결과이다. 여기에도 덩강 소설이 '매혹적인 색채'로 가득 차게 된 까닭이 있다.

이러한 '바다 맛'이 짙고 '싱싱한 맛'으로 가득 찬 소설은 아름답고 드넓으며 온갖 자태의 바다 두루마리 화폭을 그려냈다. 「매혹적인 바다」

는 해삼같이 싱싱하고 소중한 맛을 내듯이 늙은 하이펑쯔와 젊은 하이펑쯔 등 두 세대 사람이 바다를 생활 터전으로 삼아서 자신들의 직업을 이해하고 계승해나가는 이야기를 표현하였다. 「용왕의 병사가 바다를 건너다」에서 선장의 아버지는 원로 세대 하이펑쯔로서 바다를 숭배하며 바다신을 믿는다. 선장은 2세대 하이펑쯔로서 억세고 과감하며 굳센 의지를 지녔다. 선장의 아들은 신세대 하이펑쯔를 대표하며, 그는 아버지 세대의 발자취를 따를 가치가 없고, 바다에 대해 자기 나름대로 생각이 있다고 여긴다. 작품은 사람과 바다의 관계를 배경으로 삼고, 하이펑쯔 삼대의 충돌과 유대 관계를 통하여 역사와 현실, 전통과 현대의 이음과 연속을 드러내고, 자연과 인류의 역사와 현실 사회를 유기적으로 결합하여 「매혹적인 바다」의 주제를 확장하였다. 「서우룽섬瘦龍島」은 어떤 노련한 하이펑쯔가 서우룽섬에서 흰해삼을 발견한 내용이다. 작품은 그가 값진 흰해삼을 얻기 위하여, 두려운 마음을 품고 세찬 해류, 위험한 암초의 숲, 신비한 검은 동굴과 용감하고 고집스러운 항쟁을 전개한 이야기를 써냈다. 작자는 여기서 어려움을 두려워하지 않고 용감하게 이상을 추구하는 하이펑쯔의 전투 정신을 열정적으로 노래하였다. 「큰 물고기大魚」는 수이순 영감水順爺이 커다란 물고기 한 마리를 잡은 이야기이다. 그는 커다란 물고기를 다시 해양으로 돌려보내주었고, 커다란 물고기는 바다로 돌아갔다. 작품은 수이순 영감의 따뜻한 인품을 창조해내면서 사람과 바다가 어우러져 공존하는 것에 대한 작가의 소망을 반영하였다.

덩강은 작품의 '싱싱한 맛'을 추구할 뿐 아니라 저마다 다른 싱싱한 맛을 만들어내는 동시에, 작품 속에 사람과 자연의 관계에 대한 깊은 사색도 녹여냈다. 「가라비의 개펄蛤蜊灘」다른 제목 「가라비의 이사(蛤蜊搬家)」에서 수많은 가라비를 키우는 바다의 개펄에 대해 썼다. 그곳에서 나는 신선하고 연하고 맛 좋은 가라비는 대대로 어촌 사람을 먹여 살렸다. 주인공 라오하터우老蛤頭가 가라비를 아끼고, 목숨으로 개펄을 지키는 이야기이며, 가라비를 보호하고 가라비 개펄을 지키기 위하여 라오하터우는 자연계의 온갖 날짐승과 들짐승과 지혜와 용감함을 겨룬다. 그는 각종 방법을 활용하여 "애송이" 하이쫜얼海鑽兒의 오합지졸에 대응하고, 침입자 "하이마오쯔海猫子"갈매기와 대작전을 펼치며 "물오리"와 5백 회 대전투를 벌이고, 가라비를 먹어 치우는 파랑 조가비 소라와 뱃가죽 소라 등을 몰아냈다. 어떤 적수가 아무리 똑똑하건 간에, 하지만 라오하터우가 조금 더 강하였고, 얼마나 어려운 작전이든 간에 모두 라오하터우가 마지막에 승리를 얻었다. 그 가운데서 하이마오쯔 갈매기와 대전을 기가 막히게 썼다.

바로 라오하터우의 머리를 스치고 지나간 것 같이, 세찬 바람과 날카로운 외침이 한바탕 지난 뒤에, 새똥이 우박처럼 후드득후드득 사납게 뿌려졌고, 라오하터우가 미처 막을 새도 없이 두 번째 공격이 다시 허공에서 내려쳤다. 뒤이어서 세 번째였다. (…중략…) 또 비릿하고 구린데다가 후끈후끈한 열기를 지닌 새똥이 사나운 비바람처럼 라오하터우를 향해 쏟아졌다. (…중략…) 하느님이 사람에게 만능의 머리를 주셨지만, 하이마오쯔에게는 오히려 만능의 똥구멍을 주셨고, 싸겠다고 말하기만 하면 쌀 수 있었고, 똥을 부르기만 하면 곧장 나왔다. 이제껏 변비라곤 없었고, 게다가 필요한 대로 즉시즉시 대령이었다.덩강, 2007 : 118

작자는 라오하터우의 경우를 빌려서 하이마오쯔의 단결과 전투 정신을 찬미하였는데, 장면마다 해학적이고 익살맞아서 긴 여운을 남겼다. 가라비의 개펄에 대해 진정으로 위협이 되고 또 최종적으로 그것을 괴멸시킨 것은 자연계가 결코 아니라 '현대인' 자신이다. 그들은 쇠삽, 쇠갈고리,

쇠스랑 등 현대적 기계로 미친 듯이 가라비 개펄을 도륙하였다. 이는 라오하터우 한 사람이 저지할 수 있는 일이 아니었고, 발광하는 욕망이 가라비 세계를 궤멸시켰다. 여기서 사람의 추함과 속됨과 인류 자신을 파괴하는 결말이 곧 도래할 것임을 드러냈다. 그리하여 첫머리를 장식한 "가라비의 이사"라는 우화는 마침내 사람이 자신을 파괴하는 과정에서 검증을 얻고, 사람의 삶과 운명에 대한 저자의 깊은 사색이 스며들었다. 「매혹적인 바다」의 결말에서는 낙관을 드높였지만, 「가라비의 개펄」의 마지막은 슬프고 절망적이다. 이는 사람과 자연의 관계에 대한 덩강의 깊은 사색과 복잡한 탐색을 의미한다.

요컨대 덩강은 하이펑쯔의 인생 체험 과정에서 예술적 상상을 활용하여 바다와 사람의 관계를 자각적으로 탐색하였고, 독자에게 일련의 깊은 감동을 주는 하이펑쯔와 그들과 밀접하게 관련된 형상을 창조하여 보여주었다. 이러한 작품들은 시적 분위기와 이미지로 사람과 바다라는 주제를 표현하였다. 예를 들면 『흰해삼白海參』 속의 '흰해삼'은 위라오구이于老鬼와 하이거우쯔海狗子의 정신적 믿음과 운명의 버팀목이 되고, 그들 정신의 바람을 상징한다. 아울러 몽상은 끝내 실현되지 못하지만, 정신은 영원히 우뚝 서서 쓰러지지 않는다. 이러한 비극적인 효과와 유미적인 추구가 텍스트에 커다란 긴장감이 생기게 하였다. 덩강의 작품은 생명의 힘과 남성적인 아름다움을 홍보함으로써 생명을 찬미하는 과정에서 바다를 두려워하고, 바다를 두려워하는 과정에서 생명을 드높이고, 그 가운데서 생명의 시학을 탐구하는 색다른 운치를 담아냈다.

2) 루완청과 장웨이의 붓대 아래 조개잡이

옌타이 펑라이에서 태어난 작가 루완청은 바다 글쓰기에 대해 자각적인 열정과 생명의 격정을 유지하고 있다. 그는 자신의 인생 체험과 해양 창작의 열정으로 꼼꼼하고 따뜻하며 생생하게 바다와 바닷가 사람의 생활을 그려냈다. 『남자의 바다男人的海』, 「어부의 자랑漁家傲」, 「지는 해 허둥지둥 달아나네落日奔倉皇」, 「나무 민어의 불木羅魚之火」, 「표범 강의 소리豹子江之聲」, 「관음觀音」 등과 같은 작품에서 루완청은 생동감 넘친 인물 형상인 무쇠돌이식의 조개잡이, 성실하고 본분을 지키며 모래사장을 지키는 늙은 어부, 고생스럽게 몸부림치는 어촌의 과부, 굽힐 줄 모르는 떠돌이 등을 그려냈다. 조개잡이의 고달픈 정신적 추구를 상징하는 백조알과 흰해삼 찾기, 조개잡이를 바다에 묻은 뒤로 슬픔에 젖은 가족의 혼 부르기, 그리고 신비한 힘을 상징하는 '물고기의 도약', 한밤중에 불을 붙인 횃불 더미들, 짙은 안개 속에서 하루 또 하루 소리를 내는 호각 등에서 루완청은 짙은 생동감을 느낄 수 있는 어부의 생활 두루마리 그림을 한 폭 한 폭 모사하였다.

『남자의 바다』에서 조개잡이 사나이들이 잔인한 자연환경과 복잡한 사회적 선택 과정에서 자연, 사회와 인생에 직면하여 선택할 때에 그들의 저울질과 선택을 써냈고, 라오완다老萬達와 라오원老溫이 이끄는 다른 성격을 지닌 두 조개잡이 사나이 무리를 창조하였다.

쪽빛의 즈푸완芝罘灣이 옅은 바닷물로 그를 키웠다. 그는 이 바닷가를 떠날 수 없고 물결을 헤집고 들어가야만, 바닷물을 뼈와 마음에 완전히 스며들도록 할 때라야만 그는 마음이 가장 개운하고 가장 가쁜한 즐거움을 누리게 된다. 그는 어느새 사람과 바다를 완전히 함께 연결하였다. 완전히 딱 들어맞아서 빈틈이 전혀 없다.루완청, 1990 : 35

즈푸완에 대한 라오완다의 뜨거운 사랑은 바다에 대한 모든 조개잡이의 깊은 정을 대변한다.

들건대 바자오완八角灣의 바다 밑바닥에 밑 없는 가물치 동굴이 한 개 있고, 안쪽은 전부 한 빛깔의 가물치들이 있다고 하였지. 그동안 얼마나 용감한 조개잡이가 이 구멍 속으로 뛰어들었다가 돌아오지 못하였고, 시신조차도 찾을 수 없었는지 모른댔어. 전설에 이것은 매우 신비한 바다 밑바닥에 있는 동굴이고, 서쪽은 펑라이 퉁징銅井으로 통하며, 동쪽은 룽청榮成 하늘가 끄트머리의 은하수와 연결되어 있고, 그 중간에 웨이하이웨이威海衛의 항구가 끼어 있으며, 엄청 기막힌 동굴이라고 하였어. 또 전설에 이 동굴 속에 엄청나게 크고 오래된 가물치 정령이 있는데, 바닷가의 모든 물고기와 새우를 실컷 잡아먹어서 이제부터는 조개잡이 사람 맛만 보려는 것이라고 하였지.

"전설"이나 "들건대" 등 어휘가 모두 바다 밑바닥을 신비한 색채로 뒤덮이게 하였고, 조개잡이하이펑쯔의 생존의 고달픔과 바닷가 개펄에서 하는 일의 위험을 돌출시켰다. 라오원은 바자오완의 가물치 동굴에서 갖은 방법을 다하여 배 속에 금가락지를 품은 커다란 가물치 한 마리를 잡은 데 성공하였다. 라오원이 개척한 단서를 따라서 사람들은 마침내 그곳 바다 밑바닥에서 옛날에 침몰한 많은 보석을 실은 배 한 척을 발견하였다. 그의 발견을 표창하기 위하여 나라에서 라오원을 정규직 노동자로 비준하였다. 하지만 라오원은 이 소식을 들은 뒤에, 오히려 꿈쩍도 안 하고 버럭 화를 내며 소매를 뿌리치며 가버렸다. "철밥통? 장난해!" 그 뒤로도 라오원은 옛날처럼 바다로 나갔고, 그 짙푸른 세계를 정복하러 갔다.루완청, 1990:71 작품의 간결한 필치에서 조개잡이 사나이의 솔직함과 용감함, 거침과 화통함 등이 모두 매우 훌륭한 해석을 얻었다.

그렇지만 현대 공업의 침입에 따라서 새로 지은 부두와 공장의 폐수로 바닷물이 오염되고, 오래된 바자오완은 독약을 먹은 듯이 많은 바지락, 바닷게와 물고기가 모두 죽었다. 원래 그토록 싱싱했던 조기, 가물치와 홍합 등에 석유 맛이 스며서 사람들이 더는 삼킬 수 없게 되었다. 공업의 오염은 해양의 생태환경을 잠식하고, 조개잡이의 생존 영역을 파괴하였다. 그로부터 조개잡이가 당하는 정신적 피해는 더욱더 헤아릴 수 없다. 그리하여 계속 바다로 나가기 위하여 바자오완 조개잡이 라오원은 류진 거우六斤狗와 라오마다이老麻袋 등을 이끌고 즈푸완으로 가서 라오완다 등의 근거지를 침범할 수밖에 없었다. 소설은 치밀한 필치로 음력 정월 대보름날의 조개잡이 정경을 묘사하였다.

한겨울에 얼마나 얇게 입고 뭘 뒤집어썼든지 간에 처음에 물을 들어갈 때마다 매우 어렵다. 살, 머리와 뼈 등이 새로이 물에 적응해야 하는 생활은 해마다 봄이면 조개잡이마다 한 차례 의지와 힘의 시험을 치러야 한다. 이때 그들은 이 바다를 이겨야 하고, 더욱 중요한 것은 그들이 반드시 자신을 이겨야 하는 점이다. 사람이 그의 적수를 이겨야 하는 일이야 그리 어렵지 않을 수 있지만, 자신을 이겨야 한다면 그건 쉽지 않은 일이다. 이런 이치는 매우 간단한 듯이 보이지만, 사람이 자신과 맞서야 할 때면, 흔히 겁을 먹고 종종 자신도 남도 알 수 없어진다. (…중략…) 봄날의 바다는 매우 차고 엄청 춥다. 그곳은 여러분의 뼈와 뼈 틈으로 곧장 찔러대는 이루 다 헤아릴 수 없는 바늘을 가진 것 같다. (…중략…) 이른 봄 바닷물이 아무리 뼈에 사무치게 차다고 해도, 하지만 해삼이 느릿느릿 깊은 바닷속에서 기어 나왔고, 조개잡이가 해삼을 보자마자 잽싸게 잡아채는 것은 꼭 이런 계절에만 있는 일이다. 이러한 날이 조개잡이가 돈을 버는 철이고, 동시에 조개잡이가 목숨을 내던지는 계절이기도 하다.^{루완칭, 1990 : 168~170}

바다는 종잡을 수 없이 신비하고 끝없는 매력을 지녔다. 조개잡이는 파도를 헤집고 들어가서 맞붙어 싸우길, 모든 힘을 다 쓸 때까지 싸우기를 매우 바란다. 이러한 사냥의 즐거움은 불처럼 뜨겁게 조개잡이를 유혹하며, 그들에게 고통 속에서 즐기고 그 가운데서 즐거움을 얻게 한다. 마지막에 라오원은 자신의 목숨을 바쳐 맨손으로 커다란 물고기 한 마리를 죽였다. 라오원의 죽음은 라오원다의 마음을 건드렸고, 그는 수산회사를 세울 것을 건의하고 전통적인 '일대일 싸움'과 고별하기로 결정하였다. 류진거우는 독학 시험을 포기하고, 졸업장을 가진 조개잡이가 될 꿈을 버렸다. 바다가 그에게 가장 훌륭한 자격증을 주었으며, 신세대 조개잡이로서 그는 직업을 바꾸기로 하였다. 작자는 『남자의 바다』에서 군세고 고집스러운 조개잡이들의 형상을 창조하였다. 그들은 생활의 곤경에 부닥쳐서 생존을 위하여, 신념을 위하여, 바다와 맞서 싸우며 개펄을 정복하고, 바다를 정복할 때마다 깜짝 놀랄만한 기백과 잠재력을 드러냈다. 작자는 사람이 바다와 맞서 싸우지만 조금도 굴복하지 않는 신념과 용기를 구체화하는데서 아름답고 다채로운 해양 생활 두루마리 그림을 펼쳐보였다.

엔타이 룽커우^{龍口}의 작가 장웨이^{張煒, 1956~}는 어려서부터 가족과 함께 바닷가에서 살았고, 바다에 대해 깊은 정을 가득 품었다. 장웨이는 예전에 이렇게 말하였다.

나는 산둥 작가로 제-노 문화^{齊魯文化}의 영양을 공급받았지만, 나는 주로 제나라 문화의 영향을 역시 비교적 많이 받았습니다. 내가 태어난 고장은 고대에 동이^{東夷}에 속하였고, 그곳은 바다를 마주 보며 민풍이 개방적인 고장이었습니다.

상응하여 나의 글에 바다같이 뜬구름 잡는 느낌이 있고, 환상과 낭만적인 색채가 많다면, 그래야 정상입니다.^{장웨이, 2007.5.23}

단편소설집『검은 못 속의 가물치를 그리워하며^{懷念黑潭中的黑魚}』의 내용은 바닷가에 사는 사람의 생활에서 소재를 얻었다. 바닷가의 생활에 대해 정통하고 반도 바닷가의 자연 풍광을 뜨겁게 사랑하며, 반도 해양의 삶과 풍습에 대하여 깊이 들어가 탐사하였기 때문에, 장웨이는 꼼꼼하고 정감 어린 필치로 독특한 '조개잡이' 군상을 그려냈다.

「바닷가의 눈^{海邊的雪}」에서 라오강^{老剛}과 '가게 주인' 진바오^{金豹}는 대의를 품고 옛날의 나쁜 감정을 털어버리고, 금방 전에 그들의 원목을 탈취해간 젊은이 샤오펑^{小蜂} 형제 두 사람을 도와주고, 라오강의 아들과 동료도 구하였다. 이를 위하여 어구가게를 불태워버리는 바람에 진바오의 평생의 저축도 전부 재가 되었다. 이 젊은이 넷을 구한 일은 의심할 바 없이 그들에게 많은 대가를 치르게 하였지만, 일이 지난 뒤에 두 늙은 어부는 이 일에 대하여 간단하고 짧게 말하였다.

거기 뭐가 있수, 우린 그저 제때 성냥 한 개비 불붙인 것이우!^{장웨이, 2016 : 172}

이 간단하고 짧은 말에는 늙은 어부가 평생의 저축을 들인 일이 숨겨져 있다. 작자는 이를 빌려서 늙은 어부의 바다처럼 넓고 큰 가슴과 생명을 귀중히 여기는 마음을 찬미하였다. 「겨울 풍경^{冬景}」 속 늙은 어부의 세 아들은 모두 큰 눈발이 휘몰아치는 겨울에 죽었다. "맙소사, 나는 누구나 다 훌륭한 아들들이라고 말하는 세 아들을 이미 잃었어. 셋이 저마다 직업을 가졌었지. 석공, 어부와 병사였어."^{장웨이, 2016 : 216} 생명은 이처럼 덧없는 것이다. 노인은 또 굳세게 살아가야 한다. 여기서 삶의 덧없음과 사람의 억세고 꿋꿋함을 은유하였다. 「검은 상어의 바다黑鯊洋」에서 저자는 살벌하고 수많은 사나이의 목숨을 앗아간 '검은 상어의 바다'를 이렇게 묘사하였다.

저 신비한 해역이여! 저 수많은 두려운 이야기를 감춘 해역이여! 이때 그것은 파랗고 물결 한 점조차도 없었다. 그것은 모두 녹아든 것 같이 투명하지만 여전히 짙은 초록색의 결정체였다. 자잘한 물보라도 없이, 배는 부드럽고 윤기 흐르며 비단 같은 바닥 위에서 미끄러지고 있었다. 이곳의 냄새는 얕은 바다처럼 그렇게 비리지도 않았고, 오히려 별나게 맑은 내음을 담고 있었다.장웨이, 2016 : 137

해역은 위험함에서 도리어 사람 마음을 끄는 매력을 내뿜고, '무쇠돌이'들을 줄줄이 달려가서 정복하도록 끌어들였다.

「검은 상어의 바다」에서 풍요롭고 위험한 검은 상어의 바다는 숱한 조개잡이의 목숨을 삼켜버렸으며, 바로 그러한 점 때문에 검은 상어의 바다가 정복하기 어려운 매력을 지니게 된 것이다. 검은 상어의 바다는 용감하고 굳세며 무릎을 꿇기를 바라지 않는 차오망矗莽을 유혹하였다. 아버지가 검은 상어의 바다에서 목숨을 잃은 그림자가 커다란 산처럼 그를 내리 눌렀다고 하여도, 뼛속 깊이 바다를 뜨겁게 사랑하기 때문에, 온갖 방법을 다 궁리한 다음에 그는 다시금 바다로 돌아가서 검은 상어의 바다를 정복하여 아버지가 이루지 못한 꿈을 완성하고 자신의 가치를 달성하기로 다짐하였다. 그리하여 차오망은 늙은 일곱째 아저씨를 따라서 다시금 바다로 돌아갔다. 검은 상어의 바다로 뛰어들 때에 그들은 커다란 물고기와 맞서 싸우는 과정에서 제법 풍성한 수확을 얻었다. 하지만 바다 날씨는 순식간에 돌변하며, 커다란 풍랑이 즉시 습격할 것이었다. 그들은 그물을 서둘러 걷어 들이려고 준비할 때에 그만 그물의 추가 어느새 암초들에 물린 것을 발견하였다. 차오망은 그물을 포기하지 않고 암초들 사이에서 검은 상어와 목숨을 걸고 맞서 싸우면서 진정한 무쇠돌이가 되었다. 장웨이는 따뜻한 필치로 라오거老鴿로 대표되는 굳세고 용감한 늙은 어부와 차오망으로 대표되는 고집스럽고 튼튼한 '바다의 아들'들을 창조하고, '조개잡이 사나이'의 정신과 몽상을 이어나갔다.

장웨이의 이상은 '대자연의 가객'이 되는 것이다. 날로 악화하는 생태 환경을 마주 보며, 장웨이는 자신의 붓대로 인류의 지나친 소비와 자연에 대한 침식과 파괴에 대해 피눈물을 흘리며 성토하고 있다.「검은 못 속의 가물치를 그리워하며」에서, 검은 못 속으로 옮겨간 신비한 물고기가 못 가장자리에 사는 늙은 부부의 꿈에 나타나, 늙은 부부에게 가물치를 검은 못에서 편안히 살게 하고, 그렇게 해서 종족을 이어나가도록 해주기를 간청하였다. 가물치는 종족을 남게 해주면, 그 보답으로 늙은 부부가 풍족하게 살도록 보살펴줄 것인데, 늙은 부부는 비밀을 지켜야 한다. 그렇지만 나중에 이 늙은 부부가 사리사욕에 그만 정신이 팔려서 가물치를 배신하였다. 가물치들은 절망하고 당황한 중에 밤새도록 이사하였고, 늙은 부부도 반년 뒤에 쇠약해져서 사망하였다. 이 우화 이야기는 인류의 탐욕과 믿음과 의리를 버린 일이 가물치의 멸종을 초래하고 인류도 필연적으로 대자연의 징벌을 받는 도리를 설명하였다.

인류는 어떻게 해야 생명을 두려워하고 자연을 존중할지를 알게 될까? 장웨이는 소설에서 사람이 자연을 두려워하고 자연으로 돌아가야만 생명의 본뜻을 찾을 수 있다는 점을 두고두고 강조하였다.「물고기의 이야

魚的故事」는 아동의 시각에서 해양 자원에 대한 인류의 지나친 개발과 포획을 성토하였다. 이야기 속의 아버지는 전혀 절제하지 않고 어류를 잡아 죽이고 자연 생명을 해쳤으며 사정사정하는 어린 인어를 무시해버렸다. 결국 마지막에 바다에 나간 사람은 전부 바다에서 죽는데, 어린 인어들이 종족을 보호하기 위하여 줄줄이 일으킨 하늘 높이 치솟는 커다란 풍랑 속에서 죽었다. 장웨이는 자연이란 생명을 지닌 것이며 생명이란 평등한 것이라고 여긴다. 아울러 그는 인류가 자연을 파괴한 것만큼 자연의 보복도 받을 것이며, 심지어 대자연의 철저한 포기와 자연 파괴가 바로 인류의 자기 파멸도 일으킬 것이라고 생각한다.

루완청과 장웨이는 모두 바닷가에서 자란 작가이다. 그들은 비장하고 힘찬 필치로 바다의 영웅에게 눈을 돌렸고, 늙거나 젊거나 남자이거나 여자이거나 간에 조개잡이는 사실상 현실 생활에서 평범한 어부로서 그들은 자신의 노동과 노력으로 바다에 뛰어들어서 삶을 영위한다. 그들은 또 자신의 꼬장꼬장함과 굳셈으로 바다에 뛰어드는 과정에서 몽상을 이어가고 자신의 가치를 달성하였다. 해양 작가로서 루완청과 장웨이는 자신이 잘 아는 바닷가 생활로 조개잡이를 모사하고 묘사하며, 바다에 대한 두려움과 동경을 표현하였다. 마찬가지로 따뜻하고 소박한 고향 어부를 위하여 일대기를 쓰고, 거기에 사람과 바다가 서로 어울려 살아가는 아름다운 소망을 실었다.

3) 갑판원 작가와 선원 글쓰기

"바다, 아 바다 / 내가 나서 자란 곳 / 바닷바람이 불고 바다물결 출렁이며 / 나를 따라 사방으로 흘러갔지 / 바다, 아 바다 / 엄마처럼 / 하늘가 바다 끝으로 두루 돌아다니며 / 언제나 내 곁에 머물렀지"라는 노래 〈바다여, 내 고향이여〉는 영화 〈바다가 부른다大海在呼喚〉의 주제곡이다. 〈바다가 부른다〉는 선원의 생활을 반영한 영화이다. 바다는 선원의 고향이고, 그들이 살아가며 일하는 장소이다. 항해에서 그들은 창작의 영감도 불러일으켰고, 그리하여 갑판원이나 선원 출신의 작가들이 탄생하였다. 그들은 독특한 인생 체험을 빌려서 생동하고 신기하며 도전성을 풍부하게 담은 항해 생활을 묘사하였다. 그래서 그들의 붓대 아래 선원 형상도 더욱더 진실하고 생동감이 넘치게 되었다. 시인 장용춘의 붓대 아래, 바다는 "해병의 바다"이고, 선원은 "푸른 병사"이다. 루쿼차오의 소설에서 바다는 해병의 "행복한 항만"이고, 선원은 "해양의 주인"이다.

루쿼차오의 『행복한 항만幸福的港灣』은 중화인민공화국 성립 이후에 최초로 선원 생활을 묘사한 소설이다. 소설의 「머리말題記」에서 "조국의 '첫째, 가난一窮, 둘째, 공백二白'[4] 면모를 바꾸려는 젊은 건설자에게 바칩니다" 하고 말하였다. 소설은 젊은 선원 예화산葉華山이 열악한 환경 조건의 "근검"호로 가서 선장과 다른 선원과 함께 항해 사업을 위하여 힘쓰는 이야기를 표현하였다. 루쿼차오는 꼼꼼한 필치로 독자에게 생동감 넘치는 바다 그림 한 폭을 펼쳐 보여주고, 일련의 뚜렷한 성격을 지닌 인물 형상을 창조하였다. 커다란 기선을 타고 끝없이 드넓은 바다에서 멀리 항해하며, 갑판 위에서 기타를 켜는 화교 젊은이 예화산, 항해 과정에서 늙은 선장의 해양 이야기를 경청하는 젊은 갑판원, 마음에 드는 갑판원과 애틋한 사랑을 나누는 여성 기술자, 위기의 순간에 삶의 희망을 젊은 선원에

---

4   [옮긴이] 첫째, 가난은 농업과 공업이 낙후한 것, 둘째, 공백은 문화와 과학 수준이 낮은 것을 의미한다. 1956년 4월에 마오쩌둥이 「큰 관계 열 가지를 논함(論十大關系)」이란 연설에서 중화인민공화국의 전체적인 뒤떨어진 상태를 표현한 말이다. 이러한 가난과 공백 상태는 오히려 앞날의 창조성과 발전성을 내포하고 있다는 뜻에서 사용한 것이라 한다.

게 남겨주는 톈웨이天威 선생, 폭풍우와 싸워 이기며 행복한 항만으로 돌아가 가족의 포옹을 받는 갑판원들이 그러하다. 『행복한 항만』은 예전에 젊은 세대에게 영향을 끼쳤고, 그들을 파도 출렁이는 바다로 부르고 그들에게 몽상을 갖고 먼 바다로 나가 떠돌게 하였다. 몽상이 그들을 아득히 멀고 낯선 바다 섬으로 가서 파란 하늘, 모래사장, 야자 숲, 갈매기와 그림 같은 풍경 등을 실컷 누리게 하였다. 루쥐차오는 특별히 어부, 선원과 갑판원의 생활을 그리는데 뛰어났고, 대표작에 또 「바다의 주인海洋的主人」, 「9급 폭풍九級風暴」 등이 있다. 루쥐차오의 독특한 항해 경력과 바다에 대한 깊은 정이 그의 붓대 아래 해양을 만화경 같이 다채롭고 신기하게 그려내게 한 것이라고 말할 수 있다.

쭝량위宗良煜, 1957~2006는 예전에 지메이항해학교集美航校에 다녔고, 졸업한 뒤로 칭다오원양운수회사에서 선원으로 5년 동안 근무하였다. 바다에서 항해 생활과 외항선을 타고 여러 나라로 가본 여행경험이 그에게 독특한 선원 신분과 항해의 경력을 갖게 하였고, 이를 바탕으로 그가 많은 항해 제재의 작품을 창작할 수 있었다. 그는 시적인 정취를 담은 아름다운 언어로 낭만적이고 다채로운 바다의 풍광과 이역의 풍경을 드러냈다. 쭝량위의 소설은 현대 해양 의식을 깊이 담고 있으며, 항해 생활의 기쁨, 노여움, 슬픔과 즐거움을 통하여 사람의 영혼의 여정을 꿰뚫어 보았다. 그가 빚어낸 중국 선원은 중국 문화와 이역 문화의 충돌 과정에서 정신을 단련하고 민족의 영혼으로 소환되며, 인생과 생명마다 새로운 뜻으로 채워졌다.

소설 「바다 밖에 외톨이 별海外孤星」은 작가의 직접 경험에서 나왔고, 애국적인 선원의 순수한 마음을 기록하였다. 동아프리카 해안에서 케이프타운까지, 아르헨티나에서 멕시코까지, 외항선 선원은 구릿빛 피부이거나 새하얀 피부이거나 검은 피부를 가졌거나 그들은 바람을 타고 파도를 헤치며 쪽빛 해양에서 길고긴 길을 함께 내달렸다. 하지만 이역의 생활은 오히려 그의 열성적인 나라를 사랑하는 마음을 바꾸지 못하였다. 그는 중국 국기 오성홍기五星紅旗를 보자마자 뜨거운 눈물을 줄줄 흘렸고, 마음속엔 오랜 감동과 행복으로 가득 찼다. 여기서도 쭝량위의 소설이 얼마나 숱한 독자의 영혼을 감동하게 하였는지를 이해하기란 어렵지 않다. 쭝량위로 대표되는 중국 선원의 가슴 깊은 곳의 애국심과 부지런함, 용감함과 맡은 직분에 대한 책임감을 지닌 갑판원 정신이 세계를 항해하는 과정에서 반짝반짝 빛났다.

「희망봉을 지나며駛過好望角」의 시작 부분에서, 아름다운 센 강Seine River과 고요하게 달려가는 커다란 기선을 그렸다. 뱃머리에 서서 센 강의 여름날 해질녘 풍경을 바라볼 때에, 새빨갛게 타오르는 지는 해, 이글이글 불타는 구름층, 아득히 먼 곳의 푸른 산, 알록달록한 빛깔의 별장, 날 듯이 오가는 작은 요트 등과 같이 아름다운 이역 풍경이 독자를 깊이 매료시켰다. 소설이 발표된 뒤에, 곧바로 산둥인민방송국에서 배경음악을 넣어 녹음 제작하여 여러 차례 소설을 방송한 것에서 이 소설이 사랑받은 정도를 충분히 알 수 있다. 「인도양에서 이레 동안 어느 갑판원의 항해 일기印度洋裏的七天 ― 一個水手的航海日記」에서는 검푸른 색의 인도양, 맑고도 까마득히 먼 하늘과 바다의 한 줄기 선, 아득한 은하수, 고요한 밤, 노 젓는 소리와 여자 친구의 부드러운 노랫소리, 바닷속을 휘젓는 별들을 묘사하였다. 작품에서는 아름다운 이역의 풍광을 펼쳐 보이면서 중국 선원과 외국 갑판원이 인도양에서 이레 동안 항해한 경험을 이야기하였으며, 신기한 항해 제재가 독자를 사로잡았다.

「수평선 뒤쪽의 풍경水天線後面的風景」에서 앤트워프 항과 싱가포르 등지의 부두와 수평선 등 남다른 풍경이 쭝량취의 붓대 아래서 시처럼 그림처럼 그려졌다. 『악마와의 동행與魔鬼同行』은 이역 풍경과 다채로운 운치의 뒷면에 가려진 선원들의 항해 생활의 고달픔과 아슬아슬한 위험 등을 사람들에게 드러내 주었다. 「수에즈의 물결蘇伊士之波」은 중국계 다푸大副와 프랑스계 선장이 함께 그리스 선주에게 고용된 이야기를 묘사하였다. 작품은 외항 화물선의 아득히 멀고 길고긴 항해 과정에서 사랑과 성적인 문제를 둘러싸고 동양과 서양의 전통적 문화 심리에 대한 거센 충격과 날카로운 충돌이 생긴 이야기이다. 「선장의 딸船長的女兒」은 쭝량위가 영화 〈타이타닉Titanic〉을 관람하였을 때에 예전에 만난 적이 있는 선장의 딸을 떠올리고 지은 작품이다. 영화 속 여주인공 이름이 로즈이고, 선장의 딸도 로즈이다. 그들은 마찬가지로 모두 17, 18살의 꽃다운 나이의 소녀이다. 작품은 배의 갑판과 항구의 독특하게 매력적인 생활 방식을 탐색하였다.

소설 『쪽빛의 여행藍色的行走』은 중국 선원 쿵판둥孔凡東이 로빈슨 크루소와 같이 모험을 겪는 여정을 묘사하였다. 쿵판둥은 바다에서 폭풍우를 만나 바다에 빠졌고, 남태평양의 외딴 섬으로 휩쓸려갔다. 그는 원주민에게 구조된 뒤에 다시금 생명을 얻었으며, 섬에서 어여쁘고 다정한 여인과 행복하고 따뜻한 가정도 꾸렸다. 폴리네시아Polynesia의 요나나섬은 현대 사회와 아득히 멀리 떨어진 세상 밖의 무릉도원이다. 섬의 원주민은 원시문명을 그대로 지키면서 고요한 삶을 살았다. 그들은 솔직하고 착하다. 쿵판둥은 섬사람들에게 현대문명을 갖다 주었기 때문에 원주민의 존중과 경애를 받았다. 하지만 어여쁘고 다정한 아내, 깨가 쏟아지는 행복한 가정과 그에 대한 섬사람들의 존경 등이 그의 '쪽빛 여행'을 갈망하는 영혼과 자나 깨나 가고 싶은 고국에 대한 그리움을 없앨 수 없었다. 그는 길고긴 기다림 끝에 드디어 '신'의 인도를 받아서 그가 섬에서의 모든 것들을 버리고 원로 선장 '바다의 왕' 포세이돈을 따라서 대형 선박 'WALK'호에 오른다. 소설은 마지막에 "내가 동쪽으로 가며 도전을 해나가는 마음을 막을 수 있는 사람이 없음"을 표현하였고, 이는 독자에게 깊은 사색과 길고긴 여운을 남겼다.『쪽빛의 여행』은 "사람의 존재 방식과 삶의 의미에 관한 교훈이며, 삶과 죽음, 원시와 현대, 존재와 허무, 진실과 부조리, 순박함과 탐욕, 대자연의 어울림과 욕망 세계의 일탈 등 문제에 대하여 철학적 사색과 생활의 경험을 제공하고, 문학적 상상을 빌려서 시적인 정취의 승화를 얻어냈다. 아울러 작품의 미적 내용을 최대한도로 풍부하게 함으로써 독자에게 깊은 사색과 길고긴 감동을 주었다."^{텐청량田承良, 2006.(2) : 32~35}

쭝량위는 다채로운 해양 색조를 활용하여 풍부하고 신기한 항해 이야기를 묘사하였으며, 독자에게 바다 맛과 싱싱한 맛으로 가득 찬 항해 생활의 화면을 바쳤다. 이역 풍경의 우아하고 매혹적인 자태, 국경을 뛰어넘는 로맨스의 매력과 재미, 아슬아슬한 항해의 모험, 바다 풍경의 잔잔한 아름다움, 존엄을 찾는 실존적 굳센 의지 등 알록달록한 색채를 지닌 이야기는 소설의 새로운 제재와 기발한 구상에서 비롯되었고, 아울러 그의 순수한 마음과 선원 생활과 선원 글쓰기에 대한 그의 진실한 태도와 깊은 사색에서 발원하였다. 장웨이가 「선원 쭝량위水手宗良煜」에서 말한 것처럼, "그는 사색을 통하여 우리의 불행 때문에 굴욕을 느끼고, 우리의 지혜 때문에 오만을 느낀다. 초조함과 불안함이자 사내대장부의 절절한 정이 더욱더 많다. 모든 것이 그리하여 그의 작품 전체에 깔린 두툼한 바탕색이 되었다. 이것이야말로 그의 바다 소설이 진정으로 감동을 주는 부분이다."^{장웨이, 1986}

요컨대, 쭝량위, 장웨이, 루완청과 덩강 등으로 대표되는 해양 작가는 독특한 '바다 맛' 서사로 선원의 실존 상태를 드러내거나 조개잡이의 생존 상태나 생명 철학을 묘사하거나 간에 그들은 풍부한 해양 세계 탐색을 통하여 넉넉하고 다채로운 해양 생활을 힘써 써내고, 자각하든 아니든 간에 쪽빛 해양의 생명 시학 체계를 공동으로 세웠다. 덩강, 루완칭, 장줴이와 쭝량위 등은 사람과 바다의 관계, 생명에 대한 탐구, 신앙과 그것이 전달하는 미적 이상의 독특성을 탐색하며 생명의 내용과 그 본질에 대한 독특한 사색을 담아냈고, '바다 맛' 서사 창작의 기본 가치지향을 구체화하였다.

'바다 맛' 서사 작가들은 주로 다음과 같은 서사 전략을 통하여 쪽빛 해양의 생명 시학을 완성하였다. 첫째, 힘의 선전을 통하여 생명의 남성적인 아름다움을 드높였다. 조개잡이 하이펑쯔로 대표되는 인물 형상은 바다의 담금질 과정에서 남성적인 아름다움과 생명의 힘을 몸에서 갈수록 더욱 내뿜었다. 이는 작가가 생명의 숭고미를 찬미한 것이며, 생명 서사의 효과적인 전략의 하나이다. 둘째, 따뜻한 필치를 통하여 생명이 지닌 굳셈과 부드러움의 아름다움을 노래하였다. 작가는 '바다의 아들딸'들이 해양을 사랑하고 바다를 지키는 이야기를 통하여 '라오하터우'로 대표되는 최고의 참과 정을 지니고 바다를 사랑하고 지키는 인물 형상을 창조하였다. 아울러 이를 빌려 생명의 따뜻한 정, 인간성의 착한 바탕색을 표현하였다. 셋째, '만물 평등'의 생명의식이다. 사람과 해양, 해양 생물과의 관계를 탐구할 때에 '바다 맛' 서사 작가들은 자각하든 아니든 간에 해양 앞에서, 해양 자원에 대한 이용과 누림을 표현할 때, 사람은 특권을 누려서는 안 되며 사람이 다른 동물과 평등한 권리를 지녀야 한다는 생각을 드러냈다. 생명에 대한 이러한 자각에서 그들은 평등, 박애와 모두를 두루 사랑하는 생명 철학과 밝고 따뜻한 생명 시학의 운치를 더욱더 구체화하였다.

3. 해양 제재와 해상전투 서사

'해상 실크로드 문학'의 해양 제재는 다원성과 풍부성이란 특징을 지닌다. 그 표현에 '바다 맛 서사'와 '해양 찬가' 등이 있고, '해양 탐험', '해양 사고', '해상전투' 등 다원적인 주제가 있으며, 해상 실크로드 서사의 풍부성과 다원성을 나타냈다. 그 가운데서 현당대 문학 가운데 해상전투 글쓰기는 낭만주의 수법을 다채롭게 활용하였고, 드넓은 해상전투 장면의 묘사를 통하여 아슬아슬하고 박진감 넘치는 줄거리를 펼쳐보였으며, 뚜렷한 성격을 지닌 인물 형상을 창조하여 대중의 사랑을 받았다. 해상전투의 서사 문체도 주로 아동 문학, 르포, SF 문학과 혁명전쟁 소설 등을 포함하여 다양성을 드러냈다.

어른을 위한 문학의 예술적 진실은 작가의 주관적 인식과 객관적 진실 세계의 일치성을 강조한다. 상대적으로 아동 문학의 예술적 진실은 작가의 주관적 인식과 아동 세계의 일치성을 중시하고 작가가 창조해낸 구체적인 인물 관계와 행동이 아동의 사유 특징과 심리 구조와 서로 일치하는지 아닌지를 강조하고, 아동의 환상 세계의 예술적 진실을 추구한다. '착함을 아름다움으로 삼기'는 아동 문학의 기본 미적 특징이다.왕취안건(王泉根), 2006.(2) : 44~54 아동 문학 속의 해상전투 글쓰기도 예외가 아니므로, 아동에게 써준 해상전투 관련 도서는 모두 아동의 사유 특징과 심리적 비전에서 출발하여 작품의 재미와 가독성을 강조하였다.

　　암초가 토치카가 되었고 모래사장에 벙커를 만들었다. 경계선이 축축한 바닷물 자국 위에 그려졌다. 대치하는 군대의 한쪽은 모래사장에 주둔하고, 한쪽은 물속에 매복하고 있다.

다다다 기관총을 마구 쏘았다.

쾅쾅쾅 박격포가 폭격했다.

뚜뚜따 돌격 나팔에서 공격 개시 소리가 울렸다…….

다른 소리마다 양쪽 군대 투사의 목구멍에서 나왔다.

해군이 솟구치는 눈처럼 새하얀 물보라를 손으로 헤치며 공격하고 또 뭍으로 올라와 공격하였다.

육군이 맞서며 황금빛 고운 모래를 줄줄이 내던졌다.

'육박전'에 들어갈 때, 목숨을 건 양쪽 군대는 사람과 물보라를 함께 끌어안고 뒹굴었다…….

이 해상전투는 얼마나 재미있어? 그것은 햇볕 쨍쨍 내리쬐는 여름날 바닷가 모래사장에서 언제든지 일어날 수 있다.

이 해상전투는 얼마나 살벌한가? 바닷가 아이는 쪽빛의 요람을 매우 사랑하고 아끼기 때문에, 이 신성한 요람을 더럽히고 짓밟히지 않게 하려고 어려서부터 그것을 지킬 힘과 기량을 단련하였다.^{장치, 1984 : 22}

장치가 지은 「해상전투海戰」는 천진난만함으로 가득 찼고, 양쪽 군대의 목구멍에서 내뿜는 "다다다", "쾅쾅쾅", "뚜뚜따" 등 의성어의 사용은 언어에 대한 아동의 흥미를 발달시키고 활발하고 생기 넘치게 하며 사람을 사로잡을 수 있다. 두 군대의 교전에 총과 포 같은 무기의 피비린내 없이 '육박전'을 활용하였고, 목숨 걸고 싸우는 양쪽 군대가 물보라 속에서 씨름하며 뒹굴었다. 알고 보니 이야기의 주인공은 바닷가의 아이들이다. 얼마나 신나고 재미있는가. 아동이 수용하는 시각과 미적 매력에서 출발하여 창작한 해상전투 이야기는 '순진함, 귀여움, 착함, 아름다움' 같은 아동의 성격 특징에 딱 들어맞고, 아동과 정신적으로 소통하고 대화하는 효과적인 방식이다. 작자는 순진함과 재미로 가득 찬 해상전투를 빌려서 아동에 대한 비전과 기대를 표현하였다. "바닷가 아이는 쪽빛의 요람을 매우 사랑하고 아낀다"함은 아이들의 마음속에 바다 사랑의 씨앗을 심어주는 것이다. "어려서부터 그것을 지킬 힘과 기량을 단련하였다"에서 아이들의 바다 지킴 의식에 대한 기대를 전해주었다.

　총알이 갈수록 빗발쳤고 이름도 모르는 소형 대포의 포격이 뒤섞였다. 돛대를 스치며 검붉은 빛이 줄줄이 그려졌다. 뱃머리가 뚫렸다. 어떤 선원이 선실에서 소리쳤다. "물, 물……."
　늙은 뱃사공은 아무 말 없이 여전히 잠자고 노를 저었다. 난데없이 그가 한 번 휘청거렸지만, 후다닥 재빨리 꼿꼿하게 섰다.
　"노인장, 맞았습니까?" 내가 놀라 다급하게 물었다. 그는 아무 소리 하지 않았다. 기관총 소대장이 난데없이 내 옆에서 벌떡 일어나며 말하였다. "노인장, 노를 주십시오." 늙은 뱃사공이 그를 확 밀어냈고 불호령을 내렸다. "비켜!" 기관총 소대장은 비키지 않았다. 그는 가슴을 쭉 펴고 우뚝하게 서 있었다. 분명히 그는 자신의 몸으로 뱃사공을 엄호하고 있었다.
　모래사장이 점차 가까워졌다. 배에서 모래사장을 치는 바닷물 소리가 뚜렷하게 들렸다. 중대장이 명령을 내렸다. "사격!" 즉시 배에서 귀를 울리는 총소리가 울려 퍼졌다. 우리의 총소리가 재빨리 적의 총소리를 압도하였다. 이때 섬에서 총소리가 사방에서 일어났다. 이러한 총소리 속에서 우리의 많은 배가 어느새 모래사장에 가까이 다가갔음을 알 수 있었다.
　우리의 배가 분노한 듯이 앞으로 내달렸다.
　우리의 전사가 분노한 듯이 사격하였다.
　이때 배의 총구마다 불꽃을 내뿜었고, 사람의 눈마다 불꽃을 내뿜었다. 바다 전체가 불꽃을 내뿜었고, 모든 불꽃이 일제히 모래사장의 적을 향하여 달려들었다.장치, 1986 : 71~72

「바다의 불海火」의 늙은 뱃사공과 기관총 부대 소대장이 서로 엄호하는 감동적인 장면은 어느 정도에서 전쟁의 끔찍하고 살벌한 분위기를 가라앉혔다. "배가 분노한 듯이 앞으로 내달렸다"와 "전사가 분노한 듯이 사격하였다" 등 전투의 치열한 장면과 전사들이 용감하게 목숨 걸고 싸우는 장면은 모두 "분노" 두 번에서 남김없이 다 표현되었다. "총구마다 불꽃을 내뿜었고, 사람의 눈마다 불꽃을 내뿜었다. 바다 전체가 불꽃을 내뿜었고, 모든 불꽃이 일제히 모래사장의 적을 향하여 달려들었다"의 "불꽃" 네 번의 활용이 우리 측의 기세를 늘리고, '정의는 결국 악을 이길 것'이라는 아름다운 결말을 선고하였다. 요컨대 해상전투는 끔찍한 것이지만, 아동문학 속의 해상전투는 전쟁의 복잡함과 잔인성을 최대한도로 줄이고, 아동의 아름다운 천성이 발전하도록 최대한 도와주었다.

　해상전투를 포함하여 진정한 전쟁은 피비린내를 풍기는 끔찍한 것이다. 전쟁과 죽음은 함께 간다. 전쟁은 나라를 망치고 가족을 뿔뿔이 흩어지게 한다. 전쟁은 사람에게 영원한 상처와 그림자를 남긴다. 아편전쟁부터 시작된 근대에 중화민족은 100년 동안 침략을 겪고 상처를 남겼다. 서양의 튼튼한 함선과 성능 우수한 대포가 중국의 대문을 강제로 열어젖혔다. 중일갑오전쟁의 대포 소리가 아직도 귀에 쟁쟁한 것 같다. 줄줄이 이어진 식민 침략이 중국 어머니의 속살을 타는 듯 아프게 하였다. 현당대 문학 작품에서 작가들은 이러한 전쟁의 상처를 끊임없이 써왔다. 이는 전쟁 역사에 대한 새로운 화면, 특정한 역사적 환경 속에 담긴 인간성과 정감에 대한 조명이자 반성이다. 또한 개인의 정서와 감성을 띤 이미지화 글쓰기에서 작가는 독특한 역사관과 가정-나라 사랑을 표현하였다. 쥔칭峻靑, 1922~2019의 『해일海嘯』, 장수마오姜樹茂, 1933~1993의 『고기잡이 섬의 세찬 파도漁島怒潮』, 리루칭黎汝淸, 1928~2015의 『섬마을 여자 민병』, 쭝량위의 『붉은 함대紅色艦隊』, 싸이스리賽時禮, 1919~2001의 「육군 해전대대陸軍海戰隊」와 「지략으로 웨이하이웨이를 돌파하다智闖威海衛」, 아이칭의 서사시敍事詩 「검은 뱀장어黑鰻」, 자오환趙寰, 1925~의 연극 〈남쪽 바다의 만리장성南海長城〉, 주쭈이朱祖詒, 1926~와 리황李恍, 1930~2009의 연극 극본 『갑오해전甲午海戰』 등은 모두 해상전투 글쓰기의 대표작이다.

쥔칭의 소설 『해일』은 상, 하 두 부분으로 나뉘었고, 상편에서는 주로 궁밍산宮明山이 이끄는 군량운반 소수 정예부대가 식량을 구하는 이야기를 썼고, 하편에서는 주로 군량운반 부대가 귀대할 때의 해상 경험을 썼다. 소설은 많은 분량에서 궁밍산이 이끄는 군량운반 소수 정예부대가 최대한도의 지략으로 해적, 국민당과 일본 병사의 겹겹 봉쇄를 뚫고 나아가는 이야기를 썼으며, 궁밍산 등 성격이 뚜렷한 인물 형상을 창조하였다. 소설은 감칠맛 넘치는 언어와 아름다운 자연 풍광에 짙은 창웨이昌灘 지역의 특색을 띠고 강렬한 생활 숨결과 초야의 전설적인 맛이 풍부하며, 이야기 줄거리가 아슬아슬하고 박진감이 넘친다.

> 한밤중, 깊은 가을의 세찬 비가 강가의 풀밭에 한바탕 내렸다.
> 작은 대열이 세찬 빗속에서 앞으로 나아가고 있었다.
> 번개가 때 없이 밤하늘을 가르고, 쪽빛의 번갯불이 세찬 비바람 속에서 어렴사리 씩씩하게 나아가는 사람 그림자를 비춰냈다. 빗물을 줄줄 흘리는 얼굴마다, 미친 듯이 몰아치는 바람과 싸우는 몸마다, 진창길에서 힘껏 내디디는 두 발마다, 폭포처럼 안개 낀 비의 장막을 뚫고 나아갔다…… 번개가 사라졌

다. 모든 것이 끝없이 깜깜한 밤에 잠겼다. 뒤이어서 귀청이 떨어질 정도로 큰 우레가 불덩이를 갖고 허공에서 굴러 떨어졌으며, 앞쪽의 마른 나무 한 그루를 쳐서 불이 붙었다. 공기 속에 짙게 타서 눌어붙은 냄새로 가득 찼다. 사람을 순식간에 포화 흩날리는 전쟁터에 몸을 두게 한 것 같았다.쥔칭, 1978.(6)

큰 단락의 경물 묘사의 과장과 복선은 이야기 줄거리의 변화를 풍부하게 하였고 뚜렷하고 맑은 리듬으로 사람을 사로잡았다. 작가는 해양의 재난과 혁명 서사를 함께 단단히 연결하였으며, 자연재해와 전쟁으로 인한 봉쇄와 부딪쳤을 때, 혁명가의 용감하고 지혜로운 형상과 낙관적이고 발전적인 정신 자세를 빚어냈다. 쥔칭의『해일』은 혁명 서사를 자연재해인 '해일'이라는 커다란 배경 아래에 두었으므로 혁명의 어려움과 환경의 열악함을 엿볼 수 있다. 하지만 작가는 작품의 구조를 설계할 때, 오히려 '망중한'의 아름다운 자연풍광을 짙은 필치로 다채롭게 묘사하였고, 순수한 인간미를 지닌 긍정적인 인물 형상을 그려냈다. 자연과 인물의 강렬한 대비, 전쟁에 대한 '시적인 정취를 담은 글쓰기'와, 열정 어린 상상을 통하여 혁명가의 낙관적이고 발전적인 정신 자세와 드높은 혁명 투지 등을 돌출시켰다.

장수마오의 '어촌 삼부곡'은『고기잡이 섬의 세찬 파도』,『어항의 봄漁港之春』과『늘 즐거운 섬常樂島』등 세 저작을 포함한다.『고기잡이 섬의 세찬 파도』는 1947년에 국민당이 산둥의 항일근거지抗日根據地인 해방구解放區를 중점적으로 공격한 사건을 다루었다. 용왕섬龍王島의 어민은 악질 선주, 도적, 첩자 등 갖가지 반동적인 세력과 줄줄이 얽히고설킨 투쟁을 전개하였으며, 제멋대로 날뛰며 거칠고 사나운 '세찬 파도' 아래서 용왕섬이 마침내 해방되는 이야기를 묘사하였다. 소설은 생동감 넘치는 많은 인물 형상을 창조하였으며, 긍정적인 영웅 인물로 어민구국회 회장과 새로 생긴 혁명 역군인 아동단 단장과 단원도 있고, 부정적인 인물에 악질 선주도 있다.

『어항의 봄』은 중화인민공화국 성립 초기에 어떤 어촌 사람들이 생활을 개척해 나가는 이야기이다. 작품은 어촌의 떠들썩한 투쟁 생활 과정에서 바다를 지배하는 어부 영웅들을 찬미하였다. 작품은 폭넓은 사회생활을 드러냈고, 구조의 맥락이 분명하고, 줄거리의 변화가 풍부하며, 서사의 밀도가 고르다. 아울러 지훙타오紀洪濤와 린하이잉林海英 등으로 대표되는 긍정적인 인물 형상과 저우윈산周雲山과 첸완리錢萬利 등으로 대표되는 부정적인 인물 형상을 창조하였다. 부차적인 인물로서 황라오더우黃老斗는 많이 등장하지 않지만, 생동감 넘치게 묘사되었다. 글에서 그가 '교활하지 않은 장사꾼은 없다'라는 말로 대비하지만 '천을 사는 데 자를 짐작하고 기름을 사는데 저울질을 하지 않고 쌀을 사는데 되를 올려주어서' 남을 웃지 않을 수 없게 하는 이야기를 썼다. 이 소설은 작가가 현실 생활의 체험을 전부 가져온 듯하고, 시대적 제한을 받아서 그 시대의 낙인이 문학의 미적 중점에 영향을 끼쳤지만, "예술 면에서 보면 『고기잡이 섬의 세찬 파도』보다 한 수 위이다". 『어항의 봄』의 '세찬 파도' 격조와 '어촌 삼부곡' 속의 『늘 즐거운 섬』은 『고기잡이 섬의 세찬 파도』와 달리 또 다른 운치를 담고 있다. 『늘 즐거운 섬』에는 극적으로 아슬아슬한 이야기 줄거리가 없으며, 전쟁을 묘사한 것이 아니라고 하여도 개혁개방 뒤의 고기잡이 섬이 부닥친 '변혁의 물결'과 '도전'에 대하여 역사적인 반성과 탐색을 만들어냈다.

리루칭의 『섬마을 여자 민병』은 '둥터우 선봉 여자 민병 중대洞頭先鋒女子民兵連' 중대장 왕웨샤汪月霞, 주인공 왕하이샤(汪海霞)의 원형의 진실한 경험을 바탕으로 완성하였고, 구사회에서 왕하이샤 등 주인공의 경험과 중화인민공화국 성립 뒤에 민병 중대의 성장 내용을 반영하였다. 민병 중대와 해방군

주둔부대는 군민 공동방어 작전을 실시하고, 굳세게 함께 배우고 함께 훈련하며 함께 전쟁에 대비하고 함께 일하였다. 아울러 병사와 민간인은 단결하여 한마음으로 힘을 모았으며, 서로서로 물과 물고기와 같이 두터운 우정을 맺었다. 여자 민병은 직접 노래를 지어 불렀다.

나뭇가지를 붓 삼아 땅을 종이 삼아
교실은 산골짝에 있네
리蓉중대장이 선생님이고
마흔 몇 살이 학생이라네
오리가 시렁에 올라가는 건 제 마음이지
붓대가 총대보다 무거워
교양 배우기 정말 고역이네
차라리 땔나무 세 짐 하는 게 낫지
이런 글자를 배우기 싫네
…….

이러한 노래도 리뤄칭이 완벽하게 소설에서 인용하여 진실함과 생동감을 드러냈다. 구체적으로 말하면 이 작품이야말로 왕하이샤가 당黨, 소설에서 주로 팡(方) 서기가 이 역할을 맡음의 교육을 받아서 점차 우수한 혁명의 후계자로 성장하는 이야기이다. 이를 빌려서 작가는 여자 민병들의 용감하고 두려움 없는 정신을 찬미하였고, 그러한 '과거의 소나 말'에서 '오늘의 영웅이 된' 사람들과 이러한 영웅을 길러낸 사회와 시대를 구가하였다.

싸이스리는 자오둥 지역의 이름난 전투 영웅이자 중증 상이군인으로서 크고 작은 전투에 200여 차례 참여하고 지휘를 맡았기 때문에, 그의 경력 자체가 바로 전설이다. 군사위원회 부주석이자 국방부 부장을 지낸 츠하오톈遲浩田, 1929~ 장군이 『싸이스리 작품선賽時禮作品選』에 지은 「머리말序言」에서 이렇게 말하였다.

싸이스리는 군대의 다산 작가이다. 일반 작가와 다른 점은 그 본인이 백전노장이고 구사일생의 영웅이라는 데 있다. 그가 직접 겪은 감동적이고 눈물겨운 전투 생활이 그에게 아무리 써도 마르지 않는 창작의 원천을 제공하였다. 싸이스리는 전쟁터에서 쓰러지지 않는 영웅이자 사내대장부였고, 문학 창작에서도 백절불굴의 영웅이자 사내대장부이다. 그 자신이 눈부시게 빛나는 전형적인 예술 형상이다.

싸이스리가 지은 『산성에 세 번 들어가다三進山城』와 「육군 해전대대」, 「지략으로 웨이하이웨이를 돌파하다」 등 전쟁소설은 작가 개인의 경험과 인생 체험을 결합하여 전쟁의 주요 줄거리와 주요 인물과 전쟁 장면을 구성하였고, 소설은 생생하고 감동적이며 약동하는 에너지로 가득 찼다. 「지략으로 웨이하이웨이를 돌파하다」를 예로 들면, 지혜롭고 용감한 소대장이 정찰병 두 명을 거느리고 부잣집 도련님 일행으로 가장한 장면을 썼다.

몸에 바다 같이 푸른색 모직 학생복을 입고 머리에 둥글고 넓은 창이 달린 신사 모자를 썼으며 겉에 고동색 모직 바바리를 입고 발에 연한 노란색 뾰족한 구두를 신었다. 소대장의 젊고 잘생긴 겉모습에 맞추었으므로 어떤 고위 관리네 유복한 도련님 같았다. 나는 머리에 삼각형 '해달' 모자를 쓰고 몸에 짙푸른 '혼방' 홑두루마기를 입었으며 발에는 가죽 밑창에 천 신발을 신었다. 척 보자마자 이 도령의 수행원인 줄 알 수 있었다. 샤오리小李는 온몸에 편한 복장을 하여서 마부로 가장하였다.

그는 교활하고 간사한 꾀가 많은 매국노 자오더구이趙德貴와 지략과 용감함을 겨루며 겹겹의 어려움을 헤쳐 나가면서 담력과 지략으로 매국노를 산 채로 붙잡았다. 서사는 "버들 우거지고 온갖 꽃 활짝 피고" "변화가 풍부하며" 리듬이 밝고, 정의가 마침내 사악함을 물리치는 시적인 정취로 가득한 결말을 창조하였다. "이때, 용솟음치는 바다가 밝고 둥근 달을 받쳐 올렸고, 새하얀 달빛이 승리한 우리의 귀로를 밝게 비추었다. 소대장이 기쁨에 겨워 시원스레 웃었다."싸이스리, 1977 : 30~38

「육군 해전대대」의 제6장은 육군 해전대대가 처음으로 해상 작전을 배우며 승선, 우회 등 과목의 훈련을 하는 장면을 묘사하였다. 여기에 싸이스리가 직접 편집하고 직접 연출한 전통극의 잦은 가락快板을 배합하였으므로 독자는, 생생한 감동을 느낄 수 있다.

장스하이姜志海는 모두들 뱃멀미를 하는 모습을 보고 류하이劉海에게 잦은 가락 한 곡조를 뽑게 해서 분위기를 띄우고 모두의 사기를 좀 높이게 하였다. 그리하여 류하이가 자루 속에서 대나무 판을 꺼내서 뱃머리에 서서 대나무 판을 '다닥다닥' 치면서 큰소리로 구성지게 뽑았다.

배 타기에 대해 말해보고, 배 타기에 대해 이야기해보자면
배 타기 방법은 말하자면 간단치가 않네
고개 숙이지 말고 눈을 감지 말고
몸을 똑바로 앉은 채로 배가 기우는 데로 따라가

머리가 어지러운 것 같으면

두 눈으로 얼른 저 앞쪽을 봐

토하고 싶은 것 같으면

이를 악물고 짠지를 힘껏 삼켜

일본 침략군을 없애기 위하여

고달픈 훈련하기로 마음 다잡고

사흘 훈련하고 닷새 더하면

머리도 어지럽지 않고 눈도 흐릿하지 않아

배를 타는 게 자동차 타는 것 같이

안정적이고도 편안하구먼.싸이스리, 1977 : 84

이러한 삽입곡은 민간의 설창 예술 형식으로 표현한 것이며, 어려운 환경에서는 '정신승리법'이 한몫해서 사람 마음을 북돋아 주고 모두에게 배타기의 피로와 불편함을 덜어주었다. 이는 민족적이고 대중화한 예술 표현 형식으로 문학과 민중의 진정한 결합을 실행한 것이다.

해군 작가 리윈량李雲良, 1949~의 『바다의 혼海之魂』은 작가가 30년 동안의 해군 생애를 결합하여 완성한 작품이다. 소설은 세 함대의 협객인 마츠馬馳, 중리보鍾力波, 루타오陸濤 등의 이야기를 통하여, 세 함대 협객으로 대표되는 구축함의 해군이 나라와 해양의 권익을 지키는 용감함과 나라 사랑 정신을 열정적으로 찬미하였다. 작가는 양하이원楊海文의 말을 빌려서 "어떤 것들은 영원히 바뀌지 않습니다. 우리 군함으로 말해볼까요. 배에 대한 갑판원의 마음은 오랜 옛날의 마상이이건 정화 시기의 나무 돛단배, 등세창 시대의 철갑 군함과 우리의 돌격대원호突擊隊員號이든 간에, 이런 감정은 바뀔 수 없습니다."리윈량, 1997 : 13 여기서 군함에 대한 해군의 뜨겁고 영원한 사랑을 표현하였다.

『바다의 혼』은 제재가 참신하고 독특하며, 사람들에게 해군의 구축함 위에서의 독특한 생활과 이상의 추구를 드러내 주었다.

배를 부두에 댈 때는 기술에 신경 써야 하고 비행기가 착륙할 때와 마찬가지로 전적으로 눈으로 거리를 재고 속으로 바닷물이 흘러가는 속도를 셈해야 하는데, 모든 것이 다 잠깐 사이에 이루어져야 한다. 거리를 정확하게 재지 못해서 각도가 좋지 않거나 바닷물의 흐름을 정확하게 계산하지 못하면, 모두 골치 아픈 일이 생길 수 있다. 가볍다 하면 한 번 더, 다시 한 번 더 대는 것이고, 심하면 군함의 거죽을 스쳐서 벗겨버릴 수 있다. 아니면 부두나 뱃머리 등이 부딪혀서 부서지거나 치명적인 상처를 입을 수 있다. 그래서 함장마다 부두에 댈 때는 신중에 신중을 기하고, 행여나 탈이 날까 봐 매우 걱정한다. 게다가 배를 부두에 댈 때마다 언제나 많은 사람이 기슭에 모여서서 구경하는데, 모르긴 몰라도 함장마다 심리적인 압박을 엄청 받을 것이다. 이는 경기이며, 말이 없지만, 또 긴장감으로 가득 찬 경기이다. 조사팀이나 심사팀 따위가 없는 걸 보지 마시라. 해군들은 툭하면 눈으로 입으로 우열을 나눈 기념비를 세운다. 그래서 함장마다 방심해서는 안 된다.

루타오가 부두에 배를 대는 기술은 이 부대 내지는 해군 전체에서 가장 뛰어나고, 이제껏 모두 제자리에만 댔고, 게다가 조금도 차이가 나지 않았다. 작년에 러시아의 블라디보스토크에서 열 몇 나라의 군함이 제2차 세계대전 승리 경축 행사에 참여하기 위하여 그곳에 모였는데, 192함이 부두에 댈 차례가 되었다. 미국 제7함대의 미사일 구축함과 러시아, 프랑스, 영국 등 나라의 군함이 벌써 그곳에서 기다리고 있었다. 엉성한 배치인지 아니면 일부러 골탕 먹이려는 심보였는지는 모르지만, 192함에 배치해준 위치는 간신히 제 몸체를 넣을 수 있을 정도의 자리였다. 이럴 때는 고도의 기술과 안정적인 심리가 필요하다. 그것의 난도는 올림픽에서 금메달을 따는 것과 다름이 없을 것이다. 함대를 따라서 방문에 나선 함대 사령관도 저도 모르게 루타오 때문에 손에 땀을 쥐었다. 루타오가 침착하게 군함을 부두에 댔다. 미국 함대의 함장도 루타오에게 "OK"하고 말하지 않을 수 없었다.리윈량, 1997 : 8-9 (…중략…)

해군이 되었을 때, 그는 종종 마츠와 중리보와 이곳에서 이런저런 이야기를 나누었다. 한번 앉으면 보통 두세 시간이었다. 함대원들이 그들을 '세 함대 협객'이라 불렀다. 그들 자신은 '바다의 씨말 세 마리'라고 말하였다. 그들은 방파제에 앉아서 함께 많고 많은 찬란히 빛나는 꿈나라를 엮고, 수없이 바다에서 평생을 내달리며, 중국의 '스프루언스Spruance, 1886~1969', '올덴드로프Oldendorf, 1887~1974'와 '니미츠Nimitz, 1885~1966'가 되고자 맹세하였다. 그들은 중국 제1의 순양함, 전투함, 항공모함 함장이나 원자력 군함을 맡고 심지어 똑같이 또 '니미츠'급 항공모함, '미주리Missouri' 전투함과 '키로프Kirov'급 순양함이 구성한 제77 기동함대로 태평양에서 인도양으로 달려가는 꿈을 꾸었다.리윈량, 1997 : 16

『붉은 함대』는 쭝량위가 1995년에 창작한 전쟁 SF소설이고, 2010년에 일어난 중국과 미국 해군의 과학기술전쟁을 묘사하였다. 작품은 모두 '나에게 기도하지 마라', '죽음의 창조자', '인간이 왜 저 모양이야', '전쟁 교수대', '직업-장군!'과 '태양의 피' 등 6장으로 구성되었다. 과학기술을 수단으로 삼은 해군 대전투 과정에서 작가는 이렇게 이야기 줄거리를 배치하였다.

중국과 미국 해군이 남태평양에서 만났다.
중국 항공모함 편대는 '신정화'호 원자력 항공모함, '둥팡'호 미사일 순양함과 '톈산'호 미사일 호위함이다.

미군 기동함대는 '바다의 왕'호 원자력 항공모함, '바다의 늑대'호 원자력 항공모함, '신세기'호, '벙커힐'호 원자력 순양함, '신애리조나'호 전투함, '세인트루이스'호, '덴버'호 미사일 구축함, '천사'호 미사일 호위함, '마이애미'호 핵잠수함 등을 포함하였다.

대통령의 비준을 거쳐서 미국 함대는 중국 군함이 미국 군사 제한구역에 난입한 것을 이유로 공격을 개시하였다.

12월 7일 0시 30분, 미국 함대 E-5Z 공중 조기경보 관제기 한 대는 자신이 강렬한 전자파 간섭을 받고 있음을 발견하였고, 중국 함대를 향하여 대함미사일 한 발을 쏘았다. 하지만 중국 측의 역유도로 말미암아 미사일이 반대로 공중 조기경보 관제기를 격파하였다.

0시 35분, 미국 편대에서 전투기와 공격기 60대가 출동하였고, 또 함대함 미사일로 중국 함대를 습격하였다.

중국 함대가 '황하이黃海'식 전자대항 시스템을 작동하고, 또 전투기와 공격기 25대를 이륙시켜 대응 공격하였다.

제1차 공격에서 중국 함대는 성공적으로 미국 측 미사일이 목표를 벗어나게 하였고, 동시에 반수 이상의 미국 측 전투기를 격추하였다. 미국의 '덴버'호 구축함이 중국 측 미사일에 맞아서 침몰하였다. 중국 측은 전투기 5대가 공격을 받아 격추되었다.

미국 측이 즉시 제2차 공격을 발동하였고, 비행기 수십 대가 하늘로 날아올랐으며, 동시에 '작살'식 함대함 미사일도 날아올라 발사대를 벗어났다.

그렇지만 그것들은 중국 해군의 대 미사일 운동에너지 시스템과 입자 빔 무기에 의해 가로막혔다. 중국 측이 발사한 함대함 미사일도 미국 함대에 명중하였다.

이번 '제한적인 저강도' 군사 충돌에서 중국 군대가 더욱 앞선 과학기술을 사용하였기 때문에, 미군의 '바다의 늑대'호 항공모함, '덴버'호 구축함, '천사'호 호위함 등을 침몰시켰고, '바다의 왕'호 항공모함, '신애리조나'호 전투함, '벙커힐'호 순양함에 중상을 입혔다. 중국 측은 '톈산'호 호위함을 잃었다.^{펑량위,}
1999 : 209~211

SF소설이 매우 빠르게 발전하는 오늘날, 해상전투를 묘사한 SF소설 『붉은 함대』에서 묘사한 군사적 충돌은 실제로 '제한적인 저강도'이고, 게다가 책 속의 과학기술 수단도 이미 오늘날의 급격하게 발전하는 고급 과학기술 수단과 나란히 놓고 말할 수 없게 되었다. 하지만 이 소설은 중국 최초로 미래 전쟁을 묘사한 SF소설로서 해상전투 문학에서 당연히 역사적인 지위를 차지하였다. 그 제재의 창조성, 서사 시각의 독특함, 미래 지향적인 상상 등은 모두 주목할 만하다.

"『바다의 혼』과 『붉은 함대』 등 작품으로 대표되는 해상전투 소설의 등장은 반갑게도 새로운 시대의 해양 의식이 차츰차츰 각성할 것임을 예시하였다. 정규화하고 규모화 한 해군 건설과 해군 의식이 미래 해양 전투 소설의 발전 가능성을 예고하고 있다."^{예스밍葉世明, 2008.(1) : 18~22} 지금 시대에 갈수록 많은 나라가 해양에서의 권익을 빼앗으려 서로 다투고 있으며, 중국은 해안방어 건설을 강화하고, 해안방어 문화를 중시하는 것도 나라의 해안 지역을 보호하는 핵심 요지임을 의식하고 있다. 의심할 여지없이 해안방어 문화는 21세기 해양 문화의 중요 범주일 것이고, 그로부터 파생한 해안방어 문화와 밀접한 관련을 맺은 해상전투 소설 창작에도 기대를 걸게 된다.

위에서 말한 바와 같이, 현당대 문학론^{理論 제외} 가운데서 '해상전투'와 관련한 글쓰기는 '시적인' 색채로 가득 찼고, 짙은 영웅주의 의식과 낭만주의 정신이 담겼다. 작품 속의 '시적인 글쓰기' 부분이 전쟁의 잔인성과 진실성을 녹여버렸고, 그래서 다른 '재난 글쓰기'와 비교하면 그 낭만성과 흥미성이 늘고, 진실성과 비극성은 줄었다. 어느 정도에서 말하면 이것도 역사적 영웅에 대하여 작가들은 경의를 표하는 것이며, 그 가운데서도 전쟁이 사람에게 가져다준 재난에 대한 반성이 적지 않다. 물론 우리도 이러한 '해상전투 글쓰기'의 제한성을 봐야만 한다. 재난이 깊고 겹겹인 시대에 애국주의와 영웅주의를 드높이는 문학 창작의 주선율은 필요하고, 그것은 낙관주의 정신을 전달하는데 적극적인 의미를 지닌다. 하지만 문학은 사람의 학문이고, 문학은 사회정치 생활의 프리즘만이어서는 안 되며, 그것은 사람의 감성 세계의 아름다움을 비추는 촛불도 되어야 한다. 해상전투 글쓰기도 예외일 수 없다.

4. 해상 실크로드 문학의 새 패러다임
'서복의 동쪽 파견' 서사

자오둥반도는 동쪽의 바다와 서쪽의 타이산泰山 사이에 자리하고 예로부터 "바다-타이산의 구슬"*상서(尙書)』「우공(禹貢)」: "바다와 타이산 사이에 청저우가 있다"이라는 아름다운 이름을 지녔고, 중국의 해상 실크로드의 동쪽 항로의 출발점의 한 곳이자 육상 실크로드의 가장 동쪽 끝이기도 하다. 그래서 육상 실크로드와 해상 실크로드의 중요한 연결지역으로서 자오둥반도는 실크로드의 기원과 발전 과정에서 모두 중요한 위상을 차지하고 있다. 중국의 우수한 전통 문화 자원의 하나로서 자오둥반도가 대표하는 제齊나라 문화는 뚜렷한 개성과 특색을 지녔다. 문화 지리적 성격으로 보면 제나라 문화는 완전한 해양 문화가 아니며 내륙과 해양 문화를 아울러 지닌 반도 문화이다. 경제 구조면에서 제나라 문화는 완전한 상공업 문화가 절대 아니며, 농공상업이 한데 어우러진 복합형 경제 문화이다. 정치사상 면에서 제나라 문화는 어떤 단일한 전제정치 문화가 결코 아니며, 군주에게 충성하고 백성을 사랑하며 예의와 법도를 결합하고 의리와 이익을 모두 중시하는 것을 특색으로 삼은 호환 방식의 다원 문화이다. 문화 발전의 각도에서 선진 시기의 다른 문화와 비교하여 살펴보면 제나라 문화는 넓고 심오하며 역사가 오래고 유가, 불교와 도교, 해양 문화, 민간 문화가 한데 모여 이루어진 것이다. 제나라 문화는 상업을 숭상하며 개방성과 다원성이란 문화적 특색을 지녔다. 요컨대 제나라 문화는 변혁을 숭상하고 모든 것을 수용하며 실용적으로 창조하고 개방 정신을 풍부하게 담고 있다. 그것은 환상을 좋아하고 자유를 사랑하며 세속에 얽매이지 않고 공상적인 문화이기도 하다. 제나라 문화는 규범을 중시하고 질서를 지키는 노魯 문화인 유가 문화와 상호 보완하며, 공동으로 중화민족의 전통 문화의 보물창고 속의 눈부신 제-노 문화라는 진귀한 보물을 이루었다.

이 땅에서 태어나고 자란 반도 작가 장웨이는 자오둥 대지의 아들로서 순수한 마음을 바쳐 40여 년 동안 문학 창작의 길에서 내내 자오둥반도의 역사와 현실 글쓰기에 꾸준히 관심을 기울였다. 그의 창작 제재는 신선 문화에서 도교 문화까지, 양생 문화에서 해양 민속까지, 풍부한 반도 문화의 요소를 담고 있다. 장웨이는 걸어서 반도를 측량하고, 문학으로 반도를 썼다. 제나라 땅에 대한 독특한 상상과 서정적 서사를 통하여 그는 다각도에서 입체적으로 자오둥반도의 여러 시기의 사회, 정치, 경제와 문화의 발전 변화를 묘사하였다. 그는 다른 시기의 사회 발전 변화 과정에서의 사람과 생활의 관계, 사람과 역사의 관계 등에 초점을 맞추어 백과전서에 가까운 반도 형상을 빚어냈다.

　해상 실크로드의 동쪽 항로동양 해상 실크로드라고도 칭하는 춘추시기에 이미 초보적으로 형성하였다. 서복이 동쪽으로 간 것은 중국항해사中國航海史에서 동쪽 해상 실크로드를 확장한 빅 사건이다. 특히 언급할만한 것은 제나라 역사와 문화, 진시황의 동쪽 지역 순행과 서복의 동쪽 파견에 대한 장웨이의 문화적 답사와 문학적 상상이 자오둥반도 백과전서 속에서 빅 압권이 된 점이다. 서주시기의 동이東夷에서 춘추전국 시기의 제나라까지, 진시황의 동쪽 순행에서 서복의 동쪽 파견까지, 자오둥반도의 주나라와 진나라 시기의 역사와 문화에 대한 장웨이의 자각적인 글쓰기가 '서복', '진시황', '이사', '제나라 민왕閔王, 기원전 323~284, 재위 기원전 301~284', '순우림淳于林' 등 하나하나 생동감 넘치는 역사적 인물을 빚어냈다. 서복이 동쪽으로 간 이유에 대한 장웨이의 탐색과 동쪽 파견 전후의 문학적 연역이 저절로 당대 '해상 실크로드 문학' 글쓰기의 새 패러다임도 세웠다.

　서복이 동쪽으로 간 것은 도대체 역사적 전설인가 아니면 역사적 사실인가? 장웨이가 창조한 서복 형상에는 어떠한 특징들이 있는가? 장웨이는 서복이 왜 동쪽으로 갔다고 여기는가? 장웨이는 어떻게 서복을 문학 형상으로 빚어냈는가? 장웨이가 서복 형상을 재구성한 배후에는 어떠한 정신적 버팀목이 있는가? 이 글에서 이러한 문제들에 대한 대답을 통하여 우리는 장웨이 작품의 배후에서 문화적 내용과 지식인의 정신적 반성을 탐색할 수 있다.

1) 짙은 덧칠에 가까운 반복 글쓰기

　장웨이는 진시황의 동쪽 순행, 서복의 동쪽 파견이란 역사적 사건과 민간전설을 자주 작품에 써넣었다. 그는 소설 『바이후이柏慧』,「배를 만들다造船」,「잉저우를 그리워하는 시시콜콜한 이야기瀛洲思絮錄」,「동쪽 순행東巡」,「고죽과 기孤竹與紀」,『고원의 그대-바다에서 온 사람들이 잉저우를 말하는데你在高原-海客談瀛洲』[5]와 산문 「두근두근 불타는 마음, 제나라는 어디로 사라졌을까芳心似火-兼論齊國的恋與累」, 강연원고 「뛰어난 항해자 서복偉大的航海家徐福」, 오페라 〈서복徐福〉 등에서 모두 서복과 그가 동쪽으로 간 이야기를 되풀이하여 묘사하였다. 이러한 작품들은 직접적으로 서복과 그의 동쪽 파견 이야기를 서술하였거나 그것을 문화 배경으로 삼아 소설의 주제를 받쳐주거나 간에 문학판 '서복 문화의 집대성'이라고 부를만하다. 장웨이는 서복 연구가 멀리 보는 식견을 풍부하게 지녔고 뛰어난 의미를 지닌 사업이라고 생각한다. 장웨이도 예전에 '대항해자 서복'이라는 제목의 강연에서 서복 연구의 의미에 대하여 거리낌 없이, "이 일의 중요성은 아무리 어림잡아도 지나치지 않습니다. 이러한 사건조차도 우리의 열정을 불러일으킬 수 없다면, 그러면 인류의 열정이니, 한 민족의 열정이니, 뜨거운 피가 도대체 얼마나 더 있는 것입니까? 서복의 동쪽 파견 같은 빅 사건에 대하여, 무관심한 민족이 있다면 그게 불가사의한 일입니다"장웨이, 2011.10.27 하고 말하였다.

---

5   [옮긴이] 『고원의 그대(你在高原)』는 장웨이가 20여 년 동안 창작하고, 2002년에 작가출판사(作家出版社)에서 출판하였다. 작품은 전부 39권(각 권은 장(章)으로 구성)으로 나뉘었고, 단행본 『가족(家族)』, 『상수리나뭇길(橡樹路)』, 『바다에서 온 사람들이 잉저우를 말하는데(海客談瀛洲)』, 『사슴의 눈(鹿眼)』, 『아야를 추억하며(憶阿雅)』, 『나의 전원(我的田園)』, 『사람의 잡지(人的雜誌)』, 『동트는 빛과 저녁 빛(曙光與暮色)』, 『거친 들판의 기록(荒原紀事)』, 『끝없는 유랑(無邊的遊蕩)』 등 10권으로 이루어진 장편소설이다. 일반적으로 '시리즈 소설'로 말하지 않으며, 전체 450만자에 4,680쪽(2010년 출판본)에 이르기 때문에 '중국은 물론 세계 소설사에서도 가장 긴 분량의 순수 문학 저작(中外小說史上篇幅最長的一部純文學著作)'으로 불린다.

「『서복 전설』을 읽고讀『徐市傳說』」에서 장웨이는 서복 문화를 연구한 초심을 이렇게 기록하였다.

어떤 토지의 신비성은 종종 사람을 깜짝 놀라게 합니다. 누구도 개혁개방을 생각지 못했던 오늘날, 룽커우 사람은 수천 년 전에 나타난 뛰어난 인물로부터 그에 관한 셀 수 없이 많은 낭만적인 이야기 속에서 전과 다름없이 정신의 양분을 섭취할 수 있었습니다. 이 사람이 바로 고대 쉬샹徐鄕 땅의 방사 서복입니다. 그의 이름과 진시황의 동쪽 순행은 함께 연결되고, 그가 엄청난 위용을 뽐내는 함대를 이끌고 동쪽 바다 건너 일본으로 간 장거 때문에 교과서와 서적에서, 특히 중국 사람의 마음속에 일찍부터 불후의 상징이 되었습니다.장웨이, 1992(51) : 33

"신비성", "사람을 깜짝 놀라게 함", "낭만적인", "불후" 등은 서복 문화에 사로잡힌 장웨이의 짙은 흥미와 최대한도의 열중을 충분히 드러내주는 말이다. 20세기 1980년대 말에서 1990년대 초까지, 장웨이는 『고원의 그대』를 창작하기 위하여 자오둥반도에서 지질관계자와 다름없는 문화 탐사를 하였고, 제나라와 내자국萊子國 답사 활동에 참여하는 과정에서 서복과 관련된 자료 수집에 특히 매달렸다. 이는 룽커우가 서복이 동쪽으로 간 항해의 출발지였기 때문이며, 서복이라는 역사적 인물에 대한 장웨이의 내심에서 우러나온 짙은 공감대 때문이기도 하였다. 그는 '중국국제서복문화교류협회'의 답사업무에 참여하였고, 『서복 문화 집대성徐福文化集成』을 엮었다. 그것은 이미 서복 연구 영역에서 내용이 가장 온전한 저작이 되었다.

장웨이는 학자풍 작가이며, 그의 문학 창작은 상응하는 학술 연구의 기초 위에서 세워진 것이다. "나 개인의 문학 창작은 내내 학술에 바탕을 두고 있습니다. 사상의 축적과 연구의 기초들이 문학 창작에 빠져서는 안 됩니다. 이 방면의 지지를 벗어나면 상상은 멀리 갈 수 없습니다. 작가는 자기 문화의 모체를 잃으면, 어머니가 낳아 길러주지 않으면 무럭무럭 자랄 수 없습니다."장웨이, 2017.(3) : 26~32 서복 문화에 대한 장웨이의 꾸준한 학술 연구와 축적도 서복 글쓰기에 직간접적인 양분이 되어, 『바이후이』, 「배를 만들다」, 「잉저우를 그리워하는 시시콜콜한 이야기」와 『바다에서 온 사람들이 잉저우를 말하는데』 등과 같은 그의 문학 창작을 자연스레 창작하게 하였다.

『바이후이』의 첫머리에서 서복이 동쪽으로 간 곳인 딩저우딩州 곳의 지리적 위치와 역사 현상에 대하여 소개하였고, 텍스트에서도 서복이 동쪽으로 간 이유에 대하여 직접적으로 이러쿵저러쿵 많이 말하였다.

민간의 전설에서 나온 말은 모두 지나치게 간단히 밝혀서, 서복이 너무 편하게 간 것 같다. (…중략…)

그대는 진왕이 어떤 사람인지 생각해본 적이 있습니까? 그가 여섯 나라를 소탕하여 평정하는데 기댄 것은 무력뿐만 아니라, 최소한도 남과 달리 그가 지닌 지혜와 계략이었다. 그의 곁에는 이름난 인물인 이사가 있었고, 오늘날 말로 하면 '두뇌집단'인 당시 우수하다고 불릴 자격을 지닌 문신들이 있었다. 서복은 이러한 인물 앞에서 어물쩍거리면서 그의 커다란 계획을 실현하자면 온갖 어려움을 견뎌야만 하였다.

하지만 서복은 선택할 시간이 별로 없었다. 그는 매우 특수한 혈통을 갖고 태어났고, 위협적인 '매의 눈'을 헤치고 나아갈 뿐이었다. 진왕은 매의 눈을 지녔고, 그리하여 그는 열정이 들끓는 물 속에 두려움을 파묻었다. 그는 몰래 오랫동안 주시하고 오랜 세월 준비하였고 정말 와신상담하였다고 말할 수 있다. 진왕의 역사에 대하여 그는 자기 가족에 대한 역사와 같이 마음속에 깊이 새겨 두었다.장웨이, 2014 : 106~107

작가는 분명히 서복의 동쪽 파견이란 복잡한 사건을 간단화한 민간 전설에 대하여 절대 인정하지 않은 것이다. 『바이후이』에서 서복이 동쪽으로 간 이유에 대하여 그는 새로이 탐구하였고, 진왕의 폭정에 대한 서복의 인내, 진왕에게 선약을 구해준다는 속임수, 공예가와 기술자를 데리고 나간 복잡한 심리 등을 최대한도로 환원하고 연역하였다. 바로 이러한 복잡성이 서복의 동쪽 파견의 다의성을 유도해냈다. 서복은 왜 진시황에게 선약을 구해준다는 기회를 이용하여 주저우九州로 도망쳤는가? 이 글에서는 서복의 동이東夷 혈통이 그를 도망치게 한 중요한 이유라고 여러 차례 언급하였다.

서복의 불행은 전부 다 그가 자신의 아버지를 선택할 수 없다는 데 있다. 그의 혈통은 그에게 진왕과 서로를 용납할 수 없게 하였다.장웨이, 2014 : 106

방법이 없다. 그의 불행과 행복 전부는 모두 그가 서씨 성 집안의 사람이기 때문이고, 그가 동이 사람의 혈통을 지녔기 때문이다. '아버지'는 선택할 수 없었고, 그가 태어나기 전에 결정된 일이다.장웨이, 2014 : 110

장웨이는 서복이 동쪽으로 간 '감춤'과 '속임'에 대한 정사正史의 평가를 바로잡기를 시도하며, 서복이 동쪽으로 간 것에 대한 민간의 간단한 전설과도 구별하였다. 그는 근본을 탐구하여 '혈통'과 '가족'의 사명으로부터 서복이 동쪽에 간 이유에 대해 깊이 사색하고 꼼꼼히 분석하였다. 이는 일반적인 의미에서의 '숙명론'이 아니다. 작가는 민족의 대의大義라는 두 텁고 깊은 사색에 바탕을 두고 근원적으로 서복을 '변호'하며, 서복이 동 쪽으로 간 원인을 민족 문화의 층위로 끌어올렸다. '역사적 가족의 연원 과 정신 문화'에 대한 비판적 반성을 통하여 비로소 장웨이는 나름의 '형 이상학적인 문학 편력'을 실현하였다. 그로부터 독자는 장웨이가 한결같 은 반성 능력을 내내 유지하기를 시도하였음을 볼 수 있다.리성빈(李生濱), 2004. (4) : 50~52

　이와 동시에 『바이후이』에서 연이어 삽입한 서복이 동쪽으로 간 옛 노 래를 부르는 장면은 특히 독자에게 쉽게 『이소』를 떠올리게 한다. 옛 노 래의 삽입은 소설 서사의 특색을 뚜렷하게 하고, 텍스트에 꾸밈없음과 역 사의 풍성한 느낌을 늘려주었다. 옛 노래는 '소설의 텍스트 서술을 받쳐 주고', 아울러 서사시로서의 옛 노래의 메아리가 딱 마침 소설의 현실과 상호 텍스트성을 형성하거나 추진 작용을 하면서 "소설 속의 예나 지금 이나 아버지 세대의 기구한 운명을 서로 비춰주게 하였으며, 일맥상통하 는 정신이 연속적으로 서로 빛나게 해주었다."왕완순(王萬順), 2015 : 140

　『바이후이』 속 '옛 노래 단락'은 다섯 차례 등장하는데, 모두 다섯 단락 이다. 네 번째 단락의 제2, 3연의 "공예가와 기술자가 모이고 뛰어난 이 이르니 / 나무 베어 배 만들랴 온 백성 바쁘구나 / 황허 강가에 등불 만 개 내걸고 / 밤낮으로 용의 뼈 다듬어서 노를 만드누나"에서 보듯이 솜씨 좋 은 공예가, 기술자와 뛰어난 사람이 모두 이르러서 백성이 한마음으로 수고하며 밤낮으로 배를 만들었다. 하지만 "진나라 병사 범 같고 늑대 같 아 / 고된 부역 끝없어 눈물 하염없어"에서 난폭하기 짝이 없는 진나라 병 사가 공사를 감독하는데, 승냥이 이리 범 표범같이 이루 다 말할 수 없이 사람을 괴롭혀서 눈물을 하염없이 줄줄 흘리게 하였다. "서복이 억울하지만 변명할 게 없고 / 입가의 슬픔을 삼키누나"와 "새하얀 머리털 양쪽 귀밑머리 덮고 / 근심에 잠겨 아무 소리 아니 하누나"에서는 서복이 내심의 억울함과 슬픔을 힘껏 감추고 있으며, 깊은 시름을 말할 수 없었음을 드러냈다.

옛 노래는 서복이 슬픈 마음을 감히 하소연하지 못하는 마음속 상처와, 시간이 무심하게 날 듯이 흘러간 뒤에, 곧 가족과 다시는 만나기 어려운 이별을 해야 할 운명을 한껏 과장하였다. "동서남북 이웃이 애고대고 슬퍼하니 / 다시는 만나기 어려운 이별에 애간장 끊어지누나" 하고 애간장 토막토막 끊어질 때에 서복은 오히려 날 듯이 달리는 날쌘 말이 가져온 성지를 받았다. "아들이 아비를 따르지 아니하고 지어미는 지아비를 따르지 아니하누나 / 바람 타고 물결 따라 얼른 노를 저으세!" 통치자는 비할 바 없이 악랄하고, 문신과 무장은 나쁜 놈을 도와 나쁜 일을 한다. 이는 서복이 동쪽으로 가는데 무한한 비장감을 더욱더 두드러지게 하였다. "눈물이 넘쳐흘러 집 같은 배 둥둥 뜨고 / 가없는 바다로 소리 없이 떠나누나"에서 끝없이 흘러내리는 눈물은 영원히 되돌아오지 않을 결별을 머금었기에, 슬픈 노랫가락이 심금을 울렸다.

장웨이는 시적인 정취와 낭만적인 시인 기질을 고집하는 작가이다. 그는 예전에 『바이후이』가 그의 "목소리"이고, 아울러 그"에게만 속한" "개인의 목소리"라고 말하였다.장웨이, 2006 : 85 이러한 말의 배후에서 『바이후이』를 유달리 아끼고 사랑하는 장웨이의 마음을 충분히 볼 수 있다. 『바이후이』라는 영혼이 이것저것 털어놓는 텍스트에서 위와 같은 영웅 서사의 시적인 '옛 노래 가락'의 삽입은 '시'와 '소설'을 한데 녹여내고 '역사'와 '현실'을 서로 호응하게 하여 소설에서 시간과 공간의 치환적인 도약을 실현하였다. 더불어 다중 플롯의 병치와 발전적인 상호 텍스트성은 소설에서 시적인 서정과 다양한 문체의 열린 서사를 드러내게 하였다. 이러한 서술의 개방성은 텍스트의 내용을 최대한도로 풍부하게 만들어서 독자가 시각과 청각 등 감각기관을 움직이게 하였다. 아울러 옛 노래에 짙게 드리운 시적인 정취에 취한 분위기를 비교적 성공적으로 자아내서 독자는 더 많은 상상력을 발휘하고 여러 방면에서 미적 쾌감을 더욱 얻을 수 있었다.

장웨이는 「동쪽으로 간 서복東渡人徐福」이란 글에서, 진나라의 재앙을 피하고, 제나라를 위하여 복수하며, 제나라 문화를 보존하는 등 세 방면에서 서복이 동쪽으로 간 이유에 관한 연구 현상을 통틀어서 매듭짓고, 아울러 '마음의 역사'에서 그 연구의 의미와 가치를 탐색하였다.

> 동남아시아 사람, 특히 일본 사람은 서복에게 흥미를 깊이 느꼈다. 그들은 무엇을 탐색하고자 했을까? 그들은 자신의 종교 문화와 과학기술을 탐색하고, 그 가운데서 역사가 어렴풋이 내비친 정보들을 엿보았다. 서복은 그들의 사회를 개조하고, 그들의 문명을 발전시켰다. 서복과 동쪽으로 간 모든 사람들이 일본 민족의 일부가 되었다. 그래서 오늘날 일본의 많은 지역에 모두 서복 기념관이나 자료실이 있다. 여기에 그들 마음의 역사를 새긴 일은 사라질 수 없을 것이다. 장웨이, 2017.(3) : 26~32

장웨이는 서복이 동쪽으로 간 이유에 대한 논쟁이 연구 대상으로서 서복이 후세 사람에게 커다란 상상 공간을 남겨놓은 데서 비롯되었고, 이 공간이 딱 마침 그때 그 시절 사람의 영혼에 새겨둔 기억이자 또 다른 정신의 버팀목이라고 여겼다. 사람마다 제각각 햄릿이 있듯이 연구자마다 마찬가지로 저마다 서복 형상을 갖는다. 서복에 관한 글쓰기는 연구자마다 개인적인 색채를 지닌 '그럴듯하게 꾸며낸' 문화적 상상의 산물이다. 이러한 상상과 글쓰기가 연구자마다 독자적으로 보존하는 개성과 정신이 되었다. 서복에 대하여 고고학적으로 연구하거나 고대 서적을 뒤져서 읽어보거나 다른 고증학적 작업이든 간에 그것의 공통점은 연대가 오래된 나머지 추상과 가설로 인물을 채워서 재미를 느끼게 해준 것에 있다.

2) 문학으로 역사를 말하는 방식 서복의 동쪽 파견 글쓰기

장웨이가 창조한 "서복"은 역사의 전설적인 인물에서 본보기적인 문학 형상에 이르기까지 대체로 '자료 준비-문화적 답사-답사를 바탕으로 상상을 가미한 문학 창작-문학적 수용, 비평과 전파-문학의 재생산'이라는 생성 과정을 거쳤다. 장웨이는 성省, 시市와 대학의 여러 도서관을 두루 찾아다니며 역사적 자료를 수집하였고, 고금, 정사, 야사, 전설, 문인의 날조 등으로 나누어 색인을 만들었다. 앞 시기의 자료 준비를 완성한 뒤에, 장웨이는 '지질탐사 관계자'와 같은 탐사와 실증 답사를 시작하였다. 박물관과 유적 발굴 현장 참관, 민간 전설 수집 등 문화적 답사와 체험은 그의 문학 창작의 원천이 되었다. 그는 답사와 상상을 가미한 문학 창작에서 생동감 넘치는 서복 형상을 빚어냈고, 문학 형상에 대한 독자의 수용, 서복 형상에 대한 연구자의 고증과 재창조, 중국 내외 서복협회에서 거행한 다양한 활동, 대중의 전파와 매체의 부채질 등 방면에서 공동으로 서복 문화의 영향력을 확대하였다.

『사기』에서 『한서』, 『후한서』에 이르기까지 저마다 진시황이 동쪽 지역을 순행한 일과 서복이 동쪽으로 파견된 이야기를 기록하였다. 그래서 역사적 자료의 수집과 정리가 확실히 중요하다. 『바다에서 온 사람들이 잉저우를 말하는데』에서 작가는 소설 속 인물인 닝자寧伽의 입을 빌려서 지지紀及가 이미 관련 역사 자료를 분류하고 정리한 것을 언급하였다.

『사기』의 항목에는 각기 「진시황본기秦始皇本紀」, 「봉선서封禪書」, 「회남형산열전淮南衡山列傳」 등이 있고, 『한서』와 『후한서』에는 「교사지郊祀志 · 하下」, 「오피전伍被傳」, 「동이열전東夷列傳」, 「왜전倭傳」 등이 있고, 다른 항목에 「의초육첩義楚六帖」, 「해동제국기海東諸國記」, 「황명세법록皇明世法錄」, 「유씨홍서劉氏鴻書」, 「진한사秦漢史」, 「신황정통고神皇正統考」, 「역대정왜문헌고歷代征倭文獻考」, 「동문통고同文通考」, 「효령통감孝靈通鑑」, 「서복비徐福碑」, 「풍토기風土記」, 「관문잡기寬文雜記」, 「일본서기日本書紀」, 「태평광기太平廣記」, 「광이기廣異記」, 「십주기十洲記」, 「이칭일본전異稱日本傳」, 「일본사日本史」, 「삼제기三齊記」, 「제승齊乘」 등이 있다. 헤아리면 백 종류 이상이나 된다!

장웨이, 2014 : 10~11

사실 장웨이는 아주 일찍부터 난해한 고고학과 역사학 문헌을 읽고 연구하기 시작하였다. 오랜 시간 동안 왕셴탕王獻唐, 1896~1960의 『산둥고국고山東古國考』와 리바이펑李白鳳, 1914~1978의 『동이잡고東夷雜考』 등 자오둥반도에 관한 고고학적 저술 두 권은 그의 책상과 손에서 떠나지 않았다. 뿌리 깊은 학술적 축적과 깊이 있는 학술적 답사에서 그는 서복 글쓰기에 충분한 자원을 쌓아두었고, 드넓고 폭넓은 제나라 문화를 쉽게 구사하게 되었다. "하지만 자료는 다른 일이고, 현지답사는 또 다른 일이다." 장웨이는 책에 적힌 역사적 자료를 정리하고 논증하는 데 만족하지 않았다. 그는 지질탐사 관계자처럼 발로 직접 현지를 답사하는 방식으로 문화 탐사를 해야 더욱 설득력을 갖출 것이라고 여겼다. 『바다에서 온 사람들이 잉저우를 말하는데』에서 닝자의 마음속에서 때때로 솟구치는 낭만적인 생각처럼, "남은 반평생을 꼬박 들여서 음유시인처럼 대지를 두루 걸어 다녀

보았다."장웨이, 2014 : 154~155

　장웨이는 자오둥반도에서 내내 걸었다. 거침없이 내달리는 소년에서 편력하는 중년에 이르기까지 장웨이는 자신의 두 발로 반도 땅을 측량하고 손에 쥔 펜으로 반도를 썼다고 말할 수 있다. 그는 1972년부터 자오둥 반도에서 문화 도보 탐방을 네 차례 하였다. 그는 고등학교를 졸업한 뒤에, 생계 때문에 자오둥반도 네 곳에서 일하였고, 오랫동안 반도를 돌아다녔다. 1974년에 그는 어부의 생활을 연구하기 위하여 룽커우 북부 쌍섬桑島에서 잠시 거주하기도 하였다. 1981년 봄에, 그는 창작 소재를 수집하려고 자오둥반도 바닷가로 가서 바닷가 주민에게서 자원을 수집하였다. 1988년 3월에 그는 『고원의 그대』를 창작하기 위하여 자오둥반도로 다시 갔고, 22년 동안 자오둥반도에서 객지살이를 하였다.장웨이, 주유커(朱又可), 2013 : 362~366 그래서 장웨이의 문학 창작은 문화적 답사와 학술 연구 과정에서 꾸준히 추진해온 것이고, 이것도 장웨이가 창작에서 많은 수확을 꾸준히 유지하는 이유가 된다.

　꾸준한 문화적 도보 탐방에서 장웨이는 제나라 문화의 정수를 꿰뚫게 되었다. 제나라 문화의 정수는 해양을 포함한 자연의 신비에 대한 탐색과 경외에 달려 있었다. 장웨이에 대한 이-제 문화夷齊文化[6]의 영향은 골수로 깊숙이 들어가서 핏속에 흘러넘쳤으며, 그의 작품도 제나라 문화에 푹 잠긴 깊은 낙인을 새겼다. 장웨이는 그의 작품이 "제나라 문화에 촉촉이 젖어서" 탄생한 것이고, "내 작품 전부를 이해하려면 제나라 문화를 이해

6　[옮긴이] 동이 문화(東夷文化)와 제나라 문화(齊文化)를 합쳐서 부르는 말이다. 왕리웨이(王麗瑋)의 「장웨이의 『고원의 그대』 속 인물 형상의 이-제 문화 내용에 대하여(論張煒『你在高原』中人物形象的夷齊文化意蘊)」(루둥대(魯東大) 석사논문, 2015)와 완둥린(萬東林)의 「동이 문화는 제-노 문화의 뿌리이자 국경 밖 멀리 전파된 것이다(東夷文化是齊魯文化之根並遠播域外)」(『치난일보(齊南日報)』, 2021.5.25) 등 참고.

하여야 합니다"^{장웨이, 2014:332} 하고 되풀이하여 강조하였다. 장웨이의 작품 가운데 아름답고 낭만적인 제나라 문화 기질이야말로 장웨이가 제나라 문화에 깊이 물들어 그렇게 된 것이며, 서복 형상에 대한 창조도 마찬가지로 그러하다.

제나라 문화와 서복 문화에 대한 도보 탐방과 답사는 장웨이의 문학 창작에 매우 큰 영향을 끼쳤다. 장편 산문집 『두근두근 불타는 마음, 제나라는 어디로 사라졌을까』야말로 제나라 문화에 대하여 그가 깊이 조사하고 기초를 완전히 세워서 창작한 것이다. 『바이후이』와 『고원의 그대』 10권 가운데서 제나라 문화와 서복 문화를 곳곳에서 볼 수 있다. 서복 문화는 장웨이의 작품 속에 본보기적인 텍스트 두 권에 담겨있고, 「잉저우를 그리워하는 시시콜콜한 이야기」와 『바다에서 온 사람들이 잉저우를 말하는데』 이상의 것이 없다. 「잉저우를 그리워하는 시시콜콜한 이야기」와 『바다에서 온 사람들이 잉저우를 말하는데』의 예술적 구조를 탐색해보면, 우리는 어느 정도에서 장웨이가 문학을 활용하여 서복이 동쪽으로 파견된 역사를 이야기하는 서사 방식을 확인할 수 있다.

「잉저우를 그리워하는 시시콜콜한 이야기」는 독백체 방식을 사용하였고, 제1인칭의 서사 시각에서 서복이 동쪽으로 간 '전생과 이생'을 말하였다. 장웨이는 첫머리에 『사기』 「진시황본기」와 「회남형산열전」, 『제승^{齊乘}』 「고적권^{古跡卷}」 속의 관련 역사적 자료를 옮겨 실어서 진시황이 서복을 파견하여 동쪽으로 보낸 일이 역사적 자료에 확실하게 기록되어 있음을 증명하였다.

길고 끝이 없이 배회하고 오랜 세월 동안 몰두하면 사람이 꿈을 현실에서 이루고 쉴 새 없이 잠꼬대한 것을 손으로 써서 절로 외울 수 있게 될지 모른다. 나인지 아니면 서복인지 잘 모르지만, 집 같은 배를 타고 잉저우로 가는데 헐렁한 두루마기에 넓은 소매 옷을 입었다. 이로부터 아내 변강卞羹과 헤어져 눈물을 훔치며 떠났다.장웨이, 2014 : 150

제1장 첫머리에 작가는 얼버무리는 말투로 이야기를 꿈인 듯 생시인 듯 혼돈 속에 놓았다. 특히 "나인지 아니면 서복인지 잘 모르지만"에서 "나"는 서술자이자 작자이다. 이렇게 해서 작자의 서사 입장과 시각을 자리 잡게 하였으므로, 서복은 작자의 개인적 색채를 지닌 서복 형상이 되었다.

"서시(복)는 진왕에게 장생불로 약을 구해준다며 동남동녀 3,000명을 데리고 갔는데 돌아오지 않았다. 이 사람이 떠난 지 3,000년이 되었고, 역사적 전설은 이미 몇 세대 사람의 핏속에 스며들었다." 서술자는 대중이 전파하는 시각에서 서복의 동쪽 파견이 역사적 전설이라고 여겼다. "우리는 어느새 이쪽 세상의 회상에 차츰차츰 더는 만족하지 않게 되었다. 그리하여 저쪽 세상에서 토로하는 말에 귀를 기울였다." "이쪽 세상의 회상"은 서복 사건에 대해 현대 사람이 대대로 전하는 것이고, "저쪽 세상에서 토로하는 말"은 역사 현장으로 되돌아가서 사건의 근원을 탐구하는 것이다. 그런 뒤에 저자는 제1인칭의 시각을 채용하여 서복이라는 인물 형상이 자신의 이야기를 흥미진진하게 술술 쏟아내게 하였다.

난 한때 마음속의 짓궂음과 우쭐함을 감추기 위해서 매우 겸손한 척하였다. 극소수의 사람만이 나의 속셈, 내 마음속의 비밀과 불만을 알았다. 나는 종종 한밤중에 홀로 있을 때에 마음껏 상상의 나래를 펴고 멋대로 하늘 높이 날아 올라갈 수 있었다.

이때 장웨이라는 작가 투의 서정 방식이 또 불쑥 등장하였다. "마음껏 상상의 나래를 펴게 한다"도 작자가 서복을 서사하는 중요한 전략이다. 이를 테면 작자가 상상의 날개를 삽입하여 서복의 동쪽 파견 사건에 대해 추리하고 연역하는 것이다. "온갖 근심이 모두 '달아나다'와 '도망치다'라는 글자와 연결되어 있었다." 작자는 제1인칭의 시각으로 서복이 동쪽으로 간 것은 '도망'을 위해서라는 점을 폭로하였다. 이러한 '도망'은 "내가 기델 것이 하나도 없고 손쓸 길이 없이 기다리며 살펴야 할 때에 거의 절망에 가까웠다"^{장웨이, 2014 : 151} 한데서 나온 부득이한 행위였다. 꼼꼼한 심리 분석을 통하여 작자는 '독백'의 형식으로 인물의 입장에 서서 인물에게 직접 그 내심의 갈등과 몸부림을 토로하게 하였고, 그래서 독자는 쉽게 공감할 수 있었다.

「잉저우를 그리워하는 시시콜콜한 이야기」는 제1인칭의 서사 시각으로 서복이 동쪽으로 간 '전생과 이생'을 서술하는데, 제1인칭 '나'의 의식의 흐름으로 서술하였다. 서술자의 시선이 끊임없이 뒤돌아보기, 거슬러 올라가기와 여러 차례 굴절함에 따라서 인물은 과거와 현실 사이에서 연신 배회하게 되는데, 여기서 현실-과거-현실의 번갈아가며 바뀌면서 전통 소설의 '발단, 발전, 절정, 결말'의 구조를 타파하고, 절정과 긴장 등의 고정 틀을 돌파하게 하였다. 그럼으로써 분명한 '산문화' 특징을 드러냈고, 이야기 줄거리는 연속성이 부족하지만, 서술자 '나'의 각도에서 생각나는 대로 쓰고 싶은 대로 썼다. "마음대로 붓을 대고, 심지어 거의 편집이 없으며 불평하고 싶으면 불평하고 기분을 토로하고 싶으면 기분을 토로하였다."^{양이(楊義), 1986 : 542} 소설의 '허구 세계'와 산문의 '진실 세계'를 나누는 경계선을 일부러 타파한 서술 방식은 독자를 '나'의 솔직한 마음속으로 데리고 들어가서 독자와 텍스트 사이의 거리를 좁혔다. 그래서 독자는 직접적인 독서 체험, 미적 각성과 정감의 공명을 얻었다.

『바다에서 온 사람들이 잉저우를 말하는데』의 서복 문화의 정신은 책 전체의 기둥이자 영혼이다. 거물 휘원하이霍聞海의 전기를 써서 권위를 높이며 서복의 동쪽 파견 문화를 답사하는 과정에서 잡지사 편집장 닝자와 사회과학원 고대 항해 전문가 지지紀及로 대표되는 신세대 지식인은 학술계 권위자들의 비밀스러운 역사를 건드렸다. 그래서 그들은 휘원하이로 대표되는 거물들의 박해를 받았다. 작품은 몇몇 '평행 텍스트'를 통하여 닝자와 지지의 문화 답사, '학벌' 왕루이王如一가 편찬한『서복사전徐福詞典』, 유명무실한 '거물' 휘원하이의 자서전 한 토막, 닝자가 창작한 '동쪽 순행' 소설, 그리고 지지, 왕샤오원王小雯, 휘원하이와 쌍쯔桑子의 얽히고설킨 사랑과 갈등 등을 전개하였다.

닝자가 창작한 '동쪽 순행' 소설, 지지의『바다에서 온 사람들이 잉저우를 말하는데』, 왕루이의 '표제어', 휘원하이의 '자서전 한 토막'은 몇몇 '평행 텍스트'로서 소설의 서사 구조를 구성하였다. 여기서 '평행 텍스트'들은 상대적인 독립성을 지니면서 장웨이 소설의 '텍스트 서술의 복선 구조'라는 특징을 형성하였다. 이러한 '평행 텍스트'들은 대체로 닝자와 지지가 실권파에게 내쫓기는 주제를 둘러싸고 있다. 이러한 명확한 주제는 여러 '평행 텍스트'의 영혼이자 연결고리로서 장웨이가 소설 속에서 '잠재의식 구조의 병치성'과 '다른 장면과 사유의 병렬과 병치'를 추구하고, 아울러 '다른 목소리의 내적 교향악, 다른 사상의 병렬 표현'을 중시하며, '다중 병치로 형성한 공간감'을 얻어내면서 생긴 '커다랗고 넓은 느낌'을 구체화하였다.

서복 전설은 이야기 원형으로서 장웨이 소설의 서사 구조에 깊이 영향을 끼쳤다. 원형이란 "원시 이미지Primodial Images이고, 그것은 언제나 신화,

동화, 민간 이야기, 종교적 명상, 예술적 상상, 환상과 비정상 상태 등에서 자발적으로 드러나며, 아동의 사유와 어른의 꿈나라에서 등장할 수도 있다"^{예수쉬안, 1988 : 53} 서복 전설에 대한 장웨이의 오랜 연구는 그것을 오랫동안 서복 문화 속에 자발적으로 잠겨 있게 하였고, 이렇게 한 것이 그의 텍스트의 서사 구조에 대해서도 저절로 영향을 끼쳤다. 장웨이는 '자아'형 '이야기 속' 서사를 자각적으로 추구하며,^{류쉬차이(劉緒才), 2013.(2) : 173~177} 소설 서사와 서술의 문화적 의미에 대한 탐색을 드러냈다. 『바다에서 온 사람들이 잉저우를 말하는데』는 역사적 빅 전설 한 가지를 담는데, 마티스^{Henri Matisse, 1869~1954}와 같은 콜라주 기법, 구조적 현실주의와 '동양식 상자 구조'[7] 등을 융합하였다. 이는 고난도 예술의 '사중주'이다.^{쉬자오서우徐兆壽, 2012. (1) : 60~66} 『바다에서 온 사람들이 잉저우를 말하는데』가 고난도의 복잡한 구조와 농익은 서사 기교를 담은 점에서, 중국 현당대 문학의 '구조주의의 대표작'이라 일컬을 만하다.^{왕완순, 2015 : 142}

3) 서복 형상과 그 문화적 내용

장웨이는 많은 역사적 자료와 자원을 지녔다는 전제 아래서 서복에 대

---

7   [옮긴이] 기존 관련 자료에 의하면, 작가이자 문예이론가인 장닝(張擰, 1958~)이 「서사 작품 형태와 동양 상자 구조에 대하여(論敍事作品形態與東方套盒結構)」, 『문예연구』, 2022.(7), 5~15면에서 처음 사용한 용어이다. '套盒結構'는 찬합, 러시아의 목제 인형 마트료시카(Matryoshka doll), 영어의 프랙탈(Fractal), 차원분열도형 같은 기하학적인 도형 구조로 이해할 수 있다. 미국에서 활동하는 핀란드의 SF소설 작가 하누 라야니에미(Hannu Rajaniemi, 1978~)의 '양자도둑 3부작'의 하나인 『분형 왕자(*The Fractal Prince*)』가 "동양적인 요소의 영향을 수용하였고, 특히 중국 상자(中國套盒, Chinese Boxes)의 무한 확장하는 서사구조를 지녔다" 하고 분석한 글이 있다. 쑨자(孫加), 「SF소설 속의 '중국 상자' 무한 서사구조 응용―『분형 왕자』를 예로 삼아서("中國套盒"無限敍事結構在科幻小說中的應用―以『分形王子』爲例)」(『창장총간 長江叢刊』), 2018.(12), 14~15면 참고.

하여 상세하고 꼼꼼하게 문화를 답사하였다. 그는 현지답사 과정에서 발굴한 민간 자원과 자오둥 연해의 전설 등을 바탕으로 연구 대상의 존재와 진실에서 고도의 공감대를 얻었다. 그다음에 그는 작자 특유의 서정 서사, 제나라 땅에 대한 상상, 미적인 언어 예술의 활용과 짙은 덧칠에 가까운 반복 글쓰기를 통하여 생동감 넘치는 서복 형상을 창조하였다. 요컨대 다음과 같은 몇 가지 유형을 포함한다.

첫째, 장웨이는 서복이 진나라와 한나라 방사의 전형이자 대표라고 여겼다. 『바다에서 온 사람들이 잉저우를 말하는데』는 서복의 신선 도술에 뛰어난 점이 얼마나 많은가를 직접 묘사한 것이 아니고, '동쪽 순행' 부분에서 먼저 절제하고 나중에 발휘하는 수법을 채용하였다. 동쪽 바다와 펑라이, 잉저우, 팡장 등 세 신선산을 날조한 것부터 말한 다음에 제나라와 신선 꿈에 대한 진시황의 흥미를 통하여 논술을 전개하였다. 진시황은 제나라의 만담가 라오치老齊의 기이하고 황당한 이야기를 듣기 좋아하고, 제나라 여인이 말하는 제나라의 이상한 일과 동쪽 바다의 놀라운 이야기를 좋아하였으며, 제나라 여인齊姬[8]과 제나라 여인이 낳은 아들 부소를 좋아하였다. 그는 제나라 방사가 날조한 동쪽 바다와 세 신선산 이야기를 들었고, 제나라의 다른 사람의 건의를 듣고 다른 소녀와 동침하여 '음으로 양을 보충하였다'. 그는 또 제나라 노인의 건의를 듣고 직접 동쪽 지역으로 순행하며 선약을 구하기로 작정하였다. 요컨대 제나라의 모든 것에 대하여 진시황은 짙은 흥미를 지녔다. 이러한 것들이 신선과 장생불로와

---

8   [옮긴이] 사료에는 진시황의 부인에 대한 기록이 어디에도 남아 있지 않다. 그래서 관련 연구자들은 부소(扶蘇, ?~기원전 210)의 어머니는 초나라 사람(楚國人)이고, 호해(胡亥, 기원전 230~207, 재위 기원전 210~207)의 어머니는 조나라 사람(趙國人)이었을 것으로 추정한다.

긴밀하게 관련을 맺었기 때문에, 진시황은 '날로 나빠지는' 건강 때문에도 신선 꿈 발등에 떨어진 불이었다.

> 동쪽에서, 특히 제나라 사람에게서 장생불로하는 사람이 되는 일이 이처럼 쉬운 듯하였고, 이와 같이 확실히 실행할 수 있었다. 서쪽의 진나라에서는 멀어서 닿을 수 없는 일이었다. 일반 사람은 생각조차도 감히 할 수 없지만, 그는 천년에 한 번 나올 황제로서 온갖 궁리를 다 짜내서 흉내 내고 실험하겠지만, 아무튼지 요령을 터득하지 못하였다. 시간은 정말 빠르다. 그에게서 말하면 특히 그러하였다. 구리거울을 볼 때마다 그는 마음 깊은 곳에서 쉰 듯이 외치는 애타는 소리를 들을 수 있었다. 얼른, 더 있다간 늦고 말아.^{장웨이, 2014 : 167}

최고 통치자로서 진시황이 천하 통일 뒤에 가장 걱정하는 것은 서산에 저무는 해였고, 가장 희망하는 것은 장생불로하는 일이었다. 그리하여 서복이 진시황의 비위를 맞추며 자신이 신선을 볼 수 있고, 그를 장생불로하게 할 수 있다고 허풍을 쳐서 그의 지지를 얻었다. 진시황과 한 무제로 대표되는 고대의 통치자는 방사들이 하는 신선방술과 허황한 말을 덮어 놓고 믿으며 가장 신선과 사귀어서 어떻게든 선약을 얻고 싶어 하였다. 실제로 장생불로는 사람들이 태어나면서 갖는 보편적인 소망이다. 수명을 늘리고 늙기를 늦추는 것은 오늘날 과학 연구에서도 첫손꼽는 중요한 과제이다. 이러한 각도에서 말하면 서복으로 대표되는 진나라와 한나라의 방사는 오래 살기 문화에 관심을 기울인 최초의 탐구자 부류이다. 한나라 때에 유흠劉歆, 기원전 50~23은 유향劉向, 기원전 77~6이 교감한 책을 육예六藝, 제지諸子, 시부詩賦, 병서兵書, 수술數術, 방기方技 등 여섯 갈래로 나누었다. 그 가운데서 수술과 방기는 모두 방사의 저작이며, 수량이 많고 영향이 큰 것을 엿볼 수 있다. 서복으로 대표되는 진나라와 한나라 방사는 중국 전통 문화의 많은 요소를 만든 창립자임을 알 수 있다.^{왕즈민, 2016 : 20~29} 방사 문화方士文化도 중국의 초기 문명을 대표하는 중요한 문화의 하나이다.

둘째, 서복은 전설적인 색채를 지닌 뛰어난 인물일 뿐만 아니라 더더욱 뛰어난 항해자이자 해양 탐색의 선구자이다. 장웨이의 강연원고의 제목은 「뛰어난 항해자 서복」이며, 강연할 때에 장웨이는 서복이 동쪽으로 가서 해양을 탐색한 일의 뛰어난 점을 지적하였다. 특히 일본에 대한 의미가 큰데, 일본을 매우 짧은 시간에 석기시대에서 철기시대로 넘어가게 하였으며, 중국 사람이 멀리 바다 건너 외국으로 간데다 일본에 문명을 전해준 것 자체가 바로 엄청난 일이라고 말하였다.^{장웨이, 2011.(2)}

『바다에서 온 사람들이 잉저우를 말하는데』에서 여러 차례 대항해자로서 서복의 형상을 언급하였고, 여기서 고대 항해 연구 전문가인 지지가 서복의 먼 거리 항해는 콜럼버스^{Christopher, 1446?~1506}의 아메리카 대륙 발견보다 1,700여 년이 앞섰으며, 당나라 때에 여러 번 동쪽 바다 건너 일본에 가려는데 모두 실패한 감진^{鑑眞, 688~763}보다 수백 년 이전의 일이라고 말하였다. 서복이 이끈 선대가 성공적으로 동쪽으로 갈 수 있었던 것은 그가 의심할 바 없이 뛰어난 항해자였기 때문이다.^{장웨이, 2014 : 12} 장웨이는 진시황의 말을 빌려서 서복이 항해 기술로 멀리까지 이름이 났음을 증명하였다. "그대가 항해술에 정통하여 세 신선산에 이른 것이 한 번이 아니라고 들었소."^{장웨이, 2014 : 186} 『바이하이』에서는 다음과 같이 말하였다.

『사기』는 가장 믿을 수 있는 정사로서 제나라 사람 서복도 기록되어 있다. 이 사람과 그의 항해 사적을 보건대 확실하고 의심할 게 없다. 그를 뛰어난 사신이자 항해자로 보았고, 또 콜럼버스와 서로 비교한 사람도 있다. 이는 절대 억

지가 아니다. 하지만 나는 결코 이것만이 아니라고 여긴다.^{장웨이, 2014 : 45}

장웨이는 「잉저우를 그리워하는 시시콜콜한 이야기」에서 서복이 일본에 이른 뒤에 현지 원주민의 우호 정책을 바탕으로 일본이 구석기 시대에서 재빨리 철기시대로 넘어가도록 도운 일을 상상하였다. 서복의 동쪽 파견은 중국항해사에서 빅 사건이며 서복은 뛰어난 항해자로서 해양 탐색의 선구자였고, 더욱더 중화 문화를 해외에 전파한 우호적인 사절이었다.

마지막으로, 서복은 포부를 지닌 지식인이었다. 그는 제나라 문화의 애호가이자 수호자였고 휴머니즘 정신을 품은 제왕이었다.

『바다에서 온 사람들이 잉저우를 말하는데』는 왕루이와 지지가 서복의 동쪽 파견에 관한 대화로 첫머리를 장식하며 이야기를 이어나갔다. 닝자가 창작한 '동쪽 순행' 소설은 평행 텍스트로서 진시황의 동쪽 순행과 서복의 동쪽 파견을 중점적으로 이야기하였다. 작자는 고대 항해 전문가 지지의 말을 빌려서 서복이 동쪽으로 간 목적에 대답하였다.

씨앗을 운송하기 위해서입니다.^{장웨이, 2014 : 46}

이는 여섯 나라의 사상 문화의 씨앗이고, 다원적이고 열린 정신이란 전통의 씨앗이기도 하다. 장웨이는 반복 글쓰기를 통하여 서복 문화를 줄기차게 연역하고 과장하면서 서복이 동쪽으로 간 사건에 대해서도 꾸준히 추리하고 연역하여, 서복을 제나라 문화의 수호자, 민족 문화와 정신문명의 전파자이자 구원자로 창조하였다.

"동쪽 순행"은 모두 10절^節로 구성되었고, 서복과 진시황이 차례차례 만나고 상상하는 과정에서 얼른 신선이 되려고 안달하는 진시황과 제나라 문화를 보호하기 위하여 부득이 도망가야 하는 서복 형상을 그려냈다. 앞부분 세 절은 진시황이 동쪽 지역을 순행하기 전의 이야기를 서술하였다. 작자는 많은 분량을 들여서 진시황의 심리적 변화를 묘사하였는데, 줄거리가 치밀하고 빈틈이 없다. 신선 꿈에 대하여 진시황이 갈망할수록 그는 쉽게 서복을 믿게 되고, 얼른 선약을 구해오도록 서둘러 동쪽으로 파견하게 된다. 진시황은 이렇게 절박하게 신선이 되고픈 마음이 있었기에 동쪽 지역을 순행하며 랑아에 이르렀다.

작자는 독자와 진시황의 심정의 절박함을 전혀 고려하지 않는 듯이 진시황이 동쪽 순행에서 처음에 현명한 사람, 방사와 선비를 불러들일 때에 '특별히' 서복의 자리를 비워두었다. 서복은 일부러 진시황을 회피한 것이 아니다. 서복은 온갖 주장이 꽃처럼 만발한 고장인 쓰린청思琳城 사람이기 때문에, "평소에는 오로지 공부하고, 창밖의 일을 귀담아 듣지 않았다". 이것이 서복의 선비 기질을 돌출시켰다. 서복이 처음으로 진시황을 만났을 때에 "문에 들어서자마자 즉시 엎드려 절하였다". 자신의 항해술을 칭찬하는 진시황의 말을 들을 때에 '한번 예를 행하였다'. 그리고 "세 신선산을 밟아본 적은 정말 없사옵고 멀리서 바라보았을 뿐이옵니다" 하고 대답하였다. 진시황이 그의 말을 들은 뒤에 말하였다. "짐이 그대에게 한번 가볼 것을 명하노니 어떠한가?" 서복이 다시 예를 행하였다. "폐하께서 이처럼 신임하시오니 소신 절대로 마다하기 어렵사옵니다. 하오나 소신에게 시간을 주시옵소서. 소신이 배도 만들어야 하고, 뱃사공도 모집해야 하옵니다. 물길이 험난하고 하늘에는 예측하지 못하는 일도 일어나기 마련이옵니다. 이는 실로 쉬운 일이 아니옵니다."^{장웨이, 2014 : 186~187} 서복이 진시황에게 매우 공손하게 감쪽같이 대답하며 진시황의 신임을 얻었으므로, 두 사람의 회담은 상대적으로 순조로웠다.

진시황이 두 번째로 동쪽 지역을 순행할 때, "백성이 온통 놀라 허둥거렸고, 수많은 사람이 액운이 곧 닥칠 것임을 예감하였다". 또 "시민들도 다 나쁜 일이 많고 좋은 일이 적다고 여겼다". 작자는 '온갖 주장이 꽃처럼 만발한 고장' 쓰린청의 공포 분위기를 힘껏 과장하였다. 서복과 많은 방사가 진시황에게 대응할 전략을 논의할 때에, 노인의 "충의" 주장에 대하여 서복이 사리에 근거하여 따졌다. "사람은 천지 만물에서 정화를 받아들일 뿐이거늘 (…중략…) 무슨 권력으로 폭군에게 그것을 순순히 넘겨주겠습니까?" 마지막에 서복은 "도망이 목적이다. 흩어지는 게 살길이다. 지혜를 쓰자. 세 가지를 함께 써야만 된다" 하고 결정하였다.^{장웨이,} ^{2014 : 322~323} 이로부터 서복은 정치적 종속이나 구색 맞추기를 위한 데 절대 빠진 것이 아니며, 폭군이 정권을 잡은 시대에 기꺼이 희생양이 되려는 건 더더욱 아니었고, 그는 지혜를 빌려서 여섯 나라의 문화의 정화를 전부 보존하고 이상과 자유에 대한 한 세대 지식인의 쉼 없는 추구를 드러냈다.

「잉저우를 그리워하는 시시콜콜한 이야기」는 서복이 잉저우에 이른 뒤에 원주민과의 충돌을 어떻게 처리하는지 묘사하였고, 동쪽으로 가는 도중에 '진'나라 깃발을 버리고 반대파를 제거한 일을 계속 회상하였다. 아울러 예전에 진왕과 '장난친' 모험을 회상한 뒤에 또 동쪽으로 간 장면으로 돌아가서, 잉저우의 지도에 대한 탐사에서 서복은 생명, 사람과 일과 산하 사이의 관계에 대하여 깊이 생각하였다. 산하를 뜨겁게 사랑하는 민족이라야 생명의 커다란 힘을 얻을 수 있다는 점을 말이다. 제3장에서 '수이팡水胖'에 대한 대장장이의 간음과 기술자를 관리하는 벼슬아치에 대하여 "내"가 관대하게 처리하는 방식을 대비하는 장면에서, 서복이라는 역사상 전설적 인물을 휴머니즘 정신을 지닌 스승 형상으로 묘사하였다. 제5장에서 서술자의 사색을 현실적인 줄거리의 전개로 되돌려서, "잉저우에 이른지 어느새 4년이 되어가며", 순우림 장군이 급히 "나"와 미미✻✻의 혼사를 중재하였다. 그래서 태사 아래阿萊와 여성 심령술사가 목숨 걸고 서로 핍박한 것을 "나"는 재차 회상하며, 글의 마지막에 "강제로 왕위에 오른" 것을 복선으로 깔았다.

루쉰은 예전에, "나는 나중에 모두들 또 일본 사람이 서복의 자손이라고 한바탕 큰소리를 칠까 봐 정말 걱정된다" 하고 말하였다. 사실 이는 루쉰이 "건륭이 진각로陳閣老, 1652~1736의 아들"이라는 소문을 평하여 한 말이고, "단지 생식기에 기대어 팔자를 고친 것인데, 정말 엄청 날로 먹었다"루쉰, 2005 : 594 하고 당시 일부 사람들이 스스로 기만하고 남도 속이는 심리를 풍자한 것이지, 서복을 겨냥하여 결론을 내린 것이 결코 아니다. 장웨이는 「잉저우를 그리워하는 시시콜콜한 이야기」에서 서복이 일본에 이른 뒤에 왕위에 올랐을 가능성을 상상하였다. 게다가 작자는 서복이 왕위에 올랐다고 하더라도 진나라 왕이나 제나라 왕인 제왕과도 달랐고, 그는 민족의 흥망성쇠를 반성하는데 치중하는 위기감과 휴머니즘 정신을 풍부하게 지닌 제왕 형상이라고 여겼다.

장웨이는 처지를 바꾸어서 옛사람 서복의 입장에 서서 작품 속 인물 형상과 마음으로 대화하고 사색하며 소통하였다. 이는 연구 대상에 대한 장웨이의 깊은 이해와 변호이자 변호 과정에서 그때 그 시절에 지식인이 처한 정신적 곤경에 대한 반영이자 위로였다. 그래서 글 속의 그 "서복"은 예술화 한 인물 기호가 아니라 생동감 넘치는 이상과 현실의 출렁거림 속의 "진실한 자아"를 지닌 사람이었다. 작자 자신이 솔직하게 말한 바와 같다.

서복 연구자마다 마음속에 자신의 서복을 품고 있지요. 우리는 사실상 그 시절과 개인적 영혼에 대해서 나름대로 경계를 설정하고 상상을 하고, 우리가 생활을 표현하는 데 사용하는 기원과 희망이 우리 개인의 정신과 사상에 울림을 주는 것이지요. 우리는 서복을 빌려서 자신을 드러낸다.^{장웨이, 2017.(3) : 26~32}

그러면 작자는 서복을 빌려서 어떠한 자신을 표현하였는가? 서복은 포부를 지닌 지식인으로서 다정하고 날카롭고 이성적으로 책임을 맡았으며, 그 가운데서 깊은 위기감과 반성 의식을 드러내고 다른 지식인과는 다른 이상과 자유 추구 방식을 나타냈다. 이러한 위기감과 반성 의식은 장웨이로 대표되는 세대의 지식인으로서 정신적 반성이고, 서복이 애써 수호한 독립 자주의 정신적 품성이야말로 지식인이 지켜야 하는 영혼이 깃든 곳임을 나타냈다. 장웨이는 서복 형상을 통하여 한 세대 지식인으로서 자유에 대한 추구와 고향의 터전에 대한 뜨거운 사랑을 전달하고 이상 사회에 대한 깊은 기대를 드러냈다.

자오둥반도의 산천초목을 깊이 사랑하는 장웨이는 "내 고향은 다른 어떤 지역의 오묘함에 뒤지지 않는 우월성을 지녔고, 나는 세상 사람에게 내가 아는 고향의 우월성을 해설할 책임이 있다고 여깁니다" 하고 말하였다.^{장웨이, 2012 : 139} 고향에 대한 장웨이의 내심에서 우러나온 뜨거운 사랑에서, 그는 서복 문화와 제나라 문화의 가객이 되었다. "가객"이란 덮어놓고 찬미하는 것이 아니라, 제나라 문화를 위한 장송곡 한 곡을 지은 것이다. 『두근두근 불타는 마음, 제나라는 어디로 사라졌을까』는 많은 분량에서 제나라 문화 속에서 제나라를 멸망하게 한 비극적인 요소를 찾고, 나아가서 제나라 문화가 지닌 신앙과 이상이 부족한 오락 제일주의 행위에 대하여 맹렬히 비판하며 깊은 안타까움을 드러냈다. 그럼으로써 지금 물질적 욕망의 방류, 인류 생존에 대한 향락주의의 커다란 위협, 깊고 풍부한 역사와 현실적 반성 등을 반영하였다. 바로 장웨이가 『두근두근 불타는 마음, 제나라는 어디로 사라졌을까』에서 말한 것처럼, 인류는 언제나 참고 견디며 너그러운 마음을 유지하고, 물질주의에 대한 경계와 반성을 해야만 사상 문화적 축적을 확보할 수 있다.^{장웨이, 2014 : 144}

장웨이로 대표되는 지식인 작가들은 그들의 작품에 뿌리 깊은 문화적 내용을 담아냈다. 현실에 뜨거운 관심 기울이기와 독특한 역사관으로 반성하기, 문화 보수적 자세로써 도덕적 이성과 인문적 이상 지키기, "물러남" 속의 "지킴과 뛰어넘기" 유지하기, 도덕을 자연과 이상과 서로 융합하기, 더욱 복잡한 이상적 도덕주의 속 지식인의 반성 정신 보존하기 등이 그러하다.^{허중밍(賀仲明), 2016.(2) : 204~211} 사상의 자유, 인격의 독립, 나라에 대한 포부 등은 장웨이가 창작한 서복으로 대표되는 지식인의 이상적 추구이다. 그는 실제 행동과 문학적 글쓰기로 이러한 추구를 해석하고자 노력하였다고 할 수 있다.

제7장

해상 실크로드의 꿈을 찾아서
유학 체험과 해상 실크로드의 성취

'해상 실크로드 문학'의 주제, 제재와 양식도 해상 실크로드 역사의 발전 변화를 따라 변모하고 있다. 어떤 의미에서 말하면 근현대 해상 실크로드는 유학의 길이다. 그리하여 현대 해상 실크로드 문학에는 해양 문화와 중국과 서양의 해상 교통 이외에도 유학파 작가들이 창작한 중국과 서양의 문화 교류를 구체화한 작품도 포함시키는 것이 마땅하다. 루야오둥陸耀東, 1930~2010, 쑨당보孫黨伯, 1934~, 탕다후이唐達暉 등이 책임 편집한『중국 현대 문학 대사전中國現代文學大辭典』에 수록된 작가 693인 가운데서 유학생 작가는 205인이다. 정춘鄭春, 1963~의『유학 배경과 중국 현대 문학留學背景與 中國現代文學』에서 통계한 현대 문학 300여 작가 가운데 '유학 배경'을 지닌 작가는 150여 인으로 거의 절반을 차지하였다. 다시 말하면 작가 두 사람 가운데 한 사람은 '유학 배경'을 지닌 사람이다.정춘, 2002:11 이러한 독특한 문화 풍경이 유학 출신 지식인의 씩씩한 열정과 나라를 구하려는 마음으로 가득 찬 이상을 드러냈다. 현대 유학 출신 작가들은 최대한도의 열정과 노력으로 "유학하여 나라에 충성하고 중국을 발전시킨다" 하는 민족의 꿈을 실현하는 데 직접 참여하여 행동하였고, 그럼으로써 유학 출신 작가들로 대표되는 현대 유학생 출신 집단이 중국사회의 현대적 전환을 이끌고 중국의 '문예부흥' 시기를 창조하였다고 말할 수 있다.

근대의 "눈을 크게 뜨고 세계를 보라" 하는 유학 체험에서 현대 유학 출신 작가들은 중국과 서양 문화의 문화 내용과 정신면에서의 커다란 차이를 깊이 느꼈고, 그리하여 문학 활동에 종사하려는 문화적 잠재의식과 정신적 지향을 품게 되었다. 이는 해상 실크로드 문학의 창작의 감성적 동력과 정신적으로 지탱하는 힘 내지는 배경 요소가 되었다. 유학 체험 작가들이 얻은 뛰어난 해상 실크로드의 성취는 중국 전통 문화를 현대적 전환으로 나아가도록 최대한도로 촉진하였다. 19세기 말에서 20세기 1930년대에 이르기까지, 유학 작가들이 창작한 이역 글쓰기는 중국 사회가 현대화로 나아가는 발걸음과 중국 문화가 현대화로 나아가는 결코 쉽지 않은 변신을 시작하였음을 증명하였다. 20세기 1980년대에서 지금까지, 유학 체험 작가들은 점차 해외 화문 문학 작가들로 바뀌었다. 첫째는 옌거링嚴歌苓, 1958~ 등으로 대표되는 '디아스포라'와 '회귀'라는 중국과 서양 문화의 이중 체험 글쓰기로 나타났다. 둘째는 지구촌화와 세계화의 추세에 따라서 민족성과 세계성을 담은 문학을 제창하는 무대 전환 과정에서 '주변성'과 디아스포라 상태로부터 점차 '인류 운명공동체'의 중요한 구성 요소가 되고 있는 이민 문화로 표현되었다. 그리하여 어떤 학자가 말한 바와 같이 중국 20세기의 문화는 '유학생 문화'로 개괄할 수 있다.왕푸런, 1999 : 64

1. 유학 체험과 이역 제재의 창작

최초 '유학생'은 성당盛唐, 713~765 때로 거슬러 올라갈 수 있다. 그 시절에 창안은 세계의 다른 나라 특히 아시아의 여러 나라에서 배우고 연구하러 오는 성지였다. 당나라의 활달한 기상이 다른 나라에 대해 커다란 문화적 매력을 지녔기 때문에, 일본은 '견당사遣唐使'와 '유학생'을 창안으로 파견하여 수학하게 하였다. 여기서 말하는 '유학생'이란 일본 견당사가 귀국한 뒤에도 여전히 중국에 남아 수학한 학생을 가리키며, 이러한 유학생들이 배움을 마치고 귀국한 뒤에 일본의 '유학파'가 되었다. 어느 정도에서 말하면,『서유기』의 현장이 서역으로 불경을 구하러 간 기록도 가장 오래된 유학 문학인 셈이다. 중국 근대 유학의 역사留學史에서 첫 번째로 유학의 기초를 닦은 인물은 '중국 유학의 아버지'로 불리는 룽훙容閎, 1828~1912이다. 그는 1847년에 미국으로 가서 수학하였고, 그의 저작『서양학문의 중국 전파 이야기西學東漸記』『중국과 미국에서의 나의 생활(我在中國和美國的生活, *My Life in China and America*)』로도 번역는 유학생 문학의 원조로 불렸다. 룽훙은 귀국한 뒤에 직접 1872년에 첫 번째로 미국으로 유학생을 파견하도록 촉구하였고, 유학을 개인행동에서 정부 측의 공적 행위로 승화시켰으며, 유학의 막을 점차 열어젖히게 하였다.

근현대 중국의 유학 방향과 유학 시기는 대체로 다음과 같은 몇 가지 방향으로 나뉜다.

첫째, 미국 유학이다. 1872~1875년에 룽훙이 노력하여 청 정부가 네 차례로 나누어 12살에서 14살 사이의 소년 120명을 미국으로 국비 유학을 보내 처음으로 해외 유학 풍조를 처음으로 열었다. 미국에 유학한 두 번째 단계는 경자년 배상금에 따른 미국 유학생庚款留美生[1] 모집이다. 미국 유학의 세 번째 절정은 제2차 세계대전이 막을 내린 뒤이다. 1945년에서 1949년 사이에 미국 유학생 수는 이미 5,000여 명에 달하였다.

---

1   [옮긴이] 1900년 의화단사건의 배상금 가운데서 유학생을 미국에 보내기로 체결한 내용에 따라 청 정부는 1909년 1차 50명, 1910년 2차 70명, 1911년 3차 63명을 국비로 유학 보냈고 중화민국 성립 뒤에도 계속 시행하였다.

둘째, 일본 유학이다. 장즈둥張之洞, 1837~1909의 노력으로 청 정부는 1896년에 최초로 일본으로 유학생 13명을 파견하였고, 1905년에 이르면 8,000여 명에 이르러 일본 유학 열풍을 일으켰다. 두 번째로 일본 유학의 열풍은 1914년에서 1920년대까지 계속 이어졌다.

셋째, 영국, 프랑스, 독일과 소련 등 선진국을 포함한 유럽 유학이다. 청나라 후기에 리훙장李鴻章, 1823~1901이 조정에 베이양해군北洋海軍을 조직할 것을 상주하였고, 청 정부는 1875년에서 1880년대 말까지 해군 88명을 유럽으로 유학 보냈다. 제1차 세계대전 이후에 중국에서 갖가지 유럽 유학 열풍이 불었다. 예를 들면 1915년부터 모두 4차례에 걸쳐 20여 년 동안 프랑스로 가서 노동하며 유학하기 열풍, 제1차 세계대전이 막을 내리고부터 1924년까지 1,000명에 가까운 학생이 나간 독일 유학 열풍, 그리고 '혁명가의 요람'이라 불린 소련 유학 열풍이다. 요컨대 중화민국 건립 후 중국의 미국과 유럽 유학생수는 일본 유학생수 보다 훨씬 많았다. 1927~1937년 10년간은 구미 유학의 황금기 10년이었고, 미국, 영국, 프랑스로 간 국비 유학생과 자비 유학생들은 방대한 유학 집단을 이루었다. 항일전쟁이 전면화된 시기에 유학 사업은 거의 중단되다시피 하였다.

학자 선광밍沈光明은 신해혁명을 경계선으로 하여 1871년부터 신해혁명 전까지의 유학 집단을 근대 제1세대 유학생이라 불렀다. 그들은 '서양의 선진기술을 본받아 서양의 침략을 물리치자' 하는 사상의 영향을 받아서 '갖가지 기능을 익히는데' 치중하였으며, 귀국한 뒤에 중국의 최초의 해군 장교와 철로, 탄광, 전기통신 등 영역의 전문 인재들이 되었다. 신해혁명 전후에 출국한 제2세대 유학생이 책에서 가리키는 현대 유학 체험 작가들은 대부분이 부류에 속하며, 신해혁명 전후로부터 1937년 사이에 '다른 나라의 새로운 소리에 대하여 특별히 탐구하자(別求新聲於異邦)' 하는 유학 작가들이고, 중일갑오전쟁의 침통한 교훈과 무술변법戊戌變

法[2]의 실패라는 어둠을 겪으면서 이 세대 유학생에게는 뚜렷한 변화가 생겼다. 그들은 전적으로 배움을 '나라를 멸망으로부터 구하고 민족의 생존을 도모한다'는 데 걸었고, 또 폭넓게 정치, 경제, 문화와 사회과학 등 갖가지 영역과 관련된 부문에서 중국의 현대화를 전면 추진하기 위하여 튼튼한 인재 축적이란 기초를 다졌다. 제2세대 유학 집단은 귀국한 뒤에, 대부분 지식인으로서의 어떤 독립성을 유지하였고, 더욱 자유롭고 더욱 이성적으로 중국 현대화의 길, 특징과 발전 방향을 사고하였다.선광밍(沈光明), 2002.(4) : 37~39 그 가운데서 중국과 서양 문화 교류 방면에서 두드러지게 역할을 현대 유학 출신 작가들이 가장 주목을 받았다.

학술계는 유학 출신 작가들에 관한 연구에 있어 처음의 역사학 영역에서 문학 영역으로 확장하였다. 1927년의 수신청舒新城, 1893~1960의 『근대 중국 유학의 역사近代中國留學史』에서 1960년의 일본 학자 사네토우 게이슈實藤惠秀, 1896~1985의 『중국인의 일본 유학사中國人留學日本史』까지 모두 역사학 영역에서 유학 집단에 대하여 전문적으로 연구하였고 문학은 곁가지로 언급하였다. 1990년에 저우몐周棉, 1956~이 「유학생과 근대 이래의 중국 문학留學生與近代以來的中國文學」에서 처음으로 문학적 시각에서 유학생과 근대 문학의 관계 문제를 전면적으로 논술하였다. 1991년의 자즈팡賈植芳, 1915~2008이 「재일 중국인 유학생과 중국 현대 문학中國留日學生與中國現代文學」에서 일본 유학 출신 작가 집단과 중국 현대 문학의 관계를 계통적으로 해석하였고, 아울러 구미 유학과 일본 유학의 차이를 구분하였으며, 문학에 대한 각기 다른 시기의 유학생의 태도와 공헌도 논술하였다.

학술계는 21세기 이후로 유학생 문학에 관한 연구에 있어 그 사고의

---

2   [옮긴이] 1898년 백일개혁이다.

맥락과 방법에서 모두 어느 정도는 진전을 보였다. 정춘이『유학 배경과 중국 현대 문학』에서 "유학 배경"이란 개념을 제기하고, 이를 시각으로 하여 현대 문학의 창립, 건설과 개방의 역사를 정리하였고, 유학 배경을 지닌 현대 작가의 중국 현대 문학 수립에 대한 의미를 탐색하였다. 리이李怡, 1966~는『일본 체험과 중국 현대 문학의 발생日本體驗與中國現代文學的發生』에서 유학생과 중국 현대 문학의 관계 연구에서 "뛰어난 성취이자 성숙해가는 해석 패턴"은 "중국과 외국의 문화교류"이지만, 동시에 "문학 창작이라는 정신 현상의 복잡성"에 바탕을 두었고, "체험"이라는 개념을 활용한 것은 "체험 과정에서 표현한 것이 바로 생명"이기 때문이라고 인식하였다. 확실히 "유학 체험"이란 어휘는 유학 출신 작가 집단의 독특한 감성 태도, 미적 취향, 문학 선택 등 복잡한 정신적인 요소를 개괄하기에 족했다. 바로 이러한 특수한 인생 체험이 유학 출신 작가들에게 중국과 서양의 문화교류를 대량으로 구체화한 문학 작품을 창작해내게 하였다.

현대 유학 체험과 '해상 실크로드 문학' 양자 사이에 어떠한 관계가 있을까? '해상 실크로드 문학'은 우선 '해상 실크로드'를 주제나 제재로 삼은 문학을 가리킨다. 근현대의 해상 실크로드는 의심할 것 없이 유학의 길이기도 하다. 현대 유학 체험 글쓰기는 '해상 실크로드 문학'이 담은 정신의 알맹이를 가장 잘 드러내며, 그들이 지닌 열린 자세, 창조 정신, 세계적인 안목이 중국과 서양의 문화 전파와 교류 방면에서 모두 대체할 수 없는 작용을 발휘하고, 해상 실크로드 문화와 해상 실크로드 정신의 모든 것을 한껏 구체화할 수 있었다.

이 책에서 말한 오랫동안 배움을 구한 작가는 일본, 구미 등 지역과 나라에서 1년 이상 배움을 구한 유학 출신 작가들을 가리키며, 이역에서 1년 이상 근무한 라오서, 정전둬 등 몇몇 작가도 포함한다. 예전에 서양에서 오랫동안 배움을 구한 현대 유학 출신 작가들은 여러 방면에서 서양을 경험하고 목격하였으며 체험하였다. 그래서 이전에 출국하여 공무에 종사한 사람들과 비교하면 매우 다른 인생 체험과 심경의 변화 경험을 지녔고, 근대 제1세대로서 '갖가지 기능 익히기'로 '전문 인재'가 된 유학 집단과도 구별된다. 현대 유학 체험 작가들은 중국과 서양 문화의 빅 충돌과 빅 접촉 과정에서 전면적으로 깊이 느끼고 직접 참여하였다.

유학 체험 작가가 창작한 문학 작품이 해상 실크로드 문화와 해상 실크로드 정신을 구체화하였는지를 판단하는 관건은 작가에게 열린 시야, 개척 의식과 세계적인 안목을 갖추고 비교적인 시각을 자각적으로 활용하여 중국과 서양의 문화교류, 충돌과 융합의 인생 체험을 담은 글쓰기를 하였는지 아닌지에 달려 있다. 그리하여 유학 체험 작가가 창작한 모든 작품이 모두 '해상 실크로드 문학'에 속하는 것은 절대 아니고, 그러한 열린 사고, 개척 의식, 창조 정신과 세계적인 안목을 지닌 중국과 서양의 문화 교류를 담은 문학적 글쓰기라야만, 그리고 해상 실크로드 문화와 해상 실크로드 정신을 구체화한 문학 작품이어야만, 비로소 '해상 실크로드 문학'이다. 현대 유학 체험 작가가 창작한 중국과 서양의 "문화적 적응"리지카이, 2017 : 147을 구체화할 수 있는 작품이 현대 실크로드 문학의 중요한 범주를 구성하였고, 그 가운데서 유학 출신 작가들은 이역 글쓰기를 통하며 중국과 서양 문화가 충돌하는 인생 체험을 가장 직접적으로 반영하였다.

1) 일본 여행기와 일본에 대한 글쓰기

모두 아는 바와 같이 해상 실크로드의 가장 최초의 동쪽 항로는 산둥반도 연해 항구에서 출발하여 조선과 일본에 이르렀다. 수나라와 당나라 때에 조선반도를 통하거나 뱃길을 따라서 일본으로 갔고, 중국과 일본의 왕래가 매우 편리해졌다. 하지만 근대 이래로 서양의 식민지 침략으로 인하여 산둥 보하이 주변의 항구는 대부분 식민 항구가 되었다. 예를 들면 웨이하이웨이는 1985년의 중일갑오전쟁 이후에 일본에 점령되었고, 1898년에는 영국이 조계를 강요하였으며, 1930년 10월에 중국 정부가 회수하였지만, 1938년 3월에 다시 일본군의 식민지로 전락하였다. 자오저우 완膠州灣(칭다오)은 1897년에 독일이 침략하여 점령하였고, 1914년에 다시 일본이 강제로 점령하였다. 1922년에 중국 정부가 회수하였지만, 1938년 1월에 다시 점령당해 일본의 식민지가 되었다. 덩저우항옌타이은 20세기 초에 유일하게 점령당하지 않은 보하이 주변의 항구였고, 오랫동안 중국 해군의 주둔지였지만, 1938년에 일본이 침략하여 점령하였다. 근현대 이래로 가장 중요한 항구 도시인 상하이는 중국 정치, 경제, 문화의 중심이었다. 그래서 상하이항도 중국과 외국의 해상 교통 방면에서 첫손을 꼽는 작용을 발휘하였다. 현대의 일본 유학 체험 작가들은 대부분 상하이 (혹은 톈진에서) 배를 타고 일본으로 갔고, 빨라야 6일 뒤에 일본 요코하마橫濱에 도착하였다.

루쉰은 1902년 2월에서 1909년 6월까지 일본에서 7년에 이르는 동안 유학하면서, 21살에서 28살까지의 한창 젊은 시절을 보냈다. 그는 「후지노 선생」의 첫머리에서 다음과 같이 표현하였다.

도쿄도 딱히 별나지는 않았다. 우에노上野의 벚꽃이 흐드러지게 필 무렵에 바라보면 확실히 연분홍 구름을 드리운 듯하였다. 꽃 아래에는 으레 무리지은 '청나라 유학생' 속성반 학생들도 있었다. 그들은 변발을 둘둘 똬리 틀어 올린 위에 학생 모자를 쓰고 있어서 머리 꼭대기가 한껏 솟아올라 후지산富士山 같았다. 변발을 풀어 납작하게 감아 붙인 사람도 있었고, 모자를 벗으면 기름이 잘잘 흘러서 젊은 낭자들의 머리 모양 같았다. 고개를 살짝 돌리면 더욱더 그러하였다. 참으로 고혹적이었다.루신, 2005 : 133

루쉰이 유학한 '떠돌이' 심리를 드문드문 드러냈고, 일본에 유학한 '청나라 유학생'의 우스꽝스러운 모습이 부르면 걸어 나올 듯이 생생하다. 루쉰은 청나라 말기 유학생으로 일본에서 배움을 구하는 동안에 많은 차별과 불평등 대우를 받았다. 이 뼈아픈 체험에서 그는 그다지 일본에 대해 따뜻한 추억을 갖지 못하였다.

귀모뤄는 먼저 기차를 타고 만리장성을 넘어 조선으로 갔고, 그런 다음에 조선에서 바다를 건너 일본으로 갔다. 일본에 대한 귀모뤄의 태도는 복잡하다. 마음에 '분개함'을 품었고 '부러워함'도 품었다. 그는 「이마즈 여행 이야기今津紀遊」에서 일본 길거리에 대하여 "흥성거리는 거리 몇 군데가 서양 문명의 세례를 받은 것 말고, 모든 뒷골목이 깨끗하지 않고 더러운 점까지도 동양 제일의 모범 나라답다" 하고 묘사하였다. 뒤에 그는 또 "역에 앉아서 바깥의 시끌벅적한 거리를 바라보다 까닭 없이 적개심이 끓어올랐다. 중국과 일본 두 나라가 서로 경멸하는 심리는 만성 질환이 된 듯이 정말 치료할 방법이 없구나"귀모뤄, 1992 : 331 하고 말하였다. 그가 일본에 대한 "적개심"이 "까닭 없이" 생긴 것임을 스스로 반성한다고 하여도, 사실 오랫동안 일본 사람의 차별대우와 멸시를 받아서 저도 모르게 "서로 경멸한다"라는 말이 생겼을 것이다. 그가 이마즈로 여행을 간 것도 아마 비슷한 목적에서 나왔을 것이다.

일본 유학 출신 중국 지식인들은 일본에서 업신여김과 모욕을 받았다. 일본 유학 출신 작가는 마음속에 솟구치는 분함과 억눌림을 붓끝으로 호소할 수 있을 뿐이었다. 위다푸는 1913년부터 1922년까지 일본에 유학하였고, 17살에서 26살까지 청춘 세월을 보냈다. 1913년에 위다푸는 상하이에서 배를 탔고, 바다에서 항해하는 기간에 보고 들은 것마다 새로움을 느꼈고, 처음에 일본에 도착하였을 때, 현지의 아름다운 풍경이 그에게 좋은 인상을 남겼다. 하지만 거의 10년에 이르는 일본에서의 배움이 막을 내릴 즈음에 그는 분노의 함성을 질렀다.

> 아아, 일본아! 세계 일등 강대국인 일본아! 국민이 우리보다 적은데 야심은 우리보다 강렬한 일본아! 내가 떠난 뒤에 너의 해안은 여전히 아름다운 풍광이겠지. 너의 아들딸은 여전히 멋대로 거리낌 없이 살아가겠지. 하늘빛은 아득하고 바다는 드넓다. 내가 떠났다고 하여서 무슨 변화도 생겼을 리 없겠지. 나의 동포 젊은이도 여전히 너에게로 와서 나의 운명을 잇고 너의 업신여김을 당하겠지. (…중략…) 일본아, 일본아, 나는 간다. 나는 죽어도 더는 너에게로 돌아오지 않으련다.위다푸, 2007 : 5~9

이 「귀항歸航」이란 글에서 위다푸는 일본을 "난폭한 작은 나라"라 불렀고, 또 "너의 업신여김을 당하여" "나는 죽어도 더는 너에게로 돌아오지 않으련다" 하고 말하면서 깊은 울분과 퇴폐적이고 서글픈 정을 드러냈다.

저우쭤런周作人, 1885~1967의 「일본 신촌 방문 기록訪日本新村記」은 위쪽의 일본 유학생 작가가 일본에 대한 '분한' 심리를 묘사한 작품과는 다르다. 이 글에서 그는 휴우가日向 신촌에서 무샤노코지 사네아쓰むしゃのこうじさねあっ, 1885~1976를 만나고 직접 신촌 생활을 체험하면서 보고 들은 것을 기록하였다. 저우쭤런은 이를 빌려서 일본의 우수한 문화에서 경험을 흡수하고, 일본 '신촌'의 발전 방식을 배우기를 호소하였다. 그는 신촌이 실행 가능한 이상이라고 여겼다. "그 신촌의 정신에 절대 잘못이 없음을 굳게 믿

는다. (…중략…) 신촌 운동에 대하여 일부 중국 사람이 더욱더 전적으로 찬성한다."저우쩌런, 2009 : 307 신촌에 관한 그의 일련의 글이 커다란 반응을 일으켰고, 그는 '사람의 문학人的文學', '평민의 문학平民的文學' 등 이론을 통하여 신촌 정신을 중국 신문학의 창작 속에 녹여냈다.

현대 유학생 작가들이 일본에서 실컷 굴욕을 당한 여행 체험은 분개함과 슬픔으로 가득 찼다. 바로 이러한 분개함과 슬픔이라야 일본 유학생 작가들이 "겨울밤의 별에 기탁한 이 내 마음이야 나라님은 몰라주어도 / 나는야 내 피를 나라에 바치련다寄意寒星荃不察, 我以我血薦軒轅"[3] 하는 가슴 가득 찬 애국심과 혁명 열정을 불러일으킬 수 있다. 그래서 그들은 치욕을 참고 무거운 짐을 지고 문학 창작, 번역 소개와 갖가지 문학 활동을 발기하고 참여하였고, 중국 현대 문학에 세상 사람의 눈길을 끄는 공헌을 하였다. 동시에 일본 유학 출신 작가들의 창작에서 현대 중국과 일본의 관계는 약세의 '자아'와 강권의 '타자' 사이에서 이원 대립하는 관계를 드러냈다. 서술되는 일본의 지역 특색과 풍습과 사회 문화는 일본에 대한 일본 유학 출신 작가들의 진실한 감성의 복제이며, 일본 문화의 풍부함과 복잡함을 숨기는 것을 일정 정도 피하기도 어려웠다.

2) 구미 유학과 서양에 대한 글쓰기

중국 연해에서 출발하여 해상 실크로드를 따라서 배움을 구하려 유럽에 이르는 데는 대략 30, 40일이 걸렸고 심지어 더욱 긴 시간의 해상 항

---

3   [옮긴이] 루쉰이 1903년 전후에 지은 칠언절구(七言絕句) 「자화상(自題小像)」의 일부이다. 이 시는 원래 제목이 없었는데, 루쉰의 벗인 쉬서우상(許壽裳, 1883~1948)이 1937년 1월, 『새싹(新苗)』 제13기에 발표한 「옛날을 그리며(懷舊)」라는 글에서 "1903년, 그의 나이 스물셋일 적에 도쿄에서 「자화상」을 지어 나에게 주었다" 하고 밝힌 뒤로, 이 시의 제목이 정해졌다. 뒤에 『집외집습유(集外集拾遺)』에 수록되었다.

해도 있었다. 천덩커陳登恪, 1897~1974의 『서양 유학 외사留西外史』에서 주인공
이 상하이에서 배를 타고 홍해를 거쳐서 파리에 이르는 여정은 36일이
걸렸다. 중국 상하이에서 일본을 거쳐서 미국에 도착하는 배는 순조롭게
항해하면 2주 정도의 시간이 걸렸다. 1923년 8월 17일에 빙신은 우편선
요크슨 호를 타고 상하이에서 출발하여 미국으로 유학을 떠났고, 일본 요
코하마를 거쳐서 9월 1일에 미국 시애틀에 이르러서 뭍에 올라갔다.쥐루(卓
如), 2003 : 95~99 유럽을 빙 돌아가면 몇 달이 더 필요하였다.

　하늘과 바다가 한 빛깔인 풍광도 처음의 새로운 느낌에서 매우 낯익은
풍경이 되었고, 유학 작가에게 길고긴 바다에서의 여정은 몸과 마음의 시
련이기도 하였다. 유학 경력에서 그들은 많은 여행기 명작을 지어냈다.
'유학의 아버지'로 불리는 룽훙은 그의 『서양학문의 중국 전파 이야기』에
미국에서 유학하며 보고 들은 것을 기록하고, 외국의 재미있는 이야기를
추려 싣는 신기원을 열었다. 현대 유학 체험 작가들의 이역 글쓰기는 한
편으로 유학생이 고향을 그리워하는 향수의 정을 드러냈고, 또 다른 한편
으로 '서양의 선진기술 본받기'에도 착안하고 서양의 문화 자원을 대대적
으로 섭취하였다. 쉬즈모의 「피렌체 산에서翡冷翠山居閒話」, 「파리의 일화」와
「내가 아는 케임브리지我所知道的康橋」, 주쯔칭의 『유럽 여행 이런저런 이야
기歐遊雜記』, 바진의 『바다 여행 이런저런 이야기海行雜記』, 리젠우의 『이탈리
아 여행 짧은 이야기意大利遊簡』, 펑즈의 『산과 물山水』 등은 모두 이역의 아
름다운 풍광에 대한 유학하는 이의 찬미와 동경을 토로한 작품이다.

　쉬즈모는 「파리의 일화」에서 파리의 아름다움과 문화에 대하여 대대
적으로 찬미하였고, 파리의 현대 문명에 깜짝 놀랐으며, 특히 파리의 "인
간적이고 허세를 부리지 않으며" "사랑의 자유는 영원히 허용된다. (…중
략…) 그대의 행동거지가 절차와 리듬에 맞기만 하면 문명적인 파리 사

람은 절대 그대를 난처하게 하지 않는다"쉬즈모, 2004 : 7 하는 점을 높이 샀다. 「내가 아는 케임브리지」와 시 「케임브리지를 다시 떠나며再別康橋」는 열정이 넘쳐흐르는 언어로 케임브리지를 찬미하고 시인의 사랑, 석별과 슬픔의 정을 반영하였다. 시는 전부 음악의 아름다움, 회화의 아름다움과 건축의 아름다움으로 채워졌다. 쉬즈모는 예전에 『맹호집猛虎集 · 머리말序文』에서, "24살 이전에 시는, 신시이든 고체시이든 간에 나는 전혀 관계가 없었다. (…중략…) 시인도 미련한 새이다. 그는 부드러운 마음으로 장미의 가시를 단단히 떠받치고 입으로 별과 달의 빛과 인류의 희망을 끊임없이 노래한다. 그는 심혈을 기울여 하얀 꽃을 커다란 붉은 꽃으로 물들이지 않으면 입을 다물지 못한다. 그의 아픔과 즐거움은 한데 뒤엉켰다"쉬즈모, 2014 : 157 하고 말하였다. 그는 뒷날의 「흡연과 문화吸煙與文化」라는 글에서 깊은 정을 가득 품고, "나의 눈은 케임브리지가 뜨게 해주었고, 나의 지식욕은 케임브리지가 불러일으켜 주었으며, 나의 자아의식은 케임브리지가 심고 키워주었다"쉬즈모, 2016 : 142 하고 말하였다. 시인은 시와 같은 언어로 케임브리지가 자신의 영혼을 일깨워 시인으로서 타고난 그의 운명을 이루게 해주었음을 힘 있게 증명하였다.

쉬즈모의 「피렌체 산에서」는 '시적인' 소품 산문 한 편으로 전원 목가적인 운치로 가득 찼다. 글은 전체적으로 '자연이 가장 위대한 책'이라는 중심 주제와 단단히 연결되어 있으며, 개인이 내심으로 느끼는 각도에서 잡담 같은 말투와 서술 방식으로 풍경을 쓰고 감정을 토로하였다. 아울러 피렌체이탈리아 플로렌스 산속의 야릇하고도 유쾌한 심경을 드러내는 데 심혈을 기울였다. 그는 감각기관의 모든 요소를 작동하여 '대자연이란 이 책이 정말 가장 위대한 하늘이 지은 걸작'임을 온 힘을 기울여 찬미하였다.

중국 고대의 문예이론가 유협이 『문심조룡』에서, "무릇 검은 하늘과 누런 땅은 색이 뒤섞였고, 네모난 땅과 둥근 하늘은 몸이 나눠었으며, 해와 달은 구슬을 이어 놓은 듯하니, 아름답게 하늘에 드리운 모습이다. 뫼와 내는 반짝이는 비단 같이 땅의 모양대로 깔려 있다. 이는 아마도 도道의 무늬일 것이다"라고 한 것과 마찬가지로 쉬즈모는 뛰어나게 아름다운 글로 대자연이란 '훌륭한 책'을 그리고 '도'우주, 대자연 포함 자체의 무늬와 색채를 묘사하였다. 『문심조룡』에서 또, "곁으로 만물까지 넓히면, 동식물도 모두 무늬가 있다. 용과 봉황은 고운 무늬로 상서로운 기운을 드러내고, 범과 표범은 화려한 색채로 자태를 뽐어낸다. 구름과 노을이 새긴 색은 화공의 솜씨보다 더욱 기발하다. 풀이며 나무며 활짝 핀 알록달록 꽃들은, 수놓는 솜씨꾼의 솜씨를 기다리지 않는다" 하고 말하였다. 어쩌면 쉬즈모가, "그들자연의 뜻은 영원히 뚜렷하다. 그대 마음에 부스럼 자국이 생기지 않고 눈이 멀지 않고 귀가 먹지 않았으면, 이 흔적 없는 최고의 고등 교육은 영원히 마르지 않는 그대의 자원이다. 돈을 받지 않는 이 가장 귀한 보약은 그대가 영원히 누릴 수 있다. 이 책을 알기만 하면, 그대는 이 세상에서 외로울 때 외롭지 않고, 가난할 때는 가난하지 않고, 괴로울 때는 위안이 있고, 좌절할 때에 북돋음이 있고, 나약할 때에 다잡음이 있고, 길을 잃을 때 나침판이 있다"쉬즈모, 2014 : 90라고 한 말과 같지 않을까.

유학 체험 작가들은 바다 건너 멀리 유학할 때, 이역의 아름다운 풍광이 그에게 한동안 그리움을 남길 수 있지만, 이국 타향에서 살면서 조국에 대한 마음속 그리움과 깊은 정을 새록새록 느꼈다. 빙신은 미국으로 유학 가는 도중에, 태평양의 파란 하늘과 푸른 바다를 바라보며, "바닷물이 곧장 만리 깊이 내려가니 / 뉘가 이 이별의 괴로움을 말하지 않으리" 하고 이백의 시 구절을 떠올렸다. 빙신은 신기질이 사詞에서 드러낸 "어렸을 때는 시름이 뭔지 모르고 누각에 오르기를 즐겼네 / 누각에 오르기를 즐기다가 시를 지으려 억지로 시름에 젖은 척하였네 / 지금은 시름이 뭔지 다 알아서 말하려다 그만두었네 / 말하려다 그만두었으되 날씨 서늘하니 좋은 가을이라 말하였네"와 같은 이별의 슬픔도 느꼈다.

루인盧隱, 1898~1934은 「이국에서 가을날 쓸쓸한 생각異國秋思」에서 감상에 젖어 토로하였다.

북쪽 바다의 풍광이 그대의 초라함을 미화시킬 수 없다! 오늘 비 내리는 찻집이란 금우헌今雨軒의 붉은 등불과 푸른 와인이 시름 젖은 인생을 위로할 수 없다. 조국을 깊이 그리워하는 우리 뜨거운 소망으로 떨리는 이 마음, 마지막에 가을바람 불어와 식어버렸다.

유학 체험을 지닌 작가는 이국 타향에 살지만, 조국과 어머니를 그리워하는 마음뿐이고, 나라는 망하고 백성이 흩어졌으나 산하는 그대로 남아 있으니, 나라를 구하려는 마음이 가장 절박하였다.

중국 근현대사는 제국주의의 유린과 약탈로 인한 굴욕의 역사이자 항쟁의 역사이기도 하다. 유학 체험 작가들은 감상적인 느낌이 많아 계절이 바뀔 때마다 슬픔을 느낄 수 있었으며, 마음속에 품은 끝없는 분개함을 붓끝으로 토해낼 수 있었다. 원이둬의 「일곱 아들의 노래七子之歌」 등이 대표작이다. 원이둬는 미국 유학 시절인 1925년 3월에 「일곱 아들의 노래」를 지었다. 시 일곱 편에서 중국이 침략당한 마카오, 홍콩, 타이완, 웨이하이웨이, 광저우완, 주룽, 뤼다뤼순(旅順)-다롄(大連) 등 중요 항구를 묘사하였다. 「일곱 아들의 노래」에서 시인은 지극히 뜨겁고 깊은 애국정신과 묵중한 위기감, 드높은 투쟁 정신과 중국의 통일에 대한 강렬한 열망, 이미지와 은유의 풍부함, 구조의 치밀하고 가지런함, 리듬의 높낮이와 멈춤과 바

꿈 등을 담아냈다. 시 한 편은 7행으로 이루어졌고, 시마다 마지막 행에서 "어머니! 나는 돌아가렵니다, 어머니!"로 마무리를 하였다. 시는 주제가 두드러져서 곧장 사람 마음에 와 닿았다. 원이둬의 순수한 마음과 나라 사랑의 정은 순결하고도 깊으며, 애국적인 유학 체험 작가들의 대표이자 본보기라고 말할 수 있다.

3) 이역 풍광과 난양에 대한 글쓰기

유학 체험 작가들은 해상 실크로드를 통하여 구미의 여러 나라로 갔고, 동남아시아와 남아시아 등 나라를 거쳐서, 아니면 유럽에서 중국으로 되돌아올 때에 동남아시아 등 나라를 거쳐서 들어왔다. 그들은 도중에 본 이역 풍광을 기록한 글도 남겼다. 대부분 배의 정박, 보급, 수리 등으로 인하여 잠깐 머무를 뿐이기 때문에, 작품에는 쉬즈모, 바진, 정전둬 등의 난양 관련 글과 같이 인상 따위의 느낌이나 '난양 상상'이 비교적 많았다. 또 일부 작가들은 생계에 쫓겨서 아니면 전쟁으로 인하여 이곳에 머물면서 난리를 피하고 살길을 찾았다. 동남아시아에서 비교적 오랫동안 객지살이를 하는 동안에 라오서, 위다푸, 쉬디산 등의 난양에 대한 글쓰기처럼 그들의 창작은 이전보다 훨씬 더 깊고 복잡함을 담아냈다.

유학 체험 작가들은 대부분 서양의 현대 문명에 정통한 뒤에 난양의 경력을 더하였기 때문에, 그들이 문명 정도가 서양에 훨씬 못 미치는 난양을 대하였을 때, 글쓰기에서 복잡한 모습을 드러냈다. "사회 집단적 상상물"의 난양 형상으로서 싱가포르는 분명히 작가의 주관적 상상을 띤 특징을 드러냈다.[4] 라오서는 영국에서 5년을 지낸 객지살이 경험이 있다.

---

4 천타오샤(陳桃霞), 「20세기 이래 중국 문학 속의 난양 글쓰기(20世紀以來中國文學中的南洋書寫)」, 우한대(武漢大) 박사논문, 2013.

그동안에 그는 내내 서양 문화가 약소국 백성을 차별 대우하는 데서 견딜 수 없는 굴욕을 당하였다. 그는 영국 거주 기간에 창작한『마씨 부자二馬』에서 그의 짙은 나라 사랑 마음을 반영하였다. 라오서가 영국에서 5년 동안 거주한 뒤에 싱가포르로 가서 체류하며 귀국하지 않은 이유는 생계에 쫓긴 데 있었고, (그가 지닌 돈으로는 싱가포르만 갈 수 있었다) 콘래드의 소설에서 영향을 받고, 특히 난양에 가보고 싶었기 때문이기도 하였다. 그래서『샤오포의 생일小坡的生日』을 창작하였다. 난양은 위다푸가 생의 마지막에 깃든 곳이다. 위다푸의 난양에 대한 글쓰기는 그의 강렬한 민족의식과 혁명 열정을 드러냈다. 쉬디산의 난양에 대한 글쓰기는 다른 작가의 이역 글쓰기 격조와는 전혀 다르다. 그는 '전에 머물던 곳'에 대하여 잠재의식에서 나온 아름다운 풍경을 묘사하였다.

『샤오포의 생일』은 라오서가 창작한 동화 이야기이고, 작품은 난양에 사는 중국 사내아이 샤오포와 그 아이의 여동생을 주인공으로 삼았다. 라오서는 난양에서 사는 중에 겪은 재미있는 이야기를 묘사하였고, 이야기의 후반부는 샤오보의 꿈인데, 난양의 갖가지 문제에 대한 작가의 사색을 담아냈다. 작품은 필치가 간결하고 생동감이 넘치며 상상과 환상으로 가득 찼다. 동시에 라오서는 상징과 비유의 수법을 활용하여 시대정신을 반영하고 작가의 짙은 민족주의와 애국주의 정신을 드러냈다. 라오서가 「나는 어떻게『샤오보의 생일』을 썼나我怎樣寫『小坡的生日』」라는 글에서 말한 바와 같이, "나는 난양을 쓰고 싶었고, 중국 사람의 뛰어난 점을 쓰고 싶었다. 난양의 색깔까지도 비할 바 없이 곱고 아름다웠으므로 로맨스를 쓸 수 있을 뿐이었다."라오서, 1999 : 202 난양 화교의 삶과 진취적인 모험정신에서 라오서는 글쓰기에 대한 자신감 내지는 풍부한 소재와 영감을 얻었다. 사실이 라오서는 확실히 성공적으로 창작하고, 이 작품에 대하여 그 자신도 매우 만족해했다. 그는 이렇게 말하였다.

싱가포르에서 반년을 살았는데, 백인 아이와 동양의 아이가 함께 노는 것을 한 번도 본 적이 없다. 이것이 나에게 매우 큰 자극을 주었다. 그래서 나는 동양 아이를 전부 데려와 한 곳에서 어울려 놀도록 하고 싶었다. 나중에 같은 전선으로 가서 싸울 수 있지 않을까! 동시에 나도 광둥과 푸젠 사람이 서로서로 충돌하고 어울리지 않고, 말레이시아와 인도 사람이 서로 잘 모르고 제각각인 줄 잘 안다. 이러한 실제적인 부족들을 나는 모두 아이들이 함께 놀 때에 손이 가는 대로 끄집어내서 풍자하였다. 하지만 창작하면서 내가 아이들의 세계에 흠뻑 빠지는 바람에 그것을 잊어버릴 수 있었다. 이 책에서 가장 신나는 부분은 내가 어른이라는 사실을 잊어버릴 때였을 것이다. 지금 보니 나는 그때 내가 그렇게 우물쭈물한 것에 후회가 된다. 하지만 이 어린이 책에 대하여 나는 지금도 매우 만족한다. 다른 이유 때문이 아니라 내가 아직도 순수한 마음을 완전히 잃어버린 것이 아니라는 점을 매우 좋아하기 때문이다. 그때 나는 서른 몇 살이었는데 말이다.라오서, 1999 : 204

그래서 『샤오보의 생일』에서 라오서는 민족과 문화에 대한 깊은 사색을 담았고, 자신의 순수한 마음을 고스란히 토로하였다.

위다푸는 항전을 선전하고 결혼생활을 만회하기 위하여 1938년 말에 홀로 난양으로 가서 새로운 사업을 찾았다. 복잡한 심경으로 난양에 홀로 갔고, 어지러운 세상도 만났기 때문에 그의 난양 글쓰기는 복잡한 색채도 드러냈고, 폭넓은 내용만 담은 것이 아니라 필치도 다양성을 드러냈다. 위다푸는 온 정력을 항전 선전에 바쳤고, 난양 문예의 발전을 도와주었다. 그의 정견은 정기로 가득 찼고 원대한 포부가 들끓었으며 시대의 병폐를 꼬집어서 고치도록 하였다. 그가 난양 풍광을 묘사한 대표작품에 「기차가 탈선한 이야기覆車小記」, 「페낭에서 사흘 묵은 이야기檳城三宿記」, 「말라카 여행기馬六甲遊記」 등이 있다. 「기차가 탈선한 이야기」는 실제 겪은 사건을 기록한 것이고, 「페낭에서 사흘 묵은 이야기」는 여행을 기록하는 사이사이에 집과 나라를 그리워하는 작가의 마음이 깊이 스며들어 있다. 「말라카 여행기」는 정치 현실에 대한 작가의 사색을 담은 문화 산문이며, 옛날을 회고하고 계몽과 혁명의 특성으로 가득 찼다. 집과 고향과 나라를 그리워하는 마음 때문에 '모든 사건과 인물을 표현하는 언어가 모두 다 정한 언어'이며, 난양의 풍경마다 고향의 색채를 띠고 있다. 시청 전망대와 오래된 세인트 폴 성당 등을 보면서 작가는 나라와 민족을 걱정하는 깊은 마음을 토로하였다.

> 나는 삼보공三寶公[5]이 이곳에 왔을 때 주변 광경을 떠올렸다. 나는 또 우리 대륙
> 국민이 해외 식민 사업을 잘 경영하지 못한 안타까운 현실을 떠올렸다. 그래
> 서 지금에 이르러 국력이 센 이웃 나라가 국경까지 쳐들어와서, 강산은 반 토
> 막이 나고 피비린내로 물들었다. 대부분 원인이 국민에게 모험심이 너무 없다
> 는 데 있고, 나라가 앞날을 내다보고 치밀하게 계획하지 못한 약점에 있다.위다푸,
> 2007 : 249

위다푸는 난양에서 삶의 마지막 시간을 보냈다. 그는 항전의 혼란 속에서 나라와 민족을 걱정하는 마음과 위기감을 가득 품었고, 그의 글에 그러한 마음이 깊이 스며들었으며 역사적 전설에 관한 서술에서 작가의 가

---

5   [옮긴이] 정화에 대한 동남아시아 사람들의 경칭이다.

정-나라 사랑을 구체화하였다.

쉬디산의 난양 글쓰기에는 위에서 말한 5·4 유학 체험 작가들의 난양 글쓰기와는 다른 미적 풍경을 드러냈다. 쉬디산은 어린 시절에 아버지를 따라서 광둥이나 푸젠 등지를 돌아다녔다. 아버지 쉬난잉許南英, 1855~1917은 난양으로 여러 차례 갔고, 마지막에 수마트라섬 객지에서 사망하였다. 쉬디산도 젊은 시절에 미얀마 화교학교에 근무하였다. 쉬디산의 작품 가운데 등장하는 난양 지명은 미얀마 양곤, 싱가포르 탄종 파가, 말레이반도 서해안, 페낭섬, 칼리만탄섬 등이 있다. 작품 속에서도 늘 난양 풍경이 등장하는데,「그물 치는 거미綴網勞蛛」의 이야기가 발생한 곳은 "지역이 넓지는 않지만, 풍경이 독특하고 고풍스러운" 말레이반도 서해안이다.「명명조命命鳥」의 "호숫가에는 열대식물이 가득 자라고 있다. 그러한 나무들의 색깔과 모습이 모두 매우 아름답고 기이한" 푸른 호수의 묘사는 매우 간결하다.「상인의 부인商人婦」과「고목 버들에 꽃이 피니枯楊生花」는 난양 풍경에 관한 묘사가 아예 없다. 그래서 쉬디산이 이제껏 남쪽 나라의 풍광과 이역적 원소를 표현하느라 별로 애쓰지 않은 점을 알 수 있다. 쉬디산에게 난양의 풍경과 풍속에 대해 묘사한 부분이 많지 않은 이유는 그가 난양을 배경으로 선택할 때는 늘 '전에 머물던 곳'이라는 잠재의식에서 비롯된 것에 있으며, 그와 가족이 오랫동안 남쪽 나라에서 돌아다닌 경험이 반영되었기 때문이다.

쉬디산의 풍경 글쓰기 방식은 전통 동양화에서 화가의 생각이나 의중을 그림에 담아내는 화법인 "사의寫意"에 비교적 가깝다. 그는 난양의 풍경과 인상 속에서 늘 자연 이미지를 제련해내는데,「바다 끝에 외딴 별海角的孤星」속의 야자나무, 대추야자, 고무나무 숲, 푸른 나무 그늘, 햇빛 등이 사의성과 상징성 풍부한 난양 풍경화를 구성하였다. 쉬디산의 작품 속의 야자나무, 대추야자와 고무나무 숲으로 표현되는 열대 정글이 주는 인상 이야말로 난양 풍경의 유형화에 대한 '5·4' 이래로 중국 작가의 상상의 하나이다. '풍경과 풍속'은 자연 풍광, 지리 환경과 사회 풍습 등의 종합으로서 늘 유동적인 사건과 인물보다 훨씬 안정성을 지니며, 언제나 작가의 붓대 아래 '이역 공간'의 가장 중요한 영역이 되었다. 아울러 특정 구역의 '풍경과 풍속'은 반복 글쓰기를 거쳐서 어른들이 지닌 이역과 관련한 기호화한 상상을 고착화하게 되었다.

쉬디산의 낭만적인 자연 글쓰기는 다른 작가의 난양 글쓰기와 비교하면 더욱 독특성을 지닌다. 양이楊義, 1946~는 예전에, "쉬디산 소설은 확실히 자연 자체의 색채를 그려냈지만, 이러한 색채가 또 인물의 깊고 진지한 감성과 함께 융합하였고 (…중략…) 낭만주의를 자연으로 귀의하게 하는 경향이 어느 정도에서 사람 세상에 집착하는 요소를 지니고 있다"양이, 2007 : 273~274 하고 지적하였다. 쉬디산의 시각에서 말하면, 전통적인 시학 관념의 '모든 사건과 인물을 표현하는 언어가 모두 다정한 언어'라는 동일시 아래서 "난양은 슬픔, 기쁨과 이별과 만남의 인생을 연역한 생활공간이자 배경이고, 남쪽 나라 사람들이 몸부림치며 애쓰는 현실 공간이자 고달프게 뿌리를 잃고 떠돌아다니는 생존에 대한 은유로 가득 찬 곳이다. 우왕좌왕 망설이는 사람들의 이야기가 발생한 배경으로서 난양은 쉬디산의 붓대 아래 전에 머물던 곳과 타향 사이에서 우물쭈물하는 모호한 공간ambiguous space이다."옌민(顔敏), 2013 : 96~107 쉬디산은 동정 어린 눈빛으로 난양 사람의 기쁨, 노여움, 슬픔, 즐거움과 몸부림과 애씀을 바로 보았고, 다른 작가와 다른 난양 서사를 보여주었다. 쉬디산의 난양 서사는 중국 전통 문화와 서양 문화 자원 사이에서 충돌하는 자아 경험의 주관성을 통합하였고, 그것을 나그네 체험의 사실寫實 방식과 구별되게 하였으며, 체험과 상상을 띤 사의 형식으로 새로운 이역 담론 방식을 형성하였다.

쉬디산의 붓대 아래 난양 서사 이외에, 다른 작가의 동양 여행기, 서양 여행기나 난양 여행기는 주로 '자아'와 '타자'가 이원 대립하는 문화 충돌의 패턴을 보였다. '타자'의 시각으로 다른 문화를 이해하고 인식하는 과정에서도 자기 문화를 살펴보는 것이다. 종교적 감성과 전에 머물던 곳 관련 줄거리에서 쉬디산은 언제나 동정 어린 눈빛으로 입장으로 바꾸어서 난양의 인물과 풍광을 사색하게 하고 살펴보았다. 이러한 서술자 자세의 변화는 '그대 안에 내가 있고, 내 안에 그대가 있는' 공존 전략을 그려 냈고, 대화 정신과 공존의식 아래 다문화 서사의 가능한 경로도 드러냈다.

요컨대 현대 유학 작가들의 나그네 체험과 국경 밖 서사가 그려낸 '눈을 크게 뜨고 세계를 본' 이역의 진실한 상황은 국경 밖에 대한 '천하의 중심 국가'의 오랜 '터무니없는' 상상을 바뀌게 하였다. 유학생 수가 많고 세계 많은 나라가 관련되기 때문에, 실크로드 문학 속 '길 위에서' 문학의 지역 범위를 대대적으로 확장하였다. 사실상 『산해경』에서 당나라 승려의 여행기까지, 다시 더 근현대 유학돌아다니며 배움 작가의 이역 여행기와 산문까지, 이역에서 실제로 본 모습은 거울에 비친 듯이 모호함에서 차츰 더 진실해졌고, 이상야릇한 신기함에서 평범하고도 진실해졌다. 현대 유학 체험 작가들은 '약소국 백성' 신분으로 서양 '강세' 문화의 진실을 증명하였고, 그러면서 배척당하고 멸시당하고 억압받는 것이 그들을 유학 생활 과정에서 한껏 시달리게 하였고, 쓰고 떫은맛을 되풀이하여 음미하게 하였다. 하지만 독자를 뿌듯하게 하는 것은 유학 체험 작가들로 대표되는 유학 지식인이 길고긴 그리고 고달픈 '와신상담'의 시간을 지나서 마침내 중국의 '문예부흥' 시대를 창조하였다는 점이다.

2. '해상 실크로드'가 이룬 '중국학문의 서양 전파'

유학 작가들에 대한 기존 연구 가운데서 학술계는 유학 집단이 중국과 서양 문화의 통합을 통하여 이룩한 중국 현대 문학에 대한 공헌에 종종 관심을 기울이며, 서양 문화와 서양 문학에 대한 현대 유학 체험 작가들의 자발적 번역 소개와 학습이 조성한 5·4 신문학과 5·4 지식인의 특수성에 대하여 조사, 고찰하였다. 루쉰이 첸차오서淺草社[6]에 대하여, "밖으로는 이역의 영양을 섭취하고 안으로는 자신의 영혼을 파내어 마음의 눈과 목구멍과 혀를 발견해서 이 세계를 주목하고, 외로운 사람들에게 참과 아름다움을 노래해주어야 한다"루쉰, 2005 : 250~251고 말한 바와 같다. 이것도 현대 유학 체험 작가들과 서양 문학과의 관계를 설명하는 말이다. 확실히 루쉰으로 대표되는 현대 유학 체험 작가들이 서양 자원을 번역 소개하는 과정에서 심혈을 기울인 노력으로 말미암아 중국이 세계를 이해하게 되었다는 점에서 세상 사람의 관심을 끈다.

모두 아는 바와 같이, 현대 유학 체험 작가들이 한 주요 공헌은 다음과 같은 몇 가지가 있다.

첫째, 문학혁명에 시동을 걸었다. 유학 체험이 그들에게서 열린 이념과 현대의식을 불러일으켰고, 그들은 앞장서서 언어를 혁신하고 백화문白話文을 제창하였으며 '사람의 문학'과 평민의 문학을 구축하였다. 내용과 형식 방면에서 중국 전통 문학을 혁신하였고, 숱한 문학단체를 조직하고 활발하게 활동하였다. 아울러 간행물과 매체를 이용하여 문학혁명을 선전하고 신문화운동의 커다란 깃발신문화운동의 기치를 높이 들었음을 높이 들었다.

---

6   [옮긴이] 첸차오서는 쓰촨 출신의 젊은이들이 1922년에 상하이에서 조직한 문학단체이다. 그들은 1925년 가을에 베이징에서 첸차오서의 후신으로 천중서(沈鐘社)를 세웠다.

둘째, 문학 양식을 개척하였다. 문체의 혁신이 소설의 지위를 전에 없이 높였고, 과거와는 다른 백화 신시를 창조하였으며, 산문 방면에서 '아름다운 글美文'이라고도 불리는 소품문小品文을 지었다. 희극 방면에서 중국 연극이 생겼다. 그럼으로써 중국 신문학은 소설, 산문, 시, 연극 방면에서 대대적으로 새로운 성취를 얻어냈다.

셋째, 문학 주제와 제재를 풍부하게 하였다. 그들은 미래 지향적인 의식과 창조적인 정신으로 전통 문학의 주제를 풍부하게 하였고, 향토, 서정 제재의 소설, 자아 서정의 신시, '글은 도를 신는다文以載道' 하는 전통을 타파한 새 산문, 서양 연극을 결합하여 중국 신극新戱 개편 등의 막을 열어서 소설, 시, 산문, 연극 등 문체 장르의 주제와 제재를 전면적으로 충실하게 하였다.

넷째, 학문 체계를 구축하였다. 그들은 세계적인 안목과 반성 정신으로 중국 전통 문화를 바탕으로 삼아 중국의 신문학을 세워서 중국 현대 문학이 완벽하고 과학적인 학문 체계를 갖추게 하였으며, 교육, 보건, 문화 등 여러 부문의 학술 구성에 박차를 가하였고, 중국의 사회 문화에 매우 커다란 전환이 생기게 하고 중국 사회의 현대화 발전 속도를 더욱 높였다.

이밖에 현대 유학 체험 작가들은 또 정통한 여러 가지 외국어를 통하여 서양의 우수한 문화의 대문을 여는 열쇠를 획득하였다. 그들은 서양 문화를 흡수하는 과정에서 중국 문학의 새 길을 열었고, 새로운 시, 산문, 소설과 연극의 막을 올렸다. 그들은 또한 새 신문과 간행물을 간행하고 각종 단체를 성립하며 고등교육에 참여하고 많은 서양 문학을 번역함으로써 신청년新靑年들을 줄줄이 배출하였다. 그들은 중국의 필요에서 출발하여 유학 체험을 거친 뒤에 중국으로 돌아와서 중국의 현실과 기존에 축적한 중국과 서양 문화를 체질하고 걸러내며 심지어 포장을 바꾸도록 북돋고, 문학을 포함한 신문화의 효과를 최대한 힘껏 발휘하게 하였다. 급진적이고 속성 교본의 한계가 있더라도 계몽 담론의 작디작은 불씨는 모든 중국 사람을 각성시켜 들판을 태울 힘이 될 수 있었다.

유학 체험 작가들의 '해상 실크로드' 성취는 중국과 서양의 문화 교류와 전파 과정에서 그들이 발휘한 중요한 작용에서 집중적으로 표현되었다. 서양의 자원을 번역 소개한 것과 서양에 중국 문화를 전파하는 영역에서 한 중요한 노력이 바로 그것이다. 유학 작가가 생명을 받쳐 "중간물中間物"이 되도록 노력하고, 서양 문화의 자원을 대대적으로 번역 소개하였기 때문에, 중국 인재가 "눈을 크게 뜨고 세계를 보고" "서양의 선진기술을 본받게" 되었다. 또 유학 체험 작가가 외국어로 중국의 이야기를 쓰고 외국어로 중국의 전통 경전을 번역하면서 온 힘을 기울여 서양에 중국 문화를 전파하였고, 그리하여 세계가 중국을 이해하게 되었다. 유학 체험 작가들이 중요한 매개 작용을 발휘하였으며, 그들은 중국과 세계를 잇는 "중간물" 다리를 놓았다. 중국과 서양 문화가 그래서 더욱 잘 소통하고 교류하게 되었고, 중국 문학도 마지막에 세계 문학의 숲속으로 들어가게 되었다.

의심할 여지없이 중국과 서양 문화의 교류는 양방향이다. 현대 유학 체험 작가들은 중국과 서양의 문화 교류 과정에서 다리가 되고 끈이 되는 작용을 하였다. 그들은 서양의 자원을 섭취하여 중국 현대 문학을 일으켜 세우고, 또 온 힘을 기울여 서양에 중국 문화를 전파하였다. 하지만 '서양 학문의 중국 전파'에 따라서 서양 문화를 번역 소개하고 서양 자원을 이용하는 것과 대비해 볼 때, 현대 유학 집단을 포함한 근현대 지식인이 중국과 서양의 문화 교류 과정에서 학술계가 중국 문화를 어떻게 서양에 전파할 것인가 하는 문제에 관심을 기울인 경우는 드물다. 천지퉁陳季同,

1851~1907의 『황삼객 전기*Le Roman de l'Homme Jaune*』에서 린위탕의 『베이징의 나날들*Moment in Peking*』까지 외국어로 창작한 중국 이야기들은 더욱 많은 서양 사람에게 중국을 이해하게 하였고, 서양 사람에게 중화 문화를 알리는 대문을 열어젖혔다. 동시에 중국 고전 문학을 외국어로 번역하고 중국 문화를 전파하는 학자가 이바지한 일도 결코 소홀히 보아서는 안 될 것이다.

1) '중국학문의 서양 전파' 물결 속의 '선구자'

사실상 아편전쟁 이후로 중국에서 '서양학문의 중국 전파' 열풍을 일으킬 때, 학식 가진 이들은 '중국학문의 서양 전파'의 중요성과 필요성을 의식하였다. 왕타오王韜, 1828~1897, 천지퉁, 구훙밍辜鴻銘, 1857~1928 등으로 대표되는데, 다른 지역을 돌아다니며 배운 경험을 지닌 근현대 학자들이 많은 저술, 번역과 소개 작업을 하였고, '서양학문의 중국 전파' 과정에서 뛰어난 성취를 거두었으며, '중국학문의 서양 전파'의 선구자 역할도 담당하였으니, 중국과 서양의 문화 교류와 전파에 커다란 이바지를 한 셈이다.

전통 문화에 조예가 깊은 왕타오는 일찍이 "사람 가운데 용, 글 가운데 범人中之龍, 文中之虎"이라 불렸고, 중국어와 영어 교차 번역과 저서, 신문 발간 등 방면에서 뛰어난 성과를 냈고, 중국과 서양 문화의 교류에 중요한 공헌을 하였다. 묵해서관墨海書館은 영국 런던교회가 중국에 세운 출판기관이자 서양 사람이 중국에서 경영한 최초의 출판기관이고 청나라 말기의 가장 중요한 번역기관의 한 곳이다. 왕타오는 이곳에서 '중국인 집필자'를 맡아서 13년 동안 근무하였고, 영국 선교사 알렉산더 와일리Alexander Wylie, 1815~1887, 조셉 에드킨스Joseph Edkins, 1823~1905 등과 합작하여 최초로 천문학, 역학, 광학, 자연과학 등 방면의 내용을 담은 서양 과학기술을 소개하는 서적을 번역 출판하였고, 서양학문의 중국 전파에 이바지하였다. 이밖에도 그는 중국학문의 서양 전파의 '선구자'로서 『중국경전The Chinese Classics』의 영역 작업 과정에서 매우 중요한 공헌을 하였다. 그가 지은 글은 『중국경전』에 많이 수록되었다. 제임스 레그James Legge, 1815~1897가 예전에 왕타오를 평가하여, "내 입장에서는 으뜸가는 중국학자여야만 가치가 있다. 나는 그와 필적할 수 있는 중국학자를 만난 적도 없다"장하이린(張海林), 1993 : 105 하고 말하였다. 제임스 레그와 왕타오가 공동 번역한 『중국경전』은 중국 고대 서적에 대한 이전의 번역 소개 판본과 비교하면 내용이 더욱 완벽하고, 번역 수준이 더욱더 높았으며, 유럽의 중국학계에서 오랫동안 특별히 주목하는 번역본 교과서가 되었다.스거신(史革新), 2010.4.6

중국 전통 경전을 번역 소개하는 것 이외에도 왕타오는 근대 간행물의 창시자이다. 왕타오는 중국 근대 맨 처음에 간행물 정치평론가였다. 그의 『타오위안 문록외편弢園文錄外編』은 중국에서 최초로 간행된 정치평론 문집이며, 근대 간행물 이론의 주춧돌을 놓은 저작이다. 왕타오는 중국 최초의 전문 저널리스트였다. 1874년에 그가 창간한 『순환일보循環日報』는 가장 먼저 중국 사람이 투자하고 창간한 중국어 일간지이다. 왕타오는 유럽에 체류하는 동안에 영국의 이름난 학교에 초빙을 받아 학술강연을 하였고, 옥스퍼드대학, 에든버러대학 등지에서 공자의 인학仁學을 강의하였다. 기존의 기록에 근거하면, 이는 유사 이래 중국 문인이 옥스퍼드대학에서 최초로 강연한 일이다. 그는 일기에서 강연할 때의 상황을 이렇게 적었다.

영국의 북쪽 땅은 옥스퍼드라고 하는데, 커다란 대학이 한 개 있고, 본래부터 이름이 난 곳이다. (…중략…) 학교 관계자가 특별히 나를 초청하였기에 내가 가서 중국어로 강연하였다. 나는 중국과 외국이 서로 소통한 시초부터 말하기로 마음먹었다. "(…중략…) 300년 전에는 중국에 온 영국 사람이 없었습니다. 30년 전에는 영국 땅에 온 중국 사람이 없었습니다. 지금은 갈수록 바다를 강처럼 여기고 중국 중원을 자기 집 안방처럼 보게 되었습니다. 다른 것이 아니라, 두 나라가 서로 화목하였기에 그래서 여기까지 온 것입니다." 때마침 이 자리에 모인 청중들이 나 왕타오가 온 일에 손뼉을 쳐주고 한목소리로 칭찬하는 바람에 벽이 흔들릴 지경이었다.

그 가운데 나이 많은 학생이 (…중략…) 일부러 다가와서 나에게 "공자의 도와 구주넓은 의미에서 서양 나라를 가리킴가 전한 하느님의 도와는 어떠합니까?" 하고 물었다. 내가 대답하여 말하였다. "공자의 도는 사람의 도입니다. 사람마다 이 도가 있고, 인류가 멸망하지 않는 한 그 도도 바뀌지 않습니다. 구주殿州사람은 도란 반드시 하늘로 거슬러 올라가야 한다고 말하는데, 전승이나 전달이란 반드시 사람에게서 시작해야 합니다. 먼저 사람과 일에 힘을 다 하지 아니하고 하늘이 복을 내려주기를 빌 수도 없습니다. 그러니 여전히 사람에게 달렸을 뿐입니다."왕타오, 1982 : 98~99

이로부터 우리는 해외에서 돌아다닌 경력이 왕타오에게 소설과 여행기의 중요한 소재를 제공하고, 그리하여 중국과 서양 문화의 커다란 차이에 대해서도 깊이 사색하였음을 알 수 있다. 왕타오의 뒤를 이어서 천지퉁과 구훙밍 등 후배도 중국학문의 서양 전파에 중요한 공헌을 하였다.

프랑스 주재 중국 외교관인 천지퉁은 외국어로 중국 이야기를 서술한 최초의 문학가이다. 학자 집안 출신인 천지퉁은 16살에 푸저우선정학당福州船政學堂에 입학하여 신식교육을 받았고, 이 이전에 그는 이미 중국 문화와 문학의 전통 교육을 받아 우수한 기초를 쌓고 있었다. 푸저우선정학당의 교사가 사용한 교재는 주로 프랑스 교사가 지은 불어 교재였고, 그래서 그는 비교적 훌륭한 불어 수준을 갖게 되었다. 그는 뒷날 외교관 신분으로 16년 동안 프랑스에서 살았고, 알짜 '프랑스통'이 되었다. 중국학문과 서양학문에 모두 조예가 깊은 천지통은 소설, 극본, 수필, 번역서 등을 포함하여 작품 8편을 출판하였다. 그는 서양에 중국 문화와 문학을 전파하는 데 큰 힘을 쏟았다.쌍빙(桑兵), 1999 : 79~80

장편소설 『황삼객 전기』는 천지통이 당나라 전기 『곽소옥전霍小玉傳』을 원본으로 삼아서 창작한 소설이며, 이익李益과 곽소옥의 사랑의 비극을 이야기하였다. 이는 중국 사람이 최초로 서양 언어불어로 창작한 장편소설이다. 청나라 말기에 책에서 표현한 관념은 초현대적이고, 중요한 연구 가치를 지닌다. 이 책의 중국어 번역본의 출판은 중국 근현대 문학사와 문화사를 연구하는 학자들의 관심을 받았다. 옌자옌嚴家炎, 1933~이 책임 편집한 『20세기 중국 문학사二十世紀中國文學史』에서 천지통과 그의 불어 소설 『황삼객 전기』를 중국 현대 문학사의 출발점을 10년19세기 1880년대 말과 1890년대 초 앞당긴 세 가지 중요한 근거의 하나로 들었다. "천지통이 서양식 서사 격조로 분량이 300여 쪽에 달하는 장편소설 『황삼객 전기』를 창작하였는데, 중국 작가가 지은 최초의 현대적 의미에서의 소설 작품이 되었다." 옌자옌, 2010 : 10 이는 문학사 각도에서 천지통과 그의 불어 소설의 중요한 가치를 힘껏 증명한 셈이다.

천지통의 불어 글쓰기는 중국 문화와 중국 사람을 서양에 진정으로 이해시키고 중국 사람과 중국 문화에 대한 오해를 없애기 위한 것이었다. 1898년에 그가 제자 쩡푸曾樸, 1872~1935에게 말하였다.

우리가 지금 노력해야 할 것은 첫째가 어떤 한 나라의 문학에 얽매여서 쓸데없이 스스로 만족하지 말고 세계적인 문학으로 확장하여 참여해야 하는 일이다.

세계적인 문학에 참여하려면 방법부터 찾고 먼저 장벽을 없애서 오해하지 않게 해야 한다. 장벽을 없애려면 대규모로 번역을 제창하지 않으면 안 된다. 그들의 명작을 많이 번역하여 들여오고 우리의 중요한 작품도 전부 번역하여 내보내야 한다. 오해하지 않게 하려면 우리 문학 방면에서 전해 내려오는 습관을 개혁하지 않으면 안 된다. 선입관을 버리고 방식도 바꾸어 서로 들어맞도록 해야 한다. 이 두 가지 생각을 실현하는데 결정적인 열쇠는 아무튼지 그들의 책을 많이 읽는 것에 달려 있다.옌자옌, 2010 : 11

오랜 서양 생활에서 천지통은 프랑스 문화를 잘 알고 중국 문화에 대한 프랑스 사람의 오해를 잘 알게 되었고, 중국 사람에 대한 프랑스 사람의 오해에 대하여 안타까움을 느꼈다. 그는 깨어 있는 의식과 세계적인 안목을 지니고 꾸준한 노력과 실용적인 태도로 한편으로 중국어로 많은 프랑스 명작과 프랑스 법률을 번역하였고, 또 다른 한편으로 불어로 중국 문화를 소개하고 중국 이야기를 저술하고 번역하였다. 그는 쉼 없는 이중 언어 글쓰기와 번역 저술에 꾸준히 매달렸고, 문화 수입과 문화 수출 두 방면에서 한꺼번에 앞장서서 실행해나갈 수 있었다.

직접 불어로 소설『황삼객 전기』를 창작한 것 이외에 천지통은 또 최초로 불어로 중국 문화를 소개하고 전파한 학자의 한 사람이다. 1884년에서 1904년까지, 천지통은 불어로『중국 사람의 자화상*Les Chinois Peints Par Eux-Memes*』,『중국 사람의 연극*Le Theatre des Chinois*』,『중국 사람의 즐거움*Les Plaisirs en Chine*』,『나의 조국*Mon pays*』『내 나라(吾國)』로도 번역,『중국 사람이 창작한 파리*Les Parisienne Peints par Chinois*』,『영웅의 사랑*Lamour heroique*』등 저작을 연달아 발표하고 출판하였다. 천지통은 유럽에 중국 고전 문학을 번역 소개하는데도 중요한 공헌을 하였다. 그는 불어로 포송령의『요재지이』속의 이야기 26편을 번역하였고, 그것을 『중국 이야기*Les Contes Chinois*』라는 제목으로 새로 엮었고, 먼저 프랑스에서 출판하고, 뒤에 다시 영국과 네덜란드의 중국학자가 영어와 네덜란드어로 번역하였다. 그래서 유럽 사람들이 중국 이야기와 중국 문화를 이해하는데 훌륭한 교과서적인 책을 제공하였다. 천지퉁이 불어로 저술하고 번역한 작품은 불어의 서사 스타일을 활용하였고, 언어가 막힘없고 아름다우며 우아하고 유머가 넘쳤다. 아울러 내용은 분명하였고 시원시원했으며, 민족의 존엄성을 풍부하게 담았으므로 프랑스 사람의 보편적인 환영을 받고 프랑스문단의 호평을 받았다. 천지퉁이 프랑스 문학계에서 커다란 명성을 얻었기 때문에, 중국 문화와 문학이 프랑스에서 폭넓게 전파되었다. 프랑스에서의 폭넓은 전파는 중국 문화와 문학에 대한 유럽의 다른 나라의 흥미도 불러일으켰다. 유럽의 다른 나라의 중국학자가 잇달아 작품을 불어에서 다른 언어로 번역하여 소개함으로써 중국 문화와 문학이 유럽에서 빠르고 폭넓게 전파되도록 하였다. 그래서 어느 정도에서 중국 문화와 중국 사람에 대한 서양 사람의 편견을 바로잡아주었다.

천지퉁은 서양학문이 중국으로 전파될 때의 사절이었다. 그는 프랑스의 현대 정치, 법률, 문학 등을 중국으로 도입하고, 청나라 말기에 문학 관념의 갱신과 서양 현대 정치사상의 전파에 박차를 가하였다. 아울러 그는 중국학문의 서양 전파 과정에서 앞장서서 서양의 중국학자에게 중국 문화를 전파하는 중요한 역할을 맡고, 최초로 불어 저작도 출판하여 센세이션을 불러일으킨 중국 사람이었다. 그래서 천지퉁은 중국과 서양 문화의 양방향 전파의 문화 대사였다고 할 수 있다.류훙(劉紅), 2012.(3) : 38~43 천지퉁은 중국 사람이 중국과 외국 문화의 교류 활동에 독립적으로 종사하는데 시동을 걸었고, 구훙밍, 린위탕 등에게 중국과 서양 양방향 문화교류의 본보기를 세워주었다.

구홍밍은 평생 부지런히 창작에 종사하였고, 영어 저술이 매우 풍성하다. 그는 중국과 서양 문화의 소통 방면에서 뛰어난 공헌을 하였다. 구홍밍은 9개 언어에 정통하고, 중국과 서양 문화와 친숙하였다. 그는 평생 외국 박사학위 13개를 획득하고, 온 힘을 기울여서 서양에 중국 문화를 소개하고 중국 문화가 있어야만 서양을 구할 수 있다고 홍보하였다. 그의 박학다식과 기이한 이야기 그리고 특별한 생김새와 차림새 등은 많은 외국 정객, 유명 인사와 문인이 명성을 듣고 줄줄이 찾아오게 하였다. 그래서 당시에 "베이징에 가서 세 대전三大殿[7]을 안 가볼 수 있지만, 구홍밍을 안 보면 안 된다"하는 말이 유행하였다고 한다.마오수정(毛書征), 1994.(8) : 19~20 저우쩌런이 「베이징대학 옛날이야기北大感舊錄」에서 구홍밍의 "짧은 변발, 긴 두루마기, 마고자, 수박 껍질 모양의 작은 모자" 등 이상한 차림새를 묘사하였다.

태어나길 눈이 푹 들어가고 코가 높은 서양 사람의 생김새인 데다가 머리에 한 움큼 노란 머리털이 있어서 되레 짧은 변발 한 움큼을 묶었다. 겨울에는 빨간 대추 색 비단 넓은 소매의 마고자를 입고 머리에 수박 껍질 모양의 작은 모자를 썼다. 중화민국 10년 전후의 베이징인 건 고사하고 이전 청나라 시대라 하여도, 길거리에서 이러한 작은 도시의 화려한 복장을 한 선교사 같은 인물을 만나면 모두 눈을 휘둥그레 뜨고 얼을 빼고 쳐다보지 않겠는가. 특히 알다가도 모르겠는 것은 저기 불러온 인력거의 인력거꾼이다. 어디 시골에 내려가서 일

---

7   [옮긴이] 태화전(太和殿), 중화전(中和殿)과 보화전(保和殿)을 말한다. 이 세 대전은 황제가 의전을 거행할 때 사용하던 궁전이다. 태화전이 가장 크고 중화전이 가장 작으며, 모두 명나라와 청나라 때의 궁전건축 양식을 대표한다.

부러 찾아 올라왔는지 모르겠지만, 아니면 쉬저우徐州의 변발 병사가 남은 건지도 모르겠다. 등에 긴 변발을 내려뜨린 사내도 있긴 한데, 바로 수업하는 임자하고 딱 마침 어울리는 한 쌍이겠다. 그는 홍러우紅樓[8] 대문 밖에 인력거에 앉아서 기다리곤 했는데, 인력거꾼들 가운데서도 튀는 인물이라고 할 수 있다.저우쩌런, 1999 : 105~106

구훙밍은 난양의 페낭섬에서 태어났고, 아버지는 중국 푸젠 사람이고, 어머니는 포르투갈 사람이다. 중국과 서양의 혼혈아로서 구훙밍은 난양에서 백인이 중국 사람을 업신여기고 모욕하는 것을 많이 보았다. 중국 사람은 지위가 낮고 중국 사람이 당한 굴욕은 중국 사람으로서의 존엄을 깊이 건드렸다. 구훙밍은 서양에서 공부하였고, 10살 때에 브라운 부부를 따라 영국으로 가서 영국 에든버러대학에서 문학을 공부하고, 뒤에 독일 라이프치히대학에서 토목공사와 문사철을 배우고, 프랑스의 파리대학으로 가서 프랑스 문화와 문학을 수학하였다. 이 과정에서 구훙밍은 점차 영어, 불어, 독일어, 라틴어, 그리스어 등에 정통한 다중언어 천재가 되었다. 유럽에서 여러 나라를 돌아다니며 14년 동안 유학한 경험이 구훙밍을 서양 문화에 정통하게 하였다. 그는 서양 문화의 갑을 부분에 대하여 깊이 알았다. 이것은 뒷날 그가 중국 문화로 서양 문화를 구원할 원대한 사업을 펼치는데 튼튼한 기초가 되었다.

구훙밍의 학문은 먼저 서양학문을 익히고 그다음에 중국 문학을 알게 되었으며, 서양학문에서 중국학문으로 확장된 것이다. 구훙밍은 서양학

---

8   [옮긴이] 당시 베이징대학 건물로, 베이징시 둥청구 54거리 29호(北京市東城區五四大街29號)에 위치하고, 베이징루쉰박물관(北京魯迅博物館)과 베이징신문화운동기념관(北京新文化運動紀念館) 등 합병 체제로 운영하며 대외개방하고 있다.

문에만 정통한 것에 만족하지 못하였기 때문에, 중국 전통 문화의 정수를 충분히 연구하고 정통하게 되었다. 그리하여 그는 많은 시간과 정력을 들여서 중국 고대의 경서, 사서, 제자, 문집經史子集 연구에 매달렸고 중국과 서양 문화에 대하여 '나도 알고 남도 알게' 되었다. 그는 미국 사람이 뛰어나고 소박하지만 심오하지 못하고, 영국은 심오하고 소박하지만 뛰어나지 못하며, 독일 사람은 뛰어나고 심오하기는 하지만 소박하지 못하고, 중국 문화라야 심오하면서도 소박하고 뛰어나면서도 넓고 깊다고 여겼다. 그는 유가의 어진 사랑의 학문仁愛之學이 있어야만 야만적인 서양 사람을 구할 수 있고, 서양 사람에게 중국의 공자와 맹자의 사상을 이해시켜야만 중국 문화가 그들의 존중을 받을 수 있다고 여겼다. 그래서 그는 중국 문화로 구미를 교육하고, 구미에 중국 문화를 수출하는 묵중한 짐을 스스로 짊어졌고, 『중국학中國學』, 『중국찰기中國札記』, 『중국의 옥스퍼드 운동The Story of a Chinese Oxford Movement』, 『춘추대의春秋大義』『중국 사람의 정신(中國人的精神)』 등 일련의 영어 저작을 출판하였다. 그는 또 영어로 『논어』, 『중용』, 『대학大學』 등을 포함한 중국 전통 서적을 계통적이고 완벽하고 정확하게 번역 소개하였다. 이러한 영문 저술은 모두 서양 여러 나라에서 커다란 반향을 일으켰다.

　1915년에 구홍밍의 *The Spirit of the Chinese People*중국어 제목 『춘추대의』가 베이징에서 출판되었다. 뒤이어서 『춘추대의』는 독일어, 불어, 일어 등 여러 나라 언어로 번역되었으며, 독일에서 10여 년 동안 이어진 '구홍밍 열풍'을 불게 하였다. 『춘추대의』는 세계를 뒤흔드는 성과를 냈다. 『춘추대의』는 구홍밍이 1914년에 영문신문 『중국 평론中國評論』에 발표한 일련의 논문을 모아 엮은 것이고, 책이 전체적으로 '중국 사람의 정신'을 핵심으로 삼았으며, 가장 대표성을 갖고 가장 영향력을 지닌 구홍밍의 영문 저작이다. 구홍밍은 문명을 평가하려면 반드시 그것이 "어떠한 사람, 어떠한 남자와 여자를 만들어낼 수 있는지"를 봐야 한다고 여겼다. 그는 그러한 서양의 선교사와 중국학자들이 중국 사람이 아니기 때문에 진정으로 중국 언어와 중국 문화를 알 수 없다고 여겼다. 그는 중국 사람과 중국 문명의 깊이와 넓음, 날카롭고 소박함을 사방에 퍼뜨렸다.쩌우위칭(鄒雨靑), 2016:14 이러한 특징들 때문에 중국 사람의 '온화함, 선량함, 공경함, 절약함, 겸손함' 등 다섯 가지 덕목이 생겼다고 널리 알렸다. 그는 또 중국의 유학과 유럽의 종교를 서로 비교하였으며, 공자의 "예의로써 사랑함愛之以禮"이 기독교의 "남을 사랑함愛人"보다 훨씬 고상하다는 점을 이끌어냈다. 그리하여 그는 중국의 유가 문화라야만 서양의 날로 타락하는 문명을 구할 수 있다고 여겼다.쑤밍밍(蘇明明), 2001.2.7:24 의심할 바 없이 구홍밍이 밝힌 '중국 사람의 정신'과 중국으로 서양을 구한다는 그의 '춘추대의'는 중국 학문의 서양 전파 사업 가운데서 독특하면서 눈을 끄는 광채를 남겼다.

2) '중국학문의 서양 전파'의 현대 유학 출신 작가들

현대 유학 출신 작가들은 세계에 진정으로 중국을 이해시키기 위하여, 외국어에 정통하고 외국어를 이용하여 외국어로 중국 이야기를 쓰는 데 노력하였다. 루쉰, 린위탕, 라오서 등으로 대표되는 현대 유학 체험 작가들은 선배 왕타오, 천지통, 구홍밍 등이 다진 기초를 발판으로 세계에 중국을 알리고 이해시키기 위하며 자신의 노력을 꾸준히 이어갔으며, 중화 문화의 대외 전파 사업이 한 걸음 더 나아가는데 박차를 가하였다.

중국 문화를 어떻게 세계 문화로 나아가게 할 것인가 하는 문제에서도 현대 유학 체험 작가들은 효과적인 해결의 길을 고심하여 찾고 시도해보게 되었다. 후스는 이를 위하여 "통째로 세계화充分世界化"[9]라는 주장을 제기하였는데, 그 뜻은 온 힘을 기울여서 가능한 한 많이 외국어로 중국 경전을 번역 소개하고 중국 이야기를 쓰며, 세계에 가능한 한 중국을 진정으로 이해시키자는 데 있었다.

「『짚신草鞋脚』의 「머리말小引」」에서 루쉰이, "지금까지 서양 사람이 중국의 저작을 말한 것은 대개 중국 사람이 자기 것을 말한 것보다 훨씬 많다. 그러나 이것은 어디까지나 서양 사람의 견해일 뿐이다"루쉰, 2005.(6) : 21 하고 말하였다. 그리하여 루쉰은 '가져오기 주의'가 매우 모자라고 중국을 세계로 향하여 나아가게 하는데 '가져오기'는 수단일 뿐이며, '가져오기'를 바탕으로 중국의 신문화와 신문학을 창조하여 스스로 세계를 향하여 '목소리를 내야' 한다고 여겼다. 이것이 루쉰이 주장한 '가져오기 주의'이다. 루쉰은 또 '가져오기 주의'란 간단하게 국수國粹를 외국으로 '보내기 주의'와는 다르고, 진정한 가져오기란 가져온 바탕 위에서 '나'에 대한 서양 사람의 '묘사'를 배우고 거울삼아, 성실하고 능동적으로 중국 사람을 묘사하는 것임을 지적하였다. 루쉰에게서 '가져오기 주의'란 중국 현대문학의 대외 번역 소개를 겨냥한 것이고 이를 위하여 그 자신이 실행에 옮겼으며, 영역본 현대중국 단편소설집 『집신Straw Sandals : Chinese Short Stories 1918~1933』에 「머리말」을 지은 것임을 알 수 있다.

중국 사람은 이런 문학가의 작품에서 세상에 온갖 '미개인'과 함께 등장해야 할 것이다. 루쉰, 2005.(5) : 444

서양 사람이 붓대 아래 묘사한 왜곡된 중국 사람을 대하고 루쉰은 「미

---

9   [옮긴이] 후스의 '통째로 세계화'는 'Wholesale Westernization'이며, '전면 서구화(全盤西化)'로도 번역한다.

래의 영광未來的光榮」이란 글에서 젊은이가 '깨달을 것'을 호소하였다. "우리는 묘사되는 것을 깨닫고, 묘사된 영광이 더 많아져야 함도 깨닫고, 앞으로 어떤 사람은 이런 일을 재미로 삼는다는 것도 깨달아야 한다."루쉰, 2005.(5) : 427 「소리 없는 중국無聲的中國」에서 그는, "젊은이들은 먼저 중국을 소리 있는 중국으로 바꾸어야 하니, 대담하게 말하고 용감하게 추진하고 모든 이해관계를 잊어버리고 옛사람을 밀어내고 자신의 진심을 활발하게 표현함으로써" "세계인과 함께 세계에서 살아갈 수 있기를"루쉰, 2005. (4) : 15 희망하였다. 그래야만 철저하게 중국 사람이 왜곡되는 굴욕을 바꿀 것이다. 이밖에 루쉰은 외국어 글쓰기 능력을 높이고 "외국어에 정통하지 않으면 안 된다"고 생각하였다. 아울러 외국어로 외국사람 앞에서 발언하고 그들과 외국어로 능숙하게 소통하는 것이 세계에 중국을 이해시키는 중요한 수단이기도 하다고 여겼다. 그래서 루쉰은 사람들에게 외국어를 잘하도록 노력할 것을 거듭 권하였고, 루쉰으로 대표되는 현대 유학 체험 작가는 또한 외국어로 중국 이야기를 쓰는 데도 노력하였다.정춘, 2002 : 272

현대 유학 출신 작가들 가운데서 린위탕은 외국어 글쓰기가 가장 독특하고 성취가 가장 뛰어나며 서양 세계에서 영향도 가장 큰 작가이다. 그의 뛰어난 영어 수준은 루쉰 등을 포함한 동시대 작가들이 매우 부러워하였다. 린위탕이 영문 창작에서 일궈낸 독보적인 성과 때문에, 1940년에 뉴욕 엘미라대학은 그에게 특별히 명예문학박사 학위를 수여하였고, 총장이 그에게 가장 높은 평가로 치사하였다.

린위탕은 철학가이자 작가이며 멋쟁이이고 애국자이자 세계의 시민입니다. 당신은 예술적 기교가 깊은 필치로 영어권 세계에 중화민족의 정신을 해석해주었고 앞사람이 하지 못한 효과를 냈습니다. 당신의 영어는 매우 아름답고 영어가 모국어인 사람에게 부러움을 느끼고 감탄하며 또 부끄러움을 깊이 느끼게 하였습니다. 우리는 당신이 계속 중국어와 영어로 인류의 고상한 정신과 모범을 표현하기를 바랍니다. 이는 인류 공동의 바람입니다.린타이이(林太乙), 1994 : 156

　루쉰이 예전에 린위탕에게 편지를 보내, 그에게『인간세人間世』잡지를 편집하기 위하여 힘을 많이 쓰지 말고 서양의 명저를 많이 번역하는 것이 지금과 미래의 중국에 큰 도움이 될 것이라 권하였다. 린위탕이 대답하기를, "번역 일은 내가 노년이 되어야 할 수 있습니다. 내가 중년에는 재미있는 중국어 작품을 영어로 번역하여야 하니까요. 공자님은 40살에 미혹되지 아니하고 50살에 천명이 무엇인지 알았다 하셨습니다. 지금 나는 40살에 중국 글을 번역하고 50살에는 영문을 번역하려 한다는 말입니다"린타이이, 1994 : 88 하고 말하였다. 린위탕의 빼어난 영어 수준과 깊은 중국학에 대한 조예를 바탕으로 그는 언어를 다루는 뛰어난 능력과 식은 죽 먹기로 이중 언어 글쓰기 수준을 지니게 되었다.

　이중 언어 작가로서 린위탕은 '중국과 서양 문화에 양다리를 걸치고 한마음으로 우주를 말하는 글'이라는데 늘 자부하였다. 린위탕은 평생 중국과 서양 문화를 비교하는 데 노력하였고, 그는 즐겁게 '중국 사람에게 서양 문화를 말해주고 서양 사람에게 중국 문화를 말해주었다'고 할 수 있다. 1933년에 린위탕은 미국 작가 펄 벅Pearl S.Buck, 1892~1973의 요청을 받아들여 중국 사람과 중국 문화를 반영할 수 있는 책 한 권을 지었다. 그는 서양에 맞장구쳐서 함부로 자신을 낮추지 말고 진실하고 객관적으로 글을 써서 중국 사람과 중국 문화에 대한 서양 사람의 오독과 편견을 바로잡아야 한다고 생각하였다. 그리하여 린위탕은 *My Country and My People*『중국과 중국사람(吾國與吾民)』을 창작하기 시작하였다. 책은 '중화민족의 소질'과 '중국 사람의 생활' 등 두 부분으로 나뉘었으며, 종족, 성격, 심리, 사상 등 방면에서 중국 사람의 소질을 논술하고, 여성, 정치, 사회, 문학, 예술 등 방면에서 중국 사람의 생활을 소개하였다. 1935년에 원고를 완성한 뒤에 미국 John Day사에서 출판하고 판매하였다. 펄 벅이 그 책에 「머리말」을 썼고, 아울러 *My Country and My People*가 "우뚝 솟은" "뛰어난 저작"이며, "우리의 모든 요구를 만족"시켰고, "중국 관련 저작 가운데서 가장 진실하고 가장 심오하며 가장 완전하고 가장 중요한 작품"Lin, 1935 : xi-xii[10]이라 평하였다. 미국에서 펄 벅의 명성이 높았기 때문에, 그의 대대적인 소개가 미국의 이름난 평론가들도 이 책의 홍보에 참여하게 하였고, *My Country and My People*는 미국에서 불티나게 팔렸다.

그 뒤에 그는 영어로 지은 *The Importance of Living*『생활의 발견(生活的藝術)』에서 인생 태도와 인생관에서 일상생활까지, 여유와 유머에서 종교 문화까지, 인생철학에서 중국 문학까지, 외국 독자에게 자신의 사상과 생활 경험을 소개하였다. 1937년 겨울에 *The Importance of Living*가 미국 John Day사에서 출판 발행되었고, 미국에서 한 번 더 베스트셀러가 되었다. 린위탕의 *My Country and My People*과 *The Importance of Living* 등이 미국에서 폭넓게 사랑받으면서 중국 문화와 중국 사람에 대한 이전의 선교사들의 오독을 바로잡았으며, 린위탕은 개인적인 흥미와 시각에서 출발하여, 문화 다원주의의 자세로 중국 문화를 소개하고 중국 문화에 대하여 외국 사람이 더욱더 전면적이고 더욱 깊은 이해를 갖도록 시도하였다.

1939년에 린위탕의 *Moment in Peking*『베이징의 나날들(京華煙雲)』은 미국 뉴욕의 John Day사에서 발행하였고, 바로 뒤에 캐나다 토론토와 영국 런던 등

---

10   왕줴(王珏), 「린위탕 영문 번역과 창작 연구(林語堂英文譯創研究)」, 화둥사범대(華東師範大) 박사논문, 2016.

지의 많은 출판사에서 출판하여 불티나게 팔렸고, 1940년대에 구미 등 나라의 베스트셀러가 되었으며, 영어 세계 독자의 매우 많은 환영과 호평을 받았다. 소설은 '도덕의 딸', '뜨락의 비극'과 '가을의 노래' 등 세 부분으로 나뉘었으며, 야오姚씨네 딸 무란木蘭의 운명의 오르막과 내리막을 둘러싸고 베이핑北平[11]의 쩡曾씨네와 야오씨네 두 집안의 흥망성쇠를 통하여 20세기 전반기 중국 사회의 살풍경을 드러냈다. 의화단운동義和團運動에서 일본의 중국 침략까지, 거의 40년에 이르는 세월을 배경으로 인물이 많이 등장하고 플롯이 분명하지만, 사건이 복잡하고 감동적인 줄거리의 변화 등이 흥미진진하게 전개되는 70만 자나 되는 이 작품은 그 구성의 방대함, 문화의 풍부함, 사상의 복잡함 등을 엮어낸 서사시적인 거작이다. 그 문화적 내용은 인물의 운명에 대해 깊이 있게 통찰해나가는 전개와 개인이 끊임없이 정신적 성장을 얻는 영혼의 여정에서 순차적으로 드러났다. 작가는 인물의 운명에 대해서도 통찰하고 장자의 철학과 사상을 함께 연결함으로써 소설에 신비한 문화적 색채를 가미하였으며, 소설이 문화의 풍부함과 사상의 복잡함 등을 드러내게 하였다. 이 소설은 중국 사람의 정신적 성장을 쓴 서사시로서 서양 문화 세계에서도 열띤 반향을 일으켰다. 하지만 소설은 사상 면에서 어느 정도 제한성을 지녔고, 서사 수법에 거친 부분도 있다.

중국계 작가 자오수샤趙淑俠, 1931~는 린위탕이 1940년대에 서양 작가들처럼 그렇게 영어 세계의 독자에게 대중적으로 보편적인 수용과 사랑을

---

11   [옮긴이] 1928년에 난징 국민당 정부가 베이핑특별시(北平特別市, 줄임말 베이핑)를 세웠고, 1949년 9월 27일에 중국인민정치협상회의(中國人民政治協商會議) 제1기 전체회의에서 중화인민공화국의 수도를 베이핑에 두고 베이징시로 개명한다고 결의하면서, '베이징' 명칭을 회복하였다.

받은 유일하고 진정한 중국 작가이며, 서양에서 '그가 글로 날린 명성의 영향은 근대 중국에서 비교할 수 있는 사람이 없다' 하고 여겼다.^{자오수사,} ^{1994:3} 참으로 린위탕의 영어 글쓰기는 중국 현대 문학에 다원적 색채를 늘려주었고, 영어권에서 그가 영어로 쓴 중국 이야기의 성공은 세계에서의 중국 현대 문학 영향을 확대하여주었다. 그리하여 린위탕의 영어 글쓰기는 그 특수한 가치와 의미를 드러내며, 중국 현대 문학이 세계로 향하여 나아가는 데 독특한 공헌을 하였다고 할 수 있다.

현대 문학사를 통시적으로 보면, 루쉰, 린위탕, 라오서, 첸중수 등 현대 유학 출신 작가들은 중국과 서양 문화의 교류 과정에서 대체할 수 없는 작용을 발휘하였다. '서양학문의 중국 전파'와 '중국학문의 서양 전파' 등 이론의 제창자와 실천가들은 줄기차게 노력하였고, 아울러 커다란 성취를 얻었다. 현대 유학 체험 작가들은 풍부한 작품이 받쳐주었기 때문에, 해상 실크로드 문학 연구와 그 학술 가치의 풍부함을 이루어냈고, 역사상 유학 체험 작가들의 중요한 위상과 두드러진 공헌이 있었기 때문에, 그들은 학술 가치의 필요성과 독특성도 갖게 되었다. 해외 실크로드는 맨 처음의 해양 매체와 지리적 개념에서 동서양의 문화교류를 대변하는 기호로 발전하면서, 통시적이고 공시적인 중국과 서양 문화의 소통, 충돌과 융합을 구체화하였다. 유학 체험 집단의 문학 창작은 정신, 주제, 이미지, 스타일이든 아니면 제재, 양식 등 방면에서든 모두 실크로드 문학의 내용과 외연을 풍부하게 해주었다.

3. 해외에서 꿈을 찾아서

현대 유학 출신 작가로부터 당대 해외 화문 문학까지

현대 유학 체험 작가들은 해상 실크로드를 통하여 일본, 동남아시아, 구미 등 지역과 나라로 갔고, 바다 멀리 건너가서 학문을 탐구하였으며, '유학하여 나라에 보답하고, 중화를 부흥하련다' 하는 꿈을 쫓아갔다. 바다에서 항해한 경험에서 그들은 시야를 열어나갔고, 다른 나라에 유학한 비교적 긴 체험에서 이국적인 풍경을 보았고 이국적인 풍속을 알았다. 그들은 중국과 서양 문화의 커다란 차이를 가장 먼저 느끼고, 중국과 서양의 문화 충돌과 융합을 구체화한 많은 문학작품을 창작하였으며, 눈부시게 빛나는 알록달록한 '해상 실크로드' 현대사를 세우고 해상 실크로드 문화의 내용과 외연을 풍부하게 해주었다.

당대의 유학과 수송은 대부분 항공 방식으로 바뀌었고, 그래서 해상 실크로드 문학의 당대 범주에 재차 변화가 나타났다. 오랫동안 중국 사람의 해외 이민이 천천히 축적되면서 북미 화문 문학이나 동남아 해상 실크로드 문화권 등과 같은 해상 실크로드 문화권을 형성하였다. 유학생 문화에서 이민 문화로의 전환과 그 전환이 문학 창작 방면에서 집중적으로 해외 화문 작가들이란 새로운 세력의 등장과 활약을 이끌어냈다. 당대 해상 실크로드 문학의 해외 화문 문학 장르는 한편으로 당대 유학생 소설을 잇는 글쓰기로 표현되었고, 현대 5·4 유학 체험 작가들의 해외 생활 체험과 이역 글쓰기를 계승하였다. 또 다른 한편으로 당대 중국과 서양 문화의 충돌 과정에서 역대 이민자들의 곤경과 난관 극복을 표현하는 글쓰기에 치중하고 있다.

1) 현대 유학 체험 작가들이 창작한 유학생 형상

유학 체험은 현대 유학 출신 작가들에게 중국과 서양의 문화 교류와 충돌을 구체화한 문학 작품을 많이 창작하도록 부추겼다. 그들은 문예 개량을 통하여 국민성의 개조를 실현하고자 노력하였다. 시와 산문이 정감 토로에 편리하다면, 소설은 '이야기를 하기'라는 독특한 서사성에 치중하여 유학의 '경험'이나 '체험'을 더욱 쉽게 전달할 수 있었다. 량치차오의 '소설계 혁명小說界革命'으로부터 시작하여, 소설은 현실과 매우 밀접한 관계를 맺게 되었고, 유학생 소설도 유학 배경을 지닌 작가의 이역 체험이 지닌 가장 중요한 정서와 정감을 가장 잘 전달할 수 있었다.

량치차오의 『신중국 미래기新中國未來記』1902 속의 급진적 혁명을 주장하는 리취빙李去病은 유학 배경을 지닌 혁명적인 인물이다. 그는 서양 혁명의 성공적인 경험을 거울삼았고, 자나 깨나 중국 혁명의 길을 생각하였다. 탕이쒀湯頤瑣의 『황수구黃繡球』1905 속의 비취러우畢去柔는 외국의학대학을 졸업한 유학생이다. 그는 의술이 뛰어나고 열심히 환자를 치료하며 서양 문화도 적극적으로 전파하고 서양의 발달한 의술을 중국 사람에게 전하였다. 아울러 그는 또 신식학당 설립에 참여하고 새로운 교육방법을 보급하였다. 이밖에 아잉阿英, 1900~1977, 첸싱춘(錢杏邨)이 편집한 『만청소설사晚淸小說史』와 상하이문예출판사上海文藝出版社가 출판한 '중국유학생 문학대계' 총서 가운데 청나라 말기 유학생 소설에 링난嶺南의 우의여사羽衣女士, 본명 뤄푸(羅普), 1884~1918의 『동유럽 여호걸東歐女豪傑』, 장자오퉁張肇桐, 1881~1938의 『자유결혼自由結婚』, 리보위안李伯元, 1867~1906의 『문명소사文明小史』, 천톈화陳天華, 1875~1905의 『사자후獅子吼』, 쑤만수蘇曼殊, 1884~1918의 『길 잃은 기러기斷鴻零雁記』, 수샤叔夏의 『여학생女學生』, 라오린老林의 『학당현형기學堂現形記』, 리빙履氷의 『도쿄의 꿈東京夢』 등이 있다. 이러한 작품들은 우수한 문화의 전파자와 같은 유학생 형상을 창조하였고, '가짜 학자'나 타락하고 부패한 청나라 말기 유학생 형상도 빚어냈다. 작가들은 선진 문화의 전파자를 찬양하고, 타락하고 부패한 자의 추행과 추태를 비판하였다.

현대 유학 체험 작가들은 서양을 겪고 서양을 목격하며 서양을 체험하였고, 중국과 서양 문화의 커다란 충돌에서 이전과 비교하여 매우 크게 다른 인생 체험과 심경의 변화를 경험하였다. 그들은 현대 유학 체험 작가들은 대부분 전통 고전 문학에 대해 비교적 깊은 학식을 지녔고, 뒷날 또 신식교육을 받고 외국에 유학한 경험을 지녔으며, 신/구문화 사이의 모순과 충돌과 중국과 서양 문화의 격렬한 충격에 대하여 특히 날카롭고 깊은 체험을 드러냈다. 중국/서양, 신/구문화의 모순과 충돌 속의 인생 체험에서 그들은 개인적인 특수한 기질과 깨달음을 통하여 중국과 서양 문화의 격렬한 충격과 융합을 구체화한 문학 작품으로 바꾸었다.

우리는 현대 유학 체험 작가들이 창조한 유학생 형상과 유학 생활, 그리고 그 사상에 대하여 더 반추해보아야 할 것이다. 위다푸의 「타락」은 그의 외롭고 도움 없는 일본 유학 생활에 대한 자서전이며, 쑤만수의 『길 잃은 기러기』 속의 '군사람'과 '이방인'으로서의 유학생 형상을 연장한 것이다. 하지만 「타락」 속의 '나'는 더욱더 병적이고 민감하며 툭하면 '두 줄기 뜨거운 눈물'을 줄줄 흘린다. 「타락」은 약소국 백성이 일본에서 겪는 정신적인 면과 생리적인 면의 이중 고민을 드러냈다. 위다푸는 단편소설집 『타락』의 「머리말自序」에서 소설의 주제가 바로 영혼과 육체의 충돌이며, 한 세대 젊은이의 정신적 고민과 우울한 심리를 반영한 것이라고 설명하였다. 마지막 부분에서 주인공이 토해내는 뼈아픈 외침은 약소국 백성에 대한 각성과 채찍이자 한 세대 지식인이 처한 슬픈 환경과 시대에 대해 울며불며 외치는 하소연이다.

루쉰은 「아Q정전」에서 독백하는 언어로 첸鑁 도령 가짜 양놈 등의 거만함과 천박함을 남김없이 다 드러냈다.

나는 성질이 급해서 우리가 만나기만 하면 늘 말했지. 홍형洪哥! 우리 착수합시다! 그는 늘 'No!'라고 말했어. 이건 외국말이니까 자네들은 모르지. 그렇지 않았다면 벌써 성공했을걸. 하여간 이거야말로 그가 뭘 하든지 겁쟁이라는 점이지. 그는 여러 번 나에게 후베이湖北로 가라고 부탁했으나 나는 아직 승낙하지 않았지. 누가 그런 손바닥만 한 고장에서 일하고 싶어 하겠냐고.루쉰, 2005 : 545

루쉰은 이러한 몇 마디 말로 가짜 양놈의 한껏 부푼 우월감과 천박함을 날카롭게 분석하여 그려냈다. 가짜 양놈 같은 서양 사람에게 고용된 매판西崽 유학생 형상은 일부 귀국한 유학생이 정신면에 지닌 고질병을 대표하였다. 왜 '매판'을 싫어하는가에 대하여 루쉰은 "매판을 싫어하는 이유가 그의 직업에 있는 게 아니라 그의 '매판 몰골'에 있다"루쉰, 2005 : 366 하고 여겼다. 매판 몰골이란 자기 재간을 믿고 남을 깔보며 약한 사람을 업신여기고 센 사람을 무서워하며, 자신이 외국어 몇 마디 아는 걸로 다른 동포를 얕보는 중국 사람을 가리킨다. 그들은 타락하고 시대에 뒤떨어졌고 남의 앞잡이로 나쁜 짓을 일삼고 하층 민중을 괴롭히고 억압한다. 매판 몰골에 대한 루쉰의 비판은 오늘날 중국 사회에서도 의심할 바 없이 중요한 깨달음을 지닌다.

라오서는 유학생이라는 비교적 특수한 사회 집단에 대하여 비교적 일찍부터 관심을 기울였고, 아울러 '마오毛 박사'와 '원文 박사'로 대표되는 '우쭐하는 천박한' 지식인이 부패한 사회에서 저지른 비열한 행위를 묘사하였다. 「희생犠牲」 속의 마오 박사는 미국 하버드대학을 졸업하였는데,

미국이 극락세계이고 오래된 중국엔 옳은 곳이 하나도 없다는 이념을 신봉하기 때문에, 귀국한 뒤에 모든 것을 '서양 규칙'에 따라 처리한다. 마오 박사는 겉으로 보면 매우 외국풍이고 한껏 부풀어 있지만, 그 정신적 기둥은 오히려 '삼강오상' 같은 썩고 몰락한 관념이다. 그래서 마오 박사는 '이기적이면서 흉내를 잘 내는 원숭이'에 불과하였다. 「원 박사」의 원 박사는 귀국한 뒤에 관리사회의 부패를 목격하였다. 작품은 원 박사로 대표되는 지식인을 깊이 해부한 것으로, 그가 학업을 마치고 귀국한 뒤에 어떻게 쏜살같이 암흑사회로 추락하였는지, 그리고 어떻게 대응해 나가는지를 묘사하였고, 지식인들의 저질 영혼을 꼭 집어내서 사람들로 하여금 깊이 반추해보도록 하였다.

쉬디산의 「세 박사三博士」 속의 유학 박사들은 모두 서양에서 중국 전통문화를 '행상'하였고, 귀국한 뒤에는 서양 문화를 다시 강의하였다. 중국과 서양 문화에 대한 그들의 깊은 오독誤讀은 현대 지식인 엘리트 신화의 파멸을 선고하는 장치이다.

유학생 집단에 대한 비판은 작가 자신의 국경 밖 유학 체험에서 비롯되었다. 루쉰이나 지셴린 등이 유학생 집단을 대수롭지 않게 여기는 이유는 이역에서 유학하며 배운 것 없고 재주도 없는 유학 집단이 그들의 영혼을 깊이 자극한데 있었다. 지셴린은 감추기 어려운 분개한 말투로 일기에 이렇게 적었다.

솔직하게 말하면 나는 그야말로 된 사람을 하나도 본 적이 없다. 지금에야 나는 정말로 유학생의 참모습을 알았다!지셴린, 1992 : 38

유학생 집단이 뽐내는 관료 티나 향락에 빠진 풍조가 지셴린을 깊이

자극하였고, 그래서 그는 신랄한 말로 분개를 토해내고 유학생 가운데 '된 사람을 하나도 본 적이 없다'며 비판하게 되었다. 뒷날 지셴린이 자서전『독일에서 지낸 10년留德十年』에서 일기 속의 많은 분량을 다시금 그대로 옮겨와서 인용하면서 게다가 몇 마디 덧붙여서, "나는 베를린을 좋아하지 않고, 그곳에 한데 모여 패거리를 짓는 중국 유학생도 좋아하지 않는다" 하고 말하였다. 우리는 당시에 독일에 유학한 집단의 행동거지와 정신 상태가 얼마나 엉망진창이었는지를 알 수 있다.

쑤쉐린蘇雪林, 1897~1999은『가시나무의 새싹棘心』에서 여성 유학생이 낡은 예법과 도덕과 신학문 사이에서 괴로워하는 내심의 몸부림, 그리고 중국과 서양의 문화가 충돌하는 중에 고통스러운 정신적 추구를 묘사하였다. 주의할만한 것은 '가시나무의 새싹'이라는 말도 유학생의 내심에 대한 진실한 은유이며, 유학생이 외국으로 가서 배움을 구하는 과정에서 심경의 변화와 정신 상태를 반영한 점이다. 첸중수가『포위된 도시圍城』에서 창조한 여성 유학생은『가시나무의 새싹』속의 여성 유학생 형상과 비교하면 더욱 심오하고 복잡하다. 프랑스로 유학한 박사 쑤원완蘇文紈은 학자 집안 출신이고 외국에서 배움을 이루었다고 하지만, 귀국한 뒤에는 오히려 사랑의 세계에서 암투를 벌이는데 재능을 낭비한다. 첸중수는 아이러니의 수법으로 쑤원완으로 대표되는 유학생을 깊이 쿡쿡 쑤셔댔다. 그들은 외국에서 오랫동안 학술에 몰두하였지만, 귀국한 뒤에는 보수적이고 건방져서 마음과 지혜를 모두 사랑의 덫을 놓는데 쓰고, 지식인으로서의 우아하고 단정한 기질은 깡그리 잃어버린다.

『포위된 도시』는 우리에게 유학하고 귀국한 많은 지식인이 모두 터무니없이 무능하다고도 말해준다. 중국과 서양 문화에 대해서는 아편과 매독만 말할 수 있을 뿐이다. 여러 해 동안 유학하였지만 배움을 이루지 못한 팡훙젠方鴻漸, 학력을 위조하고 마음도 옹졸하여 사칭하고 돌아다니며 사기를 잘 치는 가짜 서양 박사 한쉐위韓學愈, 도덕군자인 양 점잖은 체하고 거드름을 피우며 주색잡기에 빠진 가오쑹녠高松年, 우월한 듯 천박하며 스스로 위신을 추켜세우는 추선밍褚愼明, 옛 시사詩詞에 대하여는 깡통인 둥셰촨董斜川 등은 중국과 서양 문화의 찌꺼기만을 흡수하였을 뿐이다. 그래서 그들은 귀국한 뒤에 쏜살같이 타락하고 부패하지 않으면 암투를 벌이는 데 바쁘고, 또 자리만 차지하고 앉아서 국록만 축내거나 아니면 정당한 직업에 몸담지도 못한다. 그들은 갖가지로 포위된 도시 안에서 속박에 빠진 채로 엎치락뒤치락 전전긍긍한다.

첸중수는 『포위된 도시』의 「머리말」에, "이러한 사람들을 쓰면서 나는 그들이 인류이지만 단지 인류로서 털 없는 두 발 달린 동물의 기본 근성을 지니고 있을 뿐이라는 점을 잊지 않았다."첸중수, 1997 : 441 하고 썼다. 첸중수는 신랄한 유머적인 언어로 정신이 가난하고 학술 없이 기형적이고, 영혼이 천박한 유학 집단을 묘사하면서 깊이 풍자하고 무자비하게 폭로하였다. 『포위된 도시』는 사람들에게 '유학 집단의 귀국 무용론'이란 한 가지 사실을 선포한 듯하다. 그렇지만 귀국 무용이라 하여도 어떻게 할 수 있겠는가? 「나라를 떠나며去國」의 유학생 잉스英士는 미국에서 8년 동안 유학하였고 가슴 가득 뜨거운 피를 품고 귀국하여 나라에 보답하는 성과를 내려고 한다. 하지만 '국내에서 할 일이 없었기' 때문에 귀국한 지 1년 뒤에 실망과 절망에 잠긴 채로 여동생 팡스芳士와 함께 다시금 미국으로 간다. 1919년에 쥐안훈鵑魂이 『신보晨報』에 「빙신의 『나라를 떠나며』를 읽고 느낀 생각讀氷心『去國』有感」이란 글을 발표하였는데, 제7, 8면통상 제8면은 광고임 두 면에 '나라를 떠나는' 현상에 대하여 놀람과 괴로움을 표현하였다. 그렇지만 나라를 떠난 뒤에 또 의심할 바 없이 약소국 백성에 대한 서양 문화의 멸시 태도와 부딪혀야 할 것이다. 이는 진퇴양난의 곤경이 된 것 같았으므로 확실히 사람들로 하여금 깊이 생각에 잠기게 하였다.

그러므로 유학생 형상의 창조 이외에, 현대 유학 제재에서 우리는 지식인의 유학 궤적의 곤경에도 관심을 두게 되는데, 이를 요약하면 다음과 같다. 쑤쉐린의 『가시나무의 새싹』에서 첸중수의 『포위된 도시』와 빙신의 「나라를 떠나며」까지, 유학 지식인의 '나라에서 나감出國－나라로 돌아옴歸國－나라를 떠남去國'의 유학 궤적도 측면에서 중국과 서양 문화 양쪽에서 좌절당한 지식인의 심경의 변화 경험을 반영하고 있다. 나라에서 나가든 돌아오든 간에 아니면 떠나든 간에, 유학 지식인은 모두 갈 곳이 더는 없는 궁지에 빠지게 되었다. 요컨대 가정－나라 상상의 상징과 은유로서 유학 집단의 창조는 지식인의 커다란 유토피아 상상을 담고 있다. 이 집단 형상에 대한 반영을 빌려서 작가들은 특수한 시대 배경의 영향을 받은 중국과 서양 문화에 대하여 이중으로 반성하였고, 중국과 서양의 문화 충돌 과정에서 싹튼 지식인 집단의 실존적 곤경을 드러냈다.

사실상 현대 유학 체험 작가들로 대표되는 세계로 향하여 나아간 중국 유학에서, 그들은 스스로 부지런히 노력하여 떨쳐 일어나 저술하였고, 경제적 가난, 감정적 스트레스, 신체적 질병 등 문제를 극복하고 문학혁명, 과학기술 건설, 새 관념과 새 방법의 도입, 새 매체와 젊은이 육성, 신문과 간행물 발간과 문학단체 창립 과정에서, 그리고 중국 고전 문화가 현대 문화로 전환하는 과정에서, 중국과 서양의 문화교류 방면에서 모두 유일무이한 커다란 작용을 발휘하였다.

세상에 다른 나라와 민족의 자기 상상과 자아 정체성은 언제나 특정한 타자와 거울상 관계를 형성하는 과정에서 완성된다.저우닝(周寧), 2007 : 12

현대 유학 집단과 그들의 국경 밖 체험은 유학생 형상에 대한 창조와 다중 서사에 모두 '자아'와 '타자'의 상호 대조 과정에서 세워진 것이고, 타자의 눈으로 본 유학생 집단 자체의 반영이기도 하다. 작품 속의 '자기 집단'에 대한 비판과 풍자도 자신을 감독하고 채찍질하는 극약이다. 유학생 형상에 대한 비판과 반성은 바로 현대 유학 체험 작가들이 개인의 처지와 체험의 형식으로 힘이 약하고 가난한 중국이 세계로 향하여 나아가는 때에 맞추어 민족적 처지와 심리적 은유를 때맞추어 직접적으로 표현해낸 것이다. 사실상 루쉰, 천인커, 푸쓰녠傅斯年, 1896~1950, 첸중수, 지셴린 등과 같은 유학 엘리트들은 커다란 유학 집단 가운데서 절대로 대다수가 아니었지만, 지금까지 한 줄기 빛처럼 현대 중국을 밝혔다.

2) 당대 타이완-대륙의 유학생 문학

유학생 집단은 특수한 무리로서 그들의 특수한 신분에서 결정된 것이다. 유학생은 중국 현대화의 산물이자 중화 문화를 재건하는 선봉대이다. 현대 유학 체험 작가들은 문학사에 현대 중국의 사회적 전환기에서 중요한 정신적 기록을 남겼다. 그들이 창조한 유학생 시각이나 유학 생활을 제재로 삼은 창작은 유학 생활, 사상, 감성 등 여러 방면에서 저마다 특색을 한껏 묘사하였다. 하지만 작품 속 유학생은 주로 업신여기고 비판당하는 대상이다. 게다가 근현대 중국 유학의 '다른 나라의 새로운 소리를 특별히 달리 탐구하기'가 '서양의 선진기술을 본받기'를 목적으로 삼은 유학을 결정하였다. 나라를 나가서 단지 잠시 국경 밖에 머문 것은 어느 정도 유학생 문학 자체가 갖추어야 하는 복잡함과 풍부함을 덮어 가리고 유학생 문학의 발전을 제한하였다.

20세기 1960년대 이후에 타이완에 유학 열풍이 불었고, 유학생 문학은 새로이 절정에 이르렀다. 위리화於梨華, 1931~2020는 타이완에서 해외로 나간 유학 생활의 원조이다. 그의 소설『다시 종려나무를 보다又見棕櫚, 又見棕櫚』는 머우톈레이牟天磊, 자리佳利, 추상핑邱尙峰, 이산懿珊 등 인물 형상을 성공적으로 창조하였고, 특히 미국 유학 박사 머우톈레이의 형상을 가장 돌출시켰다. 머우톈레이는 미국으로 떠나기 전에 용감하고 덤벙거리며 패기만만하였는데, 미국에 가서 6, 7년 지난 뒤에 박사학위를 취득하였다. 이는 그의 청춘 전부를 바쳐서 얻은 것이다. 그의 마음속은 외로움, 괴로움과 상실감으로 채워졌다. 머우톈레이의 예전의 용기는 이 외로움과 괴로움 속에서 한 겹 한 겹 벗겨졌고, 이러한 형체 없는 고민이야말로 "나는 섬인데, 섬에는 모두 모래이고, 모래 알갱이마다 외로움이다" 하는 느낌이다. 그가 타이완으로 돌아온 뒤에 그가 만난 친한 벗들은 그와 비슷한 외로움과 고민을 보편적으로 갖고 있었다. 그가 깊이 뿌리를 박은 종려나무를 보았을 때, "거트루드 스타인Gertrude Stein, 1874~1946이 헤밍웨이에게 그들은 잃어버린 세대라고 말하였는데, 우리는? 우리 세대는, 뿌리 없는 세대인 건가?" 하고 퍼뜩 깨달았다. 그는 그들이 '뿌리 없는 세대'이고, 이것이야말로 모든 외로움과 고뇌의 결정적인 근원임을 의식하였다.

위리화는 구미 근현대 소설의 기교를 거울삼아 '파편화된 시간순서', '이야기 속 이야기', '의식의 흐름', '상징주의' 등 수법으로 이야기가 전개되는 시간과 공간을 정성껏 배치하였고, '과거, 현재, 미래'와 '미국, 타이완, 대륙'이란 시공간을 상호 교차시켜서 한 세대의 과거를 회상할 수 있을 뿐이고, 하지만 현재를 즐길 수 없고, 미래에 대하여 고민하고 외로운 텅 빈 심리를 진실하게 써냈다. 머우톈레이의 '뿌리 없는' 잃어버린 심리는 해외에 머문 신세대 학자의 보편적인 상실감과 외로운 심리이다. 이러한 '뿌리 없는' 고민과 고향을 그리는 정이 예전에 위리화의 마음을 꽁꽁

싸고 있어서 떨쳐버릴 수 없었다.

> 나에게 왜 돌아가는 거냐고 묻지 마세요. 왜 돌아가는지와 왜 나오는지는 우리
> 세대의 수수께끼에요. 위리화, 1980 : 1

미국이건 아니면 타이완이건 간에, 그들 세대는 비슷한 고민과 외로
움을 지녔다. 미국은 고향이 아니며, 타이완은 돌아가고 싶지 않고, 대륙
은 돌아갈 수도 없다. 위리화의 『다시 종려나무를 보다』는 "나의 마음은
텅텅 비었고 종잡을 수 없는" 색조로 물들어 이러한 시대적 고민으로 가
득 채워졌다. 위리화는 시대적 심리를 날카롭게 포착하고, 머우텐레이라
는 예술적 형상을 통하여 한 세대의 보편적인 심리를 앞장서서 반영하였
다. '뿌리 잃음'의 고민 심리도 '뿌리 찾기'와 '뿌리로 돌아가기'를 위한 복
선으로 깔았다. 위리화는 뒤에 쓴 『병풍 뒤의 여인屛風後的女人』과 『어느 천
사의 타락一個天使的沉淪』에서 미국에서 뿌리를 내리고 사는 현실 생활과 중
국과 서양 문화에 대한 그녀의 진실한 사색을 더욱 많이 표현하였다. 아
울러 작가는 여성의 실존적 곤경에 관심을 기울이며, 중국과 서양 문화에
대한 '제1세대 이민'과 그들의 부모와 자녀의 다른 선택을 묘사하는 데도
치중하였다. 위리화는 『떠남과 작별 인사 사이에서在離去與道別之間』에서는
미국 고등학교에서 남녀 사이에서 벌어지는 사랑, 미움과 정, 복수 이야
기를 흥미진진하게 전개하였다. 동료 사이의 충돌, 가정의 갈등, 사랑의
다툼, 우정의 시험, 인간성 본성의 진열 등은 저마다 이야기의 부피를 늘
려서 질리지 않게 하며 줄거리가 줄줄이 파도를 일으킨다.

20세기 1960년대에 타이완에서 미국으로 가서 유학한 학생의 국경 밖
체험에 대하여, 바이셴융도 공감한다. 그는 예전에, "다른 사람이 유학하

러 가면 대개는 가슴이 설렘으로 가득 차는데, 나는 오히려 그렇지 못하였다. 나는 싱숭생숭하였고, 어리바리하게 사방을 두리번거렸다. 미국에 있었던 첫해에 마음이 처량했는데, 미국에 도착한 뒤에 처음으로 나라가 망하고 가족들이 뿔뿔이 흩어진 느낌을 깊이 느끼고 방황하였다"^{바이센융,} ^{2009 : 220} 하고 썼다. 우리는 이러한 생각과 정서가 모두 상당히 소극적이긴 하지만, 바이센융이 이 시기에 느낀 슬프고 처량한 심정을 엿볼 수 있다. 한편으로 그는 서양 문화에 매우 적응하지 못하였고, 또 다른 한편으로 뿌리 없이 떠돌아다니는 고통을 감당하였다.

「시카고에서의 죽음芝加哥之死」은 바이센융이 처음으로 미국에 머무는 중국 사람의 생활과 운명에 관심을 기울인 소설이다. 바이센융이 「시카고에서의 죽음」에서 창조한 미국에 유학한 박사 우한훈吳漢魂은 바로 미국에서 생활할 때의 작가 자신과 같은 인물이다. 우한훈은 서양 문화를 동경하였고, 대학을 졸업하자마자 나이 지긋한 어머니와 깊이 사랑한 연인과 작별한 뒤에 홀로 미국으로 꿈을 찾아갔다. 시카고대학에서 외국 문학 석사와 박사학위를 취득하였고, 그는 고학 6년 동안 물질의 극빈 생활, 여자 친구와 이별, 어머니의 병사 등을 겪으며 그의 정신적 기둥도 완전히 무너져버렸다. 정신적 버팀목이 사라진 영혼은 정신의 기둥을 잃어버리면 필연코 스스로 헤어날 수 없는 고통에 빠질 것이다. 뒷날 그가 드디어 졸업할 때, "지난 6년은 미친 듯이 배움을 구하는 사이에 밑 빠진 주전자에 담긴 물처럼 줄줄 흘러갔고" "마지막 한 방울까지도 다 흘러 나갔다". 나아가서 그는 "생명은 소리와 분노로 가득 찼지만, 안은 온통 텅텅 비어 버린, 못난 자가 지어낸 이야기임을"을 느꼈다. 그는 막다른 골목에 이르렀고, 죽음을 선택할 수 있을 뿐이었다.

바로 어떤 학자가 말한 바와 같이, "이 세대 유학생들의 떠돌이 느낌과 쫓겨난 느낌은 나라도 가리키지만 더욱이는 정신도 가리킨다. 종족을 가리키지만 더욱이는 문화를 가리킨다."웨이텐충(尉天驄), 2003 : 39 바이셴융이 창작한『적선 이야기謫仙記』의 미국에 유학한 여학생 리퉁李彤, 「시카고에서의 죽음」 속의 우한훈 등을 포함한 "뉴요커" 시리즈 속 인물들은 미국으로 가기 전에 저마다 서양 문화를 동경하였고, 유학 생활에 대하여 가슴 한가득 희망을 품었지만, 미국에 도착한 뒤에야 그들은 재미 중국 사람이 당하는 인종차별과 문화 충돌을 발견하였고, 그들은 미국 주류 사회로 들어갈 수 없었고, 미국 사회의 주변에서 겉돌 뿐이었다. 중국과 서양 문화의 커다란 충격에서 그들은 갈등과 충돌을 겪으며 서양 문화를 배척하고, 자기 나라 문화까지도 공감할 수 없게 되었다. 이 세대 사람은 미국 문화에 융합해 들어갈 수 없고, 중국 문화와도 멀어졌다. 이러한 소외감은 뿌리를 잃어버린 세대의 피할 수 없는 운명이 된 것 같다.

차젠잉查建英, 샤오차(小査), 1959~, 차오구이린曹桂林, 1947~, 저우리周勵, 1950~ 등은 모두 대륙 유학생 문학 창작의 중견 작가이다. 그들이 창작한『정글 아래쪽 빙하叢林下的冰河』,『뉴욕의 베이징 사람北京人在紐約』,『맨해튼의 중국 여인曼哈頓的中國女人』등 작품은 대륙 유학생이 실존과 발전을 위하여 들인 노력과 항쟁을 표현하는 데 치중하였다. 이러한 항쟁하는 사람에 왕치밍王啓明과 주리야朱利亞 등 당당하게 성공한 사람도 있고, 안과 의사나 리화이빙李懷氷 등 몰락한 실패자도 있다. 이들은 유학생 집단 가운데서 다른 정도의 공명을 일으켰고, 민족의식과 이성 정신의 강렬한 각성을 드러냈다.

1987년에 유학 작가와 재미 학자들이 조직한 '새벽사晨邊社'가 미국 뉴욕에서 세미나를 개최하였다. 그들은 세미나에서 타이완-대륙 '유학생 문학'에 대하여 회고하고 비교할 때에, 전문적으로 '유학생 문학'이라는 개념도 제기하였다. 그들은 유학생 작품이 현대 중국 문학에도 속하고,

해외 화문 문학에도 속하며, 모두 상당히 큰 수량을 차지한다고 여겼다. 유학생 문학의 오르막과 내리막은 중국 문학의 세계화와 현대화 여정을 드러내며 다른 문학과는 다른 특수한 의미를 지녔다.^{장쩡페이(江曾培), 2014.5.10} 이 세미나와 상하이좌담회^{上海座談會}는 유학생과 유학생 문학에 대한 문제에서 약속이나 한 듯이 공감대를 이루었고, 유학생 문학과 그 연구에 새로운 계기와 활력을 가져왔다.

  옌거링은 1990년대에도 유학생을 반영한 제재의 작품을 창작하였다. 옌거링의 붓대 아래 유학생은 위리화와 바이셴융 등이 그려낸 주인공의 '뿌리 없는' 아픈 정서의 서사와는 다르고, 차젠잉 등이 창조한 주인공과 같이 '주변인'으로서 애써 몸부림치는 차가운 서사^{冷靜敍事}와도 다르며, 오히려 다원 문화에 대한 포용과 인간의 본성에 대해 탐색하는 소탈한 서사^{洒脫敍事}를 드러냈다.^{류쥔(劉俊), 2000.(6) : 30~38} 신이민 작가¹²로서 옌거링은 마찬가지로 중국과 서양 문화의 커다란 차이와 인종차별, 열악한 생존 환경, 중국 사람의 낮은 지위 등을 감당해야 하는 살벌한 현실과도 부딪쳤고 시공간의 위치 변화와 신분의 전환 과정에서 이질 문화를 접수하고 이해하고 흡수하지 않을 수 없었다. 새로운 생활 과정에서 새로운 실존 체험이 생기면서, 옌거링은 문화와 인간의 본성에 대하여 깊이 들어간 사색을 꼼꼼한 필치로 토로하였다. 그래서 작자가 창조한 유학생과 유학 생활은 이질 문화에 대한 포용성과 적응 노력, 그리고 복잡한 인간의 본성에 대한 깊은 탐색으로 펼쳐졌다.

  「소녀 샤오위^{少女小魚}」의 주인공 샤오위는 외국인 영주권을 얻으려고 이탈리아 노인과 위장결혼을 하는데, 이탈리아 노인에 대한 샤오위의 '사

---

12 [옮긴이] 신이민 작가(新移民作家)나 신이민 문학(新移民文學)이란 주로 중국 대륙에서 개혁개방 이후에 해외로 나가서 중국어로 창작을 하는 작가와 그들의 작품을 가리킨다.

랑'은 남녀의 사랑이 절대로 아니라 사람과 사람 사이의 배려에 바탕을 두고 있다. 남자친구 장웨이江偉는 도리어 여자 친구의 이러한 살뜰한 마음에 대하여 매우 불만이다. 「강도 찰리와 나搶劫犯查理和我」의 '나'는 유학 생활에서 부닥친 경제적 압박에서 벗어나기 위하여 사랑 없는 남자친구와 기꺼이 결혼하기를 바라고, 무감각한 결혼을 참아야 한다고 하더라도 결혼을 통하여 고달픈 현실 생활을 바꾸고 싶어 한다. 「아만다阿曼達」의 결혼에 실패한 양즈빈楊志斌은 애정을 지닌 혼외연애를 경험해보기를 갈망한다. 『출구 없는 커피숍無出路咖啡館』의 백인 외교관 안드레아는 유학생 '나'를 보자마자 사랑에 빠졌고, '나'는 생계 때문에 그와 결혼하여 남이 부러워하는 생활을 할 수 있었지만, 인종차별과 문화 차이에 부딪치자 '나'는 단칼에 그와 헤어지고, 「아담도, 이브도也是亞當, 也是夏娃」의 이와伊娃, 「여자 집주인女房東」의 라오차이老柴, 「아만다」의 양즈빈 등과 같이 다시금 외로운 상태로 돌아간다.

옌거링이 지은 『부상扶桑』은 제5세대 이민자인 '나'의 각도에서 백 년 동안의 역사적 시간과 공간을 관통하며, 19세기 말의 샌프란시스코의 차이나타운에 초점을 맞추었고, 먼 바다 건너 외국으로 간 제1세대 이민자의 국경 밖에서의 비참한 생활을 자세히 묘사하며 대지의 어머니 같은 부상 형상을 창조하였다. 어떠한 시달림과 불행을 겪든지 간에 부상은 언제나 수수께끼 같은 미소를 지으며 생활의 고난에 대응하였다. 작자는 독특한 여성의 시각에서 살펴보는 방식으로 온순하고 착하며 외부로부터의 압력을 참고 견디어 내며, 심지어 마비되고 어리석은 듯이 복잡한 여성 형상을 꼼꼼한 필치로 창조해냈다. 옌거링은 이러한 인물 형상들을 창조할 때, 언제나 그들을 사회, 가정, 개인 정신의 다중 곤경 속에 놓고 그들로 하여금 인간성의 고문에 시달리게 만들어서, 인간성의 은밀함과 복

잡함에 대해 힘껏 해석하였다. 바로 인간성의 은밀함과 복잡함과 불확정
성으로 인하여 그의 붓대 아래 유학생과 이민자의 성격은 다양성을 지니
며, 인물 형상도 최대한도의 자극성을 드러냈고, 그로부터 작품이 묘사하
는 인간성도 더욱 깊이를 지니게 되었다.

엔거링으로 대표되는 신이민 작가들은 출국하기 전부터 매우 이름이
났다. 그들은 이민한 뒤로 서양의 새로운 서사 기교를 때맞추어 익히고
거울삼아 갖가지 서사를 당차게 실험하였다. 아울러 그들은 신이민의 안
목으로 중국과 서양 문화를 다시금 살펴보았으며, 동서양 다원 문화의 충
돌 과정에서 줄기차게 양분을 섭취하였고, 이질 문화의 차이 속에서 이해
와 포용의 자세로 다원 문화를 받아들였다. 그로부터 그들은 동서양 문화
사이의 심층적인 대화의 길을 열어나갔고, 확 트인 문화적 시야와 열린
문화 심리로 이민 생활에 관심을 기울이고, 역사와 현실, 현실과 이상 사
이에서 고향의 역사를 뒤돌아보며 중국 이야기를 썼고, 그로부터 희망으
로 가득 찬 문학 탐색의 길도 열었다.[13]

3) 현대 유학 출신 작가들과 당대 유학생 작가들 비교

현대 유학 작가들은 왜 문학사에서 세상 사람이 주목하는 공헌을 하였
으며, 유학생 집단의 당대 작가들은 도리어 창작에서 폭넓은 관심을 미처
끌어내지 못하였는가? 현대 유학 체험과 당대 유학생 문학, 이민 문학의
근본적인 다른 점과 같은 점은 어디에 있는가? 어떻게 하여야 오늘날 해
외 화문 문학의 주변적인 상황을 바꿀 수 있는가? 의심할 바 없이 이러한
문제를 탐색하는 것은 당대 이민 문학의 깊이와 발전 문제에 어떤 가능

---

13   장둥후이(張棟輝), 「옌거링의 신이민소설의 다국적 글쓰기(論嚴歌苓新移民小說的跨
      域書寫)」, 산둥내 박사논문, 2011.

성과 비전을 제공하는데 도움이 될 것이다.

현대 유학 체험 작가와 비교하면 당대 타이완-대륙 유학생은 책을 짊어지고 멀리 유학을 떠난 길에서 뚜렷한 시대적 흔적과 인생관을 더욱 드러내 보였다. 그들이 추구하는 삶에는 어려움이 더 많고, 그들이 맞닥뜨린 중국과 서양의 문화 충돌이 더욱 거세었으며, 생활환경의 거리가 더욱더 벌어졌다. 루쉰, 후스, 궈모뤄, 위다푸 등으로 대표되는 현대 유학 작가들은 주로 국비 유학생예컨대 경자년 배상금 국비 유학생이었고, 해외에서 유학은 '서양의 선진기술을 본받기' 아니면 타자의 눈에 '간판 따기'에 불과하였다. 그들은 해외에서 나그네일 뿐이고, 국비 유학이라는 배경이 그들에게 기본적인 생활비용을 최소한도 보장해주었다. 인종차별과 문화적 경시를 겪었다고 하더라도, 그들은 학업을 마치고 귀국하면 사람들의 우러름을 한몸에 받았다. 하지만 당대 유학생들은 후스, 쉬즈모 등과 같이 '고급 인텔리'로 자처할 수 없고, 루쉰, 지셴린, 천인커 등과 같이 같은 유학생인 중국 동포를 경멸할 수도 없다. 그들은 배움을 이루고 금의환향할 사치를 바랄 수도 없고, 후스처럼 대학 교수가 되어 달마다 월급을 15만 위안을 받을 수도 없다. '국경 밖 나그네' 같은 유학 심리와 '그곳에 뿌리를 내리고 싶은' 유학 심리를 보면, 양자는 배움을 구하는 출발점이 근본적으로 다르기 때문에, 국가적 수출과 개인적 출국은 '귀국 여부' 문제에서 세차게 충돌하는 마음이 생겼다.

당대 유학생이 맞닥뜨린 생존상태는 매우 궁색하다. 자비 유학생으로서 출국 비용은 기본적으로 대출에 기대야 하며 출국 뒤에 또 학비 지출, 결혼과 가족 부양 등 여러 방면에서 곤경에 처한다. 1980년대에 유학생 작품 가운데서 내비친 꼬불꼬불 뒤엉킨 유학생활은 모두 그들의 유학 현실을 진실하게 써낸 것이다. 그들은 서양의 생활, 관념과 문화면에서의 간격, 인류, 사회, 인간성 등 여러 방면의 융합과 소통에서 질적인 돌파를 찾지 못하였다. 여기에 그들의 창작이 대표하는 유학생 형상의 문제점이 있다. 다시 말하면, 당대 유학 집단의 경제적 기초가 약한 문제에서 그들은 살길을 찾아야 하는 일을 무엇보다 먼저 중요한 일로 여기게 되었다. 이것은 문학 창작에서 꾸준하고 건강한 그들의 발전을 어느 정도 제한하였다.

시간의 추이에 따라서, 갈수록 많은 유학생이 배움을 구하는 학생 신분에서 벗어나게 되었다. 그들 가운데 적지 않은 사람들은 '유학생'에서 '유학파'로 신분이 바뀌었다. '유학생'과 비교하면, '유학파'는 이미 경제적 기초를 어느 정도 지녔고, 국경 밖 생활과 환경에 비교적 잘 적응하였으며, 사람과 사람의 관계와 언어도 제법 능숙해졌다. 오랫동안 중국과 서양 문화에 젖어 있어서 그들의 문화적 시야는 활짝 열렸고, 그들의 학술에 양분을 공급하였다. 그리하여 그들은 대부분 비교적 개방적이고 평화로운 문화 심리를 드러내고, 이러한 문화 심리의 적응이 상응하는 문학 형상의 변화를 가져왔다. '유학생'에서 '유학파'로의 신분과 역할의 변화는 유학생 문화를 이민 문화로 나아가게 한 직접적인 원인이다. 그리하여 1990년대의 유학 제재 작품에는 제재의 다원화, 격조의 다양화와 인터넷 매체의 다중화라는 새로운 경향이 나타났다. 특히 많은 해외 거주 작가는 문학 창작 과정에서 여전히 유학생 형상에 전념하였고, 이러한 유학생 작가의 개입으로 말미암아 작품의 예술적인 멋과 미적 수준이 높아졌다. 상하이문예출판사에서 출판한 '소설계문고小說界文庫‧해외거주 작가 장편소설 시리즈旅外作家長篇小說系列' 가운데서 옌거링의 『사람 사는 세상人寰』, 다이팡戴舫, 1964~의 『제3의 욕망第三種欲望』, 훙잉虹影, 1962~의 『십팔겁十八劫』, 쉐하이샹薛海翔의 『정감 비자情感簽證』 등이 대표작으로 꼽힌다. 그렇지만 동서양 문화 환경의 커다란 차이로 인하여 당대 유학생 문학과 신이민 문학의 다수 독자층은 여전히 중국 내에 있다.

그밖에, 현대 유학 출신 작가들의 문화적 자세는 '서양의 선진기술을 본받아 서양의 침략을 물리치자'이다. 구미와 일본에 유학하는 것은 서양의 우수한 문화와 기술을 배우기 위함이고, '백성의 지혜를 일깨우기' 위함이었다. 그들은 '중화를 부흥시키고 나라에 보답하자振興中華, 報效祖國'는 것을 자신의 소임으로 삼았다. 그리하여 그들의 대다수는 계몽자의 자세로 중국 사람의 나쁜 근성에 대해 매섭게 비판하였고, 중국 사람들의 깨달음을 불러일으켰다. 그래서 그들의 탐색은 자각적이었고, 나라에 이익이 되고 중국 사람에게도 이익이 되는 결심과 포부로 심화할 수 있었다. 상대적으로 당대 유학 작가들은 배움을 구한 자체가 '개인적'이자 '사적'인 바람이고, 그들에게 가장 중요하고 어려운 일이 생존을 해결하는 문제였으며, 그다음에 발전 가능성이 있는가 하는 점이었다. 그래서 그들은 나라나 집단의 각도에 서서 창작할 수 없었고, 주변화한 문화 자세로 소리를 낼 뿐이고, 무엇보다 먼저 개인적인 '소아小我'의 테두리 안에서 바쁠 수밖에 없었다.

문화적 공감 면에서 현대 유학 작가들은 대부분 '가져오기 주의' 전략을 활용하였고, 서양 문화에 대한 동감이 매우 강하였다. 그들은 모든 서양의 우수한 문화자원을 거울삼아 신문화와 신문학을 건설하려고 하였고, 심지어 아낌없이 모든 것에서 '서양을 그대로 따랐다'. 상대적으로 당대 유학 집단은 이미 해외에 정착한 중국계 작가이든, 여전히 해외에서 떠돌아다니는 중국 사람이든 간에, 그들 정신의 뿌리는 다른 나라 문화의 토양에 내리기 매우 어려운 듯하다. 그들은 여전히 갖가지 곤경에 처할 수 있다. 꿈 찾기의 상실, 뿌리 없음의 환멸, 뿌리박기의 어려움, 뿌리 내리기의 모순과 정감의 다툼 등이 모두 그들의 마음속에 뒤엉켜 있을 수 있다. 문화의 귀착점 문제와 생활 민속의 융합 문제가 모두 그들을 괴롭히고, 무슨 선택을 하든지 간에 그들은 저마다 '정신적 방랑자'이고, 짧은 시간 향수는 '영원한 고향 그리움'으로 탈바꿈할 수 있을 뿐인 듯하다.

신이민 문학은 동서양 문화가 만나는 지점에 있고, 신이민 문학의 성숙 여부는 많은 상황과 조건의 제한을 받고 있다. 위리화, 바이셴융, 옌거링 등이 빚어낸 중국 이야기는 유학생 문화에서 이민 문화에 이르는 전환의 궤적을 증명하고, 디아스포라에서 회귀까지 문화 공감의 자각성과 점진적 변화, 그리고 문화적 향수에서 문화적 귀향까지의 심리적 여정을 드러냈다. 그들은 중국 전통 문화를 인정하고, 출국한 뒤에 영어 글쓰기에서 바뀌어서 중국어로 창작하고 싶어 한다. 이러한 '문화적 귀향' 현상은 '문화적 고향을 옮김'을 겪은 뒤의 '문화적 귀향'이다. 서양 문화에 대한 그들의 공감 과정은 고통스럽고 길었다. 향수도 줄곧 다른 형식으로 계속 써왔다. 하지만 다른 나라 문화에 공감하든 안 하든 간에, 제1세대 이민 집단의 후손이 성장함에 따라서, 이민 작가는 '잎이 떨어져서 뿌리로 돌아가거나' 아니면 '잎이 떨어져 뿌리를 내리는' 귀착점에 이를 것이다. 어떤 평론가가 말한 바와 같이, 유학생 문학신이민 문학에는 그 나름의 의미가 있기는 하지만, 아주 뛰어난 작품이 되기도 확실히 매우 어렵고, 돌멩이 한 개를 물 속에 내던진 듯이 물보라를 일으킬 뿐이고, 거친 파도를 솟구치게 할 수 없다.천루이린(陳瑞琳), 2014 : 61

우리는 신이민 문학이 신이민의 한 세대 한 세대 어려움과 노력과 끊임없는 탐색을 거쳐서 풍부한 생활 소재와 깊은 인생 체험으로 역사의 사명감과 책임감을 품고 신이민의 새로운 생활을 쓰고, 신이민의 심층적인 문화 심리를 파헤쳐서 독자적인 신이민 문화의 무대를 세우고, 그로부터 그 독특한 역사적 지위를 세우기를 기대한다.

나가며

예전의 '둔황학'의 부상과 비슷하게 오늘날 '실크로드학'도 등장하려고 한다. '실크로드 문학과 실크로드 문화' 연구는 그 제목에 어울리는 의미를 담고 있어야 한다. 이 방면의 연구는 방금 전에 걸음을 뗀 단계에 있고, 그래서 이 책은 실제로 초보적인 탐색 성질의 성과가 되며 길을 찾고 음미해 보는 성격을 갖는다.

모두 아는 바와 같이 고대 육상 실크로드는 아시아와 유럽 대륙을 가로지르는 무역과 문화의 통로였다. 이 특정한 지리 문화적 공간에서 생겨난 문학예술은 인류의 중요한 정신 문화 유산이다. 오늘날 시대적 배경과 문화적 환경에서 '실크로드 문학과 실크로드 문화'라는 화제에 대하여 깊이 연구하고 토론하는 것은 시의적절한 일이라고 할 수 있다. 양자의 관계맺음과 의미는 확실히 새겨볼수록 흥미를 자아낸다.

이 책은 '일대일로'의 문화적 구상의 영향을 받아서, 육상 실크로드 문학줄임말 '육-실 문학'과 해상 실크로드 문학줄임말 '해-실 문학'을 포함하여, 주로 중국 경내의 현대 이후 실크로드를 제재로 삼은 문학 작품을 연구 대상으로 삼았다. 육상 실크로드 문학은 주로 산시, 간쑤, 닝샤, 칭하이, 신장 등 5개 성省 지역과 그 연도에서 창작된 실크로드 지역의 정치 경제, 역사 문화적 특색을 드러낸 문학 작품과 문학 현상을 가리킨다. 그리하여 주로 중국의 서부, 특히 드넓은 시베이의 실크로드 문학과 연도 지역 문화를 결합한 내적 관련성을 비롯하여, 지역 문화의 각도에서 예로부터 이어진 실크로드 문학에 대하여 여러 방면에서 탐색하고 토론하였다. 해상 실크로드 문학은 해상 실크로드 정신을 담고, 해상 실크로드 문화를 구체화한 문학 창작과 문학 현상을 가리키며, 주로 해상 실크로드와 관련된 해양

시와 글, 유학 문학과 항구도시 문학을 포함한다.

이 책은 관련한 개념 정의를 바탕으로 가능한 한 연구 구상을 정리하고, 연구의 틀을 세우려고 노력하였다. 그 연구 구상은 실크로드 문학에 대한 역사 문화적 환경으로 되돌아가서 역사적으로 분석하거나 공시적으로 답사하거나, 강렬한 현대 의식을 지니고 옛날과 오늘의 실크로드 문학에 대하여 현실적 분석과 통시적 연구를 진행하는 데 있었다. 요컨대 '뉴 노멀' 경제 시대로 들어가거나, '창업 시대'로 들어서거나 우리는 예로부터 오랫동안 고달픈 탐색의 길을 꾸준히 걸어왔음을 잊기 어려우며, 그러자면 역사를 적당히 돌아볼 필요가 있다. 역사상 '실크로드'는 본질적으로도 '창업의 길'이었고, 당대 '실크로드 문학'도 이 우수한 전통을 계승하였으며, 상응하여 이러한 개척과 탐색 과정에서 어렵게 창업하는 실크로드 정신을 드러내보였다.

이 책은 실크로드 문학 연구 체계의 형성에 치중하였고, 텍스트 분석을 통하여 그 내부의 다원화하여 공존하는 문학 장르 탐색도 시도하였다. '실크로드 문학'이란 개념의 경계 설정을 통하여 현대 중국 '실크로드 문학'의 연구 범주를 정리하고, 실크로드 문학의 글쓰기 역사를 빗질하여 '실크로드 문학'의 현당대 글쓰기의 계보를 세웠으며, 중국 현당대 문학의 학술적 연구를 보완하였다.

이 책은 연구 대상을 고대 실크로드 문학에서 현대와 당대 실크로드 문학 창작으로 확장하였다. 이는 객관적으로 실크로드 문학 연구의 경계와 범위를 확대하고, 실크로드 문학의 연구 체계의 보완에 도움이 되었다. 그로부터 학술 연구의 현대의식도 드러냈다.

실크로드는 인위적으로 만들어진 물질적 공간이고, 확장성을 지닌 문화적 기호이다. 현대 이래로 실크로드 연도의 문학 창작도 필연적으로 실크로드 문화의 역사적 낙인이 찍혔고, 아울러 실크로드 문화를 세우는 중요한 구성 부분이 되었다. 이 책은 한편으로 실크로드 문학에 대해 통시적으로 역사의 맥락에서 정리하였고, 또 다른 한편으로 공시적 비교를 통하여 현대와 당대 실크로드 문학에 속하는 시대적 특징과 정신적 격조를 밝혔으며, 오늘날 실크로드 문학 연구의 현당대 부분의 부족함을 보충하였다.

이 책은 실크로드 문화와 지역 문화의 각도에서 실크로드 문학을 연구하고, 실크로드 문화와 실크로드 문학이 드러낸 개방성과 다원성 특징을 중점적으로 분석하였다. 오늘날 실크로드 문학에 대한 지역적 각도에서의 연구는 국부성과 파편화된 특징을 많이 드러냈다. 요컨대 실크로드의 어떤 특정 지역 문학이 지닌 이질성을 겨냥한 연구가 많고, 거시적이고 통합적인 연구 시야가 부족하였다. 이 책은 넓은 의미에서의 실크로드 연도의 문학 창작을 전체적인 문학 현상으로 보아서 실크로드 문학의 공통성을 관찰하고, 아울러 텍스트 분석을 통하여 그 내부에서 드러낸 다원성을 살펴보았으며, 오늘날 지역 문학 연구의 구상 면에서의 일방성과 폐쇄성을 바로잡았다.

이 책은 '일대일로'의 창의적 기획이 꾸준히 추진되는 시대적 환경에서 현당대 중국 실크로드의 문화와 문학 글쓰기에 대하여 계통적인 정리, 실크로드 문화와 실크로드 문학의 유산 발굴과 활성화, 전통 문화와 문학의 전승과 혁신 추진, 중국 문화의 소프트 파워와 국제적 영향력 향상 등에 작은 힘이나마 바치는데 치중하였다. 이 책은 육상 실크로드 문학과 해상 실크로드 문학의 여러 방면을 언급하여 논술하고, 개별성과 공통성을 결합하여 문제 중심의 논술 방식을 활용하였으며, 관련 화제를 점진적으로 심화 연구하고자 노력하였다. 실크로드 문화와 실크로드 문학 현상에 관심을 기울이는 이들에게 어떤 단서와 구상들을 제공할 수 있다면, 특히 관련 현상에 대한 탐색에 흥미를 지닌 학자들에게 다소 깨우침이 된다면, 아마 여러 사람의 훌륭한 고견을 들을 가능성도 생길 것이다.

저자는 '일대일로' 위대한 사업이 더욱더 번창 발전하고, 실크로드 문화와 실크로드 문학이 꾸준히 발전하며, 관련한 여러 영역의 연구도 더욱 많은 새로운 성과를 얻을 수 있기를 참으로 기대한다. 그로부터 '실크로드학' 구축에도 작은 힘이나마 이바지할 수 있기를 희망한다.

저자 후기

중국 역사상 2,000여 년 세월을 이어온 실크로드는 창업의 길이자 무역의 길이었을 뿐 아니라 문화의 길이자 문학의 길이었다. 커다란 사막과 낙타 방울, 대상과 역참이 역사의 깊은 곳에서 점차 먼지투성이가 되고 있다. 수많은 돛이 앞 다투어 내달리던 고대의 선대가 지금 현대화한 원양항해로 대체될 때에 문학이 오히려 이전과 다름없이 돋보이는 길이라 일컬을 만한 길에서 침착하게 앞으로 나아가고 오랜 세월 동안 발걸음을 멈추지 않았다. 이역에 대한 『목천자전』과 『산해경』 속의 신화적 상상에서 중국 시가 예술의 찬란한 빛을 창조한 한나라와 당나라의 변새시까지, 명나라와 청나라의 이역 제재 소설의 번창에서 근현대 유학 체험 작가들의 '서양학문의 중국 전파 이야기'까지, 현대 문인의 항일전쟁 시기의 실크로드 기행에서 당대 문인의 실크로드 서사까지, "시국에 느낀 바 있어 나라에 보답할 마음으로 / 칼을 뽑아 들고 초야에서 일어났어라" 하는 가정-나라 사랑을 상징하지 않는 것이 없다. 실크로드에서 탄생한 문학은 중국 문학의 정신면에서 수준 높은 추구와 탐구를 드러내며, 중국 문학의 미래에 없어서는 안 될 기여도 할 것이다.

실크로드 문화의 시각에서 계통적으로 실크로드 문학의 발전 맥락을 정리하고 실크로드 문학의 존재 가치를 드러내며 중국 문학의 문화적 자신감을 재건하는 것은 바로 저자가 이 책을 저술한 맨 처음 소망이었다. 최초에 실크로드 문학 탐색의 구상 제기에서 실제 글쓰기의 완성에 이르기까지 확실히 '엉성한' 느낌이 있었던 것은 저자 몇 사람의 힘으로 짧은 시간 안에 실크로드 작품에 대한 독서도 다 하기 어려운 점에 있었다. 사실 실크로드 문학이란 개념을 제기하는 것 자체가 학술계에서 아직 움직임이 없었다는 점이 더욱 중요한 이유일 것이다. 그래서 거울삼을 계통적인 이론이 없다는 점도 의심할 바 없이 글쓰기와 논증의 난도를 늘렸다. 이 책의 글쓰기는 초보적이긴 하지만, 미래 지향성을 지닌 것이기에, "참으로 훌륭한 걸작이 후학들의 손에서 나오기를 바랄 뿐이다".

이 책의 전반기 구상, 글쓰기 대강의 초안, 프로젝트 신청, 저술 분담 등 작업은 모두 리지카이李繼凱 교수가 맡았다. 책 전체 30여만 자에서, 제1부는 주로 쉰위쿤荀羽琨 교수가 책임 집필하였고, 제2부는 주로 왕아이홍王愛紅 교수가 책임 집필하였다. 리지카이 교수는 「들어가며」를 지었고, 아울러 그의 석박사과정 대학원생들과 공동으로 제2장 2·4절, 제3장 2절과 제4장 전체를 집필하여 완성하였다. 참여자는 장쉐옌張雪艷, 리춘옌李春燕, 류닝劉寧, 카이리비누얼凱麗比努爾, 판레이潘磊, 샤오이한肖易寒 등이다. 쉰위쿤 교수는 제1장, 제2장 1·3절, 제3장 1·3·4절 등을 집필하였고, 왕아이홍 교수는 제5·6·7장을 포함하여 제2부의 집필을 담당하였다.

이 책은 '시안시 사회과학 기획기금 프로젝트'와 '산시사범대학 우수 저작 출판기금'의 연구자금 지원을 받았고, 관련 프로젝트 사업에서 제공한 경비가 이 책의 순조로운 완성을 기본적으로 보장해주었다. 그래서 이 자리에서 시안시 사회과학원의 책임자와 관련 전문가, 그리고 산시사범대학의 각급 책임자와 전문가의 지지와 후원에 대하여 진심으로 감사드린다! 이 책은 벗의 소개를 받아서 과학출판사科學出版社가 심의하고 아울러 출판 계획에 올렸다. 과학출판사의 편집장 양잉楊英이 책의 출판에 많은 심혈을 기울여주었다. 이 자리에서 진심으로 감사드린다! 아울러 집필 과정에서 도움을 주고 격려를 아끼지 않은 우리의 동료와 벗들에게도 감사드린다! 마지막으로, 저자는 이 자리에서 정식으로 우리에게 도움을 준 벗, 우리를 깨우쳐준 동료, 우리의 글을 읽고 바로잡아준 관계자獨者와 역은이들에게 모두 진심으로 감사드린다! 우리의 우정을 길이길이 이어가고 손에 손을 잡고 함께 노력합시다!

실크로드 문학의 경계가 지금까지도 확실히 두루뭉술한 점이 있다. 실크로드 문학의 외연주변에 대한 작가와 작품의 선택에도 어느 정도 난도가 존재한다. 아울러 이 책에서 저자가 섭렵한 관련 작가와 작품 목록을 참고용으로 덧붙였다. 그 가운데 비교적 많은 작품이 이 책 속에서 관련하여 많든 적든 논술하였지만, 혹시 부주의로 빠진 작가에 대하여는 깊이 사과드린다. 아울러 연락처이메일 : xunyukun@163.com를 알려드리니 앞으로 이 책을 수정할 기회가 있을 때에 보완할 수 있기를 희망한다.

실크로드 문학의 건전한 발전을 바라고 '실크로드학'이 더욱더 튼튼해지고 알차지기를 기대한다!

2018년 12월 9일
시안에서 취안저우까지
리지카이·쉰위쿤·왕아이홍

2022년 9월 1일, 철통같은 코로나19 방역체제를 뚫고 시안西安으로 날아와서 통관하느라 격리되어 있을 때에 나를 초청해준 당시 산시사범대학교 인문사회과학고등연구원 원장 리지카이李繼凱 교수는 친히 한시 두 편을 지어 인터넷으로 보내 나를 환영해 주었다.

첫 번째 한시는 이러했다. "역병도 단비가 오는 것을 막기 어려우니 / 국경을 넘으며 부르는 노래를 빗속에서 듣노라 / 고요한 마음으로 멀리 내다보며 많은 글 지으시고 / 힘을 모아 창신하여 한학을 부흥시킬진저病毒難阻甘霖至, 跨國放歌雨中聽, 寧靜致遠多爲文, 協同創新漢學興." 며칠 지나서 보내 온 두 번째 한시는 그때 한참 힘들었던 내 마음에 더욱 희망을 주었다. "창안도읍지長安城 가을바람이 상림원上林苑에 불어오니 / 멀리 실크로드 역참이 그대를 환영하오 / 그대에게 술 석 잔 더 드시기를 권하오니 / 서쪽 관중 지역에는 친구도 많구려."

시안 일대가 옛날 진나라, 한나라와 당나라의 수도였고, 아직도 사마상여, 이백, 두보, 왕유 등 시인과 묵객의 옛 운치가 짙게 살아 있구나 하는 생각이 들었다. 또한 실크로드 역참이 나를 환영한다는 구절을 보니, 시안이 중국 실크로드 기점이었다는 사실이 새삼 떠올랐다. 산시사범대학의 새로 조성한 창안캠퍼스의 아파트에 입주를 하자 인문사회과학고등연구원과 문학대학 교수들은 마오타이 술로 나를 뜨겁게 환영해주었고, 리지카이 교수는 나에게 자신이 주도하여 편찬한『중국 현대 실크로드 문학文化視域中的現代絲路文學』한 권을 선사해 주었다.

실크로드 문학? 내가 알고 있는 것으로 혜초의 서역 기행 문학인『왕오천축국전』이 떠올랐다. 혜초가 그 속에 남긴 시 5편을 한국 최초의 국제인의 포임^{한시} 로드의 각도에서 탐구해 본 적이 있어서 가슴이 설레어왔다.

그렇지 않아도 시안에 와서 1년에 몇 달씩 묵으면서 연구와 번역, 강연, 학술회의 참석 등 학술활동들을 제대로 수행하려면 어떻게 할지 걱정을 하던 차에 이 책도 한번 검토해 보리라 하는 마음이 들었다. 여기 실크로드의 고장인 시안에 오게 된 바에는 기왕의 루쉰과 중국현당대 문학, 한중 비교 문학, 화문 문학 연구에 더해서 서부 문학 또는 산시 문학 군단陝軍이나 실크로드 문학 관련하여 방향을 찾는 것도 의미가 있겠구나 하는 생각을 갖게 된 것이다.

그리하여 그 뒤로 시간을 내어 이 저작을 펼쳐서 한번 수미일관 훑어 보고 그 다음에 비교적 꼼꼼하게 검토해 보았다. 우선 서론에서 실크로드 정신을 창업 문학의 패러다임과 연계시켜 이론 구성을 시도하는 리지카이 교수의 시각이 참신하게 다가왔다. 역자가 알기로는 창업 문학의 시각에서 실크로드 문학을 연구한 것은 리 교수가 처음이었고, 이 책은 내용적으로도 일관된 저술 체계를 이루고 있어서, 이 저작 자체의 학술적 가치와 무게가 느껴졌다.

리지카이 교수는 누구인가? 원래 산시사범대학교 인문사회과학고등연구원 창립원장으로서 대륙 중국 현대 문학계와 서예계에서는 폭넓은 영향력을 지닌 학자이자 서예가이다. 그는 루쉰과 5·4연구로부터 중국 현대 문학의 각 영역과 테마 연구에 독자적인 시각과 방법으로 다양한 학술적 업적을 내놓은 아주 내공이 깊으면서도 시야가 넓은 학자로 평가가 나 있다. 저술에서 주변부 문제를 다루는 경우도 더러 있긴 하지만, 하나하나 다 창의력 있고 깐깐하게 연구되고 논술되어 그 학술적 가치를 인정받고 있다. 또 서예의 명가로도 널리 알려져 있고 중국 현대 문인들의 서예와 관련한 이론적인 저서도 내놓고 있다. 역자도 운 좋게도 "春風化雨" 등 서예 몇 폭을 받을 수 있었다. 원래 장쑤성 출신이지만, 시안에 와서 어느덧 30년 넘는 세월을 보냈으니 이제 창안長安 사람이라고 자부하고 있는 분이다. 아울러 많은 박사를 배출하여 시안과 서부 지역 중문학계에서의 영향력도 그만큼 컸다.

서론「들어가며」에서는 실크로드와 실크로드 문학에 이르기까지의 개념 정리로부터 시작하여 저서를 크게 육상 실크로드 문학과 해상 실크로드 문학으로 나누는 역사적 이론적 근거를 제시하고 있다. 육상 실크로드는 중국 고대 문학작품인『목천자전』과『산해경』에 보이는 주나라 목왕이나 신화적 인물들로부터 시작하여 한나라 때에 장건이 '착공'한 길이고, 해상 실크로드는 진시황에게 장생불로 선약을 구해오라는 명을 받은 서복이 바다로 나가 열어놓은 길이다.

육상 실크로드 문학은 중국 서부주로 산시, 간수, 닝샤, 칭하이, 신장 등 드넓은 시베이 지역의 "실크로드망연선과 구역"이 이끌어낸 실크로드 지역과 그 정치경제, 역사 문화적 특색을 표현한 문학작품과 문학현상을 가리킨다. 해상 실크로드 문학은 중국 동부의 해상 실크로드정신을 지니고 해상 실크로드 문화를 선양하는 문학 창작과 문학현상을 가리키는데 주로 해양 실크로드와 관련된 해양 시와 글, 유학생 출신 문학과 항구도시 문학 등을 포함하고 있다.

그리하여 본론을 제1부와 제2부로 나누어, '육상 실크로드 문화와 육상 실크로드 문학' 부분은 리지카이 교수로부터 박사논문 지도를 받은 바 있는 쉰위쿤筍羽琨 교수가, '해상 실크로드 문화와 해상 실크로드 문학' 부분은 이 영역을 체계적으로 연구한 왕아이훙王愛紅 교수가 각각 책임을 맡아 리지카이 교수의 기획과 구상을 토대로 서로 토론해 가며 집필하였고 리 교수의 지도를 받아서 리 교수의 박사과정생들이 직접 서술한 부분도 있다.

그런데 이 저술의 논조를 따라가다 보면 무엇보다도 리지카이나 쉰위쿤 등 학자들이 뿌리를 내리고 있고 살고 있는 시안이나, 산시 지역의 문화와 문학에 대한 애정과 열정과 그로부터 출발한 문제의식이 우선 강하게 마음에 다가온다. 그러한 애정과 열정이 있었기에 가능한 일이었겠지만 자료 발굴에 들인 노력이 또 아주 돋보이는데 새로운 학술적 관점으로 재발굴하고 재해석해 낸 작품들이 상당히 방대하다는 점도 깊은 인상을 준다. 그를 정독한 뒤에 이 저서의 이론적 틀과 연계시켜 가며 개괄적으로 논술하고, 대표성 있는 작품들을 많은 지면을 들어 개별적으로 분석, 평가해내고 있다는 점도 이 저서의 큰 장점에 해당된다고 생각된다.

이 저서를 번역하는 과정에서 현재는 이미 고인이 되었지만 역자가 알고 지낸 바 있는, 신장 경험을 풍부하게 갖고 있는 바오지 출신 작가 훙커紅柯를 논술한 많은 부분을 읽으면서, 2008년에 모옌과 톄닝 등의 『만사형통—중국 현대소설선』을 책임 번역출판민음사하면서 훙커의 「허풍吹牛」을 포함시켰던 기억이 떠올랐다. 이 작품은 마제룽이라는 신장에 사는 유목민이 개혁개방의 시장경제시기를 맞이하여 자신이 먹여 키운 소 200마리를 수표 한 장으로 바꾼 현실의 허탈함을 받아들이기 어려워 친구를 불러 술을 마시며 허풍스레 이야기를 주고받는 내용이다. 개혁개방 이후 시장경제로의 사회 변혁이 유목민에게 가져온 심리적 변화를 그려낸 단편소설이다. '아, 이런 작품이 바로 실크로드 문학 작품이구나!' 하는 생각이 들었다. 그러고 보니 그냥 지나쳤던 루쉰과 그의 작품이 실크로드 현지 학자나 위구르 작가들에게 영향을 준 면도 있었고, 마오둔이나 왕멍 등 현당대의 이름난 작가들도 신장 체험을 담은 작품들은 실크로드 문학에 포함되어 연구되고 있으며, 드넓은 시베이 지역 5개 성省과 자치구의 주요 작가들, 예컨대 루야오, 천중스나 동부 해안의 해양 정신이나 바다 찬가를 지은 장웨이 같은 작가들도 실크로드 문학의 길에 커다란 족적을 남겼다. '이렇게 연구할 수도 있는 것이구나!' 이는 신선한 체험이었다. 비교적 낯선 작가인 취안하이판과 멍창융이 소설 방면에서 루쉰의 '다시 쓴 옛날이야기'와 같은 창작 수법으로 지은 『실크로드의 아버지』는 장건의 '서역 착공' 소재로 육상 실크로드 문학의 대표작이고, 필자가 알고 지내는 장웨이의 '서복의 동쪽 파견' 소설들은 '서복'을 현대적으로 해석한 해상 실크로드 문학의 백미라고 할 수 있다는 것도 지식을 넓히는 것 이상의 값진 소득이었다.

기실 이 『중국 현대 실크로드 문학』에 수록된 고대 문학과 현대 문학의 수많은 작품은 여기서 더 이상 하나하나 거론할 수가 없어서, 모두 독자 여러분의 독서에 맡기기로 하겠다.

최근 역자는 중국에 머무는 기회가 많았고, 그동안에 리지카이 교수 등과 더욱 많이 만나고 '산시 문학 군단'이나 자펑와 관련 학술회의 등에 참석하고, 이름난 소설가 자펑와, 시인 겸 『옌허延河』 잡지 편집장 옌안閻安, 소설가 이저우弋舟, 『미문美文』 잡지 편집장 무타오穆濤, 그리고 최근에 신장 여행에서 알게 된 『한 사람의 마을』한국어판의 이름난 신장 작가 류량청劉亮程 등과 교류하면서 중국 현대 서부 문학과 실크로드 문학에 좀 더 눈을 뜰 수 있었고, 나아가 이 저작의 한국어판 번역 출간을 기획하고 번역하여 이제 독자들과 만날 수 있게 되었다.

공동 역자인 한국외대 배도임 박사는 실질적인 필치와 낭만적인 필치를 교차해 가며 이 책의 가치와 의미를 다음과 같이 다섯 가지로 나누어 멋들어지게 서술하고 있다. 전공자는 전공자의 입장에서, 일반 독자는 일반 독자의 시각에서 일독을 권하고 있다.

첫째, 저자의 고향이든 아니면 지금 발붙이고 뿌리를 내린 곳이든, 뿌리 깊은 땅에 대한 사랑과 긍지에서 나왔고, 개척 정신과 책임감을 바탕으로 일궈냈으며, 치밀한 구상과 부지런한 연구의 결과물이라는 점에서, 학술 연구자의 한 사람으로서 역자는 우선 고개를 숙이게 된다. 방대한 양의 자료 발굴-독서-정리-평가-집필 과정에서 오랜 시간과 노력을 들이고 깊은 숙고의 산물이기에, 이 저작이 담은 부피와 내용의 크기를 어떤 저울로, 숫자로 가늠하기 어렵다.

둘째,『중국 현대 실크로드 문학』은 실크로드 문화와 실크로드 문학에 대하여 고대로부터 현대에 이르기까지 통시적인 연구와 또 중국 서부로부터 동부 해안에 이르기까지 공시적인 연구를 집대성하였으므로 학술적 가치가 높다. 연구자는 참고도서는 물론 개념 정의, 연구 대상, 방법론과 평가 방법 등에서 도움과 안내를 받을 수 있다. 이 저작에 수록된 실크로드 문화와 문학 관련 사업에 몸담은 고대 문인부터 현대 작가, 시인, 평론가, 편집인, 출판인 등과 작품의 수량은 헤아릴 수 없이 많다.

셋째,『중국 현대 실크로드 문학』의 실크로드 문학 작품을 통하여, 독자는 '실크로드' 제재의 재생산과 재해석 가능성을 엿볼 수 있고, 그곳이 무궁무진한 보물창고임을 알게 될 것이다. 문화 사업이나 문학 창작에 뜻을 두고 꿈을 키우는 독자라면 이 저작에서 실마리를 찾고 상상력을 발휘할 수 있으며, 재창조해낼 자원과 어떤 영감을 얻을 수 있을 것이다.

넷째,『중국 현대 실크로드 문학』에는 문학사 저작이 주는 딱딱함과 지루함이 없어서 가독성可讀性이 높다. 물론 변새시를 지은 시인이나 변해시를 읊은 시인이나, 육상 실크로드를 내달린 인물을 쓴 작가나 종잡을 수 없는 바다와 사투를 벌인 하이펑쯔를 창조한 작가든지 간에, 그들은 모두 거작을 지어낸 작가이고, 작품 하나하나가 저마다 명작이다. 하지만 작품을 읽다보면, 실크로드 위에서 명멸한 인물들의 활약상이 눈에 선하고, 불길 같이 멋들어지게 살다간 인물에게 손을 내밀면 그들도 손을 내밀어 잡아줄 듯하고, 그들과 감정의 교류를 느낄 수 있을 것이다. 그리고 실크로드의 역동성과 치열한 삶의 현장, 척박한 자연 환경에서 더욱 빛나는 인간미, 자연과 더불어 살아가야 하는 숙명을 배우게 될 것이다.

다섯째, 『중국 현대 실크로드 문학』은 옥돌처럼 묻혀있는 실크로드 제재의 작품을 저마다 캐내서 빗질하여 숨겨진 빛발을 내뿜게 해서 독자 앞에 내놓은 저작이다. 독자는 깊이 읽으면 학술적 연구가 되지 않으면 꿈을 현실화 하는 기회가 될 수 있을 것이고, 가볍게 읽으면, 배낭을 메고 시베이 실크로드를 따라 문학기행을 훌쩍 떠나보고 싶은 충동을 느낄 것이다. 그 길을 가면서 사막의 정기를 받은 영웅, 고난의 담금질을 거쳐서 무쇠돌이가 된 영웅, 시베이 꼬마사령관 마중잉과 성스차이, 먼 곳에서 부름을 받고 줄기차게 먼 곳으로 가는 꿈을 꾸는 쑨샤오핑, 아니면 열정에 목마른 예하이야 같이 뜨거운 생명력을 지닌 여성을 만날지도 모른다. 길고긴 시간 너머에 아득히 먼 그곳으로 가면, 뭔가가 우리를 기다리고 있을 것 같다. 아니면 바닷가로 가고 배를 타고 바다로 나가 비릿한 내음이 실어오는 낭만을 만끽할 수 있을지 모른다.

실크로드학이라는 관점에서만 보면, 우리나라에서는, 한국의 입장에서 폭넓은 시야와 창의력 있는 깊은 내공으로 실크로드 문명교류를 연구하여 이 방면에서 국제적인 대가로 알려진 정수일 선생이 2001년 『실크로드학』을 출간하여 오래전부터 이 분야를 선구적으로 개척한 것으로 생각된다. 중국에서도 학위논문으로 정수일 선생이 이룩해 놓은 연구업적을 중심으로 한국실크로드학을 연구할 정도이다. 한국학계에서는 오래전 경주를 실크로드의 동단 기점으로 보고, 그 시각으로 실크로드 관련

국제적 학술활동을 다양하게 전개하고 있다. 그러나 중국과 달리 한국에서는 실크로드 문학 방면에서 혜초의 『왕오천축국전』에 대한 연구나 『실크로드와 한국고전시가』 출간, '돈황 문학' 연구 정도의 고대실크로드 문학과 관련한 연구 성과만 나와 있는 등, 아직 부분적인 연구에 그치고 있는 느낌이다. 물론 현대 문인이나 시인의 입장에서 "실크로드 기행", "서역 기행" 같은 기행문들은 많이 나와 있지만 학술적인 연구는 아직 많이 미흡한 것 같다. 포괄성 있고 체계성 있는 한국 실크로드 문학 관련 저술, 특히 한국 현대 실크로드 문학에 대한 개별적인 연구의 진전과 문학사적 저술이 기대되는 이유이다.

이 책의 출간이 한국 중국 문학계에 고대 실크로드 문학뿐만 아니라 현대 실크로드 문학에도 보다 폭넓은 관심과 연구를 촉발하고 또 한국문학계에 고대뿐 아니라 현대의 실크로드 문학 연구를 촉진시키는 계기가 되었으면 하는 바람이다.

이 책의 번역에 있어서는 원문에 충실하려고 노력하였지만, 한국적 상황의 필요에서 어떤 부분은 저자와 상의하여 좀 가감하거나 적절히 표현을 조정하기도 하였다. 부족한 부분도 적지 않으리라 생각된다. 번역서의 분량이 많아 원서에 수록되어 있는 사진 자료들을 삭제한 점은 아쉬운 부분이다. 독자 여러분의 양해를 구하고자 한다.

마지막으로 이 번역서를 내는 데 있어 흔쾌히 허락해준 리지카이 교수와 쉰위쿤, 왕아이훙 등 공동 저자들, 물심양면으로 지원을 아끼지 않은 산시사범대학에 감사를 드리고자 한다. 이 번역서 출간을 계기로 한국에 와서 국제학술회의에 참석하여 고견을 펼쳐줄 산시사범대학 교수들과 다른 대학 교수들에게도 감사를 표하고자 한다. 이 번역서를 출간한 소명출판은 역자들과 인연이 깊다. 일찍이 '중국루쉰연구명가정선집' 전

10권을 번역출판하며 커다란 인연을 맺었지만, 역시 무게가 가볍지 않은 이 학술 번역서의 출간을 기꺼이 승낙해준 소명출판 박성모 대표와 보기 좋은 책으로 만들어 주신 편집진 여러분께 심심한 사의를 표한다.

2024년 10월

박재우·배도임

참고문헌

〈해상 실크로드를 넘어서〉프로그램팀(穿越海上絲綢之路節目組), 〈해상 실크로드를 넘어서
(穿越海上絲綢之路)〉, 北京：中國財政經濟出版社, 2017. 5.

F.-B. 위그(F.-B. Huyghe, F ·-B · 于格)·E. 위그(E. Huyghe, E · 于格), 경성(耿昇) 역, 『신기
루 속의 제국－실크로드의 사람, 신과 신화(海市蜃樓中的帝國－絲綢之路上的人,
神與神話)』, 北京：中國藏學出版社, 2013.

가오량쒀(高良佐), 『시베이 수레 따라 간 이야기(西北隨軺記)』, 蘭州：甘肅人民出版社,
2003.

가오젠췬(高建群), 『말도 향수에 젖는 사막 이야기(胡馬北風大漠傳)』, 上海：東方出版中心,
2003.

가의(賈誼), 『신서(新書)』, 上海：商務印書館, 1937.

공자(孔子) 외, 충셴서원(崇賢書院) 주해, 『논어(論語)』, 北京：北京聯合出版公司, 2017.

공진(鞏珍), 샹다(向達) 주해, 『서양 나라 이야기(西洋番國志)』, 北京：中華書局, 1982.

곽무천(郭茂倩) 편, 『악부시집(樂府詩集)』, 上海：上海古籍出版社, 1998.

곽박(郭璞) 주, 『산해경(山海經)』, 上海：上海古籍出版社, 2015.

_____, 『목천자전(穆天子傳)』, 上海：上海古籍出版社, 1990.

구처기(丘處機), 자오웨이둥(趙衛東) 편, 『구처기집(丘處機集)』, 濟南：齊魯書社, 2005.

구후이건(顧惠根)·량푸웨이(梁富偉), 「이름난 해양작가 루쥔차오 선장(著名海洋作家陸俊
超船長)」, 『航海』1, 2007.

국가문물국(國家文物局), 『해상 실크로드(海上絲綢之路)』, 北京：文物出版社, 2014.

궈모뤄(郭沫若), 『중국 문화의 전통 정신(中國文化之傳統精神)』(文藝論集), 上海：上海光
華書局, 1925.

_____, 「이마즈 여행 이야기(今津紀遊)」, 『궈모뤄전집(郭沫若全集)』(文學編) 12,
北京：人民文學出版社, 1992.

기윤(紀昀), 뤼징(綠淨) 역주, 『열미초당필기 역주(閱微草堂筆記譯註)』, 上海：上海三聯書
店, 2014.

기효람(紀曉嵐), 하오췬(郝濬) 주, 『우루무치 잡시(烏魯木齊雜詩)』, 烏魯木齊：新疆人民出
版社, 1991.

나가사와 카즈토시(長澤和俊), 중메이주(鍾美珠) 역, 「서문을 대신하여(代序)」, 『실크로드
역사 연구(絲綢之路史研究)』, 天津：天津古籍出版社, 1990.

나무등(羅懋登), 『삼보태감의 서양기 통속연의(三寶太監西洋記通俗演義)』, 北京 : 華夏出版社, 1995.

단옌이(單演義), 『시안의 루쉰(魯迅在西安)』, 西安 : 陝西人民出版社, 1981.

덩강(鄧剛), 「'싱싱한 맛'을 힘껏 써내기(盡力寫出"鮮味"來)」, 『小說選刊』, 12, 1983.

_____, 『바다의 맛(海的味道)』, 天津 : 百花文藝出版社, 2015.

두위(杜瑜), 『해상 실크로드 역사 이야기(海上絲路史話)』, 北京 : 中國大百科全書出版社, 2000.

딩위주(丁玉柱), 『1만 가지 해양은 왜? 해양 문학 얼마나 아세요?(海洋10000個爲什麼－海洋文學知多少)』, 北京 : 中國時代經濟出版社, 2011.

딩판(丁帆), 「20세기 중국 지역 문화 소설을 간단히 논함(二十世紀中國地域文化小說簡論)」, 『學術月刊』 9, 1997.

딩홍(丁宏)·장궈제(張國傑), 『백년 중국의 무슬림(百年中國穆斯林)』, 銀川 : 寧夏人民出版社, 2002.

라오서(老舍), 「나는 어떻게 『샤오보의 생일』을 썼나(我怎樣寫『小坡的生日』)」, 장구이싱(張桂興) 편, 『라오서 문예논집(老舍文藝論集)』, 濟南 : 山東大學出版社, 1999.

_____, 「근대의 가장 뛰어난 경계와 인격의 창조자로서, 내가 가장 사랑하는 작가 콘래드(一個近代最偉大的境界與人格的創造者－我最喜愛的作家康拉德)」, 장구이싱 편, 『라오서 문예논집』, 濟南 : 山東大學出版社, 1999.

라오펑쯔(饒芃子)·양쾅한(楊匡漢), 『해외 화문 문학 강좌(海外華文文學敎程)』, 廣州 : 暨南大學出版社, 2009.

량얼핑(梁二平)·궈샹웨이(郭相瑋), 『중국 고대 해양문헌 가이드, 고대 중국의 해양관(中國古代海洋文獻導讀 古代中國的海洋觀)』, 北京 : 海洋出版社, 2012.

_____, 『해상 실크로드 2000년(海上絲綢之路2000年)』, 上海 : 上海交通大學出版社, 2016.

량치차오(梁啓超), 『량치차오 철학사상 논문선(梁啓超哲學思想論文選)』, 北京 : 北京大學出版社, 1984.

레이다(雷達), 『사조와 문체－20세기말 소설 관찰(思潮與文體－20世紀末小說觀察)』, 北京 : 人民文學出版社, 2002.

루쉰(魯迅), 『루쉰 전집(魯迅全集)』, 北京 : 人民文學出版社, 2005.

루야오(路遙), 「아침은 정오부터 시작이다」, 창쾅위안(暢廣元) 편, 『신비한 블랙박스 엿보기(神秘黑箱的窺探)』, 西安 : 陝西人民敎育出版社, 1993.

_____, 『평범한 세계(平凡的世界)』, 北京 : 作家出版社, 2005.

루완청(盧萬成), 『남자의 바다(男子的海)』, 濟南:山東文藝出版社, 1990.

루웨이(盧葦), 『중국과 외국 관계의 역사(中外關係史)』, 蘭州:蘭州大學出版社, 1996.

루웨이톈(陸維天) 편, 『신장의 마오둔(茅盾在新疆)』, 烏魯木齊:新疆人民出版社, 1986.

루인(盧隱), 「이국에서 가을날 쓸쓸한 생각(異國秋思)」, 『중장일보(中江日報)』, 1932.9.25.

류쉬차이(劉緒才), 「장웨이 소설 서사의 변천과 문화적 탐구(張煒小說敍事嬗變及其文化探求)」, 『小說評論』 2, 2013.

류양(劉陽), 「바다와 육지 사이에서 거닐며, 덩강 최근 창작의 약탈(大海與陸地間的徜徉−鄧剛近年創作攬掠)」, 『當代作家評論』 6, 1987.

류옌(劉艶), 『옌거링을 논함(嚴歌苓論)』, 北京:作家出版社, 2018.

류웨이쥔(劉維鈞), 「실크로드 예술 진흥 논강(振興絲綢之路藝術論綱)」, 『新疆藝術』 1, 1987.

류웨진(劉躍進), 「실크로드를 걸어가는 중국 문학(走上絲綢之路的中國文學)」, 『中國紀檢監察報』 7, 2017.9.8.

류잉성(劉迎勝), 『실크로드에 대하여 말하기(話說絲綢之路)』, 合肥:安徽人民出版社, 2017.

류쥔(劉俊), 「미국 화문 문학 속의 유학생 제재 소설에 대하여−위리화, 차젠잉, 옌거링을 예로 삼아서(論美國華文文學中的留學生題材小說−以於梨華, 查建英, 嚴歌苓爲例)」, 『南京大學學報(哲學, 人文科學, 社會科學版)』 6, 2000.

류칭(柳靑), 『류칭 소설산문집(柳靑小說散文集)』, 北京:中國靑年出版社, 1979.

리둥팡(李東方), 『동양에서 서양으로 20세기 중국대륙 유학생 소설 연구(從東方到西方20世紀中國大陸留學生小說研究)』, 北京:中國文聯出版社, 2006.

리밍웨이(李明偉) 편, 『실크로드 무역의 역사(絲綢之路貿易史)』, 蘭州:甘肅人民出版社, 1997.

리성빈(李生濱), 「생명의 시적인 정취와 대지의 낭만을 드러낸 문학으로서 장웨이 창작에 관한 회고와 해설(展現生命詩意和大地浪漫的文學−關於張煒創作的回眸與述評)」, 『當代文壇』 4, 2004.

리어우판(李歐梵), 『미완성의 현대성(未完成的現代性)』, 北京:北京大學出版社, 2005.

리윈량(李雲良), 『바다의 혼(海之魂)』, 北京:中國靑年出版社, 1997.

리융(李勇) · 훙커(紅柯), 「완벽한 생활, 완벽하지 못한 글쓰기(完美生活, 不完美的寫作)」, 『小說評論』 6, 2009.

리이(李怡), 『일본 체험과 중국 현대 문학의 발생(日本體驗與中國現代文學的發生)』, 北京:北京大學出版社, 2009.

리젠뱌오(李建彪), 「먼 이역에서 커다란 성과를 만든 이름난 작가 훙커를 방문하다(絶域産生大美－訪著名作家紅柯)」, 『回族文學』 3, 2006.

리젠쥔(李建軍), 「놀라운 민족의 이면사(一部令人震撼的民族秘史)」, 『小說評論』 4, 1993.

리쥔(李軍), 「머리말－루야오를 사무치게 추모하며(序－沈痛悼念路遙同志)」, 루야오(路遙), 『아침은 정오부터 시작이다(早晨從中午開始)』, 西安：西北大學出版社, 1992.

리즈쥔(李智軍), 「시적 공간－당나라 시기 시베이 변새시 이미지와 지리 연구(詩性空間－唐代西北邊塞詩意象地理研究)」, 『寧夏社會科學』 6, 2004.

리지카이(李繼凱), 『진나라 지역 소설과 '삼진 문화'(秦地小說與"三秦文化")』, 長沙：湖南敎育出版社, 1997.

_____, 「'문화적 적응 사조'와 '빅 현대' 중국 문학("文化磨合思潮"與"大現代"中國文學)」, 『中國高校社會科學』 5, 2017.

_____, 「생명의 '긍정에너지'를 드러내다(彰顯生命"正能量")」, 『東亞漢學研究』 (연간, 일본), 2015.

_____, 『진나라 지역 소설과 '삼진 문화'』, 北京：商務印書館, 2013.

리칭신(李慶新), 『해상 실크로드(海上絲綢之路)』, 合肥：黃山書社, 2016.

린웨이진(林爲進), 「'힘'의 추구에서 사람의 확정으로, 덩강의 소설세계에 대하여(從"力"的追尋到人的確定－談鄧剛的小說世界)」, 『當代作家評論』 4, 1990.

린춘(臨春), 「장편 창작의 새로운 수확, 원란의 장편소설 『실크로드 로큰롤』 세미나 요지(長篇創作的新收穫－文蘭長篇小說 『絲路搖滾』 研討會紀要)」, 『小說評論』 2, 1995.

린타이이(林太乙), 『린위탕전(林語堂傳)』, 太原：北岳文藝出版社, 1994.

마르코 폴로 구술, 천카이쥔(陳開俊) 외역, 「루스티켈로 다 피사(Rustichello da Pisa) 기록(魯思梯梯謙筆錄)」, 마르코 폴로(Marco Polo), 『동방견문록(馬可·波羅遊記)』, 福州：福建人民出版社, 1981.

마리 클레르 베르제르(瑪麗-格萊爾·白吉爾), 왕쥐(王菊)·자오녠궈(趙念國) 역, 『상하이의 역사－현대로 가는 길(上海史－走向現代之路,)』, 上海：上海社会科学出版社, 2005.

마리(馬黎), 「실크로드 정신을 드러낸 역작 대형 다큐멘터리 영화 〈해상 실크로드〉를 평함(展現絲路精神的力作－評大型紀錄片〈海上絲綢之路〉)」, 『求是』, 12, 2017.

마오둔(茅盾), 「류샹펑에게(致柳尙彭)」, 쑨중톈(孫中田)·저우밍(周明) 편, 『마오둔 서신집(茅盾書信集)』, 北京：文化藝術出版社, 1988.

_____, 『칠흑 같이 어두운 밤도(子夜)』, 北京：人民文學出版社, 2004.

_____, 『풍경 이야기(風景談)』, 北京：中國靑年出版社, 2012.

마오수정(毛書征), 「구훙밍, 동서양 문화와 극단에서 걷기(辜鴻銘, 走極端與東西方文化)」, 『學習月刊』 8, 1994.

마테이 칼리네스쿠(馬泰·卡林內斯庫), 구아이빈(顧愛彬)·리루이화(李瑞華) 역, 『현대성 의 다섯 얼굴(現代性的五幅面孔)』, 北京 : 商務印書館, 2002.

메이신린(梅新林)·위장화(兪樟華) 편, 『중국 기행 문학사(中國遊記文學史)』, 上海 : 學林出 版社, 2004.

밀드레드 케이블(蜜德蕊·凱伯)·프란체스카 프렌치(法蘭西絲卡·法蘭屈), 황메이펑(黃梅 峰)·마이후이펀(麥慧芬) 역, 『고비사막(戈壁沙漠)』, 北京 : 中國靑年出版社, 2002.

바이셴융(白先勇), 『쓸쓸한 열일곱 살(寂寞的十七歲)』, 廣州 : 花城出版社, 2009.

바이전성(白振聲), 「주 목왕 서역 순행(周穆王西遊)」, 『中國民族』, 11, 1984.

바이하이전(白海珍)·왕판(汪帆), 『문화의 정신과 소설의 개념(文化精神與小說觀念)』, 石 家莊 : 河北人民出版社, 1989.

방여호(方汝浩), 『동유기(東遊記)』, 杭州 : 浙江古籍出版社, 1988.

방현령(房玄齡) 주해, 『관자(管子)』, 上海 : 上海古籍出版社, 2015.

_____ 외, 『진서(晉書)』 「악지(樂志)」, 北京 : 中華書局, 1997.

범엽(范曄), 『후한서(後漢書)』 「서역전(西域傳)」, 北京 : 中華書局, 1982.

법현(法顯), 궈펑(郭鵬) 역, 『불국기 주역(佛國記註譯)』, 長春 : 長春出版社, 1995.

벤리팅(邊理庭), 「시베이 문화의 개조에 대하여(論西北文化之改造)」, 『新西北月刊』 8, 1945.

빙신(氷心), 『빙신 전집(氷心全集)』 전3권, 福州 : 海峽文藝出版社, 1994.

사마천(司馬遷), 문심공작실(文心工作室) 편, 『사기(史記)』, 北京 : 中央編譯出版社, 2014.

사아다이티구리 쿠얼반(沙阿代提古麗·庫爾班), 「마이마이티밍 우서우얼에 대한 루쉰의 영 향(魯迅對買買提明·吾守爾的影響)」, 『魯迅硏究月刊』 6, 2015.

샹다(向達), 『당나라 시기 창안과 서역 문명(唐代長安與西域文明)』, 北京 : 生活·讀書·新 知三聯書店, 1957.

선광밍(沈光明), 『유학생과 중국 문학의 현대화(留學生與中國文學的現代化)』, 武漢 : 華中 師範大學出版社, 2011.

수신청(舒新城), 『근대 중국 유학의 역사(近代中國留學史)』, 北京 : 中華書局, 2014.

수진위(舒晉瑜), 『처음부터 말해봅시다(說吧, 從頭說起)』, 北京 : 作家出版社, 2014.

수팅(舒婷), 『쌍돛단배(雙桅船)』, 上海 : 上海文藝出版社, 1982.

쉬제(徐傑), 『해상 실크로드(海上絲綢之路)』, 長春 : 吉林出版集團有限責任公司, 2012.

쉬즈모(徐志摩), 『파리의 일화(巴黎的鱗爪)』, 天津 : 百花文藝出版社, 2004.

_____,「피렌체 산에서(翡冷翠山居閑話)」, 량스추(梁實秋)·장푸충(蔣復璁) 편,
『쉬즈모 전집(徐志摩全集)』3, 北京：中央編譯出版社, 2014.

쉬첸(徐潛),『중국 고대 물길 교통(中國古代水路交通)』, 長春：吉林文史出版社, 2014.

쉬친(徐勤),「실크로드의 지리적 기초에 대하여(試論絲綢之路的地理基礎)」,『蘭州學刊』1,
1987.

스벤 헤딘(斯文·赫定),『잃어버린 설역의 750일(失踪雪域750天)』, 烏魯木齊：新疆人民出
版社, 2000.

스이닝(石一寧),「실크로드 문학, 소수민족 문학의 새로운 발전 기회(絲路文學－少數民族
文學新的發展機遇)」,『人民日報海外版』, 2015.10.27.

스테이시 빌러(史黛西·比勒), 류옌(劉艷) 역,『재미 중국 유학생의 역사(中國留美學生史)』,
北京：生活·讀書·新知三聯書店, 2010.

신샹양(辛向陽),『인문 중국(人文中國)』, 北京：中國社會出版社, 1996.

쌍빙(桑兵),『국학과 중국학－근대 중국과 외국 학술계의 왕래 기록(國學與漢學－近代中外
學界交往錄)』, 杭州：浙江人民出版社, 1999.

쑤밍밍(蘇明明),「구훙밍의 '춘추대의'(辜鴻銘的"春秋大義")」,『中華讀書報』24, 2001.2.7.

쑨사오셴(孫紹先),『영웅의 죽음과 미인의 황혼(英雄之死與美人遲暮)』, 北京：社會科學文
獻出版社, 2000.

쑨쑨(孫遜)·양젠룽(楊劍龍),『도시 읽기, 생활방식의 일종마다 생활이다(閱讀城市－作爲
一種生活方式的都是生活)』, 上海：上海三聯書店, 2007.

쑨젠시(孫見喜),『자핑와 전생 이야기 3－신이 사람 세상에서 노닐다(賈平凹前傳第三卷－
神遊人間)』, 廣州：花城出版社, 2001.

쑨중산(孫中山),「머리말(序)」, 셰빈(謝彬),『신장 여행기(新疆遊記)』, 烏魯木齊：新疆人民
出版社, 1990.

쑨징쉬안(孫靜軒),『쑨징쉬안 서정시집(孫靜軒抒情詩集)』, 北京：中國文聯出版社, 1985.

쑨푸위안(孫伏園),「창안 가는 길에서(長安道上)」, 상진린(商金林) 편,『쑨푸위안 산문선집
(孫伏園散文選集)』, 天津：百花文藝出版社, 1991.

쓰투상지(司徒尙紀)·쉬구이링(許桂靈),「중국 해상 실크로드의 역사적 변천(中國海上絲
綢之路的歷史演變)」,『熱帶地理』5, 2015.

_____,「해상 실크로드의 개념, 내용, 성질과 시한에 대한 의견(海上絲綢之路
概念, 內涵, 性質和時限之我見)」,『新東方』3, 2015.

_____,『21세기 해상 실크로드, 광동에서 다시 출발하다(21世紀海上絲綢之
路廣東再出發)』, 廣州：廣東旅遊出版社, 2016.

아부두하리커 웨이구얼(阿不都哈力克·維吾爾), 『아부두하리커 웨이구얼 시집((阿布都哈力克·維吾爾詩集)』, 烏魯木齊: 新疆人民出版社, 1980.

야율초재(耶律楚材), 샹다(向達) 주해, 『서유록(西遊錄)』, 北京: 中華書局, 1981.

_____, 『담연거사 문집(湛然居士文集)』, 上海: 商務印書館, 1937.

양둥천(楊東晨)·양젠궈(楊建國), 『진나라 사람의 이면사(秦人秘史)』, 西安: 陝西人民出版社, 1991.

양샤오아이(楊曉靄)·가오전(高震), 「잠삼의 서역 여행과 '실크로드' 작품(岑參的西域行旅與"絲路"之作)」, 『寧夏師範學院學報』 5, 2014.

양이(楊義), 『중국 현대소설사(中國現代小說史)』, 北京: 中國社會科學出版社, 2007.

양젠신(楊建新)·마만리(馬曼麗) 편, 『시베이 민족 관계사(西北民族關係史)』, 北京: 民族出版社, 1990.

양중젠(楊仲健), 『시베이의 단면(西北的剖面)』, 蘭州: 甘肅人民出版社, 2003.

양쥔궈(楊俊國)·장사오메이(張韶梅), 「회흘에서 회골로 개칭한 데서 본 위구르족의 독수리 숭배(從回紇改稱回鶻看維吾爾族的鷹崇拜)」, 『昌吉學院學報』 1, 2002.

양즈주(楊志玖), 『중국의 마르코 폴로(馬可·波羅在中國)』, 天津: 南開大學出版社, 1999.

양현지(楊衒之), 『뤄양 가람 이야기(洛陽伽藍記)』, 北京: 中華書局, 1991.

에두아르 샤반느(沙畹), 펑청쥔(馮承鈞) 역, 『서돌궐 사료(西突厥史料)』, 北京: 商務印書館, 1932.

에드워드 사이드(愛德華 A. 薩義德), 리쿤(李琨) 역, 『문화와 제국주의(文化與帝國主義,)』, 北京: 三聯書店, 2003.

여웅(呂熊), 『여선외사(女仙外史)』, 上海: 上海古籍出版社, 1991.

역대서역시선편집반(歷代西域詩選註編寫組), 『역대 서역시선 주(歷代西域詩選註)』, 烏魯木齊: 新疆人民出版社, 1981.

예수셴(葉舒憲), 『비이성적인 세계 탐색(探索非理性的世界)』, 成都: 四川人民出版社, 1988.

예타오(葉濤), 「산둥 연해 어민의 바다신 신앙과 제사 의식(山東沿海漁民的海神信仰與祭祀儀式)」, 취진량(曲金良)·주젠췬(朱建群) 편, 『해양 문화연구(海洋文化研究)』, 北京: 海洋出版社, 1980.

옌거링(嚴歌苓), 『보헤미안의 집(波西米亞樓)』, 北京: 當代世界出版社, 2001.

옌민(顔敏), 「이역 담론의 재구성-쉬디산의 난양 서사와 그 의미(異域話語的重新建構-許地山的南洋敍事及其意義)」, 『中國比較文學』 3, 2013.

옌사오탕(嚴紹璗), 「'문화 배경'과 '변이체'와 문학의 발생학("文化語境"與"變異體"以及文

學的發生學)」,『中國比較文學』3, 2000.

옌자옌(嚴家炎),『20세기 중국 문학사(20世紀中國文學史)』상, 北京 : 高等教育出版社, 2010.

오렐 스타인(斯坦因), 하이타오(海濤) 편역,『오렐 스타인이 서역에서 도둑질한 보물 이야기 (斯坦因西域盜寶記)』, 北京 : 西苑出版社, 2009.

오승은(吳承恩),『서유기(西遊記)』, 汕頭 : 汕頭大學出版社, 2017.

완펑(萬鵬),「시진핑이 '인류 운명공동체'의 중대 의미 세 가지로 중국이 전 세계 번영에 이 바지하자를 제기하다(習近平提出"人類命運共同體"重大意義之三－中國貢獻繁榮 全世界)」,『人民日報』, 2018.1.29.

완핑진(萬平近),『린위탕을 논함(林語堂論)』, 西安 : 陝西人民出版社, 1987.

왕궈웨이(王國維),「'장춘진인서유기 주해' 머리말(『長春眞人西遊記校註』序)」,『왕궈웨이 유서(王國維遺書)』13, 上海 : 上海書店, 1983.

왕다화(王大華),『부상과 쇠락(崛起與衰落)』, 西安 : 陝西人民出版社, 1987.

왕리신(王立新)·왕쉬펑(王旭峰),「전통 서사와 문학 치료(傳統敍事與文學治療)」,『長江學 術』2, 2007.

왕셴첸(王先謙) 집해, 완융(萬勇) 導讀整理,『장자(莊子)』, 上海 : 上海古籍出版社, 2009.

왕완순(王萬順),『장웨이 시학 연구(張煒詩學硏究)』, 北京 : 中國社會科學出版社, 2015.

왕원스(王汶石),「시안 이런 말 저런 말(西安漫語)」,『왕원스 문집(王汶石文集)』, 西安 : 陝 西人民出版社, 2004.

왕지광(王繼光) 주해,『진성서역자료 주해(陳誠西域資料校註)』, 烏魯木齊 : 新疆人民出版 社, 2012.

왕취안건(王泉根),「아동 문학의 기본 미학적 특징에 대하여(論兒童文學的基本美學特 徵)」,『北京師範大學學報(社會科學版)』2, 2006.

왕타오(王韜),「런던의 작은 휴식(倫敦小憩)」,『발길 닿는 대로 생각나는 대로, 일본 여행기 (漫遊隨錄, 扶桑遊記)』, 長沙 : 湖南人民出版社, 1982.

왕푸런(王富仁),『왕푸런 자선집(王富仁自選集)』, 桂林 : 廣西師範大學出版社, 1999.

왕하오(王昊),「중국 국경 밖 제재 소설 연구(中國域外題材小說硏究)」, 쑤저우대(蘇州大) 박사논문, 2009.

왕후이야오(王輝耀),『바다로 돌아간 백년, 중국을 새로 창조하다(百年海歸 創新中國)』, 北 京 : 人民出版社, 2014.

왕흠약(王欽若) 외편,『책부원구(冊府元龜)·외신부(外臣部)』, 南京 : 鳳凰出版社, 2006.

요시렴(姚思廉),『양서(梁書)』「구자국전(龜茲國傳)」, 北京 : 中華書局, 1973.

우량(吳亮), 「두 세대 사람의 잇기-'매혹적인 바다'를 읽고(兩代人的延續-讀"迷人的海")」, 『讀書』 12, 1983.

우미(吳宓), 『우미 시화(吳宓詩話)』, 北京 : 商務印書館, 2005.

우위구이(吳玉貴), 「당나라 시기 창안과 실크로드(唐代長安與絲綢之路)」, 『西北大學學報』 1, 2015.

원강(袁康) · 오평(吳平), 『월절서(越絕書)』, 杭州 : 杭州古籍出版社, 2013.

원란(文蘭), 『실크로드 로큰롤(絲路搖滾)』, 北京 : 作家出版社, 1994.

원진(元稹), 『원씨장경집(元氏長慶集)』, 上海 : 上海古籍出版社, 1994.

웡징팡(翁經方), 「『산해경』 속의 실크로드 초보적 탐구(『山海經』中的絲綢之路初探)」, 『上海師範大學學報』 2, 1981.

웨이융리(魏永理) 편, 『중국 시베이 근대 개발사(中國西北近代開發史)』, 蘭州 : 甘肅人民出版社, 1993.

위다푸(郁達夫), 「귀항(歸航)」, 『위다푸 산문(郁達夫散文)』, 杭州 : 浙工文藝出版社, 2007.

_____, 「말라카 여행기(馬六甲遊記)」, 리항춘(李杭春) · 천젠신(陳建新) 편, 『위다푸 전집(郁達夫全集)』, 杭州 : 浙江大學出版社, 2007.

위리화(於梨華), 「머리말을 대신하여, 돌아가련다(歸去來兮(代序))」, 『백구집(白駒集)』, 香港 : 天地圖書有限公司, 1980.

위수(魏收), 『위서(魏書)』 「고거전(高車傳)」, 長春 : 吉林人民出版社, 1995.

위징(魏徵), 『수서(隋書)』 「서역전(西域傳)」, 北京 : 中華書局, 1973.

유협(劉勰), 저우전푸(周振甫) 역, 『문심조룡 역주(文心雕龍譯註)』(수정본), 南京 : 江蘇敎育出版社, 2005.

유후(劉昫), 『구당서(舊唐書)』, 北京 : 中華書局, 1975.

이여진(李汝珍), 『경화연(鏡花緣)』, 北京 : 人民敎育出版社, 2017.

이케다 다이사쿠(池田大作), 왕젠(王健) 역, 『불법, 동과 서(佛法 · 西與東)』, 成都 : 四川人民出版社, 1996.

인민화보사(人民畫報社), 『육상과 해상 실크로드(陸上與海上絲綢之路)』, 北京 : 中國畫報出版公司, 1989.

임칙서전집편집위원회(林則徐全集編輯委員會), 『임칙서 전집(林則徐全集)』 7, 福州 : 海峽文藝出版社, 2002.

자오수샤(趙淑俠), 『하늘가 늘 푸른 곳(天涯常靑)』, 台北 : 三民書局, 1994.

자오쥔야오(趙君堯), 『하늘에 묻고 세상을 놀라게 한 중국 고대 해양 문학(天問 · 驚世-中國古代海洋文學)』, 北京 : 海洋出版社, 2009.

자오쥔하오(趙君豪), 「새해 덕담(歲首獻詞)」, 『여행잡지(旅行雜誌)』 12, 1938.

자오춘천(趙春晨), 「'해상 실크로드' 개념과 그 역사의 하한에 관한 탐색(關於"海上絲綢之
　　　路"槪念及其歷史下限的思考)」, 『學術研究』 7, 2002.

자즈팡(賈植芳), 「재일 중국인 유학생과 중국 현대 문학(中國留日學生與中國現代文學)」,
　　　『山西師大學報(社會科學版)』 4, 1991.

자핑와(賈平凹), 『폐허의 도시(廢都)』, 北京 : 北京出版社, 1993.

　　　　　　　, 『자핑와 문집(賈平凹文集)』, 西安 : 陝西人民出版社, 2000.

　　　　　　　, 『하얀 밤(白夜)』, 瀋陽 : 春風文藝出版社, 2006.

자훙옌(賈鴻雁), 「중화민국 시기 여행기 도서의 출판(國民時期遊記圖書的出版)」, 『廣西社
　　　會科學』 1, 2006.

장바오위(張寶裕) 외, 『두충위안(杜重遠)』, 烏魯木齊 : 新疆大學出版社, 1987.

장싱랑(張星烺) 외, 『시베이 교통사료 총집(西北交通史料彙編)』 5, 北京 : 中華書局, 1978.

장웨이(張煒) · 주유커(朱又可), 『걷는 이의 미궁(行者的迷宮)』, 北京 : 東方出版社, 2013.

　　　　　　　, 「장웨이-문학사를 위하여 걸작을 쓰는 것은 아니다(張煒-傑作不一定爲文
　　　學史所寫)」, 수진위, 『처음부터 말해봅시다』, 北京 : 作家出版社, 2014.

　　　　　　　, 『반도에서 이곳저곳 돌아다니다(在半島上遊走)』, 北京 : 作家出版社, 2009.

　　　　　　　, 『시적인 원류(詩性的源流)』, 上海 : 文彙出版社, 2006.

　　　　　　　, 『장웨이 문집(張煒文集)』, 北京 : 作家出版社, 2014.

장적(張籍), 리둥성(李冬生) 주, 『장적 집주(張籍集註)』, 合肥 : 黃山書社, 1989.

장지위(張積玉) · 왕쥐춘(王鉅春), 『마르크스주의 이론가이자 번역가 장중스(馬克思主義理
　　　論家翻譯家張仲實)』, 西安 : 陝西人民教育出版社, 1991.

장치(張岐), 『해바라기섬(向陽嶼)』, 上海 : 上海人民出版社, 1977.

　　　　　　　, 『파도 소리 모음집(潮音集)』, 長沙 : 湖南人民出版社, 1983.

장커페이(張克非) · 왕징(王勁), 『시베이 근대사회 연구(西北近代社會研究)』, 北京 : 民族出
　　　版社, 2008.

장팡(張放), 『해양 문학 약사-내륙심리에서 출발하다(海洋文學簡史-從內陸心態出發)』,
　　　成都 : 巴蜀書社, 2015.

장하이린(張海林), 『왕타오 평전(王韜評傳)』, 南京 : 南京大學出版社, 1993.

장헌수이(張恨水), 「서역 여행의 작은 이야기(西遊小記)」, 주훙(朱鴻) 편, 『중국 서부의 인
　　　문지도(中國西部人文地圖)』, 成都 : 四川文藝出版社, 2002.

장훙성(張鴻聲), 「신감각과 소설의 향토 상상 겸 상하이 문학 속 향토적 서술의 몇 가지 현상
　　　에 대하여(新感覺波小說的鄕土想像-兼論上海文學中鄕土性敍述的幾種現象)」,

『學術論壇』12, 2007.

장훙옌(張鴻雁),『도시, 공간, 사람－중국과 외국의 도시사회 발전 비교 연구(城市·空間·
人際－中外城市社會發展比較研究)』, 南京：東南大學出版社, 2003.

저우몐(周棉),「유학생과 근대 이래의 중국 문학(留學生與近代以來的中國文學)」속편,『徐
州師範學院學報』2, 1990b.

저우닝(周寧) 편,『세계의 중국－국경 밖의 중국 형상 연구(世界之中國－域外中國形象硏
究)』, 南京：南京大學出版社, 2007.

저우쭤런(周作人),「베이징대학 옛날이야기(北大感舊錄)」, 왕스루(王世儒)·원디(聞笛) 편,
『나와 베이징대학(我與北大)』, 北京：北京大學出版社, 1999.

─────────,「일본 신촌 방문 기록(訪日本新村記)」, 베이징루쉰박물관(北京魯迅博
物館),『고우재문총(苦雨齋文叢)·저우쭤런 권(周作人卷)』, 瀋陽：遼寧人民出版社,
2009.

정춘(鄭春),『유학 배경과 중국 현대 문학(留學背景與中國現代文學)』, 濟南：山東敎育出版
社, 2002.

조여적(趙汝適),『제번지(諸蕃志)』, 北京：中華書局, 1985.

좡융춘(莊永春),「바다를 지배하는 부락(馭海部落)」,『시간(時刊)』11, 1987.

주거비(周去非), 투유샹(屠友祥) 주해,『영외대답(嶺外代答)』, 上海：上海遠東出版社,
1996.

주이쉬안(朱一玄)·류위천(劉毓忱),『서역 여행기 자료 총집(西遊記資料彙編)』, 天津：南開
大學出版社, 2002.

주쯔칭(朱自淸),「시집 머리말(詩集導言)」,『신문학대계(新文學大系)』, 上海：上海文藝出
版社, 1980.

주훙자오(朱鴻召),『옌허 강변의 문인들(延河邊的文人們)』, 上海：東方出版中心, 2010.

중구이쑹(鍾桂松),『마오둔 평전(茅盾評傳)』, 南京：南京大學出版社, 2013.

줘루(卓如),『20세기 문학의 대가 빙신(20世紀文學泰斗氷心)』, 成都：四川人民出版社,
2003.

쥔칭(峻靑),『해일(海嘯)』, 北京：北京靑年出版社, 1981.

지셴린(季羨林),「중국과 인도 지혜의 만남(中印智慧的彙流)」, 저우이량(周一良) 편,『중국
과 외국의 문화교류사(中外文化交流史)』, 鄭州：河南人民出版社, 1987.

─────────,「독일에서 지낸 세월(留德歲月)」, 지셴린문화기금회(季羨林文化基金會)·
산시성지셴린국학원(陝西省季羨林國學院)·리샤오쥔(李小軍)·첸원중(錢文忠)·
지청(季承) 정리,『지셴린 일기(季羨林日記)』1, 南昌：江西人民出版社, 2014.

_____, 「주해 『대당서역기』 머리말(校註 『大唐西域記』 前言)」, 린졔(林潔) 선편, 『지셴린 명편가작(季羨林名篇佳作)』, 北京 : 東方出版社, 2005.

_____, 『독일에서 지낸 10년(留德十年)』, 北京 : 東方出版社, 1992.

_____, 『지셴린 전집(季羨林全集)』 17, 北京 : 外語教學與硏究出版社, 2010.

지쭝안(紀宗安), 「실크로드와 중국과 서양의 경제 문화 교류(絲綢之路與中西經濟文化交流)」, 『暨南學報』 3, 1994.

진성(陳誠), 『서역 여정의 기록과 서역 나라 이야기(西域行程記, 西域番國志)』, 北京 : 中華書局, 1991.

진수(陳壽), 『삼국지(三國志)』, 北京 : 北京時代華文書局, 2014.

쩌우위칭(鄒雨靑), 「구훙밍 ― 청나라 말기 괴짜(辜鴻銘 ― 淸末怪傑)」, 『중화민국 시기의 서양에 유학한 문인(民國時期的留洋文人)』, 北京 : 中國文史出版社, 2016.

쩡다싱(曾大興), 『문학 지리학 개론(文學地理學槪論)』, 北京 : 商務印書館, 2017.

쭝량위(宗良煜) · 스시보(石錫波), 「희망봉을 지나며(駛過好望角)」, 『山東文學』 4, 1982.

_____, 「파트리스야(帕特麗絲婭)」, 『비와꽃(雨花)』 4, 1998.

_____, 『붉은 함대 ― 2010년 중국과 미국 해군 대결전(紅色艦隊 ― 2010年中美海軍大決戰)』, 哈爾濱 : 黑龍江人民出版社, 1999.

_____, 『쪽빛의 여행(藍色的行走)』, 天津 : 百花文藝出版社, 1996.

쭝위안(宗元), 『덧없는 인생, 루야오를 논함(魂斷人生 ― 路遙論)』, 上海 : 上海文藝出版社, 2000.

차오다오헝(曹道衡) · 선위청(沈玉成), 『남북조 문학사(南北朝文學史)』, 北京 : 人民文學出版社, 1991.

차오즈샤(喬志霞), 『중국 고대 항해(中國古代航海)』, 北京 : 中國商業出版社, 2015.

천가오화(陳高華) · 우타이(吳泰) · 귀쑹이(郭松義), 「머리말(前言)」, 『해상 실크로드(海上絲綢之路)』, 北京 : 海洋出版社, 1991.

천경야(陳賡雅), 『시베이 시찰기(西北視察記)』, 蘭州 : 甘肅人民出版社, 2002.

천딩자(陳定家), 『세계화와 신분 위기(全球化與身份危機)』, 鄭州 : 河南大學出版社, 2004.

천루이린(陳瑞琳), 『해외의 별을 셀 수 없다(海外星星數不淸)』(陳瑞琳文學評論選), 北京 : 九州出版社, 2014.

천쓰허(陳思和), 「1990년대 타이완 문학 속의 해양 제재 창작에 대하여(試論90年代台灣文學中的海洋題材創作)」, 『學術月刊』, 11, 2000.

천옌(陳炎), 『해상 실크로드와 중국과 외국의 문화교류(海上絲綢之路與中外文化交流)』, 北京 : 北京大學出版社, 1996.

천융정(陳永正), 『중국 고대 해상 실크로드 시선(中國古代海上絲綢之路詩選)』, 廣州 : 廣東經濟出版社, 2001.

천인커(陳寅恪), 『당 왕조 정치사 논설원고(唐代政治史述論稿)』, 上海 : 上海古籍出版社, 1996.

천중스(陳忠實), 『바이루위안을 나가며(走出白鹿原)』, 西安 : 陝西旅遊出版社, 2001.

천즈핑(陳支平), 「'해상 실크로드' 연구에 관한 약간 문제(關於"海絲"研究的若干問題)」, 『文史哲』 6, 2016.

천춘쑤이(陳春隨), 『서양 유학 외사(留西外史)』(中國留學生文學大系·近現代小說卷), 上海 : 上海文藝出版社, 2000.

천핑위안(陳平原)·왕더웨이(王德威), 『도시 상상과 문화 기억(都市想像與文化記憶)』, 北京 : 北京大學出版社, 2005.

첸구룽(錢谷融)·루수위안(魯樞元), 『문학심리학(文學心理學)』, 上海 : 華東師範大學出版社, 2003.

첸중수(錢鍾書), 『관추편(管錐篇)』, 北京 : 中華書局, 1979.

취안하이판(權海帆)·멍창융(孟長勇), 『실크로드의 아버지(絲路之父)』, 北京 : 文化藝術出版社, 1998.

취진량(曲金良), 『중국 해양 문화사 초고본(中國海洋文化史長編)·송원권(宋元卷)』, 靑島 : 中國海洋大學出版社, 2013.

_____, 『중국 해양 문화 기초이론 연구(中國海洋文化基礎理論研究)』, 北京 : 海洋出版社, 2014.

타오카이(陶凱)·류옌(劉燕), 『중국과 외국의 이름난 도시(中外名城)』, 鄭州 : 海燕出版社, 1994.

타오홍량(陶紅亮), 『해양 낭만, 해상 실크로드(海洋傳奇 海上絲綢之路)』, 北京 : 海洋出版社, 2017.

탄구이린(譚桂林), 「현대 중국의 생명시학의 이론적 내용과 당대 발전(現代中國生命詩學的理論內涵與當代發展)」, 『文學評論』 6, 2004.

_____, 『토착 환경과 서양 자원－중국과 서양의 시학 관계 연구(本土語境與西方資源－中西詩學關係研究)』, 北京 : 人民文學出版社, 2008.

탄쯔하오(覃子豪), 「머리말(題記)」, 『해양시초(海洋詩抄)』, 台北 : 新詩周刊社, 1953.

탕현조(湯顯祖), 『모란정(牧丹亭)』, 南昌 : 百花洲文藝出版社, 2015.

투위춘(塗裕春) 외, 『중국 서부의 대외 개방(中國西部的對外開放)』, 北京 : 民族出版社, 2001.

팡밍(方銘) 편, 『마오둔 산문선집(茅盾散文選集)』, 天津 : 百花文藝出版社, 1984.

팡옌(方艶), 「『목천자전』의 창작 의도와 텍스트 성질(『穆天子傳』的創作意圖與文本性質)」, 『文學評論』 1, 2016.

펑쑹(彭松), 「'5·4' 문학 속의 해양 서사를 간단히 논함(略論"五四"文學中的海洋書寫)」, 『復旦學報(社會科學版)』 3, 2013.

펑위레이(馮玉雷)·펑야쑹(馮雅頌), 「신시기 둔황 문학의 구축과 발전(新時期敦煌文學的建構與發展)」, 『蘭州大學學報』 3, 2018.

하이쯔(海子), 『하이쯔의 시(海子之詩)』, 北京 : 人民文學出版社, 1995.

한가오녠(韓高年), 「실크로드 문학연구의 시공간 차원(絲路文學研究的時空維度)」, 『中國社會科學報』 5, 2016.2.29.

허중린(許仲琳), 『봉신연의(封神演義)』, 鄭州 : 鄭州大學出版社, 2015.

허중밍(賀仲明), 「물러남 속의 지킴과 뛰어넘기-장웨이의 최근 소설 창작에 대하여(退却中的堅守與超越-論張煒的近期小說創作)」, 『文學評論』 2, 2016.

현장(玄奘), 장쉰(章巽) 역, 『대당서역기(大唐西域記)』 10, 上海 : 上海人民出版社, 1977.

황런잉(黄人影), 『당대 중국 여성 작가론(當代中國女作家論)』, 上海 : 上海書店, 1985.

황웨이량(黃維樑), 「푸른 바다에 솟구치는 파도를 보며-『중국해양 문학사 이야기·머리말』(觀滄海激起浪花-『中國海洋文學史話』序)」, 『화문 문학평론(華文文學評論)』 3, 成都 : 巴蜀書社, 2015.

황쯔핑(黃子平), 「'20세기 중국 문학'론(論"二十世紀中國文學")」, 왕샤오밍(王曉明) 편, 『20세기 중국 문학사론(二十世紀中國文學史論)』, 上海 : 東方出版中心, 2003.

황치천(黃啓臣), 『광저우 해상 실크로드의 역사(廣州海上絲綢之路史)』, 廣州 : 廣東經濟出版社, 2003.

_____, 『광저우 해상 실크로드의 역사(廣州海上絲綢之路史)』, 廣州 : 廣東經濟出版社, 2014.

후허칭(胡河清), 『신령한 땅의 추억(靈地的緬想)』, 上海 : 學林出版社, 1994.

훙커(紅柯), 『푸른 하늘 우러르며(敬畏蒼天)』(散文集), 上海 : 上海人民出版社, 2002.

_____, 『서역으로 간 기수(西去的騎手)』, 昆明 : 雲南人民出版社, 2002.

Jacq-Hergoualc'h, Michel, 『말레이반도-해상 실크로드의 교차로(기원전 100~1300년)』(*Malay Peninsula : Crossroads of the Maritime Silk-Road (100 Bc-1300 Ad)*), Brill, N.H.E.J., N.V.Koninklijke, Boekhandel en Drukkerij. 2002.

Jacq-Hergoualc'h, Michel. 『말레이반도-해상 실크로드의 교차로(기원전 100~1300)(*The Malay Peninsula : Crossroads of the Maritime Silk-Road (100 Bc-1300 Ad)*)』, 『아시아연구기간(*Journal of Asian Studies*)』, 62(2), 2001.

린위탕(Lin, Yutang), 『중국과 중국사람(*My Country and My People*)』, New York : Reynal & Hitchcock, Inc. (A John Day Book), 1935.

리차드 리한(Richard Lehan), 『문학 속의 도시(*The City in Literature*)』, Oakland, CA : University of California Press. 1998.